Les Enfants de la soie

John Evans

Les Enfants de la soie

Roman
traduit de l'anglais par Janine Lévy

Flammarion

Titre original : SILK
© John Evans, 1998
© Flammarion, 1999, pour la traduction française
ISBN 2 08 067595-8

Le Refuge
Juin 1721

Amy

Judith Mountjoy – septuagénaire et grand-mère – était profondément choquée par la scène qui se déroulait sous ses yeux.

Cela se passait juste devant chez elle, au Refuge, la plantation des Mountjoy en Caroline, un matin de fête où famille, amis et voisins devaient se trouver réunis dans la joie. Mais ce qui s'était engagé là n'avait rien de réjouissant. C'était une véritable rixe.

Judith, entourée de jeunes gens et de jeunes femmes – ses propres petits-enfants –, regardait sa fille, son fils et son gendre qui, les traits déformés par la rage, s'insultaient et en étaient même venus aux mains.

Elle avait fait une tentative désespérée pour les séparer, mais on l'avait rapidement expulsée de la mêlée. Quant à ses cinq arrière-petits-enfants, dont l'aîné n'avait pas dix ans, ils s'étaient rassemblés sous les arbres, derrière les tables à tréteaux dressées pour la fête. Ils fixaient, sur leurs braillards de parents, de grands yeux graves et épouvantés.

« Ça ne peut plus durer, se dit Judith. Ils ne sont pas obligés de me montrer du respect, mais je ne les laisserai pas effrayer les petits. »

— Assez ! cria-t-elle de toutes ses forces.

Le tumulte s'apaisa et toutes les têtes se tournèrent vers elle, encore tremblante de colère, les jambes molles et hors d'haleine.

Nous sommes une même famille, nous allons discuter de nos problèmes calmement, voilà ce qu'elle aurait voulu leur dire. Mais le souffle lui manqua. Elle ressentit une brûlure dans la poitrine, sa vue se brouilla et elle tomba sans connaissance.

Elle reprit conscience alors qu'on la transportait dans sa chambre, au premier étage de la maison. On l'allongea sur son lit. Les cris s'étaient tus. Les femmes qui s'occupaient de Judith chuchotaient comme à l'église.

— Qu'est-ce qui s'est passé ? murmura celle-ci.

— Tu t'es évanouie, grand-mère, répondit l'une d'elles, l'air embarrassé.

— Bon, laissez-moi maintenant. Je vais me reposer un peu.

Dès qu'elle fut seule, elle se prit la tête dans les mains, honteuse. Évanouie ? C'était bien la première fois que pareille chose lui arrivait ! À sa tempe, une petite veine battait. Elle avait le front brûlant et ses vêtements lui collaient à la peau. Aurait-elle la fièvre ? Prise de panique, elle se tâta les aisselles, la poitrine, l'aine… Pas de grosseurs. Non, se dit-elle, de nouveau maîtresse d'elle-même, je ne suis pas malade. Je ne suis plus jeune, je suis fatiguée et j'ai été toute retournée par leurs explosions de rancœur et d'animosité.

Elle ferma les yeux. Ce qui la préoccupait plus que tout, c'était l'avenir de la famille. Ces cris et ces gestes de colère étaient la manifestation d'un véritable problème, que seul un choix douloureux pourrait résoudre : entre son fils, Richard, et sa fille, Amy, elle allait devoir trancher.

La cinquantaine bien en chair, de caractère autoritaire, Amy était l'épouse de Robert Brearsley, un planteur des environs. Robert, Amy et toute la smala, enfants et petits-enfants, avaient évidemment été conviés aux festivités du jour, mais ils étaient arrivés plus tôt que prévu. En apercevant Amy qui se dirigeait vers elle d'un air tragique, Judith avait compris que des ennuis pointaient à l'horizon.

En vérité, songea-t-elle, il y avait déjà plusieurs années que les ennuis s'amoncelaient chez les Brearsley. Robert et son frère aîné, Joël, cultivaient le tabac dans les terres fertiles qui avoisinaient le fleuve Chowan. Les récoltes étaient bonnes, mais cette activité épuisait rapidement le sol et il fallait sans cesse libérer de nouvelles terres pour maintenir un bon rendement. Bien que la plantation fût grande, le jour viendrait où les deux frères n'y trouveraient plus la moindre parcelle disponible.

Et ce jour était arrivé : c'était là les mauvaises nouvelles qu'Amy avait apportées, une demi-heure auparavant. Joël Brear-sley avait trouvé six cents arpents de bonne terre à défricher plus loin, vers l'intérieur. Pour financer son achat, il demandait à Robert de lui racheter ses parts de l'actuelle plantation.

Angoissée, Judith s'agita sur son lit. Robert et Amy n'avaient pas les moyens de racheter les parts de Joël. Ils s'étaient lourdement endettés quelques années auparavant pour faire construire une splendide demeure.

Le désespoir perçait dans les yeux de sa fille lorsque celle-ci s'était exclamée, les lèvres tremblantes :

— Tu ne comprends pas, Mère ? Joël veut vendre la propriété et en partager le montant ! Nous allons tout perdre, et perdre surtout notre nouvelle maison ! Vous devez nous aider, vous devez racheter les parts de Joël à notre place !

Judith n'en revenait pas.

— Racheter les parts de Joël… ! Mais, Amy, protesta-t-elle, chaque sou que nous épargnons est consacré aux nouveaux ateliers ! C'est en projet depuis des années, tu le sais très bien !

— Bon, eh bien si c'est en projet depuis des années, ça attendra bien quelques années de plus que nous soyons sortis d'affaire, non ?

— Ce qui veut dire ?

— Madame Mountjoy, intervint Robert, la plantation n'a pas dit son dernier mot. Il existe de nouvelles méthodes de cultures alternées qui nous permettraient d'obtenir d'excellentes récoltes plus tard ; nous n'aurions aucun mal à vous rembourser.

— Je suis ravie de l'entendre, Robert ! déclara Judith. Mais cela prendrait combien de temps ?

— Tu ne vas quand même pas refuser ? demanda Amy, incrédule. Tu ne vas pas nous abandonner dans cette situation ?

— Amy…

C'est à ce moment-là que Richard, d'ordinaire si réservé, sortit en trombe de la maison, pâle et visiblement hors de lui, en criant :

— J'ai tout entendu, Amy ! Tu veux que nous remettions à plus tard nos nouveaux ateliers pour financer ta prétentieuse maison !

Craignant le pire, Judith aurait voulu pouvoir le calmer, mais elle comprenait sa fureur. Dans cette région des estuaires, autour de la baie d'Albemarle, les planteurs étaient moins prospères que leurs voisins de Virginie et devaient se contenter d'habitations plutôt modestes. La maison de brique d'Amy était une véritable folie.

De quelques années plus jeune qu'Amy, Richard vivait au Refuge, avec sa femme Ellen et ses enfants, dans une maison en bois. Travailleur et économe, il dirigeait une petite affaire de matières colorantes qui prenait de plus en plus d'ampleur. Les ateliers, improvisés au cours des années au fur et à mesure des besoins, étaient devenus insuffisants. Il fallait prévoir de nouveaux locaux.

Ellen étant la fille d'un marchand de Philadelphie, ils avaient décidé de les construire dans cette ville où les teintures du Refuge se vendaient déjà bien ; on pouvait faire de là des expéditions par mer tout au long de l'année, et répartir ainsi les blocs de colorants rouges, jaunes et bleus dans les autres ports d'Amérique.

Toutes les ressources disponibles des Mountjoy étaient consacrées à ce projet pour égaler les investissements du père d'Ellen.

De toute évidence, Amy n'était pas d'humeur à tenir compte de pareilles contingences.

— Je me fiche pas mal de tes ateliers et de ton commerce ! répliqua-t-elle à Richard. Il s'agit de la famille ! Comment vivrions-nous sans terre, et *sans toit* ?

— Vous ne serez jamais sans toit, remarqua Judith d'un ton apaisant. Il y aura toujours de la place pour vous, ici.

— Et qu'est-ce que nous ferions, *ici* ? riposta Robert, agressif.

— Ce n'est pas le travail qui manque, fit observer Richard.

— Du travail pour *vous*, tu veux dire ? rétorqua Robert.

— Pourquoi pas ? Est-ce que tu es en situation de le refuser ?

— S'il vous plaît, calmez-vous, intervint Judith, la bouche sèche. Richard, je t'en prie…

— Mais c'est leur faute ! protesta Richard. Ils jettent l'argent par les fenêtres ! Ils ne méritent pas qu'on les aide !

— Richard…, commença Judith. Il va bien le falloir…

Richard la regarda, sidéré. Devant son expression douloureuse, Judith fut prise du désir de le serrer dans ses bras, de le réconforter, mais il se détournait déjà et cria :

— Je ne leur permettrai pas de vivre à nos crochets !

— Ce n'est pas toi qui décides ! répliqua Amy, triomphante.

— N'en tire pas trop vite des conclusions, lui conseilla Judith, mais ses paroles se perdirent dans la tempête qui venait d'éclater entre Robert et Richard : ils s'étaient empoignés et les insultes fusaient.

C'était à ce moment-là que Judith avait crié et s'était évanouie.

Malheureuse, tendue, elle s'assit dans son lit et fronça les sourcils. La porte de sa chambre s'ouvrait lentement.

— Oui ?

Les trois aînés de ses arrière-petits-enfants – Joanna et Nettie, des cousines de neuf et huit ans, et Billy, le frère de Joanna – se tenaient, cérémonieux et embarrassés, dans l'embrasure. Ils avaient revêtu leurs habits du dimanche, robes bleues en toile de ménage et tabliers de lin pour les filles ; quant à Billy, maintenant qu'il avait passé sept ans, il portait un pantalon neuf tout raide et une veste trop grande pour lui.

— Est-ce que tu te sens mieux, grand-mère ? demanda Joanna, son regard clair assombri par l'inquiétude.

Après cette horrible scène, ces petits avaient vraiment besoin d'être rassurés. Judith leur sourit et, aussi gaiement que possible, répondit par un mensonge :

— Oui, je me sens beaucoup mieux. Je serai bientôt debout et nous allons bien nous amuser !

— Enfin une bonne nouvelle ! s'exclama Amy qui venait d'apparaître derrière Joanna.

Elle repoussa les trois enfants sur le palier et referma la porte. La robe de soie damassée prune qu'elle avait revêtue en l'honneur du dîner la grossissait. Elle avança d'un pas lourd vers le lit.

— J'espère que leur visite t'a fait plaisir parce que ça pourrait bien être la dernière !

Si Amy lui avait envoyé les enfants pour les lui retirer ensuite, c'était sans aucun doute pour lui rappeler qui exerçait l'autorité sur eux. Judith s'affaissa sur son oreiller devant cette démonstration d'énergie agressive.

— Je ne te comprends pas, murmura-t-elle.

— Dans ce cas, écoute ! Nous avons fait nos comptes, Robert et moi. Nous aurons encore des dettes après la vente de la plantation. Mais ne va pas t'imaginer que nous viendrons nous installer ici. Nous irons loin vers l'ouest nous cacher de nos créanciers et tu ne reverras jamais ces chers petits, c'est moi qui te le dis. Jamais plus, je te le promets !

— C'est impossible ! chuchota Judith, soudain très pâle.

Les fugitifs, les faillis, les hors-la-loi fuyaient tous vers l'ouest où ils s'emparaient des terres des Indiens. Ces individus, qu'on appelait des « squatters », étaient considérés comme la lie de la terre. Qui pouvait condamner ces enfants – Joanna, Nettie, Billy et les autres – à une vie pareille, sans autre perspective que d'hériter vraisemblablement des dettes de leurs parents ?

C'était l'atout qu'Amy avait gardé dans sa manche. Les enfants comptaient énormément pour Judith et Amy allait s'en servir pour la faire chanter.

Judith fut saisie d'un terrible sentiment d'impuissance. Elle avait tout mis dans le Refuge : son cœur, son âme, ses espoirs, des années de dur travail…

Tout cela pour s'apercevoir aujourd'hui qu'il n'y en avait pas assez pour tout le monde, pas assez pour assurer un avenir heureux et stable à chacun de ses enfants et à leur progéniture. Elle se sentait profondément humiliée. Devant cette injustice, des larmes brûlantes lui montèrent aux yeux qu'elle essuya d'un rapide et rageur revers de la main.

— Très bien, déclara-t-elle, maîtrisant ses émotions. Richard a raison, Robert et toi vous ne méritez pas qu'on vous aide. Mais les enfants n'ont pas à pâtir de vos fautes. C'est pour eux que nous allons faire pour vous tout ce que nous pourrons. Nous ne sommes pas très riches, tu le sais. Il a fallu se battre depuis que nous sommes ici. Tu le sais, Dieu du ciel, Amy… et tu sais pourquoi.

— Tout ce que je sais, répliqua Amy, et aussi loin que je m'en souvienne, c'est que nous n'avons jamais eu un endroit décent où vivre ! Faire aller, chichement et péniblement, l'histoire se résume à ça ! Vous n'avez jamais su ce que vous faisiez !

— Comment peux-tu dire ça, toi ? s'écria Judith, piquée au vif. Tu étais assez grande pour voir et comprendre !

— J'ai compris beaucoup plus de choses que tu ne penses.

— De quoi parles-tu ?

— Je parle de ces lettres qui sont arrivées de France pendant des années.

Judith se redressa vivement.

— Et qu'est-ce que tu crois savoir à ce propos ?

— J'en sais assez, répliqua Amy d'un air finaud, pour te conseiller d'y répondre favorablement de manière à ce que nous puissions tous disposer d'un peu d'argent, pour changer ! Et, ajouta-t-elle en se dirigeant vers la porte, tant que tout ne sera pas réglé, n'espère pas revoir les enfants ! Je ne les laisserai pas t'approcher !

Sans voix, Judith regarda la porte se refermer, recroquevillée sur son malheur comme un vieil oiseau, avec ses petits os et un cœur minuscule qui palpitait dans sa poitrine. Comment Amy pouvait-elle avoir compris si peu du passé ?

« À moins qu'elle n'ait raison, se dit Judith, affligée. À moins qu'il n'y ait rien eu d'autre qu'erreurs et illusions ? N'y aurait-il aucun terrain solide nulle part ? »

Elle frissonna. Son cœur battait très fort, comme un cheval emballé qu'on n'arrête plus. Elle apercevait, entre les rideaux, les chênes qui verdoyaient devant la maison. S'ils disparaissaient, songea-t-elle, ce serait la fin.

Mais elle les oublia aussitôt. Comme emportée par un vent de tempête, elle quitta le Nouveau Monde et vola à tire-d'aile par-dessus un océan, vers son passé, un demi-siècle en arrière.

L'Angleterre

1665

I

Au carrefour de Shoe Lane et de Fleet Street, à Londres, une ouverture discrète donnait sur une cour pavée du nom de Shoe Yard. Dans cette cour se trouvaient cinq maisons de bois dont la plus grande, face à l'entrée de Fleet Street, était à la fois la résidence et le local commercial du lainier, Richard Grainger.

C'était dans cette maison à pignons que Judith était née, et elle avait toujours vécu dans ces pièces aux poutres sombres qui sentaient la cire d'abeille et les herbes répandues sur le sol après le nettoyage hebdomadaire. Paisible demeure familiale, avec un père qui prenait deux choses au sérieux : le commerce des tissus et la religion.

En cette fin de matinée de mai 1665, lorsque Judith regarda par la fenêtre de son second étage, un joyeux soleil réchauffait les pavés de la cour. Aucun signe pour l'instant, remarqua-t-elle, des mystérieux visiteurs étrangers. Elle ne put retenir un soupir de soulagement.

— Judy, viens m'aider, s'il te plaît ! cria quelqu'un dans la maison.

Judith quitta sa fenêtre, longea son grand lit à colonnes jonché de vêtements et entra dans une petite pièce où, devant la glace, une jeune fille élancée, aux yeux bleu pervenche, essayait vainement de faire tenir ses cheveux avec des épingles.

— Vite ! Viens agiter ta baguette magique ! supplia-t-elle.

Judith éclata de rire. Sa jeune sœur Susanna avait un amas de boucles blondes qui refusaient de se laisser dompter, défiant toutes les règles de la bienséance. Judith installa la bougie de façon à voir mieux et, avec dextérité, arrangea la masse rebelle.

— Et voilà !

Susanna se regarda dans la glace avec satisfaction. Elle avait un joli petit visage animé, avec une bouche dont elle avait souligné de cochenille la courbe à la Cupidon, et sa robe de soie blanche accentuait encore le bleu de ses yeux.

— Pourquoi n'essayes-tu pas un peu de ça ? demanda-t-elle en tendant malicieusement à Judith sa boîte de maquillage.

Judith secoua la tête en souriant. À quinze ans, Susanna pouvait se permettre de s'amuser. Leur père faisait semblant de ne rien voir des transgressions de sa fille chérie, la plus jeune. De même que Susanna, Judith l'aimait tendrement, ce père ; mais elle avait un sens aigu de ce qu'elle lui devait en sa qualité d'aînée, depuis que sa mère était morte en couches, cinq ans auparavant. Bien qu'âgée de dix-sept ans seulement, elle faisait de son mieux pour remplacer la maîtresse de maison.

Aujourd'hui, elle allait subir une redoutable épreuve : s'occuper d'un repas, le plus important et le plus coûteux qui ait jamais été donné, de son temps, chez les Grainger.

Et le temps passait vite.

— Si tu es prête, peux-tu aller me chercher ma chemise ? demanda-t-elle à Susanna.

— Oui, milady ! répondit Susanna en filant dans la chambre à coucher.

Judith s'examina dans le miroir de sa coiffeuse. Si cela pouvait être une consolation, songea-t-elle, Susanna avait des traits fins qui se prêtaient au maquillage, tandis que son visage à elle n'était pas d'un ovale parfait, et ses lèvres bien trop pleines pour supporter un dessin à la Cupidon. Évidemment, elle avait à son actif des cheveux noirs et brillants, un teint éclatant et de grands yeux d'un brun clair. Mais ces choses-là parlaient d'elles-mêmes.

Vraiment ? Elle fit une grimace dubitative.

Comme elle enlevait son peignoir, dans la glace elle aperçut sa taille, son nombril, son buisson noir. Une sorte de crainte lui serra l'estomac. Elle était instruite, mais son corps lui était un monde inconnu. Elle le regardait rarement et n'aurait pas su dire s'il était beau ou non. À en croire Susanna, la mode était aux peaux blanches et aux fossettes. Elle se chercha des fossettes. Où étaient-elles supposées se trouver ? En tout cas, elle n'en voyait aucune, nulle part.

Elle enfila des bas de soie gris et les fixa avec des jarretières.

— Dépêche-toi, Susie !

Il n'était pas sain de s'exposer trop longtemps nue, même dans le confort velouté de cette petite pièce qui avait servi de boudoir aux deux filles pendant des années. La douce blancheur de la poitrine et des fesses, les endroits secrets qui se trouvaient entre les cuisses pouvaient souffrir de la lumière et de l'air. Ils avaient besoin de la protection d'un vêtement.

Susanna revint en courant avec une chemise de batiste froncée, qui était ce que les femmes portaient directement sur la peau. Pardessus venaient un corset, des rembourrages sur les hanches et les fesses, plusieurs sous-jupons et ensuite le jupon de dessus, en satin gris perle.

— Tu crois qu'ils sont beaux ? demanda Susanna d'un ton innocent, tout en laçant par-derrière le corsage de Judith, assorti au satin gris de son jupon.

— Qui ça ? demanda à son tour Judith, d'un ton tout aussi innocent.

— Tu sais très bien qui ! Les garçons qui viennent dîner... D'après Père, il s'agit d'un marchand, de son fils et de son neveu. S'ils sont beaux, j'essaierai d'en accrocher un.

— Susanna !

— Je ne veux pas d'un empoté de fils de marchand londonien ! Les garçons français sont sûrement plus distingués. Ne ris pas, je n'arrive pas à attacher les rubans ! Voilà, ça y est. Maintenant, ta jupe...

La jupe de velours indigo était fendue devant pour laisser voir le jupon gris.

— À présent, que je te regarde... Tiens-toi droite et arrête de rire. Faites ce qu'on vous dit, ma fille ! Parfait. Ça va.

Comme elle riait et que sa nervosité cédait un peu, Judith entendit soudain un fracas de roues métalliques dans la cour.

— Les voilà ! s'écria-t-elle. Il faut que j'y aille !

— Mets d'abord tes chaussures !

Et tandis que Judith enfilait en vitesse ses mules de chevreau blanc, Susanna farfouilla sous la coiffeuse et en extirpa une vieille boîte en bois.

— Et il te faut ça, déclara-t-elle en sortant de la boîte une rangée de grosses perles.

Ces perles avaient appartenu à leur mère. Pour une raison probablement sentimentale et connue d'elle seule, elle les avait toujours gardées dans cette boîte. Maintenant qu'elles lui appartenaient, Judith n'avait rien changé à cette tradition. Alors qu'elle lui attachait le collier autour du cou, soudain sérieuse, Susanna murmura :

— Père ne veut certainement pas t'obliger…

— À épouser un de ces garçons ? Je ne sais pas, poursuivit-elle en hésitant, jusqu'à quel point cela pourrait l'aider dans ses affaires…

Les deux sœurs échangèrent des regards embarrassés.

— Je veux que tu restes ici, avec moi, avoua Susanna avec un demi-sourire.

— Ne t'inquiète pas, je suis là. Mais il faut descendre.

— Tu oublies les boucles d'oreilles ! lui rappela Susanna en lui tendant les gouttes d'eau qui allaient avec le collier.

Dans un élan de gratitude pour l'affection qu'elle lui manifestait, Judith embrassa Susanna sur la joue.

— Non ! C'est toi qui vas les porter. À partir d'aujourd'hui, elles sont à toi !

— Tu me les donnes ? s'écria Susanna, les yeux brillants. C'est vrai ? Oh, Judy, merci !

Judith sortit précipitamment. De la fenêtre de sa chambre, elle aperçut une voiture de place qui venait se ranger dans la cour, et des gens en descendre. Elle aurait déjà dû être en bas ! Dans cet escalier étroit, elle savait bien qu'elle aurait dû tenir ses jupes et avancer en douceur, mais dans sa hâte elle trébucha plusieurs fois avant d'atteindre les locaux de son père, au rez-de-chaussée. Là, entre deux baies en verre bouteille, la porte d'entrée était grande ouverte. Elle arriva sur le perron juste au moment où la voiture de louage faisait demi-tour et repartait à grand fracas.

— Judith, mon enfant !

Veuf habillé de noir, les cheveux gris et la barbe soigneusement taillés, son père se dirigeait vers elle avec ses trois invités. C'était un homme de belle taille et solidement bâti, mais souffrant de rhumatismes et déjà voûté bien qu'il n'eût pas encore cinquante ans.

— Monsieur Montjoye, je vous présente Judith, ma fille aînée, dit-il. Judith, monsieur Michel Montjoye.

— Nous sommes enchantés de vous accueillir, monsieur Montjoye ! déclara Judith en souriant.

Les présentations se firent si rapidement que Judith eut à peine le temps, avant de les faire entrer dans la maison, de noter que Michel Montjoye était de taille moyenne et légèrement boulot, que son neveu, un grand jeune homme vêtu de gris ardoise, s'appelait Charles, que son fils, Daniel, portait une veste chamois sur un gilet blanc, et que tous les trois avaient les cheveux bruns.

— Voilà Henry et Laetitia ! s'écria le père, alors que, Susanna ayant été présentée, ils entraient tous dans la maison.

Une autre voiture de louage arrivait à grand bruit dans la cour. Henry, le frère de Judith et de Susanna, en descendit et aida Laetitia, sa femme enceinte, à en sortir. Henry avait vingt-quatre ans et travaillait dans l'affaire de tissus du père. De robuste constitution, blond aux yeux bleus, il s'était mis en tête dernièrement de porter une fine moustache. Il était vêtu de brocart d'argent et de dentelle d'or. Quant à Laetitia, elle portait un costume bleu vif visiblement très coûteux, avec des rubans rouges noués sur les épaules. Le mariage de Henry et Laetitia, six mois auparavant, avait été arrangé (avec l'active complicité de Henry) par les membres les plus éminents de la famille Grainger. Celle de Laetitia, les Newcombes, était riche et particulièrement bien introduite dans les milieux politiques de la City de Londres, où son père était échevin. Judith espérait que cela compensait, pour Henry, le fait d'avoir une petite femme mesquine aux yeux délavés qui, sous couvert d'innocence féminine, ne cherchait qu'à prendre les gens en défaut.

Les présentations faites, Judith conduisit tout le monde au premier. La salle à manger, lambrissée de chêne et décorée de portraits de famille fanés, était grande, aérée et bénéficiait d'une large baie par laquelle entrait le soleil. Judith fit asseoir les invités autour d'une longue table ovale, couverte de linge blanc neigeux, de verreries fines et d'argenterie scintillante, et fit signe à Madge, la servante affairée aux joues rouges, de commencer le service.

Tandis que le père récitait l'action de grâces, Judith fit le compte de ses alliés : la vieille et fidèle Madge, et Peter, un colosse, le domestique de son père, chargé des vins. Mais Henry et Laetitia, s'ils le pouvaient, essaieraient plutôt de lui mettre des bâtons dans les roues. Quant aux Français, ils n'étaient pour l'instant que des énigmes.

Elle les observa discrètement tandis que la table se remplissait de plats : langouste et anguille fumée, huîtres, soupe, verdure, selle de mouton et porc rôti doré. Toute la semaine, elle avait craint de se trouver en face de gens affectés et prétentieux, tels qu'étaient supposés être les Français. À son grand soulagement, elle constatait qu'ils se conduisaient comme des familiers, en toute simplicité.

Elle savait que c'était des protestants français. En France, pratiquement toute l'industrie de la soie était entre les mains des huguenots. Père était très désireux d'en faire le commerce, car la soie était si fort à la mode qu'elle condamnait celui de la laine au marasme. (« Il suffit de regarder autour de cette table, se dit Judith. Tout le monde, ici, sauf Père, porte de la soie. ») Cela avait dû être difficile pour lui – un simple Anglais tout d'une pièce, fier des traditions du commerce de la laine qui avait fait la fortune de sa famille – de se rendre à l'évidence ; mais c'était aussi un marchand avisé qui savait interpréter les chiffres qui figuraient dans ses livres.

Il cherchait depuis quelque temps à s'introduire dans le négoce de la soie quand M. Fontanelle, l'orfèvre des Grainger, huguenot lui-même, avait proposé de lui faire connaître M. Montjoye, lequel avait de belles soieries à vendre et était venu à Londres en quête d'un partenaire anglais. Leur première rencontre ayant été encourageante, son père avait décidé de donner ce dîner.

S'il l'avait fait, ce n'était certainement pas pour parler affaires avec M. Montjoye. Voulait-il mettre les familles en relation ? Plus exactement, les garçons et les filles ? Son père ne l'ayant pas mise dans sa confidence, elle ignorait la réponse.

Du coin de l'œil, elle observait les jeunes Français. Bien que cousins et du même âge – environ vingt ans –, ils étaient assez dissemblables. Le visage de Charles était plus allongé que celui de Daniel et il avait le menton fendu. Daniel ressemblait à son père, en plus mince et avec plus de cheveux sur le crâne, mais avec les mêmes traits réguliers et le même sourire aimable. Ils étaient tous les deux bien habillés avec ce qui paraissait, aux yeux inex-périmentés de Judith, de la soie de première qualité ; mais la veste gris ardoise de Charles était impeccablement coupée et discrète, tandis que... eh bien, ce n'était pas que Daniel soit habillé de fa-çon trop voyante, mais Judith lui aurait déconseillé ce gilet blanc.

Charles paraissait réservé. Il buvait et parlait peu. Judith profi-ta d'un arrêt de la conversation pour dire, en se tournant vers lui :

— Vous parlez tous merveilleusement bien l'anglais !

Elle s'aperçut aussitôt qu'elle avait fait une bévue. Charles posa une coquille d'huître sur son assiette, se racla nerveusement la gorge et balbutia :

— Je parle anglais très mal.

Comme Laetitia lui lançait un regard moqueur, Judith eut en-vie de voler à son secours. Il n'y était pour rien. Elle aurait dû être plus prudente.

— Je regrette que nous ne parlions pas mieux le français, dit-elle, ce qui était un euphémisme.

— Pas d'importance, répondit Charles en souriant.

— C'est la première fois que Charles vient en Angleterre, ex-pliqua Michel Montjoye. Son père a pensé que ce serait une ex-cellente occasion pour lui d'apprendre une langue étrangère mais, évidemment, nous parlons le français entre nous si bien qu'il ne peut pas faire beaucoup de progrès. Parler avec vous lui ferait beaucoup de bien !

Judith fit à Charles un grand sourire d'encouragement.

— Nous parlerons très lentement, lui promit-elle.

— Merci, répondit Charles en inclinant poliment la tête.

Judith remarqua pour la première fois qu'il avait des yeux noi-sette.

— Vous étudiez aussi l'anglais, monsieur ? demanda Susanna, de sa manière faussement innocente, à Daniel Montjoye.

— Oui, mais il y a longtemps que j'ai commencé. Ce n'est pas la première fois que je viens en Angleterre.

— Vous n'avez pas du tout l'accent français ! répliqua Susan-na d'un ton presque accusateur. Contrairement aux autres hugue-nots... C'est quelque chose que je ne comprends pas, chez vous.

— Chez moi ou chez les huguenots ? demanda Daniel en se penchant vers elle.

C'était vrai qu'il parlait bien l'anglais, pensa Judith qui l'observait, mais il semblait ne songer pour l'instant qu'à faire impression. Il buvait beaucoup de vin. Peut-être était-il simplement nerveux ? Judith n'aurait su dire s'il l'agaçait ou non.

— Chez les huguenots ! reprit Susanna. Ils sont français, mais ils ne sont pas tous de France. Par exemple, M. Fontanelle nous a dit qu'il était né dans la City, qu'il avait été baptisé à Threadneedle Street et n'avait jamais mis les pieds en France.

— Comme beaucoup de huguenots, les grands-parents de M. Fontanelle ont été forcés de quitter la France pendant les guerres de religion, expliqua Daniel.

— C'est pourquoi on trouve des huguenots dans de nombreux pays protestants, fit remarquer son père, en Suisse, aux Pays-Bas, en Angleterre et même beaucoup plus loin.

— Je comprends, insista Susanna, mais alors pourquoi y a-t-il encore des huguenots en France, aujourd'hui ?

— Les guerres de religion se sont terminées sur un compromis, répondit Michel Montjoye. Nos droits sont garantis maintenant par un édit royal. Nous avons nos propres églises et nous pouvons vivre en France en toute sécurité.

— La France ! Voilà ! déclara Laetitia en se tournant vers Judith, un morceau de mouton sur sa fourchette. C'est un repas magnifique, ma chérie, et je ne voudrais pas paraître le critiquer, mais je pense qu'ensuite nous aurons un feuilleté de venaison ?

— En effet, répondit Judith d'un air sombre.

— Typiquement anglais ! N'aurions-nous pas pu avoir quelques plats français à la place, en l'honneur de nos hôtes ?

Elle adressa un sourire complètement fabriqué à Michel Montjoye, à Charles et à Daniel.

— Oh, je me régale à l'avance de goûter ce feuilleté, déclara Daniel avec un soupçon de défi poli.

Le sourire de Laetitia se figea. Henry se pencha vers Daniel et baissa la voix :

— Dites-moi, est-ce vrai que vous mangez des grenouilles ?

Il y eut un court silence. L'expression de Richard Grainger tourna à l'orage. Quant à Judith, elle fut prise de panique. Henry ne voyait pas toujours tout du même œil que Père, mais elle ne comprenait pas pourquoi il devait se montrer grossier avec ses invités. Le moment était venu de prouver ses qualités de maîtresse de maison. Mais que diable pourrait-elle bien dire ?

Ce fut Daniel qui s'en chargea.

— Nous mangeons leurs pattes, déclara-t-il en posant sur Henry un regard inexpressif.

Il posa deux doigts sur la nappe et se mit à imiter des sauts de grenouille.

Susanna étouffa un petit rire, suivie en cela par Judith.

— Il faut être rapide, si on veut les attraper, poursuivit Daniel, qui fit faire un nouveau saut à sa grenouille imaginaire et, essayant de la saisir de l'autre main, fit comiquement semblant de la rater.

La gaieté, cette fois, fut générale et Judith, tremblante de soulagement, fit signe à Madge d'apporter la suite.

Il faut aussi que j'entretienne la conversation, songeait-elle désespérément, tandis qu'un jambon d'York entier apparaissait sur la table accompagné d'une demi-douzaine de coquelets rôtis, d'une énorme salade assaisonnée au citron et au romarin, et du fameux feuilleté de venaison, avec sa croûte dorée encore fumante. Tous les sujets de conversation qu'elle avait préparés la fuyaient maintenant, et tout ce qu'elle trouva à dire fut, s'adressant à Charles :

— De quel endroit de France venez-vous ?

Celui-ci parut content qu'on lui adresse la parole.

— Nous de Nîmes sont, à la sud de la France, la province du Languedoc.

« Son anglais est vraiment impossible », songea Judith.

— Parlez-nous de Nîmes, suggéra-t-elle.

— Ils sont des ruines romaines. Un grand romain théâtre.

— Quel genre de pièces y joue-t-on ? demanda vivement Susanna.

— Charles veut parler d'un amphithéâtre, expliqua Daniel. Une arène où se déroulaient les jeux des Romains. Il n'y a ni théâtre ni pièces, à Nîmes. C'est une ville protestante très stricte.

— Oh ! fit Susanna.

Sur son visage on pouvait lire que la ville de Nîmes venait de dégringoler tout en bas de la liste des endroits à visiter.

— Aussi, il est la soie, poursuivit Charles pour Judith.

En bout de table, son père et Michel Montjoye conversaient paisiblement ; Henry et Laetitia paraissaient les écouter, laissant Daniel, Charles, Susanna et Judith entre eux. Judith dissimula un soupir de soulagement.

— Je vous en prie, racontez-nous tout sur la soie, dit-elle à Charles en souriant.

— Dans Nîmes, nous fabriquons beaucoup de la soie…, commença-t-il.

— Bien qu'en réalité, ce ne soit pas nous qui la fabriquions, remarqua Daniel.

Judith aurait préféré que Daniel arrête de faire le malin et qu'il laisse son cousin placer un mot.

— Ce n'est pas *vous* qui la fabriquez, ce sont les vers à soie. C'est bien là la boutade, monsieur Montjoye ? demanda-t-elle.

Une ombre passa sur le front de Daniel.

— Oui. Ce n'était pas très drôle, vous avez raison, répliqua-t-il poliment, puis, sortant tout à coup de son embarras, il regarda Judith droit dans les yeux et sourit.

— C'est bien beau tout ça, mais parlez-nous plutôt des vers à soie ! s'exclama Susanna, obligeant Daniel à se tourner de nouveau vers elle.

— On les élève dans les campagnes autour de Nîmes. Les élevages s'appellent des magnaneries. Il y a des plantations de mûriers. Les vers s'alimentent des feuilles.

Judith s'imagina des arbres couverts de petits vers blancs.

— Et comment font les vers pour fabriquer la soie ?

— Ils filent des cocons autour d'eux-mêmes.

Des voix s'élevèrent soudain à l'autre bout de la table. Judith comprit qu'il se passait quelque chose.

— Henry, ça suffit comme ça ! grondait son père, une main sur son bras comme pour le retenir.

Henry se libéra.

— Je dirai ce que j'ai à dire, Père ! C'est parfaitement raisonnable de ma part de poser des questions ! poursuivit-il en faisant face à Michel Montjoye. Je n'ai pas vu votre marchandise ! Je ne sais pas ce qu'elle vaut !

— Très bien, répondit calmement Montjoye. J'en ai des échantillons dans votre entrepôt. Allons les voir. Il n'y a pas de secrets entre nous.

Ce qui fit cesser la querelle. Un instant de silence suivit.

— Ces dames voudront peut-être les voir aussi, proposa Montjoye.

Laetitia, qui s'éventait avec sa serviette comme si elle était sur le point de s'évanouir, reprit visiblement goût à la vie, et Susanna hocha la tête avec enthousiasme. Judith saisit cette occasion d'éloigner Henry et son père de la table, où ils n'auraient sans doute fait que se foudroyer mutuellement du regard. Et la perspective de voir les soieries des Montjoye n'était pas sans piquer sa curiosité.

— Avec joie ! déclara-t-elle en se levant. Nous mangerons le dessert en revenant, ajouta-t-elle à l'adresse de Madge tout en prenant la tête de son petit monde hors de la salle à manger.

Au fond du rez-de-chaussée se trouvaient les bureaux de la comptabilité. Des rayonnages remplis de grands livres couvraient tout un mur, et un monceau de papiers s'étalait sur les tables de travail. Richard Grainger s'empara d'une clef et ouvrit la porte verrouillée qui menait à l'entrepôt.

C'était en fait une dépendance, bourrée jusqu'au plafond de ballots de drap et de serge gris, marron et noirs. L'atmosphère tiède sentait le renfermé, avec des relents de laine, odeur que Henry détestait. Tous ses griefs lui revinrent tandis qu'il regardait son père ouvrir les volets de fer pour laisser entrer un peu de lumière.

Henry avait sa propre maisonnée et n'allait pas tarder à être père lui-même. Il n'était plus un apprenti et par le diable il ne se laisserait pas traiter comme tel. Son père avait engagé une petite fortune dans cette affaire de soie sans même lui demander son avis.

Et pourtant, c'était lui, Henry, qui avait pensé le premier à la soie.

« Écoutez, disait-il, s'adressant mentalement à son père, moi je sors, je sais ce que les gens portent. Du temps de Cromwell, la soie représentait le luxe et le péché. Mais depuis le retour du roi, tout le monde veut précisément les luxes et les péchés que les puritains interdisaient, et tant pis pour vos tristes lainages ! Je sens ça dans l'air, mais vous ne le remarquez que lorsque les commandes commencent à baisser ! La laine, c'est tout ce que vous savez. Il y a des fortunes à faire dans la soie, mais il y a beaucoup d'argent à perdre aussi. Vous n'avez donc jamais entendu parler de spéculations, de fraudes, de marchands disparus du jour au lendemain ? Que savez-vous de ce Français avec lequel vous êtes en affaires, vieux fou que vous êtes ? »

— Commençons par les plus légères, proposa Michel Montjoye en étalant des échantillons sur le banc à couper, sous la fenêtre.

— Oh, quel joli œil-de-perdrix ! s'exclama Susanna.

Henry s'approcha pour regarder le tissu jaune. C'était un taffetas d'un genre particulier, appelée œil-de-perdrix à cause de ses petits motifs ronds de fleurs.

— Les armures comme celles-ci se vendent très bon marché, à Londres, déclara-t-il vivement. Les tisserands de Spitalfields, des réfugiés huguenots, en produisent des tonnes !

— Pas comme celle-ci, répliqua Michel Montjoye. C'est un tabis de Lyon. Les couleurs sont plus pures et l'exécution plus soignée.

Henry prit l'échantillon en main et l'examina d'un air professionnel.

— Regardez ce fond jaune, lui fit doucement remarquer Montjoye.

— C'est magnifique, approuva Judith.

Si Judith prend le parti des Français, se dit Henry, je vais m'énerver – d'autant que cette primevère est effectivement d'un jaune particulièrement délicat et sans variation d'un bout à l'autre de l'échantillon.

Le vert foncé et le rouge rubis des motifs floraux formaient avec lui un brillant contraste. Quelle que soit la façon dont il tournait la soie vers la lumière, les couleurs étaient toujours aussi intenses. Il grommela de mauvaise grâce son approbation. Il ne pouvait guère faire autrement.

La présentation était lancée. L'un après l'autre, comme un prestidigitateur tirant des mouchoirs de son chapeau, Michel Montjoye déroulait des échantillons de tissus pastel, de moires, de mousselines, de lustrines et de tabis, unis et à motifs, en blanc et coquille d'œuf et crème, en jaunes doux et riches, en gorge-de-pigeon, ocre, feuille-morte, rose, fauve, lilas, toute la galaxie des bleus et verts pâles.

— Et maintenant, les satins, annonça le marchand français.

Vinrent alors des tissus chatoyants, de couleur intense, des paysages de vert feuille, brun, et rouge, des profondeurs marines d'outremer, de gris et de corail, des couchers de soleil de flamme et de noir, des minuits violets aux étoiles d'argent, devant les spectateurs éblouis ; Laetitia ne put s'empêcher de pousser des cris d'admiration.

— Ceux-ci sont mes tissus français, déclara Montjoye en déroulant le dernier.

Ce fut un choc pour Henry qui comprit que d'autres étaient encore à venir.

— J'ai de bons contacts en Italie, poursuivit Montjoye.

Il regarda par la fenêtre celles des maisons de Shoe Lane qui donnaient sur la cour des Grainger et, prudemment, referma un peu les volets.

— Grâce à eux, j'achète ce que les Italiens font de mieux, déclara-t-il en débarrassant le banc.

Les nouveaux échantillons consistaient en d'épais brocarts entrelacés de fils d'or et d'argent, de lourds tissus façonnés, de velours de soie, de majestueuses tentures pour riches demeures. « Lucques… Florence… Venise… » murmurait Montjoye à mesure qu'il découvrait de nouvelles merveilles et les déroulait l'une après l'autre devant l'assistance, maintenant muette.

« Ce Français a certainement la manière pour épater les gens », se dit Henry amèrement.

— Impressionnant, je dois le reconnaître, remarqua-t-il d'un ton aussi léger que possible. Mais ce ne sont là que des échantillons. Quand serons-nous en mesure de voir la marchandise ?

Comme Henry s'y attendait, c'était bien là que le bât blessait.

— Cela, c'est dans les mains du Tout-Puissant, répondit Montjoye. Nous ne pouvons que prier pour que le conflit prenne fin.

— Amen ! ajouta Grainger gravement.

L'Angleterre se livrait à une de ses passes d'armes périodiques avec les Pays-Bas, et la flotte hollandaise bloquait en ce moment l'embouchure de la Tamise. Henry savait – parce que *lui*, au moins, s'était renseigné – que la marchandise de Montjoye se trouvait dans un bateau retenu à Dieppe. Comme il se demandait si son père se rendait compte des problèmes que cela pouvait causer, il lui

35

lança un coup d'œil, mais celui-ci ne lui répondit que par un regard menaçant.

— Merci de nous avoir montré ces échantillons, monsieur Montjoye, dit Judith, reprenant son rôle de maîtresse de maison. Maintenant, montons manger notre dessert, voulez-vous ?

— Du *plum-pudding* ? plaisanta l'insupportable Daniel.

— Le *plum-pudding* se mange à Noël, répondit Judith.

— Enfin quelque chose que vous ne savez pas ! s'écria Susanna en lui adressant en même temps un sourire enjôleur.

« Ça aussi, c'est la faute de Père », se dit Henry, outré de voir sa petite sœur se jeter ainsi à la tête de ce rastaquouère.

Richard Grainger le retint par la manche alors qu'il sortait derrière les autres de l'entrepôt. Laetitia se retourna avec un regard interrogateur, mais Henry lui fit signe de continuer. Si son père voulait s'entretenir avec lui en privé, il ne demandait pas mieux.

Mais son père poussa la porte et se tourna vers lui, tremblant de rage.

— Comment oses-tu ! cria-t-il. Tu insultes mes hôtes ! Tu me défies devant eux ! Tu fais honte à ta famille ! Et maintenant tu te permets de poser des questions soi-disant intelligentes à propos de chargements de marchandise ! Je devrais te flanquer dehors, petit abruti !

Le visage de son père, avec ses yeux qui lançaient des éclairs de colère et sa bave au coin des lèvres, était à quelques pouces du sien. Écœuré, sans se rendre compte de ce qu'il disait, Henry s'écria :

— Espèce de vieillard détestable !

Son père ouvrit de grands yeux et recula lentement.

— Qu'est-ce que tu as dit ? murmura-t-il, comme s'il ne pouvait en croire ses oreilles.

Henry blêmit. On pouvait penser ce qu'on voulait, mais personne ne parlait de cette façon à son père. L'autorité du chef de famille était sacrée, indiscutable, inamovible. Et son père *pouvait* le jeter dehors. La honte, dans ce cas, retomberait sur le fils, et la famille de Laetitia n'aurait pour lui aucune compassion. La perspective de voler de ses propres ailes ne lui disait rien qui vaille. Il baissa pavillon.

— Cela m'a échappé, Père, déclara-t-il d'un air maussade. J'ai peut-être pris un verre de trop.

— Abstiens-t'en, à l'avenir.

— Oui, Père. Mais vous auriez dû discuter avec moi de cette affaire de soie, essaya-t-il de dire en guettant sa réaction. J'aurais pu vous être utile. Je suis au courant de ce que les gens portent, des dernières modes. En vérité, je crois que les soieries seraient davantage ma partie que les lainages.

Son père le toisa.

— Tu crois que tu pourrais traiter les marchands étrangers avec la grossièreté dont tu viens de faire preuve et réussir dans le commerce de la soie ? Nous avons de la chance que Montjoye soit un homme d'expérience, plein de tact. À sa place, d'autres auraient déjà quitté les lieux !

— Oh, *Montjoye* ! répéta Henry avec dédain.

Le marchand auquel le père de Laetitia l'avait présenté avait été clair : bien qu'honorablement connu dans le commerce de la soie, les ressources personnelles de Montjoye étaient minimes, et il avait emprunté un maximum pour cette cargaison.

— Vous savez ce que vaut son crédit ?

Son père accusa d'abord la surprise, puis le mépris.

— Alors, tu es allé fouiner, hein ? Eh bien, sache-le : le crédit de Montjoye ne nous inquiète pas le moins du monde, parce que nous n'aurons pas à sortir un sou avant que la marchandise ne soit arrivée ici, dans cet entrepôt.

Ainsi il n'était pas question d'une avance sur paiement que les Grainger auraient risqué de perdre. Cela n'éliminait cependant pas tous les problèmes.

— Mais le chargement est bloqué en France pour des mois !

— Pas du tout ! La Navy va frayer un passage à un convoi de navires marchands, et Percy Grainger va y inclure celui de Mont-joye.

Henry en fut très étonné. Percy Grainger, un cousin de son pè-re, avait été récemment promu au secrétariat du grand amiral du royaume. Pour ce qui était de la navigation maritime, un mot de Percy pouvait résoudre bien des problèmes. Mais, pour le convoi, Henry n'aurait jamais pu deviner.

— Montjoye a bien de la chance, marmonna-t-il.

— De la chance ? Il savait que nous pourrions l'aider. Tu crois qu'il se serait adressé à nous, sinon ?

Henry n'y avait pas pensé. Ces soieries étaient si spectaculaires que Montjoye n'aurait eu évidemment aucun mal à trouver des acheteurs. S'il avait choisi les Grainger, c'était parce qu'ils avaient les moyens de faire parvenir sa cargaison à Londres. En fait, son père avait très bien mené son affaire. Il avait obtenu des marchandises de première qualité dans de bonnes conditions et à moindre risque.

— Maintenant, écoute-moi, lui dit son père. Après la façon dont tu t'es conduit, je ne veux pas que tu te retrouves de sitôt en face des Montjoye. Ce que tu as de mieux à faire, c'est le tour des foires à laine.

— Des foires à laine ?

Henry était révolté. Cela signifiait chevaucher, pendant des semaines et des semaines, sous la pluie, sur les routes boueuses du Nord, des Midlands et du Sud-Ouest, pour vérifier la qualité des marchandises que les Grainger achetaient dans les foires.

— Vous vous débarrassez de moi ! protesta-t-il. Pendant que vous vous occuperez de cette histoire de soie, je vais courir le pays pour nettoyer de leurs crottes la toison des moutons !

Le visage de son père se contracta.

— Quand mon père m'a envoyé tout seul acheter de la laine pour la première fois, j'en ai été *fier* !

« Dieu, quel vieil imbécile ! » se dit Henry.

— L'odeur de la laine me rend malade, affirma-t-il, provocant.

Soudain, la colère de son père tomba. Il avait le teint gris et l'air las, mais il ne bougea pas d'un pouce.

— Henry, murmura-t-il, si tu continues à me chercher, je te jure devant Dieu Tout Puissant que, tant qu'il m'accordera de vivre, je n'aurai plus rien à faire avec toi, et que je ne te laisserai rien après ma mort.

— Vous ne pouvez pas me déshériter complètement. La loi coutumière de Londres ne vous le permettra pas.

— Je ne suis pas encore mort, espèce d'idiot !

Henry se tut un moment pour se pénétrer du sens de ces paroles.

— Vous voulez dire que vous donneriez tout aux filles avant votre mort ? Vous leur donneriez d'énormes dots… ?

La vérité se faisant soudain jour, il regarda son père, ahuri :

— … pour épouser ces Français ?

38

Son père fit un geste d'impatience.

— Je n'ai consulté ni Judith ni Susanna à propos de ton mariage, Henry, et je n'ai pas l'intention de te consulter à propos des leurs. Et maintenant, plus un mot !

La porte s'ouvrit devant Judith qui entra, les traits tirés.

— Tu nous écoutes depuis combien de temps ? lui demanda Henry, furieux.

Judith ne lui répondit pas.

— Père, tout le monde attend, dit-elle.

— Tu as raison, ma chérie. Nous sommes restés ici beaucoup trop longtemps.

Henry les suivit de mauvaise grâce. Cependant, il y avait des limites à la rébellion. S'il refusait de faire le tour des foires à laine, son père mettrait ses menaces à exécution. Son regard était chargé d'une haine capable de transpercer le dos du vieillard. Celui qu'il posa sur Judith était à peine moins intense. Il ne l'avait jamais aimée – elle avait toujours tenu tête à son autorité de frère aîné – mais, depuis la mort de sa mère, il ne pouvait plus la supporter. Habillée comme une princesse, maintenant, et assise à la place de Mère ! *Personne* ne pouvait tenir la place de Mère !

Susanna était différente. Quand elle était petite, avec ses boucles blondes et son zézaiement, elle était sa favorite. Mais Judith l'avait attirée de son côté et à présent les deux filles, alliées contre lui, bénéficiaient des faveurs de Père, sans que Mère puisse lui apporter son secours et les contrebalancer. Et voilà que Père le menaçait maintenant de donner aux filles le patrimoine tout entier !

« Ça, jamais, se jura Henry. *Jamais !* »

Comme Judith s'arrêtait en haut de l'escalier pour lisser son jupon, Henry, derrière elle, lui murmura en ricanant, de façon que personne d'autre ne pût l'entendre :

— C'est ça, fais-toi belle pour ces deux mangeurs de grenouilles. L'ennui, c'est que tu ne sais pas lequel des deux va être amené à te baiser, n'est-ce pas, petite sœur ?

Henry eut un sourire de triomphe quand Judith, piquée au vif, sursauta. Mais elle avança sans un regard en arrière. Juste avant d'entrer dans la salle à manger, il l'entendit dire, doucement mais clairement :

— Va nettoyer la toison des moutons, Henry, veux-tu ?

II

En ce début de juin, le temps étant déjà très doux, les Grainger invitèrent les Montjoye à les rejoindre dans une excursion à leur maison d'été, à Southwark.

Michel Montjoye et Richard Grainger s'entassèrent dans une voiture de place, avec Madge et un panier de provisions, et les quatre jeunes gens suivirent dans une autre. Les voitures roulèrent à grand bruit de Fleet Street jusqu'à la City, en passant par le vieux corps de garde de Ludgate, et la cathédrale Saint-Paul avec sa grande tour carrée, puis elles descendirent en direction de la Tamise.

— London Bridge ! annonça Susanna quand ils s'engagèrent sur la première partie du pont, ouvert des deux côtés sur le fleuve.

Judith regarda couler vers elle les eaux grises de la Tamise, spectacle qui lui donnait toujours le vertige lorsqu'elle était enfant. Sous le pont, même des bateliers expérimentés chaviraient dans le courant, et les noyades étaient fréquentes. En aval, le mouillage était une véritable forêt de mâts. Puis le fleuve disparut et London Bridge devint une rue fourmillant de boutiques et d'éventaires. Les voitures avancèrent lentement à travers une foule de ménagères, d'enfants dépenaillés, de visiteurs étrangers, de marchands ambulants, de mendiants et de voleurs, puis quittèrent le marché au milieu du pont pour s'engager, par un court tunnel, sous l'arche d'un vieux bâtiment de pierre.

Susanna donna un coup de genou à Judith : alors qu'ils passaient devant un coin sombre, elle lui montra une fille à la figure peinturlurée qui relevait ses jupons pour un homme, lequel, blotti entre ses jambes, l'écrasait contre le mur à coups de reins puissants.

Comme Charles et Daniel regardaient dehors, de l'autre côté, Judith et Susanna se permirent d'échanger des grimaces d'épouvante comique. Les hommes – ce n'était pas un secret, les domestiques et les autres jeunes gens en parlaient – éprouvent un besoin impérieux d'enfoncer leurs mâles appendices dans les connins des dames. C'était ce que Henry avait voulu dire quand il avait usé du mot « baiser ». Les maris le faisaient à leurs épouses, c'était comme ça que les femmes se trouvaient avoir des enfants et c'était un péché de le faire hors du mariage, bien que nombreux étaient ceux qui prenaient des libertés avec cette règle. Judith et Susanna savaient que cela leur arriverait au soir de leurs noces. Bizarrement, les femmes étaient supposées y prendre plaisir autant que les hommes, et Judith devait reconnaître que cette perspective la fascinait. Serait-ce aussi brutal que ce qu'elles venaient de voir ? Cette femme était une fille des rues. Un mari était-il plus délicat avec son épouse ?

Il n'était pas obligé de l'être. Un mari était, jusqu'à la tombe, le seigneur et maître de son épouse. L'idée n'était pas grisante.

Il n'avait pas été dans les intentions de Judith d'écouter la conversation d'Henry avec son père dans l'entrepôt, mais ils parlaient très fort. Elle avait entendu Henry accuser son père de vouloir les marier, Susanna et elle, aux garçons Montjoye et de leur donner tout son argent (ce qui n'était certainement pas le cas ; Henry avait le don d'imaginer toujours de diaboliques complots contre lui).

Cependant, Judith ne pouvait plus douter que son père serait satisfait, et que de plus cela arrangerait ses affaires, si Charles ou Daniel lui plaisait assez *à elle* pour envisager une union.

Elle ne s'était jamais sentie aussi tendue. Comment choisir entre deux garçons qu'elle ne connaissait pas? Et que se passerait-il si elle ne plaisait pas à celui qui aurait sa préférence ? Elle ne pouvait pas tourner le dos au problème. Elle devait à son père de se conduire en adulte et de ne pas le décevoir.

La voiture quitta London Bridge et descendit le Borough, la rue principale très animée de Southwark, terminus de toutes les routes du Sud arrivant à Londres. Les habitations se firent plus rares et plus espacées à mesure que, quittant les grandes rues, ils sortaient de la ville et se mettaient à cahoter sur un chemin de campagne.

— C'est le chemin Saint-George, déclara Judith aux garçons. Et voici notre maison.

Leur voiture s'arrêta devant une grande maison à trois pignons donnant sur la rue, séparée de ses voisines, de chaque côté, par un jardin entouré de hauts murs, par-dessus lesquels passaient des branches d'arbres fruitiers.

Alf, leur gardien chauve et claudicant, leur souhaita la bienvenue de la porte.

— Maîtresse Susanna, lui cria-t-il, les cerises vous attendent, elles sont mûres. J'en ai jamais vu autant en bien vingt ans !

— Des cerises ! répéta Susanna qui, les yeux brillants, entra en courant dans la maison.

Judith montra à Charles et à Daniel le chemin qui menait au jardin en passant par la cuisine, un bâtiment bas jouxtant la maison par-derrière. Susanna était déjà près des cerisiers dont les branches ployaient sous le poids des fruits brillants, rouges et jaunes.

— Venez ! cria-t-elle aux autres.

Le jardin, qui s'étendait sur quarante pas, était fermé au bout par des écuries. Au-delà, on ne voyait plus que des champs et de grands ormes. À part les arbres fruitiers, le jardin était soigneusement partagé en carrés de légumes et d'herbes aromatiques. Alf était un jardinier hors pair, c'était pourquoi on lui laissait la charge de la maison toute l'année.

— Goûtez-les, vous verrez ! dit Susanna en distribuant à la ronde des bouquets de cerises.

Judith en prit une.

— Mmm ! Parfaite.

— Essayons l'autre arbre ! proposa Susanna.

Judith allait la suivre quand Charles, tournant le dos de façon délibérée à Daniel et à Susanna, se planta devant elle et lui offrit, avec un sourire, un bouquet de cerises.

On ne pouvait pas s'y tromper, et le cœur de Judith fit un bond.

— Comment appelez-vous ça en français ? demanda-t-elle en lui montrant les cerises.

— *Des cerises.*

— *Day sir ease*, prononça Judith, essayant de l'imiter.

Charles éclata de rire.

— Ce n'est pas ça ?

Il secoua la tête, sans la quitter des yeux.

Près du second cerisier, Susanna psalmodiait : *Tailleur, Réta-meur, Soldat, Marin... Voleur* ! Je vais épouser un voleur, Daniel ! C'est bien ma veine ! Comptez les vôtres, maintenant.

— Vous connaissez ce jeu en France ? demanda Judith à Charles. Vous devez compter vos noyaux de cerise...

Il lui souriait de la plus charmante façon, mais il n'avait visiblement rien compris. C'était exaspérant.

— Il faut que j'apprenne le français ! s'écria-t-elle.

— Oh, je veux bien faire, déclara-t-il gravement.

— Vraiment ?

— Oui...

Pendant un instant les mots parurent lui manquer, puis il dit :

— Ce sera un plaisir, Judith.

Son cœur fit un nouveau bond.

— Très bien, répondit-elle. Alors, un nouveau mot, s'il vous plaît : *kitchen*.

— Kitchen ? C'est *cuisine*.

— Bon, cuisine. Je dois aller à la cuisine, déclara-t-elle en lui montrant la maison. Voulez-vous venir avec moi ?

— Pour laquelle raison ? demanda-t-il, déconcerté.

— Je dois voir Madge. Pour le repas.

— Oh, fit-il, amusé. Non, j'attends vous ici.

— Ce ne sera pas long !

Elle s'éloigna précipitamment et rentra dans la maison, bouillonnant de joie intérieure. Elle plaisait à Charles. C'était un sentiment exaltant, d'autant plus qu'elle le trouvait très sympathique, un petit peu guindé peut-être, mais c'était sans doute un effet de la barrière du langage. Elle se voyait déjà passant l'été à apprendre le français avec lui tandis qu'elle lui enseignerait l'anglais. À la fin, ils parleraient parfaitement tous les deux.

Une pensée l'arrêta brusquement. Qu'est-ce qui se passerait si, d'ici un an ou deux, ils se mariaient et... Ce serait comment de baiser (elle ne connaissait pas d'autre mot pour ça) avec lui ? Est-ce qu'elle aimerait ça ? Elle avala nerveusement sa salive. Elle n'en avait aucune idée.

Dans la cuisine, elle trouva Alf assis sur une chaise, sa jambe boiteuse étendue et l'épaule appuyée contre un coin de la grande table bien propre. Dans l'imposante cheminée en brique, un chaudron fumait paisiblement. Alf écossait des petits pois tandis que Madge hachait des herbes, un peu plus loin sur la table.

— Mon Dieu, maîtresse, s'exclama Madge, inutile de vous inquiéter de tout ça ! Si jamais j'ai besoin d'aide, ce bon-à-rien là en entendra parler !

Alf se mit à rire et s'envoya quelques petits pois dans la bouche.

— En fait, je suis venue voir la glace, dit Judith.

— Elle est dans le deuxième cellier.

Judith entra dans un cellier carrelé où se trouvait un grand baquet rempli de glace concassée. Dieu merci, elle n'avait pas fondu. La mode de conserver pour l'été, dans des glacières, des blocs de glace en provenance d'Écosse était toute récente mais si coûteuse que seuls le roi et quelques nobles pouvaient se permettre de la suivre. Cependant, un astucieux marchand londonien avait entrepris d'en faire le commerce, et Judith et Susanna avaient persuadé leur père de faire la folie d'en acheter un petit bloc pour qu'elles puissent préparer un dessert sortant de l'ordinaire. En fait, c'était pour lui montrer ça qu'elle avait invité Charles à l'accompagner.

— Judith ?

Elle sursauta. C'était Daniel.

Daniel n'avait pas été surpris de voir Charles accaparer Judith : il lui avait fait part de son intention. Il lui avait raconté que Judith – *l'aînée des filles Grainger* comme l'appelait ce pompeux imbécile – paraissait s'être entichée de lui. À la façon dont il lui avait dit ça, il était clair qu'il entendait avoir des droits sur elle.

« Oui, après avoir enjambé mon cadavre », pensa Daniel tandis que Judith, surprise, levait les yeux vers lui.

— Vous nous manquez là-bas, Judith, déclara-t-il pour avoir un prétexte à se trouver là. Vous ne revenez pas ?

— Fermez la porte, de grâce ! s'exclama-t-elle. Il ne faut pas laisser la pièce se réchauffer !

Daniel entra dans le cellier et ferma la porte. Il regarda avec curiosité le baquet qu'elle recouvrait de torchons.

— Qu'est-ce que c'est ? demanda-t-il.

— Un secret, répondit-elle en finissant de couvrir la glace et en esquissant un sourire.

Elle avait des lèvres magnifiques, un sourire éblouissant, une peau qui paraissait chaude et mate dans cette lumière, des yeux presque dorés... Daniel balbutia :

— Tous les soirs, avant de m'endormir, je vois votre visage.

Elle écarquilla les yeux.

« Voilà, c'est fait, se dit Daniel. Elle ne va plus m'adresser la parole. »

— Mais je ne pense pas que vous voyiez le mien ! ajouta-t-il vivement, en souriant.

Elle se mit à rire, visiblement soulagée de voir le propos tourner à la plaisanterie.

Mais pour Daniel, ce n'était pas une plaisanterie. Il craignait fort que Richard Grainger ne tienne à marier Judith dans sa propre classe, ou même dans une classe supérieure. Il ne pouvait être question d'un garçon pauvre, même richement habillé. Il ne restait à Daniel qu'un seul espoir : que cette cargaison de soie soit un franc succès, auquel cas son père et lui atteindraient le niveau commercial auquel ils aspiraient depuis des années, et il serait enfin chez lui dans ce monde douillet où les marchands ont des filles extraordinairement adorables.

Cela n'était pas impossible, et il ne voulait pas que Charles s'interpose. Selon le cours normal des choses, les parents de Charles devaient avoir l'intention de lui trouver une héritière dans quelque riche famille protestante de Nîmes ou de Lyon, où ils avaient leurs intérêts. Par conséquent, pensait-il, il n'était pas honnête de sa part de faire sa cour à Judith. Mais Judith l'ignorait. Elle pouvait prendre Charles pour un prétendant sérieux. S'il s'avisait de la séduire... Il fallait agir avant que cela ne se produise. Il n'y avait pas de temps à perdre.

— Je suis désolé d'avoir fait le malin hier, au dîner, dit-il. À propos des vers à soie.

— Oh, ce n'est rien, répliqua-t-elle. En fait, je devrais vous remercier. Alors qu'Henry se montrait si grossier envers vous, vous vous êtes arrangé pour faire rire tout le monde. Je me demande bien comment vous avez fait !

— Oh, ça m'est venu comme ça.

— Ma foi, vous m'avez sauvé la mise. Je ne savais pas quoi inventer.

— Je pense que vous êtes une merveilleuse hôtesse. Cela a dû être très difficile, même sans l'aide de votre frère.

Elle allait se récrier, mais ses derniers mots la firent pouffer de rire.

— Alors, amis ? demanda-t-il.

Elle le regarda dans les yeux.

— Amis, bien sûr.

Sur une impulsion soudaine, Daniel précipita les choses :

— Un baiser pour sceller notre amitié ?

Ce n'était pas aussi audacieux qu'il y paraissait. S'embrasser, sur les joues ou sur la bouche, n'était souvent, pour les Anglais, qu'une manière de se dire bonjour. Judith hésita, ne sachant trop quoi répondre.

Il s'approcha d'elle et posa ses lèvres sur les siennes. Sa bouche était douce. Il remua très légèrement ses lèvres contre les siennes, mais s'attarda beaucoup plus longtemps que pour un simple salut. Il sentit sa bouche trembler. C'était divin.

D'une main maladroite, elle le repoussa et resta plantée là, haletante, sans voix. Puis, elle alla ouvrir la porte et, le rouge aux joues, s'écria, furieuse :

— Ne faites plus jamais ça !

Il comprit qu'il était allé trop loin, mais cela avait été si merveilleux... Il marchait sur un nuage.

— Et ne me regardez pas comme ça !

Elle sortit du cellier, puis se retourna :

— Oh, pourquoi fallait-il... Eh bien, oui, vous avez été *insolent*... c'est le mot !

Daniel redescendit sur terre.

— Désolé, murmura-t-il.

Elle ne paraissait pas calmée. Elle traversa la cuisine à grands pas, suivie de Daniel. Près de la cheminée, le vieux domestique à la jambe boiteuse, occupé à ne rien faire, les regarda passer, l'air songeur. Dehors, dans le jardin, Charles et Susanna étaient toujours sous leur cerisier.

— Je vous prie, dites-moi que nous sommes encore amis ! chuchota Daniel, un peu effrayé.

— Nous sommes amis ! riposta-t-elle d'un ton sourd, sans ralentir le pas.

Et Charles venait maintenant vers eux, avec un faux sourire. Va-t'en, aurait voulu lui dire Daniel. Je la veux, va-t'en !

Soudain, Daniel prit conscience qu'il détestait Charles.

Ils ne se connaissaient pas beaucoup. Bien que demi-cousins (son père et l'oncle Jonas, le père de Charles, étaient demi-frères), ils avaient passé peu de temps ensemble jusqu'à ce voyage à Londres. L'oncle Jonas était un riche banquier alors que son père était un marchand qui vivait péniblement, si bien que Daniel et Charles n'étaient pas assis sur le même banc au temple, et il va sans dire qu'ils n'avaient pas fréquenté les mêmes écoles. Daniel avait terminé ses études à treize ans (il en avait vingt maintenant) et, depuis lors, n'avait fait que voyager avec son père, tandis que Charles (d'un an plus âgé) était allé à l'université de Montpellier. Daniel parlait l'anglais, un peu d'italien et d'espagnol, et avait des notions de hollandais ; Charles parlait couramment le grec et le latin.

C'était peut-être ce qui l'autorisait à se croire supérieur. Il laissait transpirer son dédain pour la modeste pension où ils étaient descendus à Londres, comme si Michel Montjoye avait failli à sa tâche d'hôte. C'était facile pour Charles de se montrer condescendant : l'oncle Jonas était le banquier du père de Daniel. Ce dernier avait investi tout ce qu'il avait dans cette cargaison, mais il en avait emprunté autant à Jonas. Charles ne tenait compte que de l'aspect financier, méprisant le savoir-faire de son oncle, qu'il semblait considérer comme une sorte de marchand de tapis oriental.

Ces tensions ne faisaient pas nécessairement de Daniel et Charles des ennemis, mais maintenant il y avait Judith Grainger. Daniel se battrait jusqu'à son dernier souffle avant de laisser Charles Montjoye jouer avec elle.

Il avança vers Judith, Charles et Susanna, qui rendait compte des résultats de ce jeu anglais où l'on devinait l'avenir en comptant ses noyaux de cerise.

— Charles n'a pas besoin de noyaux de cerise pour connaître son avenir, déclara Daniel en riant. Il sera riche et épousera une fille riche.

Il regarda Charles dans les yeux et le vit ciller.

— Quant à vous, reprit Susanna en pouffant, vous n'avez pas mangé le nombre de cerises qu'il faut. Vous serez pauvre et épouserez une fille pauvre !

— Et vous, vous épouserez un voleur ! dit Daniel en souriant à Susanna, mais sans excès – elle était charmante, mais il ne voulait pas qu'elle se méprenne sur ses intentions.

— Et vous ? demanda-t-il en se tournant vers Judith.

Judith les regarda tour à tour, lui et Charles, puis, bizarrement, comme gênée, ou désemparée, elle baissa les yeux.

— Je ne sais pas ce qui est arrivé à mes noyaux de cerise, dit-elle. Si nous allions dîner ?

Le beurre persillé fondait délicieusement sur les côtelettes d'agneau encore grésillantes, mais Susanna ne faisait que chipoter. Non qu'elle ait mangé trop de cerises. Elle pouvait en avaler jusqu'à ce qu'elles lui sortent par les oreilles. Et comme, d'habitude, elle aimait les côtelettes d'agneau, ce n'était pas ça non plus.

C'était à cause de Daniel. Il ne s'intéressait pas à elle, il n'avait d'yeux que pour Judith. De toute évidence, lui et Charles étaient en compétition. Elle trouvait cela – sincèrement – merveilleux pour Judith, mais elle était mise hors jeu. C'était tellement mieux avant, quand Judith était occupée avec Charles et qu'elle pouvait flirter avec Daniel. Maintenant, c'était horrible.

Elle baissa les yeux sur son assiette parce qu'elle sentait monter les larmes. Ridicule, se dit-elle. Elle détestait les bébés pleurnichards. Ce n'était pas en se laissant envahir par l'émotion qu'elle pourrait contre-attaquer.

Contre-attaquer ? Pourquoi ? Il s'agissait d'un jeu pour elle, alors que pour Judith, il serait question de mariage d'ici un an ou deux. Oui, mais, plus tard, elle aussi entrerait en lice… et elle trouvait Daniel vraiment très séduisant. Dieu merci, aucun d'eux n'était encore fiancé. Elle avait le droit de jouer sa partie, non ?

— Tu n'as pas faim, Susanna ? lui demanda son père.

— J'ai assez mangé, merci, Père, répondit Susanna en lui adressant son plus beau sourire de chère petite fille aimante. Nous allons bien à Bankside cet après-midi, n'est-ce pas ?

Mal à l'aise, son père se racla la gorge.

— Tu ne penses pas que nous sommes très bien ici, ma chérie ?

— Vous aviez *promis*, répliqua Susanna d'un ton accusateur, sûre de son effet.

Père fit de son mieux pour avoir l'air d'un martyr.

48

— Et voilà la vie qu'elles me mènent, dit-il à Michel Montjoye. Il y a la foire aujourd'hui, à Bankside – vous savez, au bord de la Tamise. Si cela vous dit, nous pourrions y passer au cours de notre promenade ?

— Pourquoi pas ? répondit Michel Montjoye.

— Dans ce cas, l'affaire est entendue, déclara Susanna d'un ton péremptoire.

Une fois là-bas, se disait-elle, savait-on qui passerait son temps avec qui, et comment se terminerait l'après-midi ?

— Ça alors, c'est vraiment mystérieux ! s'exclama Michel Montjoye.

Madge venait d'apporter des coupes d'argent embuées, remplies d'une substance compacte couleur crème, décorée de lamelles d'angélique et de petites rondelles d'écorce d'orange confite. Il y goûta et s'écria, surpris :

— C'est absolument exquis !

Susanna en prit une cuillerée. C'était froid comme le glaçon qui pend d'une gouttière et que l'on casse, par un jour d'hiver, mais cela fondait sur la langue avec un doux parfum de crème et de sucre, et juste un soupçon de fleur d'oranger en arrière-goût. L'appétit lui revint.

— Alors c'était ça le secret, dit Daniel à Judith avec une espèce de sourire complice.

— Oui, répondit Judith.

— C'est délicieux. Mais qu'est-ce que c'est ?

— Ça s'appelle de la crème glacée, intervint Susanna.

— Je n'en ai jamais entendu parler, remarqua Daniel en se tournant vers elle. C'est anglais ?

— Je n'en sais rien, dit Susanna.

Elle avait réussi à détourner son attention de Judith, mais elle n'était pas sûre que cela puisse durer.

— C'est nouveau. Ils en ont à la Cour. C'est le marchand de glace qui nous a donné la recette. Nous pouvons vous la passer si vous voulez.

— Ma foi, je préfère la manger que connaître la recette, plaisanta Daniel, de nouveau à l'intention de Judith.

Susanna se sentit ridicule. Elle se rendait compte qu'elle était capable de dire absolument n'importe quoi pour qu'il l'écoute. Il n'empêche qu'elle était blessée. Il n'avait plus une minute pour elle, maintenant, ce qui la rendait d'autant plus obstinée. Oui, elle contre-attaquerait.

Les crèmes glacées terminées, son père et M. Montjoye avaient bavardé en prenant un dernier verre de vin – les hommes pouvaient passer des heures à ça, Susanna n'arrivait pas à comprendre pourquoi – et ils étaient enfin partis pour la foire.

— Quand j'étais enfant, cette maison était isolée et environnée de champs, expliqua son père aux Montjoye tout en marchant. Puis, peu à peu, les autres sont arrivés.

Il y avait maintenant des maisons de chaque côté du chemin Saint-George, mais peu nombreuses et éloignées les unes des autres, avec de grands jardins comme celui des Grainger. Au bout du chemin cependant, à l'embranchement des autres rues, les maisons formaient une ligne continue.

Ils traversèrent Southwark. On était en dehors des limites de la City de Londres et les lois qui régissaient la construction et les commerces n'étaient pas strictement appliquées. Des maisons pouilleuses et des ateliers dans les arrière-cours avaient poussé sans ordre, et la réputation de certains quartiers était particulièrement mauvaise. Son père prit par les grandes artères pour les conduire jusqu'à l'espace en plein air dénommé Bankside, près de la Tamise, où avait lieu la foire.

Ils plongèrent dans la foule. Daniel ne quittait pas Judith d'un pas, et quand celle-ci se tournait vers Charles ou Susanna pour leur parler, la bousculade et le bruit étaient tels qu'ils n'entendaient rien de ce qu'elle disait. Devant des baraques, parlant haut et fort, des groupes d'hommes buvaient de la bière et fumaient la pipe tandis que d'autres, attablés, mangeaient des tranches de rôti à la broche. Il y avait de la musique et des danses, des jeux de quille, des enfants surexcités qui achetaient des pains d'épice et des bonbons, et des individus plus tristes qui faisaient la queue sous des pancartes proposant des onguents, des pilules ou des consultations d'astrologie. Plus loin, on entendait des clameurs s'élever d'un grand bâtiment circulaire. C'était là qu'avaient lieu les combats de chiens avec des taureaux, une des attractions permanentes de Bankside. Il y avait un autre bâtiment semblable pour les ours, et d'autres pour les combats de chiens et de coqs.

Susanna avait du mal à comprendre le plaisir qu'on pouvait trouver à regarder des animaux s'entre-déchirer et se réduire en pièces, mais il y avait apparemment un tas d'hommes, et d'ailleurs de femmes, pour aimer ça...

Elle s'arrêta, fascinée, devant une estrade où s'exhibait un groupe d'acrobates. Un homme annonçait dans un porte-voix qu'ils s'appelaient les Saltimbanques bohémiens, venus tout exprès de la Cour de Vienne pour participer à la foire aujourd'hui. Non loin de là, dans la foule, Susanna aperçut son père en conversation avec M. Montjoye, puis Daniel à côté de Judith, et Charles qui se tenait près d'eux, l'air malheureux. Il ne regardait même pas les Bohémiens qui étaient en train de construire une pyramide humaine.

Susanna fut saisie d'une soudaine inspiration. Elle était laissée de côté, et Charles aussi. Si elle flirtait avec lui, cela aurait peut-être quelque effet sur Daniel. Qu'avait-elle à perdre ? Charles était beau et vêtu avec élégance. Pourquoi ne pas le prendre en remorque et partir avec lui ?

Elle hésita. L'idée était osée. Mais elle présentait encore un autre avantage. Après un petit tour symbolique de la foire, son père, qui désapprouvait vaguement ce genre de distractions, les ramènerait chemin Saint-George. Mais Susanna, bien sûr, voulait rester et s'amuser. Si elle s'éloignait avec Charles, son père serait obligé de les suivre puisque Charles était son hôte. Et elle verrait du même coup l'effet que cela produirait sur Daniel.

Elle comprit soudain qu'elle savait exactement où aller.

Charles fut surpris de voir Susanna s'approcher de lui et lui offrir son bras avec un sourire enjôleur.

— Par ici, lui ordonna-t-elle en lui faisant contourner, dans la foule, un spectacle de marionnettes.

— Où allons-nous ? demanda Charles, entraîné malgré lui.

— Là-bas, lui répondit Susanna, avec un sourire mystérieux, en lui désignant des bâtiments en bois au milieu des arbres.

Charles était très intrigué. Jusqu'à présent, Susanna ne lui avait accordé aucune attention particulière. C'était une jolie fille, il se sentait flatté, mais il n'avait d'yeux que pour Judith.

Après plusieurs années d'une vie quasi monastique à l'université, Charles s'attendait à ce qu'on choisisse une compagne pour lui. Il ne lui était pas venu à l'esprit qu'il pourrait rencontrer, à Londres, une jeune femme qui le séduirait. Le choc avait été d'autant plus grand que non seulement elle lui avait plu, mais qu'elle lui avait laissé entendre que ce sentiment était réciproque.

Il n'y avait pas à s'y méprendre. Depuis le début, par ses sourires, ses questions, la patience (que personne d'autre n'avait eue) qu'elle avait manifestée devant sa lenteur à s'exprimer, Judith lui avait fait comprendre qu'il lui plaisait. Et ce matin, sous le cerisier, quand ils s'étaient mis à faire des projets pour l'été, ils avaient échangé des regards et des sourires qui lui avaient fait tourner la tête.

Et puis Daniel était intervenu.

Charles se rembrunit.

— Elle ne vous plaît pas, cette foire, Charles ? demanda Susanna en le regardant.

Charles jeta un coup d'œil autour de lui. Cette foule vulgaire et remplie de bière… Il la détestait, cette foire. Mais il aurait été impoli de leur fausser compagnie et, après tout, autant suivre Susanna qui s'efforçait de lui être agréable.

— Oui, oui, lui assura-t-il. J'aime !

— Allons là-bas, alors !

Elle le conduisit devant un bâtiment ovale de trois étages devant lequel attendait une file d'une vingtaine de personnes.

— C'est quoi ? demanda Charles, circonspect.

— Une espèce de théâtre. Ou de salle de spectacle, plutôt.

Charles se rembrunit encore. Une fille honnête comme Susanna n'emmenait pas un jeune homme assister à un *spectacle*.

— Susanna, vraiment…

À son grand soulagement, Richard Grainger surgit avec le père de Daniel.

— Oh, vous voilà, Père ! s'exclama Susanna d'un ton innocent. Vous vous rappelez cet endroit ? Nous y sommes venus l'année dernière.

Celui-ci jeta un coup d'œil au bâtiment.

— Peut-être, Susanna, mais…

— Vous ne pensez pas que M. Montjoye, Daniel et Charles pourraient trouver le spectacle amusant ?

Charles essaya désespérément de dire que non, il ne le trouverait pas amusant du tout, mais, malgré les objections de M. Grainger, Susanna avait les yeux brillants et il était clair que c'était elle qui allait l'emporter. Il ne restait plus à Charles, qui luttait vaillamment contre une curiosité de plus en plus vive, qu'à se joindre aux autres.

La chaleur, le bruit, l'odeur d'oignon, de bière et de sueur étaient cent fois pires que tout ce qu'il avait pu craindre. En attendant que le spectacle commence, le public, de la plus basse extraction, allait et venait, jouait aux cartes, mangeait, buvait, criait, sifflait, jetait des pelures d'orange et se querellait. Sur l'insistance de Susanna qui prétendit que c'était beaucoup plus amusant là, ils s'installèrent dans ce qu'elle appelait la fosse, un grand parterre devant la scène où ne se trouvaient que des bancs. Charles essaya de se mettre à côté de Judith, mais Susanna, fermement, le fit asseoir au bout d'un banc ; elle prit place à sa droite, entre lui d'un côté, Daniel et Judith de l'autre.

Puis l'orchestre attaqua.

Des raclements de bancs se firent entendre tandis que tout le monde s'asseyait. Des filles, déguisées en bergères, se mirent à danser en tournant sur la scène, jupes au vent, tandis qu'au premier rang les hommes se penchaient pour mieux voir et criaient des choses que Charles était heureux de ne pas comprendre. Seul M. Grainger avait l'air de désapprouver ; les autres riaient. Charles se tordit le cou pour voir Judith. Elle tourna la tête et lui sourit. Il se sentit brusquement encouragé.

— Ça va être bientôt le tour de l'ogre, vous allez voir ! lui cria Susanna à l'oreille avant qu'il ait pu adresser la parole à Judith.

De toute façon, Daniel s'était déjà arrangé pour qu'elle se retourne vers lui.

Évidemment, c'était facile pour qui parlait anglais sans mal. Charles, lui, n'arrivait pas à placer un mot. Mais Daniel était poseur et avait une intelligence superficielle, tandis que lui avait du sérieux et de la profondeur qu'il tenait d'une famille ayant des racines et une réelle fortune. Judith pouvait certainement sentir la différence, même si elle n'en connaissait pas la raison. Elle ne pouvait pas aimer les manières tapageuses de Daniel, c'était impossible. Mais celui-ci s'arrangeait pour lui imposer son oiseux bavardage et, pour l'instant, Charles ne voyait pas le moyen de l'arrêter.

Pourquoi ne pas tout simplement faire fi de ses blessures et oublier Judith ? D'abord, il n'était pas sûr d'y parvenir. Ensuite, il ne fallait pas mépriser les relations commerciales que le père de Daniel voulait instaurer avec les Grainger. Il y avait d'importants marchands de soie dans la famille – Charles songeait à l'autre branche de la famille, celle des Vovelle – qui pourraient être intéressés par les bénéfices à faire sur le marché grandissant de Londres. Et une alliance avec une famille protestante anglaise possédant de solides moyens était quelque chose qu'aucun huguenot ne pouvait dédaigner.

Il ne fallait pas oublier non plus l'argent que son père avait investi dans cette cargaison de soieries. Il avait souvent prêté de l'argent à l'« oncle » Michel, son demi-frère. Sans son aide, Michel Montjoye aurait été moins que rien.

C'était Joséphine, la sœur de son père, qui lui avait expliqué cela. Charles adorait la tante Joséphine. Elle n'était pas distante comme sa mère, laquelle était de faible constitution, et elle ne mâchait pas ses mots comme son père.

Joséphine rappelait toujours à Charles qu'il faisait partie du clan Vovelle, qu'il n'était Montjoye que de nom et presque par hasard. Les Vovelle étaient une famille riche et hautement respectable, avec des ramifications à Nîmes et à Lyon. Les Montjoye n'étaient rien en comparaison, et Michel était le pire de tous.

Charles voyait bien ce qui se passait. Michel Montjoye devait tout aux Vovelle, mais il voulait se libérer pour pouvoir commercer en toute indépendance. Ayant remarqué l'évidente attirance de Judith pour son neveu et craignant qu'un Vovelle n'empiète sur ses nouvelles relations avec les Grainger, il avait certainement donné comme consigne à Daniel de lui barrer le chemin.

Comme si Judith n'était rien d'autre qu'un pion ! se dit Charles, exaspéré. Non, il n'abandonnerait pas ! Il ne laisserait pas la victoire à Daniel !

— Regardez, Charles, voilà l'ogre ! s'écria Susanna en le poussant du coude.

À contrecœur, il leva les yeux. Grâce sans aucun doute à un mécanisme caché, un monstre surgit sur scène, hué par la foule.

Son costume vert était rembourré de coussins et un gigantesque masque aux sourcils en poils de sanglier, avec de grandes dents et un nez variqueux, lui tenait lieu de tête.

Chacun de ses pas s'accompagnait d'un roulement de tambour et de coups de cymbales. Un concert de sifflets s'éleva pour atteindre son paroxysme lorsqu'il s'approcha d'une fille en haillons qui s'essuyait les yeux avec un mouchoir et ne l'avait apparemment pas encore remarqué.

— Attention à toi, chérie ! hurla une femme derrière Charles.

Il se boucha les oreilles. Même comme ça, il entendait encore les gens taper des pieds et rugir comme des animaux. Il s'aperçut qu'en fait tout ce bruit était sans rapport avec ce qui se passait sur la scène. Hurlant et enjambant les bancs, les gens se précipitaient tous pêle-mêle vers le milieu de la fosse.

Richard Grainger et l'oncle Michel se levèrent, suivis par Judith, Daniel et Susanna. Machinalement, Charles en fit autant.

Et puis, soudain, il comprit qu'il s'agissait d'une bagarre.

Deux grands costauds se tapaient dessus aussi fort qu'ils le pouvaient. L'un des deux portait un gilet de cuir. L'autre, en gris, saignait du nez. Tout à coup, la foule s'ouvrit pour laisser passer l'homme en gris qui cherchait à s'échapper, mais l'homme au gilet de cuir le rattrapa et le plaqua face contre terre.

— Fais-lui la peau ! Tue-le ! criait la foule.

Charles était cloué sur place. Il vit l'homme en brun saisir l'autre par les cheveux, lui lever la tête puis la cogner sur le plancher, la soulever de nouveau… Il était horrifié, malade, mais il ne pouvait pas le quitter des yeux. Son cœur battait très fort, il avait les muscles tendus, les poings serrés, comme si c'était sa propre main qui agrippait la tête de sa victime et la claquait par terre. Il était prêt à vomir de dégoût de lui-même. C'était effrayant d'éprouver du plaisir à s'imaginer en train de réduire un visage en bouillie…

— Charles ! On s'en va ! lui dit M. Grainger en l'attrapant par la manche et en l'entraînant vers la porte.

L'orchestre se remit à jouer. Charles sortit de la salle de spectacle dans un état second.

— Par ici ! ordonna M. Grainger, le visage fermé. Plus jamais, Susanna, c'est compris ?

Ils traversèrent vivement la foire. Charles était tout tremblant. Comment avait-il pu être aussi vil, aussi bestial ?

« Il ne faut pas fréquenter ces lieux de perdition, se dit-il, tout le mal vient de là. » Une sanction divine n'était pas à écarter. Dieu vous envoyait parfois de telles punitions, alors qu'à d'autres moments il arrêtait miséricordieusement sa main. Dans le doute, Charles ressentait une grande appréhension.

Levant les yeux, il s'aperçut qu'il était resté en arrière. Il voulut allonger le pas, mais un homme qui titubait lui barra le chemin. Il le prit d'abord pour un ivrogne et marmonna, furieux. Mais il dut s'arrêter car l'homme tomba de tout son long devant lui.

L'homme étendu par terre était pauvrement habillé. Le visage luisant d'une sueur malsaine, il bavait et avait sur le cou deux gros furoncles, très enflés, ourlés d'ombres bleuâtres.

On attrapa Charles par le bras.

C'était Michel Montjoye, le visage déformé par l'horreur.

— Va-t'en, Charles ! lui ordonna-t-il d'une voix sifflante. C'est la peste !

III

Le cœur serré, Judith traversa vivement les écuries de la maison de Southwark.

— Qu'est-ce qui se passe, Peter ? cria-t-elle en s'arrêtant devant la double porte, verrouillée et barrée. Pourquoi ne pouvez-vous pas entrer ?

— 'Jour, maîtresse, répondit Peter de l'autre côté, d'une voix tonitruante. Le maître a dit de prendre des précautions, c'est tout ! À part ça, on va bien à Shoe Yard ! Tout est parfait !

Judith se représenta Peter, ses larges épaules et ses mains comme des flèches de lard. Il était aussi solide qu'un roc. « Je devrais arrêter de me faire du souci », se dit-elle.

Aucun des Grainger ni des Montjoye ne semblait avoir été contaminé par le malade rencontré un mois auparavant à Bankside, mais les événements à Londres avaient pris un tour effrayant. Les décès étaient en constante augmentation dans les quartiers pauvres. Dans toute la ville, on chuchotait que ce serait une année à peste.

Son père avait décidé que les Grainger (à l'exception d'Henry, parti pour les foires à laine) passeraient le plus chaud de l'été hors de la ville, et il avait invité les Montjoye à les rejoindre. Chaperonnés par Alf et Madge, les quatre jeunes gens avaient pris les devants, tandis que les affaires retenaient encore provisoirement Richard Grainger et Michel Montjoye à Shoe Yard. On attendait d'un jour à l'autre, maintenant, que le convoi maritime tente la percée du blocus hollandais. Aussitôt que le précieux chargement de soieries serait en sécurité, tous deux viendraient à Southwark.

Entre-temps, Peter était chargé des messages à porter entre les deux maisons. C'était son premier voyage au chemin Saint-George, aujourd'hui. Judith était soulagée d'avoir enfin des nouvelles, mais elle se sentait très mal à l'aise de le voir ainsi rester dans l'allée. Les étrangers n'étaient pas autorisés à pénétrer dans la maison – son père et Michel Montjoye en avaient fait une règle absolue –, mais Peter n'était pas un étranger.

— Vous êtes sûr que tout va bien, Peter ? demanda-t-elle.

— Aussi sûr que le nez est au milieu de la figure !

— Et le convoi ?

— M. Percival a dit à votre père que c'est pour bientôt, très bientôt.

C'était là de bonnes nouvelles, que Judith communiqua aussitôt à Susanna et à Daniel qui arrivaient en courant, Charles sur leurs talons.

— Et vous ? demanda Peter. Alf dit que vous avez travaillé dur !

— Et comment ! cria Susanna. Nous avons rentré du bois de chauffage, bêché les plates-bandes pour y planter des légumes, et nous avons fait des stocks de nourriture pour une armée entière !

— Voilà qui fait plaisir à entendre ! Maintenant, vous avez quelque chose à me donner ?

— J'ai une lettre pour Père, répondit Susanna.

— Glissez-la sous la porte ! hurla Peter. J'ai déjà poussé les vôtres dessous, alors je sais qu'il y a la place. Voilà, c'est ça !

— Les nôtres ? répéta Judith en regardant autour d'elle. Je ne les vois pas, Peter.

— Alf les a prises sans doute. Maintenant, je m'en vais. Dieu vous garde !

Alf aurait dû remettre les lettres immédiatement. Judith partit à sa recherche, suivie par les trois autres.

Ils le trouvèrent dans la cuisine, près de la cheminée, tenant un paquet plié très serré au-dessus des flammes.

— Mais que diable faites-vous donc ? s'écria Judith, horrifiée. Arrêtez ça tout de suite !

— Laissez, maîtresse, dit Madge. La fumée leur enlève le mal.

Alf tournait et retournait les lettres au-dessus du feu.

— Comme ça vous ne prendrez pas d'indisposition, maîtresse, expliqua-t-il à Judith avec un sourire édenté.

— Mais, et vous ? demanda Daniel.

— Il peut pas le prendre, dit Madge en désignant fièrement Alf.

— Il ne peut pas l'attraper ?

— Montre-leur, Alf, lui enjoignit Madge.

Alf secoua la tête.

— Ça va pas de le montrer trop, riposta-t-il vivement. Ça lui enlève de sa force.

— Il a quelque chose pour écarter la contagion, chuchota Madge. Cousu dans sa chemise.

— Tiens ta langue, femme ! lui ordonna Alf d'un ton cassant.

Il se fit un silence soudain. Judith jeta un regard surpris sur les deux domestiques. Alf s'était exprimé comme s'il était le mari de Madge ou son maître. Judith en éprouva une espèce d'inquiétude, comme s'il se tramait des choses derrière son dos. Quoi qu'il en soit, Alf avait eu tort de s'emparer du paquet sans permission. Les domestiques sont au courant des secrets de famille, c'est inévitable. Mais ces lettres ne lui étaient pas destinées et ce n'était pas à lui de décider ce qu'il fallait en faire.

— Donnez-moi ça, Alf, dit-elle froidement.

— Voilà, maîtresse, répondit-il avec une relative docilité.

Il se traîna jusqu'à sa chaise et s'assit tout à côté du feu, les yeux fixés sur les braises.

— Pour vous, Daniel, dit Judith après avoir brisé le sceau du paquet, en lui tendant une lettre portant l'écriture nette et carrée de Michel Montjoye.

Elle déplia une seconde lettre, envoyée par son père, et parcourut rapidement les premières lignes.

— Oh ! fit-elle. Le roi a quitté Londres avec toute la cour !

Un rien d'angoisse se refléta dans les yeux bleus de Susanna.

— Alors, c'est que la peste se répand vraiment ! remarqua-t-elle.

— Mais est-ce que le roi ne part pas toujours à la campagne en été ? demanda vivement Daniel.

— Oui, c'est vrai, dit Judith, heureuse de cette explication qui pouvait rassurer Susanna… et elle-même. Bon, Père écrit que nous devons nous en tenir strictement à la règle et garder la maison fermée, conclut-elle en tendant la lettre à sa sœur. Et votre père, Daniel ? Que dit-il ? lui demanda-t-elle.

— Il dit que je dois vous faire penser à Livourne.

— Et c'est qui celui-là ? s'enquit Madge.

— Livourne, c'est un endroit, répondit Daniel. C'est un port d'Italie.

— Et ça nous avance à quoi ? demanda Madge avec un rire plutôt forcé.

— Les Italiens en savent long sur la peste et sur les façons de l'éviter, répondit Daniel. Ils citent en exemple l'histoire de Livourne. C'est une histoire vraie.

Alf leva les yeux et Madge arrêta son rire désabusé. Le silence se fit.

— Il y a quelques années, Livourne a été balayé par une terrible épidémie de peste, reprit Daniel. Mais pour avoir passé l'été enfermées dans leur cloître, les bonnes sœurs d'un couvent situé en plein milieu de la ville ont toutes survécu.

— Toutes ? releva Susanna.

Comme Judith, elle avait déjà entendu cette histoire de la bouche de Michel Montjoye, mais elle n'avait pas pu résister à donner la réplique à Daniel.

— Toutes sauf une, précisa Daniel en souriant. Quand la nourriture commença à manquer, la mère supérieure leur donna la choix : rester, jeûner et prier, ou quitter le cloître. Une seule préféra sortir en ville dans l'espoir de trouver à manger.

— Ah oui ? Et alors ? demanda Madge.

— On ne l'a plus jamais revue. Quand l'épidémie de peste a cessé, les nonnes sous-alimentées étaient en état de faiblesse, mais ne manifestaient aucun symptôme de maladie.

— Hum ! grommela Madge, les prières elles y sont pour rien parce que les nonnes elles sont papistes et le Seigneur il les écoute pas. C'est peut-être le jeûne.

— Non, Madge, c'est grâce aux murs du couvent ! rétorqua Judith, agacée par son obstination. Cette histoire prouve que nous devons rester enfermés dans la maison.

Alf ricana.

— Ben, pour ce qui est de Livourne, je sais pas, mais je sais ce que je sais.

Judith avait l'habitude d'écouter ses deux vieux domestiques plutôt que de s'en faire écouter, mais cette fois elle en eut assez.

— Et que savez-vous exactement, Alf ? lui demanda-t-elle d'un ton de défi.

Alf fixait le feu d'un air buté.

— Je sais que dehors il y a la peste et que c'est pire tous les jours, et je sais que le roi il s'est sauvé avec ses petites femmes et tous les grands seigneurs. Et je sais qu'ils ferment les maisons où il y a le mal avec des croix rouges sur la porte et des pancartes clouées où il est écrit *Que le Seigneur ait pitié de nous.*

— Et comment savez-vous ça ? interrompit Daniel. Vous êtes sorti ? Ou auriez-vous laissé entrer quelqu'un ?

Alf jeta un regard las à Judith, comme pour lui demander s'il devait vraiment répondre aux questions de Daniel. Oui, sans aucun doute, pensa Judith.

— Vous ne savez pas lire, Alf, déclara-t-elle vivement. Par conséquent, vous avez dû parler à quelqu'un. À qui ?

— À Roger, le gosse de mon cousin.

— Qui est-ce ? insista Judith. Expliquez-vous !

— Roger, le gamin de mon cousin, qui habite du côté de Bermondsey, répondit-il lentement, une lueur de rancune dans l'œil. Il passe tous les jours derrière la maison. Je parle avec lui depuis l'écurie. Comme on l'avait discuté avec le maître.

— Avec mon père ? demanda Judith, déconcertée.

— Oui. Comme ça je peux envoyer un message à Shoe Yard s'il y avait besoin.

Judith n'en menait pas large. Pourquoi son père ne lui en avait-il pas parlé ? Visiblement – et cela lui donnait l'impression d'être traitée en enfant – il faisait son possible pour leur cacher une partie de la vérité. Grâce sans doute à la lettre qu'il venait de recevoir de son père, Daniel paraissait mieux informé.

— Très bien, répondit-elle finalement. Et maintenant, je suppose que du travail vous attend dans le jardin.

Alf ne parut guère impressionné, comme s'il comprenait que ces propos gourmés ne faisaient que trahir l'absence d'autorité d'une fille de dix-sept ans. Mais, après toute une vie de servitude, certaines habitudes sont immuables. Il se leva et claudiqua vers la porte de derrière.

— Vrai de vrai, marmonna-t-il en sortant. Du travail, y en a toujours dans un jardin.

Judith surprit un sourire moqueur sur les lèvres de Madge. Elle la foudroya du regard. Madge se remit précipitamment au travail, mais Judith n'aurait pas juré que son sourire avait complètement disparu.

Le lendemain, Susanna, qui aidait à préparer le souper, alla chercher une motte de beurre dans le cellier. Elle en ressortait quand elle s'arrêta tout à coup, les sourcils froncés.

Non, ce n'était pas un effet de son imagination. Il devait y avoir trois barils de bœuf salé… et maintenant il n'y en avait plus que deux. Madge en avait peut-être emporté un dans la cuisine. Mais pour quoi faire ? Normalement, elle venait prendre un morceau de viande quand elle en avait besoin, elle ne trimbalait pas tout le baril avec elle…

Susanna ouvrit la porte de l'autre cellier. Le baril n'y était pas. Elle s'apprêtait à aller demander des explications à Madge, quand elle hésita. Madge et Alf étaient si bizarres, depuis quelque temps…

Elle regarda autour d'elle, cherchant à voir s'il manquait autre chose. C'était difficile à dire, ils avaient fait tellement de provisions… Combien de flèches de bacon ? Combien de morue séchée ? La farine avait l'air d'avoir beaucoup diminué, mais elle ne s'occupait généralement pas des achats de la maison. Combien de farine faut-il pour six personnes pendant cinq jours, compte tenu qu'ils faisaient eux-mêmes leur pain ? Elle n'en avait aucune idée.

Elle emporta le beurre dans la salle à manger et s'assit, troublée et se sentant très seule – ce qui lui arrivait de plus en plus souvent. Judith, plus près de Charles et de Daniel étant donné son âge, s'était éloignée d'elle et son soutien lui manquait.

Dans ces circonstances si inquiétantes, on ne badinait plus, mais les deux garçons s'étaient visiblement entichés de Judith. Susanna avait abandonné ce combat inégal. Elle n'aurait jamais dû essayer d'entrer en compétition. Il ne se serait rien passé à la foire si elle ne s'était pas montrée aussi écervelée.

Un mois auparavant, quand il ne s'agissait que de jeux, cela avait été un avantage de n'avoir que quinze ans, mais maintenant elle se sentait mise à l'écart, petite et déplacée.

Elle espéra un instant s'être trompée à propos des provisions. Madge et Alf étaient de vieilles personnes pleines d'expérience, au service de la famille Grainger depuis une éternité, et Susanna avait toujours été leur favorite. Mais c'était les petites filles qu'on traitait de cette façon et il était grand temps qu'elle cesse d'être une petite fille. Un baril de bœuf avait disparu, elle devait en informer Judith.

Dix minutes plus tard, ayant vérifié elle-même l'état des stocks, Judith, en compagnie de Susanna, Daniel et Charles, tenait un conseil de guerre, loin des oreilles de Madge et de Alf, dans la chambre que se partageaient les deux garçons.

— Un baril de bœuf, une flèche de bacon, le quart d'un fromage, du cognac et je ne sais combien de farine, déclara Judith, les traits tirés. Je n'y comprends rien. Ils mangent tout leur content. Qu'est-ce qu'ils peuvent bien faire de tout ça ?

— Cela doit sortir de la maison, suggéra Daniel. Avec le fameux Roger.

Par la fenêtre, au-delà du jardin et des écuries, on voyait la campagne. Susanna imaginait Roger (qu'elle ne pouvait s'empêcher de se représenter comme un garçon à l'air sournois, le col relevé sur les oreilles), se faufilant à travers champs avec un sac gonflé de victuailles. Et, tout à coup, quelque chose la frappa.

— Écoutez ! s'exclama-t-elle. Alf ne pourrait pas lui donner ça sans ouvrir les portes de l'écurie !

— Vous avez raison, approuva Daniel. Il ment quand il dit que la porte reste fermée. Judith, que pensez-vous que ferait votre père s'il était ici ?

— J'imagine qu'il congédierait Madge et Alf, mais après s'être assuré qu'ils ont quelque part où aller.

— Très bien. Alf a de la famille à Bermondsey. Ce n'est pas loin d'ici. Et Madge ?

— Elle n'a personne à Londres. Cela fait des années qu'elle est arrivée du Hampshire. On ne peut pas juste l'inviter à faire sa valise.

— De toute façon, intervint Susanna, nous ne sommes pas Père. À lui, ils seraient bien obligés d'obéir, mais ils ne nous obéiront pas à nous. Madge s'est moquée de toi, hier, Judith. Ils nous considèrent toutes les deux comme des enfants. Si nous leur demandons de partir, ils refuseront !

— Tu as raison, reconnut Judith, découragée. Si nous les accusons de vol, ils nieront probablement, et nous n'avons aucune preuve.

Ils étaient pris au piège, se dit Susanna. Dans aucune famille décente on ne maltraiterait de vieux serviteurs qui ont commis une faute, ou on n'appellerait les hommes du guet pour les faire passer en jugement. Il fallait s'y prendre avec douceur et laisser faire le maître de maison. D'un autre côté, il n'était pas possible de laisser Madge et Alf continuer à les voler.

— Il faut que nous les prenions la main dans le sac, suggéra-t-elle en désespoir de cause.

Daniel expliqua à Charles, intrigué, ce que signifiait « la main dans le sac ». Après avoir compris, Charles hocha vigoureusement la tête.

— Oui, il faut…

Là-dessus il alla à la fenêtre et fit mine de regarder dehors en se cachant derrière le rideau.

— Observer, proposa Judith.

— Je pense qu'il veut dire « espionner », corrigea Daniel avec un petit sourire. D'ailleurs, c'est la seule chose à faire. Nous ne devons pas leur laisser voir que nous les soupçonnons. Et…

— Regardez ! s'exclama Charles en désignant quelque chose au dehors.

Susanna alla voir. Dans l'étroit passage qui séparait le jardin des Grainger de son voisin, un cavalier aux larges épaules avançait au pas

— C'est Peter ! cria-t-elle à Judith.

Judith et Daniel se précipitèrent. On ne l'attendait pas si tôt après son premier passage. Susanna sentit l'angoisse lui serrer l'estomac.

— Peter ! hurla-t-elle, tandis que Judith ouvrait la fenêtre.

Peter leva vers eux un visage rayonnant.

— Savez quoi ? cria-t-il. Le convoi est passé à travers ces putains de Hollandais sans une égratignure !

Le dimanche se leva, beau et clair. Tout le monde fut debout de bonne heure, dans une atmosphère de joyeuse expectative.

Selon l'heureux message que Peter leur avait apporté au début de la semaine, les trois hommes de Shoe Yard devaient arriver plus tard dans la journée, et cette fois pour rester.

En sa qualité d'aîné, ce fut Charles qui, dans le salon, lut avec application les prières de la journée. Tout était calme, ils entendaient les cloches de l'église paroissiale non loin de là. Les prières dites, ils restèrent à bavarder. Daniel plaisanta et fit le pitre pour distraire les filles. Charles s'arracha un sourire, mais en réalité il se sentait rempli d'amertume.

Il pouvait rire, Daniel. Le navire était arrivé à Londres et, à l'heure actuelle, les soieries se trouvaient dans les entrepôts de Richard Grainger. Daniel et son père allaient faire de l'argent et gagner leur indépendance vis-à-vis des banquiers de la famille Vovelle.

Et Daniel pourrait se permettre de prétendre à la main de Judith.

Charles sentait monter la colère. Comme ils s'y étaient engagés, il échangeait avec Judith des leçons de langue. Elle se montrait bonne et patiente, et il pensait vraiment avoir toutes ses chances avec elle. Cela prendrait du temps, c'était tout. Mais maintenant, ce convoi donnait à Daniel l'occasion de le devancer.

Charles resta encore un moment à observer les bouffonneries de son cousin, puis trouva un prétexte pour retourner dans sa chambre. Là, du moins, il pourrait faire quelque chose d'utile : épier par la fenêtre, comme il le faisait chaque jour. Rien de nouveau n'avait été volé cette semaine. L'annonce du retour du maître en était peut-être la cause, à moins que ces serviteurs roublards n'aient compris qu'ils étaient surveillés. Si cela n'avait tenu qu'à lui, il y a longtemps qu'il les aurait jetés dehors par la peau du cou.

Il s'assit, caché par les rideaux et, puisqu'on était dimanche, ouvrit la Bible anglaise qui se trouvait à côté de lui. Il se débattit un moment avec les mots difficiles puis, comme son attention s'égarait, il se secoua et regarda par la fenêtre. Ce qu'il vit lui causa un choc.

Une silhouette emmitouflée avait disparu en courant sous les cerisiers pour réapparaître au bout du jardin. Surexcité, Charles reconnut Madge qui portait quelque chose sous le bras. Une seconde après, la porte de l'écurie se refermait sur elle.

Charles ne se tenait plus de joie. Pendant que Daniel et les filles batifolaient, il allait prendre les domestiques sur le fait ! Il descendit l'escalier quatre à quatre, traversa la cuisine et le jardin et entra dans l'écurie. Comme des voix étouffées lui parvenaient, Charles se rappela en effet que Alf vivait là, au-dessus. Il grimpa par l'échelle dans le grenier et avança avec précaution, à l'abri d'une meule de foin. Un grand carré de tissu gris, accroché à une poutre, faisait office de séparation, et les murmures venaient de l'autre côté.

Il avança sur la pointe des pieds jusqu'au rideau, avisa un trou et y colla son œil.

Au milieu de tas de paille et de foin, il aperçut quelques meubles et des vêtements, puis, au centre, une paillasse sur laquelle Alf était allongé. Madge était à califourchon sur lui, jupes retroussées et les mains entre les cuisses. Les yeux de Charles lui sortirent de la tête lorsqu'il comprit ce qu'elle était en train de faire. D'une main, elle écartait ses parties intimes, de l'autre elle frottait sur elles la chose de l'homme !

Charles était scandalisé – ce qu'ils faisaient là était proprement lubrique, alors qu'ils n'étaient pas mariés, et le jour du Seigneur en plus – mais il ne pouvait détacher ses yeux du connin de Madge. Un de ses camarades d'université, qui sortait en ville, lui avait expliqué qu'un connin était chaud, mouillé et glissant. Charles, lui, n'en avait jamais ni vu ni touché. Celui de Madge était extraordinairement velu, et sa fente d'un brun rouge flamboyant. Charles était dégoûté, mais en même temps il sentait sa chose à lui durcir. Il aurait dû s'en aller doucement. Il aurait dû obéir aux prescriptions du Seigneur. Il ne le fit pas.

— Ça vient, Alf ? murmura Madge.

Comment pouvait-on parler de ces choses quand on était en train de les faire ? se demanda Charles, choqué.

— Mets-le dedans, maintenant, grogna Alf, en allant au-devant de son geste.

— Non, s'il te plaît, Alf… Ne fais pas ça, tu vas m'engrosser, s'il te plaît !

— Mets-le dedans et ne discute pas, femme !

Il fallait que cela cesse, se dit Charles, ne serait-ce que dans l'intérêt de sa propre vertu. Il tira le rideau et avança.

— Oh, mon Dieu ! s'écria Madge en se remettant debout sur des jambes tremblantes, ses jupes retombant d'elles-mêmes à leur place.

— Qu'est-ce qu'il fout là, celui-là ? hurla Alf en roulant sur le lit tout en luttant avec son pantalon.

Charles hésita puis tout à coup, par terre, il aperçut un sac. Il l'ouvrit. Il contenait de la farine, des bougies et un pain de sucre – un objet de luxe.

— Vous êtes des voleurs ! s'écria Charles d'un ton accusateur.

— Touchez pas à ça ! ordonna Alf en essayant de se redresser.

En bas, la porte grinça.

— Ici ! cria Charles. J'ai pris la main dans les sacs !

Il espérait que c'était Judith et qu'elle allait être impressionnée par ce qu'il avait fait.

Des pas résonnèrent et, au grand dépit de Charles – même si Judith et Susanna arrivèrent à sa suite –, ce fut Daniel qui apparut.

— Ah, misère de moi ! s'écria Madge en reculant et en tirant sur sa jupe. Voilà les autres !

— Nous t'avons entendu partir en courant, Charles, lui dit Daniel en français. Qu'est-ce qui se passe ?

— Nous les avons attrapés ! répondit Charles en montrant le sac. Cette femme a apporté ça ici, je l'ai vue.

Devait-il lui parler aussi du spectacle lubrique auquel il avait assisté ? Il se sentait mal à l'aise, comme si le fait d'en avoir été le témoin l'en avait rendu complice. Non, il n'avait pas envie de le raconter, même à mots couverts, dans un langage que les filles n'auraient pas compris.

— Les voilà qui déblatèrent sur nous dans leur langue étrangère, maintenant, grommela Alf en s'appuyant contre le dos de son fauteuil.

— Taisez-vous, Alf ! dit Judith. Madge, qu'est-ce que ces provisions font ici ?

Madge regarda par terre.

— Oh, c'était juste un petit cadeau pour Alf, murmura-t-elle.

— Et qu'est-ce que Alf est censé faire avec de la farine et du sucre ?

— J'en sais rien, répondit Madge en haussant les épaules. Des gâteaux, peut-être.

Judith fut sur elle en un éclair, la main levée. Voyant venir le coup, Madge se protégea de son bras. Mais, à la dernière minute, Judith se maîtrisa et laissa retomber sa main.

— Et le bœuf salé ? Et le lard ? Et le fromage ? Et tout ce que vous avez pris ? demanda-t-elle. Parce que nous savons tout, et Peter a emporté une lettre qui le raconte à Père.

Madge parut quelque peu ébranlée. Elle jeta un regard hésitant à Alf, qui se contenta de sourire.

— Madge, dit Judith tristement, vous faites pourtant presque partie de la famille…

— *Presque,* répéta Madge, avec un courage tout neuf.

Blessée, Judith sentit des larmes lui monter aux yeux.

— Mais ces provisions sont pour nous tous, Madge ! protesta-t-elle, pour que nous puissions rester ici, hors de danger. Pas seulement nous, mais vous et Alf aussi ! Vous ne comprenez donc pas que nous vous offrons notre protection ?

— Votre protection ? Vous ? ricana Alf.

Ceci parut mettre fin aux hésitations de Madge. Poings sur les hanches, elle leva agressivement le menton :

— Qu'est-ce que vous croyez, espèces de riches petites nunuches ? Vous pensez que vous allez rester tout douillettement dans votre belle résidence d'été, loin du mal qui court au-dehors ? Celui-là, il ne fait pas la différence entre le riche et le pauvre, ça lui est bien égal que vous soyez dans la rue ou cachés dans une jolie maison !

— Ridicule ! s'exclama Judith.

— Qu'est-ce que vous en savez ? hurla Madge.

Le silence se fit. Charles n'avait pas compris tout ce que Madge avait dit, mais il voyait la sueur qui couvrait son front et il sentait son odeur forte et aigre. Elle avait peur. Charles commença à avoir peur, lui aussi.

— Les choses ne peuvent pas être aussi terribles que vous cherchez à nous le faire croire, intervint Susanna d'une voix tremblante. Les gens vont et viennent tranquillement dehors. Et nous avons entendu les cloches de l'église ce matin.

Alf lui lança un regard de pitié.

— Les cloches, maîtresse… vous n'avez pas fini de les entendre. Sonner le glas.

— Ça suffit ! cria Judith.

— Ne vous occupez pas de lui, Judith, dit Daniel en allant se planter devant Alf d'un air menaçant. Tu crois détenir une espèce de pouvoir, n'est-ce pas ? C'est ce truc qui est cousu dans ta liquette, c'est ça ?

Alf recula d'un pas en serrant son gilet mais sans quitter son air de défi. Madge se rapprocha de lui, avec un regard implorant que Charles comprit immédiatement. Elle désirait désespérément obtenir sa protection. En dépit de toute religion et de toute raison, elle croyait aux vertus de l'amulette de Alf et plus elle en était proche, plus elle se sentait en sécurité. Elle était disposée à voler pour le vieux, et Charles était bien placé pour savoir jusqu'où elle était prête à aller pour satisfaire ses exigences. Il frissonna en y pensant, écœuré et effrayé à la fois. Il n'avait même pas conscience de la présence des trois autres. Il n'avait d'yeux que pour Madge et Alf.

— N'y a pas de mur qui arrêtera la pestilence, croassa Alf.

Avec un œil méprisant sur Daniel, il baissa la voix et chuchota :

— Vos idées à la française et vos histoires de papistes italiens ne l'arrêteront pas non plus, jeune étranger.

Il fallait faire taire Alf avant qu'il ne les ait tous affolés. Daniel le saisit par le col de sa chemise.

— Un mot de plus et je te l'arrache, charme magique compris ! Vu ?

Alf roula de gros yeux.

— Ça te brûlera comme les feux de l'enfer ! chuchota-t-il en essayant de se dégager.

— Je suis prêt à prendre le risque. Et maintenant, ferme-la. Compris ?

Alf serra les lèvres, les yeux écarquillés. Madge fit mine de bouger, mais Alf l'arrêta du geste.

— Voilà qui est mieux, dit Daniel. Judith, que voulez-vous faire d'eux ?

Judith hésita.

— Père avisera, déclara-t-elle d'une voix tremblante. En attendant, je ne les veux plus dans la maison. Qu'ils restent là.

Ils s'en allèrent, après avoir repris le sac volé, suivis par les regards haineux de Madge et de Alf. Une fois rentrés, Charles leur raconta comment il avait aperçu Madge par la fenêtre, sans se présenter, comme s'y attendait Daniel, sous un jour particulièrement héroïque.

— Vous avez bien fait de garder l'œil ouvert, lui dit Judith d'un ton approbateur, puis s'adressant à Daniel : Je suis bien contente que vous ayez mis un terme aux divagations de Alf.

— Mais comment avez-vous fait ? demanda Susanna. Il vous avait à peine traité d'étranger que vous vous mettiez à lui parler comme un charretier !

— Vraiment ?

— Oui, confirma Judith avec une lueur de curiosité dans l'œil. Et même, avec la bonne intonation !

— Ah, oui ? répondit Daniel sans se compromettre.

Comment leur expliquer ? Ces jeunes filles n'avaient jamais eu à vivre, comme lui, parmi le petit peuple de Londres. Les Londoniens pouvaient se montrer drôles et chaleureux, mais ils étaient aussi forts en gueule et prompts à détester l'étranger. Il avait quatorze ans, lors de son second séjour à Londres, quand il avait bêtement laissé percer son remarquable accent étranger au cours d'un match de football à Moorfields, et une demi-douzaine de jeunes imbibés de bière l'avaient tabassé. De ce jour, il avait ouvert les oreilles et imité ce qu'il entendait, perfectionnant son anglais, et pas seulement le langage convenable des jeunes filles Grainger. Face à Alf, il avait emprunté presque inconsciemment les accents qui pouvaient lui en imposer.

— J'ai sans doute voulu lui faire peur, reconnut-il.

— Vous avez certainement réussi, remarqua Judith avec toujours la même expression de curiosité.

« Elle doit me trouver vulgaire », se dit Daniel, inquiet. L'idée qu'elle pouvait lui préférer Charles le tourmentait. Il allait avoir les moyens de se marier, maintenant, mais l'argent n'était pas tout. Et si Judith ne voulait pas de lui ?

Vint le dîner, puis l'après-midi, qui se tira en longueur sans que les hommes de Shoe Yard n'aient fait leur apparition. Ils jouèrent aux cartes tous les quatre dans la salle à manger, mais personne n'avait la tête à ça.

— Ils ne seront pas là avant demain, maintenant, remarqua Daniel.

L'après-midi avait fait place à la soirée et Judith et Susanna étaient à présent silencieuses et tendues.

— Ils ont probablement eu des problèmes avec la marchandise, poursuivit Daniel. Avec ce grand convoi, il doit y avoir une belle pagaille à l'arrimage et à la douane. Ça leur a sans doute pris plus longtemps qu'ils ne le pensaient pour ramener les soieries à Shoe Yard.

— Ils auraient pu nous envoyer un message pour nous prévenir, objecta Judith doucement.

— Ils devaient avoir besoin de Peter auprès d'eux.

— Mais il suffisait d'envoyer un mot avec une voiture de louage, lança Susanna.

Un silence contraint s'installa.

— Bon, dit enfin Judith en se levant. Nous attendrons jusqu'à demain. Et maintenant, il faut sans doute que j'aille apporter à manger à Alf et Madge. Viendrez-vous avec moi ? demanda-t-elle en hésitant à Daniel.

« Si vous saviez avec quelle joie ! » pensa Daniel.

Ils allèrent ensemble chercher du pain, du fromage et de la bière dans la cuisine et s'en allèrent par le jardin jusqu'à l'écurie. Là, ils s'arrêtèrent net. La porte était grande ouverte et laissait entrer le soleil couchant.

Daniel grimpa quatre à quatre les marches jusqu'au grenier.

— Ils sont partis, annonça-t-il en redescendant. Ils ont dû avoir peur d'affronter votre père.

— Les portes n'étaient pas verrouillées ?

— Alf devait avoir la clef, dit Daniel en fermant la porte et en la barrant avec soin. Au moins, ils ne nous causeront plus de soucis, ces deux-là. Bon débarras !

Vers minuit, il se mit à pleuvoir. Daniel, qui ne dormait pas, écoutait tomber la pluie, angoissé à l'idée des balles de soie qui traînaient sur des charrettes dans les rues étroites de Londres. Il se refusait à envisager les autres dangers évoqués par son père dans sa lettre. C'était un homme d'expérience, ils s'en sortiraient tous les trois, lui, Richard Grainger et Peter.

L'aube se leva, lugubre. Daniel descendit, suivi peu après par Charles. Il abandonna celui-ci à la préparation des prières du matin et se mit à marcher de long en large dans la cuisine. Que se passait-il en ville ? Enfermé ici, il se sentait comme aveugle. Il avait déjà remarqué qu'il y avait dans la maison des petites fenêtres sous les combles. Jusqu'où pouvait-on voir de là ?

Dès que Judith apparut, il lui demanda :

— Comment faire pour aller dans le grenier ? De là-haut, on peut peut-être voir ce qui se passe assez loin ?

— Oh, quelle bonne idée ! Venez, je vais vous montrer.

Elle le conduisit, au bout du couloir qui traversait la maison par le milieu, jusqu'à une porte, qu'elle ouvrit. Ils grimpèrent tous les deux un escalier étroit qui aboutissait à une autre porte. Judith souleva une planche.

— Elle est toujours là ! s'écria-t-elle en extirpant une vieille clef rouillée.

Daniel l'introduisit dans la serrure. Il eut du mal à la faire tourner, les gonds gémirent, mais la porte céda.

Le grenier s'étendait de l'arrière à l'avant de la maison, sous le comble principal. Il était rempli de poussière et de tout un fatras dont un tas de vieilles malles, une table les pieds en l'air et un lit à colonnes démantelé, aux draperies passées.

— Je ne suis pas venue ici depuis mon enfance, chuchota la jeune fille.

Daniel se précipita à la fenêtre de devant et ouvrit les volets. Il n'y avait pas de carreaux. Il sortit la tête. En face, des rafales de pluie courbaient les branches des arbres. Il pouvait voir assez loin dans le chemin Saint-George : pas âme qui vive. Il referma les volets et alla passer la tête à la fenêtre de derrière.

— De là on voit Londres, dit Judith en se glissant à côté de lui. Nous prétendions qu'on pouvait distinguer le toit de notre maison de Shoe Yard, mais en vérité c'est impossible.

Ils tendaient le cou. À droite, les prés, avec leurs vieux ormes et leurs troupeaux en train de brouter, allaient se confondre avec la ville en un long ruban monotone de masures et de jardins potagers. Puis venaient, humides et brillants, les toits de Southwark et, au-delà, la masse grise de Londres.

— Il n'y a pas moyen de savoir ce qui se passe là-bas, dit Judith.

— Non, reconnut Daniel, incapable de cacher sa déception. Il n'y en a pas.

— Qu'est-ce que nous allons faire maintenant ? Je veux dire… à leur propos.

— Je ne sais pas, Judith.

Ils échangèrent un bref regard troublé. Il la sentait, chaude, à côté de lui et il aurait voulu pouvoir la serrer dans ses bras. Ce qui l'aurait peut-être réconfortée, elle, et sûrement réconforté, lui.

— Au secours ! Judith !… Daniel !

La voix stridente de panique venait d'en bas, dans la maison.

— C'est Charles ! s'écria Daniel qui se précipita dans l'escalier au risque de se rompre le cou, suivi de Judith.

Charles les rejoignit en courant dans le couloir.

— Susanna n'est pas bien ! leur dit-il, haletant.

— Vous voulez dire qu'elle est *malade* ? demanda Judith, effarée.

— Non, non, elle est…

Il se tourna vers Daniel et lui dit rapidement, en français :

— Elle est descendue en pleurant et elle est sortie en courant dans le jardin. Elle essaye de grimper par-dessus le mur !

Daniel fonça vers la porte, tout en expliquant ce qui se passait à Judith. Dehors, dans le jardin, près de la cuisine, dans un coin qu'on ne pouvait voir de là-haut, Susanna était debout, chancelante, sur une caisse en bois, s'efforçant d'escalader le mur.

— Susanna ! hurla Judith.

La caisse se renversa et Susanna resta un instant suspendue par les mains. De toute évidence, elle n'était pas capable de se hisser sur le mur. Elle se laissa retomber tandis que Daniel et Judith couraient vers elle. Elle avait un châle sur les épaules, les cheveux trempés et les joues brillantes de pluie et de larmes.

— Susanna, qu'est-ce qui se passe ? demanda Judith en la prenant dans ses bras. Qu'est-ce que tu essayais de faire ?

— Je voulais aller au Borough chercher une voiture, évidemment ! répondit Susanna en sanglotant.

Elle repoussa Judith et sortit une feuille de papier pliée de sa manche.

— Le cocher aurait pu l'apporter à Père et nous ramener un message !

— Susanna, intervint Daniel aussi calmement qu'il put, vous n'auriez pas dû prendre sur vous de sortir seule.

— Pourquoi pas ! répliqua-t-elle d'une voix furibonde. Si je m'en vais dehors, comme la bonne sœur de votre histoire, ça n'a aucune importance, non ?

— Mais bien sûr que si ! riposta Daniel, frappé. Personne n'a envie de vous perdre ni de vous voir blessée d'aucune façon !

Susanna lui lança un regard indécis, ouvrit et referma la bouche, comme si elle avait été surprise par sa réaction.

— Bon, mais je pense quand même qu'on devrait envoyer un message, murmura-t-elle enfin. Il se passe quelque chose d'anormal à Shoe Yard. C'est certain.

— L'idée de Susanna n'est peut-être pas si mauvaise après tout, remarqua Judith en levant un regard interrogateur vers Daniel. Je pourrais y aller.

— Alors, pourquoi pas moi ? protesta Susanna d'une voix pleine de larmes.

— Ou moi ? proposa Daniel. Ou Charles ?

Daniel était mécontent de voir Charles carrément se désintéresser de ce qui se passait. Ils étaient tous embarqués dans la même galère, et Charles devait fournir sa part d'effort.

— Je ne vois qu'une solution, dit-il. Nous irons tous les quatre !

IV

Un flot ininterrompu de Londoniens descendait le Borough, à pied, à cheval, en voitures de louage ou en carrosses luisants de pluie, en charrettes ou en carrioles abritant sous des bâches des familles entières. Ils ne parlaient ni ne se mêlaient à personne. Des écharpes autour de la tête, ils tenaient des bouquets d'herbes sous leur nez ou luttaient pour maintenir allumée sous la pluie une pipe qui répandait autour d'eux un écran de fumée protecteur.

Judith qui, du bas-côté de la rue, contemplait ce spectacle en compagnie de Susanna, de Daniel et de Charles, était terrifiée par son évidente signification : les Londoniens abandonnaient la ville, fuyant la peste.

— Avec tout ça, nous n'allons pas trouver une seule voiture à louer, remarqua Daniel, rompant le silence.

— Il faut quand même essayer ! riposta Susanna, angoissée.

— Très bien, dit Daniel en hochant tristement la tête

Pataugeant dans la boue, ils s'éloignèrent rapidement par des rues latérales. Les garçons avaient des bottes, les filles des socques sur leurs chaussures. Ils portaient tous des chapeaux et de lourdes capes, celles des filles avec de grands capuchons, bleu royal pour Susanna, bleu ciel pour Judith. Quelques minutes plus tard ils se trouvaient de nouveau sur le Borough, près de la place du marché.

— Regardez ! s'écria Susanna, triomphante, en leur montrant toute une rangée de voitures de place alignées devant une taverne.

— C'est pour quoi? demanda un cocher qui, en les voyant approcher, avait enfoncé son chapeau sur sa tête et était sorti du porche de la taverne.

— Un message, répondit Daniel. Pour Shoe Yard, près de Fleet Street.

— Fleet Street ? répéta le bonhomme d'un ton sarcastique, le doigt pointé sur le flot humain qui se déversait. Et comment vous espérez que je vais traverser le pont contre tout ça ?

Avec un juron, il leur tourna le dos et alla rejoindre ses collègues sous le porche.

Indécis, Judith et les trois autres contemplèrent la foule qui passait. Toutes les routes qui menaient hors de la capitale seraient-elles bloquées ? C'était fou, absolument invraisemblable. Judith n'avait jamais rien vu de pareil et jamais aucun vieux ne lui avait raconté de telles choses. « Où est Père dans tout ça ? Qu'est-ce qui lui est arrivé ? » lut-elle dans le regard de Susanna. Elle s'écria :

— Il faut en avoir le cœur net, Daniel ! Si nous allions jusqu'au pont ? Nous trouverons peut-être un moyen, là-bas…

— Même à pied, je ne crois pas qu'on réussira à traverser, répondit Daniel. Pas plus qu'on ne trouvera de messager.

— On pourrait passer en bateau ! suggéra Susanna d'un ton suppliant.

— Et ensuite ?

— On enverrait un message du débarcadère et on attendrait la réponse.

Il y eut un moment de flottement. Judith regarda les autres.

— Nous n'allons pas rentrer chemin Saint-George et attendre sans rien faire ! s'écria-t-elle. Susanna a raison. Allons-y !

Ils se mirent en route en passant par des rues latérales, comme la première fois. Arrivés au bord de la rivière, ils trouvèrent l'appontement assailli par la foule et il leur fallut beaucoup de temps, sans compter un pourboire exorbitant, pour obtenir un bateau. Au cours de la traversée, en réponse à leurs questions sur ce vent de panique, le batelier leur expliqua que la faute en incombait aux autorités : elles avaient attendu le dernier moment pour parler de la peste, afin de ne pas gêner le commerce. Maintenant, l'épidémie était étalée sur la place publique et tous ceux qui en avaient les moyens s'enfuyaient.

— Il paraît que c'est terrible, au nord, jusqu'aux murs de la City, leur dit-il, haletant et ramant de toutes ses forces. Et c'est du pareil au même à l'ouest, qu'ils disent !

— Et à Fleet Street aussi ? demandèrent ensemble Judith et Susanna, angoissées.

Fleet Street était juste à l'ouest de la City.

— Rien entendu dire de mauvais par là, répondit le batelier.

C'était un piètre encouragement. Ils amarrèrent au quai Saint-
Paul, sous la cathédrale, le batelier refusant d'aller plus avant vers
l'ouest, dans les zones infestées. Le débarcadère grouillait de passagers en attente et de bagages. Comme il n'y avait aucun espoir
de trouver là un messager, ils se mirent en route vers la cathédrale,
et retrouvèrent aussitôt le flot humain qui déferlait vers London
Bridge.

— Écoutez, leur dit Judith, personne ne se chargera d'un message. Après tout, Shoe Yard n'est plus si loin. Allons-y nous-
mêmes !

— Je veux bien, répondit Daniel, mais n'oubliez pas ce que
nous a dit le batelier : il y a la peste au-delà des murs de la City.

— C'est bien pourquoi il faut aller voir ! s'écria Susanna.

— D'accord. Charles, tu veux nous attendre ici ?

— Non, non, je viens avec vous ! répliqua vivement celui-ci,
comme si rien ne pouvait être pire que de rester seul, là, sans eux.

Ils quittèrent la City à Ludgate, mais comme il leur était impossible de descendre Ludgate Hill à contre-courant de la foule, ils
empruntèrent de nouveau les petites rues.

Judith essaya de mettre de l'ordre dans ses idées. Son père et
Michel Montjoye n'étaient pas hommes à s'affoler. Ils étaient
probablement enfermés dans la maison, attendant calmement que
la ruée s'apaise pour pouvoir enfin traverser la City avec leurs
balles de soie. Nous allons sans doute en entendre, se dit-elle ; ils
nous avaient interdit de quitter Southwark...

— Tu sais où nous sommes, Judy ? lui demanda Susanna.

Judith leva le nez. Ils marchaient dans des petites rues misérables mais tranquilles. En bas de la côte de Ludgate se trouvait une
rivière, la Fleet. Il faudrait la traverser pour rejoindre Fleet Street.

— Le tout est de rester dans la bonne direction, répondit-elle
après avoir réfléchi un instant. Il faut continuer de descendre.

Doucement, Daniel posa la main sur son bras. Elle tourna la
tête et frissonna des pieds à la tête.

De l'autre côté, dans une impasse, cinq portes étaient barrées et barbouillées de croix rouge sang. Une note était épinglée au-dessus de chacune. Judith ne pouvait pas les déchiffrer, mais les mots s'étaient déjà gravés dans sa tête : *Que le Seigneur ait pitié de nous...*

— Partons d'ici ! fit Daniel en les entraînant.

Ils se mirent à courir puis, hors d'haleine, ralentirent le pas. Ils passèrent par des rues encore plus misérables. Les croix rouges sur les portes se multipliaient. Le sol était jonché de détritus : de la vaisselle brisée, du linge sale... « Les maisons vides sont pillées », se dit Judith, effrayée. Du coin de l'œil, elle aperçut un drap sale et trempé de pluie étalé au pied d'un mur et, le cœur au bord des lèvres, elle crut discerner une forme humaine.

— Qu'est-ce que nous faisons ici ? cria-t-elle à Daniel, prise de panique.

— Il faut que nous traversions la rivière Fleet, répondit Daniel en regardant autour de lui, l'air concentré. Suivez-moi !

Il les mena jusqu'à un grand bâtiment, qu'il contourna, et ils se retrouvèrent sur le débarcadère d'un canal puant, enfoncé entre des murs de brique. Des orties poussaient sur des tas d'immondices, et des rats se laissaient glisser sans bruit dans l'eau épaisse.

— Nous pouvons traverser ici ! s'écria Daniel en désignant une passerelle, au pied d'un bâtiment, qui enjambait la rivière dans toute sa largeur. Il y en a comme ça tout le long de la Fleet !

Le pont était étroit et dépourvu de parapet.

— Regardez, il y a des poignées, leur expliqua-t-il en leur montrant des anneaux de fer plantés à intervalles réguliers dans le mur, entre les briques couvertes de suie. Agrippez-les et vous ne pourrez pas tomber.

Judith et Susanna échangèrent des regards horrifiés. Puis, pensant aussitôt à leur père, elles emboîtèrent le pas à Daniel et avancèrent doucement sur les planches, en s'accrochant aux poignées et en claudiquant – gênées par leurs socques – par-dessus des tourbillons d'eaux usées. Ayant tous les quatre atteint l'autre rive, ils enfilèrent rapidement la rue qui quittait la Fleet pour des environs plus accueillants.

— Je sais où nous sommes, maintenant ! dit Susanna à Judith. Par ici !

Quelques secondes plus tard, ils avaient atteint Fleet Street.

La rue était encombrée de voitures, de charrettes et de voyageurs allant dans tous les sens, mais principalement vers l'est. Les boutiques étaient fermées et la plupart des maisons abandonnées, volets fermés. Ici et là, une porte avait été forcée ou une vitrine fracturée. Inconsciemment, Judith et Susanna accélérèrent le pas. Elles se trouvaient là chez elles. Ces maisons, elles les connaissaient toutes.

— Regarde la maison des Redham ! s'écria Susanna. Elle a été pillée !

Ne pouvant plus les supporter, Judith se baissa et retira ses socques, puis se mit à courir jusqu'au bout de Shoe Lane et, cinquante pas plus loin, jusqu'à l'entrée de Shoe Yard.

Dès qu'elle eut tourné le coin, elle vit qu'il s'était passé quelque chose. Les fenêtres du rez-de-chaussée étaient toutes brisées et un volet pendait, à moitié arraché.

— Judith ! Attention ! lui cria Daniel alors qu'elle courait toujours.

La porte d'entrée était entrebâillée. Un peu sur le côté, une silhouette humaine était recroquevillée, face contre terre. Judith vola jusqu'à elle et s'arrêta net.

Elle avait reconnu les énormes poings de Peter dont l'un reposait en arrière, sur sa cuisse, le poignet meurtri et enflé. Il ne respirait plus. Son cou était noir.

On aurait dit qu'il était allongé là, sous la pluie, depuis des heures.

Daniel essaya, sans succès, de dissuader Judith et Susanna d'entrer dans la maison. Échappant à ses mains, elles poussèrent la porte et se précipitèrent à l'intérieur.

Elles s'arrêtèrent un instant, regardant, hébétées, les locaux commerciaux saccagés. Le verre brisé et les meubles renversés jonchaient le sol, les étagères de livres comptables avaient été mises à bas, et des traits d'encre noire zébraient les murs.

— Père ! cria Susanna. Où êtes-vous ?

— Essayons sa chambre ! balbutia Judith.

Malgré ses efforts, Daniel ne put les empêcher de prendre l'escalier. Parmi les tentures arrachées et les débris, elles montèrent au deuxième étage, Daniel à leurs trousses.

La chambre de Richard Grainger avait reçu la visite des

pillards. La garde-robe était vide, et les rideaux, tapis et literie avaient disparu. Passant devant les deux sœurs, Daniel fit quelques pas à l'intérieur de la chambre. Le cadavre de Grainger, à moitié caché par le lit, gisait sur le plancher, déposé là sans cérémonie par ceux qui avaient volé les draps. Daniel se retourna, réprimant un haut-le-cœur.

Judith étouffa un cri et le repoussa pour entrer. Daniel la rattrapa à temps, la coinça contre la porte et arrêta Susanna du même coup.

— Dehors ! leur ordonna-t-il. C'est la peste !

— Mais c'est mon père ! hurla Judith en se débattant.

Daniel craignit un instant d'être incapable de résister aux forces réunies des deux filles.

— Vous ne pouvez plus rien pour lui ! s'écria-t-il, haletant. Il est trop tard !

Dans un ultime effort, il les fit sortir et referma la porte derrière lui.

Elles renoncèrent. Susanna se laissa aller sans un mot sur l'épaule de Judith. Celle-ci était blême.

— Il ne faut pas rester ici. Venez, dit Daniel d'une voix tremblante.

Elles se laissèrent conduire, cette fois sans résistance, jusqu'à leur chambre. Elle avait été mise à sac comme les autres, mais elle offrait certainement moins de danger d'infection que les alentours de celle de Richard Grainger.

— Vous allez rester ici, n'est-ce pas ? Je vous en prie, leur dit-il. Il faut que j'aille voir là-haut.

Judith hocha la tête, le regard vide. Il aurait voulu la serrer dans ses bras, la réconforter. Il en fut incapable. Il était paralysé. Il sortit de la pièce et grimpa au dernier étage.

La porte de la chambre de son père était verrouillée. Ou celui-ci n'était pas là – et avait même quitté la maison – ou il s'y était enfermé. Daniel frappa sur la lourde porte de chêne.

— Père ! Père ! cria-t-il, la gorge sèche.

Un bruit lui parvint de l'intérieur.

Daniel bondit et colla son oreille sur la porte.

— Père ! cria-t-il de nouveau.

— Daniel ? C'est toi ?

La voix était faible, mais c'était indéniablement celle de son père. La joie l'envahit.

— Oui ! Ouvrez !

— Non, Daniel ! répondit son père d'une voix brisée. Je me meurs ! Tu dois me laisser !

Désespéré, Daniel tint bon.

— Je ne peux pas partir comme ça ! Je veux vous voir ! Ouvrez, je vous en supplie !

Il entendit son père sangloter. De douleur, il faillit se cogner la tête contre le mur. Il se jeta sur la porte, mais elle ne frémit même pas.

— Arrête, Daniel ! Je vais ouvrir, mais recule ! J'ai dit, recule ! répéta-t-il en faisant tourner la clef.

Daniel recula jusqu'au départ de l'escalier. Il entendit des bruits sourds ; son père s'agitait.

— Maintenant, ouvre, mais n'entre pas, lui ordonna celui-ci d'une voix éteinte et lointaine. Reste dehors, laisse-moi simplement te regarder une dernière fois !

Daniel poussa la porte en tremblant. Son père gisait en chemise sur son lit, dans un coin éloigné de la pièce, respirant avec peine. Son visage enflé et ses pommettes, d'un noir maladif, étaient luisants de sueur. Il fronçait les sourcils dans l'effort qu'il faisait pour fixer son regard sur Daniel et, disparaissant presque sous ses paupières gonflées, ses yeux paraissaient loucher.

— Mon fils ! dit-il dans un murmure.

— Père !

Aveuglé par les larmes, Daniel fit un mouvement vers lui.

— Non, non ! cria celui-ci d'une voix étranglée. Sors d'ici ! Je veux que tu vives !

Daniel s'arrêta, hésita, puis recula sur le palier.

Reprenant sa respiration après une quinte de toux, son père lui dit :

— C'est ici que les soieries sont le plus en sécurité, Daniel, en attendant la fin de l'épidémie.

— Parce qu'elles sont ici ? demanda Daniel, stupéfait.

— Oui. Comme prévu, nous les avons transportées samedi dans l'entrepôt. Mais je suis tombé malade pendant la nuit et je me suis enfermé. Tu es seul ?

— Non. Judith et Susanna sont là. Charles aussi.

— Pour l'amour du ciel, emmène-les loin d'ici, Daniel !

— Mais où ? Les gens quittent Londres par milliers ! Devons-nous faire la même chose ?

— Non ! Il ne faut jamais suivre la foule pendant une épidémie de peste. Et... en ville, samedi, Grainger a entendu dire qu'on avait déployé la milice. Un cordon sanitaire. Il faut des autorisations pour le traverser. Non, pas d'espoir de ce côté-là, fils. Il y a la peste à Southwark ?

— Apparemment non.

— Alors vous avez une chance ! Retournez au chemin Saint-George ! Barricadez-vous là-bas ! Barrez les portes, fermez les volets et cachez-vous !

Daniel ouvrit de grands yeux. Il faisait confiance à son père qui, durant ses voyages en Méditerranée, avec acquis d'utiles connaissances pratiques à propos de ce fléau. Mais il était interloqué par ce conseil.

— Pourquoi se cacher ? demanda-t-il.

— Il y a des femmes, que l'on appelle des enquêteuses, qui sont payées pour aller repérer les gens atteints. C'est de la pure folie, Daniel ! Elles ne font que porter la maladie de proche en proche, comme les médecins. Ne les laissez pas approcher ! Fermez la maison comme si elle était inhabitée ! Et... écoute-moi...

— Oui ?

— Brûlez les vêtements que vous portez et vos chaussures aussi ! Prenez de l'eau du puits et du vinaigre, et frottez-vous des pieds à la tête. Il faut que vous le fassiez tous, Daniel ! Ce sont vos vies qui sont en jeu !

Après une nouvelle quinte de toux, il reprit sa respiration et chuchota :

— Occupe-toi de ta mère et des petits, Daniel. Dis à ta mère... Dis-lui que j'ai pensé à elle... en cet instant !

Épuisé, il retomba en arrière.

— Ne respire plus cet air, Daniel. Va-t'en...

— Daniel !

Charles apparut en haut de l'escalier. En voyant son oncle, il recula, les yeux écarquillés.

— Je... je suis venu te dire que des gens sont en train de piller la maison... bégaya-t-il.

— De piller ? répéta le père de Daniel d'une voix sourde. Où ?
Où sont-ils ?

— À l'arrière, répondit Charles.

— Daniel ! La soie ! cria son père en se redressant, agrippé aux
rideaux de son lit. Cette soie, c'est tout ce que nous possédons !

Quelque chose parut exploser en lui, il agita les mains, cherchant désespérément son souffle. Puis il retomba en arrière, sa
poitrine se souleva brusquement une ou deux fois, et il ne bougea
plus.

Daniel resta un moment à le regarder, pétrifié. Enfin, il referma
doucement la porte et se tourna vers Charles. S'il avait perçu le
moindre soupçon de sympathie chez lui, en dépit de tout, Daniel
se serait peut-être jeté dans ses bras. Mais le regard de Charles
n'exprimait que la terreur.

— Qu'allons-nous faire à présent ? demanda celui-ci, d'une
voix étouffée par le mouchoir qu'il tenait sur son visage.

Daniel se secoua.

— Aller à l'entrepôt sauver les soieries ! répondit-il en attrapant Charles par le bras et en dévalant l'escalier quatre à quatre.

— Je ne me sentirai plus jamais chez moi, ici, chuchotait Susanna.

Judith la tenait dans ses bras et lui murmurait des paroles apai-
santes tout en contemplant, presque sans le voir, ce qui
l'entourait : commodes et penderies vides et renversées, rideaux
de velours arrachés, sol recouvert de débris et de saletés.

Elle pensait à son père, reposant seul dans les ruines de sa maison. On ne pouvait ni prendre soin de son corps, ni le transporter
ailleurs. Impossible de savoir où et comment il serait enterré. On
ne pouvait plus rien pour lui. C'était plus difficile à supporter que
la rapine et la destruction.

Au milieu du désastre ambiant, elle distingua soudain quelque
chose. Écartant le bras de Susanna, elle se pencha pour regarder
sous ce qui restait de la coiffeuse. Elle ne s'était pas trompée : la
vieille boîte était toujours là. Elle s'en empara.

— Ils ne l'ont pas emportée ! s'écria Susanna en se frottant les
yeux.

— Ils ont dû la prendre pour un bout de bois quelconque.

Judith l'ouvrit. Le collier et les boucles d'oreilles s'y trouvaient encore. Elle se rappela le jour où elles s'étaient partagé cet héritage.

— N'oublie pas que ces boucles d'oreilles t'appartiennent, dit-elle dans un nouvel élan de compassion pour sa sœur, au visage ravagé par les larmes.

Elle lui arrangea ses cheveux et lui attacha les boucles d'oreilles.

— Et voilà ! Avec ça tu as quand même une meilleure tête !

La porte s'ouvrit brusquement et trois garçons firent irruption dans la chambre. En voyant les deux filles, ils s'arrêtèrent, les yeux écarquillés.

Judith et Susanna se serrèrent l'une contre l'autre, les yeux non moins grand ouverts. L'aîné des garçons devait avoir l'âge de Judith, les deux autres environ celui de Susanna. Leurs cheveux, mouillés par la pluie, pendaient comme des queues de rat, et les sourires qui s'esquissaient sur leurs visages sales et étriqués n'avaient rien d'encourageant. Judith prit Susanna par le bras et avança prudemment vers le porte, restée entrouverte.

— Jolies petites poulettes, hein ? fit l'un des plus jeunes en s'essuyant le nez sur la manche de sa veste, de brocart gris et vert. Laquelle tu veux t'envoyer en premier, Cat ? demanda-t-il à l'aîné.

Judith et Susanna échangèrent un bref regard et foncèrent vers la porte.

Le dénommé Cat la referma d'un coup de pied et sortit quelque chose de brillant de la poche de sa veste, de velours rouge celle-ci. C'était un couteau de cuisine dont la lame, d'environ treize pouces de long, avait été si souvent aiguisée que son tranchant, devenu filiforme, ondulait.

Judith s'arracha lentement à sa contemplation pour examiner le garçon.

Il avait les cheveux noirs, une barbe aux poils rares et son haleine sentait la bière. Ses yeux, cernés de rouge, avaient une lueur trouble. L'ivresse ? La fatigue ? L'excitation ? Probablement les trois à la fois. Dans combien de maisons frappées par la peste ces garçons avaient-ils déjà pénétré ? À qui appartenaient ces élégants vêtements qu'ils avaient sur le dos ? Ils étaient sûrement contaminés. Tout contact avec eux ne pouvait être que dangereux.

— Daniel ! hurla Judith, et Susanna joignit son cri au sien : Daniel !

Il n'y eut pas de réponse. Daniel devait être loin. Les garçons se rapprochaient lentement. Judith ne savait que faire.

Et puis, tout à coup, elle remarqua que Cat avait les yeux fixés sur le collier qu'elle tenait en main. Elle laissa tomber la boîte, attrapa le collier à deux mains et tira sur le fil. Les perles fusèrent et allèrent rouler sur le sol, dans toutes les directions

Cat les suivit des yeux, fasciné. Les deux plus jeunes tombèrent à genoux et se précipitèrent à quatre pattes pour les ramasser. Judith envoya à la figure de Cat les perles qui restaient et, entraînant Susanna, passa rapidement devant lui. Avant que les garçons aient eu le temps de réagir, elles étaient déjà sur le palier.

— Daniel ! crièrent-elles, descendant en trombe.

— Par ici ! répondit Charles, d'en bas.

Quand les deux filles atteignirent la comptabilité, elles le trouvèrent penché sur Daniel, qui perdait son sang, étendu au milieu des livres et des papiers qui encombraient le sol.

Le cœur au bord des lèvres, Judith alla précipitamment s'accroupir près de lui. Le sang provenait de son crâne. Elle essaya d'écarter de la blessure ses cheveux poisseux.

— Qu'est-ce qui s'est passé ?

— Ils lui ont envoyé une brique sur la tête, expliqua Charles.

— Les garçons ? demanda-t-elle en jetant un regard inquiet vers l'escalier, mais il n'y avait personne en vue.

Charles eut l'air étonné.

— Non, pas les garçons ! répliqua-t-il vivement. Des hommes qui sont en train de voler les soieries dans l'entrepôt.

— Parce que les soieries sont là ?

La porte de l'entrepôt avait pourtant l'air soigneusement verrouillée, et les fenêtres avaient des volets de fer. Comment des voleurs avaient-ils pu y pénétrer ?

Daniel essaya d'ouvrir les yeux et gémit :

— L'arrière-cour !

Judith se leva et chercha de quoi se défendre. Parmi les meubles cassés, elle trouva un pied de chaise. Ce n'était peut-être pas grand-chose à opposer à des couteaux ou à des briques volantes, mais de sentir un morceau de chêne dans sa main lui donna l'impression d'être un peu plus forte. Elle conseilla à Charles et à Susanna d'en faire autant, puis elle se glissa jusqu'à la fenêtre du fond et risqua un œil entre les volets entrouverts.

Stupéfaite, elle constata la présence d'un trou dans le toit de l'entrepôt. En gilet et bottes de cuir d'ouvriers, équipés d'outils de charpentiers, les voleurs avaient enlevé une partie des tuiles du toit et scié les poutres. La tête et les épaules de deux hommes dépassaient du trou. Tandis que Judith les observait, ils remirent à leurs complices un long rouleau, enveloppé de grosse toile, que ceux-ci, par-dessus le mur, firent passer dans la cour d'une maison de la rue voisine, Shoe Lane.

Daniel vint se poster à côté d'elle. Elle se retourna et, angoissée, essuya le sang qu'elle voyait sur sa joue. Il était pâle et tremblant.

— Vous ne devriez pas vous lever ! lui dit-elle.

— Ça va bien. Je ne peux pas laisser faire ça !

Il ouvrit tout grand un volet.

— Le guet peut leur faire peur, marmonna-t-il en se penchant par la fenêtre. Arrêtez ! Au voleur ! hurla-t-il. À nous, le guet !

Judith avait vu tant de désordre ce jour-là qu'elle doutait fortement de voir apparaître les hommes du guet, mais elle joignit sa voix à celle de Daniel. À sa surprise, leurs cris ne furent pas sans effet : les voleurs se tournèrent vers la maison, l'air contrarié.

— Ils ne veulent pas attirer l'attention ! dit Daniel, excité. Susanna ! Charles ! Venez crier, vous aussi ! À nous, le guet, à nous ! Au voleur !

L'un des hommes dans la cour choisit, parmi les outils qu'ils avaient apportés, une barre à mine. Un autre prit une hache. Ensemble, ils avancèrent d'un pas déterminé vers la fenêtre.

— Daniel, arrêtez ! s'écria Judith, effrayée.

— Non, plus fort ! *Au voleur !*

— Ils nous tueront !

Soudain, il y eut un bruit de lutte à la fenêtre. Judith vit Daniel lever le poing et entendit un cri de rage. Un carreau vola en éclats. Un des assaillants se hissa sur le rebord de la fenêtre.

— Aidez-moi ! dit Daniel dans un souffle.

Judith avança et enfonça son pied de chaise dans l'œil de l'attaquant, qui se laissa retomber en jurant.

— Charles ! Susanna ! cria-t-elle. Venez nous aider !

Elle se tourna vers eux… et en perdit la parole : dos au mur au pied de l'escalier, leur morceau de bois à la main, Charles et Susanna n'en menaient pas large, face à Cat et à ses deux acolytes. Cat avait sorti son couteau, le garçon à la veste de brocart s'approchait lentement de Susanna tandis que le troisième tenait à la main quelque chose qui ressemblait à un crochet de boucher.

Une vague de fureur envahit Judith. Pied de chaise levé, elle s'élança avec un cri. Surpris, Cat se retourna, évita le coup qui, destiné à sa tête, alla heurter violemment son poignet. Son couteau tomba par terre.

— Sauvez-vous ! Sauvez-vous ! cria Judith à Charles et Susanna qui, un instant bouche bée, se précipitèrent vers la porte.

Cat se tenait le poignet, grimaçant de douleur.

— Je vais te désosser pour ça, murmura-t-il à Judith, l'œil meurtrier.

— Attention ! dit le garçon au crochet de boucher qui regardait la fenêtre du fond.

Judith se retourna : l'homme à la hache était dans la place et un autre en train de grimper. Daniel expédiait sur eux tous les projectiles qui lui tombaient sous la main. La bande de Cat s'était évaporée. Ils avaient sans doute aussi peur qu'elle de ces voleurs.

— Venez ! dit Judith en tirant Daniel par la manche et en l'entraînant dans la cour, sur le pavé humide et brillant.

Cat et ses deux associés s'étaient envolés Dieu sait où, mais Charles et Susanna se trouvaient au coin de Fleet Street. Le temps pour elle et Daniel de l'atteindre à leur tour, les deux autres étaient déjà loin dans la circulation. Judith et Daniel les suivirent. Au bout de Shoe Lane, Daniel s'arrêta pour regarder en arrière.

— Ils ne nous poursuivent pas ! dit-il, hors d'haleine. Mais, regardez !

À une cinquantaine de pas de là, des hommes s'affairaient autour d'une charrette arrêtée devant la maison.

— Ils sont là ! Ils sortent les soieries de l'entrepôt et ils les chargent sur cette charrette ! Venez !

— Vous ne songez quand même pas à vous battre encore ? s'exclama Judith en ouvrant de grands yeux effrayés. Ils sont trop nombreux, Daniel !

— Vous ne comprenez pas que je n'ai pas le choix, Judith ? Si vous ne voulez pas m'aider, donnez-moi au moins ça ! ajouta-t-il en lui arrachant le pied de chaise des mains.

L'inquiétude qu'elle éprouvait pour lui se transforma en colère.

— Eh bien, allez-y ! cria-t-elle. Faites le malin !

Il s'en alla et Judith resta plantée, indécise, regrettant déjà ses paroles. Son cœur bondit dans sa poitrine à l'idée qu'il pouvait être battu, blessé… pire encore. Perdre Daniel maintenant, après tout le reste !

— Daniel ! cria-t-elle. Je ne voulais pas dire ça ! Attendez !

Mais il courait vers les voleurs et elle n'était pas certaine qu'il l'ait entendue. Elle le suivit dans Shoe Lane.

— Ravi de te revoir, ma poulette !

La bande de Cat, déployée en éventail, venait de sortir d'une allée.

Judith sentit son sang se figer dans ses veines. Elle les avait oubliés, de même que cette allée qui menait de Shoe Yard à Shoe Lane.

— Daniel ! hurla-t-elle, mais il était trop loin maintenant et ne se retourna pas.

— Compte pas sur lui ! fit en ricanant le garçon au crochet de boucher. Tu lui as dit de foutre le camp !

Cat avait les yeux fixés sur Judith, une main dans la poche où se trouvait son couteau.

— Tu vas finir en petits morceaux dans la Fleet… marmonna-t-il dans un souffle.

Judith recula, horrifiée.

— On va se la farcir d'abord, hein, Cat ? proposa le garçon en brocart.

Cat hocha la tête sans quitter Judith des yeux.

— Dans le lit d'un richard. C'est pas ça qui manque, par ici.

Elle voulut crier, mais aucun son ne sortit de sa gorge. Comme ils se rapprochaient d'elle, elle se rappela qu'ils véhiculaient la peste et s'écarta aussitôt, prise de panique. On entendait des voitures rouler dans Fleet Street. Le salut l'attendait-il là-bas ? Charles et Susanna aussi devaient être quelque part par là, du côté du pont.

Elle fit demi-tour et se mit à courir.

Suivie par la bande. Elle les entendait patauger dans les flaques. Il lui sembla apercevoir, devant elle, Charles et Susanna qui
grimpaient Ludgate Hill. Elle se mit à courir plus vite dans leur
direction.

À l'approche du corps de garde, la circulation ralentit et devint
plus dense. Judith perdit Charles et Susanna de vue. Et Daniel ?
Elle se sauvait alors qu'il avait les pires ennuis. Pouvait-elle retourner à Shoe Lane par des petites rues, aussi peu ragoûtantes
soient-elles ? Elle s'arrêta et regarda en arrière.

Les garçons étaient à une quinzaine de pas à peine derrière elle,
visiblement sûrs d'eux. Son cœur se mit à battre à grands coups.
Prendre ces petites rues était la dernière chose à faire. Cat avait
parlé de la Fleet. La bande connaissait le quartier. Ils étaient chez
eux, ici.

Rester au milieu de la foule était sa seule chance, avec l'espoir
que les garçons n'oseraient pas l'attaquer devant tant de témoins.
Tout en courant, elle appelait à l'aide les cochers et les cavaliers,
mais sans succès. Personne ne voulait prendre de risques.

Elle passa rapidement Ludgate et se dirigea vers Saint-Paul,
cherchant en vain à apercevoir Charles et Susanna. Au milieu de
l'embouteillage, près de la cathédrale, elle jeta un coup d'œil en
arrière. Pas trace des garçons. S'étaient-ils arrêtés à la porte de la
City ?

Elle se réfugia sous un porche pour reprendre son souffle. Elle
voulait désespérément rejoindre Daniel. Elle revint prudemment
sur ses pas. Toujours aucun signe des garçons. Elle se remit en
marche avec plus d'assurance.

Cat surgit de derrière une charrette, à quelques pas, les yeux
fixés sur elle.

Cette fois, elle prit réellement peur.

Elle fit demi-tour et détala. La foule était dense, l'air chargé de
la vapeur des vêtements humides. Comme elle leur criait de la
laisser passer, les gens reculaient en jurant ou marmonnaient une
prière, lui soufflait de la fumée au visage, respiraient des herbes,
se couvraient la figure de leurs écharpes. De quoi avait-elle l'air,
pour eux ? D'une folle ? D'une malade de la peste ?

Les garçons pouvaient se trouver n'importe où, dans cette foule hostile. Ils étaient malins, ils connaissaient toutes les ficelles.

Ils la pourchassaient comme un animal sauvage, se riant de ses efforts pour leur échapper.

Ses jupons trempés collaient à ses jambes et lui donnaient l'impression d'avoir les chevilles liées. Elle passa la main sous sa cape, releva ses jupes au-dessus du genou et partit au pas de course.

Un de ses talons se cassa.

C'était la catastrophe. Elle boitait maintenant et se sentait terriblement vulnérable. Elle continua cependant à avancer sans bien savoir ce qu'elle faisait, mais ne pouvant plus arrêter sa fuite en avant.

À bout de souffle, elle voyait maintenant, en contrebas, London Bridge… Soudain, son cœur bondit dans sa poitrine : elle venait d'apercevoir deux silhouettes, l'une en bleu, l'autre en gris… Susanna et Charles, sans aucun doute.

Elle les aperçut de nouveau dans la foule, entrant sur le pont. Il fallait qu'elle les rattrape d'urgence. Elle atteignit l'entrée, elle aussi, et regarda en arrière. Elle distingua une tache rouge, Cat probablement. Elle s'engagea en clopinant sur le pont.

Elle avait fait le tiers du chemin lorsqu'elle prit soudain conscience qu'elle ne pourrait jamais faire demi-tour, à contre-courant de la foule. Comment rejoindre Daniel ? Elle avait honte de l'avoir abandonné à son sort. Qu'elle retrouve Susanna et Charles ou non, se dit-elle, elle irait à la recherche d'un bateau pour traverser jusqu'au quai Saint-Paul et retourner à Shoe Lane. Il fallait quitter le pont au plus vite. Ici, entre les maisons de bois, la chaussée était plus large. Au bord, contre les murs et sur les grilles par lesquelles s'écoulaient les eaux de pluie, elle pouvait courir, dépassant les lourds charrois qui ralentissaient tout le monde…

Elle trébucha sur le bois mouillé d'un caillebotis et tomba à genoux. Dans un sinistre craquement, le lattage pourri céda sous elle. Sa chute fut brève, mais elle fut immédiatement happée par un déluge d'eau de pluie qui se déversait dans une conduite en pente, bordée de chaque côté par les hauts murs en colombage de deux bâtiments. Toujours à genoux, le fond de la gouttière n'offrant aucune prise, elle était entraînée de plus en plus vite vers le bas.

Ce qu'elle vit en tournant la tête lui coupa le souffle.

Le déversoir plongeait encore de quelques pas puis un torrent d'eau de pluie s'en échappait en une cascade écumante. Loin au-dessous, les flots gris de la Tamise venaient vers elle à grande vitesse pour finalement disparaître en rugissant entre les piliers du pont.

Prise de vertige, elle détourna les yeux de ce spectacle. Agrippée au mur, elle réussit presque à se mettre debout, en se cassant les ongles dans le bois. Le courant, de plus en plus fort maintenant, l'entraînait irrésistiblement. L'air était rempli du grondement du fleuve…

Dans un élan désespéré, elle rassembla ses jupes et les souleva. Elle glissa, tomba, plongea dans la conduite. Aveuglée, étranglée, elle lutta pour remonter le courant. Une vive douleur à la cheville lui arracha un cri. Son pied avait accroché quelque chose, elle ne savait pas quoi, mais elle avait cessé de glisser. Cependant, sa cheville ne tiendrait pas longtemps. Elle souleva l'autre pied et le coinça contre le premier. Au même instant, elle avisa une fissure dans le bois et y enfonça les doigts.

Sa chute était stoppée. Elle resta un instant sans bouger, reprenant sa respiration.

Puis elle se mit à hurler au secours.

Du haut de la côte, Daniel avait aperçu une silhouette bleu ciel avançant à folle allure à la lisière de la foule, à l'entrée du pont. C'était la première vision qu'il avait de Judith depuis qu'elle s'était enfuie. Il poussa un cri de joie et se mit à courir vers le pont.

Sa marche s'avéra exaspérante. Les chargements étaient tels – certaines personnes emportaient tout avec elles, meubles, chiens, chats – qu'ils empêchaient la circulation. Daniel essayait de repérer les plus gros pour les dépasser avant qu'ils ne soient bloqués. Juste au moment où il doublait en courant une voiture à cheval où les objets s'empilaient dangereusement, il entendit un léger cri. Il continua à courir, mais il avait aperçu quelque chose du coin de l'œil. Un déversoir entre deux maisons. Et, dedans, un tache de couleur…

Bleu ciel, comme le manteau de Judith.

Il s'arrêta net. Le cœur battant, il retourna en arrière. La tache bleue était au fond. Et juste en dessous, l'eau se déversait dans le fleuve. Daniel distingua des mains agrippées au mur et la pâleur du visage levé vers lui, bouche ouverte…

— Judith ! cria-t-il. Ne bougez pas ! ajouta-t-il dans un souffle en la voyant lâcher prise et se rattraper ailleurs. J'arrive !

Il grimpa sur un garde-fou – sous lequel Judith avait dû glisser à en juger par l'état dans lequel il se trouvait – puis descendit lentement jusqu'à une petite corniche, au pied du mur, à l'usage sans doute des ouvriers chargés de l'entretien. Ceux-ci devaient avoir besoin de prises, se dit-il ; et en effet, il y en avait, de grosses pointes à charpente plantées dans les poutres à hauteur d'épaule. En quelques pas, de poignée en poignée, il descendit le long de la conduite, de plus en plus terrifié par le spectacle que lui offrait Judith, le visage contorsionné, résistant désespérément à la pression du flot descendant...

— Je n'en peux plus ! balbutia-t-elle. Vite, Daniel !

— Attrapez ma jambe !

Il sentit ses bottes saisies par une poigne de fer.

— Et maintenant, grimpez ! lui ordonna-t-il. Levez-vous !

— Je me suis foulé la cheville !

— Essayez quand même ! N'ayez pas peur, je ne glisserai pas.

Maladroitement, désespérément, elle remonta les mains. Ses doigts s'enfoncèrent dans sa cuisse. Elle était presque debout. Il se pencha et attrapa son manteau. Elle lui saisit le bras. Leurs visages se touchaient presque. Apercevant dans ses yeux une lueur d'espoir et de confiance il craignit soudain de ne pas pouvoir remplir sa promesse, de ne pas pouvoir la sauver...

Dans un accès de force furieuse, il la souleva et la mit debout à côté de lui. Collés contre le mur, ils reprirent leur respiration. Judith s'accrochait à son bras, la cape ruisselante.

— Et votre cheville, comment est-elle ? demanda-t-il.

— Engourdie.

— Vous voyez ces pointes, dans le mur ? Ce sont des poignées, comme les anneaux tout à l'heure, sur la passerelle.

Elle frissonna.

— Je n'y arriverai pas, Daniel.

— Très bien. Alors, passez les bras autour de ma taille. Il faut que j'aie les mains libres.

Face au mur, laborieusement, ils remontèrent la pente.

Quand, aidée par Daniel, Judith sortit enfin de la canalisation, elle s'effondra, haletante, sur le sol. Effrayés, les passants s'écartèrent. Si seulement ils pouvaient disparaître tout à fait, se dit Daniel. Il fit asseoir Judith et essuya son visage souillé de vase. Il avait envie de l'embrasser. Mais les soieries s'étaient envolées. Il était ruiné. Il n'était plus rien.

Elle revenait lentement à elle.

— Qu'est-ce qu'ils vous ont fait ? demanda-t-elle dans un murmure, en l'examinant anxieusement. Vous vous êtes battu ?

— Pas beaucoup. Vous aviez raison, ils étaient trop nombreux. Ils se sont moqués de moi.

— Oh, Daniel, j'aurais dû rester avec vous ! Croyez-moi, j'ai essayé de revenir sur mes pas. Mais il y avait Cat... dit-elle en regardant avec inquiétude autour d'elle. Ils me suivent peut-être encore !

— Vous voulez parler de ces trois voyous ? Je les ai chassés, ne vous faites pas de soucis.

Elle fronça les sourcils.

— Je ne comprends pas... Comment avez-vous fait pour me suivre ?

— Je vous ai entendue quand vous m'avez crié de vous attendre, mais j'étais un héros, parti à l'attaque ! Cela dit, j'ai vu tout de suite que je ne pourrais jamais les empêcher d'embarquer les rouleaux de soie, et, à ce moment-là, je me suis aperçu que vous ne m'aviez pas suivi. J'ai regardé en arrière et j'ai aperçu les trois garçons qui se dirigeaient vers Fleet Street. J'ai eu peur pour vous et je suis parti derrière eux. Je les ai rattrapés juste après la cathédrale, mais vous couriez comme un lièvre !

— J'étais complètement affolée, reconnut-elle avec un rire embarrassé. Je me sens ridicule, maintenant ! Mais si vous les aviez entendus...

— Chut ! C'est fini, ils ne vont pas revenir, lui assura-t-il en lui pressant la main. À présent, il s'agit de retrouver Susanna et Charles.

— Je les ai vus entrer sur le pont. J'essayais justement de les rattraper.

— Vous pensez pouvoir marcher ?

— Oui. Ma cheville ne me fait pas vraiment mal.

Judith appuyée au bras de Daniel, ils se mirent en route vers Southwark.

— Daniel, s'écria-t-elle tout à coup, j'ai complètement oublié de vous demander des nouvelles de votre père !

— Je l'ai trouvé mourant, répondit Daniel d'une voix rauque. Nous nous sommes parlé et puis…

Judith lui serra le bras plus fort et ils sortirent du pont en silence.

— Les voilà ! s'écria Daniel.

Ils étaient plantés devant une église, non loin de l'entrée du pont. Encore sous le choc, au bord de la panique, ils éprouvèrent un immense soulagement à la vue de Judith et de Daniel. Laissant les sœurs à leurs effusions, Charles, très agité, attira Daniel de côté.

— Écoute ! Susanna prétend qu'elles ont une parente, à mi-chemin de la côte. À cheval, nous pouvons y être demain. Et nous, nous serions en France la semaine prochaine !

Daniel secoua la tête.

— Ce n'est pas si simple, Charles.

Charles le regarda comme on regarde un fou.

— Mais tu ne vois pas qu'il faut partir ? Nous devons quitter cette ville !

Il se tourna brusquement vers Susanna et lui dit en anglais :

— Daniel, il veut pas que nous nous sauvons chez la vieille dame !

— Oh, Daniel ! fit Susanna d'un ton de reproche. Tu ne crois pas que nous devrions aller chez Granny Elspeth ? demanda-t-elle à Judith.

Judith parut prendre la proposition au sérieux.

— Je ne sais pas, répondit-elle en lançant un regard hésitant à Daniel. C'est une parente du côté de notre mère. Elle a une maison à la campagne, dans le Sussex, où nous passons souvent l'été. Elle s'occuperait de nous, Daniel, c'est vrai.

— Vous n'êtes pas en état de voyager, objecta-t-il. Vous êtes trempée des pieds à la tête et vous vous êtes foulé la cheville.

— Mais nous louerons des chevaux ! riposta Charles. Je peux payer le prix !

— À cheval, je pense que je peux tenir le coup, remarqua Judith.

— Ah, tu vois, Daniel ! s'exclama Charles, triomphant.

— Mis à part le fait que nous ne trouverons pas de chevaux à louer étant donné la quantité de gens qui prennent la route, repartit

94

Daniel avec feu, il y a d'autres problèmes. Charles, j'ai parlé avec mon père avant sa mort. Je lui ai demandé si nous devions nous sauver. Il m'a répondu qu'il ne fallait pas se mêler à la foule qui propage l'épidémie. Et il m'a expliqué que la troupe avait établi un cordon sanitaire autour de Londres. On ne peut pas le franchir sans autorisation.

Un silence suivit. Ils réfléchissaient tous les quatre, les yeux fixés sur le flot des voyageurs en route vers le sud.

— Ils n'ont quand même pas *tous* des autorisations, protesta Charles. Et pourtant, personne ne revient !

— Je te défie bien de remonter ce flot ! rétorqua Daniel. Ceux qui n'ont pas pu passer sont probablement bloqués sur le bas-côté de la route, dans la pluie et la boue. Et en compagnie de la peste !

Prise de doute, cette fois, Susanna s'assombrit.

— Que faire, alors ? demanda-t-elle.

— Rentrer chemin Saint-George et nous y barricader. Père a dit que c'était notre seule chance.

Judith et Susanna avaient l'air prêtes à s'y résigner, mais Charles, pris de fureur, riposta :

— Tu es fou ! Je te dis qu'il faut *fuir* !

Daniel le regarda dans les yeux. Il s'en fallut d'un cheveu qu'il ne lui dise de partir seul, s'il était tellement sûr de lui. Mais la soie avait disparu et les dettes demeuraient. L'oncle Jonas avait fait de gros investissements dans cette aventure. Comment réagirait-il si Charles ne revenait pas sain et sauf de son voyage en Angleterre ? Daniel essaya de le raisonner.

— C'est très risqué de se joindre à la foule, Charles. Tu ne veux pas finir parqué dans un camp, au milieu de pestiférés ?

Judith parut avoir saisi le sens général de leur conversation en français. Elle posa la main sur le bras de Charles.

— Nous serons en sécurité dans la maison, lui dit-elle d'un ton persuasif. Et je suis si fatiguée ! Ma cheville me fait mal de nouveau.

Elle souleva sa jupe pour la lui montrer. Elle avait doublé de volume.

— Judith ! s'écria Susanna.

Charles, consterné, se força à sourire :

— Bien sûr, Judith, il faut vous reposer. Rentrons à la maison.

Tout était calme, chemin Saint-George : ni foule, ni désordre, pas la moindre croix rouge. Daniel ouvrit la porte et les fit entrer dans le vestibule, où des meubles disparates avaient trouvé refuge au cours des années.

— Il faut laisser nos affaires ici et nous laver de la tête aux pieds.

Charles resta bouche bée et Susanna devint toute rouge.

— Quoi, ici, devant tout le monde ? demanda-t-elle.

— Je vais aller chercher un drap, proposa vivement Daniel. Il nous servira de rideau. Maintenant, regardez ailleurs, s'il vous plaît !

Il se déshabilla promptement et jeta ses vêtements par terre, en tas. Puis il sortit du hall, referma la porte derrière lui et courut, nu et tremblant, jusqu'à l'office, derrière la cuisine, où l'on gardait toujours un fût rempli d'eau. Il en tira deux seaux qu'il versa dans un baquet et, frissonnant, se lava et se frotta avec une brosse de ménage.

Le vinaigre ! Son père avait dit, de l'eau *et du vinaigre* ! Daniel s'essuya vivement avec un drap attrapé dans le panier à linge, puis alla en chercher à la cuisine en courant. C'est alors qu'il remarqua des taches claires sur le mur, là où auraient dû se trouver les casseroles, puis le buffet vide et des traces de pas boueuses sur le sol.

— Non ! s'écria-t-il, le souffle court, l'estomac pris dans un étau.

Il se força à aller voir dans la salle à manger. L'argenterie et la verrerie avaient disparu. En haut, les chambres avaient été dévalisées, commodes et penderies étaient ouvertes. Quelques affaires traînaient encore par terre. Il se trouva une vieille chemise et un pantalon, s'habilla et descendit.

Le plus important restait encore à vérifier.

En tremblant, il ouvrit la porte d'un des celliers. Une souris s'enfuit et disparut dans un coin. L'endroit était vide. Le second cellier également.

Ils n'avaient plus rien à manger.

C'était sa faute. Il avait oublié qu'ils n'étaient pas les seuls à posséder les clefs de la maison.

Il retourna lentement dans le hall et, accablé, annonça :

— Alf et Madge sont revenus. Et ils ont fait main basse sur tout ce qu'ils ont pu attraper !

V

Se réveillant nue et en sueur, Judith essaya de chasser de son esprit les bribes d'un horrible rêve : son père, chapeauté et avec une écharpe, s'efforçant de lui dire quelque chose d'important qui n'arrivait pas à sortir de sa bouche.

Il faisait jour. Il fallait se lever. Susanna n'était pas là – déjà debout, sans doute. Judith avait mal à la tête et se sentait fébrile. Pleine d'appréhension, elle se tâta le cou, la poitrine, puis s'examina les aisselles, l'aine... Non. Pas d'endroit douloureux, pas de protubérances, aucun signe de la peste.

Ils s'étaient tous lavés hier après avoir jeté leurs vêtements, et ensuite on l'avait aidée à se mettre au lit, épuisée.

Elle posa le pied par terre avec précaution. Elle ne pouvait marcher qu'avec difficulté. Elle boitilla jusqu'à la penderie où elle trouva quelques vêtements simples – c'était tout ce qui restait. Il lui revint en mémoire que leurs provisions s'étaient envolées. Il y avait eu une chaude discussion, la veille, à ce sujet, mais elle ne s'en était pas mêlée.

Elle finit de s'habiller et, en boitant, descendit l'escalier. Elle trouva Daniel et Charles dans le vestibule en train de pousser un vaisselier de chêne contre la porte d'entrée. C'était un meuble lourd et massif qui leur donnait du fil à retordre.

— Vous installez des barricades ? demanda-t-elle. Alors, nous restons ?

— Judith ! s'exclama Daniel. Vous pouvez marcher ?

— Tout juste, répondit-elle en s'asseyant sur un banc. Où est Susanna ?

— Elle dort encore, dit Daniel. Elle a pris le lit que nous avions

97

préparé à l'intention de votre père pour vous laisser seule. Vous ne vous rappelez rien ?

— Franchement, non. Et qu'est-ce que vous avez décidé à propos des provisions ? Nous pouvons rester ?

Daniel et Charles échangèrent des regards qui en disaient long sur leur désaccord.

— Il y a des fruits et des légumes dans le jardin, déclara Daniel, de l'eau dans le puits, et du feu : j'ai réussi à ranimer les braises, dans la cuisine. Et il y a encore quelques rogatons, y compris du porc en saumure, ce qui signifie que nous avons aussi du sel. Nous avons de quoi tenir.

— Quel soulagement ! s'exclama Judith qui, totalement acquise au point de vue de Daniel, pensait qu'ils avaient peu de chances de pouvoir sortir de Londres et que, d'autre part, les risques étaient énormes. J'avais très peur que nous ne soyons obligés de reprendre la route.

— Mais Charles ne veut pas rester ici, bien entendu, répondit Daniel.

— Pas vrai ! Je veux bien rester, Judith, surtout si *vous* vous voulez, riposta-t-il avec feu, les yeux ronds d'indignation. Mais regardez ! dit-il en montrant le vaisselier et les planches grossièrement clouées à travers les fenêtres. Ça va arrêter la peste, ça ?

Daniel soupira.

— Ce n'est pas facile. Alf a emporté tous les outils. Nous n'avons ni marteau ni clous. Nous nous sommes débrouillés avec quelques planches arrachées dans les écuries, et avec les clous qui étaient restés dessus, pour condamner les fenêtres de devant. La porte est verrouillée et barrée, et avec ce vaisselier derrière, personne ne pourra entrer.

Judith examina les fortifications d'un œil dubitatif. En effet, elles n'avaient pas l'air bien solides. Mais que faut-il pour se protéger de la peste ? Des remparts de pierre ? Ou juste de quoi tenir les gens à distance ?

— Je propose de condamner toutes les pièces de devant, reprit Daniel, y compris les chambres à coucher. Cela nous fera une barrière supplémentaire. Qu'en pensez-vous ?

— Pourquoi pas ? répondit Judith. De toute façon, nous préférons les pièces de derrière, qui donnent sur le jardin.

— Oui, mais Charles voudrait qu'on ferme ce côté-là aussi !

— Quoi, les chambres ?

— Non, les fenêtres.

— Mais nous n'aurions plus d'air frais ! protesta Judith.

— L'air c'est mauvais ! grommela Charles.

Daniel se prit la tête dans les mains et éclata :

— C'est ridicule ! Nous n'avons rien à craindre de l'air !

— Oh, si ! vociféra Charles.

— Arrêtez, je vous en prie, leur demanda Judith. Jusqu'à présent, je pensais que nous devions nous protéger des gens atteints de la peste, non pas de l'air ! Pouvez-vous nous expliquer ça, Charles ?

— Le problème, répondit celui-ci, le doigt pointé sur Daniel, c'est qu'il ne croit qu'aux idées de son père !

— Et vous êtes d'un autre avis ? repartit Judith, sincèrement surprise.

Michel Montjoye – même si la peste l'avait fauché – l'avait toujours frappée par ses connaissances sur la maladie. C'était lui qui leur avait conseillé de ne toucher ni une personne contaminée, ni ses vêtements, ni sa literie, ni sa nourriture. Lui également qui leur avait enseigné où se chercher des grosseurs sur le corps, comme elle l'avait fait tout à l'heure.

— Il prétend que la peste peut entrer par le jardin ! déclara Daniel d'un ton sarcastique.

— Oui, parfaitement, sur le mauvais air ! confirma Charles. C'est difficile pour moi expliquer, Judith… je n'ai pas tous les mots en anglais… Mais il y a des vapeurs… des *miasmes* on dit en français. Ils transportent la peste dans l'air !

Judith le regarda, horrifiée.

— Et ces choses vont passer par la fenêtre du jardin ?

— Pas impossible.

— Foutaises ! En Italie, ils savent que la peste ne se propage pas bien loin par les airs.

— En *Italie* ! ricana Charles. Tu ne sais pas que la plus grande école de médecine du monde est à Montpellier ?

— Je pensais que vous aviez fait des études classiques, Charles ? remarqua Judith.

— C'est le cas, lui assura Daniel.

— J'ai des amis, beaucoup, à l'école de médecine, riposta Charles, sur la défensive. J'ai appris d'eux ! Tu n'étais jamais à l'université, comment tu peux comprendre !

— Pas besoin d'aller à l'université pour savoir ce qu'il faut faire en cas de peste, riposta Daniel, entêté.

— Non, il faut être vagabond sans doute, comme ton père ! hurla Charles. Marchand ambulant qui se promène et qui mendie chez mon père à moi quand il retourne à la maison !

— Ne dites pas des choses comme ça, Charles, intervint Judith, affolée, voyant Daniel serrer les poings, le visage à l'orage.

— Oh, Judith, il y a trop que vous ne savez pas ! poursuivit Charles, inébranlable. Nous, tous les deux Montjoye, tous les deux cousins, alors vous croyez nous pareils ! Mais lui, il est *seulement* Montjoye. Moi, je suis de famille Vovelle !

Daniel le regarda, ahuri.

— Tu veux dire que tu ne t'appelles pas Montjoye ?

— Si, malheureusement ! Mais je suis plus Vovelle que Montjoye, grâce à Dieu ! Moi, j'ai une famille bonne, respectable, avec beaucoup d'argent, reprit-il en s'adressant à Judith. Pas comme Daniel, ça vous devez savoir.

« Peut-être, se dit-elle, mais c'est Daniel qui a tout fait pour nous aider. C'est Daniel qui nous redonne l'espoir. Il a risqué sa vie pour moi, hier. »

— Charles, je ne veux plus jamais vous entendre dire des choses comme ça, déclara-t-elle gravement. Il me semble que vous devez le respect à la mémoire de votre oncle. Quant à votre histoire de vapeurs, je n'y comprends rien !

Piqué au vif, au bord des larmes, Charles leur tourna le dos et monta l'escalier d'un pas pesant.

— Laissez-le faire ! vociféra Daniel d'une voix tremblante. Qu'il s'enferme dans sa chambre ! Je ne viendrai pas le déranger. J'irai dormir au grenier. Et je n'ai pas besoin de son aide !

Dans un mouvement de fureur, il souleva le vaisselier et, après s'y être repris cinq ou six fois, le coinça contre la porte.

— Voilà ! fit-il, haletant, sa colère retombée. Maintenant, fermons cette pièce.

Il prit Judith par le bras et l'entraîna dans le couloir, au centre de la maison, après avoir refermé la porte du vestibule derrière lui.

Judith jeta un coup d'œil, au bout du couloir, à l'escalier qui menait au grenier.

— Vous étiez sérieux, à propos du grenier ?

— Oui, comme ça je pourrai surveiller la rue. Mon père m'a mis en garde contre les femmes chargées de repérer les maisons contaminées : elles ne font que colporter la maladie. Quoi qu'il arrive, elles ne doivent pas entrer ici !

— Si elles viennent envoyées par les autorités de la paroisse, nous ne pourrons pas les en empêcher.

— Non, mais elles ne viendront pas si la maison paraît déserte. Personne ne doit savoir que nous sommes ici. C'est encore une raison pour condamner les fenêtres de devant. Mais, du grenier, je pourrai voir sans être vu. C'est la hune de vigie !

— Vous n'allez quand même pas vous installer là-haut !

— C'est déjà fait. Venez voir.

— Il faudra que vous m'aidiez à monter, alors !

Sa cheville la fit effectivement beaucoup souffrir quand elle grimpa, mais pour rien au monde elle n'aurait fait demi-tour. En effet, Daniel avait travaillé dur. Il avait déblayé tout le centre du grenier, balayé la poussière et les toiles d'araignée et remis debout le vieux lit à colonnes, mais sans ses rideaux mangés aux mites. Il tapota le matelas de plumes qu'il y avait posé.

— Beaucoup plus confortable qu'avec Charles !

Judith éclata de rire. Elle était ravie par la façon qu'avait Daniel de faire ce que personne d'autre n'aurait songé à faire, ou que tout le monde aurait trouvé déplacé ou mal venu.

— Je n'approuve pas la manière dont Charles a parlé de vous et de votre père, dit-elle doucement.

Daniel rougit.

— Ce n'est pas juste de dire que mon père mendiait auprès du sien. Son père est banquier, il prêtait de l'argent au mien pour des opérations commerciales sur la soie et il a toujours été remboursé. Le malheur c'est que, cette fois-ci, les soieries se sont envolées.

— C'est pour cela que vous étiez si anxieux de les sauver, hier ?

— Oui.

— Cela doit faire… euh… une grosse somme.

Daniel baissa les yeux.

— La moitié du chargement. Je ne sais pas où je vais trouver cet argent. C'est la raison pour laquelle Charles se sent en droit de m'insulter.

Il avait l'air si accablé que Judith lui prit la main et s'écria :

— Je ne vous laisserai pas tomber, Daniel !

Il la regarda, stupéfait, mais aussi avec un semblant de sourire.

— Que voulez-vous dire ?

— La soie a été volée dans notre entrepôt, expliqua-t-elle en s'efforçant de prendre un ton de femme d'affaire. Elle avait été livrée à mon père.

— Oui, mais mon père et le vôtre sont morts et il n'y a aucune preuve de la transaction.

— N'empêche, je ferai de mon mieux pour qu'elle vous soit payée.

Profondément ému, Daniel en perdit la parole.

Si Judith était désireuse de le réconforter, elle n'en avait pas moins besoin de son réconfort à lui. Ce qu'elle aurait voulu, c'était qu'il la serre très fort dans ses bras. Ne le voyait-il pas ? Pourquoi ne bougeait-il pas ? Elle se rapprocha de lui.

— J'ai compris, hier, que je ne supporterais pas de vous perdre, murmura-t-elle.

Il recula vivement et, la tenant à bout de bras, la regarda comme un chien regarde un os hors d'atteinte.

— Vous devez savoir que tout n'était pas faux dans les insultes de Charles, déclara-t-il, mal à l'aise. Nous n'avons ni argent ni réputation. Nous venons à Londres depuis des années à peu de frais pour placer nos soieries. Au début, nous logions chez un tisserand huguenot de Spitalfields, dans une espèce de placard au fond de son atelier qu'il fallait quitter avant l'aube pour que ses ouvriers puissent mettre en route les métiers. Vous n'avez pas remarqué, hier, que je savais comment traverser la Fleet ?

— Oui, mais…

— Il y a quatre ans, nous avons logé par là.

Judith avait du mal à se représenter Daniel dans cet endroit abominable dont, jusqu'à présent, elle avait ignoré l'existence et qui pourtant n'était qu'à deux pas de sa propre maison, confortable et calfeutrée. Elle avait l'étrange impression de contempler sa vie de l'extérieur.

— Comme vous voyez, je ne suis pas celui que j'ai l'air d'être, dans mon élégant costume. Je suis un imposteur.

— Mais non ! Vous me plaisez tel que vous êtes !

Il la regarda avec stupeur, les larmes aux yeux.

Judith prit son courage à deux mains et murmura :

— Le jour où je vous ai dit, dans le cellier, que vous ne deviez plus jamais m'embrasser… En fait, j'avais peur. Maintenant, j'ai confiance…

Charles resta à broyer du noir dans sa chambre jusqu'au lendemain.

Judith lui échappait. Elle venait de refuser d'écouter la vérité sur Daniel. Mais Daniel était ruiné, couvert de dettes. Une fille comme Judith, avec son éducation, devait l'éviter et ne pas oublier que, de prime abord, elle avait marqué une préférence pour Charles.

En vérité, selon toutes les règles de la bienséance, elle *appartenait* de droit à Charles.

Mais comment le lui faire entendre ? Charles tournait et retournait le problème dans tous les sens. Il venait certainement en partie de ce qu'il ne parlait pas assez bien l'anglais. Que se passerait-il s'il arrivait à s'exprimer à égalité avec Daniel sur un sujet important – sur *le* sujet important –, celui de la peste ? Une chose en tout cas était sûre : il fallait absolument qu'il leur communique ce qu'il savait. Toutes ces histoires de bonne femme venues d'Italie ne leur étaient d'aucun secours. C'était une question de vie ou de mort. Judith ne lui reviendrait-elle pas si elle voyait qu'il allait leur sauver la vie ?

Il devait se préparer. Il allait tout miser là-dessus. D'abord et avant tout, il décida de prendre quelques précautions. Cette chambre était maintenant la sienne puisque Daniel avait déménagé. Il ne laisserait pas y pénétrer de l'air charriant la peste.

Il ferma les fenêtres et les vantaux et tira les rideaux. La cheminée dispensait une vague lumière grise qu'il camoufla avec une couverture. La pièce devint d'un noir d'encre, ce qui procurait un sentiment de sécurité mais s'avéra vite plutôt malcommode. Par bonheur, il se rappela que l'air était moins empoisonné de jour que de nuit. Il releva un coin de rideau et entrouvrit un vantail. Il tomba assez de lumière sur la table pour lui permettre de lire.

Alf et Madge n'avaient apparemment pas fait provision de livres car il n'en manquait aucun. Charles sortit sa grammaire anglaise, son dictionnaire, son manuel de conversation et se mit au travail.

Le lendemain soir il était prêt, et terriblement affamé. Le matin, Susanna lui avait fait savoir à travers la porte qu'il devait descendre après la nuit tombée s'il voulait manger. Il ferma hermétiquement la fenêtre et sortit de sa chambre.

Il trouva les trois autres dans la cuisine. Leur accueil ne fut pas particulièrement chaleureux.

— J'espère que votre cheville va mieux, Judith, dit-il.

— Elle a dégonflé, merci, répondit celle-ci en lui tournant le dos pour remuer, sur le feu, le contenu d'un pot noirci et ébréché.

Susanna mit le couvert pour quatre – assiettes et cuillères en bois – et Charles prit soudain conscience qu'ils allaient manger dans la cuisine.

— Et la salle à manger ? demanda-t-il.

— Nous n'avons plus ni nappes ni belle vaisselle, déclara Judith avec un petit sourire. Ni domestiques pour nous servir. C'est plus facile ici.

— Et ici nous avons la lumière du feu, ajouta Daniel en s'asseyant. Ils ne nous ont pas laissé beaucoup de chandelles.

Charles ne fit plus d'objection. Il s'assit et regarda avec tristesse autour de lui. Mal habillés, privés de domesticité, ils allaient devoir vivre comme des paysans.

Mais il avait faim et la soupe de légumes lui parut délicieuse. Il en prit deux bols. Il se sentait nerveux car il allait bientôt devoir entamer le discours qu'il avait préparé… Il mangea un peu du dessert, de la compote de prunes faite par Judith, et puis il se lança.

— Je ne voudrais pas entamer une dispute, commença-t-il avec précaution, mais je crois que nous devrions parler de la peste.

Judith et Susanna paraissant attentives et Daniel ne soulevant pas d'objection, il poursuivit :

— Je sais que je n'ai pas fait d'études de médecine, Judith, mais j'ai appris des choses utiles grâce à des lectures et à des conversations avec d'autres étudiants. Un jour, par exemple, un ami m'a invité à venir voir fonctionner un microscope… un microscope, c'est un instrument d'optique qui permet d'examiner de très petits objets…

— Nous savons ce qu'est un microscope, l'interrompit Daniel.

— Très bien, mais moi j'en ai vraiment utilisé un. J'ai examiné une goutte d'eau prélevée dans une mare. À l'œil nu, cette eau n'avait rien de spécial. Mais à travers le microscope, continua Charles en baissant la voix de façon théâtrale, j'ai vu qu'elle grouillait de petites bêtes aux formes effrayantes : des crabes, des dragons, des serpents…

— Tout le monde sait que l'eau d'une mare est sale, objecta Daniel, sur la défensive. Mais nous buvons l'eau du puits. Et celle-là, elle est propre.

— Ce n'est pas la question, reprit Charles avec un sourire condescendant. En fait, ce que j'ai vu ce jour-là, ce sont quelques-uns de ces petits êtres que nous appelons des animalcules. Et un docteur qui les a étudiés, Athanasius Kircher de Würzburg, a examiné au microscope le sang d'une victime de la peste. Eh bien il y a vu des milliers de petits vermisseaux – les animalcules de la peste !

On aurait pu entendre une mouche voler. Charles se félicita d'avoir si bien préparé son exposé. Judith était toute ouïe et Daniel faisait figure de gros lourdaud.

— Ceci vous explique pourquoi vous attrapez la peste en touchant une personne malade, poursuivit Charles. Les animalcules traversent les pores et entrent dans le sang. Mais l'oncle Michel nous a toujours dit d'éviter de respirer le même air qu'un pestiféré – ce qui signifie que les animalcules peuvent aussi être transportés par l'air.

— Après tout, nous devrions peut-être fermer les fenêtres qui donnent sur le jardin, remarqua Judith. C'est bien là où vous voulez en venir, Charles ?

— Oui. Surtout le soir, quand l'air est le plus mauvais.

Charles était fier comme Artaban. Plus personne ne lui opposait la moindre résistance. Quelques minutes plus tard, tous les volets, fenêtres et rideaux donnant sur le jardin étaient fermés. Quand ils furent tous de retour dans la cuisine, Charles reprit :

— Nous n'avons sans doute pas le choix de manger ailleurs qu'ici, mais pour les prières du soir, à mon avis, la salle à manger conviendrait mieux. Qu'en pensez-vous ?

Un silence embarrassé suivit.

— Il faut bien faire les prières familiales ! s'écria Charles, inquiet. Il faut craindre la colère de Dieu !

Daniel, qui était en train de répandre des cendres sur les braises pour mieux les conserver jusqu'au lendemain, tourna la tête :

— Qu'entends-tu par la colère de Dieu ?

— Mais… balbutia Charles, si nous déplaisons à Dieu, le châtiment viendra !

— Et les animalcules, et le mauvais air, qu'est-ce que c'est ?

— Eh bien, ils…

Charles était moins fier maintenant, entraîné loin de son terrain soigneusement balisé.

— Le… les animalcules sont des instruments de Dieu, risqua-t-il.

— Alors, pourquoi fermer les fenêtres ? Ou bien Dieu nous envoie ces petits animaux, ou il ne le fait pas. Nous ne pouvons que nous asseoir et attendre.

Charles était convaincu que ces paroles étaient blasphématoires, mais il ne trouva pas les mots anglais pour le dire.

— Il faut quand même prier, balbutia-t-il.

— Oui, mais chacun de nous est libre de décider quelle prière il veut faire, déclara Daniel, mettant fin à la discussion.

Charles retourna dans sa chambre en fulminant. Il n'était remonté dans l'estime de Judith que pour sombrer en fin de compte dans le ridicule. Il faudrait qu'il trouve pour le lendemain une explication convaincante du lien unissant les animalcules et la divine providence.

Il se leva de bonne heure et descendit. Adjacent à la salle à manger, il y avait un petit cabinet plein de vieux livres poussiéreux qui avaient appartenu au père de Richard Grainger. Il y avait sûrement là des livres pieux qui l'aideraient à éclairer l'épineux problème qu'il devait résoudre et lui fourniraient le vocabulaire nécessaire.

Ce cabinet, hermétiquement clos également, était plongé dans l'obscurité. Charles avança à tâtons jusqu'à la fenêtre, entrouvrit un vantail et, en se retournant pour aller vers les rayonnages, s'arrêta net sous le choc.

Il avait totalement oublié que Susanna avait décidé de coucher dans le lit préparé là pour son père. Ses cheveux blonds répandus sur l'oreiller, elle dormait couverte seulement d'un drap, à cause de la chaleur qui régnait dans la pièce sans doute, à en juger par la jambe nue jusqu'à la cuisse qui en dépassait.

À la lumière d'été qui entrait par la fenêtre, sa peau paraissait dorée, douce et chaude. Quelle effet cela lui ferait-il de la caresser ? Charles imaginait sa main montant...

— Charles ?

Encore tout ensommeillée, Susanna ramena vivement sa jambe sous son drap et le regarda, gênée.

— Désolé ! Désolé ! balbutia Charles, terrifié. Je suis venu pour les livres ! Je savais pas que vous êtes... que vous étiez ici, Susanna, excusez-moi, je m'en vais !

Et il s'enfuit dans le couloir en claquant la porte derrière lui.

Il s'arrêta et reprit ses esprits. Cela avait été un simple accident ; sa bonne foi était entière. Il irait plus tard chercher les livres dont il avait besoin.

Il allait quitter les lieux quand il remarqua qu'au fond du couloir, la porte était ouverte. Daniel lui avait bien dit qu'il allait déménager au grenier, mais c'était difficile à croire.

Il était très tôt. Si Daniel couchait là-haut, il devait y être encore. Charles grimpa le petit escalier sur la pointe des pieds. La porte du grenier était verrouillée. Il regarda par le trou de la serrure.

Il ne vit que des poutres. Mais plus bas, dans le bois de la porte, il y avait un nœud dont une partie avait sauté. Il se baissa pour regarder par le trou.

Cette fois il aperçut un ramassis de ces vieilles affaires que contiennent tous les greniers. D'une pichenette, il fit tomber un autre petit morceau du nœud. Maintenant, droit devant lui, il voyait un lit poussiéreux à colonnes et Daniel allongé dessus, endormi.

Charles redescendit en étouffant un rire. Quelle espèce de basse valetaille enverriez-vous dormir dans un grenier ? Un valet d'écurie ? Un ramoneur ?

Soudain, il fut saisi d'angoisse. C'était le monde à l'envers. Les serviteurs s'élevaient contre les maîtres ; quant aux maîtres, ils mangeaient dans la cuisine et dormaient dans le grenier, comme des domestiques.

Cela ne pouvait avoir que des conséquences terribles.

Charles retourna dans sa chambre, prit du papier et un crayon, mais n'arriva pas à se concentrer sur son travail. Son esprit errait au sommet de la jambe de Susanna, où devait se trouver quelque chose comme le connin de la servante, bien que cela lui parût impossible… Chez Susanna, il devait être rose, doré et parfumé… Avec horreur, il prit conscience de ce qu'il était en train de dessiner. Il déchira le papier et jeta au loin son crayon.

Il se jeta à genoux au pied de son lit, mais fut incapable de prier. Cette maison était un lieu de désordre et de péché. Il voyait des hordes de vermisseaux fendant les airs par-dessus les toits de Londres pour venir y porter la peste…

Il enfouit son visage dans ses draps et resta agenouillé, en proie à la terreur, dans sa chambre noire et sans air.

VI

La pluie et le vent avaient cessé, c'était une fin de juillet chaude et moite. Les jours s'étiraient, brumeux d'ennui et de mal-être. Susanna avait renoncé depuis longtemps à les compter.

Il lui semblait qu'elle subissait un lent et douloureux changement. La peur et le chagrin avaient fait irruption dans sa vie. Elle prenait l'habitude d'être seule. Judith et Daniel étaient la plupart du temps occupés l'un de l'autre, et Charles restait enfermé dans sa tanière. Dans la bibliothèque où elle s'était installée, Susanna lisait et s'efforçait de chasser sa mélancolie ; mais la nuit, elle se tournait et retournait dans son lit, se sentant seule et abandonnée.

L'épidémie s'étendait. Tous les soirs maintenant, précédée d'une cloche qui annonçait sa venue, une charrette passait dans la rue. Elle était chargée de transporter les victimes de la peste vers leur dernière demeure. Susanna haïssait le tintement de cette cloche qui lui faisait penser que son père avait sans doute été emporté aussi par la charrette des morts. Heureusement, la charrette ne s'arrêtait jamais chemin Saint-George, preuve que la peste ne s'était pas répandue aussi loin, mais de la fenêtre de son grenier, Daniel voyait qu'il s'y trouvait toujours des cadavres, autrement dit que la mort frappait maintenant à Southwark.

Susanna ne savait trop que penser de la peste. Depuis l'exposé de Charles sur les animalcules, elle ne pouvait boire de l'eau sans appréhension. Par moments, elle se demandait si la maladie n'était pas déjà en train de mûrir en eux. Les trois autres éprouvaient la même inquiétude. Ils étaient pâles et irritables. Ils manquaient d'air frais et d'exercice et, depuis peu, de nourriture. La soupe du soir était un maigre brouet de carottes, de navets et d'oignons, les seuls légumes que leur fournissait encore le jardin.

Et les journées s'étiraient, monotones et confinées. Le temps paraissait suspendu.

Puis – ce devait être un des premiers jours d'août –, Alf et Madge réapparurent.

En fouillant dans la bibliothèque de son grand-père, Susanna était tombée sur les œuvres complètes de William Shakespeare. Elle se rappelait son grand-père leur racontant comment, jeune homme, il allait voir jouer Shakespeare dans ses propres pièces au Globe, à Bankside. Depuis, les grandes salles de théâtre de Bankside avaient été démolies et Shakespeare était passé de mode, mais Susanna avait eu la curiosité d'ouvrir ce livre poussiéreux à la typographie noire et irrégulière.

La première pièce s'intitulait *La Tempête*. L'héroïne, Miranda, avait quinze ans, comme Susanna. Elle vivait sur une île déserte avec son père, Prospero, qui possédait un cabinet rempli de livres dont il tirait un formidable pouvoir magique.

Susanna fut parcourue d'un frisson d'aise. Elle s'assit près de la fenêtre – elle trichait un peu l'après-midi et l'ouvrait légèrement – et se mit à lire passionnément, à voix basse.

Elle était tellement plongée dans sa lecture – de sa vie Miranda n'avait vu un jeune homme, et maintenant elle se trouvait face à face avec un beau et vertueux prince échoué sur l'île, et c'était le coup de foudre réciproque – que d'abord elle n'entendit rien.

Mais soudain, elle dressa l'oreille. Un chat miaulait. Ou alors…

Le jardin paraissait tranquille mais, nerveuse, Susanna se leva et ferma la fenêtre et les volets. Les bruits étranges persistèrent. Judith devait savoir de quoi il s'agissait. Susanna sortit dans le couloir.

Là, le bruit était plus fort et, tout à coup, elle l'identifia : une femme pleurait.

— Judith ! appela-t-elle en courant jusqu'au fond du corridor.

— Chut !

Au grand soulagement de Susanna, Judith apparut au détour de l'escalier.

— Qu'est-ce qui se passe ? demanda Charles qui arrivait aussi précipitamment.

— Ne faites pas de bruit, chuchota Judith. Enlevez vos chaussures et montez au grenier.

Sans comprendre, ils la suivirent. D'en haut, on distinguait encore mieux les pleurs. Ils venaient de toute évidence de la rue.

— C'est Madge, chuchota Judith en refermant la porte du grenier derrière eux. Elle a la peste.

Charles poussa un juron en français et recula. Susanna écarquilla les yeux. Dehors, les cris se transformèrent en un hurlement, qui s'acheva dans un sanglot.

— Elle a des marques sous la mâchoire, comme des bleus, expliqua Judith en tremblant. Par moments, on dirait qu'elle essaye de se les arracher !

Une série de coups sourds résonnèrent à travers la maison.

— Qu'est-ce que c'est ? demanda Charles à Daniel, qui faisait le guet à la fenêtre de devant.

Un doigt sur les lèvres, Daniel lui fit signe de se taire et les rejoignit sans bruit.

— C'est Alf qui frappe à la porte, leur expliqua-t-il. Il a la peste, lui aussi.

Et voilà pour son amulette magique, se dit Susanna. La magie, c'était bon pour les contes de fées et les pièces comme *La Tempête*.

— Mais pourquoi sont-ils revenus ? chuchota-t-elle.

— Ils sont en haillons. Ils doivent avoir épuisé tout ce qu'ils avaient volé, ou ils ont été dépouillés à leur tour. Ils cherchent un abri.

On tambourinait de plus belle en bas.

— Je vais tout casser ! hurla Alf.

On entendit un craquement de bois et la voix de Alf arriva soudain, très forte :

— Je vais entrer là-dedans et semer la peste dans toute la maison !

— Il a une hache ! s'écria Charles en faisant un bon en arrière.

— La ferme ! lui ordonna Daniel d'une voix sifflante. Il n'a pas de hache, il ne sait pas que nous sommes là et il ne doit pas le savoir !

— Mais on dirait que la porte est ouverte, chuchota Susanna.

— Il a probablement une clef, répondit Daniel. Il a peut-être ouvert un tout petit peu la porte, ou fendu le bois, mais il n'arrivera pas à pousser le vaisselier. Écoutez !

Les sanglots tranquilles de Madge étaient le seul bruit qui leur parvenait maintenant d'en bas.

— Il s'est arrêté, chuchota Daniel. Il est trop malade pour en faire beaucoup.

— Ce qui n'empêchera pas la peste d'entrer, répliqua Charles sombrement.

— Toutes les pièces de devant sont fermées, Charles, lui rappela Judith.

Charles jeta un coup d'œil inquiet à la fenêtre du grenier.

— Je retourne dans ma chambre. Il y a trop d'air, ici.

— Tu vas rester avec nous ! lui ordonna Daniel. Avec tout ce remue-ménage, quelqu'un peut appeler les autorités et nous risquons d'avoir les enquêteuses à la porte.

— Tu dis que Alf, il peut pas entrer, objecta Charles, indigné, alors ces femmes, elles pourront comment ?

— Elles feront appel à des ouvriers pour démonter la porte.

— Comment tu sais ça ?

— Je les ai vues faire.

Susanna et Charles regardèrent Daniel avec étonnement, de même – remarqua Susanna – que Judith.

— Quand ? demanda celle-ci à mi-voix.

— La semaine dernière. Un peu plus haut dans la rue, il y avait deux femmes portant des bâtons blancs – des enquêteuses – et des hommes, je ne sais pas qui, des officiels et des ouvriers, un serrurier et un charpentier probablement : en tout cas ils ont démonté la porte en vitesse pour laisser entrer les femmes. Quand elles sont ressorties, les ouvriers ont remis la porte en place et ont peint une grande croix rouge dessus. Ensuite, ils ont laissé un surveillant pour garder la maison de jour et de nuit.

— Pour quoi faire ? demanda Susanna.

— Pour empêcher les malades de sortir et de répandre la peste, sans doute. Mais il n'est plus là maintenant.

Susanna allait encore demander pourquoi quand elle prit conscience, avec un frisson d'horreur, que si tout le monde était mort, le surveillant n'avait plus de raison de continuer sa vigie.

— Tu nous avais pas dit, Daniel, que la peste était dans la rue ! lui reprocha Charles.

— Et pourquoi vous l'aurais-je dit ? Cela n'aurait fait que vous inquiéter pour rien. À présent, nous sommes réellement en danger. Si les enquêteuses arrivent, il ne faut pas qu'elles nous approchent !

Charles ne trouva rien à redire à ça.

— Il faut que la maison ait l'air vide, reprit Daniel. Notre seule chance, c'est de rester cachés ici. Si elles montent, elles doivent penser qu'il n'y a rien d'autre, dans cette pièce, que des vieilleries. Vous êtes d'accord ?

Même Charles hocha la tête.

— Très bien, dit Daniel. Alors, voyons où nous pouvons nous cacher.

La nuit qui tombait leur apporta un répit. Daniel les fit sortir de leurs cachettes.

— Elles ne viendront plus maintenant, chuchota-t-il. Nous pouvons nous coucher dans nos propres lits. Mais pas de lumière, et pas un bruit !

Resté seul au grenier, il reprit son poste d'observation. Il ne distinguait de Madge que la silhouette, recroquevillée dans une ornière. Alf devait être allongé devant la porte. Il ne semblait pas que les voisins aient alerté les autorités. Tout espoir n'était pas perdu : peut-être que personne ne viendrait.

Daniel avait du mal à garder les yeux ouverts. Le chemin était tranquille. On ne voyait pas une lumière. Il se glissa jusqu'à son lit à colonnes, repoussa tout ce qu'il y avait empilé pour le dissimuler, et s'allongea.

Il fut réveillé par Judith qui lui posait la main sur l'épaule et murmurait :

— De l'eau…

— Quoi ? fit-il en se redressant et en se frottant les yeux. Je me suis endormi…

— Tiens. Bois..

Daniel vida d'un trait le pichet qu'elle lui avait apporté.

— Je suis restée avec Susanna. Elle dort maintenant. Et dehors ?

— Je pense que c'est fini, ou presque.

Après un instant de silence, elle murmura :

— Cela vaut mieux comme ça, j'imagine.

Grâce au rayon de lune qui filtrait çà et là sous les tuiles, il distinguait le pâle ovale de son visage. Il passa la main sur sa bouche. Elle se pencha vers lui et l'embrassa.

Daniel l'emprisonna dans ses bras pour l'obliger à recommencer. Il était avide de sentir son corps serré contre le sien. Pendant les longs après-midi qu'ils avaient passés ensemble là-haut, il l'allongeait à côté de lui pour faire pleuvoir des baisers sur sa bouche et sur sa gorge. Il connaissait le goût salé de sa peau et la façon dont la pointe de ses seins durcissait sous le frottement de sa chemise. Sa main avait senti la texture crépue de sa toison, il savait quelle chaleur humide rencontreraient ses doigts au cours de leur exploration, et comment leurs baisers allaient se faire de plus en plus longs, de plus en plus violents, comme si des baisers seuls, quelle que soit l'ardeur qu'on y mette, ne pouvaient suffire à exprimer tout ce qu'ils avaient à se dire.

Coupés ainsi du monde, ils s'oubliaient régulièrement dans cette frénésie, y trouvant un refuge contre la peur de la mort qui rôdait autour de la maison.

Du haut du chemin Saint-George, le bruit étouffé d'une clochette leur parvint soudain. Daniel bondit.

— La charrette des morts ! Je l'avais complètement oubliée !

— Qu'est-ce qui va se passer quand ils vont voir Alf et Madge ? demanda Judith en chuchotant.

— Je voudrais bien le savoir !

Dans l'obscurité, ils avancèrent à tâtons jusqu'à la fenêtre. La lune dispensait sur le toit d'en face une lueur grise. Madge était allongée au beau milieu de l'allée, tellement immobile dans la lumière de la lune que les plis de ses vêtements donnaient l'impression d'être sculptés dans la pierre.

— Elle est morte ! murmura Judith en frissonnant.

— Espérons-le. Les charrettes emportent les morts, mais que font-elles des vivants ?

— On les laisse peut-être où on les trouve.

— Il doit y avoir une réglementation. La ronde de nuit peut venir, ou... oh, je ne sais pas !

Tout dépendait de l'organisation, bonne ou mauvaise, des autorités. À Shoe Yard, c'était le chaos. Mais ici, la charrette des morts passait régulièrement et, la semaine dernière, Daniel avait vu fermer une maison. L'ordre paraissait régner à Southwark. Autrement dit, il devait y avoir une force de police : un officier, des hommes du guet, une ronde de nuit. Il serait dangereux d'attirer leur attention.

— Je vais chercher Susanna et Charles ? demanda Judith.

— Non. Attendons de voir.

Le sonneur de clochette apparut, avec une lanterne à l'extrémité d'une perche. Derrière lui, le charretier conduisait son cheval et deux hommes marchaient de chaque côté de la charrette. Comme à l'habitude, le sonneur secouait sa clochette tous les trois ou quatre pas, et baladait sa lanterne de droite et de gauche, dans les coins sombres.

Il s'arrêta juste à l'aplomb de Daniel et de Judith, piqua Madge du bout de sa perche et fit signe au charretier. Puis il s'approcha de la maison, de l'endroit où Alf était couché.

La charrette fit halte. La lune ajoutait une touche blafarde aux draps enveloppant la demi-douzaine de corps qui s'y trouvaient. Chaque soir, quand passait la charrette, Daniel pensait aux membres des familles dans lesquelles la peste avait fait son apparition. Emprisonnés chez eux par les autorités, ils devaient soigner les malades, envelopper les morts, chacun d'eux guettant l'instant où viendrait son tour, à lui ou à elle. C'était un cauchemar et il espérait bien, contre toute logique, que Judith, Susanna, Charles et lui-même n'auraient jamais à le vivre.

Les deux hommes ramassèrent Madge et l'expédièrent sans façon sur la pile des autres. Judith enfouit sa tête dans l'épaule de Daniel.

Celui-ci ne pouvait détacher les yeux de ce qui se passait en bas. Si Alf était encore vivant, Dieu sait ce qu'il pourrait dire…

Les deux porteurs disparurent sous la saillie des étages supérieurs et réapparurent avec le cadavre de Alf. Daniel poussa un soupir de soulagement. Le corps une fois chargé, la charrette se remit en mouvement et, arrivée au bout de l'allée, fit demi-tour, comme d'habitude.

Daniel prit conscience à la dernière seconde que, ce soir, quelque chose n'allait pas se passer comme d'habitude. Il avait à peine eu le temps de reculer en hâte de son poste d'observation que le sonneur de clochette s'arrêtait, levait sa lanterne et examinait attentivement la façade de la maison.

115

Quand la charrette et son équipage se furent enfin remis en route, Daniel murmura :

— Le bonhomme va faire un rapport. Il faut nous attendre à voir arriver les enquêteuses aux premières lueurs de l'aube.

En quoi il avait raison, sauf qu'elles arrivèrent au milieu de la matinée. Les nerfs à fleur de peau après une aussi longue attente, ce fut un choc pour Daniel de voir deux femmes d'âge mûr, coiffées de hauts chapeaux noirs et armées de bâtons blancs, descendre le chemin d'un pas décidé. Elles étaient accompagnées de trois hommes, dont deux portaient des sacs d'outils.

— Les voilà ! chuchota Daniel à Judith, Susanna et Charles, cachés tous les trois.

Sa propre cachette, un tonneau vide, était prêt à le recevoir dès que cela deviendrait nécessaire. Il tremblait : leurs chances, maintenant, étaient bien minces...

On frappa plusieurs fois très fort à la porte et un homme cria :

— Sommation du guet ! Au nom de la loi, ouvrez !

Un long silence suivit. Daniel regarda par la fente qu'il avait laissée entre le volet et l'encadrement de la fenêtre. L'homme traversa l'allée et alla frapper à la maison d'en face en lançant le même appel. Daniel retint son souffle. Il savait que cette maison était occupée.

Une fenêtre s'ouvrit au premier étage et une femme sortit la tête.

— La charrette a emporté deux morts hier soir, déclara le garde. La contagion vous a-t-elle gagnés ?

— Non ! Nous sommes tous en bonne santé, que le Seigneur soit loué !

— Ils venaient de l'autre côté de la rue, alors ?

— L'homme, c'était Alf Billings, le jardinier de la maison d'en face.

Le cœur de Daniel dérapa. Il ne leur restait plus qu'une ultime, minuscule chance. Il s'apprêta à se cacher.

— Dernier appel ! cria le garde après avoir retraversé. Ouvrez, ou montrez-vous à la fenêtre !

Les outils cliquetèrent tandis que les ouvriers déchargeaient les sacs de leurs épaules.

— Mais il n'y a personne en face ! leur cria la femme de l'autre côté de l'allée. Ils ont tout fermé, ils sont partis depuis des semaines !

Daniel ferma les yeux et, soulagé, respira lentement.

— Pourtant vous avez dit que le mort était leur jardinier ! rétorqua une des femmes d'un ton accusateur.

— Oui, mais il n'était pas là ces derniers temps ! Il y a quelques semaines – quand tout le monde essayait de fuir si vous vous rappelez –, il est passé avec une charrette à bras et a tout emporté. Depuis, la maison est fermée. Il n'y a plus personne !

Une discussion s'ensuivit en bas, à voix basse. « Vous avez sûrement du travail à faire ailleurs, allez-y, faites-le ! » pensait Daniel, tendu.

— Alors, bien le bonjour, maîtresse, et que Dieu vous protège ! dit le garde.

Et ils disparurent au bout du chemin Saint-George aussi prestement qu'ils étaient apparus.

Daniel s'écroula au pied du mur, ne sachant s'il devait rire ou pleurer.

— Judith ! Susanna ! Charles ! croassa-t-il. Vous pouvez sortir !

VII

Allongée dans le grenier, sur le lit à colonnes, Judith sortit de sa sieste. Daniel n'était pas à côté d'elle. Il était probablement descendu vérifier que la maison était hermétiquement fermée, habitude qu'il avait prise depuis la mort de Madge et Alf, une semaine auparavant.

Il faisait divinement chaud sous ce toit de tuiles. Judith s'étira paresseusement. Elle avait l'impression de se trouver au *bagnio*, ce fameux bain turc dont elle avait entendu parler en termes scandalisés, où des gens se promènent tout nus dans des nuages de vapeur...

Elle se mit debout, se demandant, saisie de vertige, si elle oserait... Pourquoi pas ? Elle passa sa chemise par-dessus sa tête et se mit à marcher dans la pièce, mal à l'aise, ne s'étant jamais promenée ainsi, volontairement dénudée. Elle ferma les yeux et s'imagina entourée de vapeur dans un décor de piliers blancs, d'arches mauresques et de draperies de soie. Elle défit ses cheveux et les laissa tomber sur ses épaules. Elle était une courtisane au *bagnio*, se dirigeant vers une alcôve aux rideaux tirés pour y donner du plaisir à un homme.

Comment s'y prenaient-elles, les courtisanes, pour faire frissonner les hommes ?

Elle se représentait bien deux ou trois choses qui pourraient faire l'affaire...

Elle pouffa : elle devrait avoir honte d'elle-même ! Elle s'examina ; la ration congrue de ces dernières semaines avait fait son œuvre : elle était beaucoup trop maigre pour une voluptueuse courtisane. Ma carrière de femme perverse se termine avant de commencer, se dit-elle.

Pourtant Daniel trouvait que ses seins étaient très beaux, ce qui l'enchantait mais l'étonnait beaucoup. Elle les prit en mains, les regarda, essayant de comprendre, et les malaxa doucement.

Pas de grosseurs.

Machinalement, elle refit le trajet habituel : le cou, la mâchoire, les aisselles, l'aine... Pas de grosseurs. Elle s'assit sur le lit et inspecta l'intérieur de ses cuisses. Pas un défaut.

La peste n'avait pas frappé. Pas encore.

Elle rôdait alentour, ils la sentaient presque. La moitié des maisons de la rue avaient été fermées par les autorités et étaient gardées en permanence. Tremblant de peur de révéler leur présence, Judith et Daniel, Susanna, et Charles traversaient la maison sans chaussures, silencieux comme des fantômes. Derrière, dans les champs, des familles et des groupes plus nombreux erraient, probablement repoussés par le cordon sanitaire, et sans aucun doute contaminés. La charrette des morts passait chaque soir avec des piles de corps. Daniel disait qu'il devait falloir creuser des quantités de fosses pour enterrer tant de morts. Londres était devenue un charnier.

Rien ne paraissait capable d'arrêter l'épidémie. Que faire quand elle les atteindrait ? S'ils tombaient malades tous les quatre ensemble, ce serait odieusement simple. Mais à supposer qu'elle se trouve des grosseurs sur le corps alors que les trois autres seraient en bonne santé ? Se tairait-elle, les laisserait-elle partager son destin, ou aurait-elle le courage de se cacher, ou de s'enfuir, pour leur donner une chance de survie ?

Et si Daniel était le premier à succomber et voulait la tenir écartée de lui ? Cette idée lui était insupportable. Elle ne pourrait jamais l'abandonner, ni lui ni Susanna. Même avec Charles, il lui paraissait difficile de se conduire égoïstement.

Mais ne laisserait-elle pas tomber Charles avec joie si cela pouvait servir à sauver Daniel ? Et si le cas se présentait, échangerait-elle la vie de Susanna pour celle de Daniel, ou celle de Daniel pour celle de Susanna ?

Pourquoi fallait-il qu'elle se torture avec de pareilles questions ? Existait-il des pensées pires que celles-ci ?

Elle s'allongea, s'efforçant de chasser ces idées de sa tête. Sa peau était chaude et sèche. Elle éprouvait des picotements au bout des doigts qu'elle promenait sur ses seins, sur son ventre et dans les boucles de son triangle. L'esprit vide, elle glissa la main entre ses cuisses.

Ses doigts s'égarèrent et elle fut traversée d'un frisson.

Elle avait entendu des milliers de sermons contre l'impudicité et le vice. On lui avait enseigné à se garder de la tentation et à l'éloigner par la prière.

Mais personne ne lui avait dit qu'elle rencontrerait un homme comme Daniel, qu'elle aimerait le contact et l'odeur de sa peau et qu'elle serait à ce point avide de tenir dans ses bras son corps souple et musclé, d'embrasser sa bouche, de sentir sans honte ses doigts l'ouvrir.

Elle songea à son sexe, cette barre ronde et dure qu'elle avait si souvent sentie pressée contre elle, à travers l'épaisseur des vêtements. Elle ferma les yeux, essayant de se représenter ce qu'elle ressentirait si cette colonne de chair se projetait en elle. Plus elle y pensait, plus elle en venait à le désirer.

Elle s'imagina Daniel, pesant entre ses cuisses. La tension monta dans son ventre. Sa main fit des mouvements saccadés, de plus en plus rapides. Elle se sentait prête à éclater.

Cette émotion, elle ne pouvait pas, elle ne voulait pas s'en priver.

Quels que soient les démons qui s'en trouveraient libérés.

Accroupi sur l'escalier, Charles regardait par le trou de la porte.

Il transpirait abondamment. Daniel était quelque part en bas et pouvait facilement le prendre sur le fait. Charles aurait juré qu'il n'était monté que pour jeter un bref coup d'œil. Oui, mais…

Il avait vu Judith aller et venir sans rien sur elle. Pour la première fois de sa vie, Charles avait devant lui une femme complètement nue, et pas n'importe quelle femme : Judith, celle qu'il aimait ! Elle avait de longues jambes, un derrière tout rond, un triangle doux et noir, une taille fine, une poitrine pleine et d'épais cheveux qui tombaient en boucles sur ses épaules. Charles aurait voulu pouvoir la toucher. Et puis, tout à coup, elle s'était allongée, avait écarté les jambes dans sa direction comme pour l'y inviter, et s'était mise à se caresser de la façon la plus indécente.

L'avait-elle fait à son intention ?

Non, elle ne pouvait pas savoir qu'il était là, mais l'idée l'excitait. Il se gorgeait de la vue des parties secrètes de Judith en faisant semblant de croire que c'était pour lui qu'elle les exposait. Il était dans un tel état d'excitation qu'il fut obligé de défaire le rabat de sa culotte. Et il n'en retira pas sa main.

C'était la jalousie – Judith passait un temps fou avec Daniel – qui avait poussé Charles, quelques semaines auparavant, à venir les espionner. Et il était venu encore et encore coller son œil contre le trou de la porte, réprimant le désir et la frustration qu'il ressentait en regardant Daniel embrasser Judith.

Sauf lorsqu'il s'inquiétait de la peste, son esprit n'était occupé que par ce qu'il voyait dans le grenier. Dans l'obscurité de sa chambre, il passait des heures à évoquer la Judith passionnée qu'il avait aperçue et à s'imaginer à la place de Daniel. Il se sentait profondément coupable et essayait la prière pour se faire pardonner. Mais Dieu l'écoutait-il ? Il en était de moins en moins sûr.

Maintenant il observait Judith, fasciné. Elle se conduisait d'une façon qu'il n'aurait jamais cru possible de la part d'une jeune fille convenable. Il avait entendu dire une fois que, sous leurs dehors vertueux, les femmes avaient une tendance secrète à la lubricité. Eh bien, il en avait un exemple, là, devant ses propres yeux.

Mais à qui la faute ? Qui avait amené la lubricité cachée de Judith à se révéler ? Daniel, bien sûr. Daniel avait perverti Judith. C'était une méthode qu'il avait employée pour la détourner de Charles. C'était un péché, c'était démoniaque. Comme s'il l'avait ensorcelée !

Charles en eut soudain froid dans le dos. Il s'agissait peut-être vraiment de sorcellerie. Daniel et son père avaient voyagé dans tous les ports de l'Orient mystique. Ils avaient pu en rapporter des philtres, des charmes, des incantations...

Terrifié, Charles eut brusquement l'impression de perdre pied. Il ne pouvait rien faire d'autre que de rester dans sa chambre, à l'abri de toute cette perversité, et de prier.

Mal à l'aise et se sentant coupable, il rajusta sa culotte et descendit l'escalier à pas de loup.

Judith s'était rassise et enveloppée dans un drap quand Daniel revint dans le grenier.

Sa barbe (ses rasoirs avaient disparu avec Alf et Madge) et son front sourcilleux lui donnaient l'air sombre, comme s'il était habité d'idées particulièrement noires.

— Rien de nouveau, lui annonça-t-il en s'asseyant près d'elle. À part Charles que j'ai rencontré en bas. Il a une tête épouvantable.

Judith réprima un mouvement de terreur.

— Il n'est pas malade ?

— Il n'a pas de grosseurs, d'après ce qu'il m'a dit. Mais il tournait en rond, pâle comme un fantôme. Je pense qu'il ne mange pas assez.

— Aucun de nous ne mange assez.

Le soir, quand on pouvait allumer du feu sans que les voisins remarquent la fumée, Judith leur faisait une soupe de navets. Ils n'avaient pas d'heures fixes pour les repas. Ils allaient chercher quelque chose à la cuisine quand la faim se faisait sentir. Personne ne s'inquiétait de savoir si les autres mangeaient ou non.

— Qu'est-ce qui va nous arriver, tu crois ? demanda-t-elle, soudain découragée.

— Je ne cesse de me le répéter, répondit Daniel : nous avons de l'eau, nous avons un peu de nourriture, nous avons un abri et nous n'avons pas la peste pour l'instant. Nous sommes beaucoup mieux lotis que ces pauvres mendiants, là-bas, dans les champs.

Judith ferma les yeux. Il leur restait si peu d'espoir. Ce n'était peut-être qu'une question de jours. Un sentiment de révolte l'envahit. Elle saisit Daniel par la main et le tourna vers elle.

— Ton odeur à elle seule me rend folle ! murmura-t-elle.

Un bruit étouffé sortit de sa gorge et il se pencha pour l'embrasser.

— Non, pas ce que nous faisons d'habitude, Daniel ! Je ne peux plus y tenir !

Elle poussa de côté le drap dont elle s'était couverte. Il ne l'avait jamais vue nue. Elle voulait qu'il la voie. L'avidité avec laquelle il la parcourait lentement du regard l'excitait. Elle écarta les cuisses et l'observa. Il avait l'air tendre et dur, perdu et déterminé, terrifié et conquérant tout à la fois. Elle le buvait des yeux. Elle avait tellement envie de lui qu'elle en avait le souffle coupé.

— Fais-le-moi, parvint-elle à chuchoter.

Il poussa un grognement et arracha ses vêtements. Son pénis se dressait sur un tapis de boucles noires. Elle en caressa du doigt la tête gonflée. Daniel gémit et s'agenouilla entre ses jambes.

Pris comme elle d'une hâte fébrile, il se poussa vers son sexe tandis qu'elle allait maladroitement au-devant de lui. Ils n'avaient encore jamais fait ça ni l'un ni l'autre, se dit-elle. Elle le guida de la main. La tête, très grosse, lui distendait les chairs. Elle avait l'estomac noué, les lèvres sèches et un goût de métal dans la bouche, comme si elle était sur le point de vomir.

— Vas-y, murmura-t-elle, le cœur battant.

Elle souleva les hanches. La voie se trouva soudain libérée et il plongea profondément en elle. Elle poussa un cri de douleur mais referma les mains sur ses reins pour le maintenir. Les sensations qu'elle éprouvait montaient toujours, toujours plus. Elle était de plus en plus tendue. « Je me sens comme une peau de tambour », songea-t-elle.

— Judith…

— Reste !

Elle ne voulait pas qu'il s'en aille. L'idée de sa semence l'excitait. Est-ce que je vais la sentir jaillir ? se demanda-t-elle. Elle ne connut pas la réponse car une espèce de panique l'envahit tout entière, juste au moment où il fermait les yeux, et elle se serra contre lui en criant, dans un mouvement frénétique, jusqu'à ce que la vague passée elle retombe, satisfaite, apaisée.

Elle ouvrit les yeux et leurs regards se rencontrèrent, éperdus de bonheur.

— Je t'ai fait mal ? demanda Daniel.

Dans la pénombre, les contours de son visage étaient doux et dorés.

— À peine…

Elle le sentait encore en elle. Elle aurait voulu le garder là à jamais. Pour toujours…

Elle frissonna et son humeur s'assombrit. Ils étaient si petits, si fragiles, couchés dans les bras l'un de l'autre, au sommet de cette maison du chemin Saint-George !

— Je ne veux pas te perdre maintenant ! s'écria-t-elle en s'accrochant à lui. Nous devons essayer de sortir de là vivants, Daniel. Il faut trouver un moyen !

Il la regarda gravement.

— Je voudrais bien... mais je n'en vois pas !

— Nous allons en chercher un ! Nous allons nous creuser la cervelle ! Dès demain ! Promets-le-moi !

— D'accord, je te le promets. Mais nous n'avons toujours le choix qu'entre rester dans cette maison ou errer entre la ville et la troupe.

Elle hocha la tête et déclara d'un air sombre :

— Alors si nous devons attendre ici l'arrivée de la peste, qu'elle nous saisisse tous les deux ensemble !

— Si la peste entre dans la maison...

— L'un peut l'attraper et l'autre non.

— J'en doute. Nous sommes si près l'un de l'autre...

Toujours la même incertitude. C'était quoi, la peste ? Les animalcules de Charles ? Le mauvais air ? De la levure, comme celle qui permet à la bière de fermenter ou au pain de lever ?

Elle sentit que quelque chose coulait entre ses cuisses. Elle y porta la main et la retira mouillée de son sang et de la semence de Daniel. Elle ne put s'empêcher de penser aux petits vers vus au microscope. Ce qui lui donna une idée.

Elle se serra contre lui et sentit son pénis encore dur.

— Est-ce qu'en faisant ça nous attraperons la peste l'un de l'autre ? demanda-t-elle.

— Sans aucun doute.

Elle leva les jambes et l'attira vers elle. Elle prit conscience que le goût salé qu'elle avait dans la bouche était celui de ses larmes.

— Alors, faisons-le sans interruption, chuchota-t-elle.

Charles redescendait dans sa chambre, dévoré de jalousie.

Daniel avait défloré Judith devant ses yeux.

Il était facile de comprendre pourquoi Daniel avait fait cela : il voulait la compromettre pour l'obliger à l'épouser. C'était le dernier acte de sa mainmise sur Judith aux dépens de Charles. Et, quand il se serait approprié un peu de l'argent du vieux Grainger, il pourrait rembourser ses dettes.

Mais Judith ? Charles n'arrivait pas à la comprendre. Elle n'ignorait certainement pas qu'il fallait fuir les chasseurs de dots, et pourtant elle s'était jetée à la tête de Daniel ! Comment pouvait-elle être si lubrique, si débauchée ?

La sorcellerie. C'était là la réponse. Daniel lui avait administré un philtre d'amour. Il avait certainement l'expérience du monde, mais il n'avait cure de la façon dont il en usait. Le monde, la chair et le diable ! Tous les trois réunis dans le grenier...

Charles en tremblait. Ils transgressaient la morale de façon terrible. Ils allaient attirer une punition sur la maison. Ils n'éviteraient plus la peste, maintenant. Ils allaient tous mourir, se dit-il, au bord de la panique.

Mais alors, pourquoi s'inquiéter de l'avenir ? Pourquoi chercher les moyens de contrecarrer Daniel ? Pourquoi, en dépit du fait que Judith était déshonorée, se surprenait-il encore à espérer un miracle qui lui ferait quitter Daniel et l'aimer, lui ? Il devait être complètement fou pour seulement y penser.

Une lueur jaune dans l'encadrement de la porte attira son attention. La nuit était sans doute tombée et il y avait quelqu'un sur le palier, avec une bougie.

Il sauta sur ses pieds. Si c'était Daniel qui venait l'accuser d'espionnage, il fallait s'attendre à une bagarre. Qu'on les entende après tout, advienne que pourra, quelle importance maintenant ?

Mais ce n'était pas Daniel. La lumière s'évanouit et il entendit des pas légers dans l'escalier. Un instant plus tard, la porte de la bibliothèque se fermait au rez-de-chaussée. Susanna était probablement allée chercher quelque chose dans la chambre que les deux filles partageaient autrefois.

Douce, pure Susanna. Dans sa détresse, penser à elle lui était d'un grand réconfort. Elle n'avait rien à voir avec les deux autres, là-haut, avec leur vice et leur iniquité.

Soudain, l'idée le frappa qu'il fallait qu'elle connaisse la vérité à propos de sa sœur et de son cousin.

Sans plus réfléchir, Charles déverrouilla sa porte et partit la voir.

VIII

Dans la bibliothèque, à la lueur déclinante d'une bougie, Susanna était en train de défaire précautionneusement son corsage. Cette jolie robe verte, le seul vêtement décent qui lui restait, si Madge ne l'avait pas emportée, c'était parce qu'elle était déchirée ; Susanna l'avait raccommodée avec une aiguille dénichée dans un tiroir et du fil arraché à de vieux haillons. Elle la portait avec des jupons rafistolés, de vieux bas de soie et les pendants d'oreille de sa mère, tenue plus que convenable étant donné les circonstances.

Mais inutile de faire semblant. S'habiller ne changeait pas grand-chose. La cuisine était la cuisine, la soupe de navets était de la soupe de navets, et le souper était un exercice morne et solitaire. Susanna regrettait de ne pas se retrouver avec les autres pour le repas du soir. Aujourd'hui encore, Judith était invisible – bien sûr, elle devait être là-haut, dans le grenier, avec Daniel, se dit Susanna sans pour autant lui en vouloir.

On frappa un petit coup à sa porte.

Elle tressaillit de joie et se leva.

— Judith ?

Une voix étouffée lui parvint.

— Non, c'est moi, Charles.

Son cœur se serra.

— Je suis en train de me coucher, Charles, je ne peux pas vous recevoir maintenant.

— Mais j'ai des nouvelles importantes ! Ça ne peut pas attendre !

Susanna retint son souffle.

— De *mauvaises* nouvelles… ?

— Je le crains !

Elle ne fit qu'un bond jusqu'à la porte. Charles était là, dans l'ombre du couloir, pâle et décoiffé. Elle ne put s'empêcher de reculer.

Il entra, ferma la porte derrière lui et pointa le doigt sur le plafond.

— Vous savez ce qu'ils font, là-haut ? lui demanda-t-il d'un ton dramatique.

Susanna fut saisie d'angoisse.

— Vous voulez dire, Judith et Daniel ? Est-ce que quelque chose va mal ?

— Tout va mal ! Judith fait la catin avec Daniel !

Étonnée, Susanna ouvrit de grands yeux.

— Mais pour l'amour du ciel, Charles, ils sont malades ou pas ?

— Non, ils se vautrent dans le péché ! Ils attirent sur nous la colère de Dieu!

Ayant soudain compris, Susanna éprouva un soulagement mêlé de colère.

— Et c'est pour *ça* que vous êtes venu me faire une pareille frayeur ? Bon, eh bien partez maintenant. Ça ne m'intéresse pas ! Cela ne nous regarde pas !

— Non ? rétorqua Charles en avançant vers elle. Mais nous n'aurons plus droit à la miséricorde divine, à présent. La peste va venir !

Il était dans un état terrible. Susanna recula.

— Ne dites pas des choses comme ça, Charles, lui enjoignit-elle d'un ton persuasif. Vous vous faites trop de souci.

Apparemment un peu calmé par ces paroles, il fit quelques pas en arrière. Ouvrir la porte, maintenant, et l'obliger à partir, pensa Susanna. Mais soudain frappée par toutes les implications de ce qu'il affirmait, elle le regarda avec suspicion :

— Quoi qu'il en soit, comment savez-vous ce qu'ils font ?

— Je l'ai vu par un trou de la porte.

— Quoi ! s'écria Susanna, horrifiée. Vous les espionniez ? Ce n'est pas bien, Charles !

— Et ce qu'ils font, c'est bien ? riposta Charles dont les yeux lançaient des éclairs. C'est bien d'user de sorcellerie comme Daniel pour envoûter Judith ? J'aime Judith ! poursuivit-il en se prenant la tête dans les mains et en sanglotant. Je l'aime depuis toujours, depuis le début ! Et Daniel me l'a volée !

Susanna regardait Charles, le cœur battant. Il commençait à lui faire peur.

— Charles, vous avez l'air fatigué, lui dit-elle du ton le plus compatissant qu'elle put prendre. Si nous allions à la cuisine manger un bol de soupe ? Cela vous ferait du bien. Et après, vous pourriez dormir…

— Je ne peux plus manger, Susanna ! Je ne peux plus dormir ! gémit-il en retirant ses mains de son visage plein de larmes. Je ne peux plus supporter cette vie !

Il disait vrai. Il avait l'air de mendier quelque chose que Susanna ne pouvait lui offrir. Elle ne l'aimait pas. Elle ne pouvait pas le réconforter.

À présent il avait les yeux fixés sur son corsage dégrafé. Il était temps qu'il s'en aille. Elle fit un mouvement vers la porte.

— Partez, à présent, je vous en prie, lui dit-elle d'une petite voix. Je vous verrai demain.

Ses épaules s'affaissèrent et elle pensa avec soulagement qu'il allait la laisser. Mais il leva les yeux, et l'espoir s'envola.

Il la prit dans ses bras et posa ses lèvres sur les siennes. Susanna se débattit, mais il était beaucoup plus fort qu'elle. Il mit la main sur ses seins. Elle se libéra et le repoussa.

— Je ne veux pas de vous, Charles ! lui dit-elle, le souffle court.

Elle ne vit même pas venir le coup.

Il ne l'avait pas prémédité. Elle avait dit : *Je ne veux pas de vous* et Charles en avait ressenti une si vive douleur qu'il avait frappé Susanna à la tête. Il en éprouvait une telle satisfaction qu'il recommença.

Elle chancela, ses yeux bleus remplis d'effroi. Mais qu'est-ce qu'elle espérait donc ? Pour qui se prenait-elle ?

De la soupe, elle lui avait offert de la soupe. Allez dormir. *Je ne veux pas de vous.*

Il leva de nouveau la main.

Elle ouvrit la bouche. Elle allait crier. Charles lui envoya un coup de poing dans le ventre. Elle se plia en deux. Dans un accès de fureur sauvage, il la gifla. Elle se mit à pleurer. Excité par son regard suppliant, il la gifla encore.

Cela pouvait durer aussi longtemps qu'il le voudrait. Il pouvait faire d'elle ce qu'il voulait.

Il était en érection.

Il ne la giflait plus, il se servait de ses poings. Elle tomba à la renverse sur le lit. Il souleva ses jupes. Elle portait des bas de soie blancs. Il lui écarta les cuisses. Son sexe n'était pas rose et or, comme il l'avait imaginée mais plus sombre, plus en chair et beaucoup plus excitant. Charles ouvrit sa culotte. Son membre était si dur qu'il en avait mal aux testicules. Il grimpa sur elle, se guida de la main et poussa.

Il rencontra une résistance. Y avait-il un secret qu'à sa grande honte il ignorait ? Daniel l'avait fait à Judith. Était-il moins homme que lui ?

Il poussa frénétiquement. La résistance céda et il glissa dans de la chaleur et de l'humidité. Il se sentait fort, grand, dur. Sa semence montait. Il ferma les yeux et s'abandonna à ses sensations.

Pour une fois, Charles ne pensait à rien.

La déchirure fit sursauter Susanna qui revint à elle pour trouver Charles entre ses jambes, qui l'écrasait et la pénétrait. Il avait les yeux fermés et gémissait doucement.

En un éclair, elle se dit : s'il répand sa semence en moi, il va me faire un enfant.

Dans un mouvement de panique, elle le repoussa et se tourna de côté. Il se retira avec une telle violence que, paralysée par la souffrance, elle ne réussit pas à rouler hors du lit comme elle en avait eu l'intention. Et Charles lui avait déjà attrapé les jambes et les écartait de force.

Elle se débattit désespérément, libéra une jambe, qu'elle projeta en arrière. Son pied rencontra quelque chose de mou mais de résistant – sans aucun doute ce que les garçons appelaient leurs couilles, réputées particulièrement vulnérables. Elle les prit délibérément pour cible et frappa plus fort. Le coup atteignit son but.

En poussant un gémissement, Charles tomba sur elle, le visage tordu par la douleur. Elle essaya de se dégager, mais il était trop lourd. Il leva la tête, et ce qu'elle lut dans ses yeux la terrifia. Elle lui avait fait très mal, mais maintenant il allait le lui faire payer.

Il se mit à cheval sur elle, lui coinça les bras avec ses genoux, et leva le poing.

Judith et Daniel ! Ils étaient seuls à pouvoir la sauver à présent.

Elle ouvrit la bouche pour crier mais elle comprit sur l'instant qu'il l'avait devinée.

Il mit les mains autour de son cou et serra.

Elle ne pouvait plus respirer. Ses jambes s'agitaient dans le vide. Elle leva les yeux vers Charles, prononçant des mots qui ne voulaient pas sortir, qui mendiaient sa pitié : *Je regrette de vous avoir fait mal, essayez de comprendre... Je ne crierai pas. Je vous en prie, Charles, laissez-moi !*

Avec un sourire de triomphe, il lui serra le cou plus fort.

Ses oreilles bourdonnaient. Elle avait un voile devant les yeux. Sa poitrine comprimée cherchait désespérément de l'air. La douleur était insupportable.

Charles, je vous en supplie ! Je ne dirai rien ! Personne ne saura ce que vous m'avez fait !

Je vous laisserai même le faire encore.

Je vous dirai que vous êtes beau. Je vous dirai que je vous aime. Je vous dirai que Judith vous aime. Je vous dirai tout ce que vous voudrez !

Il ferma les yeux et serra plus fort.

Je ne veux pas mourir, Charles ! C'est un tel...

Elle se débattit encore une fois, inconsciemment et puis, lentement, tout devint noir...

C'est un tel gâchis...

Charles ne s'était jamais senti aussi excité. Plus la frayeur se lisait dans les yeux de Susanna, plus il se sentait fort, plus il resserrait son étreinte. Maintenant qu'elle avait cessé de lutter, il allait finir ce qu'il avait commencé. Elle le lui devait.

Il regarda Susanna, bouche ouverte, lèvre pendante, ses mains à lui serrées autour de son cou, et il prit conscience de ce qu'il venait de faire.

Il l'avait tuée.

Sa force l'abandonna. Il lui lâcha le cou et, dans un mouvement de recul, faillit tomber du lit. Il se jeta à genoux et se mit à sangloter bruyamment. Inutile de chercher à prier : il avait dépassé les bornes. Sa place n'était plus parmi les vivants.

Il allait devoir se supprimer.

Il allait se pendre. En le découvrant, Judith et Daniel éprouveraient peut-être des remords pour la façon dont ils s'étaient conduits avec lui. C'était, en quelque sorte, une consolation. Mais ils découvriraient en même temps Susanna et, au premier coup d'œil, ils comprendraient ce que Charles avait fait et pourquoi il s'était suicidé. Judith connaîtrait la vérité sur lui et, de retour à Nîmes, Daniel noircirait la mémoire de Charles et la réputation de la famille Vovelle. Ce n'était pas supportable.

Charles n'avait pas le choix : il fallait camoufler son crime.

Mais de quelle façon ? Il n'en savait rien. Il se remit debout et, le cœur soulevé, rajusta ses vêtements. Puis il se força à regarder le corps étendu sur le lit.

Susanna avait des ecchymoses sur le visage et dans le cou, les vêtements froissés et du sang sur les cuisses. Il fallait commencer par la nettoyer. Il se mit à lui frotter les jambes avec un coin du couvre-lit. Il était à bout de nerfs. Le sang coagulait. Il lui fallait de l'eau – mais il risquait d'en mettre partout. Que faire ?

La bougie vacilla, puis s'éteignit.

Pris de panique, Charles rejeta le couvre-lit et tira les jupons et la jupe de Susanna sur ses jambes. Avait-elle l'air plus normale ? Il ne se rendait pas compte. De toute façon, comment supprimer ces ecchymoses révélatrices ?

En les maquillant ? Il avait aperçu de la poudre de riz sur la table.

Ridicule. Les ecchymoses transparaîtraient. Il n'y avait aucun moyen de les faire disparaître.

Alors, pourquoi essayer ? Des marques pourpres autour du cou, se dit-il soudain, surexcité, ne pouvaient-elles pas passer pour des signes de la peste ? Il pouvait faire en sorte que Susanna ait l'air d'être morte de la peste ! Et Daniel empêcherait alors Judith de s'approcher d'elle de trop près… Oui, ça pouvait marcher !

Enfin… Cela réussirait si Susanna était au lit, déshabillée. Il fallait la dévêtir, tâche compliquée. Il fallait chercher une chandelle à la cuisine. Il marcha à tâtons jusqu'à la porte et souleva doucement le loquet.

Il entendit un son étouffé et s'arrêta net. Une clochette retentit non loin de là. Il respira, soulagé : c'était la charrette des morts qui faisait sa ronde.

La charrette des morts… La charrette des morts emportait les corps. Où les emmenait-elle ? Daniel avait parlé de fosses communes. Qui pourrait retrouver un corps dans une fosse commune ?

Tout ce qu'il avait à faire, c'était de le mettre dehors, et il disparaîtrait sans laisser de trace !

La charrette irait au bout du chemin Saint-George, avant de revenir. Charles n'avait que le temps. Oui, mais son plan avait un grave inconvénient. Il ne fallait pas de témoin qui puisse les associer, lui et le cadavre. Le sonneur avait une lanterne et les cheveux blonds et foisonnants de Susanna ne pouvaient pas ne pas se remarquer. Envelopper le corps dans quelque chose… c'était la meilleure manière de s'en sortir

La plupart des cadavres étaient enroulés dans des linceuls. Un drap ferait l'affaire. Charles batailla pour extirper celui sur lequel était couché le corps. La sueur lui coulait dans le dos. Il entortilla rapidement Susanna dans ce drap, mais aussitôt un autre problème lui vint à l'esprit.

Un cadavre devant la maison alerterait les enquêteuses ; cette fois elles entreraient dans la maison, et la peste avec elles. Daniel et Judith apprendraient alors inévitablement que c'était lui qui avait mis Susanna dehors – qui d'autre aurait pu le faire ?

Il fallait qu'il abandonne le corps ailleurs, assez loin. Mais le risque serait grand alors d'être aperçu par le porteur de clochette ou par les surveillants des maisons condamnées. Charles ne savait à quel saint se vouer. Le temps lui était compté. Il lui faudrait résoudre ses problèmes en cours de route.

Il ouvrit la porte, souleva la dépouille et la porta jusque dans le couloir. La grande porte étant condamnée, il serait obligé de passer par l'écurie. Il partit en trébuchant vers la cuisine et se débrouilla pour déverrouiller la porte du fond sans lâcher son fardeau. En posant le pied sur le chemin de gravier, il prit conscience qu'il n'avait pas de chaussures. Trop tard, maintenant.

Le jardin baignait dans la lumière grisâtre de la lune. Il avait tablé sur une obscurité plus épaisse. Il se glissa à l'ombre des arbres et atteignit l'écurie, hors d'haleine, les bras douloureux. Le son clair de la clochette le fit sursauter : de retour, la charrette était devant la maison ! Il posa Susanna par terre et retira la barre de chêne qui fermait la double porte. La clochette retentit de nouveau : la charrette avait dépassé la maison !

Il hésita. Il ne pouvait pas courir après elle dans la rue sans risquer d'attirer l'attention. Mais entre le mur du jardin et la haie qui bordait les champs, il y avait un petit sentier qu'il pouvait emprunter sans être vu. Il pouvait rattraper la charrette, rejoindre le chemin Saint-George par un chemin de traverse, abandonner le corps et se fondre dans l'obscurité.

Mais il faudrait faire vite, et la jeune fille pesait plus lourd que prévu. La brouette ! songea-t-il, fébrile. Il en avait vu une quelque part, ici, dans l'écurie. Où exactement ? Il fit des allées et venues désordonnées dans le noir, se heurta contre elle dans un coin et la roula jusqu'à la porte. C'était une brouette plate, de celles qui servent à enlever le fumier. Il y déposa le corps, la fit passer par-dessus le seuil avec difficulté, et se mit à courir.

Il était évidemment plus facile de pousser une brouette mais, dans l'obscurité, Charles ne voyait pas les ornières, et il devait ralentir pour ne pas renverser son chargement. Il avait terriblement mal aux pieds et il était trempé de sueur. Il fallait qu'il rattrape la charrette avant qu'elle n'ait atteint le bout de la rue parce qu'il ignorait le chemin qu'elle prendrait ensuite. Poursuivrait-elle sa tournée ou s'en irait-elle vers le lieu des inhumations ?

Il en était là de ses réflexions quand il prit soudain conscience du danger qu'il était en train de courir : hors de la maison, dans un air empoisonné, il se précipitait au-devant d'une charrette où s'empilaient des cadavres contagieux et qui se dirigeait vers une fosse commune où gisaient des centaines, des milliers de victimes de la peste !

Pris de panique, il poussa un cri de terreur.

Il se représentait l'air grouillant d'animalcules invisibles. Chaque tache d'ombre lui paraissait pleine de vapeurs noires qui venaient s'enrouler autour de ses chevilles alors qu'il avançait péniblement, maintenant le corps, dont il était responsable de la mort, en équilibre précaire sur sa brouette. Il se crut même un instant en enfer, mort, puni par Dieu selon le destin prévu pour lui de toute éternité. Il se remit à sangloter.

Un retour en arrière n'était pas possible. Arrivé à Southwark, il poussa sa brouette entre des poulaillers et des carrés de légumes puis dans un étroit passage entre deux maisons. Charles, qui avançait avec prudence, regarda autour de lui, à la lueur de la lune. Avec angoisse, il constata qu'il se trouvait dans un labyrinthe de petites rues. Ce n'était pas le chemin Saint-George. Que faire ?

À son grand soulagement, il entendit le tintement de la clochette, proche mais étouffé par les bâtiments environnants. Avec une détermination nouvelle, il se remit en marche dans la direction du son. Presque aussitôt, il aperçut une lueur jaune : la lanterne d'un surveillant. Impossible de passer par là. Il tourna dans une ruelle et posa sa brouette pour se reposer. La clochette retentit de nouveau, toute proche. Ce qu'il avait de mieux à faire, maintenant, c'était de partir en éclaireur repérer le bon endroit pour y laisser le corps, et revenir ensuite le chercher.

Il se mit à courir et tourna dans une autre rue. Au coin suivant, il entendit clairement la clochette, aperçut la lanterne du sonneur et une lumière encore sur la charrette qui suivait.

Ils venaient dans sa direction.

Triomphant, Charles repartit en courant. Il avait gagné la partie ! Il trébucha sur quelque chose et faillit tomber. En se redressant, il aperçut des silhouettes qui entraient dans la ruelle. S'il n'avait pas glissé, il volait droit sur elles. Il s'aplatit dans l'ombre, contre une porte, retenant son souffle, pour les laisser passer. Une femme parlait, mais d'une voix si basse et avec un accent si prononcé que Charles n'était pas en mesure de la comprendre. Il attendit avec impatience que le groupe soit hors de vue puis retourna précipitamment vers sa brouette.

Il la retrouva là où il l'avait laissée et la poussa rapidement jusqu'à l'endroit où il avait vu la charrette des morts. À en juger par le balancement des lanternes, elle s'était arrêtée pour ramasser un cadavre. Charles vida sa brouette devant le mur d'une maison et, la tirant derrière lui, battit en retraite aussitôt. En un rien de temps il était de retour dans le petit sentier.

Son soulagement n'était pas total. Il s'inquiétait maintenant des mensonges qu'il allait devoir faire à Judith et à Daniel. Plus vite il se retrouverait en sécurité à la maison, mieux cela vaudrait. La brouette tressautait bruyamment derrière lui ; elle le ralentissait. Il décida de l'abandonner quelque part. Personne ne remarquerait sa disparition de l'écurie.

Il avisa un sentier qui s'en allait en zigzag vers les champs et s'y précipita. Un peu plus loin, un bouquet d'arbres dispensait une ombre profonde. En l'atteignant, Charles constata qu'il se trouvait sur un talus surplombant un fossé. L'endroit idéal. Il poussa la brouette par-dessus bord.

Elle tomba et alla heurter avec un bruit sourd un objet en bois – une barrière, ou un poulailler, pensa-t-il.

On entendit les aboiements d'un chien, des grondements de voix masculine. Charles resta pétrifié. Il ne s'agissait ni d'une barrière ni d'un poulailler, mais d'une espèce de hutte. Il percevait maintenant une voix d'enfant, celle d'une femme... Il y avait là toute une famille !

Pris de panique, il regarda autour de lui, prenant conscience que n'importe où, dans ce coin misérable, il pouvait y avoir – pour raisons de pauvreté ou de peste – des gens cachés, des gens qui pourraient témoigner l'avoir vu passer avec le corps et revenir avec une brouette vide !

Quand le chien surgit de l'ombre en aboyant, Charles perdit complètement la tête.

Il prit ses jambes à son cou et partit en courant à travers champs.

En fait, ce qui réveilla Susanna, ce fut la clochette.

Elle avait eu plusieurs très brefs passages d'éveil avec, à chaque fois, l'impression de suffoquer, et elle était retombée ensuite dans le noir. Enfin elle avait repris conscience assez longtemps pour sentir la douleur. Sa tête la faisait horriblement souffrir, elle ne pouvait ni avaler ni respirer normalement, et elle avait la sensation d'avoir un masque collé sur la figure. Immobile, les yeux fermés, il lui semblait qu'il serait dangereux pour elle de bouger.

Vint la cruelle sonnerie de clochette qu'elle connaissait et redoutait.

Elle ouvrit les yeux et se redressa brusquement. Elle était entortillée dans une étoffe qui entravait ses mouvements et lui couvrait le visage. Elle réussit à sortir un bras et à se libérer la tête.

Il faisait nuit. Elle était dehors, dans une rue éclairée par la lune. Elle se rendit compte avec horreur qu'elle était enveloppée dans un drap, comme un cadavre. La clochette de la charrette des morts ré-

135

sonna à nouveau. Elle entendit un bruit de pas, la lumière d'une lanterne tomba sur son linceul...

Terrifiée, elle écarquilla les yeux devant le sonneur de clochette en veste de cuir et gantelets.

— L'est vivante, celle-là ! cria celui-ci au charretier.

— Oui, mais elle l'a ! dit un autre qui étudiait Susanna en restant à distance respectable. L'est bonne pour l'hôpital des pesteux ! Je m'en vais chercher la ronde !

Paralysée par le choc, Susanna vit l'homme disparaître dans une rue adjacente. Ils pensaient qu'elle était malade ! Ils allaient la remettre au guet et l'envoyer à l'hôpital ! Elle ne savait pas très bien ce que c'était que cet hôpital, mais elle imaginait un grand bâtiment plein de gens contaminés et mourants : l'enfer sur la terre ! Comment leur expliquer qu'il ne fallait pas l'emmener là-bas ? Elle essaya de parler mais elle pouvait à peine émettre des grognements.

Indifférent, le sonneur de clochette se remit en marche avec sa lanterne. Susanna le suivit des yeux, puis se retourna vers la charrette. Deux hommes étaient en train de charger un cadavre. Personne ne faisait attention à elle.

Il serait bientôt trop tard pour se sauver.

En aurait-elle la force ? Elle avait mal partout et était toujours entortillée dans son drap. Elle le déroula et le fit descendre le long de ses jambes. Une douleur subite lui rappela ce que Charles lui avait fait subir. Elle resta un instant pétrifiée, au bord des larmes. Mais elle se secoua. Non, elle ne pleurerait pas, elle lutterait. Elle libéra ses pieds. Elle n'avait pas de chaussures. Du moins ne ferait-elle pas de bruit...

Elle se remit debout et, en vacillant, réussit à gagner l'autre côté de la chaussée.

Appuyée au mur, elle se glissa dans l'ombre jusqu'au prochain coin. C'était là que l'homme, parti à la recherche de la ronde, avait disparu. Il valait mieux prendre un autre chemin. Elle sortit de l'ombre.

— Hé ! vous, là-bas !

La voix venait de la charrette des morts. Le sonneur de clochette se retourna en jurant.

Ils l'avaient vue. Elle n'avait pas le choix. Elle prit la rue qu'elle voulait éviter et se mit à courir. Presque aussitôt elle entendit un bourdonnement de voix masculines et des pas lourds : la ronde était en chemin.

Glissant et trébuchant, elle enfila une venelle étroite.

— Elle est par là !

Trop tard pour se cacher. Portant des lanternes, trois ou quatre hommes étaient déjà au bout du chemin. Les jambes en coton, elle se força à poursuivre et se retrouva dans une rue plus large, qu'elle traversa pour éviter la lumière de la lune. Les cris reprirent derrière elle. Elle se mit à tourner désespérément au hasard par les cours et les allées. Non, elle ne se laisserait pas emporter chez les pestiférés !

À son grand soulagement, il lui sembla que la chasse s'épuisait. Apparemment, elle avait bien fait de rester dans les ruelles sombres. Elle ne savait pas du tout où elle se trouvait mais elle avait l'impression de s'éloigner du fleuve. C'était la bonne direction. Elle retrouverait plus facilement son chemin par les champs qu'à partir de la Tamise.

Sa respiration lui raclait la gorge. Elle avait besoin d'un peu de repos. Elle ralentit le pas, regarda autour d'elle, et fit un bond. Elle venait de voir une lanterne danser au bout de la rue qu'elle s'apprêtait à traverser. Rien d'étonnant à ce que le bruit ait diminué derrière elle… Ils s'étaient séparés et l'encerclaient…

Elle changea aussitôt de direction et s'éloigna en courant de la lanterne qu'elle venait d'apercevoir. Mais ils connaissaient le quartier mieux qu'elle. Ils allaient l'encercler et la contraindre à rebrousser chemin vers Southwark, vers l'hôpital des pesteux. Elle était prise au piège.

Et le piège se referma. Juste en face du sentier, sous la lumière de la lune, l'attendait une palissade haute et solide. Impossible de la traverser. On ne pouvait que courir tout le long. Ils l'avaient certainement poussée délibérément là où il serait maintenant facile de l'attraper.

Elle entendait leurs pas. Le désespoir l'envahit. Épuisée, essoufflée, il n'y avait pas un endroit de son corps qui ne fût douloureux.

« Non ! Ils ne m'auront pas ! se dit-elle frénétiquement. Je n'irai pas chez les pestiférés ! »

À cet instant, elle aperçut quelque chose qui ressemblait à une ouverture au pied de la palissade. Elle s'arrêta et regarda. Un pieu avait été détaché et poussé de côté. Il y avait place pour un enfant d'y pénétrer. Susanna réussit à y passer la tête. Au loin, sous la lune, elle vit de l'herbe, des buissons et des arbres. Peut-être le jardin d'une grande maison, se dit-elle, ou bien aurait-elle réussi, comme elle l'espérait, à atteindre la campagne ?

Elle fit des efforts désespérés pour faire entrer ses épaules dans l'ouverture. Petit à petit, elle réussit à faire passer ses bras, ses épaules, ses hanches, ses jupes. Enfin debout, elle remit le pieu en place et fonça pour se mettre à l'abri sous les arbres. Elle plongea loin dans leur ombre et arriva à un mur, composé pour partie de briques mais surtout, autant qu'elle put en juger, de planches. L'espoir l'envahit : il s'agissait peut-être d'une étable où elle pourrait se cacher ?

— Je l'ai !

Des mains de fer l'attrapèrent par les bras et l'arrachèrent du mur. Seule contre deux, Susanna se débattit en vain. Les voix étaient féminines et les deux silhouettes avec lesquelles elle luttait, bien que vigoureuses, étaient élancées. Elles la tiraient de nouveau dans la lumière de la lune. Susanna eut juste le temps de remarquer qu'il s'agissait de deux jeunes filles d'à peu près son âge qu'elles l'avaient déjà lâchée et reculaient, les yeux écarquillés.

— Seigneur Dieu ! murmura l'une d'elles. Elle l'a !

« N'importe qui me voit doit évidemment penser que j'ai la peste », pensa Susanna. Elle avait certainement le visage enflé et plein de bleus.

— Ce n'est pas la peste ! souffla-t-elle d'une voix étranglée. Ce sont seulement des contusions !

— Contusions, mon cul ! s'exclama la deuxième qui sortit de l'ombre avec un bâton qu'elle pointa sur Susanna en la poussant vers le terrain découvert. Fous le camp !

On entendit des voix d'hommes et une lanterne se balança par-dessus la palissade.

— Hé, Beck, on dirait la ronde, marmonna l'une des filles.

— Oui, c'est elle, fit Susanna d'une voix rauque. Ils veulent m'emmener chez les pestiférés, mais je n'ai pas la peste !

Un bruit de bottes raclant des pieux se fit entendre.

— Merde ! s'écria la dénommée Beck, ils grimpent par-dessus !

Elles se fondirent dans l'ombre et disparurent.

Susanna tomba par terre, affaiblie par l'attaque des filles et terrifiée par les policiers. Ils n'allaient pas tarder à l'apercevoir si elle restait dans la lumière. En sanglotant, elle rampa jusqu'au pied du mur et, misérable, douloureuse, se roula en boule. Elle ne pouvait rien de plus.

Une main l'attrapa par la manche. Elle ne réagit pas. Elle n'avait plus la force de se battre.

— Je vais te montrer où ces deux garces ne te trouveront pas, lui chuchota une petite voix dure. Et la ronde non plus.

Surprise, Susanna tourna la tête. La voix paraissait venir de l'intérieur du bâtiment.

— Où es-tu ? demanda-t-elle, sanglotant toujours.

La main la tira de nouveau par la manche.

— Par ici.

Susanna se laissa guider. Elle rampa dans ce qui lui sembla être une ouverture au pied du mur. Dans cet espace noir et confiné, elle ne pouvait que deviner la présence de quelqu'un. Voici enfin un refuge, se dit-elle, reprenant follement espoir. Mais, effrayée à l'idée qu'elle pourrait être immédiatement rejetée, elle murmura :

— Je n'ai pas la peste, je te le jure.

— Je sais, j'ai entendu, dit la voix dure. J'ai des bleus, moi aussi, tu sais.

— J'en suis désolée, balbutia Susanna en s'étendant sur le sol.

Et, soulagée, elle s'évanouit.

IX

Judith prit un bain d'eau froide dans l'arrière-cuisine, se sécha vigoureusement et s'habilla en fredonnant.

Ils n'avaient pas beaucoup dormi, Daniel et elle, mais elle ne se sentait pas fatiguée. À travers les volets, elle voyait un merle qui, la tête penchée, écoutait. Son plumage brillant, son œil orange, tout l'enchantait. Ce matin-là, ils allaient partir d'un nouveau pied, elle et Daniel. Ils allaient chercher un autre moyen de s'en sortir.

Elle se servit un bol de soupe froide dans la cuisine. Quand on avait suffisamment faim, on pouvait même la trouver bonne.

Puis, cuillère en main, elle remarqua tout à coup que la porte de derrière, toujours fermée, était entrouverte. Un quart d'heure plus tard, après avoir fait le tour de toutes les pièces de la maison, elle et Daniel se trouvaient confrontés à la disparition de Charles et de Susanna.

Ils trouvèrent encore une autre porte ouverte dans l'écurie. Ils restèrent un moment confondus, à contempler les champs. Le cœur de Judith battait à grands coups. Elle n'y comprenait rien. Les portes avaient été ouvertes de l'intérieur. Charles et Susanna étaient sortis de leur plein gré. Mais pourquoi ? Que diable cela pouvait-il bien signifier ?

Là-bas, au-delà des arbres, comme souvent, des gens erraient et une spirale de fumée bleue s'élevait au-dessus d'un feu de camp. Rien qui permette d'expliquer…

Judith se raidit soudain et saisit le bras de Daniel :

— Regarde !

Une silhouette sombre et chancelante, qui avançait avec difficulté, pareille à celle d'un mendiant et pourtant étrangement familière, se frayait un chemin à travers la lande.

— Ce n'est pas Charles ? demanda-t-elle, déjà prête à courir au-devant de lui.

Daniel la retint.

— Judith ! Attention ! Il est peut-être...

L'homme avança : c'était bien Charles, mais de toute évidence, il n'était pas dans son état normal. Il titubait comme un ivrogne.

— Charles, tu as des marques ? lui cria Daniel, angoissé. Des grosseurs ?

Charles fit un effort pour répondre : « Non, pas la peste », et reprit sa marche vacillante.

— Arrête ! N'approche pas ! D'où viens-tu ?

Charles s'arrêta, bras ballants. Vêtu seulement d'une chemise et d'une culotte, incroyablement sale et décoiffé, il avait l'air malade, épuisé, ou fou. Judith était pétrie d'inquiétude.

— Qu'est-ce qui se passe, Charles ? Où est Susanna ?

— Fatigué... marmonna-t-il. Pas malade... Laissez-moi entrer...

Daniel et Judith échangèrent un regard. Laisser entrer Charles c'était ouvrir la barrière défensive de la maison. Mais Judith ne pouvait plus y tenir :

— Ou nous sortons, ou il entre ! dit-elle d'un ton farouche.

— Très bien, répondit Daniel en la tirant jusqu'au milieu de l'écurie. Charles ! Viens !

Charles passa le seuil en trébuchant.

— Pas plus loin ! lui enjoignit Daniel.

Avec un soupir de soulagement, Charles s'appuya contre le mur et se laissa glisser par terre. Sa figure et ses cheveux étaient couverts d'une boue sèche vert foncé et ses vêtements déchirés par les ronces.

— Toute la nuit dehors... murmura-t-il.

— Et Susanna ? supplia Judith au bord des larmes. Elle était avec vous ? Vous savez où elle est ?

— Sais pas. Me suis perdu dans les champs. Suis si fatigué...

— Mais *Susanna* ! répéta Judith, hors d'elle. Charles, voulez-vous nous dire ce qui s'est passé !

Charles baissa la tête et marmonna quelque chose en français.

À bout de patience, Judith avança sans autre chose en tête que de secouer Charles. Daniel la rattrapa à temps et l'obligea à reculer.

— Laisse-moi essayer, lui dit-il.

Il parla posément, en français. Charles, tête basse, murmurait des réponses. Daniel se tourna vers Judith.

— Il dit qu'il a entendu Susanna se rendre à la cuisine, tard hier soir, et qu'il a décidé de souper avec elle. Mais la porte du fond était ouverte. Elle était sortie. Inquiet parce qu'il se rappelait ce jour où elle avait essayé de grimper par-dessus le mur, il est allé voir dans le jardin. Comme la porte de l'écurie était ouverte aussi, il est parti à sa recherche.

— Il est parti comme ça, dans la nuit ? Lui ? Charles ?

— C'est ce qu'il dit. Il a supposé qu'elle ne devait pas être loin et il n'a pas réfléchi. Mais il s'est perdu et, effrayé, il n'a retrouvé son chemin qu'au petit jour.

Judith avait l'impression cauchemardesque qu'une force invisible la tirait vers le bord d'une falaise. La porte de la cuisine ouverte comme elle l'avait trouvée tout à l'heure et le souvenir du jour où Susanna avait tenté de sortir, comme la nonne dans l'histoire de Livourne, étaient des détails tragiquement convaincants.

— Mais pourquoi était-elle sortie ? gémit-elle.

— Charles dit qu'il n'en sait rien.

— Je ne comprends pas, Daniel ! Tout allait bien quand je l'ai vue… c'était hier matin. Non. Je perds la notion du temps…

Se remémorant les jours qui venaient de passer, Judith en conclut, le cœur serré, avec un sentiment de culpabilité, qu'enfermée comme elle l'était dans sa passion pour Daniel, elle avait négligé sa sœur.

— C'était il y a deux jours, murmura-t-elle, misérable, deux jours entiers… Honnêtement, je serais incapable de dire ce qui allait ou n'allait pas, ni ce qu'elle avait en tête. Il faut aller la chercher, ajouta-t-elle en s'accrochant au bras de Daniel.

— Évidemment ! répondit Daniel sans une seconde d'hésitation. Charles, tu vas rester ici. N'entre pas dans la maison !

— Mais je veux vous aider, protesta Charles en essayant de se remettre debout.

— Non, tu dois te reposer. Et si Susanna revient, il vaut mieux qu'elle trouve quelqu'un ici. Tu entends, Charles ? Si tu la vois, garde-la près de toi. Reste dans l'écurie avec elle et occupe-toi d'elle.

Charles se laissa de nouveau glisser par terre.

— Comptez sur moi, dit-il.

Susanna revint à elle, recroquevillée dans un trou, les pieds plus haut que la tête, les membres raides. Quelqu'un était couché près d'elle, la personne à la petite voix dure, sûrement. Elle entrouvrit les yeux.

À en juger par sa défroque bleue, cette personne était une fille. Endormie, sa main osseuse agrippée à la jupe de Susanna, il était difficile de lui donner un âge, mais elle était sans doute plus jeune que Susanna. Elle avait de longs cheveux bruns et ternes, les traits tirés et le visage barbouillé, où, malgré la saleté, Susanna crut distinguer un œil au beurre noir. Il était vrai qu'elle avait dit avoir, elle aussi, des bleus…

Qui était-elle ? Certainement quelqu'un de très pauvre, peut-être une fille de ferme que son maître avait battue puisqu'elle se trouvait dans cette grange. C'était là son refuge, un trou dans la terre sous le plancher, près du mur dans lequel Susanna s'était heurtée hier soir et qu'elle apercevait maintenant en tournant la tête. L'ouverture était fermée par une planche tenue en place par des briques : la porte d'entrée et de sortie.

En entendant la fille remuer, Susanna se retourna. Deux yeux noirs l'observaient intensément.

— T'es sûre, c'est pas la peste ? chuchota-t-elle.

— Seulement des ecchymoses, répondit Susanna, la gorge sèche et douloureuse.

— Je demande juste parce que c'est pas beau à voir. Celui qui t'a fait ça, il t'a pas fait de cadeau.

— Et toi ? demanda Susanna, le doigt pointé sur son œil.

— Oh, ça, c'est rien. C'est ces deux vaches d'hier soir, Peggy et Beck. Quand elles t'ont attrapée, elles pensaient que c'était moi et elles allaient m'en refiler encore, ces pisseuses ! dit-elle en crachant par terre. Mais elles nous trouveront pas ici si nous bougeons pas.

Heureuse de l'entendre, Susanna essaya de sourire.

— Comment tu t'appelles ?

— Greenie. Enfin, Jane Greene. Mais quand j'étais petite, tout le monde m'appelait Greenie, alors c'est resté.

Greenie ne se considérait donc plus comme une enfant. Étonnée, Susanna chuchota :

— Quel âge ?

— Quinze.

Susanna haussa les sourcils, sceptique. La petite pouvait avoir douze ou treize ans, pas plus.

— J'ai *quinze* ans ! répéta Greenie, dont les yeux lançaient des éclairs.

Susanna fit un geste d'apaisement.

— Moi aussi j'ai quinze ans. Je m'appelle Susanna.

— *Susanna*, répéta Greenie, visiblement impressionnée.

— Susie si tu préfères.

— Non, Susanna, déclara Greenie fermement. Je parierais bien que t'es mignonne quand t'es pas bastonnée, ajouta-t-elle après l'avoir contemplée un moment. Et tes nippes sont chouettes ! T'as de la dentelle ? Et de la soie ?

— Oui, répondit Susanna en détournant les yeux de la pauvre robe de laine décolorée de Greenie.

Greenie se frotta les mains et pouffa.

— On est au poil toutes les deux ! s'exclama-t-elle comme si elles étaient devenues des partenaires.

Après avoir examiné de plus près le cou et le visage de Susanna, elle reprit, comme face à une évidence :

— Un bonhomme, hein ? L'a voulu ramoner ta cheminée, c'est ça ?

Susanna hocha la tête, surprise. Le langage de Greenie était déconcertant, mais elle avait deviné juste.

— Tous des salauds, dit Greenie. Il s'est servi d'une lame, je vois.

— Non.

— Mais t'as du sang, là !

Susanna toucha du doigt l'endroit qu'elle lui indiquait et sentit que des cheveux étaient collés sur son oreille. Le lobe était douloureux, il paraissait déchiré. L'autre aussi.

— Il t'a fauché tes boucles d'oreilles, on dirait, fit observer Greenie. Elles étaient jolies ?

— Oui !

Les gouttes d'eau avaient disparu. Avaient-elles été arrachées au cours de la lutte sans qu'elle s'en aperçoive ? Peut-être. Ou alors Charles les lui avait volées. Elle savait maintenant qu'il était capable de tout.

— Oh là là, je crève de soif, déclara Greenie. Pas toi ?

— Mmm ! acquiesça Susanna qui avait la langue collée au palais.

— J'ai des choses cachées ici, de l'eau aussi, lui confia Greenie. Mais je peux pas bouger...

Elle souleva sa jupe pour lui montrer sa jambe blessée et son genou enflé. Susanna les contempla, horrifiée.

— Peggy et Beck ? demanda-t-elle.

— Non, mais c'est tout comme. En courant pour leur échapper, je me suis cassé la figure sur une roue dentée. Ça m'a pas fait très mal d'abord, mais maintenant je peux plus la plier. L'eau est derrière toi, si tu arrives à l'attraper.

Susanna roula sur elle-même et aperçut un petit paquet à quelque distance de là. Elle rampa jusqu'à lui et le tendit ensuite à Greenie, le cœur battant. Elle se sentait meurtrie des pieds à la tête.

— On est dans un bel état, toutes les deux ! fit Greenie en riant. Et voilà !

Elle sortit une jarre en terre du paquet et la lui passa.

Du bout de la langue, Susanna prit un peu d'eau insipide dans la bouche. Celle-ci était peut-être infectée mais elle n'allait pas mourir de soif par peur de la peste. Elle rendit la jarre à Greenie.

— Qu'est-ce que c'est que cet endroit ? demanda-t-elle après avoir refusé une croûte de pain.

— Le Drapeau.

— Le Drapeau ? répéta Susanna en frissonnant. Le théâtre de Bankside ?

— C'est pas un théâtre, c'est une salle d'attractions. T'en as entendu parler ?

— Oui.

Le Drapeau était une salle semblable à celle où s'étaient rendus Susanna et les autres, le jour de la foire. Elle était située près de la Fosse-aux-Ours. Dans le noir, Susanna s'était trompée de direction. Elle n'était pas allée vers la campagne mais en sens opposé.

— Alors, ça, c'est le plancher du parterre, dit-elle en tapant sur les planches au-dessus d'elle.

— Chut ! fit Greenie qui, rapide comme l'éclair, lui attrapa la main. Peggy et Beck sont peut-être là ! Ou sous la scène, dans la machinerie ! C'est pas loin. Elles peuvent entendre !

À son regard effrayé Susanna comprit qu'elle avait commis une grosse faute.

— Je ne ferai plus de bruit. Je te le promets. Vous n'êtes que toutes les trois, ici ?

— On était cinq au début, mais on a foutu Nan et Molly dehors parce qu'elles nous volaient de la graille.

— Vous vous êtes mises à l'abri de la peste ?

— Oui. Toutes les salles de spectacle et d'attractions ont été fermées sur ordre. À ce moment-là, on s'est cachées sous la scène. Le directeur nous a même pas vues, ajouta Greenie en riant. Ça a été facile comme bonjour.

— Alors vous travailliez ici quand le Drapeau était ouvert ?

— Peggy et Beck comme vendeuses d'oranges, chuchota Greenie. Moi je balaye, je nettoie et je raccommode les costumes. Suis pas assez jolie pour vendre des oranges.

Susanna la dévisagea un moment, comme si elle pesait le pour et le contre.

— À mon avis, tu es bien assez jolie pour être marchande d'oranges, dit-elle, exagérant beaucoup dans l'espoir de se faire pardonner sa faute. Quant à Peggy et Beck, elles m'ont paru épouvantables.

Greenie la remercia d'un sourire auquel il manquait une dent.

— D'accord, elles ont des binettes affreuses !

— Pourquoi vous êtes-vous disputées ?

— Y avait plus rien à grailler et plus d'argent. La seule façon de se faire un peu de pognon, c'était d'aller faire le tapin, mais elles voulaient pas sortir à cause de la peste. Z'ont voulu m'envoyer, moi, mais je leur ai dit que j'étais pas plus pressée qu'elles de l'attraper. Alors, elles m'ont tabassée.

— Faire le tapin, ça veut dire… mendier ? se hasarda à demander Susanna.

Greenie ouvrit de grands yeux, puis sourit doucement :

— Si tu veux.

146

— Non, explique-moi, je t'en prie.

Greenie haussa les épaules.

— Bon, eh bien ça veut dire… chercher le client.

— Des hommes ?

— Ben oui, en général.

— Mais tu es si jeune ! Je veux dire, comme moi !

Greenie réfléchit un instant.

— Je suis pas si jeune que ça. Le premier à me le faire, c'était il y a quelque temps déjà. Mon oncle, c'est ce qu'il disait qu'il était…

Ses yeux perdirent leur éclat impertinent et elle eut soudain l'air toute petite et fatiguée. Cela ne dura qu'une seconde parce qu'elle se gratta aussitôt la tête, comme pour se cacher derrière sa main osseuse, et quand elle refit surface, elle avait repris son expression dure et méfiante.

— … mais ça t'intéresse pas, tout ça, ajouta-t-elle.

Quels que soient les problèmes qui avaient pu être les siens, Susanna se dit qu'elle n'avait jamais manqué de rien, qu'elle avait toujours été entourée de l'affection de sa famille, alors que Greenie n'avait connu que pauvreté, cruauté et outrages. Susanna lui prit la main. Greenie la lui retira en grognant :

— Je ne me plains pas !

— Je ne le pensais pas non plus.

Les deux filles se regardèrent un moment en silence.

— Excuse, chuchota Greenie. Amies ?

— Oui, si tu veux bien de moi. Moi aussi j'ai besoin d'une amie, tu sais.

Greenie hocha lentement la tête.

— Pour sûr, t'es dans un joli pétrin.

— Ma sœur ne sait pas où je suis. Elle doit être folle d'inquiétude. Quelle heure tu crois qu'il est ?

— Pas loin de midi sans doute.

De honte, Susanna ferma les yeux. Elle avait dormi toute la matinée ! Qu'est-ce qui s'était passé à la maison ? Qu'avaient fait Judith et Daniel ? Étaient-ils partis à sa recherche ? Certainement, même si cela impliquait enfreindre la règle et sortir de la maison.

Beaucoup dépendait de Charles. Il avait peut-être avoué la vérité, mais il avait pu tout aussi bien leur servir un tissu de mensonges. D'ailleurs, que pensait-il lui-même ? Puisqu'il l'avait déposée devant la charrette, c'était évidemment qu'il la croyait morte. Ou, tapi dans l'ombre, l'aurait-il observée, vue se lever et s'enfuir ? Dans ce cas, il n'aurait sans doute qu'une idée, l'empêcher de rejoindre Judith et Daniel et de le dénoncer.

Il était peut-être tout près de Bankside, en train de la chercher...

Susanna se sentait paralysée. Que ferait-il s'il la trouvait ? Que ferait-elle si elle le rencontrait ? Le livre de la vie que Greenie lui avait ouvert paraissait plein d'histoires beaucoup plus cruelles que la sienne, cependant elle n'arrivait toujours pas à faire le tour de ce que Charles lui avait infligé. Que s'était-il passé ? Avait-elle fait quelque chose pour provoquer cette violence chez lui ? Aurait-elle dû se donner à lui, faire semblant de l'aimer, l'écarter avec des promesses ? Était-ce là tout ce qu'une fille pouvait faire en pareilles circonstances ? Certainement pas. Et Charles l'avait abandonnée, l'avait jetée dans la rue comme on jette des ordures sur un tas de fumier.

De colère, elle serra les poings. Elle rêvait de le voir tremblant de peur devant elle, accablé par son mépris. Elle rêvait de le rouer de coups, de l'étrangler, lui aussi. Elle rêvait de...

Mais c'était lui qui l'avait brutalisée et humiliée, *elle*. Elle avait envie de se sauver, de disparaître. Il l'effrayait...

— Tu penses à ce type ? demanda Greenie. T'as tort, tu sais. Il en vaut pas la peine.

Susanna s'aperçut qu'elle était haletante, sur le point de fondre en larmes. Elle respira un bon coup.

— Il faut que j'y aille, chuchota-t-elle.

— Quoi ? Maintenant ?

— J'aurais dû le faire depuis longtemps !

— Mais les deux autres, elles me cherchent ! protesta Greenie. Si tu pars là, en plein jour, ce sera bien le diable si Peggy et Beck elles voient pas ou elles entendent pas quelque chose, et elles me trouveront. Je rigole pas, Susanna. Si elles me voient comme ça, ajouta-t-elle en soulevant sa jupe pour lui montrer ses genoux meurtris, elles voudront plus de moi parce que je suis une bouche inutile à nourrir. Elles me jetteront à la Tamise. Elles en sont capables.

Susanna la regarda. Exagérait-elle ? Mis à part la Tamise, probablement pas. Elle avait pu le constater elle-même, elles étaient sans pitié.

— Tu n'as qu'à venir avec moi ! s'exclama-t-elle. Nous avons une maison de l'autre côté de Southwark. Ce n'est pas la place qui manque. J'ai bien peur que tu n'aies rien d'autre à manger que des navets, mais du moins tu seras hors d'atteinte de Peggy et de Beck !

Greenie l'examina attentivement. Graduellement, l'espoir l'envahit.

— Tu ferais ça pour une fille comme moi ?

— Je le ferais pour *toi*, répondit Susanna. On y va ?

Greenie s'assombrit.

— Mais je ne peux pas bouger !

— Tu peux t'appuyer sur moi.

Greenie réfléchit un moment.

— Non, déclara-t-elle enfin, y a pas moyen. Si Peggy et Beck nous sautent dessus, on pourra pas se défendre.

— Elles pensent que j'ai la peste, objecta Susanna.

— À la lumière du jour, ça peut changer. Et puis si elles le pensent, les gens dans la rue le penseront aussi. On finira à l'hôpital.

Susanna se rassit, prise de vertige. Ou elle abandonnait sa nouvelle amie à son destin, ou elle laissait Judith sans nouvelles...

— On pourra partir quand il fera nuit, chuchota Greenie.

— Il faudrait attendre des heures !

— Oui, mais ça sera plus facile de se tirer d'ici, et y aura personne dans les rues pour nous ennuyer. Tout ce qui reste à faire, pour l'instant, c'est une petite sieste ! ajouta Greenie en se frottant les mains.

Susanna hocha la tête avec un sourire contraint. Quels que soient les remords qu'elle en éprouverait, se dit-elle, elle partirait dès que Greenie serait endormie. Elle n'avait pas le choix. Évidemment, elle reviendrait dès que possible. Elle enrôlerait Judith et Daniel au secours de Greenie et ils la ramèneraient à la maison. Cela soulèverait bien quelques problèmes, évidemment, mais on les résoudrait. Elle pourrait coucher avec Greenie dans le grenier de l'écurie, par exemple, pour éviter d'entrer dans la maison.

Avant tout, il fallait sortir de ce trou. Dors, Greenie, dors.

On lui secoua l'épaule.

— Pas un bruit ! lui souffla Greenie à l'oreille.

Susanna leva la tête. La lumière avait baissé. C'était le soir. Elle avait visiblement dormi, contrairement à Greenie. Tant pis pour son plan téméraire et cruel !

Greenie lui désigna le mur, l'air inquiet, et lui murmura de nouveau à l'oreille :

— Désolée de te le dire, mais elles nous ont trouvées, les deux. Elles sont assises dehors, elles attendent qu'on sorte…

Daniel commençait à désespérer. Le soir tombait et pas trace de Susanna. Il se sentait coupable car c'était lui qui avait décidé de commencer par passer la campagne au peigne fin. Les surveillants qu'il avait interrogés le matin n'ayant vu personne remonter le chemin Saint-George pendant la nuit, il était donc logique d'aller dans la direction opposée, vers les champs. Mais ils s'étaient fatigués en pure perte.

— Si seulement nous savions ce qu'elle avait en tête ! dit-il alors qu'ayant quitté les champs par un étroit chemin il arrivait avec Judith à la limite de Southwark, dans une triste région de poulaillers et de hangars. Elle ne devait pas être dans son état normal pour s'en aller comme ça ! Tu ne penses pas qu'elle a pu avoir l'idée de se rendre à Shoe Yard ?

— À Shoe Yard ? Après tout ce qui nous est arrivé là-bas ? Non. Si elle avait voulu aller quelque part, ce serait chez Granny Elspeth, mais elle sait bien que la troupe l'empêcherait de passer !

Daniel grimpa sur un talus et aperçut plus bas une baraque, des poulets et, parmi les orties, une brouette cassée.

— Susanna ! cria-t-il.

Un petit chien blanc et noir sortit en aboyant de la baraque. Du pas de la porte, un homme l'examina d'un air soupçonneux. Non, il n'avait pas vu de fille aux cheveux blonds. Daniel retourna auprès de Judith.

— Il y a une chose à laquelle je ne peux m'empêcher de penser, dit celle-ci après qu'ils eurent encore cherché un moment. Quand nous posons des questions à propos de Susanna, la plupart des gens nous demandent si elle a la peste. Ils ont l'air de penser que ce serait une raison de s'enfuir.

— Sans doute. Pour éviter que la paroisse ne vienne clouer notre maison.

— Oui, fit Judith en levant sur lui des yeux pleins d'inquiétude et de tristesse. Eh bien...

Daniel frissonna.

— Tu ne penses quand même pas qu'elle aurait la peste ?

— Non, je ne veux pas le penser, mais...

— Nous étions cloîtrés dans la maison, Judith, et nous allons tous bien !

— Mais cela fait plus de deux jours que nous ne l'avons pas vue ! s'exclama-t-elle, angoissée. Qu'est-ce que nous en savons ? Elle a pu se découvrir des marques et s'enfuir ! Je me suis souvent demandée, au cas où je tomberais malade la première, si je me sauverais pour vous laisser un chance à vous tous...

Daniel resta interdit. Cela n'avait rien d'impossible. Il voyait très bien Susanna décidant de se sacrifier pour sauver les autres.

— Cela ne voudrait pas nécessairement dire qu'elle a la peste, remarqua-t-il. Elle pourrait juste croire qu'elle l'a.

Judith le regarda avec reconnaissance, ouvrit la bouche pour parler, puis secoua la tête et, les larmes aux yeux, étouffa un sanglot. Daniel la serra contre lui. Il se sentait impuissant et misérable. Pourraient-ils survivre maintenant que la maison était grande ouverte et ses habitants dispersés... ? Il était cependant décidé à lutter, à aider et protéger Judith jusqu'à son dernier soupir. Enflammé par cette idée, il murmura d'une voix brisée, en lui embrassant les cheveux :

— Nous fouillerons tout Southwark s'il le faut, mais nous la retrouverons !

Judith sécha ses larmes et ils se remirent en marche dans un passage entre deux maisons qui les conduisit jusqu'à une rue tranquille où presque toutes les maisons s'ornaient d'une croix rouge. Pendant l'heure qui suivit, ils découvrirent que c'était le cas dans presque toutes les autres rues. Les passants étaient rares. Dès qu'ils voyaient des surveillants, Daniel et Judith les hélaient de loin, leur posaient toujours les mêmes questions et obtenaient toujours les mêmes réponses négatives

Il y avait tellement de rues, d'allées, de cours à explorer... Daniel se représentait Susanna tristement accroupie dans un coin sale, et à cette idée son cœur se serrait. Elle pouvait être n'importe où : cachée dans une arrière-cour, derrière un mur, dans une maison vide…

Il faisait de plus en plus sombre et il était devenu impossible de distinguer Susanna de n'importe quelle autre ombre, mais Judith s'écria :

— Il faut continuer. Si nous ne voyons rien, nous pouvons du moins l'appeler !

Ils crièrent son nom à n'en plus pouvoir, jusqu'à ce qu'ils aient atteint le Borough.

— Nous ne pouvons pas errer ainsi toute la nuit, dit Daniel, épuisé et découragé. Nous sommes partis depuis ce matin. Elle est peut-être à la maison, pour ce que nous en savons. Il est temps de rentrer.

Mais Susanna n'était pas là, et Charles était introuvable. Daniel finit par le découvrir, endormi dans sa chambre, et lui reprocha de ne pas être resté de garde, comme on le lui avait demandé. Charles protesta qu'il n'avait pas quitté l'écurie de toute la journée et que, toujours sans nouvelles de Susanna, il était allé se changer et s'était endormi.

Daniel descendit dans la cuisine, aider à faire la soupe. Sa toilette terminée, Charles fit son apparition et ils soupèrent rapidement. Daniel expliqua à Charles que si Susanna était partie, c'était peut-être parce qu'elle avait la peste. Charles le regarda un moment, les yeux écarquillés, puis parut reprendre ses esprits :

— Je n'avais pas pensé à ça, dit-il. C'est terrible.

— Cela signifie que la maison est peut-être contaminée, poursuivit Daniel. Nous pouvons dormir dans le grenier de l'écurie, ce soir. Il est temps d'y aller, d'ailleurs. Nous devons être debout aux premières lueurs de l'aube.

— Qu'allons-nous faire demain ? demanda Judith.

— Avant tout, je pense que nous devons alerter les autorités, répondit Daniel.

— Mais nous ne voulons pas d'enquêteuses dans la maison !

— Je sais. Il faudra s'efforcer ne pas évoquer la peste. Mais les hommes du guet peuvent nous donner des informations utiles, ou tout au moins un conseil, peut-être même nous seconder dans nos recherches. Sinon, c'est chercher une aiguille dans une botte de foin.

Ils se rendirent dans l'écurie. Judith et Daniel s'arrangèrent un lit au grenier, mais Charles ne voulut pas monter. Il se coucha en bas, sur un amas de paille.

— Il est bizarre, chuchota Daniel à Judith. Il est resté étrangement calme quand j'ai dit que la maison pouvait être contaminée. Et j'ai beaucoup de mal à croire tout ce qu'il raconte. Je ne pense pas qu'il a passé la journée à guetter Susanna. Elle a pu revenir et repartir sans que nous en sachions rien !

— Je ne sais pas, répondit Judith d'une voix ensommeillée. Si elle a la peste…

Daniel se tut. Comme il détestait Charles, il se laissait peut-être influencer par ses sentiments. Cependant ses histoires ne l'avaient pas convaincu. En songeant à son retour des champs, sale et dépenaillé, un détail lui était revenu : *Charles n'avait pas de chaussures.* Il était déjà difficile de se le représenter fonçant dans la nuit au secours de Susanna – mais sans même prendre la peine d'enfiler une paire de chaussures ?

Il aurait évidemment pu le faire sur une impulsion. Mais Charles n'était pas quelqu'un d'impulsif. Daniel décida qu'ils iraient avec lui, le lendemain, à la police.

Il ne fallait pas le laisser sans surveillance.

X

— Dans la cour intérieure ! Parlez par la fenêtre !

Judith remercia le valet d'écurie et, suivie de Daniel et de Charles, entra dans la cour de l'auberge Tabard. D'après un surveillant qu'ils avaient interrogé dans la rue, c'était là que l'officier de police et le guet prenaient leurs repas. Un nuage de fumée s'échappait d'une grande fenêtre ouverte. En approchant, Judith aperçut une demi-douzaine d'hommes à la mine rude dans une pièce au plafond bas ; deux d'entre eux étaient attablés, les autres fumaient la pipe près du feu.

— Reculez ! leur intima quelqu'un en les voyant.

Judith avait puisé dans le repos espoir et résolution. Elle recula mais déclara avec détermination :

— Je cherche l'officier de police.

— Et qu'est-ce que vous lui voulez ? demanda l'un des deux convives.

Déplumé, corpulent et vaguement moins sale que ses camarades, c'était visiblement l'aîné des présents.

— Ma sœur a disparu, répondit Judith.

Il continua à tremper son pain beurré dans ses jaunes d'œufs frits. Son voisin mangeait des harengs fumés. Sur la table se trouvaient encore des saucisses, un pâté en croûte et un pichet de bière.

L'estomac de Judith se mit à gargouiller. Elle avait oublié que ces choses-là existaient. Elle s'efforça de concentrer ses pensées sur l'histoire qu'elle avait prévu de raconter.

— Elle est allée au marché, hier matin, et elle n'est pas revenue. Elle s'appelle Susanna Grainger, quinze ans. Je veux signaler sa disparition.

— Très bien, répondit l'homme en finissant ses œufs et en les faisant descendre avec une gorgée de bière. Je suis Abel Jackson, officier de police, ajouta-t-il en s'essuyant la bouche du revers de la main. Vous vous appelez Grainger aussi ?

— Oui. Judith Grainger.

— Domicile ?

Impossible de ne pas répondre.

— Chemin Saint-George.

L'homme aux harengs fumés fronça les sourcils. Il était plus jeune et plus anguleux que Jackson, avec des cheveux noirs coupés courts et un menton imberbe. Une légère coquetterie dans l'œil lui donnait l'air particulièrement concentré sur ce qu'il disait.

— Je croyais qu'on avait fermé toutes les maisons de ce côté-là, objecta-t-il.

— Non, pas toutes ! répliqua vivement Judith. La nôtre est ouverte. Nous n'avons pas de malade.

— Je me rappelle votre maison maintenant, dit Jackson en sortant une pipe en terre de sa poche. Quand j'étais gosse, on y allait voler des pommes. Le vieux Grainger – votre grand-père, sans doute – nous chassait à coups de bâton. En tout cas, il nous a jamais attrapés. Votre sœur est peut-être malade, vous savez ? ajouta-t-il en regardant Judith avec sympathie.

Éventualité à écarter, Daniel et Judith en étaient tombés d'accord, s'ils ne voulaient pas attirer les enquêteuses dans la maison.

— Elle était en parfaite santé, déclara fermement Judith.

Quelques gros rires éclatèrent dans la salle.

— Comme vous voudrez, répondit tranquillement Jackson en se levant. Mais on a vu frappés à mort dans la rue des gens qui n'avaient pas la moindre marque une heure auparavant.

Bien que terrorisée de nouveau à cette idée, Judith n'en continua pas moins à jouer son rôle.

— Si Susanna a été contaminée au marché, que faire pour le savoir ? demanda-t-elle, désespérée. S'adresser à l'église de la paroisse ?

— Ça ne vous servirait à rien, répondit l'homme aux traits anguleux. Ils ne font qu'un pointage général.

— Un... pointage général ?

— Ils enregistrent le nombre des morts, pas leurs noms. Ils ne les connaissent pas, la plupart du temps. Mais si votre sœur a été trouvée vivante avec des traces d'infection, elle doit être à l'hôpital des pesteux.

Judith avait l'impression de s'enfoncer de plus en plus dans le noir.

— L'hôpital des pesteux ? Et où se trouve-t-il, s'il vous plaît ?

— À Bunhill Fields. Mais les visites sont interdites.

— Alors, comment savoir ? Est-ce qu'il existe une liste des gens qu'on envoie là-bas ?

Jackson, mal à l'aise, arrêta de bourrer sa pipe :

— Nous devrions en faire une, mais nous n'arrivons pas à suivre. Je ne dispose pas de la moitié des effectifs nécessaires. L'officier Hicks, dont j'ai pris la place, poursuivit-il, une lueur d'effroi dans l'œil, nous a quittés, Dieu ait son âme, le juge de paix Peabody aussi, et le bedeau, et le sacristain, et il ne reste plus qu'un seul docteur… Les enquêteuses, les porteurs de clochette et les fossoyeurs durent à peine une semaine, et maintenant on me dit que je ne peux pas obtenir des renforts de la milice de Londres sous prétexte que ceux qui ne sont pas morts de la peste se sont enfuis dans la campagne !

— Mais comment savoir si ma sœur est dans l'hôpital ? s'exclama Judith, désespérée.

— Ferris ? dit Jackson en s'adressant à l'homme aux traits anguleux. Qui va à Bunhill Fields ce matin ?

— Bill Holly et Wilkins.

— Demande-leur de se renseigner à propos de Susanna Grainger, quinze ans. Et vous tous, ayez l'œil ! dit-il en portant un tison à sa pipe avec la pincette. Vous voyez, nous faisons tout ce qui est possible, déclara-t-il à Judith. Vous me rappelez les pommes et votre vieux grand-père avec son bâton ! Ah ! La vie était plus belle dans ce temps-là, ajouta-t-il en tirant sur sa pipe, le regard lointain.

Le dénommé Ferris, qui avait endossé sa veste, donnait des signes d'impatience.

— Description de la fille, alors ? demanda-t-il.

— Oui, bien sûr, répondit Judith. Elle a des yeux bleus et d'abondants cheveux blonds. D'après ce qui reste dans sa chambre, elle doit porter une robe de tiretaine verte.

— Rien d'autre ?

156

Judith réfléchit un moment.

— Ah ! si, j'oubliais ! Elle a des boucles d'oreilles en perles et argent.

Ferris se tourna vers Jackson et entretint avec lui une conversation à voix basse. Inquiète, Judith tendait l'oreille. De quoi s'agissait-il ?

— Elles ont un filigrane tout autour, comme des fleurs, ces boucles d'oreilles ? lui demanda Ferris en l'examinant attentivement.

— Non, répondit Judith, déçue sans trop savoir pourquoi. Elles sont en forme de gouttes d'eau.

— Des larmes, hein ? Et qu'est-ce qu'elles ont d'autre ?

Judith comprit qu'il était sérieux et son cœur s'arrêta de battre.

— C'est vrai qu'elles ont une espèce de filigrane en spirale qui grimpe jusqu'à l'attache. Elles ont appartenu à ma mère. Je les reconnaîtrais n'importe où ! Vous les avez vues ?

Ferris lui lança un regard perçant.

— C'est tout ?

Judith le regarda. Il ne lui plaisait pas. Il se croyait très malin et elle le soupçonnait de penser qu'il ferait un bien meilleur officier qu'Abel Jackson. Tout à coup, elle se rappela autre chose à propos de ces boucles d'oreilles.

— Il y a un C gravé sur chaque attache ! dit-elle, le souffle court. C pour Catherine, le prénom de ma mère !

Ferris se tourna vers Jackson qui hocha la tête et dit à Judith :

— Voyez si vous pouvez identifier celles-ci. Elles ont séjourné dans du vinaigre, il n'y a pas de danger.

— Reculez ! lui ordonna Ferris en s'approchant de la fenêtre.

Judith recula et croisa le regard surexcité de Daniel. Quant à l'état d'esprit de Charles, il était impossible de le deviner avec l'écharpe qu'il avait autour de la figure.

Ferris sortit deux petits objets d'une bourse qu'il avait dans la poche, les posa sur le rebord de la fenêtre, et se retira.

Judith se précipita. Elle n'eut pas besoin d'y regarder à deux fois.

— Oui ! Ce sont elles ! s'exclama-t-elle en tendant la main pour s'en emparer.

— Pièces à conviction ! la prévint Ferris. N'y touchez pas !

— Je connais la famille, Ferris, intervint Jackson. Elle peut les prendre.

157

Judith le bénit et s'en saisit.

— Où les avez-vous trouvées ? demanda-t-elle, anxieuse.

— Elles faisaient partie du butin que nous avons saisi sur trois tire-laine que nous avons arrêtés hier, répondit Ferris.

Judith le regarda, ne sachant que penser. Des voleurs ? Alors, Susanna avait peut-être été attirée dans un guet-apens, blessée, pire encore ? D'un autre côté, ces vide-goussets l'avaient vue, c'était des témoins.

— Où sont ces voleurs ? s'écria-t-elle. Je veux les voir !

Pour une fois, Ferris parut désarçonné.

— Ils sont au violon, répondit-il. Vous ne voulez quand même pas aller *là-bas* !

Susanna en aurait pleuré de dépit. Le jour était levé et Peggy et Beck n'avaient toujours pas levé le siège.

Il n'y avait aucune autre sortie possible. Par la machinerie, là où Greenie s'était blessé le genou, il fallait être aussi petite qu'elle pour y passer, et elle n'était absolument plus en état de le faire. Dans un accès de désespoir, la veille au soir, Susanna avait essayé de franchir la porte par la force, mais elle avait dû bien vite battre en retraite sous la pluie de coups de bâton des deux filles.

— Tu veux sortir ? Tu nous donnes Greenie ! lui dirent-elles en tapant sur la planche que Susanna s'efforçait de remettre en place.

— Essayez d'entrer, et on vous arrache les yeux !

Peggy et Beck paraissaient avoir pris cet avertissement de Greenie au sérieux car elles ne faisaient plus mine d'approcher. Elles se contentaient de rester assises dehors en leur lançant à l'occasion des insultes ou des menaces, et en parlant très fort de pain et d'eau fraîche.

— C'est de la blague ! dit Greenie à Susanna. Elles ont rien de plus à croûter que nous !

Susanna avait essayé de les faire fuir en leur racontant qu'elle avait la peste, mais sans succès.

— T'as dit que c'était des bleus ! T'as pas la peste !

— Si tu l'avais, tu serais déjà morte, et moi aussi, lui expliqua Greenie en chuchotant.

Susanna objecta que la peste ne tuait pas toujours aussi rapidement, mais les filles n'en démordaient pas et elle renonça.

158

Le jour était de plus en plus clair. Greenie partagea ses dernières gouttes d'eau avec Susanna. Elles souffraient toutes les deux des longues heures passées ratatinées dans leur trou, et Greenie avait le genou rouge et enflé.

« Nous ne sommes pas en mesure de gagner le chemin Saint-George, songea Susanna, même appuyées l'une sur l'autre. Si nous ne sortons pas d'ici rapidement, nous ne serons plus capables de marcher. Nous avons besoin de nous étirer, de nous mouvoir, de respirer. Et nous ne pourrons le faire que si Peggy et Beck y consentent. Il faut négocier une trêve. D'après Greenie, elles n'ont rien à manger : elles ont besoin d'argent pour en acheter. On peut en trouver là-bas. »

— À ton avis, combien d'argent faudrait-il pour qu'elles nous laissent tranquilles ?

— Parce que tu en as ? répliqua Greenie, l'œil méfiant.

— À la maison. Je pourrais leur proposer de les y emmener.

Greenie secoua la tête.

— Elles nous croiraient pas ! Une fois dans ta grande maison, tu pourrais fermer la porte et leur dire d'aller se faire voir. Tu pourrais même me le faire à moi !

Susanna la regarda dans les yeux.

— Je ne ferais jamais ça. Je te le promets.

Greenie s'adoucit, mais resta quand même sur le qui-vive.

— Moi, je te crois, dit-elle. Mais elles, elles te croiront jamais.

Vaincue, Susanna se dit qu'elle ne pouvait alors offrir à Peggy et Beck que quelque chose qu'elle avait sur elle. Ses boucles d'oreilles avaient disparu, et d'ailleurs elle n'aurait pas aimé s'en défaire. Elle n'avait ni broche, ni bagues. Ses vêtements étaient froissés et déchirés. Bien que… Greenie avait l'air de penser qu'ils avaient de la valeur. Étaient-ils vendables ?

— La dentelle ! murmura-t-elle en se redressant si brusquement qu'elle faillit se fracasser le crâne contre leur plafond.

Elle releva son jupon et découvrit, sur le jupon du dessous, une garniture de dentelle au fuseau.

— Cette dentelle-là coûte trois shillings l'aune. Tu penses qu'elles pourraient la vendre ?

— Si on la décousait, oui, répondit Greenie. Mais ça prendrait des siècles et j'ai même pas une aiguille ici. Mais attends, t'as des bas de soie ! Ça, ça se vendrait !

Susanna regarda d'un air sceptique ses bas tire-bouchonnés.

— J'ai marché dans la rue avec et ils sont très sales, objecta-t-elle.

— La saleté, c'est rien, répliqua Greenie en personne d'expérience. Et regarde-moi ces jarretières vertes ! Rien qu'avec elles, y a de quoi croûter deux jours !

— Vraiment ?

Susanna reprit espoir. « Si Peggy et Beck ont encore des provisions quelque part, ça ne marchera peut-être pas », se dit-elle. Mais il fallait bien essayer quelque chose. Elle frappa sur la planche.

— Quoi ? demanda quelqu'un, au-dehors.

— J'ai une proposition à vous faire, déclara Susanna.

Charles regardait les murs suintants de la prison de Clink, la peur au ventre. Ferris les avait prévenus, c'était une des geôles les plus sordides de Londres. Située non loin de Bankside, elle était peuplée de prostituées, de proxénètes et de voleurs de la plus basse espèce. Inutile de dire que la peste y était communément répandue. Judith et Daniel devaient être fous. Ils étaient vraiment prêts à tout pour retrouver Susanna. Si seulement il avait pu leur faire savoir que leurs efforts étaient vains, qu'ils ne la reverraient plus jamais…

C'est ce qu'ils pouvaient découvrir dans cette prison qui le faisait trembler. Ferris, qui était en train de tambouriner sur une énorme porte en chêne, faisait beaucoup trop de zèle. En chemin, il avait posé toutes sortes de questions, avait appris que Charles et Daniel étaient des huguenots et avait examiné leurs passeports qui, par bonheur, étaient en règle. Maintenant, Charles ne craignait plus seulement Daniel (qui le soupçonnait, c'était visible), mais également la police.

— Venez ! dit Ferris.

Charles pénétra avec les autres dans la prison. La porte se referma, le geôlier repoussa les verrous et tourna la clef.

Tout en marchant avec eux dans un couloir dallé de pierre et éclairé par des torches fumantes, Charles ne pouvait s'empêcher d'être obsédé aussi par ce gros officier de police. Il avait promis à Judith d'interroger la ronde de nuit et les sonneurs de clochette. Charles avait été également horrifié de l'entendre parler d'un docteur qui examinait les cadavres sur les charrettes. Si celui-ci faisait consciencieusement son travail, il se rappellerait certainement Susanna et sa rivière de cheveux blonds.

D'un instant à l'autre, maintenant, Jackson pouvait frapper à la porte de la prison pour annoncer que Susanna Grainger avait été violée et étranglée. « Je ne sortirai peut-être plus jamais d'ici », songeait Charles, au bord de la panique.

D'une cage d'escalier s'échappaient une clameur confuse et une odeur d'urine. Dans les profondeurs de la prison étaient relégués les déchets de l'humanité, et il se pouvait qu'il s'y retrouve bientôt lui-même...

Ils arrivèrent dans un grand hall aux murs de brique et très haut de plafond. Une lumière grisâtre filtrait par de petites fenêtres aux barreaux de fer. Le hall était partagé en deux par un long comptoir surmonté d'une grille. On allait sans doute voir apparaître les voleurs de l'autre côté, se dit Charles. Il ne savait ni qui ils étaient ni quand ils avaient commis leur délit, il espérait seulement qu'ils ne le reconnaîtraient pas.

Une fumée âcre lui irritait la gorge, du camphre certainement qu'on faisait brûler pour purifier l'air. Judith et Daniel se mirent un mouchoir devant le nez. Charles en profita pour disparaître presque complètement derrière son écharpe.

— Les voilà, dit Ferris.

D'une porte ouverte de l'autre côté de la cloison leur arriva une voix d'homme grommelant des obscénités, un bruit de coups, puis, lui faisant écho dans le couloir, les protestations rauques d'une femme.

Le cœur de Charles se mit à battre. Il avait reconnu la voix immédiatement : c'était celle de la femme qui était passée dans l'allée avec ses deux compagnons et dont il n'avait pas compris les paroles ! Elle entrait maintenant, mains liées, insultant les geôliers qui usaient de leurs bâtons pour les pousser en avant, elle et deux hommes, également enchaînés.

Charles essaya désespérément de se souvenir. Il s'était caché dès qu'il les avait vus, mais il ne les avait vus qu'à la dernière minute, et eux pouvaient l'avoir remarqué. Avaient-ils volé les boucles d'oreilles à ce moment-là ou plus tard, après qu'il eut livré Susanna à la charrette ? L'avaient-ils vu, avant ou après, avec la brouette et le corps ?

161

Charles ne connaissait pas la réponse à ces questions. Dissimulant ses mains tremblantes, il se glissa aussi loin qu'il put derrière Daniel et Judith.

Judith regardait les trois voleurs, pleine d'espoir mais choquée par leur saleté et leurs entraves et par les vêtements mal assortis de la femme : un corsage de velours trop petit, un fichu jauni, un jupon rose déchiré – des affaires volées en dépit de la peste, comme celles de Cat et de ses acolytes.

— Rapport à la paire de boucles d'oreilles, perle et argent, qu'on a trouvée sur vous ! leur fit savoir Ferris avec autorité. Ce que vous allez devoir nous dire maintenant, c'est où vous les avez prises.

Les prisonniers échangèrent des regards, puis la femme déclara, une lueur de défi dans l'œil :

— Nous les avons achetées à un prêteur sur gages !

Ferris leur lança un regard venimeux, puis s'adressa à un geôlier :

— J'imagine que ces macaques pourraient se retrouver au fond du puits, si j'en faisais la demande exprès ?

Le geôlier sourit.

— Il y a toujours de la place là-bas pour ceux qui craignent pas de se mouiller le cul !

Judith vit l'expression de la femme virer du défi à la fureur, et se représenta un cachot souterrain destiné à la punition des prisonniers. Traînant les pieds, toujours dans ses chaînes, la femme s'approcha de Ferris et lui chuchota :

— Tu n'as pas le *droit*, petit salaud !

Sur un signe de tête de Ferris, le geôlier fit tournoyer son bâton et le laissa retomber rudement sur la croupe de la femme, laquelle s'effondra à genoux en jurant. Le geôlier leva de nouveau son bâton.

— Arrêtez ! cria Judith qui, horrifiée et tremblante de colère, ajouta à l'adresse de Ferris : Faites cesser ça immédiatement, je vous prie !

Au silence qui suivit, elle prit conscience qu'elle était allée trop loin. Ferris, qui passait pour quelqu'un d'important à la prison de Clink, parut le prendre particulièrement mal. Il loucha vers elle sans déguiser sa fureur. Il voudrait bien me faire subir le même traitement, comprit soudain Judith. Elle trouva cependant le courage de soutenir son regard.

— Voulez-vous me laisser parler aux prisonniers, monsieur Ferris ? demanda-t-elle.

Ferris haussa les épaules et fit signe au geôlier qui recula jusqu'à la porte.

« C'est maintenant ou jamais, se dit Judith, nerveuse. Comment obtenir la confiance de ces gens ? Il faut gagner la femme. Je ne veux pas qu'elle pense que je suis une petite fille riche qui veut récupérer ses bijoux volés. »

— Nous ne sommes pas venus pour déposer une plainte, commença-t-elle en s'adressant à la femme qui, de nouveau debout, l'observait avec une certaine curiosité. Je cherche ma sœur. Elle portait ces boucles d'oreilles. Je ne veux qu'une chose, la retrouver. Et vous pouvez m'aider, si vous voulez.

La femme examina Judith, puis recula pour se mettre au niveau de ses deux compagnons.

« J'ai raté mon coup, pensa Judith, atterrée. Que puis-je lui proposer ? De l'argent ? »

Elle n'avait pas grand-chose dans sa bourse, juste ce qu'elle avait sur elle le jour où ils étaient partis pour Shoe Yard, sûrement pas plus de deux livres en tout. Mais même une petite somme pouvait servir à améliorer la condition d'un prisonnier.

— J'offre une récompense, déclara-t-elle, le regard fixé sur la femme.

Une lueur d'intérêt s'alluma dans ses yeux et, du côté des hommes, se produisit une certaine agitation.

— Deux livres, précisa Judith.

Les geôliers, surpris, levèrent la tête et, dans son dos, Ferris émit un petit sifflement désapprobateur. La femme cilla. De toute évidence, c'était plus que ce qu'elle attendait.

— Vous les donnerez même si vous la retrouvez pas ? Vous comprenez, il y a deux soirs déjà…

— Entendu, répondit Judith. Vous aurez vos deux livres si vous répondez à mes questions. D'abord, je dois être sûre qu'il s'agit bien de ma sœur. Pouvez-vous me la décrire ?

La femme haussa les épaules.

— Elle vous ressemble pas beaucoup alors, si c'est ça que vous voulez dire. Blonde elle était ! Une gerbe de blé qui dépassait !

— C'est ma sœur ! s'écria Judith, le cœur battant. Où l'avez-vous vue ?

— Dans une petite rue quelque part, derrière le Borough, en bas de Cold Lane.

— Oui, continuez !

— Comment ça, continuez ?

— Eh bien, qu'est-ce qui s'est passé ? Est-ce qu'elle a dit quelque chose qui pourrait m'aider à la retrouver ? Avez-vous vu par où elle est partie ?

La femme ouvrit de grands yeux, puis se tut. Elle regarda tour à tour Judith, Daniel, puis Ferris, l'air de plus en plus méfiant.

— Vous êtes pas en train d'essayer de vous servir de ces innocents pour me passer la corde autour du cou, hein ? demanda-t-elle vivement.

— Je vous en prie, ne vous adressez pas à monsieur Ferris, intervint Judith, adressez-vous à moi, c'est moi qui vous paye !

— J'y ai rien fait, Ferris, dit la femme en élevant la voix. J'ai juste pris les boucles d'oreilles ! déclara-t-elle en regardant ses compagnons pour les prendre à témoin. Elle était morte quand je l'ai trouvée !

— Morte ? s'écria Judith, l'estomac révulsé.

— Étendue et enveloppée d'un drap, dans un coin sombre, voilà comment je l'ai trouvée ! cria la femme, les yeux écarquillés, affreusement sincère. Noire de la peste, de là à là, qu'elle était ! ajouta-t-elle en promenant les mains de son cou à ses oreilles.

Judith se plia en deux, comme si on venait de la frapper. Puis elle enfouit sa tête dans les bras de Daniel. La femme criait, les geôliers aussi, et les prisonniers réclamaient leur récompense. Judith entendit la voix de Daniel et un tintement de pièces, puis ce fut le couloir, l'air libre, et les bons souhaits de Ferris, tout cela flottant autour d'elle sans vraiment l'atteindre, comme si elle se trouvait ailleurs. Paralysée. Susanna, Susanna, se répétait-elle indéfiniment. La peste. C'était la peste, après tout. Susanna, Susanna, Susanna…

Daniel la supplia :

— Judith, écoute, je t'en prie ! lui chuchota-t-il. J'ai bien peur que Ferris ne se venge en fermant la maison ! Nous devons nous dépêcher de rentrer ! Viens !

— Pour quoi faire ? gémit Judith.

— Il faut prendre tout ce qu'il nous faut pour la route. Nous irons chez ta parente, Granny Elspeth.

Elle le regarda, stupéfaite.

— Mais nous ne pouvons pas !

— Nous pouvons essayer ! Tu n'as pas entendu ce qu'a dit Jackson, que les miliciens étaient soit morts de la peste, soit partis pour la campagne ? Il parlait de la milice de Londres. Il ne doit plus rester grand-chose du cordon sanitaire !

Charles s'adressa à Daniel et ils eurent une longue conversation en français. Le regard de Charles exprima soudain une joie folle et il se mit à courir devant eux, vers le chemin Saint-George.

Judith sentait ses forces lui revenir. Daniel l'entourait de ses bras, elle pouvait s'appuyer sur lui et ils allaient se rendre chez Granny Elspeth. L'idée était réconfortante. Elle se mit à marcher d'un pas décidé.

Ce fut dans la maison, tandis qu'ils rassemblaient précipitamment ce qui pouvait leur être nécessaire pour le voyage, qu'elle s'effondra. Une vieille cape sur les épaules, son paquetage à la main, elle était seule dans cette cuisine où ils avaient été si souvent réunis quand, soudain, elle fut assaillie par une série d'images : Susanna, à table, riant des plaisanteries de Daniel, Susanna se moquant de Judith, les yeux brillants, à propos de mode et de maquillage, Susanna rêveuse, racontant à tout le monde les histoires qu'elle trouvait dans ses livres, Susanna...

Judith n'y tint plus. Entendant Daniel qui arrivait du grenier, son bagage prêt, elle courut à sa rencontre dans le couloir, le serra désespérément contre elle et fondit en larmes.

— Ce n'est pas juste ! dit-elle en sanglotant, ce n'est pas juste !

— Judith, Judith... dit Daniel en couvrant son visage de baisers. Sois courageuse, la supplia-t-il désespérément. Ils arrivent ! Je les ai aperçus de là-haut ! Il faut courir !

Judith le regarda à travers ses larmes, hocha la tête et se laissa conduire précipitamment vers l'écurie, où Charles les attendait avec impatience ; puis, ensemble, ils s'enfuirent à travers champs.

XI

Les pieds entortillés dans les morceaux d'un jupon, la tête et le cou couverts d'un fichu taillé dans un autre jupon, Susanna marchait en trébuchant dans le chemin Saint-George.

La discussion avait duré des heures. Peggy et Beck avaient pris les bas et les jarretières, puis la dentelle au fuseau, mais n'avaient laissé Susanna partir que contre sa promesse de revenir avec de l'argent. Entre-temps, elles garderaient Greenie en otage.

Le soir tombait. Elle avait disparu depuis presque deux jours ; Judith et Daniel devaient être fous d'anxiété. Susanna, qui avançait tant bien que mal, terriblement soucieuse d'aller les rassurer, ne pouvait s'empêcher de chercher nerveusement autour d'elle des signes de la présence de Charles. Elle avait traversé Southwark saine et sauve. Elle n'avait pas envie de tomber dans ses griffes maintenant.

Elle était à cinquante pas de la maison quand elle aperçut la croix rouge sur la porte. Son cœur s'arrêta de battre. Elle approcha, le cœur serré. La peinture était encore fraîche. Il en coulait lentement des gouttes sur le bois. Sur un placard cloué, on pouvait lire, en grosses lettres noires : *Que le Seigneur ait pitié de nous.* La porte était cadenassée.

Les enquêteuses étaient venues. La paroisse avait fait fermer la maison.

La peste ! Judith ! Elle était couchée là, malade ! L'esprit vide de tout autre pensée, elle se précipita clopin-clopant dans l'allée latérale, sur ses pieds bandés de bouts de chiffon.

Là, elle eut un second choc. Un cheval, sellé et bridé, broutait l'herbe près de la haie. Les portes de l'écurie étaient ouvertes.

Quelqu'un de la paroisse devait être encore là, se dit-elle. Elle avança sur la pointe des pieds, tremblant de peur.

Un homme de grande taille se tenait au milieu de l'écurie, en chapeau et manteau, la figure enveloppée dans une grosse écharpe. Il avait dû remarquer son ombre parce qu'il se retourna.

Elle reconnut son frère Henry.

— Susanna ! s'exclama-t-il d'une voix étouffée, laissant lentement retomber ses bras.

Il avait l'air encore plus surpris qu'elle. Il devait être rentré des foires à laine et cherchait sa famille. Elle en éprouva un profond soulagement – c'était son frère, il allait l'aider, la protéger – mais ses premiers mots suffirent à anéantir ces naïves espérances.

— Qu'est-ce que tu fais là, attifée comme une pouilleuse ? demanda-t-il, agressif.

Comment lui expliquer les événements de ces derniers jours ? La surprise passée, elle pensa de nouveau à Judith.

— Je dois aller voir ce qui est arrivé ! dit-elle en traversant l'écurie. Judith est sûrement malade !

— La maison est vide. Est-ce que Judith devrait être là ? demanda-t-il, l'air méfiant.

— Bien sûr ! Sinon, où serait-elle ?

— Avec toi, par exemple, répliqua Henry en regardant avec stupéfaction les chiffons qui entouraient ses pieds. Où étais-tu ? Comment as-tu réussi à te mettre dans un état pareil ?

Elle continua son chemin sans répondre.

— Je t'ai dit qu'il n'y avait personne ! lui cria Henry alors qu'elle était déjà dans le jardin. Une croix rouge et pas de surveillant, tu sais ce que ça veut dire ?

Susanna ouvrit la porte de la cuisine. Elle savait très bien que l'absence de surveillant signifiait qu'il n'y avait plus personne à surveiller. Mais c'était impossible. Elle avait vu Judith et Daniel deux jours auparavant.

Non, pas deux. Quatre ou cinq…

Il fallait qu'elle en ait le cœur net. Elle courut dans le couloir et grimpa en trébuchant jusqu'au grenier. La porte était ouverte. Le grenier était vide.

Elle s'appuya contre le mur pour reprendre son souffle. Elle avait perdu le compte des jours. En quatre ou cinq jours, on pouvait tomber malade et mourir…

L'espoir lui revint quand elle se rappela que Charles, deux jours auparavant, avait espionné Judith et Daniel à travers cette porte. Oui, mais le mal pouvait être déjà à l'œuvre, invisible. Quant à Charles lui-même, qui paraissait en bonne santé deux jours avant, rien ne prouvait qu'il était rentré à la maison. Judith et Daniel, malades, avaient pu alerter quelqu'un dans la rue par leurs gémissements et leurs cris, après quoi les enquêteuses étaient venues et avaient fermé la maison. Puis quand Judith et Daniel étaient morts, on avait enlevé les corps et le surveillant était parti.

Cela n'avait rien d'impossible, c'était même assez vraisemblable. Et, malheureusement, elle ne trouva rien dans la maison qui pût le démentir. Mise à part la literie en désordre, sa chambre était exactement dans l'état où elle l'avait laissée deux jours auparavant.

Elle s'interdit de s'appesantir sur ce que Charles lui avait fait subir, comme sur la mort de Judith ou de Daniel. Si elle y pensait, elle s'effondrerait. Elle se sentait épuisée, le corps rompu, l'esprit assailli d'idées noires, mais elle devait lutter.

Elle avait juré de racheter la liberté de Greenie avant l'aube.

Elle avait bien compris, aux regards durs et moqueurs de Peggy et de Beck, qu'elles ne s'attendaient pas à la revoir. Pourquoi une fille de sa condition se mettrait-elle en quatre pour sauver une petite souillon de l'esclavage et de la prostitution ?

Mais Greenie n'en avait pas moins sauvé Susanna. Elle avait partagé tout ce qu'elle avait avec elle, même ses épreuves, ce qui avait aidé Susanna à supporter les siennes. En Greenie, Susanna avait trouvé une seconde sœur.

Plutôt être foudroyée sur place que de l'abandonner.

Elle mit des vêtements propres, ses chaussures les plus solides, et fit un paquet de tout ce qui pouvait avoir quelque valeur pour Peggy et Beck : rubans, mouchoirs, jupons, accessoires de maquillage. Par-dessus sa robe, elle endossa la seule cape qu'elle possédait, une vieillerie de laine grise, et elle en releva le capuchon de manière à cacher son cou et une partie de sa figure. Au moment de sortir, elle aperçut, sur sa table, le volume des œuvres de Shakespeare. Elle le prit en main et le remit en place à regret : c'était trop lourd. Mais, à la porte, s'avisant qu'elle n'en aurait peut-être plus jamais l'occasion, elle retourna le prendre et le cacha dans son baluchon.

Le crépuscule tombait lorsqu'elle se retrouva dans le jardin. Accroupi près du puits, Henry était en train de remplir d'eau un seau de bois.

— Satisfaite ? demanda-t-il d'un ton moqueur.

Susanna le regarda avec colère. De quel droit riait-il d'elle en un moment pareil ?

Henry alla porter son seau dans l'écurie. Il avait logé et dessellé son cheval, lequel tirait sur son foin d'un air maussade.

— Tu en as mis un temps ! lui reprocha-t-il. Il est trop tard pour partir, maintenant. Il faudra que nous passions la nuit ici. J'ai vu qu'il y avait des lits dans le grenier à foin, Dieu sait pourquoi.

— Alf s'y était installé, répondit Susanna.

Remis de sa surprise de la voir là, Henry était devenu dur et autoritaire. Qu'entendait-il par partir ? Où voulait-il aller et pourquoi supposait-il que Susanna était prête à l'accompagner ?

— Alf était là-haut ? demanda Henry en reculant lentement vers la porte. Alors, il y a eu la peste ici aussi !

— Non, répliqua Susanna.

Mais comment lui expliquer tout ce qui s'était passé avec Alf et Madge ? Elle y renonça et dit simplement :

— Il était parti depuis des semaines.

— Ah oui, vraiment ? Et depuis combien de temps étiez-vous là, toi et Judith ?

— Je ne m'en souviens pas exactement, répondit Susanna, qui redoutait qu'il la questionne, surtout de cette façon brutale. Nous sommes arrivées en juin, il me semble.

— Alors tu ne sais pas ce qui s'est passé à Shoe Yard ?

— Si.

Elle ne put en dire plus.

— Alors tu sais que Père est mort. Il est enterré à Sainte-Bride, avec Peter et ce Français. L'oncle Philip et moi nous avons vu le sacristain.

— Père est enterré à Sainte-Bride ? répéta Susanna, en y puisant un brin de réconfort.

Où avait-on enterré Judith et Daniel ? À l'église paroissiale de Saint-George ? Plus tard, elle s'occuperait de le découvrir.

— Bon. Maintenant, c'est à l'oncle Philip et à moi qu'incombe la charge de la famille. Tu comprends ce que cela signifie, n'est-ce pas ?

— Non, je ne comprends pas, répondit Susanna naïvement.

Le cheval donna un coup de pied dans le seau qui se renversa. Henry le ramassa en jurant.

— Cela signifie que l'oncle Philip devient ton tuteur. Il t'accueillera dans sa maison de Chelsea. On ira dès demain matin.

Susanna ressentait un malaise grandissant. À présent, elle n'avait plus ni père ni mère, ni Judith ni Daniel pour lui venir en aide. Pour les remplacer, elle avait Henry et l'oncle Philip, le frère de Père, un homme d'affaires plutôt rusé : deux hommes en qui elle ne pouvait pas avoir confiance.

— J'ai de quoi manger si tu veux, dit Henry en ouvrant sa sacoche.

Il rompit un morceau de pain qu'il posa sur une marche de l'escalier du grenier à foin, avec un peu de fromage et un œuf dur.

Susanna oublia tout. Elle laissa tomber son baluchon et se rua sur la nourriture, arracha des morceaux du pain, mordit dans le fromage auquel elle trouva un goût fort et salé, en voulut encore, reprit du pain, finit le fromage. Greenie, songea-t-elle, brusquement honteuse. Greenie avait partagé avec elle ses dernières miettes de pain. Susanna fourra le quignon qui restait et l'œuf dur à l'intérieur de son paquetage et, affamée, leva les yeux sur Henry pour lui en réclamer encore.

Il la regardait, à la fois dégoûté et fasciné, en hochant lentement la tête.

« Je dois avoir l'air d'un animal sauvage, se dit Susanna. Il va me demander pourquoi. Il va me poser d'autres questions… »

Il ne le fit pas. Il avait changé d'expression. Ahuri, puis effrayé, il reculait, les yeux écarquillés.

— Seigneur Dieu, qu'est-ce que tu as au cou ? Éloigne-toi de moi, Susanna, va-t'en !

Susanna s'aperçut que, dans son excitation devant toutes ces bonnes choses à manger, elle avait laissé retomber son capuchon. Elle le serra autour de son cou.

— Ce sont des ecchymoses. Je n'ai pas la peste.

Les yeux hors de la tête, Henry ne pouvait pas reculer plus, il touchait le mur.

170

— Va-t'en ! répéta-t-il, menaçant.

Susanna perdit patience. Elle avait besoin de réconfort, de secours, et son frère n'était capable de lui donner que des démonstrations d'égoïsme et de lâcheté.

— Tu es stupide ! cria-t-elle. Si c'était des marques de peste, je serais étendue de tout mon long, en train de mourir !

Cela parut le calmer un peu. Il resta quelques instants silencieux, à réfléchir.

— Qu'est-ce que tu entends par ecchymoses ? demanda-t-il enfin, lugubre.

— Des bleus, tout simplement, répliqua Susanna d'un ton tranchant, espérant ainsi en terminer avec la question.

Henry ne se découragea pas pour si peu.

— On n'a pas le cou plein d'ecchymoses sans raison ! répliqua-t-il d'un ton furibond. D'où viennent-elles ? Et d'où sortais-tu tout à l'heure, sans même une paire de chaussures aux pieds ?

Sa voix lui portait sur les nerfs. Prise au piège, elle se réfugia dans le silence.

— Ça suffit, Susanna, je veux des réponses claires ! Il s'est passé de drôles de choses ici, et j'ai le droit de savoir !

— Henry, je t'en prie, il faut que j'y aille, dit Susanna d'une petite voix.

— Que tu y ailles ? répéta-t-il, en allant fermer la double porte de l'écurie et en les plongeant dans le noir. Où ça ?

— J'ai une dette de reconnaissance à régler, déclara Susanna sans rien abdiquer de sa dignité.

Penser à Greenie lui donnait du courage. Quoi qu'il lui arrive, Greenie avait connu pire.

— Tiens, tiens ! Une mystérieuse personne dans un endroit mystérieux ! Maintenant tu as intérêt à répondre à mes questions, lui ordonna Henry d'un ton menaçant.

Susanna l'entendit pousser un verrou de la porte, puis un deuxième. Il avait quelque chose d'effrayant, sous son apparence bruyante et vantarde. Il n'était plus qu'une ombre, mais il lui sembla qu'il avançait sur elle. Elle recula et trébucha contre l'escalier. Prise de panique, elle se mit à balbutier des mensonges :

— Je suis allée au marché parce que nous n'avions plus de nourriture… J'ai été attaquée en chemin, on m'a pris mon argent et mes chaussures…

— Qui t'a attaquée ?

— Des voleurs, une bande de garçons, le chef s'appelait Cat.

— Et c'est arrivé quand ? Aujourd'hui ?

— Oui.

— Et tu ne savais pas ce qui s'était passé ici ? Tu ne savais pas que Judith était morte de la peste ? Tu mens !

— Non, non, c'est juste que je n'avais pas vu Judith et Daniel depuis plusieurs jours, alors j'ignorais qu'ils étaient malades !

— *Daniel* ? La petite grenouille ? Qu'est-ce qu'il a à voir avec ça ?

— Mais… il était ici, avec Charles ! Père les avait invités !

Henry resta un moment silencieux.

— Ainsi les jeunes Montjoye ne sont pas retournés en France. Ils sont restés ici, avec vous et Judith ! Depuis juin, vous étiez seules avec eux !

— Non, ce n'est pas comme ça…

— Tu m'as bien dit que Alf était parti depuis des semaines ?

— Oui, mais…

— Mais quoi ? Toi, Judith et ces deux hommes, vous êtes restés seuls dans cette maison pendant des semaines. Vrai ou faux ?

Susanna renonça. Sa gorge lui faisait mal, sa voix tremblait et, qu'elle mente ou dise la vérité, le résultat serait le même : Henry ne la lâcherait pas.

— Si tu tiens à voir les choses comme ça, d'accord ! riposta-t-elle, furieuse.

— Bon, nous avançons enfin, déclara Henry avec un soupir de satisfaction.

— Qu'est-ce que tu veux dire ?

— Les Français ont une réputation bien établie. Et ces deux-là bavaient déjà devant vous à Shoe Yard, pendant le dîner.

— C'est dégoûtant ce que tu dis là ! s'exclama Susanna.

— Hum ! ricana Henry. Je me demande lequel des deux t'a fait ces ecchymoses. Daniel, ce séducteur de bas étage, sans doute ?

— Non, ce n'est pas lui !

— Alors c'est l'autre, celui qui parle à peine anglais !

— Oh, Henry, *ça suffit* !

— Charles ? C'est celui-là ? Est-ce qu'il t'a fait des choses, Susie ?

— *Arrête* !

La voix de Susanna se brisa et elle ne put retenir ses larmes. Elle se sentait salie, honteuse, presque terrifiée, comme si on venait de mettre au jour un de ses plus secrets péchés.

— Allons, Susie, raconte, insista Henry presque gentiment.

Ces paroles l'achevèrent. Elle avait été la préférée d'Henry autrefois, quand elle était petite. Et ce grand frère avait été pour elle une idole. Si seulement elle pouvait retrouver ces temps heureux et s'appuyer sur lui ! Ses défenses tombèrent et, entre deux sanglots, elle lui avoua comment Charles était venu dans sa chambre, l'avait battue, violée, et abandonnée dans la rue.

Dans le silence qui suivit, elle prit conscience qu'elle avait été bernée. Henry ne lui offrirait ni réconfort ni protection.

— Ainsi tu as été déflorée, déclara-t-il froidement.

Ce plat constat la blessa presque autant que la violence de Charles. La honte était sur elle, pas sur son agresseur. C'était elle qui avait été souillée.

Elle vit devant elle, tout tracé, l'avenir que la famille Grainger allait lui offrir : le mariage avec quelqu'un qu'elle n'aurait pas choisi et qui découvrirait, le soir de leurs noces, que sa rougissante fiancée n'était pas vierge. Ou bien des tractations sordides, entre hommes, bien entendu, avant la rédaction du contrat de mariage. Elle n'était pas simplement mineure et orpheline, elle avait été souillée. Henry et l'oncle Philip la traiteraient en conséquence.

Elle était épuisée et sans illusions.

— Je veux m'en aller, dit-elle simplement.

À sa surprise, Henry ouvrit la porte.

— Je vais fermer la maison, la prévint-il. Tu ne pourras plus revenir. À toi de choisir.

Elle se dirigea vers le rectangle gris qu'elle voyait devant elle et franchit le seuil de l'écurie. Elle avait conscience de partir pour l'inconnu. Son intention avait été de demander de l'argent à Judith pour dédommager Peggy et Beck et ramener Greenie ici, mais maintenant il ne lui restait plus que quelques colifichets, et elle se rendait bien compte que Greenie et elle allaient devoir affronter une rude bataille.

— Je peux avoir un peu d'argent, s'il te plaît ? demanda-t-elle humblement à Henry.

— De l'argent ? Combien ?

— Ce que tu peux.

Elle l'entendit farfouiller sous sa cape.

— Tends la main.

Quelques pièces y tombèrent, légères. Sans doute quelques shillings en tout et pour tout. Juste assez, peut-être, pour Peggy et Beck, mais rien pour leur permettre de survivre, Greenie et elle.

— Tu ne peux pas en sacrifier un peu plus ?

— Je vois que tu as déjà appris à mendier ! remarqua-t-il.

Il laissa tomber dans sa main quelques pièces plus lourdes.

— Voilà. Trois livres. Et c'est tout ce que tu obtiendras jamais si tu pars maintenant. Ne t'imagine pas que tu vas pouvoir venir frapper plus tard à la porte d'un Grainger, que ce soit la mienne, celle de l'oncle Philip, ou de n'importe qui d'autre !

Susanna prit une profonde inspiration.

— Parfait. Je ne veux pas de l'oncle Philip comme tuteur. Je ne veux pas de toi comme frère. Je veux m'en aller.

Et elle s'en alla.

— N'oublie pas ce que je sais de toi ! lui cria Henry. Si tu changes d'avis et essayes de revenir, je le dirai à tout le monde !

Susanna atteignit la rue, aveuglée par les larmes. Sa douleur était si grande qu'elle s'arrêta, s'accroupit, dans l'ombre, au pied d'un mur, et pleura.

Quand ses larmes se furent taries, elle se redressa, la tête vide. Son paquetage lui parut lourd. Elle le serra à deux bras et se mit en route vers sa seule amie.

XII

Des mouettes tournoyaient dans un grand ciel vide et l'air était imprégné d'une senteur d'algues et de poisson. Judith, Daniel et Charles grimpaient à cheval une étroite rue en pente dans le petit port de Holhaven.

Près d'un mois s'était écoulé depuis qu'ils s'étaient échappés de Londres. Après une randonnée épuisante jusqu'au Sussex, ils avaient atteint la campagne où la vieille parente de Judith, Granny Elspeth, s'était retirée. Ils s'étaient reposés, avaient récupéré et constaté qu'ils avaient été épargnés par la peste. Mais il fallait prendre des décisions, et vite : le bruit courait que la France était sur le point de faire alliance avec la Hollande dans sa guerre navale contre l'Angleterre. Comme Charles, Daniel était pressé de traverser la Manche avant que cela ne soit plus possible.

Granny Elspeth avait sévèrement prévenu Judith qu'elle ne devait s'attendre à aucune compréhension ou sympathie de la part de la famille Grainger si elle partait avec Daniel. Devant la fermeté de Judith, Granny avait fini par céder. Elle avait envoyé un message à Holhaven où les Woodward, des parents de feu son mari, avaient un bateau, lequel, avait-elle glissé avec un sourire, traversait parfois la Manche par nuit sans lune.

— C'est le jeune Bernard qui commande, aujourd'hui. Vous verrez bien ce qu'il pourra vous proposer.

Le « jeune » Bernard Woodward s'avéra être un homme fort et grisonnant de plus de quarante ans, à l'œil perçant de marin et à la peau tannée. Il fit asseoir les nouveaux arrivants sur des sièges à haut dossier, autour de la table d'un petit salon où il leur servit du cidre. La discussion fut brève. Bernard leur expliqua qu'il devrait

175

les débarquer de nuit sur les côtes françaises car les rumeurs concernant la peste qui sévissait à Londres avaient pratiquement fermé les ports à tous les passagers arrivant d'Angleterre.

— Nous avions pensé à La Rochelle, suggéra Daniel. C'est une ville protestante, et comme Charles et moi sommes huguenots, nous pourrions obtenir des autorités portuaires la permission d'y mouiller.

Judith était prête à supplier Bernard. Elle n'avait pas de passeport. Daniel lui avait expliqué qu'à La Rochelle, avec la complicité de leurs coreligionnaires, elle pourrait obtenir des documents provisoires qui lui permettraient de rallier Montauban, autre bastion protestant, où on lui procurerait un laissez-passer pour Nîmes. Alors que Dieu sait ce qui pourrait lui arriver si elle était déposée dans un endroit inconnu du nord de la France !

Bernard l'écouta tout en tirant sur sa pipe en terre.

— Il faut une bonne semaine pour gagner La Rochelle, remarqua-t-il, hésitant. Et encore, *si* le temps le permet.

— Vous y trouverez les plus fins cognacs, lui fit miroiter Daniel, et je vous promets de vous avoir les meilleurs prix jamais offerts à un Anglais !

Bernard le regarda avec l'ébauche d'un sourire puis se tourna vers Judith :

— En vérité, cela ne me plaisait qu'à moitié d'abandonner une parente, de nuit, sur une côte française. Soit ! ajouta-t-il en riant, va pour La Rochelle !

Ils levèrent l'ancre en début de soirée, par une mer calme bleu vert et, accompagnés par le cri des mouettes, se dirigèrent, au-delà de l'île de Wight, vers l'ouest et son ciel rougeoyant. Le bateau, le *Reward*, était une goélette – une tête d'épingle dans un espace immense, aux yeux de Judith qui prenait la mer pour la première fois et commençait à se sentir nauséeuse.

Ils étaient cependant en bonnes mains, de cela elle était sûre. Bernard dirigeait le bateau avec son fils Albert, un jeune homme musclé à la peau tannée, qui souriait beaucoup et avait la parole encore plus rare que son père. L'équipage se composait de deux hommes originaires de Holhaven et d'un garçon bronzé, agile et musclé, à la masse de cheveux blond paille et aux yeux bleus et brillants, qui se déplaçait dans le gréement à toute vitesse : Garrett, le plus jeune fils de Bernard, âgé de seize ans.

Garrett devait être très sauvage car Bernard n'avait pas réussi à le faire descendre pour faire la connaissance des passagers. Cependant Judith l'avait surpris plusieurs fois à l'observer du haut des vergues ou de derrière un mât. Elle lui avait souri, espérant gagner sa confiance et échanger quelques mots avec lui, mais il ne s'était pas approché.

Ce fut seulement le lendemain soir qu'elle fut récompensée par un bref sourire en réponse au sien. Son mal de mer avait cessé et, d'un pas mal assuré, elle avança jusqu'à l'écoutille avant, où Garrett était descendu et avait disparu.

Il était introuvable. Au fond de la cale, de l'eau glissait paresseusement sur les bordages, selon le roulis. S'il n'y avait pas d'échelle, des prises pour le pied avaient été taillées dans les piliers qui soutenaient les coins des panneaux. Mais elle n'allait quand même pas descendre par là en jupons !

— Garrett ! appela-t-elle.

— Ne restez pas au bord ! Si ça bouge, vous allez tomber dedans !

Il était apparu comme l'éclair, escaladant un pilier jusqu'à ce que sa tête se trouve au niveau du pont.

Judith recula et s'assit par terre, agrippée à la hiloire.

— Merci de m'avoir prévenue ! lui dit-elle.

Garrett se contenta de hocher la tête. Il portait une vieille chemise sans manches et ses bras noueux étaient brunis jusqu'à l'épaule. La barbe qui lui couvrait les joues – un simple duvet encore – était, comme ses cheveux, presque blanche à force d'être décolorée par le soleil. Ses yeux, d'un bleu extraordinairement clair, n'avaient pas quitté Judith une seconde.

— Eh bien, je suis contente de faire enfin votre connaissance, remarqua Judith, mal à l'aise.

Il hocha la tête, redescendit rapidement son pilier et disparut.

— Je crois que Garrett est amoureux de toi ! lui fit observer Daniel en riant, alors qu'ils approchaient de La Rochelle, quelques jours plus tard.

Judith rougit.

— Ne te moque pas de moi !

Daniel la prit par la taille et lui chuchota à l'oreille :

— Personne n'a le droit de prendre ma place.

Judith défaillit, submergée par le désir. Il avait perdu la barbe noire et le regard inquiet qu'il avait à Southwark. Le repos et la nourriture l'avaient remplumé et l'air de la mer lui donnait un teint plein de santé. Elle l'aurait mangé tout cru.

Comment aurait-elle pu rester en Angleterre, comme Granny Elspeth le suggérait, et attendre là les décisions du tuteur que les Grainger lui attribueraient ? Elle ne pouvait pas vivre sans Daniel et lui, il devait absolument rentrer à Nîmes pour s'occuper de sa mère, maintenant veuve, et s'acquitter de ses dettes. Judith et Daniel avaient passé des heures à échafauder des plans. Avec l'aide du grand-oncle de Daniel, Élie Montjoye, un marchand important, ils se lanceraient dans le commerce de la soie. L'idée plaisait infiniment à Judith. Elle travaillerait aux côtés de Daniel, comme le font généralement les épouses ; et leur affaire prendrait de l'extension jusqu'à ce que des voiles — comme celles qu'elle voyait maintenant sur le bateau des Woodward — franchissent les mers pour transporter leurs soieries sur de riches marchés étrangers.

Judith n'avait pas oublié la perte de ceux qu'elle aimait. Elle ne laissait derrière elle que ruines, horreur et désolation. Mais elle était déjà tournée vers ce qu'elle avait choisi. Elle regarda au fond des yeux de Daniel, presque gênée par la faim de lui qu'elle ressentait. Ils avaient eu une nuit d'amour, mais depuis n'avaient connu aucune intimité.

— Attends que nous ayons débarqué, lui chuchota-t-elle, et tu verras que personne ne risque de prendre ta place.

L'île de Ré était visible à tribord et Charles allait bientôt poser de nouveau le pied dans le royaume de France. Il commençait à respirer plus aisément.

Il avait bien cru ne jamais quitter l'Angleterre. Tout ce temps passé sur les routes et à la campagne, chez cette vieille femme, l'avait presque rendu fou. Bien sûr, Judith et Daniel étaient convaincus que Susanna était morte de la peste, mais il avait vécu dans la terreur de voir apparaître Ferris, avec un mandat d'arrêt contre lui. Maintenant que c'était fini, il aurait dû rire, se sentir fort de nouveau...

Mais Susanna le hantait. Dans ses cauchemars, sortie de la fosse commune, noircie, putréfiée, elle l'accompagnait où qu'il aille, si bien que les gens commençaient à parler. Inutile d'essayer de l'étrangler de nouveau, il s'en sentait incapable. Il se réveillait à chaque fois en sueur, avec un goût de pourriture dans la bouche.

Charles avait l'impression qu'une fois de retour en France, ces visions terrifiantes s'estomperaient. Là-bas, il retrouverait la paix. Après tout, il avait survécu à la peste, une bonne raison de se sentir heureux.

Mais il ne l'était pas. Il passait des heures seul, sans arriver à se rendre maître de ses pensées. Il revoyait Judith nue, les yeux mi-clos... mais elle appartenait à Daniel, pas à lui !

Daniel la lui avait volée par les moyens les plus vils, y compris la perversion sexuelle et, sans doute, la sorcellerie. Charles ne pouvait pas l'accepter. Il ne le pouvait tout simplement pas.

Il pensait à ce qui l'attendait à Nîmes. On lui offrirait sans aucun doute une situation, dans la banque espérait-il. Sa famille partirait également en chasse pour lui dénicher un bon parti, une alliance utile aux Vovelle. Il ne pourrait pas refuser, mais ce serait un mariage de pure convenance.

Bien sûr, cela n'avait pas encore eu lieu, pas plus que le mariage de Daniel avec Judith. Mais il ne fallait pas croire au miracle. Judith n'avait plus pour père un riche marchand de Londres. Et elle avait renoncé à un quelconque héritage. La famille de Charles n'en voudrait jamais. Judith ne serait jamais sa femme. Mais qu'est-ce que cela changeait, en dernière analyse ? Il l'aimait. Elle l'avait aimé au début. Mariage ou non, elle était à lui et à personne d'autre.

La marée était haute, le temps manquait pour un grand cérémonial d'adieux, à supposer que les Woodward en aient eu le désir. Daniel et Charles serrèrent la main de Bernard et d'Albert, lesquels étaient enchantés des barils de cognac entreposés maintenant dans leur cale. Judith les embrassa à l'anglaise, c'est-à-dire avec de gros baisers sonores sur les joues.

— Prenez garde à vous, ma cousine, lui chuchota Bernard après s'être assuré que Daniel et Charles n'étaient pas à portée de voix. Comme j'ai eu l'occasion de m'en apercevoir au cours de mes voyages, ils mangent de drôles de choses, en France.

Garrett était introuvable, ce qui ne surprit pas Judith outre mesure bien qu'elle regrettât de ne pouvoir lui dire au revoir. C'est seulement lorsqu'elle fut dans la chaloupe qui les emmenait vers la rive qu'elle l'aperçut dans le gréement, à moitié caché par une voile carguée, où il resta les yeux fixés sur elle jusqu'à la dernière minute. Au moment où elle mettait le pied sur le sol français, le *Reward,* qui sortait lentement de la baie avec le reflux, était déjà trop loin pour qu'elle soit certaine d'avoir obtenu un signe de la main en réponse au sien.

Quand la goélette se fit toute petite et indistincte dans la brume, elle se détourna. Les tours rondes du port fortifié étaient assez proches pour qu'elle remarque leurs créneaux détruits et, dans la pierre, des cicatrices de boulets. Même sous le soleil qui brillait, elles avaient l'air sinistre.

Elle prit la main de Daniel et demanda, du ton le plus léger qu'elle put :

— Qu'est-ce qui s'est passé ici ? Une guerre ?

— Oui, répondit Daniel. Entre le roi et les protestants.

Le Refuge
Juin 1721

Bérangère

Judith reposait dans sa chambre, au Refuge, immobile comme une pierre. Tant d'années avaient passé, et l'humiliation ressentie lors de son arrivée à Nîmes était encore si vivace ! Pauvre et étrangère, elle savait qu'elle l'était ; mais se voir considérée comme une catin que Daniel Montjoye aurait séduite et remorquée à sa suite, cela avait été une véritable torture !

Malgré la douceur de cette matinée en Caroline, un frisson la parcourut : de nouveau elle avait dix-sept ans, elle faisait face au pasteur et aux Anciens du conseil de l'Église réformée de Nîmes – graves calvinistes tout de noir vêtus – qui enquêtaient sur sa vie privée et ses mœurs. Quelles que soient les justifications qu'elle aurait pu invoquer dans son français boiteux, la vérité serait révélée tôt ou tard : elle attendait un enfant.

Une vérité qui, bien entendu, avait suscité un beau vacarme. Les espoirs qu'avait Daniel d'obtenir l'aide de sa famille pour s'établir marchand de soie volèrent en éclats. Judith et lui étaient mari et femme, ils n'avaient qu'à se débrouiller tout seuls.

Cela avait été très dur.

Ils avaient dû quitter la ville, s'installer dans un faubourg pauvre où ils avaient loué un local avec deux pièces attenantes. Daniel avait commencé comme courtier. Il allait chez les paysans de la campagne environnante collecter de la soie grège qu'il revendait en ville aux manufactures moyennant une commission. L'essentiel de l'argent servait à payer la dette de Michel Montjoye envers Jonas, le père de Charles. Celui-ci était-il pour quelque chose dans les conditions extrêmement sévères qu'on avait exigées d'eux

183

pour ce remboursement ? Sur ce point, ils ne pouvaient se livrer qu'à des conjectures.

Au milieu de toutes ces difficultés, le bébé – une fille – était né. Ils l'avaient appelée Aimée, pour signaler au monde entier que cette naissance n'était en rien un regrettable accident.

J'étais fière, en ce temps-là, se dit Judith. Je portais ce bébé dans les rues de Nîmes comme un drapeau, pour leur montrer à tous que je n'en avais pas honte !

Il n'y avait rien de honteux dans tout ça. C'était l'amour qui régnait dans notre maison.

Mais cela ne plaisait pas. Les gens sont lents à pardonner. Cette vie difficile se prolongea pendant des années. Nous n'y attachions que peu d'importance, parce que nous étions jeunes et que nous ne voyions pas le temps passer, mais il ne fallait pas s'étonner si Aimée, elle, avait souffert de grandir dans cette banlieue.

Aussi loin que je m'en souvienne, nous n'avons jamais habité un endroit décent... Vivre chichement en parant au plus pressé, c'était ça... Faire aller...

Judith se redressa à moitié, les mains crispées sur son couvre-lit au point d'en avoir les doigts meurtris. C'était injuste ! Richard aussi était né pendant ces années difficiles, mais il n'en avait gardé aucune amertume. Amy se rappelait seulement les mauvais moments, jamais les bons...

Était-ce sa faute si ces moments pénibles l'avaient tellement marquée ?

Judith sursauta : elle venait d'entendre un frou-frou de jupons à sa porte et craignait une nouvelle passe d'armes avec Aimée. Mais celle qui entra dans sa chambre, en simple robe de toile et tablier, c'était sa plus jeune fille, Bérangère.

— Tu ne dors pas ? chuchota-t-elle.

— Non, ma chérie, je me repose seulement. Entre ! répondit Judith en souriant.

Brune et vive, Bérangère avait quarante ans déjà, mais paraissait plus jeune, avec sa taille élancée et son regard malicieux.

— Nous venons d'arriver, Farland et moi, dit-elle en embrassant sa mère. Ils m'ont dit en bas que tu étais malade ! Farland... mais ça doit être lui, maintenant.

Farland Williams, le mari de Bérangère, entra, légèrement hors d'haleine. Originaire de Virginie, c'était un grand escogriffe aux cheveux roux ébouriffés, avec des taches de rousseur qui s'estompaient et une provision inépuisable de bonne humeur et de courtoisie.

— Bonjour, Mère, s'écria-t-il gaiement en se précipitant à son chevet. Désolé d'arriver si tard mais j'essayais de comprendre ce qui vous était arrivé !

— Je crois que je me suis *évanouie*, murmura Judith, honteuse.

— Ce sont des choses qui arrivent, répondit son gendre en riant. Voyons… Laissez-moi retaper cet oreiller… Voilà… recouchez-vous, dit-il en lui touchant le front. Pas de fièvre, déclara-t-il d'un ton apaisant. Vous avez la migraine ? Vous avez mal quelque part ?

Rassurée, Judith répondit à ses questions. Comme son père avant lui, Farland était un exemple de ce phénomène américain qu'est le gentleman médecin amateur. Il n'avait pas étudié en Europe, où se trouvaient les seules écoles de médecine, mais il avait une grande expérience pratique et Judith avait une confiance absolue en son jugement.

— Vous avez encore eu cette sensation de brûlure dans la poitrine depuis qu'on vous a amenée ici ? lui demanda-t-il.

— Non.

Il hocha lentement la tête en la regardant avec attention.

— Bon. Mais je n'ai pas besoin de vous rappeler votre âge. Vous devez vous reposer.

— Et oublie les préparatifs de la fête, ajouta Bérangère. Nous sommes bien assez nombreux pour nous en occuper.

— Très bien. L'un de vous a-t-il déjà parlé à Richard ou à Amy ? Savez-vous pourquoi ils se sont disputés, ce matin ?

— Non, répondit Bérangère, mais nous verrons ça plus tard. Tâche de ne plus y penser pour le moment.

Judith se redressa et s'assit.

— Non, c'est trop important. Les nouveaux ateliers sont menacés !

Bérangère et Farland échangèrent un regard. Farland était l'associé de Richard et, avec l'aide de sa famille – propriétaires terriens de Virginie –, il entrait pour un tiers dans l'investissement prévu à Philadelphie.

— Laissez-moi vous raconter, dit Judith.

Lorsqu'elle eut terminé son histoire, Bérangère éclata :

— Cette maison a toujours été parfaitement ridicule ! Amy n'a qu'à s'en passer !

— Elle est venue me dire ensuite que, dans ces conditions, elle s'en irait vers l'ouest avec Robert, et que je ne reverrais plus jamais les enfants !

— Oh, ce ne sont que des paroles en l'air, dit Bérangère, en posant une main apaisante sur celle de sa mère.

— Ne te laisse pas aveugler par ta douce nature, Berry, répliqua Judith avec un petit sourire. Amy fera comme elle l'a dit !

Farland émit un long et grave sifflement.

— Eh bien, nous ne nous attendions pas à celle-là ! s'exclama-t-il. Nous étions venus porteurs d'une bonne nouvelle, mais je crains qu'elle ne paraisse bien insignifiante, maintenant !

— Une bonne nouvelle ? s'écria Judith. Vite, je vous en supplie, dites-la-moi, j'en ai bien besoin !

— Mes parents sont arrivés avant-hier…, commença Farland.

— C'est bien, j'en suis heureuse. Comment s'est passé le voyage ?

Quentin et Sophie Williams, les parents de Farland, qui devaient rester quinze jours avec leur fils et leur belle-fille, étaient parmi les invités d'honneur à la fête, aujourd'hui.

— Apparemment supportable, merci. Mais la nouvelle qu'ils apportent, c'est que Mère a fait un héritage inattendu de la part d'un lointain cousin : une petite ferme dont ils ne pourront pas s'occuper parce qu'elle est trop éloignée. Alors ils ont décidé de la vendre et de nous donner ce qu'ils en retireront.

Judith réprima son cri de joie.

— C'est merveilleux ! s'exclama-t-elle, mais il faut penser aux enfants… Vous devriez peut-être mettre cet argent de côté ?

Farland et Bérangère avaient quatre enfants, dont l'aîné, un garçon, avait vingt ans et il allait falloir leur mettre bientôt le pied à l'étrier.

Bérangère sourit et, au grand soulagement de Judith, répondit :

— Quel meilleur moyen de penser à eux que d'investir dans les ateliers ?

— Malheureusement, il s'agit tout au plus d'une centaine de li-

186

vres, fit observer Farland en soupirant. Et j'ai bien peur que mes parents ne puissent pas en réunir beaucoup plus. Leur fortune est immobilisée dans la plantation de James River, et ce sont mes frères qui en ont la charge.

— Bien sûr. Mais c'est un pas dans la bonne direction, remarqua Judith.

La nouvelle était sans aucun doute encourageante. Elle commença à se demander si, en prenant un petit peu ici, un petit peu là, ils ne parviendraient pas à répondre aux exigences d'Amy. Ils pouvaient emprunter… économiser… vendre un certain nombre de choses… Elle regarda autour d'elle et son cœur se serra à l'idée de se séparer de l'ameublement gracieux et élégant qu'ils avaient fait venir d'Angleterre au cours des années. Vendre même ça ? Oui, si c'était nécessaire. Elle pouvait vivre avec beaucoup moins. Elle l'avait déjà fait.

Mais même en empruntant un peu, en économisant, en se séparant du superflu et en y ajoutant ce que les parents de Farland et les beaux-parents de Richard pourraient apporter, arriveraient-ils seulement à la moitié de la somme nécessaire pour tirer d'affaire Amy et sa tribu ?

Probablement pas. Judith se rallongea, sourcils froncés, gagnée par le découragement.

— Écoutez, dit Farland en lui jetant un coup d'œil inquiet, je vais vous préparer une infusion d'herbes. Quelque chose pour vous calmer les nerfs.

Il se leva et s'éclipsa.

Bérangère rapprocha sa chaise du lit et prit la main de sa mère dans les siennes. Elles restèrent ainsi, à communier en silence.

— Ne te laisse pas abattre par cette histoire, murmura Bérangère au bout d'un moment. J'espère que ce n'était pas cela qui te tracassait quand je suis arrivée ?

— Non, lui répondit sincèrement Judith. J'étais loin dans le passé. En fait, j'étais à Nîmes.

— À Nîmes ? Vraiment ?

Le rire cristallin de Bérangère avait si peu changé depuis son enfance que Judith eut l'illusion, un instant, de se retrouver avec la jolie petite fille brune et vive d'antan, si semblable à Sarah, la sœur de Daniel.

— Tu sais, je me revois assise par terre, au soleil, dans une cour, en train d'arracher des pétales de fleurs rouges ! Il y avait un escalier de pierre en colimaçon et une espèce de galerie, ou de balcon – du moins il me semble.

— Vraiment ? Tu te rappelles ça ? C'était chez nous, rue des Chapeliers. Je l'adorais, cette maison !

Le jour était enfin venu où Judith et Daniel avaient gagné le respect des habitants de Nîmes et où, sacrifiant un peu de leur fierté, ils s'étaient réconciliés avec la famille de Daniel. Celui-ci était devenu marchand de soieries et ils avaient déménagé en ville.

Des souvenirs joyeux de Nîmes l'assaillirent : le soleil, les eaux claires des sources romaines, les figues et le raisin, le fromage de chèvre et le vin rouge, robuste et rocailleux comme ses habitants.

Un épisode lui revint brusquement, qui la remua profondément. C'était tout au début, alors qu'Amy était encore toute petite. Ils étaient en route avec leur mule et leur charrette, faisant la tournée des fermes éloignées à la recherche d'écheveaux de soie et campant en chemin dans les collines rocheuses, derrière Nîmes, Aimée endormie dans un panier, sur un petit lit douillet de soie. L'air était rempli du craquètement des cigales et du frémissement d'une brise chaude dans les yeuses, sous le quartier de lune jaune et les grandes étoiles suspendues bas dans le ciel. À la lueur des braises, à moitié dévêtus, ils avaient fait l'amour, debout, Daniel la tête enfouie entre ses seins, elle entortillant ses cheveux dans ses doigts, tête renversée sous le ciel qui tournoyait.

— Mère, qu'est-ce qu'il y a ? demanda Bérangère en se penchant sur elle avec inquiétude. Tu as les larmes aux yeux !

Judith secoua la tête.

— Rien qu'un heureux souvenir.

Mais Bérangère gardait son air inquiet.

— Tu ne devrais pas t'énerver, tu sais.

— Buvez ça, dit Farland en arrivant avec un bol fumant sur un plateau. Après quoi, vous essaierez de dormir.

Judith avala le liquide doré avec une grimace.

— C'est amer !

— Cela va vous faire du bien. Que ressentez-vous, maintenant ?

Judith le dévisagea, étonnée.

— Pas de sensations désagréables ? Pas de douleurs?

— Non.

— Bien. Buvez le reste de votre infusion, et reposez-vous.

Bérangère lui déposa un baiser sur le front.

— Il faut que nous allions préparer le dîner, maintenant. Et surtout, ne te fais pas de souci !

« Farland pense que j'ai quelque chose », se dit Judith quand la porte fut refermée. Prise de peur, l'idée que sa mort était proche l'envahit soudain.

Cette peur, elle l'écarta fermement. Si la mort devait venir, qu'elle vienne donc, comme un voleur dans la nuit. Elle n'allait pas s'appesantir là-dessus. Il restait tant de choses à faire... et tant de vie en elle – *toute* sa vie, comme si ce qu'elle avait vécu jusqu'à présent était concentré dans ces quelques instants...

Elle frémissait d'un tel bonheur et d'une telle tristesse au souvenir de ce feu de camp, avec Daniel... Ils étaient tous les deux jeunes, fiers et amoureux, pleins de rêves ambitieux ! Ces débuts difficiles n'avaient laissé aucune trace sur eux !

Non, ils n'avaient pas souffert de ces années de pauvreté.

C'était pendant les années de richesse que le danger était venu.

La France

1676-1678

I

Bérangère était née au moment même où Daniel faisait une rencontre décisive.

En cette matinée de juin, marchant d'un pas pressé dans les rues étroites de Nîmes, il récapitulait mentalement les arguments qu'il allait opposer au malhonnête fermier des impôts avec lequel il avait rendez-vous. S'il s'en sortait bien, la famille Montjoye pourrait obtenir un remboursement partiel des impôts excédentaires qu'ils avaient payés. Leur affaire consistait en un commerce lucratif mais banal de bas de soie, et Daniel était impatient de l'étendre à des marchandises plus enthousiasmantes. Il était donc très soucieux de bien faire car plus vite il ferait preuve de son habileté à diriger toutes les activités de la maison, plus vite l'oncle Élie, qui se faisait vieux, lui céderait les rênes du pouvoir.

À sa surprise, en arrivant à l'auberge du Cheval Blanc, là où d'habitude le fermier des impôts officiait lorsqu'il se trouvait à Nîmes, il trouva la pièce occupée par un homme qu'il n'avait encore jamais vu.

— Excusez-moi, je cherchais monsieur Vasseur, le fermier des impôts, dit Daniel en reculant.

— Vous ne vous trompez pas. Entrez, je vous en prie. Je suis Guillaume Bellocq.

Daniel hocha la tête, interdit :

— Daniel Montjoye.

— Je sais.

L'étranger était un homme grand et fort, de quelques années plus âgé que Daniel. Son épée le désignait comme gentilhomme, mais il n'était pas somptueusement vêtu et sa perruque était sans apprêt. Dans un visage large, rasé de près, ses yeux gris foncé surmontés de sourcils très clairs fixaient Daniel sans ciller.

— Vous êtes venu réclamer un dégrèvement auprès de monsieur Vasseur, déclara-t-il.

— Vous êtes bien informé, monsieur Bellocq.

— C'est mon métier de l'être. Avez-vous établi un relevé écrit des taxes excédentaires que vous avez eues à payer ?

Était-ce un piège ? Cependant, la demande étant légitime, Daniel lui tendit le mémoire qu'il avait préparé.

— Hum…, fit Bellocq en le parcourant d'un œil professionnel. Vous comprenez, Sa Majesté tient beaucoup à ce que le commerce ne soit pas entaché de pareils abus. Vous allez être entièrement remboursé.

Daniel ouvrit de grands yeux. Un huguenot obtiendrait pleine justice ? Un remboursement total de la part d'un fermier des impôts ? Cela ne s'était encore jamais vu. Cela ne pouvait pas être sans conditions. Devait-il accepter ?

Bellocq le regarda droit dans les yeux.

— Eh bien ?

— Qu'exigez-vous en contrepartie ?

— Simplement que vous écoutiez ce que j'ai à vous dire.

— J'imagine que vous êtes au service du roi, monsieur Bellocq ?

— Je suis maître des requêtes.

Daniel en prit note sans réagir. Les maîtres des requêtes du roi étaient des conseillers juridiques d'élite, envoyés parfois en mission spéciale pour résoudre des problèmes administratifs embrouillés ou pour prendre en main des affaires de police. Ils avaient une réputation de compétence et d'ambition, que Bellocq ne paraissait pas démentir. Plus préoccupant, c'était, de tous les personnages officiels auxquels il avait eu affaire, celui qui occupait le rang le plus élevé.

— Vous êtes un excellent marchand, un homme modéré et raisonnable grandement respecté, monsieur Montjoye.

Daniel le remercia d'un signe de tête et attendit la suite.

— Un homme comme vous tirerait grand profit à abandonner l'hérésie protestante.

— Ah, oui ?

Daniel se sentit à la fois joué et offensé. Bellocq voulait le convaincre d'abjurer. Daniel reconnaissait l'autorité royale, mais il y avait des limites. Les huguenots représentaient une petite minorité dans un pays catholique, mais ils avaient droit à la liberté de culte, comme le stipulait un édit datant de la fin du siècle précédent, un édit que le roi Louis avait confirmé lui-même au début de son règne.

— Vous pensez sans doute que le commerce de la soie, à Nîmes, se trouve entre les mains des huguenots et que si vous vous convertissiez, ils vous mettraient à l'index, remarqua Bellocq, à sa manière brutale. Mais vous ne seriez pas le seul. D'importants membres de votre communauté sont en pourparlers avec nous à ce sujet. Et nous pourrions vous aider à vous établir. Nous disposons de fonds considérables, et pour ce qui regarde Nîmes, ils sont gérés par moi.

Daniel aurait été heureux d'avoir les moyens de s'établir à son compte, mais la proposition de Bellocq le choquait et le courrouçait tout à la fois.

— Le dégrèvement d'impôts que vous m'avez accordé doit-il provenir de cette source ? demanda-t-il froidement.

— Non. C'est Vasseur qui paiera, répondit Bellocq, l'œil dur.

On frappa un petit coup et la porte s'ouvrit.

— Excusez-moi… Je ne voulais pas vous déranger…

— Non, non, mon père, entrez ! dit Bellocq en se levant. Venez que je vous présente monsieur Daniel Montjoye.

Daniel était de plus en plus irrité. Il ne manquait plus qu'un prêtre ! Il se retourna et aperçut un petit bonhomme en soutane noire, au cheveu rare blond argenté, et, dans son œil bleu, une lueur qui se voulait compréhensive. Daniel se prit d'une immédiate et irrationnelle antipathie pour lui.

— Père Nattier, de la Compagnie de Jésus, dit aimablement le nouveau venu. Ravi de faire votre connaissance, monsieur Montjoye.

Daniel lui répondit par un salut guindé. Toute cette histoire l'exaspérait.

— J'ai été enchanté de faire votre connaissance, messieurs, mais le travail m'attend.

— Nous ne voulons pas vous retenir, répondit Bellocq, qui resta toutefois planté comme un roc entre Daniel et la porte.

Nattier prit confidentiellement Daniel par le bras et fit quelques pas avec lui vers la fenêtre.

— Daniel Montjoye… Daniel Montjoye… répéta-t-il à mi-voix, en regardant en bas, dans la cour. Je me rappelle maintenant. Vous avez beaucoup voyagé. Vous avez une femme anglaise. Vous avez vécu dans les faubourgs, environné de pauvres catholiques que vous auriez pu traiter de haut, mais ils se souviennent encore de votre attitude tolérante.

— Je ne vois aucune raison de me quereller avec des gens simplement parce qu'ils ont des croyances religieuses différentes de la mienne.

— Vous me pardonnerez de le dire, mais ce n'est pas un point de vue habituel chez les huguenots.

— Chez les catholiques non plus, que je sache.

La lueur dans l'œil de Nattier prit un éclat dur.

— Non, mais les catholiques et les protestants ne sont pas dans la même situation, n'est-ce pas ? Vos croyances, bien que sincères, sont hérétiques. Elles condamnent votre âme aux flammes éternelles.

Daniel soupira et ne répondit pas. Il n'allait pas se mettre à épiloguer sur son âme éternelle avec un jésuite retors. Il remarqua que Bellocq le jaugeait toujours du même œil direct et fixe. Il comprit soudain que lui et Nattier travaillaient ensemble. Tandis que ce dernier sondait et provoquait sa victime, Bellocq observait ses réactions, évaluant les chances qu'ils avaient de le convertir.

Daniel attendait, bouillant intérieurement. Il aurait été trop dangereux de dire à de si importants personnages ce qu'il pensait d'eux, mais il était à bout.

— Je crois qu'il est temps que notre ami retourne à ses occupations, remarqua Bellocq.

— Bien sûr, répondit Nattier avec un sourire. Venez me voir, ajouta-t-il en tapotant paternellement l'épaule de Daniel, nous parlerons, si vous pensez que cela peut vous aider à prendre une décision. Vous me trouverez au couvent des jésuites.

— Je demeure rue Poise, chez Fauconnier, déclara à son tour Bellocq. Oh, et puis, monsieur Montjoye… ?

— Oui ?

— Ne prenez pas cela à la légère. Le choix que vous ferez peut avoir d'importantes conséquences pour vous et votre famille. Croyez-moi.

Le choix ? Il n'y a pas de choix à faire, se dit Daniel lorsqu'il se retrouva dans la rue, indigné. Il se faufila à travers la foule du Marché aux Herbes et se dirigea à grands pas vers le nord et le quartier des manufactures.

Ils savaient tout de moi, songeait-il avec un léger sentiment d'inquiétude. Ils prennent des renseignements sur les gens. Vous êtes très respecté, monsieur Montjoye. Bon marchand. A beaucoup voyagé. Tolérant. A vécu dans les faubourgs.

Les faubourgs… Pourquoi Nattier lui avait-il rappelé ça ? Pour qu'il se souvienne qu'il avait été pratiquement rejeté quand la grossesse de Judith avait plongé la ville dans une vertueuse fureur ? Ils le savaient, sans aucun doute. Voulaient-ils lui signifier par là qu'il pouvait redevenir pauvre, se retrouver dans la situation d'exclu ?

Votre femme est anglaise. Judith avait le droit de vivre ici parce qu'il était, lui, sujet français et qu'elle était son épouse, mais pouvaient-ils créer des ennuis à l'étrangère qu'elle était ? Savaient-ils qu'elle avait fui sa famille et qu'elle était entrée en France en fraude, sans passeport, grâce à la complicité des huguenots de la Rochelle ? Pouvaient-ils utiliser ça des années plus tard et s'en servir contre elle ?

Des conséquences importantes. Pour vous et votre famille.

Bellocq avait l'autorité et toute la puissance du roi pour l'appuyer. Daniel prit conscience, à sa honte, qu'il n'était pas seulement en proie à la colère, mais également, d'une certaine façon, à la peur.

Il traversa rapidement le passage voûté qui conduisait au magasin Montjoye, ouvrit la porte et alla droit jusqu'au fond, dans le bureau.

— Je suis allé voir Vasseur, déclara-t-il en entrant, et j'ai été empoigné par un maître des requêtes et un jésuite !

Quatre visages se tournèrent vers lui. Celui d'Élie Montjoye, aux rides profondes, comme taillé dans un bloc, de Joseph Jalabert, maigre, au teint brouillé, d'Isaac Clavel, bienveillant et à la barbe blanche, et de Matthieu Montjoye, pâle et sérieux.

Élie, le grand-oncle de Daniel, était le chef de la famille et, en tant qu'Ancien de l'Église, une importante personnalité locale. Son beau-frère, Joseph Jalabert, aurait dû prendre la tête de la maison à la suite d'Élie, mais, affaibli par la maladie, il était trop heureux de laisser sa place à Daniel. Isaac Clavel était un marchand de soieries retiré des affaires, sans doute en visite pour bavarder, comme il le faisait souvent. Matthieu était le frère de Daniel, provisoirement employé par la maison.

— Bellocq, ce maître des requêtes, poursuivit Daniel en s'asseyant à côté d'Élie, m'a promis un dégrèvement total. Je n'ai donc pas pu refuser de parler un peu avec lui.

Élie et Joseph échangèrent un regard.

— Le même ? demanda Élie.

— Oui, Bellocq, répondit Joseph. Et le prêtre s'appelait Nattier. Ce n'est pas ça, Daniel ?

— Si ! s'exclama Daniel, surpris. Vous les avez déjà vus, Joseph ?

— La semaine dernière. J'ai été appelé à témoigner devant le tribunal. Ils sont venus à moi dans le couloir, pendant que j'attendais.

Daniel éprouva un certain soulagement en apprenant qu'il n'était pas seul dans son cas.

— Bellocq prétend qu'ils prennent contact avec tous les membres importants de la communauté. Savez-vous qu'il m'a offert de m'établir à mon compte si je me convertissais ?

Élie hocha la tête.

— Le roi Louis a lancé une nouvelle campagne destinée à débarrasser le royaume de ce qu'il appelle l'hérésie. Lui et les dames catholiques de la cour ont souscrit à un fonds de conversion. Il s'agit de nous soudoyer pour nous détourner de la vérité.

— Les colifichets de la putain de Babylone, dit Isaac Clavel d'un ton paisiblement explicatif.

— C'était assorti de menaces, insista Daniel. Bellocq a fait allusion à des conséquences désastreuses pour moi et ma famille.

— Ne t'inquiète pas, lui dit Élie. Le consistoire viendra au secours de quiconque aurait des ennuis pour avoir refusé les propositions de Bellocq.

En qualité d'Ancien, Élie était membre du consistoire, l'organe directeur de l'Église.

— Depuis quand le consistoire est-il au courant de tout ça ? demanda Daniel.

— Nous avons été prévenus par une lettre de Paris, il y a quelques semaines. Je sais ce que tu penses, Daniel, tu te demandes pourquoi je ne t'en ai pas parlé ? Parce qu'il nous a semblé qu'en donnant l'alerte, nous ne ferions qu'accorder plus d'importance qu'ils n'en méritent à ces messieurs. En un sens, nous ferions le travail à leur place. Tu sais, poursuivit Élie en soupirant, ce n'est pas la première fois qu'ils essaient, par des moyens loyaux ou déloyaux, de nous faire trembler. Nous savons bien que l'Église catholique n'a jamais vraiment accepté le compromis intervenu à la fin des guerres de religion. Ceci n'est qu'une nouvelle vague d'agression contre nous. Mais nous la surmonterons, notre maison est construite sur le roc.

Isaac Clavel ajouta :

— Si nous abandonnons notre attitude rebelle pour marcher plus près du Seigneur, les persécutions cesseront.

Daniel éprouva un élan d'affection pour ce saint homme aux cheveux blancs. De façon surprenante, Isaac avait beaucoup aidé Daniel et Judith au moment où ils en avaient eu le plus besoin, à l'époque où ils étaient rejetés par tous. Il avait initié Daniel au commerce de la soie grège et leur avait prêté une mule et une charrette. Dix ans avaient passé depuis, les choses avaient changé, mais Daniel n'avait jamais oublié ce secours désintéressé.

Par conséquent, quoi qu'il pensât de son point de vue plutôt mystique, Daniel se garda bien de le contredire ouvertement. Il attendit que les murmures d'approbation aient cessé pour remarquer :

— Toutefois, il ne fait pas de doute que le roi a ratifié l'Édit de Nantes. S'y opposer maintenant serait renier sa propre parole, sa propre justice.

— Il vaut mieux croire en Dieu que faire confiance aux princes, dit Isaac, citant les Psaumes.

— Très bien, répliqua Daniel en souriant. Je ne fais pas confiance au roi Louis. Mais comme pratiquement rien ne peut être fabriqué, acheté ou vendu en France sans les huguenots, le roi n'a pas intérêt à pousser les choses trop loin.

— Tu raisonnes comme les marchands du temple. Ça ne m'étonne pas que Bellocq ait essayé de t'acheter !

Daniel se tourna vers son frère qui, le visage pâle, les traits tirés, le regardait par-dessus son bureau d'expéditionnaire lequel, au moment présent, faisait penser à un lutrin.

Matthieu, qui avait presque vingt ans maintenant, voulait devenir pasteur. Mais l'académie de Nîmes, où il aurait pu étudier, avait été fermée par décret royal. On ne pouvait suivre des cours de théologie protestante qu'à Genève, et les autorités françaises ne délivraient pas de passeports pour la Suisse aux huguenots.

« Ce sont tous ces obstacles qui l'aigrissent », songea Daniel, plein d'indulgence pour ce frère qu'il aimait. Il lui arrivait pourtant de regretter d'avoir dépensé tant d'argent pour sa scolarité quand l'argent était rare. Commencer à travailler plus tôt l'aurait peut-être dégrossi.

— Ta remarque, Matthieu, grommela Élie, n'est ni chrétienne ni réfléchie. Si Bellocq n'a pas jugé bon de te corrompre, *toi*, tu peux le mettre sur le compte de ton insignifiance.

Matthieu rougit et se replongea dans son travail.

La porte s'ouvrit brusquement et Agnès, la vieille servante d'Élie, entra, hors d'haleine :

— Monsieur Daniel ! Votre femme a mis au monde une fille !

— Mais on ne l'attendait pas avant plusieurs semaines ! s'écria Daniel, stupéfait.

— Dieu a voulu qu'elle arrive plus tôt !

Quittant son air hébété, Daniel se leva d'un bond et sortit en courant, dans un brouhaha général.

Ses deux premiers enfants ne l'avaient pas épuisée à ce point. Judith résistait à l'envie de sombrer à nouveau dans l'inconscience. Elle voulait voir son bébé.

Elle savait que c'était une fille – une des femmes avait dû le lui dire. Elle les entendait s'agiter autour d'elle : Émersende, la mère de Daniel, et la sage-femme, qui bavardaient avec des voisines en langue d'oc, la langue usuelle du sud de la France ; Pierrette, la servante de Judith et de Daniel qui allait et venait avec du linge propre, aidée de Sarah, la jolie petite sœur de Daniel qui venait d'avoir seize ans ; et elle apercevait Aimée, dix ans, assise à l'écart, silencieuse et effarée, la pauvre petite. Où était le bébé ? Prenant appui sur ses coudes, Judith essaya de se redresser.

— Où est-elle ? demanda-t-elle.

Émersende, une femme simple, au teint coloré de fermière et au caractère entier, se matérialisa à son chevet.

— Ne t'agite pas comme ça, lui dit-elle. Loué soit le Seigneur, le bébé est en vie.

— Nous la nettoyons, lui expliqua la sage-femme de l'autre côté du rideau de lit. Elle est née coiffée. C'est signe de chance.

Puis vint le cri du bébé, clair et ténu, qui alla droit au cœur de Judith, tandis que la porte s'ouvrait et que Daniel entrait en toute hâte.

— Ce n'est pas la place des hommes ici, pour le moment ! lui dit sa mère d'un ton tranchant.

— Je sais ! répliqua Daniel en se précipitant, hors d'haleine, au pied du lit. Qu'est-ce qui s'est passé, Judith ?

Celle-ci sourit pour calmer l'inquiétude qu'elle lisait dans ses yeux. Sans rien montrer de la douleur ni de la fatigue qu'elle ressentait, elle répondit :

— J'étais en train de trier la soie quand c'est arrivé à toute vitesse. C'est une fille, Daniel. Je veux la voir !

— Amenez le bébé, s'il vous plaît ! cria Daniel à la sage-femme.

Émersende haussa les épaules. Elle avait renoncé depuis longtemps à l'espoir de voir son fils et sa belle-fille se conduire de façon normale et convenable.

Le bébé que la sage-femme tendit à Judith, rouge, ridé et mouillé, avait ses petits poings fermés.

— Elle est en vie et elle rouspète déjà, dit Daniel, plein d'espoir.

— Elle est si petite, remarqua Judith, les larmes aux yeux, en la serrant contre elle.

Quelles étaient les chances de survie pour un bébé arrivé trop tôt ? Les bébés mouraient si facilement, de toute façon ! La mère de Judith en avait perdu un et Émersende, deux. Quant à Judith, tout ce qu'elle savait c'était qu'elle lutterait pour celui-là, né trop tôt ou pas.

Elle ressentit un élancement dans la poitrine.

— Oh, mon lait ! s'exclama-t-elle.

— Vite ! s'écria Émersende en s'emparant du bébé qui pleurait. Défais ta chemise ! Il faut lui donner ce premier lait, tu n'en auras peut-être plus ensuite !

Judith défit les lacets de sa chemise, reprit le bébé et introduisit, non sans douleur, le bout de son sein entre ses gencives. La pauvre petite était si maladroite, si affamée ! Elle se mit à téter, elle avait assez de force pour le faire. Judith sentit monter son lait. « Tu vivras, se jura-t-elle silencieusement. Tu vivras. »

Après quoi elle se reposa pendant que les femmes faisaient le ménage de la chambre. Quand tout, y compris Judith, redevint présentable, Émersende décréta que les visiteurs pouvaient entrer. Les amis, les voisins vinrent admirer le bébé, proprement emmailloté maintenant dans des bandes de toile entrecroisées, et l'on servit des gâteaux et du vin. Matthieu arriva avec Richard, qui venait juste d'avoir sept ans, heureux comme un roi de porter des culottes et de faire partie des hommes à cette occasion, et ce cher vieil Isaac Clavel passa dire une prière, qui dura longtemps. Puis le remue-ménage s'apaisa et ne restèrent plus, autour du lit, que quelques proches : Émersende et Sarah, Élie, Matthieu et Daniel.

— Je vais m'entendre avec le pasteur Delcourt pour le baptême, proposa Élie. Comment allez-vous l'appeler ?

Pour Judith, l'oncle Élie, avec ses rides et son air intraitable, ses cheveux et sa barbe grises en broussaille, était encore un personnage intimidant. Quand elle le voyait dans le temple de Nîmes – debout parmi les Anciens, avec sa basse puissante qui retentissait jusqu'au fond des galeries supérieures, lorsque l'assemblée, forte de trois mille fidèles, entonnait un psaume –, il lui apparaissait tel un patriarche, une sorte de Moïse descendant de sa montagne avec les tables de la Loi. Elle craignait maintenant qu'il ne suggère quelque nom biblique pour l'enfant, et elle n'y tenait pas du tout. Par bonheur, Daniel déclara fermement :

— Nous y réfléchirons.

— Une naissance prématurée peut empêcher la montée du lait, prophétisa Émersende. Nous allons avoir besoin d'une nourrice.

Judith et Émersende s'étaient déjà heurtées à ce sujet.

— Je veux la nourrir moi-même, si je peux, riposta Judith.

Élie fit une grimace de désapprobation, ce qui n'étonna pas Judith. Elle avait nourri Aimée et Richard elle-même, ce qui n'était pas de mise chez les femmes de sa condition, ici pas plus qu'en Angleterre. Mais son opinion à ce sujet était si assurée qu'elle était même prête à affronter Élie.

— Les bébés ont besoin de leur mère, déclara-t-elle en le regardant droit dans les yeux, malgré la crainte qu'il lui inspirait. Ils aiment qu'on leur parle, qu'on joue avec eux.

L'œil de l'oncle Élie exprima une véritable stupéfaction.

Évidemment, il n'en a aucune idée, pensa Judith. Ils pensent tous que les bébés ne font que manger et dormir, comme des limaces.

— Selon les Écritures, Moïse enfant a été confié à une nourrice, fit gravement remarquer Matthieu.

Judith sourit. Depuis qu'on avait évoqué ce sujet, Matthieu avait probablement feuilleté mentalement la Bible. Mais elle avait été élevée avec la Bible, elle aussi.

— Oui, riposta-t-elle, mais la nourrice qu'on lui avait donnée était en fait sa propre mère ! C'était certainement ce que Dieu avait voulu.

Elle jeta un coup d'œil à Élie, espérant avoir marqué un point.

Elle fut récompensée par la lueur qui se fit jour sous ses sourcils épais et le sourire qui tordit le coin de sa bouche.

— Tu me rappelles quelqu'un, dit-il.

— Qui ça, oncle Élie ? demanda vivement Sarah avec un regard de connivence du côté de Judith.

— Ta grand-mère, mon petit, mais tu ne peux pas t'en souvenir. Toi si, Daniel. Bérangère, la mère de ton père.

— Oui, mais je n'étais qu'un petit garçon.

Puis, regardant Judith, il sourit.

— Je ne peux pas dire que je constate une grande ressemblance…

— Il s'agit du caractère, repartit Élie. Bérangère avait un esprit indépendant – que d'aucuns qualifieraient de rebelle. Mais elle avait le courage de ses opinions et elle était très capable, comme Judith vient de le faire, de citer les Écritures pour sa défense.

Dans la bouche d'Élie, c'était un grand compliment. Judith rougit.

— On ne l'approuvait pas, bien sûr. Elle s'était fait réprimander plusieurs fois par le consistoire. Tout n'était pourtant pas sa faute, poursuivit Élie, soudain plus sombre. Elle avait été entraînée par nous dans l'alliance avec les Vovelle, et les rapports avaient tourné à l'aigre dès le début.

L'expression de Daniel passa brusquement de l'intérêt poli à la curiosité.

— Je ne sais rien de cette alliance avec les Vovelle. Pourquoi les rapports ont-ils tourné à l'aigre ?

— Ce n'est pas le moment de ressortir les vieilles histoires, Daniel ! riposta fermement sa mère. Ta femme a besoin de repos.

Judith était effectivement fatiguée, mais elle comprenait intuitivement qu'Émersende préférait enterrer le sujet, ne pas évoquer les Vovelle, la famille riche d'où Charles avait tiré son attitude méprisante envers Daniel.

— J'aimerais bien le savoir aussi, dit Judith, s'adressant à Émersende. Après tout, j'ai été comparée à la grand-mère de Daniel.

Le visage d'Émersende se referma.

Élie les examina un moment tour à tour, puis hocha la tête.

— Très bien, dit-il. Si vous ne la connaissez pas encore, il est temps que vous entendiez parler de cette histoire. Cela remonte à soixante-dix ou quatre-vingts ans, à l'époque où la culture et la fabrication de la soie ont été introduites ici, où les familles qui faisaient depuis des générations le commerce de la laine se sont bousculées pour occuper les places dans celui de la soie. Puis notre protecteur, le roi Henri, a été assassiné et le pouvoir a glissé dans les mains des extrémistes catholiques. Il fallait être forts mais ici, à Nîmes, la concurrence pour la soie nous divisait. Les pasteurs et les Anciens nous enjoignirent d'enterrer nos différends et de nous unir. Et l'une des façons de le faire consistait à provoquer des alliances entre familles.

— Ainsi, une alliance a été opérée entre nous et les Vovelle au nom de l'unité ? demanda Daniel.

— Oui. Le consistoire nous y poussait. Et une fusion des intérêts commerciaux des Montjoye et des Vovelle paraissait également possible. On a donc arrangé un mariage entre mon frère aîné Paul et Madeleine, la fille d'un Vovelle de Lyon. Ce fut un désastre, reprit Élie après s'être arrêté un instant en soupirant. On avait contraint Paul à ce mariage. Il avait fait son devoir et obéi à son père, mais son cœur était pris par une demoiselle du nom de Bérangère Lescure, qui l'aimait en retour.

La pièce était plongée dans le silence.

— En tout cas, je suis sûr d'une chose, parce que j'étais suffisamment proche de mon frère pour le savoir, déclara Élie. Quoi qu'aient pu raconter les mauvaises langues, il était fidèle à ses vœux, même s'il n'avait jamais pu oublier Bérangère. De son côté, elle ne l'avait jamais oublié non plus, et c'est peut-être ce qui a alimenté les ragots. Le mariage de Paul a été malheureux. Deux enfants en sont nés, Jonas et Joséphine…

— Jonas ? Le père de Charles ? demanda Daniel.

— Oui.

Jonas était mort d'une attaque quelques années auparavant. Judith l'avait trouvé timide et réservé et elle ne le croyait pas responsable de la dureté des conditions de remboursement de leur dette qui les avait tellement asservis, elle et Daniel. Celle-ci était plus probablement due à l'influence des Vovelle, en particulier de Joséphine, la tante de Charles, une horrible femme.

— La santé de Madeleine s'altéra après la naissance de Joséphine. Elle ne s'en releva pas, précisa Élie avec un regard d'excuse en direction de Judith. Après sa mort, dès que la décence le permit, Paul épousa Bérangère. Les Vovelle en furent outrés, ou du moins affectèrent de l'être. Et ils eurent bientôt une autre raison d'être courroucés, continua Élie en levant la tête vers Daniel, puis en détournant les yeux. Ton père est né seulement sept mois après le mariage…

« Ah ! Alors nous ne sommes pas les seuls ! » se dit Judith, ravie. Décidément, Judith trouvait Bérangère de plus en plus sympathique. Et son nom lui plaisait aussi. Elle intercepta le regard de Daniel et l'articula sans bruit, en désignant le bébé. D'abord surpris, il sourit et hocha la tête.

Ils avaient trouvé un nom pour leur nouvelle petite fille.

— Michel était encore petit quand la dernière guerre de religion a éclaté, reprit Élie. Paul alla rejoindre l'armée des huguenots et je le suivis un mois plus tard, à dix-huit ans. Paul a été tué l'année suivante. J'ai survécu.

Judith frissonna. Il manquait un doigt à la main gauche d'Élie, et un vilain sillon rouge lui barrait le poignet. Il n'exhibait pas ses cicatrices, mais quand on les avait vues, on ne pouvait plus les oublier.

— En rentrant à la maison, j'ai constaté qu'on s'était entendu sur un triste compromis : Bérangère élèverait Michel, mais les Vovelle lui enlevaient Jonas et Joséphine. En revanche, l'alliance commerciale était reconduite en partie, et n'a cessé que très récemment.

— Lorsque vous m'avez embauché, dit Daniel.

— Oui.

— Les Vovelle ont rompu avec nous parce que je suis le petit-fils de Bérangère. Ils nous haïssent, remarqua Daniel avec amertume.

Submergée par la fatigue, Judith n'en tendit pas moins la main à Daniel. Elle savait à quel point les préjugés que nourrissaient les Vovelle contre lui le blessaient. Maintenant elle en connaissait l'origine, que la mère de Daniel avait préféré ne pas dévoiler. Autant affronter la vérité. Ce qui était clair, c'était que Charles n'était pas entièrement coupable : il était sous influence.

Depuis leur retour à Nîmes, il s'était montré froid et inamical avec eux, évoluant dans la haute société et se désintéressant totalement de leur sort. Après la mort de son père, il était parti pour Lyon faire un stage dans la banque, chez les Vovelle, puis il avait épousé une fille de Marseille et était parti vivre là-bas avec elle. Quand il se trouvait à Nîmes, il ne venait jamais rendre visite à Daniel et Judith.

Mais Judith l'apercevait, et cela la mettait mal à l'aise. Il lui semblait parfois qu'il l'observait, comme un fantôme. C'était au temple, bien entendu, qu'ils étaient amenés à se côtoyer. Elle l'apercevait, pâle et distingué, assis au-dessus d'elle dans la galerie réservée au hommes, l'œil braqué sur elle d'une façon qui ne convenait ni au lieu ni à l'occasion, non plus qu'à la femme mariée qu'elle était. Elle se prenait à penser qu'il regrettait le temps de leur première rencontre, quand elle l'avait trouvé aimable. Cela lui donnait un sentiment de culpabilité comme si – quelle idée ridicule ! – elle s'était trouvée mêlée à quelque complot avec lui, et, en raison du malaise qu'elle en éprouvait, elle s'efforçait de penser qu'il ne s'était jamais rien passé.

Elle ouvrit les yeux et s'aperçut qu'elle s'était assoupie. Émersende était partie. Élie, Daniel, Matthieu et Sarah, rassemblés près de la porte ouverte, parlaient doucement, pour ne pas la déranger.

— Nous tiendrons bon, chuchota Élie.

— Comme nous l'avons fait de tout temps, ajouta Matthieu.

Matthieu et Sarah avaient les yeux brillants. Judith avait toujours aimé Sarah, mais elle avait grandi maintenant et son tempérament enthousiaste l'avait conduite, avec Matthieu et un certain nombre d'autres jeunes gens, à se joindre à un groupe extrémiste qui tenait des réunions secrètes dans les collines. Judith le savait grâce à Pierrette. Si Daniel l'apprenait, se dit-elle, il sauterait au plafond !

— La guerre est hors de question, Matthieu, disait Daniel. L'Église catholique serait trop heureuse de nous accuser de rébellion contre le roi.

Judith referma les yeux. Ces conversations la troublaient au même titre que les cicatrices d'Élie ou que les souvenirs des guerres de religion.

Les derniers mots qu'elle entendit avant de replonger dans le sommeil furent ceux d'Élie.

— Il y a du vrai dans ce que tu dis, Daniel. Bon, au revoir, et ne te fais pas de souci pour Bellocq. Aussitôt qu'il aura compris qu'il n'arrivera pas à planter ses dents dans notre chair, il renoncera et disparaîtra.

— Je ne crois pas pouvoir en supporter davantage, déclara Bellocq à Nattier avec lassitude, alors qu'ils sortaient d'une réunion chez l'évêque de Nîmes.

Leurs pas s'accordèrent naturellement. Le couvent du jésuite, dans la Grand-Rue, se trouvait sur le chemin de Bellocq, et ils marchaient de concert jusque-là. Les rues étaient encore chaudes de l'ardeur du jour mais de lumineuses étoiles scintillaient déjà sur un fond pourpre dans l'étroite bande de ciel perceptible là-haut, entre les toits.

— Il est vrai que c'était fatigant.

— On peut le dire.

Pendant deux heures, Bellocq et Nattier avaient été obligés d'écouter un catalogue d'exigences à vous figer le sang de la part de missionnaires franciscains et capucins qui voulaient nettoyer Nîmes de l'hérésie par la corde, le chevalet et le feu. Bellocq s'était montré parfaitement clair avec eux. Si et quand Sa Majesté déciderait d'user de la force contre les huguenots, il obéirait aux ordres avec empressement. Pour l'instant, il n'avait pour mission que de corrompre. Ce qu'il ferait, cela aussi, de son mieux.

— Ils vous ont tendu un piège, dit Nattier.

Bellocq ricana.

— Cela ne m'a pas étonné. Mais je vous remercie d'avoir pris mon parti. Vous n'y étiez pas obligé.

Bellocq ne savait pas exactement qui avait préparé le piège. Il soupçonnait Saint-Luc, l'envoyé de l'intendant qui le considérait probablement comme un rival. Qui que ce soit, quelqu'un avait fait savoir à un de ces sales capucins que Bellocq était né et avait été élevé huguenot, ce qu'on lui avait jeté à la figure au beau milieu de la réunion.

Le père de Bellocq avait abjuré la foi protestante, en même temps que beaucoup d'autres membres de la petite noblesse, il y avait près de trente ans, alors que Bellocq n'était qu'un petit garçon. Il était sans l'ombre d'un doute officiellement catholique, mais à entendre le capucin, on aurait pu croire que Bellocq était secrètement d'intelligence avec les hérétiques. Ce qui le faisait bien rire. Tout ce qui lui rappelait le sinistre et strict calvinisme de son enfance le faisait grincer des dents et il prenait grand plaisir à donner du fil à retordre aux huguenots.

Toujours est-il qu'il avait été agréablement surpris d'entendre le père Nattier dire à l'assemblée, en sa qualité de guide spirituel et de confesseur de Bellocq, qu'il répondait personnellement de son sincère attachement à l'Église et à la vraie religion. Ce qui leur avait joliment cloué le bec car ils devaient écouter Nattier, le représentant du puissant ordre des jésuites.

— J'ai pris votre défense parce que je ne veux pas que ces fanatiques se mettent en travers de votre chemin, déclara Nattier. Vous êtes l'homme qu'il nous faut ici, en raison précisément de vos origines.

— Vous voulez dire parce que je connais les secrets des cœurs hérétiques ?

— Pas exactement. Seul Dieu connaît les secrets du cœur des hommes.

Ils avaient quitté maintenant les environs de la cathédrale. Après un instant de silence, Nattier poursuivit, en baissant la voix :

— Mais vous comprenez les huguenots et leur manière de penser, vous connaissez leur vie de famille, leur façon de travailler et de faire des affaires. Avec l'aide de Dieu, vous pouvez faire de grandes choses, ici.

— Je n'en suis pas si sûr. Cette ville est une citadelle huguenote, mon père. Ils sont riches et se soutiennent entre eux. Même un ouvrier ne peut pas trouver du travail sans leur permission. Essayer de les corrompre ne nous mène nulle part pour l'instant.

Nattier réfléchit un moment.

— Très bien, dit-il. Dans ce cas, qu'est-ce que *vous* suggérez ?

— Diviser pour régner. Il y a une chaîne de familles qui travaillent ensemble. Toutes les chaînes ont leur maillon faible.

— Je ne suis pas certain de vous comprendre.

— Peu importe, mon père. Il s'agit de quelque chose de pratiquement impossible. Il faudrait que je sache tout sur qui fait du commerce avec qui, qui est le banquier de qui, qui aime qui, qui déteste qui. Il faudrait que j'aille au-delà de Nîmes, en particulier à Lyon et en d'autres endroits aussi. Il me faudrait de nouvelles instructions et l'autorisation d'exercer hors de la province du Languedoc.

— L'intendant Daguesseau pourrait vous obtenir cette autorisation du roi ?

— Bien sûr.

— Partez pour Toulouse. Allez le voir personnellement. Vous aurez le soutien de l'ordre des jésuites.

Bellocq soupira.

— Non, mon père, il doit y avoir des endroits plus faciles que Nîmes.

— Je suis à Nîmes parce que c'est là où Dieu m'a envoyé.

Bellocq eut un éclat de rire.

— Très bien, et moi je suis ici parce que j'ai manœuvré pour obtenir cette affectation. Je pensais que cela pourrait aider ma carrière ! Maintenant je me demande si ça ne va pas la ruiner...

Ils poursuivirent leur marche dans l'ombre en silence. Bellocq entendit soudain l'air bruisser derrière lui et un douloureux coup de gourdin dans le dos le fit plonger en avant, étourdi.

— Pour Jéhovah, Dieu des Batailles ! cria une voix jeune.

On s'agitait autour de lui. Il reçut un coup dans la figure, puis un autre, à l'épaule, l'abattit au moment où il essayait de se relever.

— Mort aux papistes ! hurla quelqu'un d'autre.

— Bellocq !

C'était un cri de douleur, un cri désespéré de Nattier.

— J'arrive, Nattier !

Bellocq se sentait honteux. Lui, un homme fort, un gentilhomme armé, il avait failli à protéger ce frêle petit prêtre qui était venu à son secours moins d'une demi-heure auparavant ! Il fit tournoyer son bras, attrapa quelqu'un par ses vêtements et se hissa à genoux. Ce qu'il tenait en main, c'était une jupe. Il n'arrivait pas à le croire. Une fille !

Il fourragea entre ses jambes. C'était bien une fille.

Il ne put pas la voir car elle se libéra et s'enfuit dans l'ombre. Il se remit sur pied et sortit son épée.

— Je vais vous tuer tous, petites canailles ! hurla-t-il.

Mais il n'y avait plus personne à combattre. Les assaillants avaient disparu.

— Père Nattier, où êtes-vous ? appela-t-il tout en avançant.

Il trouva le jésuite accroupi contre un mur. Ils l'ont tué, pensa-t-il. Ces crapules l'ont tué. Il remit l'épée au fourreau et se baissa pour ramasser Nattier. Son corps était flasque dans ses bras et une de ses jambes pendait, brisée.

Il entendit un son faible, rauque, répété... Nattier respirait. Il n'était pas mort, mais il ne devait pas en être bien loin.

« Ramène-le chez lui, se dit Bellocq, encore sonné. Appelle un chirurgien... » Il se mit en marche, portant Nattier. La colère et le désir de vengeance lui obscurcissaient la vue, comme un nuage de sang.

Il trouverait qui avait fait ça. Il mettrait Nîmes sens dessus dessous. Il leur réglerait leur compte à tous, il les réduirait à néant. Il les mettrait à genoux devant le Dieu de Nattier.

— Saletés de huguenots, idiots et bornés ! hurla-t-il à pleine voix. Vous n'en avez pas fini avec moi !

II

Pour une fois, Henry et Laetitia étaient au théâtre, l'étincelant et très à la mode Bow Street House, dans le West End de Londres. Ils s'installèrent dans une loge, à côté des Thickett qui les avaient invités. Henry était très excité mais Laetitia avait l'air désapprobateur. Henry serait allé au spectacle beaucoup plus souvent si elle l'avait laissé faire. On pouvait rencontrer du beau monde ici, le genre de gens qu'il aurait aimé voir entrer dans sa nouvelle boutique de Cheapside pour lui acheter des soieries françaises.

Sans s'occuper de sa femme, il regarda autour de lui, ébloui par le flamboiement irrégulier des myriades de chandelles sur les sculptures dorées, les oreilles pleines du bourdonnement des conversations, des cris des marchandes d'oranges et des battements réguliers de l'orchestre.

Jim Thickett le poussa du coude.

— Regarde là-bas, Harry !

En face d'eux, dans une loge de balcon, une femme à l'exubérante chevelure noire bavardait aimablement avec ses dames d'honneur. Henry la reconnut aussitôt pour l'avoir déjà vue sur des gravures : c'était la favorite actuelle du roi Charles, une beauté française que le roi avait anoblie.

— La duchesse de Portsmouth ! dit-il.

Thickett hocha la tête.

— Et regardez la loge à côté.

La loge voisine était vide.

— Vous ne pensez pas… ?

— Cela se pourrait bien ! répliqua Thickett en souriant d'un air entendu. Sa Majesté est un grand amateur de théâtre.

213

— Le roi va peut-être venir, chuchota Henry à Laetitia.

— Vraiment ? dit Laetitia qui leva les yeux, intéressée pour une fois.

Juste à ce moment-là, la porte du fond de la loge s'ouvrit et le roi entra, en brocart et dentelle d'or, précédé de ses gentilshommes servants. Toute la salle se leva, les hommes s'inclinant et les femmes faisant la révérence. Le roi resta un moment immobile à regarder autour de lui, envoyant ici et là un petit signe à qui il voulait honorer de sa faveur. Henry aurait bien voulu être de ceux-là. Le roi Charles était connu pour son esprit et pour la vie dissipée qu'il menait ; mais il est roi de la tête aux pieds, se dit Henry, admiratif : grand et imposant, avec un visage charnu aux traits fermes, une moustache noire et un sourire sardonique aux lèvres.

Quand la pièce commença, Henry observait toujours le roi qui faisait de désinvoltes apartés avec la duchesse de Portsmouth. Henry ne s'intéressait pas au théâtre. Ce qui lui importait, c'était de voir et d'être vu. On pouvait grimper dans l'échelle sociale en se trouvant où et avec qui il le fallait. Il suffisait d'être ambitieux, et Henry l'était.

Il fut tiré en sursaut de ses pensées par des applaudissements frénétiques. En bas, dans la fosse, debout sur leur banc, quelques libertins hurlaient : « Della ! Della ! » À côté d'Henry, Thickett criait, lui aussi, et tapait des mains.

— C'est Della Bellaire, celle dont je vous ai parlé, lui expliqua-t-il à mi-voix.

Henry regarda vers le fond de la scène où une beauté blonde en robe de moire crème – Della Bellaire, sans aucun doute – faisait son entrée. Selon Jim, c'était la plus en vogue des comédiennes de cette saison, la coqueluche de la ville. Elle était incontestablement jolie, gracieuse, fine et drôle, et comme l'actrice qui jouait sa servante avait un accent populaire très prononcé, Henry ne tarda pas à rire.

— Tu vois, ma chérie, chuchota-t-il à l'oreille de Laetitia. C'est un divertissement bien innocent.

Laetitia le foudroya du regard.

— Tu n'écoutes manifestement pas ce qu'elles disent, Henry.

Henry pinça les lèvres. Il était vrai que le dialogue comportait quelques répliques à double entente, mais rien qui méritât qu'on en fasse tout un plat. Voilà bien ce qu'était Laetitia : une fille d'échevin puritaine. Une chaîne et un boulet.

Elle l'accrocha par le bras.

— Henry !

Il se retourna vivement.

— Pour l'amour du ciel, qu'est-ce qu'il y a encore ?

— Regarde ! Regarde !

— Regarde quoi ?

Mais il avait déjà compris, et son cœur s'arrêta de battre.

Della Bellaire s'était avancée jusqu'au bord de la scène pour faire des apartés avec le public. Brillamment éclairée par les chandeliers et par les feux de la rampe, elle n'était qu'à quelques pas de la loge de Henry et Laetitia.

Et si ce n'était pas Susanna, alors c'était son sosie.

Aussitôt après le dîner, Henry alla se coucher en prétextant qu'il était fatigué. Après toutes ces années, Susanna était réapparue… Et, pis encore, Laetitia l'avait vue !

— Henry, dit Laetitia en se couchant près de lui, après tout, a-t-on jamais eu la preuve que Susanna était vraiment morte ?

Henry sentit le cœur lui manquer. Il ouvrit un œil qu'il fixa sur elle.

— Ni plus ni moins que pour des milliers d'autres personnes disparues pendant la peste, répondit-il. Il y a onze ans de cela. Cela fait longtemps, Laetitia.

— Hum ! Quand même, cette actrice ressemblait vraiment à Susanna.

— Avec tout ce maquillage ? Comment peux-tu en être sûre ?

— Elle avait les mêmes boucles blondes que Susanna.

— Tu sais bien qu'elles portent des perruques. Après, dans leur loge, quand elles ont enlevé leur maquillage, leurs coiffures et tout le reste, elles sont complètement différentes.

Un silence tomba.

— D'où tires-tu, toi, ces connaissances sur les loges des actrices ?

— Dieu du Ciel ! s'écria Henry, furibond. C'est Jim Thickett qui me l'a raconté. Maintenant laisse-moi dormir ! Il est minuit !

Laetitia ne tint aucun compte de sa remarque.

— Plus j'y pense, reprit-elle, obstinée, plus je me dis que Susanna peut parfaitement être encore en vie. Judith aussi, d'ailleurs. On n'a jamais très bien su ce qui leur était arrivé, à toutes les deux. Et toi, Henry... dès que je dis ça, tes yeux se dilatent comme si tu mourais de peur !

Laetitia attrapa un chandelier qu'elle approcha de lui pour mieux distinguer ses traits :

— Maintenant, je suis sûre d'avoir raison.

« Que Dieu nous vienne en aide », se dit Henry en tirant le drap jusqu'à son menton. Seul un baril de poudre aurait pu arrêter Laetitia, maintenant.

— Écoute, Henry, si tu as truqué le testament de ton père de façon à ce que tes sœurs n'aient rien et que tu aies tout...

Henry se redressa en sursaut.

— Je n'ai rien fait de pareil ! Ne va pas même le murmurer ! riposta-t-il en jetant un coup d'œil hagard vers la porte, comme s'il s'attendait à ce que la bonne soit derrière, à cette heure indue. Jamais ! tu entends ? Et nulle part !

— Oh, Henry, mon chéri, pardonne-moi ! répondit Laetitia à mi-voix, comme quelqu'un qui se joint à une conspiration. Bien sûr ! Cela pourrait être dangereux pour toi ! Mais tu as bien fait, Henry ! Ton père n'aurait jamais dû faire ce dégoûtant testament après la discussion que vous aviez eu, à Shoe Yard !

Henry la dévisagea un moment. « Au diable ! se dit-il soudain. Si je continue à nier, elle ne me lâchera pas avant le petit déjeuner. »

— D'accord, reconnut-il. Mais je n'ai rien fait pour les écarter du chemin. Je ne les y ai pas obligées. Ce sont elles qui ont choisi de le faire.

Laetitia n'eut pas l'air de comprendre.

— Susanna, par exemple, a choisi d'être actrice.

— Mais pourquoi ? Susanna n'était pas une mauvaise fille. Un peu écervelée peut-être...

Henry haussa les épaules.

— Ça me dépasse. Je ne l'ai pas revue depuis l'année de la peste.

Il raconta brièvement à Laetitia sa rencontre avec Susanna à la maison de Southwark.

— Plus personne n'a entendu parler d'elle depuis, poursuivit-il. J'ai essayé de retrouver sa trace après la peste, et l'oncle Philip a fait placarder des affiches dans tout Londres à son intention et à celle de Judith, mais cela n'a rien donné.

— Et Judith, qu'est-ce qu'elle a fait, alors ? Où est-elle ?

Henry se leva, alla ouvrir le placard près de la coiffeuse et se versa un verre de cognac. Il l'avala d'un trait et s'en servit un second qu'il ramena avec lui. Puis il se pencha sur Laetitia et lui souffla à l'oreille :

— En France. Dans cette ville dont ils parlaient. À Nîmes. Mariée à Daniel Montjoye.

— Mais… d'où le sais-tu ? demanda Laetitia, stupéfaite.

— Ah ! Ah ! Je savais que Susanna avait, en quelque sorte, échappé à la peste, alors pourquoi pas Judith et les Français ? Et où pourraient bien aller des Français, me suis-je dit, sinon en France ?

— Oh ! quel malin tu fais !

Henry sourit.

— Dès que j'ai pu, j'ai mené mon enquête et j'ai appris que les cousins Montjoye vivaient à Nîmes, et que l'un des deux avait épousé une Anglaise.

— Judith, évidemment.

— Oui. Et, à l'époque, nous vivions à Clerkenwell. Tu t'en souviens ?

— Je n'ai pas oublié, Henry, déclara Laetitia en se redressant avec dignité.

Un an après la Grande Peste, la maison d'Henry et Laetitia, dans la City, avait brûlé dans l'Incendie de Londres et ils avaient été obligés de vivre en location, sans espoir de voir bientôt leur maison reconstruite.

Comme il en avait menacé Henry, son père avait refait son testament, ne lui laissant que son affaire de laines, assortie d'un tas de boniments concernant le gérant avisé qu'il devait devenir. L'essentiel de l'argent revenait à Judith et à Susanna. Et son frère, l'oncle Philip, ce vieux malin, était désigné comme exécuteur testamentaire et tuteur des jeunes filles.

En tant qu'exécuteur testamentaire, l'oncle Philip pouvait laisser la succession ouverte ; la preuve n'étant pas faite que les jeunes filles étaient mortes, elles pouvaient toujours réapparaître. En tant que tuteur, il administrait leur fortune à son profit personnel. Et pendant ce temps-là, Henry devait supporter chaque soir, au souper, les récriminations de Laetitia.

Henry avait fini par capituler et avait négocié avec l'oncle Philip à son désavantage : le quart de la fortune des filles irait à ce vieux renard. Celui-ci les avait fait alors inscrire comme mortes de la peste, Henry avait été reconnu seul héritier survivant et l'argent était enfin rentré.

— Tu te rends compte, si Judith était arrivée à Londres à ce moment-là…

— Tu aurais eu des ennuis…

— Exactement. Alors je suis allé à Nîmes.

Laetitia le dévisagea, ahurie, puis soudain, la lumière se fit.

— Quand tu es parti pour la foire de Lyon acheter des soieries, du moins c'est ce que tu as dit ! Eh bien, quel cachottier !

Henry pouffa, avala une gorgée de cognac et raconta :

— J'ai acheté de la soie à Lyon, mais j'ai poursuivi jusqu'à Nîmes. Elle habitait avec son amant hors de la ville, une misérable maison dans une petite rue minable, où il y avait des figuiers et des poulets qui picoraient. Ils gagnaient leur vie en transportant de la soie grège avec une charrette et une mule.

— Vraiment, quelle vulgarité ! commenta Laetitia, à la fois satisfaite et dégoûtée.

— Oui, ils avaient l'air de bohémiens. De vrais pruneaux, tous les deux.

— Parce que tu les as vus ?

— Je suis entré leur faire une scène. J'ai prétendu que les Grainger, indignés par leur fuite, m'avaient délégué pour ramener Judith à Londres et faire annuler leur mariage illégal. Ça a marché, poursuivit-il en riant. Judith m'a répondu que même des chevaux sauvages n'arriveraient pas à l'arracher à Nîmes, et l'ami Daniel m'a fichu dehors.

— Je ne l'ai jamais aimé, celui-là ! Mais ça a suffi, ce que tu as fait ? Je veux dire, à sa place, j'aurais réclamé mon argent.

« Un peu, que tu l'aurais réclamé ! » songea Henry.

— C'est parce que tu es raisonnable, ma chérie, répondit-il. Judith, elle, est très fière, comme tu sais. Cela s'est passé il y a huit ans, et elle ne s'est jamais manifestée depuis. Elle est accrochée à son petit trésor de Daniel.

— Et à cet endroit misérable ?

— Non, ils ont une maison convenable en ville, maintenant. Et Judith a d'autres attaches aussi. J'ai vu sa petite fille quand j'étais là-bas – Annie, ou Amy, un nom comme ça. Elle doit bien avoir dix ans aujourd'hui.

— Elle n'a qu'une fille ? demanda Laetitia dont le regard exprimait un mélange de mépris et de jalousie.

Elle n'avait donné d'abord à Henry que des filles, Daphné et Aurélia. Enfin, à son grand soulagement, elle avait mis au monde Rodney lequel, âgé de deux ans à présent et n'ayant plus besoin de nourrice, paraissait disposé à survivre.

— Non, elle a eu un garçon depuis, répondit Henry, prenant plaisir à toucher l'endroit sensible. Ils ont eu le toupet de l'appeler Richard, comme mon père.

— Mais comment sais-tu tout ça ? demanda Laetitia, soupçonneuse.

Henry pouffa et alla se chercher un autre verre.

— J'ai un espion.

— Je ne comprends pas.

— L'autre cousin, Charles, tu t'en souviens ? reprit Henry en retournant se coucher, verre de cognac en main. Eh bien, lui, il ne vit pas dans une bicoque des faubourgs. J'ai soupé chez lui, en ville, dans une très jolie maison. Ce n'est pas un mauvais bougre, après tout. Nous nous sommes séparés bons amis.

« C'est un peu exagéré », se dit-il, pensif, en se frottant le nez. Charles et lui n'étaient pas aussi amis qu'il le prétendait. En fait, Charles était devenu blanc comme un linge quand il l'avait vu arriver, ce qu'Henry pouvait aisément comprendre puisqu'il savait ce qui était arrivé à Susanna par sa faute. Cependant, il n'avait pas fallu longtemps à Henry pour s'assurer que Charles croyait que celle-ci était morte – en d'autres termes, il se prenait pour un meurtrier.

Charles l'avait pourtant surpris. Une fois le premier choc passé, lorsqu'il avait compris qu'Henry n'était pas venu en frère vengeur, il s'était mis à lui poser des questions sur son commerce, sur Shoe Yard, sur la famille Grainger, tâtant le terrain pour essayer de deviner ce qu'il était venu faire à Nîmes. Il ne lui fut pas difficile de conclure à quelque opération douteuse sur l'héritage du père.

Après avoir bavardé pendant une heure, chacun des deux savait ce que l'autre avait à cacher et, à la fin, ils s'entendaient comme larrons en foire, avec toute la méfiance que cela implique.

— Et alors ? Comment as-tu obtenu qu'il espionne pour ton compte ? demanda Laetitia avec impatience.

— Oh, grâce aux affaires. Je lui achète ses soieries. Il est mon fournisseur en France.

— Mais tes soieries viennent de Lyon !

— Oui, mais Charles est au cœur des expéditions. Il a de la famille à Lyon, des gens très influents, et il est leur agent à Marseille maintenant. C'est un homme utile à connaître.

Laetitia reposa un instant la tête sur son oreiller.

— Et tout ça, tu me le caches depuis des années, dit-elle en se rasseyant lentement et en le regardant d'un air inquisiteur. Quel retors tu fais, Henry Grainger !

Henry décida de ne pas prendre la chose à la légère.

— Tu sais ce qui se passerait s'il prenait à l'une des filles, ou aux deux, l'envie de réclamer son dû ? lui demanda-t-il gravement. C'est vrai qu'elles devraient nous attaquer en justice, que cela leur coûterait du temps et de l'argent, mais en fin de compte nous serions condamnés à payer leurs parts, plus les intérêts, plus les frais. Secoue la tête tant que tu voudras, ma chérie, cela nous coûterait une fortune. À commencer par cette maison. Voilà pourquoi j'ai gardé le secret, et je te conseille d'en faire autant !

— Je n'en soufflerai mot à âme qui vive ! répondit Laetitia avec véhémence. Mais qu'as-tu l'intention de faire pour Susanna ? Elle est ici, à Londres et, en ce moment même, elle projette peut-être de nous extorquer de l'argent ! Il faut que tu l'écartes de notre chemin, Henry ! Nous n'allons quand même pas nous dépouiller pour qu'elle puisse vivre dans l'opulence !

Henry se sentit soudain épuisé.

— Ne t'inquiète pas, ma chérie, je trouverai un moyen, lui promit-il. Il doit être tard, tu sais.

— Dans des moments pareils, je ne pense pas qu'une nuit blanche ait beaucoup d'importance. Tu nous vois habitant de nouveau dans un endroit minable comme Clerkenwell ? C'est impensable ! Et de quoi aurais-je l'air, avec une actrice pour belle-sœur ?

— Du calme, ma chérie, je t'en prie…

Seigneur ! La voilà repartie pour une heure au moins, songea Henry, accablé. Il ne restait qu'une solution. Mais pour cela, il fallait puiser du courage dans la bouteille. Il saisit son verre, avala ce qui restait de cognac, et prit Laetitia dans ses bras.

— Ma chérie...

— Oh, le coquin..., soupira-t-elle tandis qu'il lui remontait sa chemise jusqu'à la taille. Oh, Henry...

Ce soir-là entre tous, Susanna ne voulait pas être retenue après le spectacle par la corvée habituelle : distraire les riches et les puissants. Elle devait absolument assister à la célébration des fiançailles de Jane Greene et, ensuite, toute la troupe devait se réunir. Elle rassembla ses jupes, se fraya un chemin à travers la cohue des coulisses, fila dans le couloir en passant devant le magasin des costumes et entra dans l'atelier des décors.

Dès qu'on l'aperçut, des cris montèrent :

— Della !

— Mademoiselle Bellaire !

Tout le monde était là : Frank, le souffleur, John Blake, le régisseur, quelques-uns des éclairagistes, des ouvreuses et des marchandes d'oranges et, bien entendu – car on y voyait là un rapprochement entre leurs deux corps de métier – toutes les costumières et tous les décorateurs.

On lui mit en main une coupe de vin des Canaries. Elle avait promis de porter un toast. Elle avança jusqu'à se trouver entourée d'un petit cercle, en face de Kit Maldon, un des menuisiers, un homme sec et nerveux, qui, les yeux brillants, tenait la petite Jane Greene par la taille.

Susanna eut soudain la gorge serrée. Kit était un homme bon et digne de confiance qui, visiblement, aimait sincèrement Jane. Et depuis son succès dans son rôle de servante dans *Tout pour rien*, Jane était sûre maintenant d'obtenir sa licence d'actrice et de pouvoir quitter l'emploi de costumière qu'elle occupait depuis des années. Il ne restait plus rien de la petite fille dure et affamée qu'elle avait connue dans les soubassements du Drapeau. Jane était heureuse.

— Eh bien, et ce toast ? cria quelqu'un.

Susanna se mit à rire et leva sa coupe :

— À Kit et Jane !

— À Kit et Jane ! répétèrent-ils tous, en buvant et en poussant des acclamations.

Susanna se joignit bruyamment à eux pour masquer ses états d'âme. Se sentait-elle abandonnée ? Elle qui connaissait par cœur *Roméo et Juliette*, elle ignorait tout de l'amour, de ce que c'était qu'aimer et être aimée en retour. Et elle avait vingt-six ans…

Des soupirants, elle en avait à foison : des acteurs, des amateurs de théâtre, des riches et des nobles, des hommes qui, vu leur âge, auraient dû se montrer moins stupides. Ils ne voulaient pas du mariage. Ils espéraient trouver en elle une actrice, légère, libre de ses faveurs, comme la fameuse Nell Gwyn qui avait d'abord été marchande d'oranges, puis actrice, puis putain du roi.

Oui, Susanna avait vendu des oranges pendant un certain temps, mais elle n'était pas Nell Gwyn. Comme ses admirateurs étaient aussi les habitués du théâtre, elle ne pouvait pas les rudoyer. Della Bellaire souriait donc, les éblouissait, se montrait spirituelle et charmante tout en les éconduisant. Elle était devenue célèbre pour ça. On l'appelait en riant la Demoiselle de Fer, ou la Vierge du Bow Street, sans voir que ces expressions pouvaient blesser la jeune femme qui vivait à l'intérieur de sa carapace d'actrice et qui avait souvent peur de rester à jamais vieille fille.

« Ça suffit ! se dit Susanna. C'est le mariage de Jane qui te met de cette humeur-là. » Elles avaient tout partagé pendant des années, et maintenant que les choses changeaient, elle avait le cafard, un point c'est tout.

— Il n'est plus temps de boire ! cria Kit tandis que les gens sortaient à grand bruit de la pièce. En avant pour la réunion !

— Tu sais de quoi il s'agit ? demanda Susanna.

— Aucune idée, répondit Jane. Allons-y.

— Je ne suis pas encore démaquillée. Je vous rejoins.

Elle retourna par où elle était venue. Son maquillage de scène était épais et, à la lumière des bougies, faisait ressortir un fort contraste de blanc et de rouge. Certaines actrices recouvraient ce maquillage de blanc d'œuf pour obtenir un glaçage qui le transformait en un masque qu'elles ne renouvelaient qu'une fois par semaine, ce qui leur donnait l'air de poupées de porcelaine. Susanna gardait le sien le moins longtemps possible, non seulement par souci de confort et de propreté, mais pour des raisons professionnelles également, parce que la raideur du blanc d'œuf altérait ses expressions, sur la scène.

Elle traversa l'endroit envahi, quelques instants auparavant, par d'élégants amateurs de théâtre. En dehors de Jeremy Collins, un des jeunes acteurs, encore aux prises avec quelques spectateurs attardés, ne restait qu'un homme de grande taille en veste de brocart, les yeux fixés sur elle.

Henry.

Elle faillit s'arrêter mais ses réflexes d'actrice reprirent le dessus et elle poursuivit son chemin jusqu'à la loge des artistes déserte, s'installa à sa place et commença à se démaquiller. Elle avait aperçu Henry au Bow Street dernièrement, une fois avec sa femme, une autre fois seul, dissimulé dans l'ombre, au fond d'une loge, comme s'il se cachait d'elle. Maintenant il avait franchi le pas et se trouvait dans les coulisses. Que cherchait-il ? « Va-t'en, Henry, pria-t-elle. Je ne veux pas te voir. »

Henry entrouvrit la porte et regarda autour de lui.

— Nous sommes seuls ? demanda-t-il.

Susanna ne répondit pas. Sa main tremblait de façon tout à fait gênante.

Henry entra et ferma la porte.

— Alors, dit-il, nous voilà actrice, maintenant.

« Mon Dieu, tu as toujours été bête », songea-t-elle. Elle le vit apparaître derrière elle, dans la glace. Il portait une perruque longue, châtain et bouclée, il avait les yeux bouffis et une épaisse moustache. Susanna eut un brusque élan de révolte. Elle n'était plus la petite fille qu'il avait malmenée la dernière fois qu'ils s'étaient vus.

— Décidément, cette moustache ne te va pas, Henry, déclara-t-elle. Tu devrais la raser.

— Au diable ces frivolités, Susanna. Les Grainger – que je représente ici, tu dois le savoir – doivent faire face à la honte de compter une actrice dans leur famille.

Susanna se frottait la figure à grands coups rapides et furieux.

— Tu m'as dit que je pouvais aller où bon me semblait tant que je me tenais à distance des Grainger. C'est exactement ce que j'ai fait. De quoi te plains-tu ?

— Tu t'exhibes ici sur scène, connue et, je le crains, perdue de réputation. Le seul fait de t'avoir découverte est déjà un sujet de grand embarras pour la famille, crois-moi.

— Vraiment ! répliqua Susanna qui s'arrêta, éponge en l'air, frappée soudain par une idée qui n'avait cessé de la tourmenter. Puisque les Grainger sont si doués pour la découverte, dis-moi donc ce qui s'est passé chemin Saint-George. Je n'en sais toujours rien.

Henry ouvrit de grands yeux.

— Tu sais bien que la peste avait atteint la maison. Ils sont tous morts, Judith et les deux Français, Daniel et l'autre... comment s'appelait-il déjà, ah oui, Charles. Celui qui t'a déflorée.

Susanna détourna le regard et se mit à fourrager dans son sac à la recherche d'une autre éponge. « Henry est si méprisable qu'on serait tenté de rire de lui, songea-t-elle, mais méfiance. Il est profondément égoïste et impitoyable. »

— J'aimerais avoir la preuve qu'ils sont tous morts, répliqua-t-elle froidement.

— Elle se trouve à la paroisse, bien sûr, répondit Henry comme si cela allait de soi.

Susanna bondit aussitôt.

— À la paroisse ? Ils m'ont dit qu'il n'y avait aucun moyen de le savoir ! Qu'il ne restait plus une seule enquêteuse ni un seul surveillant vivant pour le raconter.

Espérant contre toute attente que la peste n'avait pas frappé la maison, Susanna était allée à Southwark pour tenter de savoir si les morts avaient été enregistrées ou s'il y avait eu des témoins.

Henry réfléchit un instant, puis haussa les épaules.

— Dans ce cas, c'est que tu n'as pas interrogé la personne compétente, parce que l'oncle Philip a parlé à quelqu'un qui connaissait la maison ; on lui a dit qu'elle avait été fermée sur ordre, après que ses habitants avaient été trouvés morts.

— Qui lui a dit ça ? Un officier de police ? Un bedeau ? Qui ?

— Je n'en sais rien. Je t'ai déjà dit que c'était l'oncle Philip qui avait mené l'enquête

— Quand ça ?

— Je ne m'en souviens pas exactement. Avant la fin de l'année de la peste en tout cas.

224

Le courage de Susanna retomba. À l'époque, elle avait si peur d'être reconnue et ramenée dans sa famille qu'elle avait attendu deux longues années avant d'oser commencer son enquête. Deux ans étaient amplement suffisants, reconnut-elle tristement, pour partir, mourir ou oublier.

— Pour en revenir à ce qui m'amène, reprit Henry, interrompant sa rêverie, voici ce que les Grainger ont décidé. Cela ne sera pas facile, mais nous devons pouvoir te trouver un mari convenable. Quelque part dans la campagne, loin de cet antre du vice. Et le plus tôt sera le mieux. Tu es encore jeune.

Susanna n'en croyait pas ses oreilles.

— Je suis majeure depuis longtemps, Henry ! protesta-t-elle. Ni toi ni les autres Grainger n'ont plus aucune autorité sur moi !

— Personne ne prend en compte la majorité d'une fille seule, ma chère. Jusqu'à ce qu'elle soit mariée, une fille appartient à sa famille. Et ta famille a décidé qu'il te fallait faire un mariage respectable.

Susanna avait envie de hurler, mais elle se força à garder son calme. Elle comprit soudain que c'était vraiment sérieux. Il voulait l'écarter du chemin. Mais pourquoi ? Représentait-elle une menace pour lui ?

Elle était une femme libre et qui gagnait sa vie...

Et soudain, en un éclair, elle prit conscience qu'il ne s'agissait, dans toute cette histoire, que d'une question d'argent.

— Quel sera le montant de ma dot ? demanda-t-elle.

— Étant donné le genre de mari que nous pourrons trouver pour la pécheresse que tu es, répondit Henry en s'efforçant de prendre un ton méprisant, je pense que deux cents livres seront plus que suffisantes.

— Deux cents livres ? Mais je vaux beaucoup plus que ça, mon cher frère !

— Qu'est-ce que tu veux dire ?

— Chemin Saint-George, tu m'as dit que je n'avais rien à attendre des Grainger, et je l'ai accepté. En conséquence, tu as dû hériter de toute la fortune de Père. Eh bien, si je dois rentrer maintenant dans le sein de la famille, je veux ma juste part. C'est normal, non ?

— Écoute, ce n'est pas si simple, riposta en hâte Henry. La

Grande Peste et l'Incendie nous ont pratiquement ruinés. J'ai monté mon affaire avec beaucoup de difficulté...

« Te voilà dos au mur », pensa Susanna, au comble de la joie.

— Tu serais surpris, poursuivit-elle, imperturbable, de voir ceux qui viennent bavarder avec moi après le spectacle dans cet antre du vice. Des gens très importants souvent. Si je voulais, je n'aurais aucun mal à me faire donner de très sérieux conseils juridiques.

— Il est beaucoup trop tard pour ça, riposta Henry, de plus en plus agité. Je viens de te le dire, il ne reste plus un sou !

Elle se retourna et lui fit face.

— Tu ferais mieux de me laisser tranquille, Henry. Tu comprends ?

— Ce n'est pas une question de...

— Ne discute plus ! Fais demi-tour, va-t'en et ne reviens plus jamais, ou, je te le jure, je me renseignerai si bien sur la loi que tu le regretteras !

Les yeux grands ouverts, ses traits bouffis cramoisis, Henry hésita, pas le moins du monde impressionné mais visiblement furieux d'avoir été percé à jour.

La porte s'ouvrit et Jane entra précipitamment.

— Viens, Susa...

Elle s'arrêta, bouche ouverte, devant Henry, puis se détourna de lui et poursuivit avec une petite révérence :

— Excusez-moi, mademoiselle Bellaire, mais vous êtes invitée à venir vous joindre à la troupe.

— Je suis prête, répondit Susanna. Ce monsieur était sur le point de partir.

Henri tourna les talons et disparut dans un bruissement de brocart.

Susanna s'assit, tremblante. Jane s'assit à côté d'elle.

— Qu'est-ce qu'il y a, mon trésor ? Qui était-ce ?

— Mon frère.

— Ton frère ? Qu'est-ce qu'il te voulait ?

— Oh, peu importe, je ne crois pas que nous le reverrons. N'empêche, je me passerais bien d'aller à cette réunion.

— Vraiment ? répliqua Jane, les yeux brillants de malice. Même si je te disais que M. Jonathan Harley est dans la maison ?

Susanna se leva d'un bond.

— Jon Harley ? Qu'est-ce qu'il fait ici ?

— Comment veux-tu que je le sache ? Tu es prête ?

— Une seconde, répondit Susanna en s'aspergeant la figure d'eau froide.

— Jon Harley ! répéta Greenie. Tu t'en souviens, Susanna ?

Si elle s'en souvenait ! Le Drapeau, ce long hiver après la peste… Greenie et elle, seules (Peggy et Beck avaient disparu avec leur part des dépouilles et n'étaient jamais revenues), s'amusant à faire du théâtre pour tromper la faim. Sur la scène vide, Greenie enseignait à Susanna à danser, à chanter et à jouer les rôles féminins du répertoire du Drapeau. C'était sous sa conduite éclairée que Della Bellaire avait vu le jour. Même ce nom était une invention de Greenie.

— Tu seras la plus belle actrice de tout Londres, disait-elle à Susanna. Della Bellaire. C'est un nom angélique !

Leurs rêves ne tardèrent pas à s'écrouler quand, la peste vaincue, le Drapeau rouvrit ses portes. Greenie retrouva son ancien emploi de raccommodeuse de costumes et Della Bellaire devint tantôt actrice, tantôt marchande d'oranges. Mais le Drapeau tirait plus d'argent de ses activités immorales que de la vente des places. Susanna, qui non seulement repoussait les avances des clients mais s'assurait que Greenie en fît autant, allait droit à une guerre ouverte avec la direction. Ce qui la terrifiait, car si elle était chassée du Drapeau, il ne lui restait plus qu'à retourner chez les Grainger.

Puis, un après-midi, Greenie était venue annoncer, hors d'haleine, que le directeur d'un des plus grands théâtres de Drury Lane, un dénommé Burnett, était dans la salle, en quête d'acteurs et d'actrices : on en manquait depuis la peste. Susanna fit son numéro en rassemblant toute sa science puis, pendant un interlude musical, alla trouver Burnett pour lui expliquer qu'elle était l'actrice qu'il cherchait. Et juste au moment où, à sa consternation, il allait secouer la tête, son compagnon, un homme aux joues creuses d'une dizaine d'années plus âgé que Susanna, dit quelque chose en sa faveur et fit pencher la balance. Ce jeune homme maigre, un acteur de la compagnie Burnett, était Jonathan Harley.

— Tu te rappelles ce que tu as fait quand Burnett a dit qu'il te prenait ? lui demanda Greenie en pouffant. Très grande dame, tu lui as répondu : « Je dois absolument emmener ma soubrette avec moi, je ne peux en aucune façon m'en passer. »

— C'était vrai, je ne pouvais pas me passer de toi.

— Ils ont ri aux larmes, Burnett et Harley ! Pour eux, je n'étais qu'une fille des rues. Mais tu ne m'as pas abandonnée, ajouta-t-elle d'une voix rauque en détournant les yeux.

Susanna lui colla un baiser sur la joue.

— Allons-y avant qu'il n'y ait plus personne.

Elles rejoignirent en hâte le parterre où les membres de la troupe étaient assis à écouter le vieux directeur, Oliver Chisholme, qui leur parlait depuis l'avant-scène. Jane s'empressa de recueillir les informations que lui chuchotaient ses voisins puis murmura à l'oreille de Susanna :

— Ollie se retire. Et devine qui vient à sa place ?

— Vraiment ?

— Oui, vraiment !

Susanna aperçut justement Jon Harley, assis au premier rang, qui regardait autour de lui à sa façon tranquille. Et, à côté de lui, Emily Thorpe, sa… ma foi, comment l'appeler ? se demanda Susanna. Ils jouaient ensemble, se donnant souvent la réplique. Ils n'habitaient pas la même maison mais partageaient régulièrement leurs nuits. Elle n'était pas sa femme et, pourtant, personne ne se serait permis d'appeler Emily Thorpe sa maîtresse.

Susanna avait beaucoup appris d'eux pendant le temps qu'elle avait passé chez Burnett. De même que Jane avait inventé Della Bellaire, Jon Harley et Emily Thorpe avaient fait de Della Bellaire une professionnelle. Elle les avait observés – de loin, évidemment : aux yeux d'une petite fille de quinze ans, Jon était un dieu lointain ; la froideur d'Emily l'avait tout d'abord heurtée, mais elle avait vite compris que les actrices confirmées ont tendance à snober les débutantes ; c'était la règle.

— Monsieur Harley jouera aussi dans la troupe, disait Oliver Chisholme, de même qu'Emily Thorpe. Le Bow Street est très heureux d'avoir pu s'assurer leur concours.

Cela allait entraîner des changements, se dit Susanna. Le Bow Street était connu pour les comédies libertines qui avaient fait la réputation de Della Bellaire. Emily, avec ses cheveux ondulés et ses yeux noirs et brillants, était considérée par beaucoup comme la meilleure tragédienne de Londres. Susanna se demandait ce que deviendrait Della Bellaire si le Bow Street renonçait à la comédie. Serait-elle contrainte de partir ?

Chisholme termina son discours, on l'applaudit et tout le monde se leva. À la grande surprise de Susanna, Jon Harley se dirigea vers elle. Emily se trouvait derrière lui mais, sur un petit signe de tête de Jon, elle s'éloigna.

— Je suis venu vous voir la semaine dernière, mademoiselle Bellaire, lui dit Jon, et j'ai bien cru que vous alliez provoquer une émeute !

Tout le monde entendit le compliment. Un homme de premier plan comme Jon Harley ne venait que rarement voir les autres acteurs, ne serait-ce que parce qu'il n'en avait pas le temps.

— Merci, dit Susanna, bouleversée de voir qu'il l'entraînait à part.

Il avait les joues un peu plus remplies, mais il était toujours le personnage grand, maigre et sérieux qui l'avait tellement impressionnée pendant son séjour chez Burnett.

— Vous avez toujours votre Shakespeare ? demanda-t-il.

— Bien sûr. Mais je suis étonnée que vous vous en souveniez.

— Une fille qui arrive de cet épouvantable spectacle de pantomime de Bankside avec Shakespeare sous le bras, ça ne s'oublie pas, répliqua-t-il. Quoi qu'il en soit, vous serez heureuse d'apprendre que je viens ici avec les droits pour plusieurs pièces de Shakespeare. Et j'ai l'intention de commencer par *La Tempête*.

— J'adore cette pièce !

Susanna n'avait pu se retenir de manifester son enthousiasme.

— Moi aussi. En fait, ajouta Jon avec un sourire, j'ai toujours eu envie de jouer Prospero.

— Oh, vous allez devoir vous rajouter quelques années ! Il est vieux, Prospero !

— Je m'arrangerai ! répondit Jon en riant. Et vous, pensez-vous pouvoir vous rajeunir ?

Susanna lui lança un regard interrogateur.

— Parce que j'ai songé à vous pour Miranda, si vous êtes d'accord.

III

Un lieutenant du tribunal de la ville et deux brutes à la solde de Bellocq arrivèrent à l'aube chez Émersende pour chercher Matthieu et Sarah. Ils la questionnèrent et parlèrent de torture et de potence. Émersende arriva chez Daniel et Judith, à moitié folle de terreur.

Dès que Daniel eut compris ce qui s'était passé, il fila droit à l'adresse de la rue Poise que Bellocq lui avait donnée. Là, on le dirigea vers une annexe de l'évêché. Finalement, ayant demandé Bellocq, on le conduisit dans une pièce où une demi-douzaine d'hommes en manches de chemises, assis à des bureaux, travaillaient et parlaient dans une agitation générale. Il y faisait chaud et l'air était lourd de la fumée des pipes et d'une odeur de transpiration.

— Oui ?

Assis tout au bout de la pièce, plume en main, Bellocq regardait Daniel d'un air hostile.

Celui-ci avait d'abord été surpris de voir tout ce monde au travail. C'était la preuve, en tout cas, que les gens avaient raison quand ils prétendaient qu'à la suite de l'attaque qui avait eu lieu quinze jours auparavant, Bellocq avait organisé une force spéciale destinée à mettre la main sur les protestants fanatiques qui en étaient responsables.

Daniel se méfiait un peu de Matthieu, qu'il croyait bien capable de s'attirer des ennuis, mais il était sûr que ni lui ni Sarah n'étaient impliqués dans cette attaque pour la bonne raison qu'il était avec eux quand elle s'était produite.

Il se faufila donc avec assurance entre les bureaux et se planta en face de Bellocq.

— D'abord et avant tout, je veux savoir pourquoi on a arrêté mon frère et ma sœur ! déclara-t-il fermement, sans cacher sa colère. Ensuite je veux savoir pour quelle raison on a cru bon de terroriser ma mère ! Enfin je veux savoir où sont Matthieu et Sarah et combien de temps on compte les garder !

Les conversations firent place au silence : tout le monde écoutait.

— Votre frère et votre sœur sont détenus au bon plaisir du roi, répondit Bellocq, les yeux fixés sur Daniel. Ils seront déférés devant le tribunal si, après enquête, il s'avère qu'ils sont coupables.

— Coupables ? Sarah a seize ans, monsieur Bellocq, et Matthieu à peine plus. Coupables de quoi ?

— D'appartenir à une société secrète séditieuse, pour commencer.

Daniel fronça les sourcils et jeta à Bellocq un regard soupçonneux.

— Une société secrète ?

— Ils ont été vus à des réunions dans les collines. Nous avons des témoins.

Ce qui coupa l'herbe sous les pieds de Daniel. Il était soudain exaspéré – c'était bien de Matthieu d'avoir entraîné Sarah –, mais surtout effrayé. Bellocq avait peut-être de solides preuves contre eux, et ils pouvaient disparaître « au bon plaisir du roi » pour le reste de leurs jours.

— Assister à des réunions, il n'y a pas de quoi en faire une histoire, répliqua-t-il prudemment.

Bellocq lui désigna, à sa droite, un homme laid à faire peur.

— Voici Jacques Fortain, mon assistant. Les déclarations des témoins sont sur son bureau. Écoutez.

Fortain avait le nez cassé et les cheveux coupés ras, mais il y avait quelque chose de glacial et d'autoritaire dans la manière dont il feuilleta sa liasse de papiers pour en choisir un et le lire.

— Le vingt-trois avril à huit heures du soir, commença-t-il : « Par le tranchant de l'épée tu l'emporteras contre le roi de cette terre ». Le dix mai, à peu près à la même heure : « L'Antéchrist apparaîtra dans les temps modernes et son nom sera le Roi Louis… »

Daniel était épouvanté. Ceci était incontestablement séditieux et pouvait créer à Matthieu et à Sarah de graves ennuis.

— Mon frère et ma sœur ont-ils dit ces choses publiquement ? demanda-t-il.

— En tout cas ils les ont certainement écoutées.

Daniel fut soulagé. Ils ne détenaient pas la preuve que Matthieu et Sarah avaient pris une part active à ces réunions.

— Je peux vous garantir que cela ne se reproduira pas, déclara-t-il avec une sombre détermination.

— Là où ils sont maintenant, cela ne risque pas d'arriver, répliqua Bellocq, non moins sombre.

— Ils n'ont pas participé à cette attaque. Ils étaient à la maison avec moi, ce soir-là.

— Vraiment ? riposta Bellocq en ouvrant de grands yeux, affectant la surprise. Tous les jeunes de Nîmes soutiennent qu'ils ont passé la soirée à la maison, eux aussi.

— Non, c'est différent. C'est le jour où nous nous sommes rencontrés, au Cheval Blanc.

Bellocq n'eut pas l'air de comprendre.

« Il ne peut pas l'avoir oublié », pensa Daniel, exaspéré.

— Vous avez voulu m'acheter pour que je me convertisse, insista-t-il, espérant désarçonner l'envoyé du roi avec cette accusation gênante. Vous vous en souvenez ?

Pas un trait ne bougea du large visage de Bellocq.

— Je me rappelle que le père Nattier vous a prié de renoncer à l'hérésie pour le bien de votre âme éternelle, répondit-il. Le père Nattier a été sauvagement frappé, vous savez. Il a un genou cassé et ne pourra plus jamais marcher normalement.

Qu'est-ce que Daniel pouvait répondre à ça ? Bellocq avait repris l'avantage en lui rappelant la violence de l'attaque.

— J'espère que vous savez que je désapprouve ce qui s'est passé, dit-il.

— Ce ne sont que des mots, répliqua brutalement Bellocq. Ce que je veux, ce sont des faits.

— Je suis heureux de l'apprendre ! Les faits, c'est que Matthieu et Sarah étaient chez moi jusque bien après minuit ! Ma femme a accouché ce jour-là, et la maison était pleine de la famille, de voisins et d'amis. Mon frère et ma sœur ont dû être vus par une infinité de témoins cet après-midi et ce soir-là.

Dans le bureau surpeuplé, une imitation grotesque de pleurs de bébé se fit entendre suivie par un chœur de ricanements stupides. Daniel se figea. Il fixait toujours sur Bellocq un regard de défi, mais il savait qu'il avait perdu. Il devait être fou pour avoir cru qu'il pourrait le convaincre en disant simplement la vérité.

Bellocq haussa les épaules.

— Votre frère et votre sœur resteront prisonniers avec les autres jusqu'à ce qu'ils nous aient dit ce que nous voulons savoir. Et ne gémissez pas parce que votre petite sœur est parmi eux. Il y avait une fille dans les attaquants. J'en sais quelque chose, je l'ai tâtée entre les jambes.

Les hommes présents dans la salle éclatèrent de rire.

Daniel fit un tel effort pour rester calme qu'il sentit ses bras se raidir comme du bois. « Ainsi c'est ce que vous faisiez pendant qu'on assommait le père Nattier ! » faillit-il dire, mais il se retint à temps. Matthieu et Sarah étaient dans les griffes de Bellocq, il n'était pas libre de s'exprimer.

— Je vous souhaite le bonjour, dit Bellocq en se replongeant dans son travail.

Daniel s'en alla, le feu aux joues et les rires tintant à ses oreilles. Bellocq se moquait bien des preuves. L'attaque l'avait mis hors de lui et rien ne l'arrêterait. D'ici qu'il en ait fini avec les jeunes gens sous les verrous, Dieu sait quelles accusations il aurait fabriquées, quelles fausses confessions il leur aurait extorquées ?

Matthieu et Sarah pouvaient parfaitement se trouver embarqués avec les autres et punis pour quelque chose qu'ils n'avaient pas fait.

Il fallait qu'ils soient libérés rapidement. Le consistoire, bien sûr, essaierait de négocier avec les autorités judiciaires, mais de pareilles tractations, à propos d'autres arrestations, avaient déjà échoué. Daniel ne voyait aucune raison pour qu'elles aboutissent parce qu'il s'agissait de son frère et sa sœur.

C'était à lui de trouver un moyen.

Le père Nattier ?

Ce jésuite lui avait déplu quand ils s'étaient rencontrés. Et rien ne prouvait qu'il accepterait de le recevoir, ni qu'il était en état de le faire. Mais il avait assez de poids pour amener Bellocq à libérer Matthieu et Sarah.

Le couvent des jésuites se trouvait à deux pas, dans la Grand-Rue. Daniel l'atteignit avant d'avoir réussi à se décider. Il s'arrêta en face de l'immense échafaudage qui couvrait la chapelle des jésuites, presque terminée, et regarda par la porte. Tout en haut, des maçons travaillaient à une superbe voûte de pierres dorées. Le bâtiment promettait d'être splendide.

Daniel savait ce qu'il symbolisait. Comme la reconstruction de la cathédrale, il devait montrer à Nîmes qu'au royaume de Louis le Catholique, il y avait une religion triomphante, et une seule.

Mais les vies de Matthieu et de Sarah étaient en jeu.

Il hésita encore une seconde, puis frappa à la porte du couvent.

Judith avait fait boire à Émersende un bouillon chaud et lui tenait compagnie dans la cuisine. Elle-même se sentait fatiguée depuis ses couches, et les épouvantables nouvelles de la matinée n'avaient fait que l'accabler davantage. Elle faisait de son mieux pour distraire leurs pensées de Matthieu et Sarah en parlant du bébé, Bérangère, qui semblait bien partie pour franchir les terribles premières semaines de la vie.

— Elle a un appétit énorme ! Elle va devenir grande et forte.

Pâle et comme plus petite qu'à l'habitude, Émersende eut un rire tremblé.

— À quoi bon, si c'est pour finir comme Sarah ?

Abattue, Judith resta assise auprès d'elle en silence. Mais quand elle ne parlait pas, cela devenait terriblement angoissant…

— Qu'est-ce que c'est ? demanda Émersende, nerveuse, en tendant l'oreille.

Elles écoutèrent toutes les deux attentivement et puis, ensemble, se levèrent et coururent à la porte. Dans la rue, non loin de là, des gens chantaient un hymne de gloire.

— C'est un psaume ! chuchota Émersende en se cramponnant à Judith.

Parfaitement à l'unisson, les voix fortes, provocantes, se rapprochaient.

— Nous avons vaincu les papistes ! hurla Aimée, surexcitée, en entrant dans la cour. Matthieu et Sarah sont sortis !

— Que le Seigneur soit loué ! dit Émersende en chancelant.

Judith l'attrapa par le bras et l'aida à marcher, tandis qu'au milieu du tonnerre des voix, Daniel, l'air sombre, apparaissait sous la voûte qui menait de la rue à la cour, suivi de Matthieu et de Sarah.

— Matthieu ! hurla Daniel pour couvrir le bruit, va dire à tes amis qu'ils ne doivent pas chanter toute la journée devant notre porte !

Matthieu, déjà agrippé par sa mère, le regarda avec de grands yeux.

— Les papistes ont le droit de faire des processions dans la rue, alors pourquoi pas nous ? Ce n'est pas juste !

— Je n'ai pas dit que c'était juste ! C'est la loi, tout simplement ! Vas-y et fais-les taire !

Un instant, Matthieu sembla vouloir se rebeller, mais il quitta finalement les bras de sa mère et, traînant les pieds, tête basse, il se dirigea vers la porte de la rue.

Pressée sur la poitrine d'Émersende, les yeux brillant d'excitation, Sarah fixa tour à tour Judith, Pierrette, la soubrette, Aimée et Richard.

— Ils m'ont enfermée au couvent des ursulines, avec Jeanne Mazel et Marie Nadal ! cria-t-elle. Nous avons mis les nonnes dans tous leurs états !

— Il n'y a pas de quoi être fière ! riposta Daniel. Tu ferais mieux de te calmer et de te tenir tranquille !

Sarah, qui adorait Daniel, fondit en larmes.

Judith était stupéfaite. Elle ne l'avait jamais vu à ce point en colère.

— Qu'est-ce qu'il fabrique, ce Matthieu ? demanda-t-il avec irritation. Si ce vacarme ne cesse pas sur-le-champ…

Juste à ce moment-là, le silence se fit et Matthieu réapparut dans le passage, suivi de la silhouette massive et barbue d'Élie Montjoye.

— Je leur ai dit de se disperser, déclara Élie. Il ne se passera plus rien maintenant.

— Merci, dit Daniel tout en jetant sur son frère un regard peu amène. Cette société secrète, Matthieu, c'est le comble ! Et tu n'avais pas le droit d'entraîner Sarah là-dedans !

— Oh, il ne m'a pas entraînée, Daniel ! protesta Sarah en pleurant. Et nous avons seulement assisté à quelques réunions…

— Tu veux que je te répète ce qui se dit dans ces réunions ?

Sarah secoua la tête en silence.

— L'Édit restreint nos droits à la liberté de croyance et à la liberté du culte à l'intérieur de nos églises. Tout le reste est interdit par la loi ! Est-ce que vous comprenez ça, tous les deux ?

— Quelle loi ? demanda Matthieu. Tu oublies la loi de Dieu, Daniel.

— Tu ne connais pas tes Évangiles ? cria Daniel. « Rendez à César ce qui appartient à César, et à Dieu ce qui appartient à Dieu. » Dois-je te l'expliquer ? César, c'est le roi Louis, Matthieu ! Il n'est pas l'Antéchrist, il est César !

Matthieu regarda son frère aîné d'un air mal assuré, mais provocant.

— Je me demande parfois de quel côté tu es.

« Ça va se terminer par une bagarre, se dit Judith. Mais que puis-je faire ? »

À son grand soulagement, Élie s'interposa.

— En ma qualité de membre du consistoire, je t'enjoins d'écouter ton frère, Matthieu. Comme tu es encore mineur – et toi aussi, Sarah –, il peut être tenu pour responsable de vos actes. De plus, votre société secrète et cette attaque ont mis le consistoire en fureur. Tant qu'il se contentait d'essayer de nous corrompre, Bellocq ne représentait pas un danger pour nous, mais à présent il est décidé à frapper. Voilà ce que vous avez gagné, jeunes idiots !

Matthieu ouvrit la bouche mais n'osa pas le contredire.

Là-dessus, Élie s'en alla, mais avant d'entrer sous la voûte il se retourna et pointa le doigt sur Matthieu.

— Tu ne perdrais pas ton temps à prier un peu, et Sarah aussi. Pensez à vos camarades qui sont encore enfermés. Tout le monde n'a pas un frère comme Daniel pour les aider à se tirer d'affaire.

Plus tard, Judith alla rejoindre Daniel, vaguement occupé à quelques paperasseries dans le bureau. S'arrêtant derrière lui, elle l'entoura de ses bras.

— Cela a été dur ? chuchota-t-elle.

— Cela n'a pas été facile. J'ai dû aller chez les jésuites, voir Nattier, pour les faire libérer.

Judith prit un fauteuil et s'assit.

— Nattier ? Tu n'as pas vu Bellocq ?

— Si, mais il n'a rien voulu entendre. Nattier souffre, mais il

236

m'a écouté. Convaincu que Matthieu et Sarah étaient innocents, il a dicté un petit mot pour Bellocq, et voilà. Enfin…

— Enfin ?

— Eh bien, pour remercier Nattier de sa complaisance, je n'ai pas pu refuser… Je lui ai promis d'aller le voir une fois par semaine. Pour bavarder un peu avec lui, comme il appelle ça.

Judith fronça les sourcils.

— Tu veux dire qu'il va essayer de te convertir ?

— Évidemment. Mais ne t'inquiète pas, j'ai autant de goût pour la théologie que pour la poésie.

Judith rit. Elle ne voyait pas plus Daniel le nez plongé dans un livre de poèmes que perdant le sommeil pour élucider des points de doctrine.

— Bellocq a donc laissé sortir Matthieu et Sarah, reprit Daniel en soupirant. En chemin, la nouvelle s'est répandue et alors ce rassemblement ridicule s'est formé.

— Ça t'a rendu furieux.

— Évidemment ! Matthieu et Sarah auraient pu être arrêtés de nouveau ! Il va falloir qu'ils fassent attention, maintenant ! Il en était blême, Bellocq, de les laisser partir. Il ne l'oubliera pas. Au premier faux pas, il ne les ratera pas !

Judith n'avait jamais vu Bellocq, mais elle le craignait peut-être d'autant plus. Et il y avait quelque chose de nouveau dans l'air, quelque chose qu'elle n'avait jamais senti au cours des onze années qu'elle avait passées à Nîmes ; quelque chose de brutal, d'inévitable, d'oppressant.

— Daniel, tu crois vraiment que l'Édit nous protégera si nous nous y conformons ? demanda-t-elle.

Un long silence suivit.

— Pour être honnête, je n'en suis pas sûr. On dit que le roi s'entoure de plus en plus chaque jour d'ultracatholiques. Et c'est un fanatique du pouvoir absolu. Mis à part les problèmes religieux, il aspire à faire rentrer dans le rang les villes indépendantes comme Nîmes. Voilà pourquoi il nous envoie des maîtres de requêtes du genre de Bellocq.

Judith en eut brusquement froid dans le dos. Ils s'étaient sortis de leurs dettes et de leurs difficultés, avaient construit un foyer, fait ce qu'ils avaient à faire sans s'interroger. Maintenant, il semblait que le temps des questions était venu.

237

— Par le passé, demanda-t-elle avec précaution, les huguenots ont dû quitter la France, n'est-ce pas ?

Daniel la regarda avec de grands yeux.

— Tu veux partir ?

— Non, j'aime Nîmes, j'aime travailler dans la soie. Et puis il y a la maison !

C'était un cri du cœur. Cette maison, ils l'avaient choisie claire et aérée, et ils avaient meublé petit à petit, sans aucune de ces vieilleries lourdes et sombres, de meubles modernes et de tentures de soie brillante, des pièces où il faisait bon vivre.

— … Mais, si les choses s'aggravaient ?

— Ce n'est pas si simple, répondit Daniel, un peu nerveux. J'ai des responsabilités dans l'affaire, maintenant. Élie et Joseph comptent sur moi. Et je dois penser aussi à ma mère, à Matthieu, à Sarah !

— Je le comprends bien, insista Judith, mais je ne veux pas que mes enfants grandissent pour se voir arrêtés et maltraités ; je ne voudrais pas que nous soyons pris au piège ici. Nous devrions pour le moins y réfléchir sérieusement, Daniel !

Comme il savait si bien le faire, Daniel répondit à son ton pressant par un langage pratique.

— Il existe de nouvelles lois qui restreignent la liberté de mouvement des huguenots, lui expliqua-t-il. Nous n'obtiendrions pas de passeports. Comme marchand, on pourrait m'en accorder un pour un court voyage d'affaires. En tant qu'épouse et étrangère, tu pourrais peut-être m'accompagner. Mais pour une famille entière de huguenots, c'est sans espoir.

— Tu veux dire que nous devrions partir illégalement ?

— Oui. Il existe des voies de fuite. Par la montagne, vers la Suisse, par exemple. Mais on ne peut évidemment pas faire passer des bébés et des grand-mères par des chemins pareils.

— Alors, comment ferais-tu ?

Daniel réfléchit un moment.

— Avant tout, il faudrait avoir de l'argent quelque part hors de France pour que des étrangers puissent nous aider à fuir. Et pour ne pas être obligés de recommencer tout à zéro.

— Très bien. Et comment faire ça ?

— Il faudrait trouver une raison plausible pour transférer des fonds. Un motif commercial par exemple. Ce serait le mieux. Un marchand serait mon agent à l'étranger, je lui enverrais de l'argent par lettre de crédit, comme le font tous les marchands, ou je lui fournirais des marchandises dont il garderait les paiements sur mon compte. Je ferais cela petit à petit, de façon à ce que cela ne se remarque pas, jusqu'à ce que la somme soit suffisante pour nous garantir un nouveau départ dans la vie.

— Tu vois que c'est possible ! déclara Judith, les yeux brillants.

— Mais tout cela c'est théorique, Judith ! En réalité, je n'ai pas de marchand avec qui commercer, pas plus que de marchandises avec lesquelles faire du commerce.

— Tu pourrais vendre des soieries. Cela a toujours été notre rêve, non ?

— Pour l'instant, ce sont les bas qui nous font vivre, répliqua brutalement Daniel. C'est moins romantique.

L'enthousiasme de Judith retomba une seconde, puis elle revint à la charge.

— Tu as des contacts à l'étranger pour les bas, cela revient au même !

— Trop classique. Le marchand auquel je pense doit être à la fois de tempérament aventureux et financièrement solide. Attends voir…, ajouta-t-il soudain, l'œil perdu au loin.

Il se leva, alla prendre, sur les rayonnages, un volume relié de cuir, souffla la poussière qui le recouvrait et s'assit à côté de Judith.

— C'est le dernier livre de comptes de mon père, expliqua-t-il en l'ouvrant.

Parmi les colonnes bien propres des marchandises et des prix, on trouvait des noms de lieux. Amsterdam et Londres revenaient souvent.

— Ça ne va pas, commenta Daniel. Trop protestant. Il nous faut un endroit bien catholique pour ne pas éveiller les soupçons.

Judith commençait à ressentir l'excitation de la conspiration.

— Ici ! s'écria-t-elle en retournant une page. À Gênes !

— Oui, ça pourrait aller… Comment s'appelle-t-il déjà ? Gliacci, voilà, ici, dit Daniel en posant le doigt sur son nom. Il correspond exactement à ce que nous cherchons. Il fait le commerce de la soie et il est banquier. C'est un personnage important, à Gênes.

— Quel genre de commerce ton père faisait-il avec lui ?

— Il lui achetait des soieries italiennes. En contrepartie, je me rappelle que Gliacci prenait de la marchandise française, mais seulement le premier choix. Père devait faire des achats spéciaux pour lui.

— Nous ne pourrions pas faire la même chose ?

— Acheter les plus belles soieries françaises pour les lui vendre ? Nous ne ferions guère de bénéfice et notre capital ne grossirait pas vite.

Judith eut une inspiration subite.

— Que penses-tu du couvre-lit ? demanda-t-elle brusquement.

— Du couvre-lit ? répéta Daniel sans comprendre.

— Oui, celui qui est sur notre lit.

— Ah, le nouveau ? Il est magnifique. Je te l'ai dit quand tu l'as acheté.

— D'où crois-tu qu'il vient ?

— De Lyon, répondit Daniel sans hésitation.

— Non, de Nîmes ! répliqua Judith, contenant avec difficulté son excitation. C'est Pierre Coubert qui l'a tissé.

Daniel secoua la tête.

— Non. C'est un bon tisserand, mais pas d'un tel niveau.

Judith se leva.

— Viens voir.

Intrigué, Daniel la suivit dans leur chambre. Les rideaux de leur lit à colonnes étaient de velours vert, mais le dessus de lit, d'une texture beaucoup plus légère, était tissé de feuilles de lierre entrelacées sur fond ivoire, et ponctuées d'explosions de grandes fleurs dorées. Judith en retourna le coin et montra à Daniel la marque du tisserand, les initiales P.C.

Daniel ouvrit de grands yeux.

— Ma foi, tu as raison, c'est bien Pierre qui l'a tissé. Mais crois-moi, Judith, il n'a pas pu concevoir ça tout seul. Ce dessin est beaucoup plus libre, beaucoup plus éclatant que les myosotis ou que toutes ces petites choses que les tisserands font habituellement. Et les couleurs sont très raffinées. C'est vraiment original.

— Vraiment ? C'est vraiment ce que tu penses ?

Il la regarda avec attention.

— Je subodore un secret, dit-il.

« Allons-y », se dit Judith.

— J'ai tellement l'habitude de choisir la soie grège maintenant, que j'ai pris la plus belle, je l'ai fait mouliner, je l'ai apportée chez le teinturier pour qu'il lui donne exactement les couleurs
que je voulais, et enfin j'ai demandé à Pierre Coubert de la tisser.

Daniel montra le couvre-lit du doigt.

— C'est toi qui as dessiné ce motif ?

— Eh bien... oui.

Il la regarda avec stupeur.

— Tu sais que seuls les maîtres soyeux ont le droit de faire ce
que tu as fait ?

— Oui, mais tu es marchand de soie, et comme tout le monde
sait que je suis ta femme, personne n'a rien dit.

— C'est incroyable ! s'écria Daniel en examinant de nouveau
le couvre-lit. Mais pourquoi as-tu fait ça ?

— Cela me démangeait depuis des années ! répondit Judith en
riant.

— Tu ne m'en as jamais parlé.

— Je voulais d'abord me faire la main.

— Cela signifie que tu as fait d'autres essais ?

Judith hocha la tête.

— Quelques-uns. Les tentures de la salle à manger, par exemple.

Daniel haussa les sourcils et inclina la tête en manière de compliment.

— Et maintenant tu te demandes si nous ne pourrions pas faire
tisser davantage de ces motifs pour les vendre à Gliacci ?

— Ce n'est pas possible ? Nous ferions plus de bénéfice dans
ces conditions, non ?

— Évidemment, puisque ce serait notre propre fabrication.
Cela vaut la peine d'essayer, en tout cas.

Judith était au comble de la joie.

— Oh, Daniel ! Tu vas le faire ?

— Je ne peux rien te promettre, répondit vivement Daniel,
mais je peux essayer d'y intéresser Gliacci. Je me rappelle que
Père l'a rencontré quelquefois à la foire de Beaucaire. Elle a lieu
à la fin de juillet. Si je lui écris aujourd'hui, nous aurons juste le

temps d'échanger une correspondance à ce sujet. Rassemble tous les échantillons que tu as et, avec un peu de chance, il viendra à Beaucaire et nous saurons si c'est oui ou non.

Fin juillet, par dizaines de milliers, ils rejoignaient la foire de Beaucaire, sur le Rhône. Ils arrivaient de Lyon, du nord de la France et même d'Allemagne, ils arrivaient par voie de terre de Nîmes et autres centres de la fabrication des textiles du Languedoc, ils arrivaient par mer, *via* le delta du Rhône, depuis l'Espagne et l'Italie, la Grèce et le Levant. Ils vendaient et ils achetaient tout, depuis le fer à cheval jusqu'au poivre, depuis le bois de construction pour toitures jusqu'aux sous-vêtements ; le Sud de la France exposait des montagnes d'étoffes, ses plus belles laines, ses soies les plus fines.

Les marchands se rencontraient, faisaient connaissance, faisaient des affaires, se faisaient des ennemis et des amis, intriguaient, flattaient, marchandaient. La principale utilité de cette foire, c'était d'être un lieu de rendez-vous. Daniel ne la manquait jamais.

Cette année, il était particulièrement tendu. Il n'avait pas reçu de réponse à sa lettre. Le premier jour de la foire, il avait su que Gliacci était présent, mais on l'avait éconduit. Daniel aurait pu renoncer ; mais c'était vrai qu'avoir des fonds à l'étranger serait une sage précaution, et aucun des anciens correspondants de son père ne paraissait mieux convenir comme agent que le Génois.

Les audacieux motifs de Judith ne pouvaient que l'y encourager. Elle était douée pour la couleur. Elle obtenait des dégradés subtils de verts et de bleus pastel, de couleurs crème, coquille d'œuf et ocre. Et quand elle y jetait des taches de couleur vive, les jaunes brillaient comme le soleil, les pourpres flamboyaient, les rouges et les oranges étincelaient. Il savait maintenant que pour obtenir les tons exacts qu'elle voulait, elle avait failli rendre fou le teinturier.

Daniel en avait été stupéfait, mais il en était également très fier. La soie la fascinait et elle avait tout appris des stades successifs de sa fabrication. Bien qu'encore fatiguée, elle avait réuni un excellent échantillonnage. S'il renonçait maintenant, il aurait l'impression de l'avoir trahie.

Il s'empara du rouleau d'échantillons et quitta l'auberge. Gliacci séjournait sur une île, au milieu du fleuve. Durant la foire, un pont flottant reliait Beaucaire à l'île, et l'île à Tarascon, ville de Provence située sur l'autre rive. Il n'y avait pas un pouce d'espace inutilisé : des bateaux chargés de marchandises affluaient le long du pont et amarraient dans l'île.

L'œil aux aguets, Daniel prit le chemin – surpeuplé – pour piétons qui conduisait dans l'île. La foire était pleine de gens de Nîmes, et bien qu'il ne fît rien de répréhensible, il valait mieux être discret. Le bruit courait même que Bellocq serait présent. Il avait apparemment reçu de nouveaux ordres, dont celui d'étendre ses activités au-delà de Nîmes. Daniel ne tenait pas à lui expliquer ce qu'il faisait là.

Mais il ne vit pas trace du maître des requêtes. Le bateau de Gliacci, une pimpante galiote à voile latine, était amarré au milieu du fleuve, côté Beaucaire. Une tente de toile aux rayures bleues avait été dressée sur le quai. En entrant, Daniel aperçut l'homme trapu et rogue qui l'avait refoulé la veille.

— Signor Gliacci n'achète pas de soies, lui dit celui-ci avant même que Daniel ait ouvert la bouche.

Après avoir inspiré profondément, Daniel rassembla quelques mots d'italien.

— D'où savez-vous ce qui m'amène ? demanda-t-il d'un ton agressif. Mon nom est Montjoye. Transmettez s'il vous plaît au Signor Gliacci. *Montjoye.*

Le bonhomme lui jeta un coup d'œil oblique, puis choisit la prudence. Il sortit de la tente et héla un marin de la galiote. Il revint au bout de quelques instants :

— Il va vous recevoir, déclara-t-il à regret.

Dans la chaloupe qui le transportait jusqu'au bateau, Daniel frémit au souvenir de ces jours où, avec son père, il partait avec leurs échantillons dans l'espoir de faire une vente. On le conduisit dans une cabine de la poupe. Il y faisait chaud, sombre, l'atmosphère était lourde de draperies damassées et d'odeur de musc et d'épices. Dans un grand fauteuil de bois, suspendu au plafond et où s'empilaient les coussins, était étendu un homme énorme, en vêtement oriental flottant ; il s'épongeait le front avec un mouchoir écarlate qu'il tenait dans sa main potelée.

243

Il avait les yeux petits, noirs et extrêmement mobiles. En une seconde il avait cerné Daniel et son baluchon.

— Que puis-je pour vous, Signor Montjoye ? demanda-t-il, ses mâchoires roulant comme de la pâte à pain.

« Ce sont les dessins de Judith, pensa Daniel et, croyez-moi, Signor Gliacci, vous n'avez jamais rien vu de semblable. »

IV

Après avoir fait l'amour la première fois avec Jon Harley, Susanna fut rassérénée.

Couchée parmi les coussins et les draps froissés, le bras de Jon passé autour d'elle et son visage enfoui dans ses boucles blondes, elle se sentait enfin tranquille, détendue, immensément soulagée.

Ce qu'ils avaient fait n'avait été ni douloureux ni révoltant. Le passé – Charles, les attouchements des ivrognes du Drapeau, les avances écœurantes des directeurs de théâtre – ne l'avait finalement pas mutilée. Elle n'était pas une Demoiselle de Fer.

Tout cela grâce à Jon, songeait-elle, jouissant du sentiment de sécurité qu'il lui procurait. Il était si patient, si solide… Elle le regarda. Il avait les yeux fermés. Un boucle noire lui tombait sur le front et on remarquait des traces de maquillage sur ses tempes grises. Tout à coup, elle prit pleinement conscience que cet homme qui était couché nu, là, près d'elle, était Jonathan Harley, l'acteur dont la seule présence sur scène galvanisait le public, le directeur dont la parole avait force de loi pour toute la troupe.

« Maintenant je suis sa maîtresse. Emily Thorpe va en être malade. »

Emily s'était montrée ombrageuse et mélodramatique, ces derniers temps, alors que Jon faisait comprendre à Susanna l'actrice qu'elle pouvait être et lui ouvrait tout un nouveau monde de sensations et de sentiments à exprimer sur scène. Elle se demandait maintenant comment Della Bellaire avait pu supporter toutes ces comédies et ces farces pour lesquelles on l'applaudissait si fort. Elle était encore applaudie aujourd'hui, mais par moins d'idiots. Et c'était à Jon qu'elle devait ce changement. Pendant tout ce temps, il ne s'était rien passé derrière le dos d'Emily Thorpe ; celle-ci avait été jalouse sans raison.

« Eh bien, qu'elle fasse une crise de nerfs », se dit Susanna.

Jon ouvrit les yeux et l'embrassa.

— Nous avons bien mérité un petit souper, murmura-t-il. Ma logeuse me prépare toujours un plateau. Je vais aller le chercher.

Il attrapa sa chemise, se la passa par la tête et balança ses jambes sur le côté du lit. Il resta assis un moment, farfouillant sous sa chemise, puis Susanna le vit retirer de ses parties génitales quelque chose de flasque relié semblait-il à un cordon rouge, qu'il enveloppa dans un morceau de tissu. Son expression ahurie le fit sourire.

— Tu ne sais pas ce qu'est un condom ? Ce n'est pas étonnant. Très peu de gens le savent. Je ne connais qu'un seul apothicaire, à Londres, qui détient le secret de leur fabrication, et il faut les commander des mois à l'avance.

— Je n'en ai jamais entendu parler, reconnut Susanna. À quoi ça sert ?

Jon se pencha pour l'embrasser sur la joue.

— À éviter aux jolies actrices comme Della Bellaire de s'encombrer d'enfants non désirés.

— Mais comment ? demanda Susanna en ouvrant de grands yeux.

Jon sortit une boîte d'un tiroir de sa table de chevet.

— Regarde, lui dit-il en la lui donnant et en s'en allant.

Susanna se redressa et souleva le couvercle. Il y avait là trois « conundrums », ou Dieu sait comment on appelait ça. Elle en prit un. C'était un long étui fait d'une matière très fine, résistante, ressemblant à la peau, enduite d'une huile parfumée qui la rendait glissante. Un lacet de soie rouge, dont les bouts pendaient de chaque côté de quelques pouces, était fixé à son orifice.

— Tu dois l'attacher ? cria-t-elle à Jon.

— Oui, sous les testicules, lui cria-t-il de la pièce voisine. Il vaut mieux ne pas le perdre.

Susanna rit, un peu nerveusement, les yeux toujours fixés sur cet étrange objet. Elle n'avait pas vu Jon l'attacher, tout à l'heure. Il faut dire qu'elle avait été si pétrifiée qu'elle avait gardé les yeux fermés, et ceci sans aucun doute expliquait cela. La semence de l'homme ne pouvait probablement pas traverser cet étui, ce qui fait que la femme ne risquait pas de se retrouver avec un enfant. Apparemment cela marchait car, pendant toutes ces années qu'elle avait passées avec lui, Emily Thorpe n'était jamais tombée enceinte. C'était extraordinaire parce que toutes les potions, tout ce que vendaient les apothicaires pour éviter la conception – vous ne pouviez pas vivre parmi les actrices sans en entendre parler –, rien de tout cela n'avait jamais eu la moindre efficacité.

— Pâté en croûte, poulet froid, pain, beurre, bordeaux, énuméra Jon en revenant avec un plateau. Qu'est-ce que tu en penses ?

— Je pense que c'est un festin, répondit-elle en refermant la boîte.

Ils mangèrent et burent en riant, assis sur le lit, le plateau sur les genoux. « Elle va en faire une tête, la vieille Greenie, quand elle saura ça, pensa soudain Susanna. Elle me harcèle depuis des années pour que je laisse un homme me donner un peu de bon temps. Il faut que je lui parle de ces étuis ! » Jane et Kit venaient d'avoir un petit garçon, prénommé Kit, quelques mois auparavant. Maintenant il était en nourrice et Jane était de retour au travail. Mais si elle se retrouvait souvent enceinte, c'en serait fini de sa carrière d'actrice.

Réflexion faite, elle devait déjà connaître l'existence de ces étuis. On pouvait compter sur les doigts ce qu'elle ne connaissait pas. Les enfants qu'elle aurait seraient des enfants voulus.

Ce soir-là, Susanna avait accepté l'invitation de Jon sans hésiter – enfin un homme qu'elle n'était pas tentée de repousser –, mais il lui avait fallu quand même vaincre la peur d'être enceinte. Les étuis la rassuraient. En fait, elle ne désirait pas avoir des enfants de Jon. Ce n'était pas un mari, ce n'était pas quelqu'un avec qui fonder une famille.

C'était le théâtre qui comptait pour eux. Ils travaillaient ensemble, ils jouaient ensemble. À présent, elle espérait qu'ils allaient partager, hors de la scène, une vie privée qui leur appartiendrait en propre. Ils ne seraient ni mari et femme, ni père et mère, ni entreteneur et entretenue. Personne ne saurait comment les classer.

— Emily s'en va, tu sais, déclara tranquillement Jon comme s'il avait suivi le cours de ses pensées.

— J'imagine, répondit Susanna.

« Je la remplace de toutes les façons », se dit-elle tandis que Jon, repoussant le plateau de côté, la prenait dans ses bras. L'idée n'était pas déplaisante. Elle lui causait même une espèce d'excitation perverse.

Juste avant de fermer les yeux – non par peur, cette fois-ci, mais dans un état de délicieux abandon –, à sa grande satisfaction, Susanna vit Jon se saisir de la boîte qui se trouvait à son chevet.

Un an plus tard environ, par un mois d'octobre pluvieux, tous les théâtres furent frappés par un de ces petits désastres toujours à redouter. Un grand nombre d'acteurs, enrhumés comme des fontaines et la gorge irritée, se retrouvèrent aphones. Susanna dut rester quelques jours au lit. Quand elle reprit le travail, elle trouva Jon dirigeant, d'une voix rauque, des répétitions de *La Tempête* avec une doublure de Jeremy Collins pour Ferdinand. Elle se hâta de reprendre son rôle de Miranda.

Ferdinand est le jeune prince qui fait naufrage sur l'île ; le rôle de Miranda consistait à l'observer sans qu'il la voie.

Au bout d'un petit moment, elle se mit à l'observer parce qu'elle ne pouvait tout simplement pas s'en empêcher.

Elle se rendit compte que c'était également le cas pour les autres. L'attention de tous paraissait se concentrer sur lui. Il n'avait rien de particulièrement impressionnant ; il n'était pas grand, il n'avait pas un regard redoutable. Il était brun et musclé, avec une voix chaude et des mouvements naturels et souples. Même quand il tenait son texte à la main et qu'il le lisait, il donnait présence et vie à son personnage. Il attirait l'attention, un point c'est tout.

À la fin de la scène, Jon fit rapidement les présentations.

— Della, voici Andrew Ainsworth. Scène suivante, s'il vous plaît.

Miranda et Ferdinand, qui se rencontrent pour la première fois, doivent se dévisager, frappés, presque en extase. Susanna n'avait pas l'impression de jouer et, effarée, il lui sembla qu'Andrew n'en avait pas l'air non plus. Jon, en sa qualité de metteur en scène, les observait. Pensait-il simplement qu'ils jouaient bien ? En même temps, il incarnait le père de Miranda, assistant au coup de foudre entre sa délicieuse fille et le beau prince. Dans la pièce, Prospero s'en réjouit, mais qu'en pensait Jon Harley ?

Susanna n'en avait aucune idée parce que rien ne montrait qu'il avait remarqué quoi que ce soit. Nerveuse et fatiguée après cette journée de travail, elle prit prétexte de son rhume pour rentrer se coucher aussitôt ce soir-là.

Elle était logée derrière le théâtre, sur la piazza de Covent Garden. En sortant par les coulisses, elle aperçut Andrew qui l'attendait dans l'ombre.

— Della ?

— Susanna. Je m'appelle Susanna.

Il s'approcha. Elle distinguait son visage dans l'obscurité. Ils se regardèrent sans parler. Une vague de désir souleva Susanna. Ne reste pas plantée là, se dit-elle, dis-lui que tu habites à une minute d'ici.

Et Jon ? Est-ce qu'il ne méritait pas mieux ? Avait-elle le droit de détruire la vie heureuse et constructive qu'ils menaient ensemble pour un accès momentané de passion ?

— Excusez-moi… balbutia-t-elle en reculant. Je suis… Je suis désolée, je dois partir…

Elle courut presque jusque chez elle, s'enferma et alla se coucher. Mais il lui fut impossible de dormir. Andrew ne quittait pas son esprit.

Elle savait très bien ce qui lui arrivait. Elle avait joué cette scène, sérieusement ou de façon comique, des milliers de fois.

Elle comprenait maintenant pourquoi, dans tant de pièces, cela représentait le point de départ de complications sans fin. Quelle histoire ! Elle se sentait honteuse de vouloir laisser tomber Jon, de tromper sa confiance. De plus, elle ne savait rien d'Andrew Ainsworth. Qui était-il ? Où tout cela la conduirait-il ?

Dès qu'elle le put, le lendemain matin, elle interrogea Jane dans un coin tranquille des coulisses.

— Je ne sais pas grand-chose de lui, déclara celle-ci, embarrassée. Mais, pour te dire la vérité, ce n'est pas exactement un gentleman.

— Qu'est-ce que cela signifie ? demanda Susanna avec inquiétude.

— Eh bien, c'est une espèce de touche-à-tout. Il ne s'applique jamais bien longtemps à la même chose. Il se balade avec les ambulants, les acrobates de foire, ce genre-là.

— Hum…

C'était peut-être à cela qu'il devait cette impression de liberté qu'il donnait, songea Susanna. Andrew ne paraissait évidemment pas vous offrir la sécurité, mais elle ne se sentait pas capable de retenir ça contre lui.

— Andrew c'est pas comme Jon, précisa Jane gentiment. Ni comme tous ces types riches qui donneraient leur bras droit pour un sourire de toi. Tu vois ce que je veux dire ?

Susanna voyait très bien. Et elle avait bien peur que sa séduction tienne justement au fait qu'il n'était pas comme les autres.

Jeremy Collins revint bientôt et la troupe n'eut plus besoin d'Andrew Ainsworth. Après une dernière représentation de *La Tempête*, il se changea et commença à faire ses adieux à tout le monde. Susanna était dans sa loge, entourée comme à l'habitude par ses admirateurs, quand elle le vit qui passait la tête par la porte. Murmurant une brève excuse, elle s'échappa et le rejoignit.

— Au revoir, mademoiselle Bellaire, dit-il d'un ton parfaitement naturel. Comme vous voyez, je m'en vais.

Il portait un sac sur l'épaule.

— Oh… Vous partez. Je vois. Vous… vous êtes entré admirablement dans la peau de votre personnage, bafouilla-t-elle. Je vous remercie.

— C'est vous qu'il faut remercier, répliqua Andrew, en l'embrassant sur la joue. Si vous changez d'avis, vous me trouverez au Rouge-Gorge, murmura-t-il.

Après quoi il fit demi-tour et s'en alla.

La journée du lendemain fut très perturbée. Andrew absent, le théâtre maintenant paraissait vide. Pendant la répétition, Susanna se trompa de réplique, oublia son texte, et Jon fut plusieurs fois obligé de la rappeler à l'ordre.

— Tu n'es pas toi-même, Della, lui dit-il ensuite.

— C'est vrai. Ce rhume m'a achevée.

— Demain, c'est dimanche. Tu vas pouvoir te reposer.

Ce que Susanna dit ensuite n'avait pas été prémédité. Elle n'avait pris consciemment aucune décision, elle n'avait rien projeté. Mais quand elle déclara : « Je pense que je vais rentrer ce soir et rester au lit jusqu'à lundi », elle comprit qu'elle avait l'intention de passer tout ce temps avec Andrew.

Elle vint à bout du spectacle de la soirée par la force de l'habitude, expédia ses admirateurs, se changea et alla trouver Jane.

— Tu connais le Rouge-Gorge ? lui demanda-t-elle à mi-voix.

— Le Rouge-Gorge ? Qu'est-ce que tu...

Elle s'interrompit et regarda Susanna d'un air inquisiteur.

— Tu es sûre de vouloir aller là-bas ? Oui, tu en es sûre. Très bien, alors écoute.

Susanna rentra chez elle, donna des instructions à sa logeuse pour qu'elle réponde à tout le monde qu'elle était malade et ne recevait pas de visites, alla sur la place prendre une voiture de louage pour Wych Street, au bout de Drury Lane. Le quartier avait mauvaise réputation et le conducteur ne voulut pas aller plus loin. Après l'avoir payé, elle se rendit à pied, par une ruelle sinueuse, jusque dans une cour. De la musique s'échappait d'une porte où brillait une lanterne. Susanna distingua vaguement l'enseigne qui la surmontait : un oiseau sous-alimenté, à la gorge aux couleurs fanées, les pattes plantées dans la neige.

Elle souleva le loquet et ouvrit la porte. De la lumière, de la chaleur et un brouhaha de musique et de conversations l'accueillirent. La salle était grande et enfumée. Les hommes assis à boire portaient des vêtements caractéristiques des basses classes, et parmi les femmes, beaucoup paraissaient être des prostituées. Susanna s'adressa à l'homme fort, en tablier et bras de chemise, qui se trouvait derrière un comptoir, près de la porte.

— Je cherche Andrew Ainsworth, déclara-t-elle avec assurance.

Le patron hocha la tête et marmonna quelque chose à un garçon. Consciente que tous les yeux étaient fixés sur elle, Susanna monta derrière lui jusqu'aux chambres, dont la plupart étaient occupées par des buveurs et des danseurs. Le garçon s'arrêta devant l'une d'elles et poussa la porte.

Quatre ou cinq hommes attablés, dont trois jeunes gentlemen, à en juger par leurs vêtements, buvaient et jouaient aux dés. Des pièces d'or étaient empilées au milieu de la table. Deux autres hommes étaient assis en retrait et observaient le jeu. L'un des deux était Andrew. Il leva le nez et aperçut Susanna. Il ne parut pas surpris mais se leva aussitôt et, sans un mot à ses compagnons, vint à la porte.

— Je suis désolé de n'avoir rien de plus à offrir que ma chambre, à l'étage au-dessus, murmura-t-il en la conduisant vers l'escalier.

Susanna s'éclaircit la gorge. Elle ne trouvait pas ses mots.

— C'est très bien, parvint-elle à prononcer.

Tout ce qu'elle demandait, c'était de se trouver le plus vite possible seule avec Andrew.

— Et quand je dis « chambre »…

Il ouvrit la porte d'une mansarde et posa la bougie qu'il avait apportée sur le manteau de la cheminée. Le plafond descendait en pente au-dessus d'un lit branlant. Dans un coin, un rideau cachait à moitié une étagère de vêtements, et une malle-cabine se trouvait sous la lucarne. Rien d'autre n'indiquait que la chambre était celle d'Andrew ou bien de quelqu'un d'autre.

Ce fut Susanna qui ferma la porte, manipulant gauchement le loquet dans sa hâte.

Elle apprit beaucoup de choses, cette nuit-là. Elle apprit que l'odeur et le goût de la peau d'Andrew l'excitaient au-delà de toute raison. Elle apprit que rien n'était meilleur au monde que le contact de sa douce chaleur musclée sur sa chair nue. Elle apprit que l'amour pouvait être un combat, un tendre corps à corps où elle voulait tout sauf se laisser aller passivement à un abandon rêveur. Elle apprit que deux êtres peuvent avoir si faim l'un de l'autre, être si impatients de se tenir, de se toucher, de s'embrasser, de se mordre, de combler et d'être comblé, qu'ils font réellement l'amour toute la nuit. Ou presque. Parce qu'elle somnolait lorsqu'une aube grise la réveilla. Andrew pesait sur elle de tout son poids, une jambe repliée sur les siennes, la tête entre ses seins. Elle regarda autour d'elle. Cette chambre aurait dû lui paraître sordide, mais elle se sentait si légère, si libre, que ce qui l'entourait n'avait aucune importance. Andrew dressa la tête, roula sur le côté et resta allongé près d'elle. Ils se regardèrent dans les yeux, se sourirent, puis se mirent à rire. Susanna avait l'impression que, si elle ne se retenait pas à Andrew, elle allait s'envoler de bonheur.

Ils restèrent là toute la matinée. Susanna se raconta tout entière – elle lui dit tout, la famille Grainger, le chemin Saint-George, Charles, le Drapeau, Greenie, comment Della Bellaire était devenue une actrice célèbre. Elle ne voulait rien lui cacher. Elle n'avait jamais raconté à Jon le quart de tout ça. Jon connaissait son véritable nom, parce qu'il était inscrit sur les registres de la compagnie, mais il l'appelait toujours par son nom d'emprunt, et elle se rendit compte qu'elle préférait ça. Elle commençait à trouver étrange ses rapports avec lui. Elle était moins intime avec lui au bout d'un an qu'avec Andrew au bout d'une nuit.

Bizarrement, son histoire à lui avait des points communs avec la sienne – tous les deux, du moins, avaient quitté leur famille et commencé jeunes à faire du théâtre. Mais la ressemblance s'arrêtait là. Le père d'Andrew avait été un fonctionnaire de haut rang sous Oliver Cromwell. Quand la monarchie avait été restaurée, il avait perdu sa situation et l'espoir de voir son fils prendre la même direction.

— Cela m'était bien égal, remarqua Andrew. Je n'ai jamais compris ce qu'il faisait au Trésor. Quoi qu'il en soit, il a voulu me mettre en apprentissage comme clerc chez un notaire. Je me suis enfui avec une tournée théâtrale le jour même de mes débuts.

— Ton père a dû être furieux, remarqua Susanna.

— Je ne l'ai plus jamais revu.

Susanna ne sut que dire.

— C'était un homme austère et suffisant, reprit Andrew en haussant les épaules. Il fait beau, ajouta-t-il après s'être levé et avoir regardé par la lucarne. On pourrait sortir.

Ils se promenèrent, par ce magnifique après-midi ensoleillé d'octobre, au hasard des chemins et des guinguettes de Moorfields, où les Londoniens viennent jouer aux boules ou aux quilles, regarder les danseurs folkloriques et les singes savants. Ils rencontrèrent des bateleurs, amis d'Andrew, qui les emmenèrent dans une taverne pour les régaler d'huîtres et de vin. Personne ne reconnut Della Bellaire ni ne fit allusion à elle. Susanna était Susanna. Elle rentra au Rouge-Gorge avec Andrew et passa la nuit avec lui.

Elle retourna chez elle de bonne heure le lendemain matin, se changea et partit pour Bow Street.

Elle redoutait de retrouver Jon mais, dans l'affairement des débuts de la répétition, leur premier contact fut purement professionnel. Susanna se jeta dans le travail, comme si elle avait voulu se faire pardonner son escapade. Et aussi, cela lui permettait de penser à autre chose qu'à Jon.

Mais, petit à petit, elle se surprit à l'observer. Il n'était plus le même. Il avait les joues plus creuses, ses cheveux paraissaient plus gris, il avait l'air plus vieux, moins grand et voûté. Quand il la reprenait sur sa manière de dire un texte, il le faisait en ronchonnant, de façon presque tatillonne. On aurait dit un vieillard qui désirait la dominer. C'était horrible. Elle revécut en pensée sa promenade de la veille, l'air pur, les gens ordinaires, Andrew et ses amis, les bavardages innocents et les rires. C'était comme une porte grande ouverte dans le monde étouffant où elle vivait.

— Della, tu ne pourrais pas faire attention un instant ?

Susanna sursauta.

— Oh, excusez-moi !

Elle était à des lieues de là et avait laissé passer sa réplique. Pour la première fois, Jon paraissait troublé.

— Recommençons, s'il vous plaît, déclara-t-il d'un ton aigre en retournant à sa place.

Il avait effleuré Susanna en passant, et elle sentait encore le contact de sa main. Une main sèche, longue et osseuse, comme lui-même. Des os sans chair, un peau rugueuse. Elle frissonna.

Une pensée terrible lui vint. Elle avait parlé à Jane, plusieurs mois auparavant, des étuis que Jon utilisait. Comme elle s'en doutait, Jane connaissait leur existence, mais elle lui avait expliqué qu'ils étaient très chers et presque impossible à trouver – et qu'ils étaient soi-disant fabriqués avec de la peau de poisson. À l'époque, Susanna ne s'était pas appesantie sur la question, mais à présent elle la frappait de plein fouet. De la peau de poisson ! Le corps sec et osseux de Jon, avec cet étui en peau de poisson et ces ridicules lacets rouges !

— Della ! Qu'est-ce qui ne va pas ? lui demanda Jon, soudain dressé devant elle.

Susanna fut incapable de le regarder en face. Son aventure avec Andrew lui avait ouvert les yeux sur la vérité. Elle n'aimait pas Jon. Leur liaison, belle et constructive, était purement artificielle, une illusion qu'elle avait acceptée parce qu'elle ne connaissait pas de véritables relations.

— Désolée, je ne peux pas continuer, bredouilla-t-elle, et elle quitta la scène en courant.

La loge des artistes était déserte. Elle alla jusqu'au vestiaire, le visage couvert de larmes. Greenie était introuvable. Susanna poursuivit son chemin jusqu'à un coin sombre, rempli de caisses et de rouleaux de corde, où elle s'assit en sanglotant.

Elle entendit des pas. Ceux de Jon. Il s'assit en face d'elle, sur une caisse.

— Va-t'en, je t'en prie, dit-elle en reniflant.

Elle avait peur de s'écrouler et de tout déballer, jusqu'à la peau de poisson et le lacet rouge.

— Tu es amoureuse de cet acteur, comment s'appelle-t-il déjà, Ainsworth, n'est-ce pas ? lui dit Jon gentiment.

Son cœur fit un bond dans sa poitrine, comme s'il s'agissait d'un secret qu'elle devait garder à tout prix.

— Tu te sens coupable, et c'est une épreuve pour toi que de te trouver en face de moi ?

Susanna fit un geste qui était un demi-aveu et s'essuya les yeux.

— Écoute, il n'y a pas de raison pour que tu te sentes coupable. Tu es jeune, jolie et pleine de talent, tu es entourée d'admirateurs. J'aurais été fou de penser que tu n'en trouverais pas un à ton goût, un jour ou l'autre, expliqua-t-il d'un ton serein, presque paternel. On peut toujours s'arranger entre gens intelligents, poursuivit-il. Je ne suis pas jaloux.

S'il s'imaginait qu'il allait la partager avec Andrew… c'était hors de question ! Elle leva les yeux.

— Il vaudrait peut-être mieux que je quitte la compagnie…, dit-elle froidement.

Le regard qu'il posait sur elle était terrible, il trahissait une véritable tempête intérieure. Elle détourna le sien. Il lui prit la main.

— Je dois avouer un intérêt parfaitement égoïste : je ne veux pas que le Bow Street perde la meilleure actrice de Londres ! s'exclama-t-il.

Elle hésita. Il avait un sourire franc et clair. Elle doutait de ce qu'elle avait cru remarquer quelques secondes auparavant. Sa vue avait dû être troublée par les larmes…

— Nous avons tant de choses à faire, Della ! Songe à tous nos projets !

C'était un point sensible. Elle aimait sincèrement son travail.

Ils s'étaient jurés qu'un jour ils arriveraient à faire cesser le brou-haha des conversations et qu'ils amèneraient le public à écouter Shakespeare.

— Tu ne pourras faire ça nulle part ailleurs, insista-t-il.

C'était vrai. Susanna resta silencieuse.

— Ta seule obligation, ce sera de travailler avec moi.

— J'ai du mal à le croire.

Il sourit.

— D'accord, c'est vrai, j'espère que tu me reviendras un jour. De ta propre volonté.

— Ça m'étonnerait.

— Bien sûr, c'est ce que tu penses maintenant, c'est normal. Mais comment savoir où ton... amitié pour Andrew Ainsworth te conduira ? Peux-tu jurer de ce que seront tes sentiments pour lui dans quelques mois ?

Le coup alla droit au but : ses sentiments pour Jon n'avaient-ils pas changé ?

— Non, je ne sais pas ce qui peut arriver, reconnut-elle d'une voix mal assurée en se remettant debout.

— Reste et tu verras bien, insista Jon d'un ton tranquille. Si tu t'aperçois que cela ne peut pas marcher, tu seras toujours libre de partir.

Susanna se retourna. Il paraissait sincère.

— Je ne sais pas, répondit-elle, et elle s'en alla.

Elle resta. Elle se réhabitua vite à travailler de nouveau au Bow Street. Dans la mesure où leurs relations demeuraient amicale-ment professionnelles – et c'était le cas –, elle s'entendait bien avec Jon. Elle travaillait dur son métier d'actrice, mais elle n'était pas très sûre de le faire bien car elle brûlait la chandelle par les deux bouts.

Presque tous les soirs, après la représentation, elle s'en allait passer la nuit avec Andrew. Ils faisaient l'amour, soupaient ou prenaient le petit déjeuner à n'importe quelle heure ; ils allaient dans des soirées privées, fréquentaient les tavernes, les jardins d'agrément, les maisons de jeux, et parfois des endroits étranges, comme des auberges de relais, où Andrew rencontrait de ses amis ambulants, ou de petits cabarets ouverts toute la nuit près des marchés, où il se trouvait toujours quelqu'un qui connaissait Andrew Ainsworth.

Pour Susanna, après ces années d'existence recluse au théâtre, toute cette agitation avait quelque chose d'exaltant. Elle prenait conscience qu'elle ne s'était jamais sentie libre avec Jon. Le montreur de marionnettes, comme l'appelait Andrew.

« Il adore transformer de belles actrices en marionnettes, disait-il. Pourquoi ne pas quitter le Bow Street et échapper à son emprise ? »

— Je n'ai plus du tout l'impression d'être sous son emprise, répliqua-t-elle. Écoute, je suis prête à chercher une autre compagnie si tu me promets d'y entrer avec moi pour que nous puissions jouer ensemble.

— Entrer dans une troupe pour de bon ? Non, très peu pour moi. Même avec toi.

— Pourquoi pas ? Tu es un merveilleux acteur. Tu pourrais devenir célèbre.

— Dans un de ces théâtres du West End pour les nobles et les riches ? Tu n'es pas fatiguée de les voir tourner autour de toi ?

— Quand ils tournent, peut-être, mais je ne suis pas fatiguée de monter sur scène et d'affronter le public. J'adore ça.

— Eh bien, moi, le public que je préfère, c'est celui des foires et des marchés. C'est le tout-venant.

Susanna n'avait pas oublié la brutalité de ce tout venant, au Drapeau. Et elle aurait pu aligner des milliers de raisons pour préférer le théâtre sérieux, quels que puissent être ses inconvénients.

— Tu n'as pas peur de devenir pauvre ? lui demanda-t-elle.

Andrew haussa les épaules.

— Ça ne m'arrivera pas. Je gagne bien assez.

Et il était vrai qu'Andrew s'arrangeait, sinon pour être riche, du moins pour ne jamais manquer d'argent. Il lui en venait des spectacles de foire qu'il montait avec ses amis. Il lui en venait aussi – Susanna commençait à le comprendre – des jeunes dandys qui venaient jouer aux cartes ou aux dés avec la canaille.

Et puis un soir, tard, Andrew fut engagé pour une soirée avec sa troupe d'acteurs par un de ces joueurs malheureux, un vicomte ou quelque chose de ce genre. Sa maison s'avéra être une demeure somptueuse du Strand, le souper un buffet monumental dans une salle à manger pleine de fresques et de dorures, et les invités précisément de l'espèce qui tourne autour des actrices. Dissimulée derrière un loup, Susanna applaudit les tours de prestidigitation et les sketches comiques d'Andrew, auxquels elle assistait pour la première fois.

Vers trois heures du matin, alors que les groupes de joyeux drilles glissaient dans l'oubli que procure le bon vin, les amis d'Andrew se mirent à faire place nette : Susanna vit les couteaux et cuillères disparaître du buffet, et les bourses des poches des noceurs inanimés.

Comme Andrew s'approchait d'elle, elle se cacha derrière son masque.

— Je vous engagerai sans doute, mes amis, pour ma prochaine soirée, dit-elle d'un ton d'ironie condescendante, mais je commencerai par mettre l'argenterie à l'abri.

Il poussa avec précaution son masque de côté et la regarda droit dans les yeux.

— Cela te choque, n'est-ce pas, Susie ?

Susanna baissa la tête, décontenancée.

— Un peu.

— Viens voir.

Il la prit par le bras et la conduisit dans la pièce voisine où leur hôte buvait du vin à grands traits, avec quelques acolytes.

— Mon ami Andrew, articula péniblement le jeune vicomte avec un sourire idiot. Et voilà votre misstraissieuse… votre mystérieuse maîtresse masquée ! ajouta-t-il en levant son verre.

Andrew répondit par un sourire tranquille et se pencha vers lui.

— Un petit souvenir pour ma maîtresse masquée, murmura-t-il en tirant une épingle à tête de diamant du col en dentelle de ce noble individu et en la piquant sur le corsage de Susanna.

Le vicomte les regardait, l'œil vitreux, le sourire inchangé.

Andrew déclara haut et fort :

— Tu vois, Susie ? Ils en ont tellement qu'ils ne remarquent même pas qu'on leur en enlève !

Susanna ne savait trop quoi penser de tout ça. Ce fut le seul doute qui l'effleura durant les semaines qui suivirent. De toute évidence, elle n'était pas enceinte, et elle prit conscience qu'en fait elle désirait l'être. L'étui convenait à Jon car, à juste raison, elle ne voulait pas d'enfant de lui. Mais la progéniture d'Andrew, elle la voulait. Il avait été entendu entre eux que si elle se trouvait enceinte, ils se marieraient. De toute façon ils se marieraient un jour, cela allait de soi.

Il n'y avait que ce petit doute. Et aussi, oui, tout au fond de sa pensée, ce qu'avait dit Jon qu'elle ne savait pas où tout cela la mènerait.

— Dans quelle mesure tes recettes viennent-elles du jeu et de ces soirées ? prit-elle le courage de lui demander lorsque Andrew lui annonça de nouvelles festivités. Pourrais-tu vivre simplement des foires ?

— Chacun paie, pour assister à la représentation, en fonction de ses moyens, répondit Andrew. Les pauvres ne peuvent pas payer grand-chose, alors les riches paient plus.

— Beaucoup plus.

— Évidemment ! Le marquis de Pencraig, pour lequel nous allons jouer demain soir, est des centaines de milliers de fois plus riche qu'une blanchisseuse ou qu'un docker, Susie !

— Oui, je sais, c'est vrai ! répondit Susanna, au désespoir.

Les arguments d'Andrew paraissaient difficiles à réfuter, et elle ne savait même pas très bien ce qui la poussait à le faire.

— Dans ta bouche, continua-t-elle, cela paraît si simple ! Comme s'il suffisait de se promener, libre comme l'air, en gardant tout de même les mains propres !

Susanna pensa de nouveau à Bankside, à Greenie, la pauvre petite fille blessée qui ne savait pas à quel âge quelqu'un, qu'elle appelait son oncle, avait abusé d'elle sexuellement. Que connaissait Andrew de tout ça ?

— Si tu vivais vraiment la vie des pauvres, tu souffrirais comme ils souffrent, reprit-elle plus fermement. En réalité, tu ne fais que tremper parfois dans leur monde. La plupart du temps, tu vogues sur la crème de la société. Tu vis en épongeant ces jeunes idiots fortunés. Tu triches.

Ses paroles atteignirent leur but. Andrew arrêta de rire.

— Où veux-tu en venir exactement, Susie ?

— Je t'aime, Andrew. Je pense que tu vaux mieux que ça.

Un long silence suivit.

— Tu as tellement de talent ! Viens travailler avec moi ou, si vraiment tu ne peux pas le supporter, alors c'est moi qui quitterai le théâtre pour être avec toi, et nous ferons quelque chose, n'importe quoi, pourvu que ce ne soit pas ça.

Elle risquait de le perdre, toutefois elle ne pouvait pas replâtrer les fissures. Elle retira de son corsage l'épingle de diamant du vicomte et la lui tendit :

— J'aurais pu avoir des centaines de cadeaux de ce genre de la part d'hommes semblables à lui, déclara-t-elle. Il aurait suffi que je leur serve quelques mensonges. Facile et libre comme l'air ! Je n'irai pas à cette soirée, demain, ajouta-t-elle en mettant sa cape. Je serai chez moi après la représentation. Tu as la clef. Si tu veux être avec moi, viens.

Le lendemain soir, elle rentra directement du théâtre chez elle. Il y avait du feu dans la cheminée et de l'eau chaude toute prête. Elle prit un bain, se glissa nue entre les draps et se cala sur ses oreillers, le manuscrit d'une nouvelle pièce à la main, pour apprendre son texte. Elle entendit sonner les douze coups de minuit. Il allait venir, elle en était sûre. Même s'il devait d'abord faire une apparition à la soirée.

Le manuscrit lui tomba des mains, la réveillant en sursaut. On entendait les premières voitures et les cris des porteurs sur la place du marché de Covent Garden. Il devait être trois ou quatre heures. Andrew allait venir. Il viendrait parce qu'il l'aimait et qu'il savait qu'elle l'aimait. Il serait bientôt là.

Les chandelles s'épuisèrent les unes après les autres, le feu s'éteignit, la pièce devint froide. Susanna se pelotonna sous son drap et le remonta par-dessus ses oreilles. Elle ne voulait pas entendre les cris des marchandes. Elle ne voulait pas voir la lumière grise apparaître derrière les rideaux. Elle refoula ses larmes. Elle remonta les genoux et se balança, comme si elle avait de nouveau huit ans et qu'elle se trouvait à Shoe Yard, dans le lit à colonnes, avec Judith.

Vint le matin.

Sans Andrew.

V

Joséphine, la tante de Charles, était une petite femme frisant la soixantaine, vêtue de crêpe noir, aux cheveux gris sévèrement partagés par le milieu et aux yeux noirs et brillants. Ses rhumatismes la faisaient tellement souffrir que, malgré le laudanum qu'elle était obligée de prendre, elle avait les lèvres constamment serrées par l'effort qu'elle faisait pour lutter contre la douleur.

Une volonté de fer, se dit Charles, plein d'admiration, en la voyant pénétrer dans son bureau, au rez-de-chaussée de sa maison de Marseille. Les veuves ont plutôt pour habitude de se cloîtrer et de mener une vie paisible. Très peu pour tante Joséphine. Elle se démenait pour le bien de la famille Vovelle, présidant des assemblées, portant des messages et menant la charge quand l'ennemi était à l'horizon. Elle voyageait régulièrement entre Nîmes et Lyon – et Dieu seul sait combien cela devait être fatigant pour elle, mais elle ne se plaignait jamais –, et sa visite estivale chez Charles, à Marseille, était devenue un point fixe.

— Les affaires sont bonnes ce matin, j'imagine ? demanda-t-elle en tirant d'un coup sec sur sa jupe quand Charles la fit asseoir.

— Pas mauvaises, répondit Charles d'un air suffisant en fermant la main courante où il consignait ses transactions à la bourse de Marseille.

— Sébastien et Pierre ont eu raison de te marier ici, je l'ai toujours dit.

— Oui, ma tante.

Sébastien et Pierre Vovelle, importants banquiers lyonnais, étaient les chefs incontestés du clan. Ils avaient envoyé Charles à

Marseille quand le roi Louis en avait fait un port franc. La tâche n'était pas facile parce que Marseille était une ville à la fois catholique et fièrement indépendante, mais il y avait des compensations.

— Ils ne m'aiment pas dans cette ville, et je ne les aime pas, conclut Charles, mais je reconnais qu'il y a de l'argent à faire, ici.

— Il est arrivé un message pendant que tu étais sorti, mon petit, déclara tante Joséphine en se penchant vers lui, appuyée sur sa canne, et en prenant un ton de conspiratrice : Bellocq t'attend cet après-midi à cinq heures, à l'Arsenal.

— Il est de retour à Marseille ? demanda Charles que cette nouvelle avait rendu aussitôt très nerveux.

— Il veut peut-être t'annoncer qu'il accède à nos demandes !
Charles secoua la tête.

— N'oubliez pas, Tante, que nous avons décidé de présenter des exigences inacceptables ! Nous avons besoin de temps pour voir d'où vient le vent !

Depuis plus de deux ans déjà, Bellocq et la famille Vovelle se livraient à des tractations secrètes. Ils tenaient leurs réunions à Marseille, loin des regards curieux des huguenots, et Charles était devenu le principal représentant des Vovelle. Il en était fier, mais c'était un lourd fardeau. Bellocq n'était pas quelqu'un qu'on pouvait rouler dans la farine.

— Il faudra bien pourtant qu'il accepte certaines de nos demandes, Charles.

— Oui, mais lesquelles ? Et qu'exigera-t-il en retour ?
La tante Joséphine se mit à rire.

— Nous savons très bien ce qu'il veut ! Il veut voir toute la famille Vovelle abjurer publiquement !

— Et sommes-nous disposés à le faire ?

— Non, pas encore !

— Exactement. Et Bellocq le sait ! En attendant, il s'efforce de m'arracher de plus petites concessions.

— Quoi, par exemple ?

— Il a essayé plusieurs fois de me faire signer une promesse de conversion. J'ai refusé, évidemment.

— J'espère bien ! Nous sommes tous tombés d'accord pour ne rien signer individuellement. Tous ensemble ou pas du tout !

— Oui, mais il sait que je cherche à obtenir un contrat avec les galères.

L'œil de la tante Joséphine brilla de convoitise.

— Nous parlons bien des galères du roi ?

— Oui.

Les galères du roi étaient basées à Marseille et on s'y disputait âprement les contrats de fournitures, sur lesquels on pouvait faire d'énormes bénéfices.

— Bellocq a promis de m'aider à obtenir le contrat de fourniture de toiles qui est sur le point d'être attribué, lui expliqua Charles. En contrepartie, il veut cette promesse écrite de conversion. À moins que je ne lui propose autre chose.

— Depuis cette fameuse attaque, il a une dent contre les Montjoye, comme tu sais, répliqua la tante Joséphine. Donne-lui une information sur eux.

— Oui, mais laquelle ?

— Parle-lui de Daniel Montjoye et de Gliacci ! répondit la tante Joséphine sans hésiter. Dis-lui que Daniel se prépare à fuir à l'étranger.

Charles la regarda, pensif. Cela ferait incontestablement du tort à Daniel mais quel était le bénéfice, pour lui ?

— Et si Bellocq était déjà au courant ? demanda-t-il.

— Il y a toutes les chances pour qu'il n'en sache rien. Ce petit vaurien produit de belles soies, mais on ignore pour qui. Nous n'en saurions rien non plus si Sébastien et Pierre n'avaient pas rencontré ce marchand italien à la foire de Lyon, la semaine dernière.

Cela valait la peine d'y réfléchir. Charles ne serait pas fâché de planter un poignard dans le dos de Daniel. Dans les premiers temps, il lui avait imposé des conditions draconiennes de remboursement dans l'espoir de l'amener à la banqueroute et de faire en sorte que Judith le quitte, mais cela n'avait pas marché. Maintenant, à chaque fois qu'il retournait à Nîmes, il devait faire face au spectacle de ces deux-là, heureux ensemble...

— Je suis si contente que tu le détestes autant que moi, mon petit, murmura la tante Joséphine qui l'observait.

Charles sourit. Ses sentiments pour Judith étaient son secret personnel, mais sa haine de Daniel, quelle qu'en soit la cause, était quelque chose dont lui et sa tante aimaient à se repaître ensemble.

— Tu pourrais aussi raconter à Bellocq que Matthieu et Sarah continuent à fréquenter les réunions clandestines, suggéra tante Joséphine.

— C'est vrai ?

— Probablement ! Certainement ! répondit tante Joséphine en haussant les épaules avec une expression amère. Quelle importance ? Dis à Bellocq ce qu'il a envie d'entendre et il te donnera ce que tu veux.

« Peut-être », se dit Charles tandis que la femme de chambre les conduisait dans la salle à manger, pour le dîner. Mais tante Joséphine ne s'était jamais trouvée face à face avec Bellocq, un homme avec lequel il fallait user de grandes précautions. La perspective de ce rendez-vous, l'après-midi, n'avait rien de réjouissant.

Le dîner fut, comme d'habitude, simple et frugal. Tante Joséphine était assise à côté de Charles dont la femme, Lise, reléguée en bout de table, ne participa guère à la conversation. Lise était la fille d'Antoine Laborde, un armateur local avec lequel Charles entretenait une petite flotte de navires maritimes et de bateaux fluviaux sur le Rhône, financée par les Vovelle. Laborde n'était rien en comparaison des Vovelle. Charles n'avait que mépris pour Lise.

Il méprisait aussi la fille de Lise, Anne-Sophie. Charles pensait toujours à elle comme à la fille de sa femme, bien qu'il ait participé à l'œuvre conjointe de sa procréation. Elle était revenue de nourrice deux ou trois ans auparavant et elle en avait maintenant quatre ou cinq, Charles n'arrivait jamais à s'en souvenir exactement. Elle mangeait debout et en silence, coutume de mise dans les meilleures familles et qui avait l'approbation de Charles. De temps en temps, pour montrer à sa femme qu'il avait l'œil à tout, il s'arrêtait au milieu d'une phrase et s'éclaircissait la gorge pour remarquer quelque écart de conduite de l'enfant, par exemple lorsque celle-ci fixait, sur la joue de tante Joséphine, le grain de beauté qui, Dieu sait pourquoi, la fascinait. Il faut tenir la bride serrée aux enfants et Lise était beaucoup trop complaisante.

À quatre heures et demie, il partit pour l'Arsenal, le chantier naval situé au sud du port où amarraient les galères du roi. On le fit passer par une discrète entrée latérale et il longea le quai jusqu'aux bureaux où il avait l'habitude de rencontrer Bellocq. Il apercevait au passage, en pantalon de toile rouge délavée, enchaînés dans les bateaux le long des collets des grands avirons, les galériens qui parlaient et riaient d'un rire guttural, des rustres à la tête rasée et à la barbe noire. Pour certains, il s'agissait de Turcs achetés au marché des esclaves de Livourne, mais la plupart étaient des bagnards, condamnés aux travaux forcés. Charles frissonna. Il désirait évidemment gagner de l'argent en vendant cette toile rouge, mais les châtiments que le roi Louis avait le pouvoir d'exercer le remplissaient d'effroi.

Bellocq le fit attendre bien au-delà de cinq heures. Quand il arriva enfin, il passa en trombe devant lui sans une excuse et alla ouvrir la porte du bureau.

— Venez ! dit-il.

Charles s'assit, bras et jambes croisés, pleinement conscient de son rôle de représentant des puissants Vovelle qui ne devaient pas se laisser intimider.

— Bon…, dit Bellocq en examinant ses papiers, où en sommes-nous ? Ah, oui… Charles Montjoye… Des réponses à mes dernières propositions ?

— Vos propositions ont toutes été discutées, répondit Charles fermement, en décroisant et recroisant ses jambes. Mais les membres de la famille Vovelle, dans son ensemble, répugnent à abandonner la foi de leurs pères.

— Ainsi, c'est une fin de non-recevoir ?

— Étant donné l'état actuel des choses…

— Vous désirez toujours ce contrat pour la toile, je suppose ?

— Eh bien, je…

— Voici une lettre du ministère, déclara Bellocq, l'interrompant et agitant une feuille de papier. Il semble qu'il n'y ait aucun obstacle à ce qu'on vous accorde ce contrat.

— Oh ! fit Charles.

Mais le frisson d'excitation qu'il avait ressenti fit long feu. Bellocq paraissait particulièrement brutal et inébranlable, ce jour-là. « Par où entamer la négociation ? » se demandait Charles.

— Quelles sont vos conditions ? commença-t-il prudemment.

— Signez-moi la promesse de vous convertir à la religion catholique. Je peux vous garantir qu'elle ne sera pas rendue publique sans votre accord.

Charles savait que les Vovelle ne lui pardonneraient jamais de conclure un pacte séparé.

— J'ai bien peur de ne pouvoir l'accepter, répondit-il.

— Ma foi, c'est dommage, reprit Bellocq en agitant la lettre de Paris. Si nous ne répondons pas rapidement, l'attribution ira à quelqu'un d'autre.

Charles fut presque pris de panique à l'idée que ce contrat lucratif pouvait lui échapper.

— Je pourrais peut-être avoir des renseignements pour vous, déclara-t-il vivement.

— Concernant Marseille ?

— Concernant Nîmes. Sur les Montjoye.

— Je vois. Sur votre famille.

— Non ! Je parle de mon demi-cousin Daniel. Je n'ai pas l'habitude de le considérer comme faisant partie de la famille.

Bellocq posa la lettre et regarda Charles avec attention.

— Eh bien ?

— Nous avons appris à Lyon qu'il fait un commerce de soies de grande qualité avec Gênes. Il semble qu'il ait des relations secrètes. Avec un marchand du nom de Gliacci.

— Gliacci, murmura Bellocq. Gênes… Gliacci. Ah, oui, je vois ! Ainsi votre cousin commerce en secret, du moins le prétendez-vous, avec Gliacci… Quelles conclusions en tirez-vous, monsieur Montjoye ?

— Je ne pense pas qu'on puisse en tirer quoi que ce soit, répondit Charles prudemment.

S'il prétendait que Daniel se préparait à fuir au-delà des mers, il craignait que Bellocq n'apprenne par la même occasion qu'il commerçait lui aussi secrètement et, pis encore, avec un marchand protestant, Henry Grainger de Londres. (Tante Joséphine en ignorait tout, c'était un aspect de sa vie que Charles ne divulgait pas.)

Un long silence suivit. Bellocq reprit la lettre en main et la parcourut.

— Oui ? fit-il soudain, levant les yeux. Je n'ai pas entendu ce que vous disiez ?

— Je… Peut-être pourrions-nous parler de son frère et de sa sœur ?

266

— De son frère et de sa sœur, répéta Bellocq avec un sourire carnassier. Mais oui, pourquoi pas ?

On accompagna Charles un peu plus tard jusqu'au quai. Il tremblait et il avait le cœur battant. Le guichetier lui ouvrit comme à l'habitude la porte latérale, et il retrouva la liberté.

Il allait obtenir le contrat pour la toile et il en informa Tante Joséphine ce soir-là, après le souper. Il avait fait ce qu'elle lui avait suggéré, il avait entretenu Bellocq de Daniel, de Matthieu et de Sarah, mais avec subtilité, sans exagérer, sans invraisemblances, et Bellocq avait paru satisfait. Tante Joséphine était enchantée de lui. Charles était radieux.

Il devait être environ trois heures du matin quand il se réveilla, angoissé. Il n'avait pas parlé à tante Joséphine de la liste de noms que Bellocq avait dressée. Charles avait dû marquer d'une croix ceux des gens qui, à sa connaissance, étaient impliqués dans des activités subversives, puis dater et signer le tout.

Maintenant, il le regrettait. Qu'est-ce que Bellocq voulait faire de ce document ? « Il peut me faire chanter, songea soudain Charles, pris de frayeur. Il peut me menacer de le rendre public et m'obliger à me convertir ! »

Non. Si Bellocq faisait ça, cela mettrait fin aux négociations avec les Vovelle.

Quoi qu'il en soit, ce ne serait pas sans conséquences. Les gens que Charles avait signalés pouvaient être arrêtés. Matthieu et Sarah étaient sur la liste…

Il se retourna dans son lit, mal à l'aise. Il avait de bonnes raisons pour haïr Daniel, mais Matthieu et Sarah n'étaient encore que des enfants. Si on les enfermait pour des années, pourrait-il s'arranger avec sa conscience ?

Tante Joséphine a raison, se dit-il. Toute la tribu est pourrie. Daniel en a déjà fourni la preuve. Matthieu et Sarah n'y manqueraient pas non plus, tôt ou tard. Ils sont de même sang. Il avait bien fait.

Il était couché sur le dos, les yeux au plafond. « Arrive-t-il à d'autres de rester éveillés, angoissés comme moi ? » se demanda-t-il. Sa femme dormait profondément, comme d'habitude. Les autres – à supposer qu'ils soient réveillés par l'angoisse au petit jour – secouent-ils leurs épouses, les retournent-ils, grimpent-ils sur elles et trouvent-ils ainsi la paix ? Il s'imagina faisant ça à Lise puis revenant à sa place et s'endormant. Rien à faire. Cela pouvait réussir à d'autres, pas à lui. L'idée seule le déprimait.

Elle était si insignifiante… Et sa famille ne valait pas mieux. Sébastien et Pierre avaient jeté leur dévolu sur elle parce qu'Antoine Laborde était un des rares huguenots originaires de Marseille et qu'il était également propriétaire d'un bateau. Le mariage de Charles avec sa fille avait servi de marchepied aux Vovelle pour pénétrer dans le nouveau port franc de Marseille.

La nuit de noces avait été catastrophique. Jolie et sémillante, Lise n'y était pour rien. Mais l'aurore pointait quand Charles avait enfin réussi à consommer leur mariage – et encore, seulement en se remémorant Judith dans le grenier de Southwark.

Cela ne s'était pas amélioré depuis. Il ne pouvait honorer son épouse qu'en pensant à Judith.

Judith, qui aurait dû être sa femme.

Il avait les yeux ouverts dans le noir. Susanna, elle aussi, venait le hanter parfois, sentant le linceul et la fosse commune. Il était si furieux qu'elle revienne ainsi lui faire des reproches qu'il la punissait en imagination. Il avait revécu dans sa tête chaque seconde du viol, en l'amplifiant, en rêvant qu'il maîtrisait totalement Susanna et qu'il réussissait à ressentir un plaisir total. À d'autres moments, il était terrifié à l'idée qu'il pouvait parler dans son sommeil ou se trahir d'une manière ou d'une autre, si bien que Lise comprendrait et que la tante Joséphine apprendrait la vérité…

Ce séjour à Londres avait détruit sa vie, l'obligeait à jamais à revivre le passé. Il pensait sans cesse à Daniel, à Judith et à Susanna, alors qu'il était entièrement coupé d'eux.

Il se sentait si seul…

Dieu que les petites heures du matin étaient pénibles. Il commença à s'assoupir. « Faites que je dorme », pria-t-il.

Brusquement, alors que justement il s'endormait, il s'avisa qu'il existait peut-être un moyen pour lui de racheter sa trahison envers Matthieu et Sarah.

Judith était à mille lieues de penser à Charles.

Elle se trouvait dans l'atelier, avec Pierre Coubert, le tisserand, devant des feuilles de papier quadrillé disposées sur la table. Ses dessins – loin d'être parfaits, elle n'était pas dessinatrice – étaient ceux de trois nouveaux motifs qu'elle désirait faire réaliser par Pierre.

— Est-ce que cela sera rouge feu, madame ? demanda-t-il, respectueux comme toujours, en indiquant un dessin de feuille et en approchant du motif une bobine de fil rouge.

— Oui, mais j'aimerais que la tige et les nervures soient jaune paille, répondit Judith en en traçant du doigt les contours. Exactement l'inverse de ces autres feuilles là-bas. Vous voyez ? C'est possible ?

— On peut essayer, répondit Pierre avec une moue.

Judith lui adressa un sourire enjôleur. Pierre Coubert était un homme grisonnant de plus de cinquante ans, un strict calviniste, morose et taciturne. Judith ne l'avait jamais vu rire. Mais c'était un professionnel éprouvé et sans faille. Une fois qu'il avait compris ce qu'elle voulait, il l'exécutait à la lettre, bien que ce fût extrêmement compliqué de traduire effectivement son dessin en bobines de couleur sur l'encombrant métier à tisser qui remplissait presque tout l'atelier. Il leur faudrait bien un jour ou deux, à lui et à ses ouvriers, pour préparer le métier à tisser et exécuter un essai du modèle afin que Judith puisse le voir, peut-être un jour de plus pour y apporter diverses rectifications, avant qu'on ne décide de poursuivre le travail ou de l'abandonner.

— Je suis sûre que vous y arriverez, comme d'habitude, monsieur Coubert, lui dit-elle, encourageante. Y a-t-il quelque chose d'autre que vous ayez besoin de savoir à propos de ce dessin-là ?

Ils y travaillèrent encore une heure, puis il fut temps pour Judith de reprendre le chemin de la maison. Daniel avait promis de rentrer à midi et ils devaient dîner avec les enfants. Aimée avait maintenant douze ans, Richard neuf, et Bérangère, avec son appétit de vivre, avait atteint l'âge de deux ans.

En sortant de l'atelier, elle longea l'Agau, le canal qui était au cœur du quartier des tisserands de Nîmes. L'eau glougloutait, les roues grinçaient, la vapeur montait. Une odeur épouvantable régnait dans ce quartier que Judith aimait pourtant.

Devant la porte de son atelier, un teinturier surveillait deux de ses ouvriers qui mettaient à sécher des « flottes », nom donné aux écheveaux de soie. Judith s'arrêta, frappée par la combinaison des couleurs : certains écheveaux étaient bleu vif, grâce au pastel de Toulouse, d'autres teints à la célèbre écarlate de Nîmes. Derrière eux, le mur était noir des teintures qui avaient coulé dessus pendant des années.

Bleu vif et écarlate sur fond noir intense… Ellé pourrait en tirer quelque chose. L'ennui, c'était qu'on ne connaissait pas de teinture noire qui ne passe ou ne rouille avec le temps. Un indigo profond pourrait faire l'affaire : un bleu nuit. Il faudrait éclaircir les deux autres teintures en conséquence, mais cela valait la peine d'essayer.

Elle traversa la ville à la hâte. Les gens la reconnaissaient et la saluaient. Dix ans auparavant, la plupart d'entre eux auraient détourné la tête. Maintenant elle était connue, elle avait trouvé sa place. Si seulement il n'y avait pas eu cette tension permanente. Régulièrement, de nouveaux décrets venaient restreindre d'une façon ou d'une autre les droits des huguenots. Le bruit courait que le roi avait pris la décision d'éradiquer le protestantisme de ses terres. On sentait dans l'ombre la présence de Bellocq, espion subtil qui découvrait les secrets de chacun, sans doute pour pouvoir un jour s'en servir.

En fin de compte, Matthieu et Sarah avaient compris leur erreur et n'avaient plus donné prise aux persécutions de Bellocq, comme Daniel l'avait craint. Et, au grand soulagement de Judith, les entretiens de Daniel avec Nattier avaient cessé, le jésuite ayant reconnu, d'assez mauvaise grâce d'ailleurs, qu'il perdait son temps.

Et ce qui était rassurant surtout, c'était qu'il s'accumulait de l'argent en secret à Gênes. Grâce aux efforts de Daniel, Gliacci prenait la plupart de ses modèles pour ses acheteurs italiens, et il en paraissait satisfait. Si seulement Judith pouvait rencontrer personnellement ces acheteurs et comprendre exactement ce qu'ils cherchaient, elle pourrait créer de nouveaux modèles, vendre plus de soieries et, à Gênes, l'argent s'entasserait plus vite. Elle rentra à la maison en comptant combien cela rapporterait en un an d'en vendre deux, trois ou quatre fois plus…

Daniel l'accueillit à la porte. Dès qu'elle le vit, elle comprit qu'il s'était passé quelque chose.

— Matthieu a laissé une lettre, lui annonça-t-il tout de go.

Il tenait une feuille de papier plié à la main. Judith ouvrit de grands yeux.

— Une lettre ?

— Il s'est enfui en Suisse avec Sarah.

1680-1681

I

En fin de compte, la fuite de Matthieu et de Sarah n'avait pas véritablement tourné à la catastrophe. C'est ce que se disait Daniel, deux ans plus tard, alors qu'il marchait sur les quais de Marseille entre des piles de marchandises.

Le mauvais côté de la chose l'avait indubitablement emporté sur le bon. Matthieu et Sarah avaient été prévenus anonymement qu'ils allaient être, eux et plusieurs de leurs amis, arrêtés pour réunions interdites et sédition. Plutôt que d'essayer de prouver leur innocence (laquelle ne faisait aucun doute), à tort ou à raison, ils avaient préféré se sauver. Pour Bellocq, cela équivalait à un aveu de culpabilité. Il avait interrogé Daniel pendant plus d'une heure pour se convaincre qu'il n'était pas complice de cette fuite illégale du pays. Un peu plus tard, Matthieu et Sarah avaient été condamnés, par défaut, à une peine de prison à vie pour Matthieu, au couvent pour Sarah.

Au désespoir de leur mère, il était peu probable que, menacés de pareilles sentences, ils reviennent jamais en France.

Du moins avaient-ils mené à bien leur fuite. Ils avaient pris la route du Vivarais et de la Bresse pour la frontière suisse, marché de nuit pendant quatre semaines, se cachant dans des fermes et des granges pendant la journée, et réussi à tromper les patrouilles frontalières. De temps à autre, par les réseaux secrets qu'organisaient les huguenots pour la correspondance, il arrivait à Nîmes des lettres de Genève. Matthieu se préparait enfin à devenir pasteur tandis que Sarah avait trouvé à se placer comme demoiselle de compagnie, ce qu'elle paraissait accepter de bonne grâce jusqu'à présent.

L'effet produit sur Daniel et Judith – qui avaient ressenti alors l'urgence de se constituer des fonds à l'étranger – était à mettre également au crédit de l'événement. Ils avaient redoublé d'efforts, avec succès.

Le volume de leur commerce avec l'étranger était devenu trop important pour rester caché, mais Daniel maintenait un certain flou autour du fait que leurs profits restaient en dépôt en Italie. Il n'était pas seulement exportateur, il était importateur également, achetant de Gliacci des soies italiennes pour les revendre en France. La direction de l'entreprise de bas des Montjoye lui prenait de moins en moins de temps et n'était plus pour lui qu'une question de routine. Il avait gagné le respect dans sa propre ville et au-dehors ; et ses rêves étaient devenus réalité : comme son père avant lui, il faisait le commerce des soies les plus fines.

Et Judith était à son côté. Sa réputation de créatrice ne faisait que grandir. Récemment, Gliacci, un homme si difficile à impressionner, avait proposé de la rencontrer et de lui présenter des acheteurs. Judith, qui y pensait déjà depuis quelque temps, avait accepté immédiatement. Elle devait partir pour l'Italie, ce soir, avec Daniel, voyage pour lequel on leur avait accordé un passeport de trois mois.

Il leur restait quelques formalités de dernière minute à accomplir. Daniel devait aller chercher un certificat de bonne santé pour lui et Judith dans les bureaux, près de l'entrée du port. Il s'arrêta un instant en chemin pour laisser passer une chaîne de forçats venant de l'Arsenal. Partout dans Marseille, on pouvait voir de ces bagnards en casaque et bonnet rouges portant des fardeaux, réparant des routes, travaillant sur les chantiers navals. De l'autre côté du port, les étincelantes galères du roi Louis étaient à l'ancre, rouges et noires ou bleues et or, rames en position de repos, parfaitement alignées. Ces prisons flottantes étaient d'une beauté qui jurait avec la misère et le désespoir de leurs occupants. Pour Daniel, leur ombre planait sur la vie grouillante de Marseille. Il se réjouissait de partir.

On entrait dans le port par un étroit passage, gardé de chaque côté par une forteresse et fermé par une chaîne. Daniel pénétra par une porte marquée *Bureau de la Santé*, indication qu'il trouva bien pompeuse. L'inspection sanitaire des bateaux qui entraient et sortaient de Marseille n'était pas très rigoureuse. Il était clair que ces gens avaient tout oublié de ce qu'était une épidémie de peste.

Il donna à l'employé d'un guichet le passeport qu'on lui avait accordé pour le voyage. On y avait ajouté le nom de Judith sans difficultés, au motif qu'elle était née anglaise. Bien entendu, ce voyage, comme celui qu'il avait fait seul l'année auparavant, bien qu'ayant authentiquement un but commercial, servait aussi à tester les réglementations.

— Excusez-moi, monsieur, on va s'occuper de vous là-bas.

Daniel pensa qu'il devait sans doute répondre encore à quelques questions avant qu'on ne lui délivre ses certificats. En haussant les épaules, il poussa la porte que l'employé lui désignait.

Dans le petit bureau où il pénétra se trouvait Bellocq, le passeport de Daniel à la main. Il eut une ombre de sourire.

— Entrez et fermez la porte derrière vous, monsieur Montjoye, dit-il.

Judith débordait de joie à l'idée de ce voyage. Ils allaient visiter des centres légendaires de la soie, tels que Florence et Lucques, ils achèteraient quelques-uns des merveilleux tissus qui se fabriquaient là-bas, ils verraient les grands ports de Livourne et de Gênes. Certains vieux marchands ne manqueraient pas de faire la grimace devant ce nouveau style de commerce – voyager à la rencontre de vos correspondants au lieu de tout régler par lettre –, mais Judith en était une adepte enthousiaste. Ni les lettres, ni les bribes de renseignements que Daniel tiraient de ses entretiens avec Gliacci ne pouvaient répondre à tout ce qu'elle voulait savoir. Maintenant, elle allait enfin pouvoir rencontrer ses acheteurs, leur montrer ses nouveaux modèles, leur exposer ses idées, les voir réagir, entendre leurs suggestions, leurs critiques et leurs exigences, ce qui lui permettrait de créer des tissus plus séduisants et donc d'en vendre plus.

Elle allait et venait, sourire aux lèvres, dans la chambre qu'elle avait prise à l'auberge pour leur dernier repas avant l'embarquement. Tout allait si bien que, d'ici seulement un an ou deux, en moins de temps que prévu, ils auraient assez d'argent à Gênes pour y être en sécurité.

Elle entendit un pas lourd sur le palier, la porte s'ouvrit et Daniel entra.

À sa vue, son sourire s'évanouit.

— Bellocq m'attendait, annonça-t-il dès que la porte fut refermée.

— Bellocq ? répéta-t-elle, tout optimisme envolé. Il ne va quand même pas nous empêcher de partir, non ?

On frappa à la porte. La fille de l'aubergiste entra avec un immense plateau d'huîtres, de crevettes, d'oursins et de moules, accompagné de pain, de beurre et d'une grande carafe de vin blanc. Elle sortit en leur souhaitant bon appétit.

Daniel regardait le plateau avec étonnement.

— C'est toi qui as commandé ça ?

— Oui. Je pensais faire une petite fête avant de partir. Mais dis-moi, pouvons-nous partir ?

— Nous le *pouvons*…, déclara-t-il en hésitant puis, il ajouta en baissant la voix : Bellocq m'a chargé d'un message pour Gliacci.

Judith sentit passer sur elle un vent de terreur.

— Il est au courant, pour Gliacci ?

— Il a dû entendre parler d'une manière ou d'une autre de nos rapports commerciaux. Mais je ne pense pas qu'il ait connaissance de nos dépôts.

— J'espère bien que non ! Mais… Non, attends, asseyons-nous d'abord et mangeons. Après, tu pourras m'expliquer ce que tout cela signifie.

Ils s'assirent. Judith contemplait les fruits de mer avec désespoir. Elle avait perdu tout appétit. Daniel leur versa du vin, vida son verre et s'en servit un deuxième.

— D'abord, qu'est-ce que Bellocq a à voir avec Gliacci ? demanda Judith. Et quel est le message ?

Daniel attrapa une crevette.

— Écoute, je vais te rapporter exactement ce que m'a dit Bellocq, commença-t-il d'une voix qui n'était guère qu'un murmure. Gliacci considère, comme bien d'autres, que Marseille peut devenir un port franc aussi important que Gênes ou Livourne et il a l'intention d'y accroître ses échanges. Nous savons qu'il a déjà un associé ici puisque c'est à bord de son bateau que nous allons partir pour Gênes.

— M. Lepagney…

— … Oui. Gliacci et Lepagney cherchent à se placer dans les activités de compensation de la Loge des marchands, la Bourse de Marseille. Gliacci compte sur l'influence de Lepagney pour obtenir une concession. Mais, selon Bellocq, Lepagney a été acheté par un autre groupe de banquiers…

Agacé, il s'interrompit en voyant la porte s'ouvrir. La petite servante entra :

— La bouillabaisse arrive, annonça-t-elle. Oh ! mais vous n'avez rien mangé ! s'écria-t-elle en regardant le plateau de fruits de mer.

Elle retira le plateau, accepta les excuses de Judith et apporta la bouillabaisse.

— Mangez pendant que c'est chaud, leur conseilla-t-elle avant de partir.

— Ça sent délicieusement bon, remarqua Judith en versant une grande louche de soupe dorée dans leurs bols.

Le goût n'était pas moins délicieux. Daniel reprit encore du vin.

— Tu dis que Lepagney a été acheté ? demanda Judith.

— Oui… et après un silence il ajouta : par mon cousin Charles et les Vovelle !

Judith posa sa cuillère.

— Charles et les Vovelle !

— Eh oui ! Souviens-toi : par le mariage de Charles, les Vovelle ont fait alliance avec une famille marseillaise, afin de prendre pied dans les affaires du port ! Et les Vovelle se trouvent actuellement en concurrence avec Gliacci pour la même concession à la Bourse !

— Je vois. Les Vovelle, en tant que banquiers, sont les rivaux de Gliacci, qui est aussi banquier. Mais pourquoi Bellocq t'en a-t-il parlé ? Que veut-il que tu fasses ?

— Il veut que je prévienne Gliacci.

— Mais pourquoi toi ? Et pour quoi faire ?

Daniel contempla avec humeur la soupe qui refroidissait.

— Je suis le pion parfait, je suppose. Gliacci n'est pas d'un abord facile, mais Bellocq sait que je suis capable de lui faire comprendre que l'information est véridique, ce qui l'amènera à prendre des dispositions pour faire échouer les plans des Vovelle.

— Et alors ? demanda Judith qui, après avoir bu deux verres de vin, commençait à s'échauffer. En quoi cela regarde-t-il Bellocq ?

— Tu sais, le bruit court qu'il essaye depuis quatre ans d'amener les Vovelle à se convertir, répondit Daniel, comme il le fait avec d'autres familles importantes, en leur offrant de l'argent, des situations, des aides de toute sorte – une carotte qu'il leur balance sous le nez. Si la carotte ne donne rien, il essaiera le bâton.

Judith fronça les sourcils.

— Tu veux dire que c'est une sorte de punition, qu'il va les empêcher d'obtenir cette concession bancaire ?

— Oui, je pense qu'il veut leur donner une leçon, leur montrer qu'il est capable de nuire à leurs intérêts.

Judith réfléchit. Cela paraissait logique, mais comment savoir ? Elle voyait Bellocq comme une espèce de force mauvaise qui manipulait les gens dans l'ombre.

— Il demande à un huguenot de dénoncer des huguenots, murmura-t-elle. Et même à un cousin de dénoncer son cousin.

— C'est ce que je lui ai dit ! s'écria Daniel, dont les yeux lançaient des éclairs. Mais il m'a montré une liste de noms qui portait le titre de *Traîtres au Roi*. Certains noms étaient marqués d'une croix, dont ceux de Matthieu, de Sarah, et des quatre autres jeunes qui se sont enfuis en Suisse avec eux ! La liste datait d'il y a deux ans, du mois de juin, c'est-à-dire d'une semaine avant qu'ils n'aient été obligés de fuir. Et elle était signée Charles Montjoye !

Judith en resta bouche bée.

— C'était sa signature, sans aucun doute. Je la reconnaîtrais n'importe où !

Judith était sans voix devant une telle bassesse, devant quelque chose d'aussi hideux, d'aussi déprimant. Elle n'arrivait pas à l'assimiler.

— Alors ne me parle pas de cousins dénonçant leurs cousins !

Il attrapa la bouteille, mais Judith ne le laissa pas remplir son verre.

— Je t'en prie, Daniel, dit-elle calmement. Nous devons réfléchir.

Daniel resta un moment la bouteille en l'air, puis la reposa et se rejeta en arrière.

— D'accord.

— Si Bellocq t'a montré cette liste, c'est pour te donner envie de te venger, n'est-ce pas ?

— Bien sûr ! Je suis son pion, je te l'ai dit !

Judith était contente d'avoir réussi à l'empêcher de boire.

— Comment peux-tu être sûr que cette liste était authentique ? demanda-t-elle.

— Bellocq sait tellement de choses sur tout le monde qu'il n'a pas besoin de s'abaisser à faire des faux.

— Moi j'ai l'impression qu'il s'abaisserait à faire n'importe quoi !

— Tu ne le connais pas, Judith ! Ce n'est pas un misérable petit filou ! Il faut le prendre au sérieux.

Judith se leva et secoua ses jupes.

— Allons voir chez Charles ce qu'il en dit !

Daniel la regarda comme si elle était devenue folle.

— Ne sois pas bête !

Judith vit rouge.

— Bête ? Je suis bête ? Eh bien, nous allons voir ! Je vais y aller, que cela te plaise ou non ! Je n'ai pas l'intention d'être le *pion* de Bellocq !

Elle se précipita dehors et descendit en jurant contre ses jupons. Les femmes ne pouvaient jamais se mouvoir aussi vite qu'elles l'auraient voulu. Daniel la poursuivit en protestant, mais avant qu'il ait pu la rattraper, elle avait déjà atteint les quais.

— Judith, écoute-moi, je t'en prie ! lui dit-il d'un ton pressant en courant à côté d'elle. Si Charles comprend que Bellocq m'a chargé de prévenir Gliacci, nous ne ferons qu'aider les Vovelle. Nous prendrons aussi parti contre Bellocq, ce qui est dangereux ! Et, pis encore, que nous le voulions ou non, nous jouerons contre Gliacci. Est-ce que tu comprends ça ? Contre Gliacci !

La colère de Judith retomba un peu. Ils ne pouvaient évidemment pas se permettre de s'aliéner Gliacci. Tous leurs projets reposaient sur lui.

— Mais nous n'avons pas besoin de lui parler de Bellocq ou de Gliacci ! Nous n'avons qu'à lui dire que nous avons appris que Matthieu et Sarah avaient été dénoncés, et on verra bien sa réaction.

— Ça a l'air simple comme ça, répliqua Daniel. Mais c'est très risqué, Judith !

Ils avaient quitté les quais et entraient dans le quartier neuf où – la nouvelle avait fait le tour de Nîmes une bonne centaine de fois – Charles possédait un bloc entier de maisons. Judith s'arrêta et se tourna vers Daniel.

— Écoute, je ne serai pas d'accord pour transmettre le message à Gliacci si nous n'arrivons pas à savoir ce que Charles pense de cette liste de noms.

— Très bien, lui accorda-t-il de mauvaise grâce. Allons voir Charles !

Ils demandèrent le chemin, trouvèrent la maison – une demeure splendide à la façade classique – et frappèrent à la porte. Une bonne les fit entrer dans le hall, disparut derrière une porte et revint très vite, embarrassée et les joues rouges.

— M. Montjoye est très occupé et regrette de ne pas pouvoir vous recevoir.

— Ne vous faites pas de souci, répondit Judith en avançant presque sans y penser. Je suis sûre que votre maître sera enchanté de nous voir, ajouta-t-elle, passant en souriant devant la domestique médusée.

Elle ouvrit la porte d'où la servante était sortie.

— Charles ?

La pièce était un bureau aux rayonnages chargés de registres reliés de cuir, avec une grande table en son milieu où Charles était assis. Il se leva si brusquement qu'il renversa son fauteuil.

— Judith…

— Charles ! Quel plaisir de vous voir !

Judith était secrètement persuadée qu'elle pouvait se permettre cette familiarité. Entre elle et lui, il y avait eu ces regards à l'église…

Charles ramassa son fauteuil et se redressa, l'air inquiet.

— Daniel.

— Charles.

Suivit un moment d'hésitation, pendant lequel ils se dévisagèrent.

— Je… Je suis vraiment désolé, balbutia Charles, mais je suis en plein milieu de… d'un très important travail…

— Nous ne vous retiendrons pas longtemps, répliqua Judith sans le quitter des yeux.

282

Lui toujours si élégant, portait une veste noire ordinaire et un col simple. Ses cheveux clairsemés étaient rejetés derrière les oreilles, ce qui accentuait encore la maigreur de ses joues. Il avait beaucoup perdu de sa beauté de jeune homme. Pour quelqu'un de riche, il n'avait pas l'air très florissant – pingre aurait été le mot juste.

— J'espère que votre femme et votre famille se portent bien, dit Judith.

— Très bien, merci. Et comment… comment vont les vôtres ?

— Nous allons tous bien.

Daniel intervint.

— Bien entendu, tu as su que nous avions eu quelques difficultés depuis notre dernière rencontre, déclara-t-il. Matthieu et Sarah ont dû quitter le pays.

— Ah, oui, répondit Charles, très agité, en les regardant tour à tour. J'ai été désolé de l'apprendre.

— Le bruit a couru qu'ils avaient été dénoncés, ajouta Judith.

— Vraiment ? répliqua Charles en se détournant et en feignant de repousser son fauteuil. Je ne le savais pas. Je ne l'ai pas entendu dire.

Judith se sentit malade d'écœurement devant ses airs fuyants. Quand il se retourna, elle le regarda droit dans les yeux.

— Plus précisément, le bruit a couru que c'était vous qui les auriez dénoncés, Charles, déclara-t-elle tranquillement.

— Moi ? s'écria Charles en se redressant de tout son haut. Certainement pas ! ajouta-t-il avec un petit rire jaune. Je ne vois vraiment pas pourquoi j'aurais voulu faire une chose aussi terrible.

Il n'arrivait pas à les regarder en face. Il s'efforçait d'avoir l'air digne, mais il ne réussissait qu'à paraître minable. Judith était pleine de colère et de dégoût, mais elle était également déçue de voir que Charles pouvait se montrer si méprisable. Elle jeta un coup d'œil à Daniel. Il était prêt à partir. Ils en avaient assez vu.

La porte s'ouvrit dans les éclats entremêlés de deux voix : l'une stridente et l'autre, humble et basse, de la servante. Très droite, habillée de crêpe froufroutant, une femme entra à petits pas dans le bureau, appuyée sur une canne, la tête haute et le regard allant de Judith à Daniel, noir et méprisant.

— Qu'est-ce que *vous* faites là ? demanda-t-elle en boitillant jusqu'à Charles et en s'appuyant sur son bras.

Judith n'avait jamais eu le bonheur de voir la tante Joséphine de si près. Son visage ridé, marqué d'une tache marron sur la joue, respirait l'aigreur, mais sa robe était d'un grand faiseur et sous l'ourlet de son jupon de satin, Judith aperçut d'élégantes chaussures de chevreau. Un vieille femme amère, méchante et vaniteuse, se dit-elle.

Sa présence parut cependant redonner des forces à Charles – à moins qu'il n'ait eu peur de faire preuve de faiblesse devant elle – parce qu'il eut un sourire sardonique pour dire :

— Il paraîtrait que j'ai dénoncé le frère et la sœur de Daniel, ma tante !

La tante Joséphine regarda Daniel de haut en bas et déclara fermement :

— Votre frère et votre sœur ont bien de la chance de ne pas être en prison, jeune homme. Et vous aussi, d'ailleurs !

Daniel resta les yeux fixés sur elle un moment, puis se tourna vers Judith.

— On s'en va ? murmura-t-il.

— Ah ! s'écria la tante Joséphine avec un rire théâtral. Vous êtes venu ici pensant intimider mon neveu, mais maintenant vous êtes obligé de chercher du réconfort auprès de votre traînée !

Daniel lui fit face, tremblant de rage :

— Je vous prierai de bien vouloir reprendre ce mot, madame !

Tante Joséphine sourit, superbe :

— Vous avez ramené de vos voyages une jeune fille inconnue, au ventre gonflé par vos fornications, et les gens respectables n'auraient pas le droit de la traiter de traînée ? Pauvre crétin ! Personne à Nîmes n'en a été surpris. Ce qui vient de la fornication vit dans la fornication : votre lignée est pourrie jusqu'à la moelle.

— Je suis né Montjoye, comme Charles et comme *vous* ! riposta Daniel. Votre père était mon grand-père, et celui de Charles également !

— *Votre grand-père* ! répliqua tante Joséphine, la voix vibrante de mépris. Que vous a-t-on raconté à son sujet ? Rien, j'imagine. Vous a-t-on dit qu'aucune servante, dans la maison, n'était à l'abri de sa concupiscence ? Non ? Vous a-t-on dit que Bérangère Lescure s'est trouvée enceinte *avant* la mort de ma mère ? Non ? Vous a-t-on dit que votre père était un bâtard adultérin ?

Daniel resta sans voix. Il était pâle et blessé, mais Judith le sentait si tendu que, sans réfléchir, craignant ce qu'il était capable de faire, surtout après avoir bu tout ce vin, elle saisit tante Joséphine par les épaules.

.— Plus un mot, espèce de vieille folle ! s'écria-t-elle.

Leurs yeux se rencontrèrent. Judith reçut une telle décharge de malveillance que, sans y penser, elle leva une main menaçante. Tante Joséphine ouvrit la bouche, mais Judith n'avait pas l'intention de la laisser parler. Elle la gifla.

Un silence pétrifié suivit, tandis que tante Joséphine reculait en chancelant et prenait appui sur la table, les yeux fixés sur Charles comme si lui, et lui seul, était en mesure à cet instant de se rendre maître des événements.

— Chère tante Joséphine ! s'écria Charles en s'affairant autour d'elle et en agitant furieusement une sonnette. Apportez les sels ! cria-t-il à la femme de chambre qui arrivait. Et appelez le valet de pied !

— Bien, monsieur.

— Elle est vieille et infirme ! s'exclama-t-il d'un ton de reproche en se tournant vers Judith.

— Elle n'est que venin, Charles ! Elle vous empoisonne l'esprit !

— Viens, partons, murmura Daniel en prenant Judith par la main et en l'entraînant hors de la pièce.

Le valet de pied à la mine rude, qui arrivait avec les sels suivi de la femme de chambre, les accompagna jusqu'à la porte et la claqua derrière eux.

Ils marchèrent vite et en silence, la respiration haletante. Ils étaient presque de retour à l'auberge quand Judith déclara :

— Je regrette d'avoir insisté pour y aller, Daniel ! Cette vieille femme, c'est le diable !

Daniel eut un rire tremblotant.

— Il n'y a pas de doute, tu l'as bien secouée !

— Comme tu avais trop bu, j'ai eu peur que tu ne perdes ton sang-froid. Et, en fin de compte, c'est moi qui l'ai perdu.

Il la prit par les épaules et la serra affectueusement.

— J'en suis heureux, murmura-t-il. Et pour le moins, nous avons appris que la liste de Bellocq n'est pas un faux !

— Oui.

Pour Judith cela ne faisait aucun doute : Charles avait trahi Matthieu et Sarah, aussi pitoyable qu'il ait paru en victime des mensonges de tante Joséphine.

— Alors, est-ce que je vais transmettre le message de Bellocq ? demanda Daniel.

— Nous n'allons pas risquer de perdre Gliacci pour soutenir un traître, répondit fermement Judith, sa religion faite. Viens, il est temps d'embarquer, maintenant.

II

— C'est une très grave accusation, monsieur Montjoye, dit lentement Gliacci qui avait perdu son masque habituel d'urbanité. Avez-vous des arguments à me fournir en sa faveur ?

— L'intermédiaire a été Antoine Laborde, le beau-père de Charles Montjoye, lui expliqua Daniel, qui tenait tous ces détails de Bellocq. Lui et Lepagney sont des armateurs de Marseille qui se connaissent de longue date. Les discussions se sont déroulées en mars, chez Laborde. Ils sont tombés d'accord sur cinq cents pistoles immédiatement et dix pour cent sur les opérations de compensation en cas de succès.

— Dix pour cent, c'est étonnamment élevé, remarqua Gliacci, méfiant.

— Lepagney semble croire qu'il peut les obtenir.

— Lepagney a toujours été un imbécile ! reprit Gliacci au bout d'un moment en se levant. Excusez-moi un instant.

Comme à Beaucaire, il était vêtu d'une espèce de large robe orientale qui s'agitait à chacun de ses mouvements. Il traversa le patio et entra dans la maison en appelant Mauro, son secrétaire.

Daniel se détendit. Il avait convaincu Gliacci, et son esprit s'en trouvait libéré. Il prit une gorgée de la boisson glacée qui se trouvait devant lui, sur une table basse en marbre, et regarda au loin l'étendue bleue de la Méditerranée. La villa de Gliacci, dans les faubourgs côtiers de San Pietro d'Arena, était un étalage tentaculaire de cours et de terrasses, de chambres fraîches et légèrement meublées, de colonnades et de sols de marbre, entouré de jardins d'agrément, de vergers d'agrumes et de très hauts murs. Tout le monde n'était pas admis dans ces murs. Quand il lui avait rendu visite l'année précédente, Daniel avait rencontré Gliacci en ville. Il venait de franchir un pas.

Daniel était survolté. Ce serait merveilleux, songeait-il, d'établir des rapports commerciaux vraiment fructueux avec Gliacci. Ce serait reprendre les choses où son père les avait laissées et prendre pour lui une revanche sur la vie …

Gliacci retraversa le patio en traînant les pieds et réinstalla sa masse pesante dans son fauteuil.

— En vérité, monsieur Montjoye, dit-il en respirant bruyamment, ce Lepagney n'a jamais été pour moi un bon représentant.

— Je suis désolé de l'apprendre, répliqua Daniel, réprimant un sourire.

Gliacci s'adossa à son fauteuil et ferma les yeux, comme s'il écoutait le bruissement de la brise dans les orangeraies.

— Cela vous intéresserait, n'est-ce pas, de prendre la place de Lepagney ? demanda-t-il brusquement.

« Si ça m'intéresserait… ! » se dit Daniel. Rencontrer Charles sur son propre terrain et le battre, quelle perspective ! Malheureusement, Gliacci avait besoin de quelqu'un sur lequel il pourrait compter pendant des années, de quelqu'un qui resterait en France, et Daniel ne pouvait pas le lui garantir. Plutôt que de refuser tout net, il sourit :

— L'ennui, c'est que je réclamerais mes dix pour cent…

Gliacci feignit de trouver ça drôle et ses épaules furent secouées de rire.

— Cependant, glissa Daniel, il y a aussi d'autres choses dont je pense que nous devrions discuter…

Gliacci le contempla de ses yeux vifs et intelligents.

— Je pense en effet qu'il doit y en avoir, répondit-il.

Quand vint le moment, pour Gliacci, de se changer pour le souper, Daniel s'aperçut avec étonnement qu'ils avaient bavardé pendant plus d'une heure ; le soleil n'était plus loin, à l'ouest, du faîte des arbres. Un serviteur conduisit Daniel jusqu'à une terrasse pavée de marbre où tintait une fontaine et où un ensemble de luths et de violes enveloppait les invités d'une mélodie baroque.

Les nombreux convives des Gliacci avaient été choisis pour la plupart, comme on pouvait s'y attendre, parmi les citoyens les plus riches de Gênes, banquiers, marchands et armateurs. Les hommes, en justaucorps à l'ancienne mode et cols de dentelle empesés, se tenaient droits comme des grands d'Espagne, tandis que les femmes, vêtues de dentelles et de lourds brocarts, agitaient des éventails devant leurs visages poudrés. Vingt ans auparavant déjà, son père avait appris à Daniel à ne jamais se moquer de la tenue des Génois et de leurs manières guindées car ils les considéraient comme un témoignage de leurs liens avec l'Espagne et en étaient très fiers. Il semblait que rien n'ait changé depuis.

À quel point Judith pouvait être différente ! Quand Daniel arriva, elle était en train de parler avec feu à un petit groupe de marchands accompagnés de leurs épouses. Le voyage en mer lui avait donné très bonne mine, ce qui n'était pas du tout la mode mais la rendait si ravissante qu'il s'arrêta pour la contempler. Elle avait remonté ses cheveux noirs et brillants sur sa tête, ses bijoux étaient des compositions de turquoises et de grenats et elle portait une robe que Daniel n'avait encore jamais vue. Le corsage et la sous-jupe avaient été coupés dans un de ses audacieux modèles à feuille-et-fleur, léger et facile à porter comparé aux vêtements des autres femmes. Le fond en était d'un bleu nuit somptueux, les feuilles bleu pastel et les fleurs d'un rose tendre. La jupe de velours elle-même était assortie au bleu pastel des feuilles.

L'effet était foudroyant. Cela pouvait choquer, mais cela ne manquait pas d'être fascinant. Ce n'était pas une robe que Judith aurait pu porter pour se rendre au temple, à Nîmes. Ce n'était pas non plus une robe que les femmes présentes à ce souper auraient osé revêtir ; mais c'était ce qu'elles auraient rêvé de mettre, et certainement ce que leurs filles achèteraient demain…

En l'apercevant, Judith lui fit signe d'approcher.

— Viens m'aider à m'expliquer ! lui dit-elle.

Daniel alla rejoindre le groupe en souriant.

Leur appartement se trouvait dans une aile de la villa en saillie sur le verger d'orangers et de citronniers. Épuisée, Judith congédia la femme de chambre qui l'avait aidée à se dévêtir, enfila un déshabillé de satin vert et alla rejoindre Daniel qui contemplait la nuit depuis le balcon.

— Je voudrais parler l'italien comme toi, lui dit-elle.

Elle avait passé la soirée à essayer d'arracher aux acheteurs de Gliacci la définition de l'étoffe parfaite, recherchée partout et par tous. Elle avait appris des choses mais qui lui paraissaient confuses, et même contradictoires – à moins qu'elle n'ait tout simplement pas compris.

— Tu n'as pas besoin de parler de tes dessins. Tu les portes. Tu es un échantillon ambulant !

— Tu trouves que j'en ai fait trop ? demanda-t-elle, inquiète.

— Tu étais tout simplement merveilleuse, répondit-il en lui prenant la main.

Le compliment, exprimé posément, était visiblement sincère. Judith rougit de plaisir. Il la serra contre lui et l'embrassa. L'air chaud qui entrait par le balcon apportait avec lui le parfum des orangers et le chant des rossignols. Nîmes, ville rude, persécutée, puritaine, tourmentée, était loin. Judith commençait à se laisser aller quand elle se rappela quelque chose :

— Raconte-moi ce qui s'est passé avec Gliacci !

— Ça s'est très bien passé, répondit Daniel à voix basse. Parlons anglais, ajouta-t-il en jetant un coup d'œil vers la porte. On ne sait jamais…

— Eh bien ?

— Il ignorait tout du complot des Vovelle, mais il n'a pas paru outre mesure étonné d'apprendre qu'il avait été trahi par son associé marseillais. Quoi qu'il en soit, il était content d'avoir été prévenu à temps. Je l'ai donc amené à parler relations commerciales. Et tu sais quoi ? déclara Daniel, les yeux brillant d'excitation. Avec ce voyage, nous aurons mis dans le mille ! Nous allons gagner tout l'argent dont nous avons besoin non pas en un an ou deux, mais dans les quelques mois qui viennent !

Judith ne ressentait plus la moindre fatigue.

— C'est merveilleux, Daniel !

— N'est-ce pas ? dit-il en riant. Magnifique verrerie, remarqua-t-il en sortant d'un placard une carafe et des verres dont un bleu d'une forme exquise. Probablement vénitienne. C'est du *moscatello*, ajouta-t-il en soulevant la carafe. Tu en veux ?

— Non, merci.

En vérité, elle aimait le somptueux goût fruité de ce vin, mais ils avaient beaucoup mangé et porté à cette occasion de nombreux toasts.

— Allez, dis-m'en plus !

— D'abord et avant tout, Gliacci est d'accord pour garantir tes tissus.

— Qu'est-ce que cela signifie exactement ?

— Cela signifie qu'à partir de maintenant il donnera aux acheteurs sa garantie personnelle leur assurant que tes soieries seront conformes à leur commande et livrées en temps voulu.

Judith était transportée de joie. Non sans raison, certains acheteurs doutaient que Judith et Daniel soient capables de les livrer rapidement tout en maintenant le même niveau de qualité. La garantie de Gliacci allait tout changer.

— Dans ce cas, je pourrai en vendre deux fois plus ! s'exclama-t-elle, se demandant déjà combien de tisserands supplémentaires il faudrait qu'elle embauche.

— Oui et, en attendant, moi j'achèterai deux fois plus de brocarts et de velours, ajouta Daniel en vidant son verre.

L'enthousiasme de Judith retomba un peu.

— Tu pourras vendre tout ça ?

— Ne t'inquiète pas, je trouverai le moyen.

— Je ne m'inquiète pas. C'est seulement que…

Elle aurait bien voulu comprendre par quel miracle, impliquant des lettres de crédit, Daniel s'arrangeait, après avoir vendu aux Français ses soies importées, pour en renvoyer secrètement le montant à Gênes. C'était un commerçant avisé, évidemment, et son système paraissait marcher, alors pourquoi ces transactions la mettaient-elles mal à l'aise ? Dans le cas présent, il semblait bien à son esprit terre à terre que les soieries italiennes qu'il avait l'intention d'acheter devraient être payées à l'avance, avant de pouvoir être revendues.

— Nous n'allons pas emprunter à Gliacci, n'est-ce pas ? demanda-t-elle.

— C'est hors de question ! répondit sérieusement Daniel. Il vaut mieux être le créditeur que le débiteur d'un homme comme lui.

— Et nous n'allons pas non plus tirer ici sur notre fonds ?

Ils s'étaient mis d'accord là-dessus : ils ne prendraient pas de risques avec l'argent déposé chez Gliacci. Le père de Daniel avait joué tout ce qu'il possédait sur cette malheureuse expédition de

Londres, et ils avaient encore douloureusement à la mémoire les années de pauvreté et de lutte qui s'ensuivirent.

— Non. J'ai combiné quelque chose de beaucoup mieux, répliqua Daniel avec un sourire mystérieux en allant remplir de nouveau son verre. J'ai écrit à André Pages, à Nîmes, pour lui demander une avance à court terme. J'ai souvent eu affaire à lui pour la maison Montjoye et je sais qu'il ne me créera pas de problème. J'ai déjà donné à Gliacci une lettre de crédit sur lui pour couvrir les achats supplémentaires que je vais faire.

Judith réfléchit. Pages était un petit banquier de Nîmes, un huguenot, quelqu'un en qui on pouvait avoir confiance. Mais il s'agissait tout de même d'un prêt, et emprunter était contraire à ses principes.

— Comment le rembourserons-nous ? demanda-t-elle. Et il faudra aussi lui payer des intérêts. Combien nous restera-t-il après cela ? Est-ce que cela en vaut la peine ?

— Tu vas te faire banquier, maintenant ! observa-t-il en riant. D'abord, nous paierons Pages avec notre boîte en fer.

— Oh !

La boîte en fer, cachée dans le plancher de leur maison de Nîmes, contenait tout l'argent qu'ils avaient réussi à mettre de côté ces dernières années et qu'ils n'avaient pas pu faire passer à l'étranger. Tous les six mois environ, au cours d'une cérémonie nocturne qui consistait à soulever les lattes du plancher du bureau de Daniel et à sortir la pierre derrière laquelle la boîte était cachée, ils y faisaient un nouvel apport. La boîte était maintenant presque pleine de pièces d'or et d'argent – pas une fortune, mais une somme rondelette.

— Les intérêts ne seront pas très élevés sur une si courte période, poursuivit Daniel. Quand je vendrai les soieries italiennes, les paiements se feront, par les canaux habituels, sur notre compte avec Gliacci. Et cette boîte de pièces, nous l'aurons ainsi transférée à l'étranger, et avec un bénéfice encore ! Ça n'en vaut pas la peine, *ça* ?

Judith hocha lentement la tête.

— Oui, mais alors nous n'aurons plus d'économies à Nîmes, plus aucune position de repli, lui fit-elle remarquer.

— Personne dans le monde de la banque ne rejettera une lettre de crédit sur Gliacci ! riposta Daniel en souriant. En fait, l'argent sera plus accessible que sous les lattes du plancher !

— Oui, je comprends…

Judith comprenait, mais superficiellement, et n'était toujours pas à l'aise. Voilà qu'une gentille, une rassurante petite boîte de pièces se transformait en bouts de papier flottant entre marchands et banquiers. Il fallait qu'elle se fasse à l'idée…

— Je pensais que tu serais contente, remarqua Daniel, blessé. N'oublie pas que c'est toi la première, il y a quatre ans, qui as suggéré de faire passer de l'argent clandestinement à l'étranger !

— Je le sais bien ! J'espère seulement qu'on en aura vite fini, c'est tout !

« Il a raison », songea-t-elle, honteuse. C'était elle qui avait mis tout cela en branle. De quel droit se mettait-elle maintenant à douter et à trembler ?

— Nous en aurons fini avant la fin de l'année, je te le promets ! lui assura Daniel en la serrant contre lui. Viens voir le paysage. Il n'y a rien de mieux pour se changer les idées.

Judith se laissa entraîner sur le balcon et resta là, la tête sur l'épaule de Daniel. Les étoiles scintillaient au-dessus d'eux. À quelque distance de là, dans le port de Gênes, on apercevait des lumières diffuses, et un flambeau de lumière jaune s'élevait, sur la digue, au sommet du phare. La nuit était chaude, parfumée et vibrante du bruit des cigales et des rossignols.

— C'est un merveilleux endroit pour une maison, murmura Daniel.

— Ici ? À Gênes ?

Daniel avait le regard perdu au loin, sur la mer.

— Pourquoi pas ?

— Pourquoi ?

Daniel haussa les épaules.

— J'ai dans l'idée que le maître des lieux pourrait avoir quelque chose à nous proposer…

— Parce qu'il sait que nous pourrions quitter la France ?

— Il est beaucoup trop malin pour ne pas y avoir pensé dès le début.

Judith resta silencieuse un moment. Puis elle murmura :

— Je n'aime pas le maître de cette maison. Il y a beaucoup trop de sales têtes qui travaillent pour lui ; ses invités, ce soir, étaient franchement obséquieux avec lui, et sa femme pourrait aussi bien être une statue de son jardin, vu la vie dont elle fait preuve !

— Chut ! fit Daniel en riant et en posant un doigt sur ses lèvres.

— Mais j'ai raison, n'est-ce pas ?

— Tu sais, ce n'était qu'une impression de ma part. Une simple supposition.

— Et tu m'as dit toi-même que Gênes était un nid de querelles et de meurtres. Comment pourrions-nous y élever nos enfants ? Et de plus, il faudrait qu'ils apprennent encore une autre langue !

Les enfants parlaient les deux langues en usage à Nîmes, celle d'oc et le français, ainsi que l'anglais que Judith leur enseignait du mieux qu'elle pouvait.

— Écoute, lui dit-il doucement en l'embrassant. Chaque chose en son temps…

Il passa les mains sous son déshabillé, lui prit les hanches et l'attira en grognant.

Elle était contente de ça, contente de lui. Près du lit, elle laissa glisser par terre son vêtement léger. Ils repoussèrent la courte-pointe, s'allongèrent sur les draps et s'enlacèrent.

Au lointain, au-delà du balcon, les fanaux des galères génoises dansaient paresseusement au-dessus des eaux noires du port.

III

Henry était fier de sa nouvelle voiture. Basse, légère et bien suspendue, elle était revêtue de cuir noir laqué à l'extérieur et de peluche rouge à l'intérieur. Mis à part quelques riches célibataires, rares étaient ceux qui pouvaient s'enorgueillir de moyens de transport aussi élégants, ce qui était loin d'être inutile. Ce matin-là, grâce à sa voiture, il avait été admis à St James's Park, dans un cercle beaucoup plus sélect que celui qu'il fréquentait habituellement, et le roi Charles lui avait vaguement souri lorsqu'il était sorti prendre l'air, entouré de ses courtisans. Henry avait ensuite offert à dîner aux membres distingués de ce cercle et ils s'étaient quittés dans les meilleurs termes. Demain, il irait les retrouver tout à fait naturellement, sans que personne ne songe à lever un sourcil.

Henry grimpait dans l'échelle sociale. Il pourrait bientôt porter l'épée, pensait-il, et se faire graver un écusson par le collège des hérauts, sans qu'il vienne à quiconque l'idée qu'il dépassait la mesure. Bien que marchand, il serait considéré comme un gentleman.

Il s'arrêta à Cheapside et descendit de voiture. Son commerce était de haut niveau, bien entendu. Sous la conduite d'un directeur et d'une vendeuse, sa boutique, fréquentée par une clientèle de choix, était claire, spacieuse et moderne ; rien à voir avec ces commerces où la famille vivait sur les lieux, comme à Shoe Yard. Henry n'y venait que deux heures par jour, surtout pour voir le livre de comptes.

Il s'enferma dans la comptabilité et se mit au travail. Chaque arrivage de Charles Montjoye en provenance de France impliquait de grosses sommes, et il en avait justement un à payer maintenant. Henry recommença ses additions avec un soupir, la tête lourde de bordeaux et de cognac.

Il jeta sa plume. Les chiffres étaient têtus. Plus vous aviez d'argent, plus vous en aviez besoin, semblait-il. Il faudrait que Charles attende un petit moment le solde, et c'est tout. Ce ne serait pas la première fois. Sous la menace de voir révéler son passé, Charles se pliait assez docilement aux exigences de Henry.

Rentré chez lui, Henry alla droit dans son bureau. Il avait, là aussi, des comptes à vérifier. Il obligeait Laetitia à tenir un livre des dépenses de la maison. Henry jeta un coup d'œil au total du mois et alla à la porte.

— Laetitia ? Veux-tu monter une minute, s'il te plaît ? cria-t-il dans l'escalier.

Elle arriva presque aussitôt, avec un air de défi. Elle était devenue boulotte et, comme d'habitude, n'avait pas su assortir les couleurs qu'elle portait – un fichu de mousseline vert pomme sur un corsage écarlate, de quoi vous donner la migraine. Il avait beau faire – pas beaucoup, pour être honnête –, il ne s'entendait pas avec elle.

— Tu as dépensé plus que jamais ce mois-ci ! commença-t-il en agitant le livre. Pour quoi ?

Laetitia le regarda sans ciller.

— Pour ta maison. Pour tes enfants. Pour ta femme, Henry Grainger.

Henry ne lui répondit pas et continua à tourner les pages.

— Qu'est-ce que c'est que ça ? Et ça ? Et ça ? demanda-t-il en pointant sur des entrées concernant des couturiers, des chapeaux et des chaussures. Et qu'est-ce que c'est que ça ? poursuivit-il sans attendre ses explications : vingt livres pour des fournitures de tissus ! Pourquoi diable aller chez Trelawny pour ça ?

— Tu n'avais pas ce que je voulais en magasin.

— Eh bien, à l'avenir tu choisiras dans ce que j'ai et pas ailleurs ! Comment espères-tu que je vais payer tout ça ?

— Pour un train de maison comme le nôtre, mes dépenses sont très raisonnables ! riposta Laetitia avec une lueur combative dans l'œil. Et combien dépenses-tu, toi ? Et pour quoi, j'aimerais bien le savoir ? Pour Shallendon, par exemple ? (Shallendon était leur maison de campagne). Combien t'a-t-elle coûté ? Et combien coûte son entretien ? Et pour quoi faire, nom d'une pipe ? Pour aller se geler à Noël dans cette grande baraque pleine de courants d'air, juste pour que Henry Grainger puisse jouer les châtelains à l'église paroissiale et donner la pièce aux chanteurs ? Merci bien !

Maîtrisant sa fureur, Henry se détourna. Elle était si vulgaire ! Elle avait vraiment dépensé beaucoup d'argent ce mois-ci, mais comme n'importe quelle femme de la classe des commerçants. Elle l'aurait très bien vu échevin comme son père, elle n'avait jamais visé plus haut. Comment s'attendre à ce qu'elle comprenne ce que signifiait posséder un manoir (même si, effectivement, il manquait à Shallendon la moitié de son toit) ?

— Tu veux que nos enfants se noircissent les doigts à rendre la monnaie dans une boutique ? demanda-t-il. Shallendon fait partie des efforts que je fais pour leur assurer un meilleur avenir.

— Ah, c'est pour les enfants que tu le fais ? Quelle noblesse d'âme ! C'est aussi pour les enfants, j'imagine, que tu te promènes toute la journée en ville en voiture à deux chevaux ?

— Et si c'était vrai ? hurla Henry. Et si je m'efforçais d'entretenir d'utiles relations? Et si, en bon père, je pensais bien à l'avance au mariage de mes filles ?

Malgré sa colère, il prit conscience qu'il valait certainement mieux que Laetitia ignore combien il dépensait, en réalité. Si elle avait su combien d'argent se gaspillait à la cour du roi Charles et parmi ses parasites, et donc ce qu'il en coûtait à Henry rien que pour rester dans la course, elle n'aurait fait qu'un bond au plafond.

— En tout cas je suis sûre d'une chose, reprit-elle amèrement, c'est que tu ne me dis pas toute la vérité. Il y a de l'argent qui disparaît, beaucoup d'argent. Je suppose que tu entretiens une maîtresse quelque part dans le West End, comme presque tous tes distingués amis...

Henry sourit.

— Si j'avais une maîtresse, tu l'aurais découvert depuis longtemps !

Il était vrai qu'il n'en avait pas. Cet aspect des choses ne lui coûtait rien, sauf quand il payait la note, au *bagnio* ou au bordel, d'un homme important.

Laetitia fit un petit bruit de gorge, les yeux voilés de jalousie.

— Tu dois pourtant bien faire quelque chose, puisque…

Elle n'avait plus qu'une toute petite voix. Depuis la mort de la douce affection qu'ils avaient un jour partagée, Henry, en effet, ne venait plus la retrouver dans son lit. À l'idée qu'il pouvait encore la blesser, il éprouva un brusque plaisir. Il referma le livre de comptes, signifiant par là que la discussion était close.

— Très bien, dit-elle de mauvaise grâce, la voix sur le point de se briser. Tu n'as peut-être pas de maîtresse, mais alors je n'imagine pas où va l'argent.

— Le rôle d'une épouse n'est pas d'imaginer quoi que ce soit. Maintenant, laisse-moi. Va dire à la cuisine que je souperai à la maison.

À la porte, elle se retourna, et Henry ressentit un mélange de triomphe et de crainte en lisant dans son regard un regain de haine.

— Si tu crois que je vais supporter que tu me parles sur ce ton et laisser courir, tu es un imbécile ! marmonna-t-elle, et elle claqua la porte.

Susanna vit le sombre visage de Jon Harley se dessiner au-dessus d'elle tandis qu'il la poussait brutalement sur le lit et l'y maintenait plaquée.

— *Il est trop tard !* chuchota-t-il, en lui serrant le cou.

Au contact de ses doigts longs et nerveux – comme ceux de Charles, chemin Saint-George –, elle fut saisie d'un frisson et ne put réprimer un petit cri de frayeur.

Un murmure parcourut la salle.

Desdémone était tuée et Iago dénoncé, Émilie était morte, Othello s'était suicidé, la pièce se terminait. Della Bellaire se releva de sa couche et salua, sous des salves d'applaudissements frénétiques.

Elle aurait bientôt trente ans et était au faîte de sa carrière. Della Bellaire – et Jon Harley – jouaient avec une telle intensité d'émotion les scènes comme celle qu'ils venaient d'interpréter que le public était subjugué.

Cette intensité, Susanna était seule à savoir d'où elle la tirait et ce qu'elle lui coûtait.

Cependant les applaudissements chassaient déjà les ténèbres et il ne lui fallut qu'un instant pour se remettre avant de se rendre dans les coulisses. Là, elle se montra parfaite avec ses admirateurs – gracieuse, spirituelle, intouchable. Ce n'était plus de jeunes dandys oisifs qui s'agitaient autour d'elle, mais des hommes mûrs, désireux de prouver leur intelligence et leur compréhension de la vie et du théâtre. Elle leur parlait et les flattait subtilement, sans toutefois se laisser approcher de plus près qu'auparavant.

Ce rituel qui suit la représentation une fois accompli, elle se démaquilla, se changea et rentra chez elle. Elle occupait toujours le même appartement sur la Piazza, mais il aurait pu se trouver n'importe où pour toute l'attention qu'elle lui prêtait. Pour elle, c'était simplement l'endroit où elle dormait.

Son cœur, son corps, son âme, tout son être était voué au théâtre. En dehors de cela il n'y avait que les choses indispensables à faire, les mornes nécessités de l'existence. Qu'est-ce qu'il y aurait bien pu y avoir d'autre puisque Andrew était parti ?

Elle n'avait avec Jon Harley que des rapports professionnels. Elle n'était ni sa maîtresse ni même son amie. Il la dominait, dirigeait sa vie plus que jamais peut-être, mais seulement sa vie d'actrice – ce qu'elle acceptait volontiers car le travail qu'ils faisaient ensemble était fascinant. Ils avaient enfin amené un public à Shakespeare.

Par moments, une petite voix lui murmurait qu'en quelques années, Jon Harley – le père protecteur, Prospero – et elle – sa fille vierge, Miranda – étaient devenus, lui le monstre de jalousie – Othello –, et Susanna, son épouse et victime – Desdémone. L'idée la glaçait et, en général, elle préférait l'écarter.

Comme elle rejetait tout pensée qui pouvait la ramener à Andrew et à son absence, douleur qui ne la lâchait que lorsqu'elle se jetait tête baissée dans une activité frénétique. Elle ne l'avait plus revu depuis cette nuit où elle l'avait attendu. Il avait disparu de la ville comme si, pour se débarrasser d'elle tout à fait, il avait dû fuir Londres aussi.

Après avoir surmonté ses premières réactions de fierté blessée et de souffrance, elle s'était mise à sa recherche. S'il voulait la rejeter, elle voulait pour le moins l'entendre de sa propre bouche. Mais, dans les endroits comme le Rouge-Gorge, les langues ne se déliaient jamais, et Susanna n'avait rencontré que visages maussades ou même hostiles. Les amis d'Andrew étaient introuvables.

Comme ils faisaient souvent ensemble la tournée des foires et des marchés de province, c'était peut-être là qu'il avait trouvé refuge loin d'elle. Elle s'était trompée sur son compte. Elle avait été naïve et confiante. Il n'en était pas digne.

Elle avait été dupée.

De retour chez elle, épuisée après une journée de travail au théâtre, Susanna se mit au lit et s'endormit immédiatement. Réveillée de bonne heure, comme toujours, elle sortit. Le marché était en pleine effervescence. Des fêtards attardés rentraient chez eux en titubant dans l'air frais du matin. Susanna resserra le col de fourrure de son manteau et tourna vers Bow Street.

— J'ai un mot à vous dire !

Susanna leva les yeux et reconnut immédiatement Laetitia, bien qu'elle fût plus rondelette que dans son souvenir.

— Je ne pense pas que nous ayons quoi que ce soit à nous dire, répondit-elle froidement, sans ralentir le pas.

— Je ne suis pas restée ici à me geler pour me faire évincer, ma jeune dame ! rétorqua Laetitia en se mettant en travers du chemin de Susanna, vigoureuse et décidée. Combien Henry vous paye-t-il ?

— Henry ? répéta Susanna qui n'en croyait pas ses oreilles. Combien Henry me paye ? Êtes-vous devenue folle ?

— Allons donc ! Je veux la vérité ! reprit Laetitia, les yeux brillant comme des perles. Combien vous donne-t-il, quand, et depuis quand ?

« Elle est peut-être vraiment folle », se dit Susanna. Mieux valait aller au théâtre où des gens de la troupe pourraient venir à son secours. Les questions idiotes de cette femme l'exaspéraient.

— La vérité, c'est que je n'ai jamais touché un sou de l'argent de mon père ! s'exclama-t-elle en la repoussant pour passer. C'est vous et Henry qui avez hérité de tout !

Laetitia lui agrippa le bras au passage.

— Oui, et vous l'avez menacé de prendre un avocat, n'est-ce pas ?

— Je lui ai dit que je le ferais s'il ne me laissait pas tranquille ! De même pour vous ! Laissez-moi ! ajouta Susanna en essayant de libérer son bras, mais Laetitia ne lâchait pas prise.

— Vous l'avez fait chanter ! reprit Laetitia, haletante, en la tirant en arrière. Vous l'avez obligé à payer en le menaçant de l'envoyer en prison pour cette inscription à propos de vous et de Judith.

— Moi ? Je l'ai fait chanter ? Mais c'est ridicule !

Susanna lui tordit les doigts et se dégagea. Des larmes de douleur vinrent aux yeux de Laetitia.

— Inutile d'essayer de vous débarrasser de moi! Je sais que c'est à vous que va l'argent ! Comme il ne va pas à Judith, ça ne peut être qu'à vous !

Susanna atteignit le coin de Bow Street et se dirigea vers le théâtre. Qu'est-ce que cette femme avait voulu dire par, « il ne va pas à Judith » ? Il y avait certainement une sombre histoire entre elle et Henry derrière tout ça, de l'argent qui manquait sans doute, mais pourquoi dire qu'il n'allait pas à Judith ? Comment cela aurait-il pu se faire ?

Laetitia avait mentionné deux fois le nom de Judith. À quel sujet la première ? Au sujet d'une inscription. « Cette inscription à propos de vous et de Judith » pour laquelle, à en croire Laetitia, Henry risquait la prison. Autrement dit, cette inscription comportait quelque chose de criminel, ou tout au moins d'illicite.

Pour autant qu'elle le sache, il n'y avait jamais eu qu'une seule inscription, celle de sa mort présumée. Et celle de Judith.

Morts présumées ?

Tous ses espoirs, tous ses soupçons, enterrés depuis quelques années, depuis sa conversation avec Henry, lui revinrent en mémoire.

Elle s'arrêta net et examina Laetitia.

— Que voulez-vous dire à propos de Judith ?

— À propos de Judith ? Mais rien ! répondit-elle, déconcertée.

— Mais si ! s'exclama Susanna en agrippant son manteau. Allez, dites-le ! Quelle inscription ? Celle de son décès ? C'est ça, n'est-ce pas ?

C'était au tour de Laetitia maintenant de se débattre. Elle avait l'air terrifié.

— Non, non, je vous en prie ! pleurnichait-elle stupidement.

Ses yeux roulèrent dans leurs orbites, sa tête tomba de côté et elle parut sur le point de s'évanouir. Susanna s'efforça de la maintenir debout et, juste au moment où elle desserrait les doigts, Laetitia se libéra, la repoussa énergiquement et s'enfuit en courant.

Susanna se mit à courir derrière elle, mais Laetitia filait avec l'énergie du désespoir, et quand Susanna atteignit le bout de Bow Street et émergea dans l'animation du Strand, Laetitia était hors de vue. Elle pouvait avoir pénétré dans une des nombreuses boutiques du New Exchange, ou avoir pris un fiacre pour rentrer…

Susanna s'arrêta, haletante. À quoi bon essayer d'aller voir Henry et Laetitia ? Leur porte lui serait fermée. Et si elle s'arrangeait pour se trouver face à face avec l'un d'eux, ou avec les deux, ils mentiraient. Pour l'instant, de toute façon, elle n'en avait pas le temps, la répétition allait commencer.

Pendant toute la répétition, concentrée sur ce qu'elle faisait de façon purement machinale, elle trembla intérieurement, d'indignation peut-être, et à cause des plans farfelus qu'elle échafaudait pour extorquer la vérité à Henry et Laetitia, mais aussi d'espoir et même de peur : la peur que peut-être, pendant toutes ces années, elle ait docilement accepté de croire les misérables mensonges de son frère tandis que quelque part, ailleurs, sa sœur vivait et souffrait comme elle de l'avoir perdue…

Il ne fallait pas qu'elle se laisse submerger par ces émotions, il fallait qu'elle ne perde pas de vue ce qu'elle faisait. Jon était là, net et précis, exigeant. Il ne fallait pas qu'il sache. Elle ne lui avait jamais fait partager ses secrets et, bien qu'elle ne sût pas trop pourquoi, elle pensait que cela valait mieux ainsi.

Dès que la répétition fut terminée, elle alla trouver Jane pour lui raconter ce qui s'était passé.

Jane l'écouta, puis resta un moment silencieuse, à réfléchir.

— Écoute, lui proposa-t-elle à la fin, pourquoi ne ferais-tu pas ce dont tu les a menacés, pourquoi n'irais-tu pas voir un avocat ? M. Sandyfield est très gentil, il serait de bon conseil.

Sandyfield était l'avocat de la Bow Street Company.

— Non, je ne veux rien faire qui soit en rapport avec la compagnie, répondit Susanna. Je ne veux pas que Jon soit mis au courant de tout ça.

— Bon, alors va chez un autre. Ce ne sont pas les requins qui manquent dans la mer !

— Oui, peut-être… Mais qu'est-ce que je pourrais lui dire ? Je ne peux même pas lui prouver qui je suis en réalité, après avoir été si longtemps Della Bellaire ! Et encore moins lui prouver quoi que ce soit en ce qui concerne Judith !

— Non, évidemment, pas sans savoir où elle est. Écoute ! lui dit-elle sérieusement, si ton frère a commis une espèce de fraude et si ta sœur est en vie, nous devrions être capables de la dénicher. Peut-être que ce que j'ai dans l'idée ne te plaira pas…

— Vas-y, vas-y !

— Je sais que tu ne veux pas devoir quoi que ce soit à tes admirateurs, mais certains d'entre eux occupent des situations qui leur permettraient de t'aider à trouver Judith.

— Et ensuite ils s'empresseraient de réclamer leur dû, c'est là tout le problème.

Jane haussa les épaules.

— Raconte-leur des sornettes, fais-les marcher. Tu sais bien comment t'y prendre !

— Tu as raison ! répondit Susanna avec un sourire en pensant à un ou deux magistrats ou à des fonctionnaires qui pouvaient l'aider. Par où commencer ? Par Londres ?

— Plutôt par la campagne. Quand ton frère est venu te voir, c'était pour te marier quelque part loin d'ici. Dix contre un qu'il aura fait la même chose avec Judith !

— Oui ! s'écria Susanna en revoyant, surexcitée, tout ce qui s'était passé.

Les choses qui semblaient prouver la mort de Judith apparaissaient sous un jour tout différent si on supposait qu'elle avait survécu. Si la maison de Southwark était vide le jour où Susanna y avait rencontré Henry, c'était peut-être tout simplement qu'elle était partie.

Et Daniel avec elle peut-être.

Et Charles aussi, peut-être.

— Qu'est-ce qui ne va pas, ma chérie ? lui demanda Jane en se penchant vers elle.

— Rien… Je pensais seulement que si Judith a survécu, Daniel et Charles ont peut-être survécu aussi…

— Les Français ? Dommage pour Charles… il aurait mérité de mourir de la peste !

— C'est bien mon avis, répondit sérieusement Susanna. Mais

oublions-le pour le moment. Je pense à Daniel. S'il a survécu, alors Henry n'a pas pu marier Judith à quelqu'un d'autre. Et il est plus que probable que Daniel aura voulu rentrer en France.

— Avec ta sœur ! Ça expliquerait pourquoi on n'a plus entendu parler d'eux ! s'écria Jane, les yeux brillants, en saisissant la main de Susanna. Et tu sais quoi ? Tu as exactement l'homme qu'il te faut parmi tes admirateurs ! Tu vois qui je veux dire ?

Susanna hocha la tête.

— Tu as sans doute raison, répondit-elle prudemment. Mais il ne va pas être facile à exploiter…

IV

Judith était follement impatiente de quitter les Infirmeries de Marseille, où, en compagnie de Daniel, elle était soumise à la quarantaine, et de rentrer à Nîmes. Ses enfants lui manquaient et elle était pressée de se mettre à travailler à de nouveaux dessins.

Le voyage en Italie avait été un immense succès. Personne ne lui avait expliqué ce que devait être un tissu parfait, mais c'était extraordinaire à quel point le simple fait de voir comment les gens vivaient et s'habillaient pouvait remettre les choses en perspective. Elle avait envisagé avec Daniel la façon dont elle allait dorénavant organiser son travail. Ils auraient deux ou trois modèles de base, de ceux que tous les marchands recherchent et apprécient. Pierre Coubert pourrait les enseigner à de jeunes tisserands, de façon à rester libre pour tisser lui-même les modèles plus sophistiqués de Judith qui seraient vendus en plus petites quantités et beaucoup plus cher.

Quant à Daniel, il avait déniché des pièces de tissus de soie d'une incroyable splendeur qui sortaient rarement d'Italie et qu'il était sûr de vendre rapidement en France. Maintenant, il était en train de superviser leur déchargement dans les hangars, près de la baie où la galère marchande de Gliacci, à bord de laquelle ils étaient rentrés de Gênes, était amarrée. De même que les personnes, les marchandises étaient soumises à quarantaine. Daniel voulait s'assurer que ses précieux velours et brocarts étaient bien entreposés hors d'atteinte du soleil, du vent et des embruns.

L'hôpital de quarantaine était un ensemble de constructions basses entourées d'un mur, exposées au soleil et donnant sur la mer au nord de Marseille. Combien de temps faudrait-il pour qu'on les libère ? se demandait Judith. De même que celui de la galère, leur bulletin de santé était sans reproche et il n'y avait aucune raison de les garder ici pendant des semaines. Regardant du côté des hangars, elle aperçut Daniel en conversation avec un homme en chapeau, perruque et manteau long, une canne à la main, qu'elle prit pour le directeur de l'hôpital. Il devait être en train de négocier pour eux le plus court séjour possible, se dit-elle avec plaisir. Elle aurait peut-être intérêt à les rejoindre au cas où elle pourrait utilement jouer de son charme.

Mais elle s'arrêta, avec un vague sentiment d'inquiétude, en voyant Daniel, une feuille de papier à la main, désigner des balles posées dans un coin, loin des autres. Le directeur secoua la tête et s'en alla, tandis que Daniel le poursuivait encore un moment, continuant à parler et à agiter les bras. Le directeur ne se retourna pas et Daniel finit par abandonner en se grattant la tête, les yeux fixés sur son papier.

Judith courut à sa rencontre.

— Daniel ! Qu'est-ce qui se passe ?

— Une saisie ! s'écria-t-il, furieux. Un maudit huissier !

Il lui fourra le papier dans la main et sortit du hangar.

— Daniel ! Attends !

Elle le suivit tout en lisant. Un huissier, à Marseille, agissait sur les instances d'Augustin Bastide, lequel...

Lequel réclamait cinq cent quarante livres de Daniel Montjoye !

— Daniel ! Qu'est-ce que ça signifie ? Qui est ce Bastide ? lui demanda-t-elle en courant après lui tandis qu'il retournait, à grands pas furieux, vers les quartiers d'habitation.

— Je n'en ai jamais entendu parler.

— Mais alors, comment peut-il te réclamer de l'argent ?

Judith était hors d'haleine et avait le cœur battant. Cinq cent quarante livres, c'était une somme considérable.

— Je le saurai quand nous sortirons d'ici, déclara Daniel en entrant le premier dans leur chambre et en se jetant dans un fauteuil. En tout cas, le directeur prétend que l'huissier est parfaitement respectable et que l'assignation est parfaitement légale. Mais je ne le laisserai pas prendre les soies, poursuivit-il avec une expression de rage froide. Ils les évalueraient à une bouchée de pain et réussirait un fameux coup. J'aimerais encore mieux jeter tout le chargement à la mer !

Judith s'assit sur le lit, les yeux fixés sur l'assignation comme si elle pouvait lui arracher son secret.

— Alors, qu'est-ce que tu vas faire ? demanda-t-elle.

— Je vais demander au directeur d'envoyer à l'huissier une offre de paiement par lettre de crédit sur Gliacci.

— Mais nous étions convenus de ne pas toucher à cet argent ! répliqua vertement Judith. Et pourquoi ne me dis-tu pas ce qui se passe, parce que je n'y comprends rien et je n'aime pas ça du tout !

— Il ne peut s'agir que d'une seule chose, répondit Daniel après un silence : des trois cents livres que nous avons empruntées à Pages.

— Mais il est question de cinq cent quarante livres ! Et on parle de Bastide, pas de Pages !

— Il existe un marché des dettes. On peut les acheter et les vendre, et leur valeur change au cours de ces transactions.

Judith ne fit aucun commentaire. Sa méfiance envers les opérations bancaires et les bouts de papier qui remplaçaient les espèces sonnantes et trébuchantes n'était donc pas sans fondement. Des sentiments confus et déroutants de rancœur et de crainte de ces financiers de l'ombre la saisirent, puis un mouvement de colère envers la personne pas le moins du monde dans l'ombre qui lui faisait face. « Tu prétendais qu'il n'y avait aucun risque, songea-t-elle. Tu sais toujours tout. »

— Ainsi ce Bastide a acheté notre dette à Pages, et maintenant nous allons devoir payer près de deux fois plus que ce nous avions emprunté ?

— C'est à peu près ça.

— Il ne nous restera plus aucun bénéfice, alors ?

— Oh, je m'arrangerai pour en faire quand même, répondit Daniel dont le regard implorait la compréhension. Je n'arrive pas à croire ça de Pages, balbutia-t-il. Il est le banquier des Montjoye depuis des années, Judith ! J'aurais mis ma main au feu qu'avec lui on ne courait aucun risque !

Une heure plus tard, Daniel était convoqué chez le directeur et revenait pour annoncer que l'huissier refusait la lettre de crédit sur Gliacci. Judith en eut l'estomac serré.

— Je croyais que personne n'avait jamais fait ça ! remarqua-t-elle sans pouvoir retenir une pointe de sarcasme.

Daniel lui prit les mains et la regarda gravement :

— Je commence à comprendre qu'il y a eu préméditation, dit-il. Si Bastide était un simple requin, il aurait immédiatement accepté le paiement sur Gliacci. Non, c'est ce qu'on appelle un homme de paille. Un instrument.

« Dans les mains de qui ? » se demanda Judith en voyant l'inquiétude qu'exprimaient les yeux de Daniel et en comprenant, lentement, malgré elle, qu'ils connaissaient tous les deux la réponse.

— C'est la vengeance de Charles, déclara Daniel.

« Pour le message transmis à Gliacci », se dit Judith, avec un frisson dans le dos.

— Qu'est-ce qu'il a l'intention de faire, tu crois ?

— Il va essayer de nous prendre tout ce qu'il pourra, j'imagine. Ou me faire jeter en prison pour dettes.

— Il peut faire ça ? demanda Judith, atterrée.

Daniel se mit à rire, mais sans grande conviction.

— Seulement si nous ne payons pas. Mais ne t'en fais pas, nous paierons. Nous avons la boîte en fer, les soieries en cas de malheur, sans compter la famille et les amis. Mais on verra ça plus tard. Il faut d'abord sortir d'ici. Combien nous reste-t-il d'argent ?

Ils rassemblèrent tout ce qu'ils avaient et Daniel en fit deux piles.

— Nous aurons besoin de celle-ci pour notre voyage de retour à Nîmes, déclara-t-il. Ce qui nous laisse… Bon, c'est peut-être assez pour soudoyer le directeur.

Il revint dix minutes plus tard, le sourire aux lèvres :

— Pour une fois, je suis bien content que les règlements sanitaires ne soient pas strictement respectés à Marseille !

Ils rentrèrent en ville dans la chaleur de l'après-midi, suivis par deux porteurs avec leur malle. Ils prirent une chambre pour la nuit à l'auberge où ils avaient couché avant d'embarquer pour l'Italie.

À la surprise de Judith, aucune lettre ne les y attendait.

Les enfants séjournaient chez Émersende, dans son village natal, près de Nîmes. Daniel et Judith leur avaient écrit plusieurs fois d'Italie, mais comme ils ne restaient jamais sur place, ils avaient demandé à Émersende d'envoyer les réponses à l'auberge de Marseille.

— C'est bizarre qu'il n'y ait pas du tout de lettre, déclara Judith, perplexe. Les enfants auraient dû nous envoyer un mot.

Daniel n'avait pas l'air inquiet.

— Ma mère n'a peut-être pas reçu la lettre où nous lui donnions notre adresse, suggéra-t-il. Les lettres se perdent parfois.

Dès qu'ils furent installés dans leur chambre, Daniel partit à la recherche de l'huissier pour essayer de trouver un arrangement. Judith se mit une fois de plus à déballer leurs vêtements, à les secouer et à les suspendre.

La conversation qu'elle avait eue avec Daniel en chemin lui revint à l'esprit. Gliacci avait certainement obtenu la concession bancaire. Charles avait dû apprendre qu'ils étaient partis pour Gênes, avait fait le rapprochement, et la tante Joséphine l'avait poussé à se venger.

Elle entendit des pas, se retourna et sursauta en voyant deux hommes sur le pas de la porte. Ils portaient des chapeaux et des manteaux poussiéreux, de lourdes bottes de cheval à revers, et des épées.

L'un des deux, au visage en sueur et à la moustache brune tombante, lui lança un regard désobligeant.

— Daniel Montjoye ? lui demanda-t-il, l'haleine parfumée à l'alcool.

— Il sera là plus tard. Si vous avez quelque chose à voir avec l'assignation, il est déjà parti voir l'huissier.

Celui qui n'avait rien dit, plus petit et plus noir que son compagnon, secoua la tête.

— Ce n'est pas pour l'assignation, déclara-t-il avec brusquerie en entrant.

Il regarda sous le lit et dans la penderie en poussant les vêtements de Judith de côté.

— Qu'est-ce qui vous prend ? s'écria Judith, en l'affrontant avec indignation, mais intérieurement effrayée. Qui êtes-vous ?

— Service du roi, répondit l'homme, avec mépris. Ramassez vos affaires. Vous venez avec nous.

Le bureau de l'huissier se trouvait dans une petite maison sale, sur une ruelle en pente de la vieille ville. L'entrée puait les déchets de poisson. Daniel interrompit la sieste du bonhomme.

— Je voudrais voir M. Bastide en personne, lui dit-il.

Assis à une table bancale où se trouvaient les restes d'un repas, l'huissier se frotta les yeux.

— M. Bastide n'est pas en ville.

Furieux, Daniel songea à aller frapper à la porte de Charles. Mais même s'il le recevait, Charles feindrait de tout ignorer de cette histoire et le ferait chasser par son laquais à la mine patibulaire. Daniel soupira.

— Dans ce cas, quelles sont ses conditions ? demanda-t-il.

— Cinq cent quarante livres, comme il est dit dans l'assignation, répondit l'huissier, et son assistant, qui se curait les dents dans un coin, eut un petit rire idiot.

— En espèces ?

— Si vous en avez.

« Nous verrons bien qui rira le dernier », songea Daniel. Avec un bon cheval, il pouvait être à Arles le lendemain soir, et à Nîmes vers midi le jour suivant. Le surlendemain matin, il prendrait le chemin du retour avec l'argent et quelques amis, et il récupérerait les soies encore en quarantaine.

— Je serai de retour lundi matin, déclara-t-il à l'huissier. Vous acceptez aussi bien l'argent que l'or ?

— L'or est toujours le bienvenu, répondit-il en regardant Daniel d'un air sceptique. Si vous pensez aller à Nîmes, sachez que vous trouverez des scellés sur votre porte.

Le sang de Daniel se glaça dans ses veines.

— Que voulez-vous dire ?

— L'assignation est lancée depuis dix jours, observa l'huissier en se levant. Votre maison et vos biens sont sous séquestre, évidemment ! Vous vous attendiez à ce qu'on vous fasse la charité ou quoi ?

« La boîte en fer ! pensa Daniel, pris de panique, ils l'ont peut-être trouvée ! » Non, probablement pas. Elle était bien cachée. Mais maintenant il ne pourrait plus l'atteindre… il n'aurait pas l'autorisation de briser les scellés et d'entrer dans sa propre maison…

C'était une catastrophe ! La maison et les marchandises ! Derrière tout ça, à part Charles, il y avait les Vovelle. Ils avaient le pouvoir d'intimider Pages – celui-ci n'était qu'un moucheron à côté d'eux dans le monde de la banque – et d'avoir mis tous ces rouages en mouvement ces dernières semaines.

Il prit conscience qu'il était resté figé et que l'huissier le regardait avec insolence. Il fit brusquement demi-tour et sortit, pris d'un soudain esprit combatif.

Il irait à Nîmes comme prévu. Pages lui devait bien un secours quelconque. Élie l'aiderait, ainsi que Joseph, et que d'autres aussi sur lesquels il pouvait compter. Les huguenots le soutiendraient. Il n'était pas fini, loin de là.

Il fallait qu'il voie Judith avant de partir. Il se dirigea vivement vers l'auberge.

Non, d'abord avertir Gliacci. Les Vovelle se vengeaient d'un service que Daniel lui avait rendu. Il devait lui tendre une main secourable.

Daniel entra dans une taverne du front de mer, demanda du papier et une plume, et écrivit un mot bref. Il le scella, l'adressa à Gliacci, paya, se renseigna et trouva un marin en partance pour l'île de Pomègues, où la galère de Gliacci devait être maintenant à l'ancre, en quarantaine.

— Pour le capitaine Taddei du *Bartolomeo*, dit-il au marin en lui donnant le message et en le payant bien pour sa peine. Mais remettez-le absolument en mains propres !

« Et maintenant, se dit-il, d'abord Judith, puis l'écurie, et en route ! »

Il remarqua à peine l'homme qui flânait devant l'auberge, et quand il aperçut le second, dans l'entrée, il était trop tard.

Le travail fut vite et bien fait : il s'emparèrent de lui, l'étourdirent d'un coup de gourdin et le tirèrent jusqu'au Fort Saint-Jean, à l'entrée du port. Là, ils lui mirent les fers aux poignets, le descendirent dans un bateau et ramèrent jusqu'à l'Arsenal où ils l'abandonnèrent dans une pièce ne contenant qu'une table et deux chaises.

Il entendit une clef tourner dans la serrure et Bellocq fit son apparition. Il prit la tête de Daniel brutalement entre ses mains, examina la bosse qu'il avait derrière l'oreille, et le relâcha avec un grognement de satisfaction.

— J'ai été agressé et arrêté illégalement ! protesta Daniel, la voix tremblante, moins de colère que de peur.

Bellocq s'assit et feuilleta quelques papiers.

— J'ai transmis le message à Gliacci comme vous le désiriez ! insista Daniel. À la suite de quoi on saisit ma cargaison et on met ma maison sous séquestre ! C'est là votre façon de me remercier ?

Bellocq redressa la tête, le regard dur :

— Je ne sais pas à quoi vous faites allusion, monsieur Montjoye, dit-il. Mais à présent, parlons de vos *vrais* problèmes, voulez-vous ?

V

Une paillasse était le seul meuble de la cellule mal éclairée où Judith, les cheveux défaits tombant sur ses épaules, allait et venait en agitant les mains dans un effort désespéré pour convaincre. Charles l'écoutait avec attention quand elle passait devant le judas et comprit qu'elle prononçait un discours à mi-voix, un discours pour sa défense.

Il sourit. Elle était là depuis cinq jours. Elle avait eu le temps de mariner. Il fit signe au geôlier qui déverrouilla la porte.

Elle se retourna, sursauta en le reconnaissant, mais se ressaisit :

— Vous êtes venu savourer votre triomphe, j'imagine, lui dit-elle d'un air de défi.

— Je n'étais pas en ville et je ne l'ai appris qu'hier, Judith, sinon je serais venu plus tôt ! lui assura-t-il précipitamment. Je suis horrifié par ce qui vous arrive !

Elle lui lança un regard appuyé et hostile.

— Ne me dites pas que cela ne fait pas partie de votre petit plan de vengeance, répliqua-t-elle.

— *Ça* ? répondit Charles en désignant sa cellule crasseuse. Ça, c'est Bellocq et seulement Bellocq.

Elle ne le crut visiblement pas mais, bien sûr, elle ne savait pas vraiment qui était responsable de tout ça.

— L'assignation ! s'exclama-t-elle soudain. M. Bastide ! Ce n'était pas Bellocq !

Charles baissa la tête.

— C'était de très mauvais goût, je le reconnais.

— De mauvais goût ? répéta-t-elle d'une voix éteinte.

— Désolé, ce n'est peut-être pas le mot qui convient. J'ai voulu simplement secouer Daniel à son retour d'Italie, pour répondre au choc qu'il m'avait lui-même administré. J'ai voulu lui donner une leçon ! Et maintenant, avec ce... ma foi, ce tragique tournant qu'ont pris les événements, je regrette de l'avoir fait.

Elle s'écarta de lui de quelques pas, mais la cellule était trop petite pour qu'elle puisse aller bien loin.

— Pourquoi devrais-je vous croire ? lui demanda-t-elle brutalement. Vous avez trahi Matthieu et Sarah ! Vous l'avez nié quand nous étions chez vous, mais Bellocq a montré à Daniel la liste que vous avez signée !

— Bellocq nous a manipulés depuis le début, Judith, déclara Charles en soupirant. Vous ne connaissez pas ses méthodes ! Je reconnais que j'ai été faible, mais il m'a menacé et harcelé afin que je signe cette liste, juste pour avoir quelque chose en main qu'il pourra utiliser contre moi le jour venu. Et laissez-moi vous dire quelque chose que vous ne savez pas ! J'ai envoyé quelqu'un galoper à bride abattue à Nîmes pour prévenir Matthieu et Sarah ! Oui, j'ai fait ça ! Si Bellocq l'avait découvert, j'aurais passé un mauvais quart d'heure.

Charles était satisfait. Il avait prévu les accusations de Judith. Et maintenant, voyant son expression troublée par le doute, il se félicitait de sa défense. Il se sentait sûr de lui, maître de la situation. Les choses tournaient enfin en sa faveur. Quelle maîtrise n'avait-il pas montrée en persuadant les Vovelle, après que Gliacci eut remporté la concession bancaire, qu'il était temps de conclure un marché avec Bellocq ! Comme il avait mené ces négociations d'une main sûre ! Les ultimes conditions pour la conversion des Vovelle avaient été réglées en peu de temps, à son plus grand avantage et à celui de ses parents.

Charles et les Vovelle avaient insisté en particulier sur une clause : Daniel Montjoye serait puni pour avoir mouchardé auprès de Gliacci. Bellocq avait promis qu'il serait accusé de quelque chose et disparaîtrait. En attendant, Judith serait toute à Charles. Bellocq ne l'approcherait pas. Charles la sortirait de tout ce gâchis et la séparerait complètement de Daniel et de son influence sur elle. Ensuite, on verrait ...

Mais tout esprit combatif ne l'avait pas encore quittée. Elle se pencha vers lui et le foudroya du regard. Judith était Judith. Pour la première fois depuis qu'il était entré dans sa cellule, il sentit monter en lui une bouffée de désir.

— Bellocq ne vous aurait rien fait du tout, Charles, déclara-t-elle. Tout le monde sait qu'il veut vous convertir, vous et les Vovelle !

— Il veut nous faire abandonner à tous notre foi, riposta Charles. C'est pourquoi il nous manipule, joue sur nos faiblesses et essaye de semer la zizanie entre nous. Ce message à Gliacci était un stratagème pour nous dresser à tout jamais, Daniel et moi, l'un contre l'autre. Au fait, vous savez quel a été le résultat de ce message ?

Une vague lueur de triomphe s'alluma dans son regard.

— Je suppose que vous avez perdu cette concession bancaire ?

— Oui. Et elle valait beaucoup plus que ces cinq cent quarante livres.

— Une perte que vous pouvez vous permettre.

— Peut-être. Mais Lepagney peut-il se permettre la perte de son doigt ?

Elle fronça les sourcils.

— Qu'est-ce que ça veut dire ?

« Ainsi elle n'est pas au courant », se dit Charles en jubilant.

— Ils ont attaqué Lepagney dans la rue et lui ont coupé un doigt. Vengeance génoise, ils appellent ça.

Judith frissonna.

— Je ne vous crois pas ! dit-elle.

— Eh bien, ne me croyez pas. Mais je ne vois pas pourquoi j'aurais inventé un détail aussi épouvantable.

Elle détourna la tête, visiblement secouée. « Bien sûr, elle a du mal à voir clair dans tout ça », pensa Charles. Il y avait tellement de choses qu'elle ne savait pas… Elle était blessée, effrayée aussi, et épuisée par les cinq jours passés dans cette cellule crasseuse…

— Je vais essayer de vous faire sortir d'ici, reprit-il. Cela prendra sans doute un certain temps, mais je vais demander au commandant de la garde de vous mettre dans un endroit un peu moins déplaisant, en attendant.

Elle voulut faire montre d'indifférence, mais ses mains se mirent à trembler et elle se détourna pour lui cacher son visage. Il la vit courber les épaules et, avec un frisson de joie, l'imagina déjà s'effondrant en pleurs. Mais elle s'essuya les yeux sur sa manche, se tourna vers lui et déclara précipitamment :

— Je ne savais pas que c'était Bellocq qui m'avait fait mettre ici ! Les hommes qui m'ont arrêtée ont prétendu être au service du roi, un point c'est tout. Ils reviennent chaque jour se moquer de moi ! Ils ne font que rire et ne répondent pas à mes questions ! Charles... reprit-elle d'une voix tremblante, dites-moi... si vous savez où se trouve Daniel, dites-le-moi, je vous en prie...

— Je n'en ai aucune idée, répondit Charles, qui ignorait effectivement où Bellocq avait fait enfermer Daniel. Tout ce que je sais c'est qu'il est soupçonné de toutes sortes de choses : subversion, conspiration ayant pour but une sortie illégale du royaume...

— C'est ridicule ! Nous étions justement en train de rentrer au royaume ! Et Daniel passait son temps à expliquer aux gens qu'il fallait respecter le roi et la loi ! Il ne mène aucune activité séditieuse !... Que va-t-il se passer maintenant, à votre avis ? demanda-t-elle au bout d'un instant de silence.

— Je pense qu'on va vous relâcher, d'ici une semaine ou deux.

— Je parlais de *lui* !

— Je ne veux pas vous donner trop d'espoir, Judith, répondit Charles après un silence, mais je ferai de mon mieux. Je crains de n'avoir pas beaucoup d'influence sur Bellocq, mais j'essaierai.

— Pour Daniel ?

— Si je le fais, ce sera pour vous, répliqua-t-il en la regardant au fond des yeux.

Elle détourna fièrement la tête mais changea d'avis au bout de quelques secondes.

— Charles... il y a aussi les enfants... Je n'ai pas trouvé de lettres d'eux et... quand j'ai interrogé ces hommes, ils n'ont fait que grimacer comme des singes !

— Vous voulez que j'essaye d'avoir des nouvelles de vos enfants ? Ce sera peut-être difficile...

— Non. Ils sont à la campagne avec Émersende ! Vous ne pourriez pas... Charles, il s'est passé quelque chose ?

« Nous y voilà », songea-t-il en prenant une expression embarrassée et en observant Judith dont les yeux se remplissaient lentement d'une espèce d'horreur indéfinissable.

— Je regrette d'avoir à vous dire ça…

La frayeur la laissait sans voix.

— Les enfants ont été retirés à votre garde et confiés à l'Église catholique, Judith.

Il la vit s'affaisser. De soulagement peut-être, parce qu'elle avait pu craindre quelque chose de pire, mais peut-être aussi sous le choc. Devait-il la prendre dans ses bras ? Non, pas maintenant, pas encore.

— Il y a une nouvelle loi, expliqua-t-il, selon laquelle les enfants des hérétiques, nos enfants donc, peuvent être enlevés à leurs parents et élevés dans la foi catholique s'ils en expriment le désir.

— Mais mes enfants n'en ont jamais exprimé le désir ! hurla presque Judith.

— Non. Mais les nonnes qui s'occupent d'eux diront qu'ils l'ont fait. Et si vous ne les revoyez jamais plus, comment pourrez-vous prouver le contraire ?

— Qu'entendez-vous par « si vous ne les revoyez jamais plus » ?

— Judith, c'est la loi.

— Je ne dois plus jamais les revoir ? répéta-t-elle, suffoquant. C'est la loi ?

— Je le crains, approuva Charles en hochant la tête.

Elle se jeta sur la porte en cognant des pieds et des poings.

— Laissez-moi sortir d'ici ! hurla-t-elle. Laissez-moi sortir !

Charles l'observait. Petit à petit ses coups perdirent de la vigueur, ses cris furent étranglés par les sanglots et, ses mains glissant sur les planches noires d'humidité, elle tomba à genoux en pleurant.

Dans les premiers temps, quand ils étaient rentrés d'Angleterre, Charles avait imaginé toutes sortes de choses qui pouvaient amener Judith à laisser tomber Daniel pour lui. Pour la plupart, elles tournaient autour de la faillite de Daniel en affaires ; Judith, femme adultère, était obligée de voir Charles en secret et il avait même été jusqu'à se représenter l'endroit exact de leurs rencontres, une maison de campagne avec une chambre à coucher éclairée par le soleil et des arbres devant la fenêtre.

Enfantillages que tout cela. Ce qu'il avait devant lui maintenant était bien réel, et il se sentait fort et victorieux.

— Judith. Ma chère…

Il l'aida à se relever. Tête courbée, elle enfouit son visage dans ses mains.

— Écoutez, ils sont obligés d'entamer une procédure légale en ce qui concerne les enfants. Je vais essayer de me renseigner. On pourra peut-être faire quelque chose.

Elle releva la tête et posa sur lui des yeux aveuglés par les larmes.

— Charles, aidez-nous, je vous en prie ! s'écria-t-elle tout à coup. Ne nous gardez pas rancune ! Aidez-nous, voulez-vous ? S'il vous plaît…

— Je ferais n'importe quoi pour vous, Judith.

Sa présence, l'odeur de ses cheveux lui remuaient le bas-ventre.

— Je vais revenir, lui promit-il en embrassant sa joue mouillée de larmes.

Assis à son bureau de l'Arsenal, Bellocq était soucieux. Jusqu'à présent, ses manœuvres avaient réussi : il avait obtenu des Vovelle une promesse de conversion et Daniel Montjoye se trouvait là où il désirait le voir. Mais maintenant, il se heurtait à un obstacle.

Il n'était pas possible de maintenir indéfiniment en détention le couple Montjoye sans une accusation précise. Leur arrestation et le traitement subi par leurs enfants avaient ameuté l'opinion publique de Nîmes ; un nombre surprenant de personnes influentes avait protesté et Bellocq venait d'apprendre ce matin que le consistoire avait envoyé une pétition à Toulouse, à l'intendant Daguesseau. Il ne fallait pas que Daniel Montjoye et sa femme se transforment en « cause célèbre », en cri de ralliement pour les huguenots, à Nîmes ou ailleurs. Au lieu de miner le moral des hérétiques, comme il en avait eu l'intention, Bellocq pourrait bien renforcer leur détermination.

L'ennui, c'était que Daniel Montjoye ne s'effondrait pas. On l'avait soumis à des interrogatoires pendant dix jours, mais on ne pouvait rien retenir contre lui et il le savait. Par la torture on aurait pu lui faire avouer n'importe quoi, mais il avait trop d'appuis à Nîmes pour qu'on s'y risque.

Le temps pressait. Avec un profond soupir, Bellocq se résigna à un compromis. Il fit appeler Montjoye dans son bureau.

On l'amena, sale, ni rasé ni coiffé, chevilles enchaînées et nu-pieds comme toujours : un homme se sent beaucoup plus fort avec des chaussures.

Bellocq observa sur lui les signes de fatigue et de tension : yeux rouges, pli d'anxiété au milieu du front, mains jointes et ser-rées. Il était maigre et sans aucun doute affamé. Il regardait Bel-locq avec méfiance, mais d'égal à égal – non sans peur, mais du moins indompté.

Bellocq devait reconnaître, à contrecœur, que l'homme n'était pas aussi mou qu'il l'aurait cru. Il l'avait pris pour un fort en gueule et pensait qu'on pouvait aisément le faire sortir de ses gonds, mais en réalité il se tenait bien en main. Et Bellocq avait commis une seconde erreur, c'était de croire qu'ils vivaient, lui et son Anglaise de femme, en marge de la société nîmoise, alors qu'en fait ils avaient réussi – l'agitation présente le prouvait assez – à s'en faire bien voir.

— Rien de tel que l'argent et les affaires pour s'attirer le res-pect d'un huguenot, marmonna Bellocq.

Montjoye s'éclaircit la gorge.

— Je vous demande pardon ?

Bellocq ne répondit pas. Il aurait mieux valu qu'il ne la formu-le pas, mais la remarque lui avait échappé. Son père, un hobereau, avait abjuré parce que son suzerain en avait décidé ainsi. En signe d'allégeance, par loyauté. C'était un autre monde, un monde bien ordonnancé avec sa hiérarchie et ses devoirs, où vous faisiez ce que vous étiez né pour faire, un monde aux antipodes de cette bourgeoisie protestante, avec son commerce et sa finance, ses pe-tites vies individuelles et mesquines, ses prétentions à la liberté de conscience. Daniel Montjoye et sa femme en faisaient incontesta-blement partie, luttant pour eux et leur petite famille, travaillant dur, comptant leurs sous, combattant pour leurs droits et leurs li-bertés. Ça le rendait malade, Bellocq.

— Entre vous et moi, dit-il d'un ton caustique, vous pensez certainement que la religion est une question de conviction personnelle ?

— Je pense que le roi Henri a promulgué un édit, confirmé par son petit-fils le roi Louis, qui garantit mon droit à mes propres croyances.

Bellocq aurait été surpris de voir Montjoye tomber dans son piège. On n'avait jamais pu l'amener à dire que la religion était une question de conviction personnelle, ce qui aurait pu être considéré comme une opinion subversive et utilisé contre lui. Il citait toujours l'Édit, et on ne pouvait rien redire à ça.

— Aucune charge n'a été retenue contre vous, Montjoye, déclara Bellocq, chez qui ces mots sortaient difficilement. Je vais devoir vous relâcher.

Montjoye respira et se détendit visiblement. Bien que de toute évidence il luttât pour rester impassible, il releva la tête et son œil s'éclaira.

« Nous allons voir de quoi tu vas avoir l'air dans une minute », songea Bellocq.

— Vous allez retourner dans votre ville natale, poursuivit-il. Vous serez interdit de séjour ailleurs.

— Je ne demande pas à m'installer ailleurs.

— Parfait, déclara Bellocq, qui prit deux feuilles parmi les papiers qui se trouvaient devant lui. Quant à votre épouse, Judith Grainger, de Londres, une étrangère dans ce pays...

— Elle est sujet français par mariage ! s'écria Montjoye, qui avait aussitôt senti venir le danger.

— Elle est non seulement étrangère, poursuivit Bellocq en élevant la voix, mais elle est entrée frauduleusement dans le royaume de France !

Il poussa vers lui un de ses deux papiers. Montjoye se pencha fiévreusement sur ce document.

— Qu'est-ce que c'est ? demanda-t-il.

— C'est un arrêté officiel d'expulsion de Judith Grainger, en tant qu'étrangère indésirable.

— Où est-elle ?

— En garde à vue en attendant le prochain bateau pour l'Angleterre.

Un silence suivit. Montjoye cherchait ses mots.

— Vous ne pouvez pas séparer mari et femme ! protesta-t-il.

Bellocq haussa les épaules.

— Un mariage protestant illicite. Il ne résisterait pas à l'examen.

— *Qu'est-ce que cela signifie ?* hurla Montjoye, pris de fureur, en se penchant vers Bellocq.

Celui-ci essuya avec une grimace les postillons qu'il avait reçus sur son menton.

— Reprenez-vous, Montjoye, sinon je vais vraiment avoir des charges contre vous.

Le prisonnier hésita un instant, puis recula dans un bruit de chaînes. Il respirait bruyamment et tourna la tête pour dissimuler son visage.

— Et maintenant, vos enfants, continua Bellocq d'un ton officiel.

Montjoye retourna vivement la tête vers Bellocq.

— Ils partent avec leur mère, bien entendu !

— En vertu des décrets de 1664 et 1665 ainsi que de nombreuses proclamations royales, reprit très vite Bellocq, vos enfants, ayant manifesté le désir d'être élevés dans la sainte foi catholique romaine, ont été retirés à votre garde, leur pension restant à votre charge.

Il lui glissa le second papier. Montjoye ne le regarda même pas. Il gardait les yeux fixés sur Bellocq, horrifié. Il ouvrit la bouche, mais aucun son n'en sortit. Les larmes lui vinrent aux yeux et il enfouit son visage dans ses mains.

— Vous ne voulez pas lire la déclaration écrite sous serment ? demanda Bellocq en souriant. Pour votre information, je peux vous dire que vos enfants seront séparés et envoyés dans différentes écoles et maisons religieuses. Ils ne se verront plus jamais, comme ils ne verront plus jamais ni vous ni leur mère. Votre femme ne verra plus ni vous ni vos enfants. Mais au moins, ajouta Bellocq après un silence, vous serez à Nîmes où vous pourrez jouir de vos libertés religieuses, protégé par l'Édit.

Daniel Montjoye releva la tête, le regard éteint, et demanda calmement :

— Que dois-je faire pour éviter ça ?

À plusieurs reprises, Judith avait perdu son sang-froid. Elle avait poussé des cris à travers les barreaux de sa fenêtre, attaqué le geôlier et même, une fois, s'était précipitée hors de sa cellule dans le couloir pour se heurter finalement, au bout, à une porte verrouillée. Depuis, on l'enfermait plus sérieusement.

Confrontée à sa défaite, elle devenait chaque jour de plus en plus apathique. Elle restait couchée sur son lit en sous-vêtements, les yeux fixés sur le mur, à ruminer tristement des problèmes pratiques : où est Daniel ? où sont les enfants ? ont-ils des vêtements propres ? ont-ils assez à manger ? Ses autres soucis étaient beaucoup plus effrayants. Daniel était tenu au secret et, sans aucun doute, maltraité. Richard, si sérieux et studieux, et Aimée, une fillette de quatorze ans, gauche et obstinée, allaient sûrement avoir des accrochages avec ceux dont le devoir était de faire d'eux des catholiques, et s'attirer des punitions ; et Bérangère… Bérangère, avec ses boucles noires et ses traits doux et fins… rien que d'y penser…

Judith fut saisie d'épouvante comme par le froid d'une nuit d'hiver. Elle pouvait ne jamais revoir aucun d'eux. Daniel, Aimée, Richard, Bérangère… sortis de sa vie, et elle de la leur…

Elle se mit en boule, tremblante et se donnant des coups de poings furieux sur les cuisses. Il ne fallait pas qu'elle se laisse submerger par la peur. Il ne fallait pas qu'elle se laisse aller au désespoir. Mais elle se sentait tellement impuissante…

On frappa à la porte.

— Judith ?

Son cœur fit un bond. Charles ! Elle le détestait, ne croyait rien de ses piètres excuses pour le passé, et cependant, de toutes les fibres de son être, elle désirait le voir car il était son seul lien avec le monde extérieur, son unique réconfort dans sa détresse.

— Oui ! cria-t-elle en sautant sur ses pieds.

Grâce à Charles, on lui avait donné une cellule propre et meublée, et rendu ses vêtements. Elle s'efforçait maladroitement d'attacher la ceinture de son déshabillé lorsque Charles entra.

Vêtu, d'une façon plutôt audacieuse, comme quelqu'un de très jeune, d'un gilet et d'une veste d'été beige, il apportait une coupe de pêches qu'il posa sur la table. La pièce se remplit de leur parfum.

— Comment allez-vous, Judith ? demanda-t-il. Êtes-vous bien traitée ?

— C'est parfait, merci.

Elle avait conscience que les repas convenables qu'on lui servait, et le luxe suprême du savon et de l'eau chaude auquel elle avait droit quotidiennement devaient être payés par lui.

— Je vous ai apporté quelques pêches, dit-il en tirant une chaise pour elle.

— Merci, dit Judith en s'asseyant tandis qu'il prenait place à côté d'elle. Charles, je vous en prie, dites-moi…

— … quelles sont les nouvelles ? continua-t-il en hochant gravement la tête. Pas grand-chose au sujet de Daniel, j'en ai bien peur. Bellocq accepte de me parler de vous et des enfants, mais pas de Daniel. Et mon avoué affirme qu'il ne peut rien faire tant qu'il ne connaîtra pas les chefs d'accusation. D'autre part…

— Oui ? fit Judith, le cœur bondissant dans sa poitrine.

— Les enfants sont à Aix, dans un couvent.

Elle lui saisit le bras.

— Alors, ils sont ensemble ?

— Oui. Ils ne seront pas séparés tant que la procédure dont je vous ai parlé ne sera pas terminée. Mon avoué se bat au chapitre de l'âge de raison.

— Qu'est-ce que ça…

Elle était si agitée que la langue lui fourchait. Charles sourit et lui tapota la main.

— … signifie ? C'est assez compliqué. L'âge auquel un enfant peut demander à changer de religion est controversé. Un décret royal l'a fixé à douze ans, mais l'Église catholique soutient que cela varie d'un individu à l'autre. Mon avocat essaye de démontrer que vos enfants n'ont pas encore atteint l'âge de raison.

Les idées de Judith se bousculaient dans sa tête. Aimée avait plus de douze ans, les deux autres moins. Mais si l'âge n'était pas fixé, les nonnes pouvaient dire que Richard… Sûrement pas Bérangère, elles ne pouvaient pas dire qu'à *quatre* ans on a atteint l'âge de raison ! Mais elles le diraient probablement, par principe. Elles…

À quoi bon y penser quand vous n'avez aucune prise sur les événements, que vous ne savez même pas ce qui se passe ?

— Où se trouve exactement ce couvent, Charles ?

— Au sud d'Aix, sur la route de Marseille – le couvent des ursulines. Pourquoi ?

— Juste pour savoir…

Aix n'était pas loin de Marseille. Ses enfants n'étaient pas hors d'atteinte. Si elle avait une once de courage, elle s'enfuirait et courrait vers eux. Elle fabriquerait une corde avec ses draps et partirait par la fenêtre, ou alors elle assommerait son geôlier et…

Elle avait déjà retourné tout ça dans sa tête des centaines de fois. C'était sans espoir. Impossible de sortir de cette forteresse.

Soudain, une idée lui vint qui lui noua l'estomac et lui donna la chair de poule.

Si elle avait du cran, elle se servirait de Charles pour s'enfuir.

Qu'elle l'ait repoussé lui était toujours resté sur le cœur, elle le comprenait aujourd'hui. Il l'aimait, du moins pensait-il qu'il l'aimait. Elle pouvait le séduire, si elle en avait le courage. Il saurait comment se jouer du geôlier et des serrures. Et une fois dehors, rien ne pourrait l'empêcher d'aller jusqu'au couvent et d'en arracher ses enfants.

Elle avait passé trop de temps à échafauder des projets impossibles, se reprocha-t-elle durement. Ce n'était qu'une manière de s'apitoyer sur elle-même.

— Maintenant, Judith, reprit Charles, sa main toujours sur la sienne. Mon avocat prétend qu'on pourrait vous sortir d'ici très vite.

Elle bondit et ouvrit de grands yeux.

— Vraiment ?

— Oui, vraiment.

Charles *pouvait* la libérer ! Peut-être pas par des moyens téméraires, mais en usant d'argent et d'influence. Il avait obtenu qu'elle soit mieux traitée, il avait mis un avocat à l'œuvre, il avait retrouvé les enfants, il pouvait bien la faire sortir de prison. Elle savait qu'elle ne pouvait pas lui faire entièrement confiance. Mais entre elle et la machine qui était en train de réduire sa vie en pièces, elle n'avait que lui.

— En ce qui concerne les enfants, il est malheureusement moins optimiste. Il s'efforce de faire traîner les choses, mais en fin de compte il craint fort de ne pas pouvoir faire annuler la procédure.

L'estomac de Judith se serra.

— Mais je pensais…

C'était cette histoire d'âge de raison… C'était un prétexte suffisant pour obtenir un délai, mais pas assez pour s'opposer aux pouvoirs conjoints du roi Louis et de l'Église catholique. Elle chassa furieusement les larmes qui lui montaient aux yeux.

— Vous ne pouvez rien faire, Charles, pour… exercer une influence sur les choses ?

Pensif, il contemplait les pêches.

— Ma foi, il est vrai qu'un petit mot glissé dans la bonne oreille et un peu d'argent dans la bonne main peuvent quelquefois opérer là où la loi est impuissante, remarqua-t-il en hochant lentement la tête.

— Vous allez essayer, Charles ? Je vous en prie…

Il la regarda longuement et interrogativement dans les yeux.

Judith soutint son regard tandis qu'une petite voix lui disait : « Ne le repousse pas maintenant. Sois courageuse, garde la tête froide, joue ta partie. »

— Pourquoi vous êtes-vous détournée de moi ? demanda-t-il tristement. Pourquoi avez-vous cessé de m'aimer ?

— Je ne me suis pas détournée de vous, mentit-elle. Vous savez, vous… J'ai toujours… Vous avez toujours eu une place dans mon cœur, Charles.

« Ça y est, je l'ai fait », se dit-elle.

Il l'attira vers lui avec un soupir et elle s'apprêtait, à son grand soulagement, à enfouir son visage dans son épaule quand, à la dernière minute, elle se rendit compte qu'il cherchait à l'embrasser. « Que faire ? se demanda-t-elle, affolée. Mais l'embrasser, bien sûr ! » De près, son visage avait l'air d'être en papier mâché. Elle n'était pas certaine d'arriver à se dominer.

« Peu importe ce dont tu as envie, se dit-elle. Fais ce que tu as à faire. »

Ses lèvres se posèrent sur les siennes, dures et avides, et il introduisit sa langue entre ses lèvres, lui coupant le souffle. Ce n'était pas un baiser qui demandait à être partagé. C'était un baiser maladroit et exigeant. Un baiser qui prenait possession.

Il n'eut pas l'air de remarquer qu'elle était comme un morceau de bois dans ses bras ; elle ne faisait qu'ouvrir la bouche et le laissait l'embrasser. Il la mit debout en même temps qu'il se levait et la serra contre lui. En simples sous-vêtements et déshabillé de soie flottant, son corps pressé sur le sien, elle se sentait absolument nue. Le corset et plusieurs couches de jupes enchâssaient normalement une femme comme dans une coquille, mais ici elle était sans armure.

Un grognement lui échappa et il s'éloigna de la table, la tenant toujours serrée. Une chaise se renversa. Judith alla cogner contre le lit. Non, se dit-elle, il ne s'imagine quand même pas...

— Judith... souffla-t-il en lui fourrant sa bouche humide dans le cou et en la poussant. Judith, ma chérie...

— Charles, je vous en prie...

Il ne lui prêta aucune attention et ils culbutèrent ensemble sur le lit. Elle essaya de lui échapper, mais il la cloua sur place et l'embrassa de nouveau, avec encore plus de force, en lui enfonçant sa langue profondément dans la bouche.

Je dois l'arrêter, se dit-elle, prise de panique. Quoi qu'elle ait pensé d'abord, elle n'avait jamais eu l'intention de se prostituer. La main à hauteur de son genou, maintenant, il relevait son déshabillé sur sa cuisse. Tous ses gestes étaient grossiers et douloureux. Elle ne pouvait physiquement pas le supporter.

Elle lui prit la main et l'écarta de sa cuisse.

Il leva la tête, arracha sa main que Judith maintenait et la frappa.

— Non, Charles ! s'écria-t-elle, suffoquant de peur, les oreilles bourdonnantes et le sang lui montant à la tête. Je ne veux pas, non, je vous en prie !

En vain. Il pesait de tout son poids sur elle, l'avant-bras posé sur sa poitrine. Il se mit à genoux et releva brusquement ses vêtements jusqu'à la taille. Il regardait vers le bas, son sexe certainement, elle pouvait presque sentir ses yeux sur lui. Il respirait très fort. Il défit sa culotte.

— Non, pas maintenant ! chuchota-t-elle, désespérée. Je ne suis pas prête. Pas ici ! Pas à cet endroit !

N'importe quoi qui pouvait lui paraître raisonnable, oui, n'importe quoi !

Son bras glissa comme une barre jusqu'à sa gorge. Elle étouffait. Il lui écarta brutalement les cuisses. Elle avait du mal à respirer.

Elle ne pensait pas y arriver, mais en attrapant d'une main son coude et de l'autre son poignet, elle réussit à soulever son bras, à prendre une inspiration rapide et à articuler :

— Arrêtez, Charles ! Vous allez me tuer !

Il s'arrêta et la regarda fixement.

Elle tremblait de peur, de colère, de dégoût, et sa vie en

aurait-elle dépendu, elle n'aurait pas pu s'arracher un sourire. Elle était trop bouleversée elle-même pour comprendre tout ce qui s'exprimait sur son visage, mais elle était sûre d'y lire de la méfiance, de la fourberie, et en même temps une vague et immense frayeur, comme s'il se réveillait d'un cauchemar qui occupait encore les parties endormies de son cerveau.

Puis il se remit sur le dos et se mit à pleurer.

Maladroitement, en tremblant, elle se leva et rajusta ses vêtements.

Il tourna vers elle un visage défiguré, plein de larmes.

— Il y avait si longtemps... pleurnicha-t-il. Toutes ces années sans vous et soudain... Oh, Judith, pourrez-vous me pardonner ?

Judith hésita. D'un côté, elle brûlait de lui rendre le coup qu'il lui avait donné. Des prétextes, quelques larmes et pardonnez-moi : c'était de l'enfantillage. Mais elle se reprit. Il y avait trop de choses en jeu et aussi quelque chose à tirer de tout ça, beaucoup plus qu'elle n'aurait cru quelques minutes auparavant.

— Je peux vous pardonner, répondit-elle, encore secouée, mais vous ne devez plus jamais me traiter de cette façon.

Elle lui tourna le dos et alla chercher dans la penderie un châle qu'elle mit sur ses épaules.

Elle l'entendit se moucher et le bois du lit grinça. Puis Charles la rejoignit, tête basse.

— J'ai honte de moi, Judith, dit-il d'un air sombre. Vous avez raison, ce n'est ni le moment ni le lieu. Je vais vous faire sortir d'ici aussi vite que je peux.

Judith comprit que le danger était passé. Il semblait même qu'elle ait pris l'avantage.

— Et les enfants ? demanda-t-elle.

— Je vais aller voir quelqu'un tout de suite en sortant. Je vais faire tout ce que je pourrai, croyez-moi, lui assura-t-il, les yeux encore humides. Vous aurez besoin d'un endroit pour vous installer, vous et vos enfants. Je peux peut-être vous trouver une petite maison ici, à Marseille.

Son cœur bondit dans sa poitrine à l'idée de se trouver dans une maison, réunie avec ses enfants, mais elle se méfiait.

— Jurez-moi que vous allez faire tout ça, Charles.

— Je le jure.

— Bon, dit Judith qui, sentant que ses jambes n'allaient plus la soutenir bien longtemps, se rapprocha de la table et s'assit.

Il alla se pencher sur elle.

— Et maintenant, c'est à vous de jurer, déclara-t-il.

— Quoi donc ? demanda-t-elle, mal à l'aise devant l'expression rusée et déterminée qui lui était revenue.

— Vous savez quoi, répondit-il en souriant. Je vais vous aider, je vais vous installer dans une maison avec vos enfants, je vous respecterai, Judith, je vous laisserai le temps. Mais ce temps aura une limite, ajouta-t-il en se penchant un peu plus vers elle. Et alors vous serez à moi. Jurez-le !

Elle chancela, mais elle n'avait pas le choix. Elle hocha la tête :

— Je le jure.

Il appela le geôlier et partit aussitôt, apparemment satisfait. Judith ferma les yeux et soupira. Qu'avait-elle déclenché ? Charles était comme un petit garçon avec sa passion pour elle. Il ne se rendait absolument pas compte de ce que cette passion avait d'incongru et de ridicule. Il ne serait jamais adulte.

Mais il y avait quelque chose d'effrayant chez lui, quelque chose de brutal et de dangereux. Et il avait conclu un marché avec elle…

Elle s'arma de courage. Elle devait tirer de lui tout ce qu'elle pouvait, elle n'avait pas le choix. Elle prit une des pêches qu'il lui avait apportées et y planta les dents avec résolution.

VI

C'était un de ces joyeux soupers que les Anglais semblaient apprécier particulièrement : pudding au bœuf et aux rognons avec bordeaux à volonté, et grand bruit de voix. Le comte Fernand de Peyresourde mangeait et buvait avec modération, observant tranquillement ceux qui se ridiculisaient auprès de Della Bellaire.

Elle le fascinait. Il n'arrivait pas à comprendre comment une ville protestante aussi ennuyeuse que Londres avait pu engendrer une pareille vedette. La scène londonienne n'était rien en comparaison de la scène parisienne, évidemment, mais Della Bellaire la transfigurait. Elle aurait pu faire pleurer des anges ; simplement, sans grands effets de gestes ou de paroles, elle tenait le public en haleine et frémissant. Peyresourde n'avait jamais rien vu de pareil à Paris.

Et avec ça, un tel charme ! Il l'observait tandis qu'elle jouait à fleuret moucheté, les yeux brillants, avec ses admirateurs. Il ne savait quel âge lui donner. Avec ses boucles blondes, son teint frais et sa silhouette fine, elle avait l'air d'une jeune fille. Elle n'était pas maquillée, elle ne portait pas de mouches. Elle n'était ni blasée ni usée. Et pourtant il y avait en elle de la profondeur, elle savait ce que souffrir voulait dire, sinon elle n'aurait jamais pu être une actrice tragique aussi remarquable. Elle l'intriguait énormément.

Le souper se termina et les invités quittèrent la table pour se rendre dans la salle de musique où Della Bellaire fut priée de chanter. Il était rarissime de la voir assister ainsi à une réunion après la représentation, comme ce souper chez sir Jason Tilbury. Elle avait la réputation de vivre dans une réclusion quasi monastique, vouée à son art et rien qu'à son art. Aussi immense qu'ait été sa fortune, aussi notoire la générosité avec laquelle il traitait ses maîtresses, Peyresourde se rendait bien compte que Della Bellaire n'était pas à vendre et il s'était résigné à l'admirer de loin.

Cependant, au moment où elle terminait son récital par une chanson plus lente et plus triste, leurs yeux se rencontrèrent et elle soutint son regard un peu plus longtemps que ne l'exigeait la simple courtoisie.

Son pouls s'accéléra. Chez une autre femme, il aurait interprété ce regard comme une invite. Était-ce possible de la part de Della Bellaire, à la réputation sans tache ?

Dès qu'elle se fut assise, sa chanson terminée, agitant son éventail, il prit place près d'elle.

— Vous chantez merveilleusement bien, murmura-t-il.

— Non, monsieur le comte, répliqua-t-elle en riant. Vous ne le pensez pas vraiment.

— En vérité, je préfère vous voir jouer… comment s'appelle la femme dans *Othello* ? Desdémone, c'est ça. Là, vous êtes extraordinaire. Émouvante, je crois que c'est le mot.

— Voilà un compliment que j'apprécie plus que l'autre, répondit-elle tranquillement. Merci. Et maintenant vous m'excuserez, mais je dois partir. Une rude journée m'attend demain, comme à l'habitude.

— Puis-je vous être de quelque utilité ? proposa-t-il vivement. Ma voiture est en bas.

— Oh, non, c'est très aimable à vous, mais les gens de sir Jason peuvent m'appeler un fiacre.

Il se leva en même temps qu'elle.

— Cela ne me dérangera pas du tout. J'allais justement partir.

Elle eut un rire amusé.

— Vous êtes un couche-tôt ?

— Non, j'ai du travail. Des dépêches à envoyer.

— Dans ce cas…

Peyresourde prit les choses en main. Un bref adieu et ils se retrouvèrent dehors. Tandis que la voiture se dirigeait vers Covent Garden, ils bavardèrent musique et théâtre. Il l'observait à la lumière vacillante des petites lanternes intérieures, ses cheveux clairs contrastant avec la peluche sombre des sièges. Elle devait avoir la peau fraîche. Il aurait aimé la déshabiller, voir nu ce corps de fillette. Il n'était pas difficile de se l'imaginer vierge... Il éprouva une soudaine montée de désir.

— Vous ne vous laisserez pas tenter par un dernier verre avec moi ? lui demanda-t-il lorsque la voiture entra sur la Piazza. Une boisson chaude, peut-être ?

— Monsieur le comte, vous avez des dépêches à écrire ! répliqua-t-elle d'un ton moqueur. Et moi je dois dormir, sinon demain je me ferai siffler !

— Évidemment. Excusez-moi.

Il préférait cela. Les conquêtes faciles sont ennuyeuses.

— J'espère vous voir un de ces soirs après la représentation, lui dit-elle aimablement tandis que le cocher lui ouvrait la portière. Vos dépêches, elles sont pour la France ? demanda-t-elle soudain, au moment de mettre pied à terre.

En Peyresourde, le professionnel fut aussitôt en alerte.

— Oui, répondit-il prudemment.

— Puis-je solliciter une faveur ?

— Faites, je vous en prie, répondit-il, sur le qui-vive.

— Bien, dit-elle en se rasseyant tandis que Peyresourde faisait signe au cocher de fermer la porte. Ce n'est rien d'important, en vérité, une simple question personnelle, mais en me rappelant tout à coup que vous secondez l'ambassadeur de France, il me vient à l'idée que vous pouvez peut-être m'aider.

— Je suis à votre service.

— Pensez-vous pouvoir découvrir si une Anglaise, une vieille amie à moi, vit en France ?

Peyresourde se détendit un peu.

— Cela dépend. Que pouvez-vous me dire d'elle ?

— Je l'ai perdue de vue il y a des années. À l'époque, elle était l'amie d'un jeune Français. Je me demande parfois si elle ne l'a pas épousé et si elle n'est pas partie vivre avec lui en France.

— Je vois. Alors ce jeune Français était ici, en Angleterre, à ce moment-là ?

— Oui. À Londres. Pour affaires. C'était un marchand de soieries. Il était originaire de Nîmes mais voyageait beaucoup avec son père... Son père est mort ici de la peste, ajouta-t-elle après un silence.

— J'en suis désolé.

« C'est décidément une soirée peu ordinaire, songea Peyresourde. Des soyeux de Nîmes, la citadelle des huguenots, associés à Della Bellaire… »

— J'imagine que vous aimeriez écrire à votre amie ? lui demanda-t-il.

— Oui. Vous pensez… mais ce n'est pas sérieux de ma part de vous importuner avec ça, monsieur le comte. Excusez-moi, déclara-t-elle en faisant mine de se lever pour la seconde fois.

— Non, je vous en prie. Je serais trop heureux de vous rendre service. Donnez-moi le nom de votre amie et du jeune homme, dit-il en sortant son carnet et son porte-mine en or.

Elle lui donna les noms, lui épelant celui de la jeune femme, Judith G-r-a-i-n-g-e-r. Celui du huguenot était Montjoye, ce qui n'éveilla rien dans la mémoire de Peyresourde, mais il regarderait cela de plus près dans son cabinet.

— Je vous tiendrai au courant dès que j'aurai appris quelque chose, lui promit-il.

Elle le remercia et le quitta. Le cocher fouetta ses chevaux et la voiture sortit de la Piazza. Peyresourde sourit à lui-même. Il semblait bien que Della Bellaire tienne beaucoup plus à cette amie qu'elle ne voulait le laisser paraître. Il devait découvrir le secret qui se cachait derrière tout ça. Il impliquait des huguenots et, en tant que fondateur d'un réseau de traîtres et d'indicateurs au sein des protestants français réfugiés en Angleterre, il était là en pays de connaissance. De plus, il établissait ainsi des rapports personnels avec Della Bellaire, ce qui était proprement excitant.

La voiture s'arrêta devant la résidence de l'ambassadeur. Peyresourde alla droit à la pièce où il travaillait habituellement dans la plus grande discrétion. Assis à un bureau, le code secret ouvert devant lui, un jeune homme brun et mince chiffrait les messages qui devaient partir pour Paris le lendemain matin.

— Godard ? Est-ce que le nom de Montjoye vous dit quelque chose ? Des soyeux de Nîmes ? lui demanda Peyresourde.

— Non, monsieur.

Peyresourde sortit un registre d'une étagère et se mit à le feuilleter. Tous les huguenots connus pour avoir vécu en Angleterre étaient consignés dans ces registres depuis plusieurs années.

— Pas de chance, murmura-t-il au bout d'un moment. Pas de Montjoye.

Les listes ne devaient pas remonter assez loin.

— Qui avons-nous qui serait ici depuis très longtemps ? demanda-t-il à Godard. Simonnet ?

— Oui, monsieur. Il est né ici.

— Parfait. Qu'il vienne me voir demain.

— Très bien, monsieur.

Peyresourde s'assit et rédigea deux dépêches courantes.

— Chiffrez cela, voulez-vous ? dit-il en les donnant à Godard. Et assurez-vous que celle-ci parte aussi. Inutile de la chiffrer.

Sur une feuille de papier séparée, il écrivit : *Demande renseignements concernant la domiciliation et la situation de Daniel Montjoye, marchand de soieries de Nîmes, présumé membre de la religion prétendue réformée, et de Judith Grainger, sujet anglais, probablement son épouse.*

Combien de temps faudrait-il avant qu'il ait quelque chose à offrir à Della Bellaire – ou dont il puisse la menacer ? Son travail à Londres était pratiquement terminé et on allait envoyer quelqu'un d'autre pour diriger le réseau qu'il avait créé, tandis que lui-même serait affecté à de nouvelles tâches. Plus vite lui parviendrait un rapport de France, mieux cela vaudrait s'il voulait avoir le temps de conquérir la femme sur laquelle il avait des vues.

Il reprit sa plume et griffonna en haut de la dépêche : *Extrêmement urgent. Réponse par messager spécial. Peyresourde.*

VII

Sous la conduite de deux hommes, on emmena Judith dans une petite maison située dans une rue étroite du vieux Marseille. Était-ce là la maison que Charles lui destinait ? Ses enfants avaient-ils été libérés ? Quand les verrait-elle ? On ne répondit à aucune de ses questions.

On la fit entrer, elle et son baluchon de vêtements, dans une pièce pauvrement meublée. Judith eut à peine le temps de remarquer, contre le mur, la malle de voyage qu'ils avaient rapportée d'Italie, que la porte du fond s'ouvrait.

— Émersende !

— Judith !

— Mère !

Envahie d'un sentiment de joie pure, elle vit apparaître ses enfants, Aimée et Richard, qui se battaient pour regarder par-dessus l'épaule d'Émersende, et Bérangère qui tirait sur sa jupe pour essayer de regarder de côté. Après un instant de choc, où personne ne bougea, Judith laissa tomber son baluchon et courut vers eux, tandis que Bérangère se faufilait à côté d'Émersende, et ils se retrouvèrent bientôt en un petit groupe compact, au milieu de la pièce, à rire et à pleurer.

— Mes petits ! Aimée ! Richard ! Bérangère ! s'écria Judith en embrassant la joue salée de la petite fille brune aux yeux brillants. Là, là, tout va bien maintenant, je suis là ! Ne pleurez pas !

Un bruit attira son attention.

La porte d'entrée venait de s'ouvrir, livrant passage à un homme sale et en haillons, qui tenait mal en équilibre sur ses jambes et les fixait d'un regard voilé. Les enfants reculèrent, effrayés, mais le cœur de Judith bondit dans sa poitrine en le reconnaissant.

— Daniel ? murmura-t-elle presque avec terreur.

— J'ai si mauvaise mine que ça ?

Avec un éclair de triomphe dans l'œil, il sourit et se précipita en chancelant dans ses bras.

Des larmes ruisselaient sur son visage tandis qu'elle le serrait contre elle. Ce n'était pas un fantôme, il était fait de chair et de sang !

— Comment est-ce que… ? balbutia-t-elle. Qu'est-ce qui s'est passé, Daniel ?

— J'ai été relâché, parvint-il à dire avant que sa mère et les enfants ne l'étouffent de baisers.

Est-ce à Charles qu'on le doit ? se demanda Judith. A-t-il compris qu'en me brutalisant il était allé trop loin ? A-t-il persuadé Bellocq de libérer Daniel pour se faire pardonner ?

Émersende tenait Daniel à bout de bras.

— Mon fils, dit-elle en refoulant ses larmes, je remercie Dieu de te voir, mais tu sens horriblement mauvais. Viens dans la cuisine, il y a de l'eau chaude sur le feu.

— Voilà ce qui arrive quand on rentre sale à la maison, on se fait houspiller par sa mère, remarqua Daniel avec un clin d'œil à Bérangère, et il se laissa entraîner de bonne grâce.

Restée seule avec les enfants, Judith les dévora du regard. La poitrine d'Aimée avait pris du volume et ses jupes découvraient ses chevilles ; les traits de Richard, devenu plus grand et plus mince, rappelaient pour la première fois ceux du père de Judith, son homonyme ; même Bérangère était un peu plus grande et moins joufflue. Un peu fatigués, ils avaient tous les trois les traits tirés et une expression méfiante mais, Dieu merci, à part ça ils étaient en bonne santé et de bonne humeur. Aimée et Richard se disputaient le plaisir de lui raconter l'histoire des hommes qui étaient venus à Caveirac, le village d'Émersende, pour les emmener à Aix, et les semaines qu'ils avaient passées enfermés dans leur couvent. Comme Judith l'avait craint, ils avaient eu des conflits avec les nonnes et on les avait séparés, sur quoi Émersende avait refusé de manger et de boire jusqu'à ce qu'on les ait de nouveau réunis et laissés en paix.

— Les sœurs ne savaient plus quoi faire avec elle ! déclara Richard avec admiration.

Émersende revint à ce moment-là de la cuisine.

— Il a besoin de vêtements propres, dit-elle avec un geste vers la malle.

Judith la regarda avec plus d'attention que lors de son arrivée. En quelques mois, les cheveux d'Émersende avaient viré du gris au blanc et son visage énergique s'était creusé. Judith lui prit la main et la serra très fort. Elles n'avaient jamais vu les choses de la même façon, toutes les deux, mais maintenant ça n'avait plus la moindre importance.

— Je suis bien contente que vous ayez été dans ce couvent avec les enfants, remarqua Judith. Je ne le savais pas.

Émersende lui serra la main en réponse puis dit très haut :

— Pendant que votre père se rend présentable, les enfants, nous allons monter ! Et plus tard, nous dînerons tous ensemble. Allez, venez !

Tandis qu'obéissants, les enfants grimpaient l'escalier, Judith, après avoir choisi des vêtements propres pour Daniel, se rendait dans la cuisine. Elle le trouva assis près du feu, genoux relevés, dans une grande bassine d'eau chaude. Elle s'accroupit près de lui, l'embrassa et examina son visage défait et son corps couvert d'ecchymoses.

— Mais qu'est-ce qu'ils t'ont fait ? demanda-t-elle à mi-voix, horrifiée.

— Oh, je me suis fait ça dans ma cellule, en me cognant contre les murs ! Ils ne m'ont ni battu ni torturé. Mais qu'est-ce qu'ils t'ont fait *à toi* ? demanda-t-il en la regardant de près.

— Ils m'ont mise en prison. Au Fort Saint-Jean, comme je ne l'ai appris que plus tard. Daniel, ajouta-t-elle en se cramponnant à lui, ils ne voulaient pas me dire où tu étais, ni rien de ce qui te concernait !

— J'étais à l'Arsenal. Nous n'étions pas loin l'un de l'autre, finalement.

Après un instant de silence, il eut un sourire piteux :

— Tu veux bien m'aider à me laver les cheveux ? J'ai peur qu'ils ne soient pleins de vermine…

Elle les lui savonna et les lui rinça – il faudrait les couper court et les passer au peigne fin – puis alla lui chercher dans la malle son rasoir et son miroir. Son secret, concernant Charles, lui pesait. Daniel serait amené à savoir comment ils avaient été libérés et réunis, dans cette maison, avec Émersende et les enfants. Elle ne pourrait pas le lui cacher. Mais pourrait-elle lui expliquer comment elle avait amadoué Charles, jusqu'où elle était allée ? Comment réagirait-il ? Un jour, Charles exigerait le paiement de sa dette ; elle était malheureusement certaine qu'il aurait en main de quoi la contraindre à obéir. Elle essaya de ne pas y penser, mais elle n'en avait pas moins le cœur bien lourd.

Daniel s'était séché et avait mis une chemise et des culottes propres. Il s'assit à table avec un bol d'eau chaude devant lui et commença à se savonner la barbe. Il s'arrêta soudain et regarda gravement Judith.

— Nous devons nous sauver, chuchota-t-il. Il faut quitter la France à la première occasion.

— Oh, Daniel, oui ! s'écria Judith du fond du cœur. Mais comment ?

Il regarda prudemment autour de lui, comme s'il pouvait y avoir des espions cachés dans la cuisine ou dans la cour.

— J'ai envoyé un mot à Gliacci avant d'être arrêté. J'espère qu'il nous aidera.

Judith était sceptique.

— Pourquoi le ferait-il ?

— Il nous le doit. Mais avec ou sans lui, il faut trouver un moyen !

Songeant à l'avenir des enfants, Judith approuva sombrement d'un mouvement de tête. Et non sans honte, elle pensa avec soulagement qu'elle échapperait ainsi aux griffes de Charles.

L'esprit de Daniel était visiblement ailleurs.

— Je dois te dire que j'ai conclu un accord avec Bellocq, dit-il brusquement.

— Un accord ? répéta Judith, soudain inquiète.

— J'ai promis de me convertir au cours d'une réunion publique, avoua-t-il en évitant son regard.

— Quel genre de réunion publique ?

— Quelque chose de nouveau qui nous arrive de Paris. Il y aura un débat théologique et, à la fin, je déclarerai que j'ai vu la lumière.

Tout cela est évidemment un coup monté. Il s'agit d'ébranler l'assurance des huguenots.

Il parlait vite, comme si les mots lui brûlaient la langue. Judith était stupéfaite.

— Je n'avais pas le choix, Judith ! s'écria-t-il en se tournant vers elle, angoissé. On nous avait retiré les enfants et on voulait t'expulser par le prochain bateau pour l'Angleterre !

— M'expulser ? s'exclama Judith. On ne m'en avait rien dit !

— Bellocq m'a montré l'ordre d'expulsion ! Ils allaient nous séparer ! Aimée dans un couvent, Bérangère dans un autre, Richard dans un monastère et toi hors du pays ! Nous ne devions plus jamais nous revoir ! Et Bellocq a pris soin de me montrer qu'il avait le droit de le faire, qu'il se fondait sur des lois et des décrets royaux ! Ils peuvent faire éclater une famille en pièces, c'est légal ! Que pouvais-je faire ?

Judith avait l'impression d'étouffer. Cela roule sur vous et vous écrase, comme un rocher, se dit-elle. Elle murmura :

— Et voilà où Bellocq voulait en venir depuis toujours…

— Oui, approuva Daniel en baissant la tête. Et moi qui me croyais malin en entrant dans son jeu…

Judith souffrait de le voir aussi malheureux. Et cela avait aussi quelque chose d'effrayant. Elle se rendait brusquement compte qu'il n'avait cessé depuis des années de la rassurer, elle et tant d'autres autour de lui. De leur affirmer qu'un citoyen respectueux des lois, qui travaillait utilement et ne faisait montre que d'opinions et d'attitudes raisonnables était mieux en mesure de défendre ses droits. Il s'était trompé.

— Écoute, reprit-il. J'ai quand même obtenu des concessions de la part de Bellocq avant de signer cette promesse. On ne vous ennuiera plus, ni toi, ni ma mère ni les enfants, et vous serez libres de choisir votre religion. Aucune charge ne sera retenue contre nous. Nous ne devrons pas quitter Marseille pour le moment, mais nous pourrons aller et venir à notre guise et habiter ensemble dans cette maison.

Le cœur de Judith fit une embardée.

— C'est *toi* qui as obtenu ça ? Ce n'est pas Charles ?

— *Charles* ? Qu'est-ce que Charles vient faire là-dedans ?

— Il… il m'a aidée… il…

338

Judith, qui pataugeait lamentablement, sentit qu'elle devenait toute rouge. Le sol paraissait se dérober sous ses pieds.

— Il a appris où se trouvaient les enfants, il a demandé à son avoué… du moins c'est ce qu'il a dit…

— Il est venu te voir ? demanda Daniel, soupçonneux.

Judith hocha la tête, pensant qu'il était plus sage de ne rien ajouter.

— Il n'est pas venu me voir, *moi*, remarqua Daniel, furibond.

— Il a prétendu que Bellocq ne l'y avait pas autorisé.

— Cela vaut mieux pour lui, il n'en serait pas sorti vivant ! s'écria Daniel en se remettant à se savonner furieusement. Laisse-moi te dire quelque chose, à propos de ce traître ! C'est lui qui possède maintenant notre maison de Nîmes : meubles, marchandises, *tout*. Même la boîte en fer !

Judith chancela.

— C'est impossible ! Il ne me l'a pas dit.

— Un peu qu'il ne te l'a pas dit ! Mais l'huissier, lui, me l'a dit, et Bellocq me l'a confirmé ! La maison est saisie en règlement de notre dette à ce Bastide !

Judith ne savait plus que penser. Charles avait menti, il l'avait trompée ! Et il s'était arrangé pour accaparer non seulement la maison pour laquelle ils avaient travaillé si dur, mais tout ce qui s'y trouvait, les affaires des enfants, ses dessins et ses échantillons, ses affaires personnelles, la boîte en fer avec son pécule… et aussi – elle avait pensé qu'il valait mieux les laisser là en sécurité plutôt que de les emporter avec elle en voyage – les boucles d'oreilles qu'elle avait rapportées de Londres, seul souvenir de la mère et de la sœur qu'elle avait perdues… Et elle avait failli se donner à ce bandit menteur, tricheur, brutal et méprisable !

Daniel interrompit sa méditation :

— Dans les quelques jours qui viennent, nous saurons si nous avons une chance de nous enfuir rapidement, chuchota-t-il, rasoir en main. Ce sera difficile parce que nous allons être surveillés, évidemment. Mais je donnerais cher pour pouvoir m'échapper avant cette fameuse réunion !

— Quand doit-elle avoir lieu ?

— La date n'a pas encore été fixée. Nous n'avons pas autant d'argent que nous l'espérions à Gênes, mais ça suffira pour commencer.

— Oui.

— Nous en parlerons à ma mère plus tard. Je ne veux pas que les enfants le sachent pour l'instant.

— Entendu.

Daniel finit de se raser et s'essuya la figure.

— De quoi ai-je l'air ?

Il était pâle et maigre, les joues marquées par le feu du rasoir.

— Tu es magnifique ! déclara-t-elle, en larmes.

Il l'embrassa et elle le serra très fort contre elle.

— On va voir les enfants ? demanda-t-il.

— Oui. Je vais nettoyer un peu d'abord. Va en avant.

La porte refermée derrière lui, elle s'assit, la tête dans les mains. Elle se sentait idiote et humiliée à en mourir. Le souvenir, que ce soit de sa faiblesse ou de son courage mal placé, de tous les deux en fait, la mortifiait. Comment raconter ça à Daniel ? Elle le devait, mais le pourrait-elle ?

Elle releva la tête. Dans sa cellule, elle avait été seule et désespérée, terrifiée à l'idée de perdre ses enfants. Qu'on lui montre la femme qui aurait fait mieux qu'elle…

Du moins ne devait-elle plus rien à Charles, maintenant. C'était lui qui lui était redevable.

Elle vida la grande bassine et épongea le carrelage avec une furieuse énergie, s'essuya les yeux, se recoiffa et alla retrouver son mari et ses enfants.

Trois jours plus tard, Daniel fut contacté par des gens de Gliacci.

Il était avec Richard dans la petite boulangerie où ils allaient, chaque jour, chercher leur pain. Un autre client s'y trouvait, un homme brun au visage de marin buriné par les embruns. Comme Daniel s'avançait vers le comptoir et saluait le boulanger, le marin lui glissa une petite miche de pain ronde dans les mains et sortit de la boutique sans un mot.

Le boulanger se frappa le front.

— Il l'a achetée il y a cinq minutes, et il est resté là à la grignoter ! dit-il. Je vais vous en donner une autre à la place, si vous voulez.

— Non, celle-ci fera l'affaire, répondit vivement Daniel.

Il en acheta une deuxième et sortit avec Richard, chacun avec son pain.

Daniel, qui avait remarqué le regard impérieux du marin lorsqu'il lui avait tendu le pain, le serra contre lui. Les hommes de Bellocq l'observaient, bien sûr – ils étaient toujours là. Quand Daniel ou un autre membre de la famille sortait dans la rue, un de ses chiens de garde quittait aussitôt son poste dans la maison d'en face et le suivait. Ils leur étaient devenus si familiers que Bérangère leur faisait même un petit signe de la main. Mais il pouvait y en avoir d'autres, des visages inconnus dans la foule. Bellocq s'attendait certainement à ce que Daniel essaye de fuir et ne reculerait devant rien pour l'en empêcher.

De retour à la maison, Daniel alla droit à la cuisine et, tournant le dos à la fenêtre, examina la miche que le marin lui avait donnée. Il y avait un trou dans la croûte, par-dessous. En tremblant, il rompit le pain en deux. Un rouleau serré de papier tomba sur la table. Il le glissa dans sa poche.

Judith était en train de donner une leçon d'anglais aux enfants, dans le salon du premier. Daniel l'appela et l'entraîna dans leur chambre. En haut, ils se sentaient mieux protégés des regards et des oreilles indiscrets, mais Daniel ferma quand même les volets et baissa la voix pour parler du marin qu'il avait rencontré à la boulangerie. Puis il délia et déroula le message et, dans la pénombre, s'efforça, avec Judith, de le lire.

Il était rédigé en italien.

— C'est un mot de Gliacci ! chuchota Daniel, très excité. Il a envoyé une galère italienne – pas une des siennes, pour ne pas éveiller les soupçons – à Marseille, pour un voyage ordinaire d'affaires. On nous fera monter clandestinement à bord et nous partirons par mer !

— C'est une merveilleuse idée ! approuva Judith à mi-voix. Sortir par les portes de la ville aurait été trop difficile !

— Il assure que nous pouvons avoir entière confiance dans les hommes qu'il a envoyés, continua de lire Daniel. Ils prendront contact avec nous le moment venu, et nous devrons faire exactement ce qu'ils nous diront de faire et ne pas essayer de les approcher de notre propre chef. Il termine en précisant que ceci liquide sa dette envers nous, ajouta-t-il après un silence.

— Est-ce que cela signifie qu'en cas d'échec, il n'y aura pas d'autre tentative ?

— J'ai bien peur que oui… Mais il ne tient qu'à nous que celle-ci réussisse. Attends, écoute !

Sous le message de Gliacci, quelques mots avaient été griffonnés d'une écriture grossière.

— Le matin du vingt-cinq, nous devons tous quitter la maison à dix heures et nous rendre sur le quai, devant la Bourse.

— C'est tout ?

— Oui. Les Génois feront le reste. Tu te rends compte, Judith ? Le vingt-cinq, dans moins de quinze jours, nous serons partis !

Judith hocha la tête mais objecta :

— Nous serons quand même suivis, ce matin-là.

— Ils s'en doutent bien, les hommes de Gliacci ! À en juger par le marin que j'ai vu tout à l'heure, ils savent ce qu'ils font !

Judith frissonna.

— Ce sont peut-être ceux qui ont coupé le doigt de Lepagney !

— J'espère pour nous que ce sont eux ! chuchota Daniel d'un air farouche car, s'il avait été choqué par la mutilation de Lepagney, l'heure n'était pas au sentiment. Les hommes de Bellocq ne sont pas non plus des anges, ajouta-t-il.

Il avait à peine fini de brûler le message dans l'âtre de la cuisine que sa mère arrivait du marché avec un panier de légumes.

— Dans le panier ! dit-elle, haletante. Regarde dans le panier !

Surpris, Daniel trouva, sous une botte de carottes, un paquet de lettres scellé.

— De Nîmes ! dit sa mère. Emportons-les là-haut !

En haut, ils trouvèrent Judith dans le salon, en compagnie des enfants.

— Il n'y a pas beaucoup de protestants, en ville, mais au marché j'avais remarqué une marchande de légumes, j'étais sûre qu'elle n'était pas comme les autres, expliqua Émersende tandis que Daniel brisait les sceaux du paquet. Je lui ai acheté quelque chose l'autre jour, nous avons échangé quelques mots et, bien sûr, j'avais raison, c'est une huguenote ! Et puis, ce matin, elle m'a chuchoté que notre arrestation avait soulevé une grande émotion à Nîmes et qu'elle avait des lettres pour nous !

Empressée, la famille se rassembla. Les lettres avaient été écrites onze ou douze jours auparavant et les nouvelles qu'elles contenaient dataient déjà, mais elles étaient réconfortantes. Le consistoire de Nîmes leur envoyait des encouragements et la copie de ses protestations à l'intendant Daguesseau et même à Paris. La deuxième lettre, d'Élie Montjoye, pleine de versets soulignés de la Bible, était plus émouvante car, entre les lignes, Daniel percevait le chagrin du vieillard. À la fin, ils étaient presque devenus ses enfants, lui et Judith. Isaac Clavel leur écrivait aussi quelques lignes affectueuses et beaucoup d'autres, trop nombreux pour être cités, leur envoyaient un petit mot.

— Ma foi, toute la ville de Nîmes est derrière nous ! conclut Émersende avec un profond soupir de satisfaction. Il faut que nous leur répondions pour leur faire savoir ce qui se passe. La marchande de légumes fera parvenir la lettre.

Judith et Daniel échangèrent un regard. Cette lettre risquait de tomber dans les mains de Bellocq. Émersende et les enfants n'étaient pas au courant de leur plan d'évasion ni même, pour l'instant, de la promesse de conversion. Le lettre ne devait rien mentionner que d'innocent concernant l'amélioration actuelle de leur situation. Il vint aussi à l'esprit de Daniel que Bellocq s'attendait à ce qu'ils entrent en rapport avec les huguenots. S'ils ne le faisaient pas, cela pourrait éveiller sa méfiance et se révéler fatal à leur plan. Daniel acquiesça donc et ils passèrent le reste de la soirée à rédiger ensemble une longue lettre qu'ils adressèrent à Élie Montjoye.

Deux jours plus tard, dans la soirée, quatre hommes de Bellocq, qui possédaient les clefs et n'avaient pas besoin de frapper, firent irruption pendant le souper, alors que toute la famille était réunie à table. L'un d'eux fit signe à Daniel.

— Le maître veut vous voir.

Ils l'emmenèrent à l'Arsenal. Il ne prononça pas un mot jusque-là, terrifié à l'idée que leur plan d'évasion avait été découvert. On lui enchaîna les chevilles et on le traîna devant Bellocq.

— Qu'est-ce que c'est que ça ? demanda celui-ci en agitant la lettre qu'Émersende avait donnée à la marchande de légumes.

— Une lettre à mon grand-oncle de Nîmes, répondit Daniel, un peu soulagé de voir qu'il ne s'agissait que de cela.

— Vous préparez votre fuite ! déclara Bellocq, accusateur.

Vous avez envoyé ça clandestinement, par une marchande de légumes ! Et qu'est-ce que vous imaginez ? Que je ne sais pas que vous vous servez de références bibliques comme d'un code ?

Daniel, qui n'avait d'abord pas compris, éclata de rire. Si c'était là ce qui inquiétait Bellocq, il était à mille lieues de la vérité.

— Ma mère a simplement voulu citer quelques versets des Psaumes, répondit-il.

Bellocq lui lança un regard mauvais.

— Je ne vous laisserai pas disparaître dans un nuage de fumée huguenote, Montjoye ! dit-il d'une voix grinçante. Vous allez rester ici jusqu'à votre conversion !

Daniel en resta la bouche ouverte.

— Vous ne pouvez pas faire ça ! Vous n'avez aucun grief contre moi !

Bellocq agita la lettre.

— J'en ai un maintenant.

Daniel secoua la tête.

— C'est ridicule ! C'est une lettre purement familiale !

— Vous n'aurez pas longtemps à attendre, de toute façon ! reprit Bellocq en mettant la lettre de côté. Le débat public au cours duquel vous devez abjurer va se tenir dans dix jours.

— *Dix jours* ? répéta Daniel, d'une voix éteinte.

— Oui, lui assura Bellocq en souriant, visiblement enchanté de voir la résistance de Daniel se dégonfler. Samedi matin, le vingt-cinq pour être précis.

Un voile noir passa devant les yeux de Daniel. Bellocq connaissait la date exacte de leur évasion ! Un de ses espions avait dû voir le marin dans la boulangerie, l'avait capturé, torturé, et maintenant tout était fini et bien fini, pensa-t-il, affolé.

Mais Bellocq ne semblait pas insister sur la date. Il avait abandonné son sourire sarcastique. Une lueur d'espoir perça au fond de l'abîme où se trouvait Daniel.

— Pourquoi le matin ? demanda-t-il. Je croyais que cette réunion aurait lieu le soir.

Bellocq haussa les épaules.

— Nous voulons la tenir en plein air. Vous verrez, ce sera un véritable événement. En attendant, vous serez mieux logé ici que

344

la dernière fois. Vous aurez un barbier et des vêtements propres. Nous tenons à ce que vous soyez présentable.

L'espoir grandit chez Daniel. En fin de compte, il ne semblait pas que Bellocq soit au courant du plan génois. L'heure et la date pouvaient n'être qu'une simple coïncidence. Il se tortura la cervelle à la recherche d'une question qui, sans le trahir, pourrait dissiper ses doutes.

— Ma femme, ma mère et mes enfants n'auront rien à faire avec ça ? demanda-t-il. On n'exigera pas leur présence à ce... débat ?

— Non, bien entendu, comme nous en étions convenus. Vous êtes le chef de famille. Je n'ai pas besoin d'eux.

— Et je serai libre de partir dès que ce sera terminé ?

— Absolument. Bien sûr, vous et votre famille devrez quitter Marseille pour Nîmes dans la semaine qui suit.

Daniel commença à respirer plus librement. La date et l'heure étaient presque certainement une coïncidence. Il devait y avoir moyen de se tirer de ce piège.

— Je ne coopérerai pas si vous me tenez prisonnier ici, déclara-t-il. C'est une entorse à notre accord. Il stipulait que je vivrais avec ma famille jusqu'à mon abjuration.

— Et ça, c'est aussi une entorse à notre accord ! hurla Bellocq en tapant du doigt sur la lettre à Élie.

— Vos hommes ont fait peur à mes enfants ce soir ! protesta Daniel désespérément. Il avait été entendu qu'on les laisserait en paix !

— Écoutez ! cria Bellocq en se penchant vers lui. Rien, vous m'entendez, aucun argument ne me convaincra de vous laisser partir maintenant ! Est-ce assez clair ?

Daniel se tut. Il ne pouvait pas gagner. Il lui faudrait rester enfermé jusqu'au matin du vingt-cinq, où il serait obligé de se convertir.

« Je le ferai, se dit-il. Ce ne seront que paroles vides, prononcées du bout des lèvres. Je le ferai, et ensuite je m'échapperai. »

Mais Judith, comment saurait-elle quoi faire ?

— Bon, très bien, mais ma femme doit avoir le droit de me rendre visite, dit-il.

Bellocq frappa du plat de la main sur la table.

— Pas de visites !

Daniel le regarda, cherchant de toutes ses forces à ne pas désespérer. Avait-il un point faible, cet homme terrible ? Un seul peut-être : le spectacle qu'il s'apprêtait à donner de l'humiliation de sa victime.

— Vous pouvez me faire raser, Bellocq, m'habiller, me traîner de force à ce débat, moi seul déciderai de ce que je ferai une fois là-bas.

— Si vous refusez de vous convertir, vous savez ce qui arrivera à votre femme et à vos enfants !

— Oh, je me convertirai, mais d'une façon telle que chacun comprendra que je le fais sous la contrainte.

Voyant Bellocq hésiter, une lueur d'inquiétude dans l'œil, il secoua la tête.

— Je ne veux pas que Charles Montjoye se remette à tourner autour de ma femme, comme il l'a fait au Fort Saint-Jean.

Bellocq eut l'air surpris.

— Cela n'arrivera pas, je peux vous l'assurer.

— Pour en être sûr, je veux la voir tous les jours jusqu'au débat.

Bellocq sourit. Il paraissait réconforté à l'idée que Daniel obéisse à des motifs de pure jalousie conjugale.

— Très bien, vous la verrez cinq minutes tous les jours.

Daniel en éprouva un si grand soulagement que ses jambes faillirent le lâcher.

— Mais écoutez-moi, Montjoye, déclara Bellocq en venant poser un gros doigt sur la poitrine de Daniel, je veux une conversion à faire pleurer les anges ! Et croyez-moi, au moindre petit accroc, je vous ferai regretter d'être venu au monde !

VIII

Charles, qui regardait la place depuis une fenêtre, se dit que Bellocq avait vraiment fait les choses en grand. Sous un auvent aux rayures grises et blanches, on avait meublé et tapissé la tribune comme un intérieur bourgeois cossu. Sur une petite estrade entourée de tapisseries représentant des scènes bibliques, un fauteuil à haut dossier, en chêne sculpté, attendait le président de la réunion. Des rangées de fauteuils capitonnés avaient été installées à gauche et à droite avec de chaque côté, face au public, un lutrin pour ceux qui devaient prendre la parole.

À l'autre bout de la place – qui se trouvait dans la partie neuve et élégante de Marseille, non loin de la demeure de Charles –, des sièges en gradins étaient réservés aux invités de marque de Bellocq. Au milieu, les places debout étaient déjà pratiquement remplies par les premiers arrivants, des citoyens qui bavardaient gravement par petits groupes. Des huguenots de Marseille, d'Aix et des environs, selon Charles qui s'attendait à ce que le débat attire une foule nombreuse. Il se sentait de plus en plus tendu, mais fier également : ça allait être un grand jour.

Tout était prêt. Bellocq, qui se tenait prudemment à l'arrière-plan, avait réuni chez lui les intervenants protestants et catholiques, ainsi que l'évêque de Marseille qui devait mener la cérémonie finale de conversion.

Tout le clan Vovelle était rassemblé dans la pièce où se trouvait Charles. Celui-ci accueillait, rayonnant de satisfaction, les sourires et les signes de tête qu'on lui adressait. Depuis la réussite de ses négociations avec Bellocq, il était considéré comme une des personnalités éminentes de la famille, comme un futur chef de file.

On lui devait de la reconnaissance. Sébastien et Pierre, par exemple, les banquiers de Lyon, ainsi que Guillaume et Barnabé Vovelle, les anciens associés de son père, allaient obtenir le financement lucratif des projets gouvernementaux ; et les fils d'Étienne Vovelle, le soyeux, allaient tous les trois accéder aux offices administratifs qu'ils convoitaient et dont, en tant que protestants, ils avaient été exclus jusqu'à présent. Charles n'avait, bien entendu, pas oublié de faire aussi son trou. Pour compenser la perte de la concession accordée à Gliacci, il aurait libre accès à toutes sortes d'affaires intéressantes. Aussi loin qu'il pouvait voir se profilaient pour lui des lendemains dorés.

— C'est comme un rêve, Charles, murmura tante Joséphine en prenant sa main dans la sienne, gantée de dentelle noire. Aujourd'hui, Daniel Montjoye s'agenouillera en public et sera obligé de manger…

— … son pain d'amertume.

Elle fit un large sourire, les yeux pareils à de petites flaques noires, comme lorsqu'elle prenait du laudanum pour calmer ses douleurs rhumatismales.

— Ce sale petit bâtard, murmura-t-elle. Il va se mettre à plat ventre.

Charles acquiesça. Il se plaisait à imaginer Daniel, de retour à Nîmes après sa conversion, affrontant la colère et le rejet de ceux qu'il avait trahis. Les Vovelle allaient trahir, eux aussi, mais ils en seraient richement récompensés et occuperaient des situations confortables dans la France toute catholique de demain. Entretemps, Daniel serait ruiné, un moins que rien pour les catholiques, un moins que rien pour les protestants.

Sa maison de Nîmes avait été vidée et réduite à ses quatre murs, et Charles entendait bien la laisser dans cet état. Comment Daniel pourrait-il gagner sa vie ? Les soyeux huguenots le repousseraient et il n'avait pas d'argent pour s'engager dans une nouvelle entreprise. S'il essayait de quitter la France, selon toute probabilité il serait rattrapé par Bellocq et ses hommes, l'efficace Jacques Fortain en tête, et Daniel finirait pour le moins en prison.

Charles tressaillit, songeant à Judith. Elle serait bientôt sienne. Bellocq lui avait demandé de se tenir éloigné de la jeune femme jusqu'à ce que l'affaire de Daniel soit terminée. Elle le serait aujourd'hui.

Charles n'était pas aveugle. Il savait bien qu'en prison, elle avait toutes les raisons de lui donner de faux espoirs. Cependant, elle avait pour lui un fond d'affection. Il était clair qu'elle avait été d'abord amoureuse de lui, à Londres, avant que Daniel ne l'ait pervertie. Et maintenant, Daniel était fini. Seul Charles pouvait encore lui offrir une vie décente. Était-elle en mesure de le refuser ?

Une soudaine agitation, une rumeur, les gens se précipitaient aux fenêtres et Charles entendit quelqu'un annoncer :

— Les voilà !

Hors de vue derrière un rideau, Charles regarda la place. La foule était plus nombreuse qu'il ne l'aurait pensé. Sur les gradins, les sièges se remplissaient d'invités conduits par des laquais respectueux – aucun soldat en vue, cela aurait été du plus mauvais effet.

— Les huguenots de Nîmes et les autres invités de marque sont là ! chuchota Charles à la tante Joséphine.

Bellocq s'était donné beaucoup de mal pour s'assurer la présence des représentants de toutes les Églises réformées du Sud et surtout de Nîmes. Pour être les témoins de l'objectivité des débats, bien entendu. Cela le faisait rire, Charles. Il était sans pitié pour les imbéciles qui n'étaient plus dans la course.

— Mesdames ! Messieurs ! leur cria un jeune homme de la porte. Si vous voulez bien vous tenir prêts ?

Daniel monta sur la tribune, dans le bourdonnement incessant de centaines de voix.

Une mer de visages lui faisait face, rassemblés au milieu de la place et, au-delà, sur les gradins. Une foule beaucoup plus dense que ce que Daniel attendait. À en juger par les colliers de barbe et la sobriété des vêtements de ceux qu'il voyait au premier rang, serrés contre une barrière au pied de la tribune, la foule se composait principalement de huguenots. « Pourquoi Bellocq a-t-il rassemblé touS ces gens ? Seulement pour me voir abjurer ? » se demanda Daniel.

Puis il aperçut les Vovelle.

Ils étaient assis à sa droite sur la tribune, sur trois ou quatre rangs. Ils avaient l'air d'être tous là, du moins tous ceux qu'il connaissait – Étienne Vovelle et ses fils, et Guillaume et Barnabé, de

Nîmes ; au deuxième rang c'était sûrement Joséphine qui se tournait vers lui ; et puis il y avait Sébastien et Pierre Vovelle, les banquiers de Lyon sur le visage desquels passa un éclair d'animosité lorsqu'ils regardèrent dans sa direction.

Pour quelle raison les Vovelle se trouvaient-ils là ? Pour la même raison que lui, sans doute, parce que Bellocq avait dû les convaincre de proclamer qu'ils renonçaient à leur foi. Mais qu'est-ce que Bellocq avait prévu pour lui ? D'être exhibé en même temps que les Vovelle, au cours d'une séance de conversion de masse ?

Prêt à protester, Daniel jeta un coup d'œil en arrière vers la maison d'où on l'avait fait sortir, mais le maître des requêtes n'était nulle part en vue. Suivi par les sourires méprisants des Vovelle, on le poussa en avant et on le fit asseoir à la place d'honneur, au premier rang, à côté de Charles Montjoye. Celui-ci le regarda d'abord avec curiosité, puis avec un éclair de triomphe dans l'œil.

Les dents serrées,le visage de marbre, Daniel fixait le tapis. Il ne devait ni partir ni envoyer son poing dans la figure de Charles. Quoi qu'il lui en coûte, il devait subir ce débat.

Un héraut en livrée souffla dans une trompe, et une douzaine au moins de représentants de l'Église catholique, en habits des différents ordres, noirs, blancs et gris, arrivèrent en file et prirent place à gauche de la tribune. À sa grande surprise, on amena le père Nattier, sa jambe infirme allongée devant lui, et on l'installa dans un fauteuil spécialement placé là pour lui, devant les rangs des catholiques. Son regard croisa celui de Daniel et il esquissa l'ombre d'un sourire. Daniel détourna encore une fois vivement la tête, comme s'il pouvait vraiment ne voir personne, ni à droite ni à gauche. Que pouvait bien penser Nattier de tout ça ? Pouvait-il approuver cette farce organisée ?

La foule fit silence lorsqu'un ministre du culte, en veste noire et chapeau, une Bible et une liasse de papiers à la main, prit place devant le lutrin de droite pour ouvrir le débat du point de vue des protestants. Sincère ou non – Daniel l'ignorait –, son savant exposé des Écritures ne servirait à rien. Aussi convaincant qu'il puisse être, la conclusion de ce « débat » resterait inchangée.

Cependant, sur la place, le public l'écoutait avec une profonde attention. Suspendus aux paroles du pasteur, les gens hochaient la tête et grommelaient leur approbation quand ils pensaient qu'il avait marqué un point. Quand, du lutrin opposé, un moine de l'un des ordres prêcheurs prit fait et cause pour le point de vue catholique, l'atmosphère se fit hostile. Cependant, on écouta ce qu'il avait à dire, ce qui tendait à prouver là encore que le public était convaincu d'assister à un véritable débat. Les huguenots que Bellocq avait rassemblés étaient d'innocentes victimes.

Daniel n'écoutait plus. Dans le meilleur des cas, il ne comprenait déjà pas l'émotion que soulevaient des mots tels que « transsubstantiation ». Mais ici, la résonance trompeuse de cet assaut de faux-semblants lui était insupportable. Dans sa poche, il avait des notes préparées pour lui par Bellocq. Lui aussi allait parler. Cette seule pensée lui donnait un haut-le-cœur. Personne ici n'était sincère, à l'exception de la foule des dupes, là-bas.

Tout à coup, il entendit son nom. On l'appelait. Il s'avança et plaça ses notes sur le lutrin. On lui avait donné pour sujet l'adoration des saints. Il n'avait qu'à faire ce que Bellocq lui avait demandé, se dit-il, un discours de pure forme. Il prit une inspiration, leva la tête… Et chancela. Du devant de la tribune, où il se trouvait maintenant, il pouvait distinguer presque tous les visages : celui d'Élie, immobile, celui d'Isaac Clavel à côté, ceux d'un grand nombre d'autres Nîmois – tout un rang en fait qui avait les yeux fixés sur lui.

Daniel prit soudain conscience de la dimension du plan de Bellocq. Il avait fait venir les huguenots de Nîmes et des autres communautés protestantes du Sud pour voir Daniel Montjoye s'aligner sur les Vovelle et se rendre au roi et à l'Église catholique. La nouvelle se répandrait aussitôt dans leurs villes – un poison létal pour le moral des huguenots.

Mais de loin le pire, pour Daniel, c'était de voir le visage assuré d'Isaac et le regard de fierté combative d'Élie. Ils lui faisaient confiance ! Son emprisonnement avait fait de lui un héros, et maintenant ils s'attendaient à le voir aller de l'avant et châtier le Philistin ! Il était leur David contre Goliath !

« Mais je suis ici pour *tromper*, espèce d'idiots », avait-il envie de leur crier.

Un murmure de surprise accueillit l'hésitation de Daniel. Puis vint un autre son, étouffé par la toile de tente et par la foule : le carillon d'une église voisine.

Dix heures.

Le vingt-cinq juillet.

Il se représenta Judith, les enfants et sa mère, quittant la maison pour la dernière fois et se dirigeant vers la Bourse à l'heure dite. Tel était le plan qu'ils avaient fixé, avec Judith, en chuchotant dans sa cellule. À présent, il n'y avait plus de retour en arrière possible. Élie ou non, Isaac ou non, il n'avait pas le choix, il devait prononcer les mots et jouer sa partie à la satisfaction de Bellocq.

Pour que ses mains arrêtent de trembler, il agrippa les bords du lutrin et se lança dans son pitoyable discours.

— Pourquoi est-ce que nous ne pouvons pas regarder ? gémit Aimée en abandonnant à regret un numéro de singe savant et en suivant Richard dans le marché pour rejoindre Judith et Bérangère.

Les gens commençaient à se retourner. Judith avait le feu aux joues. Son cœur tambourinait dans sa poitrine depuis qu'ils avaient quitté la maison. Quelque chose de décisif et de dangereux allait se produire. Il fallait qu'elle soit prête, elle allait devoir faire face.

— Parce que nous allons au marché de la viande, voilà pourquoi ! répondit-elle vivement.

— Ah, bon, acquiesça Aimée, radoucie à la perspective de manger de la viande au dîner, ce qui n'arrivait pas tous les jours dans la gêne où ils étaient.

Judith prit Bérangère, qui marchait trop lentement, dans ses bras et ils quittèrent la place du marché par une petite rue menant au port.

— Tu veux bien prendre mon panier, s'il te plaît, Aimée ? demanda Judith. Tu ne vois pas que je porte aussi Bérangère ?

— Oh, bon, fit Aimée en l'attrapant de mauvaise grâce et en s'en allant avec d'un pas nonchalant.

Ce n'est pas le moment d'avoir une dispute avec elle, pensa Judith. Pour qu'ils se comportent avec naturel, elle s'était bien gardée de mettre les enfants dans le secret de leur fuite. On les surveillait évidemment, comme toujours.

— Bérangère, tu vois l'homme qui nous suit ? lui chuchota Judith en la soulevant un peu plus haut sur son épaule.

— Oui, il est là ! répondit Bérangère en pointant le doigt.

— Ne le montre pas du doigt ! lui intima Judith qui sentait la sueur ruisseler dans son dos. Est-ce que tu en vois d'autres ?

Bérangère regarda autour d'elle.

— Non.

Un seul chien de garde. Il y en avait peut-être d'autres, évidemment, il y en avait *certainement* d'autres. Judith s'efforçait de rester calme, mais il y avait tant de choses en jeu, et son esprit était plein de Daniel. En ce moment, quelque part dans Marseille, il était exhibé, obligé de ramper devant le roi Louis, pour leur salut, à elle, Aimée, Richard et Bérangère. Ce n'était pas sa faute mais il n'y avait rien à faire : elle ne pouvait s'empêcher de se sentir coupable.

Ils arrivèrent au marché de la viande et Aimée se dirigea droit sur un étal de morceaux de bœuf débités.

— Non, Aimée, dit Judith d'un ton calme. Allons d'abord nous promener sur le quai. Nous achèterons la viande en revenant.

Aimée la regarda avec étonnement et Richard s'exclama :

— Nous n'allons jamais sur le quai ! Pourquoi maintenant, Mère ?

— Je vous en prie, mes enfants, par ici !

Judith les entraîna hors du marché. Mais elle ne pouvait pas les tenir dans l'ignorance plus longtemps.

— Écoutez attentivement, leur dit-elle en anglais en baissant la voix. Si tout va bien, nous allons être pris à bord d'un bateau et – non, non, continuez à marcher ! – nous allons quitter Marseille !

Bérangère, dont l'anglais était encore rudimentaire, n'avait pas vraiment écouté, mais les deux aînés continuèrent à marcher lentement, le souffle coupé, cherchant à assimiler la nouvelle.

— Nous quittons le pays ? demanda Richard à mi-voix.

— Oui.

— Et papa ? demanda Aimée.

— Il nous rejoindra plus tard.

— Mais comment ? Il est en prison.

— Il sera libéré. Crois-moi, Aimée.

« Plaise à Dieu, adjura-t-elle intérieurement, plaise à Dieu… »

— Fini les questions pour l'instant. Nous parlerons plus tard.

Ils étaient arrivés sur le large quai aux marchandises, devant les colonnes de marbre de la Loge des marchands. Il y régnait une grande animation. Des marchands élégamment habillés allaient et venaient. Et maintenant ? se demanda Judith. Devons-nous faire les cent pas ou simplement attendre ici, sur place ?

Tandis qu'elle hésitait, il se passa deux choses. En regardant autour d'elle, elle s'aperçut que le chien de garde de Bellocq avait disparu. Au même moment, un marchand sortit de la Loge et, passant près d'elle sans la regarder, chuchota :

— Suivez-moi !

Judith avait compris le sens de ce qu'il disait avant de se rendre compte qu'il avait parlé en langue d'oc, mais avec un accent étrange et impératif. Il n'avait pas ralenti en parlant et il était déjà à plusieurs pas devant, basques de son manteau au vent.

Évidemment, se dit Judith, surexcitée : on s'était débarrassé de l'homme de Bellocq et maintenant ils allaient devoir faire vite, elle et les enfants.

— Venez ! dit-elle en soulevant Bérangère et en poussant Richard et Aimée en avant de l'autre main.

— Où allons-nous ? demanda Richard après quelques pas rapides.

— Nous suivons cet homme-là, répondit Judith. Celui qui a une veste bleue.

Il était presque hors de vue, se frayant rapidement un chemin à travers les piles de caisses, les rouleaux de cordage et la foule des dockers et des galériens au travail. Bérangère se faisait lourde et Judith avait du mal à suivre le rythme. Pourquoi marchait-il si vite, cet idiot ? Croyait-il que c'était facile de porter un enfant ? Ne voyait-il pas qu'ils ralentissaient ?

Et que faisait-il, maintenant ?

L'homme disparut derrière un entassement de marchandises. Judith se dépêcha d'avancer, la peur au ventre, craignant un terrible fiasco. Et s'il ne lui avait pas parlé ? Si elle l'avait rêvé ? Et si ce n'était pas lui ?

Mais où diable était-il passé ?

Juste devant elle, devant la porte ouverte d'un entrepôt, des hommes hissaient sur leurs épaules un rouleau de toile à voile de plusieurs pas de long. Ils allaient se trouver sur son chemin… Ils avançaient déjà en criant pour qu'on les laisse passer. Judith tendit le cou pour regarder derrière eux, mais le marchand était invisible. Elle avait de plus en plus de mal à dominer sa panique.

— Par ici ! fit-elle en voyant qu'ils avaient la place de se faufiler entre le bout du rouleau de toile et la porte de l'entrepôt qui se refermait lentement.

— Psst !

L'appel venait de l'obscurité de l'entrepôt. Une manche bleu marine apparut dans un rayon de soleil et une main brune leur fit un signe impératif.

De soulagement, Judith eut l'impression que ses jambes allaient l'abandonner. Tout se mettait en place, le marchand courant en avant, les hommes avec leur rouleau de toile, tout.

— Par ici ! souffla-t-elle aux enfants en les poussant dans l'entrepôt tandis que quelqu'un, de l'extérieur sans doute, fermait la porte derrière eux.

— Il fait noir ! chuchota Bérangère.

— Chut ! ordonna quelqu'un.

Judith serra Bérangère pour la rassurer, tandis qu'Aimée et Richard s'accrochaient à elle, figés par la peur. Les hommes de Gliacci devaient certainement vérifier qu'aucun des sbires de Bellocq ne les avait suivis. Enfin elle entendit un murmure de voix et des volets s'ouvrirent en grinçant, laissant entrer la lumière d'une cour intérieure.

Le marchand était invisible. Deux autres hommes, bronzés et nu-pieds, vêtus de maillots et de culottes de marin, s'approchèrent de Judith avec de larges sourires, mais elle ne comprit rien de ce qu'ils lui disaient, d'une voix basse et gutturale, dans ce qu'elle supposa être la langue des quais de Gênes. Il fallait qu'elle leur parle le plus tôt possible de Daniel, il était vital de leur expliquer les changements de plan. Elle essaya de communiquer avec eux en langue d'oc. Ils hochèrent énergiquement la tête mais sans paraître vraiment comprendre. Ils ne semblaient attacher d'importance qu'à quelques balles de tissu de laine ouvertes ; ils conduisirent Judith et les enfants vers elles, parlant et gesticulant avec volubilité.

Judith ouvrit de grands yeux. Ils ne voulaient quand même pas dire…

— Ils veulent dire que vous devez entrer dans ces balles.

Judith se retourna. Le marchand était là, qu'elle ne reconnut qu'à son grossier accent d'oc. Habillé comme les deux autres à présent, il avait un visage maigre aux traits durs et des cheveux noirs tirés en arrière en une natte goudronnée.

— On ferme les balles et on vous emmène au bateau, expliqua-t-il. Personne vous voit.

Judith frissonna à l'idée de suffoquer dans une de ces balles, mais ce n'était pas le plus important.

— Mon mari ! dit-elle au « marchand » en pointant énergiquement le doigt vers la ville.

— Trop tard ! répondit-il d'une voix crispée, l'air mécontent.

— Vous ne comprenez pas ! protesta Judith, prise de frayeur. Il va être libéré ce matin ! expliqua-t-elle en sortant un carré de soie rouge de sa manche. Vous devez laisser flotter ça du bateau. Quand il sera libre, il viendra sur le quai et, en le voyant, il saura que nous sommes à bord ! Il attendra ! Vous devrez aller le chercher ! Oh, vous ne comprenez donc pas ?

— C'est dangereux ce que nous faisons, femme ! répondit le « marchand » avec un sourire dédaigneux. C'est la mort ! dit-il en passant un doigt en travers de son cou musclé et en se raclant le fond de la gorge.

Judith serra Bérangère plus fort contre elle et aurait voulu lui boucher les oreilles parce que, aussi fort qu'ait été son accent, la petite fille comprenait la langue d'oc. Aimée et Richard avaient les yeux aussi ronds que des billes. Judith sentait monter la colère. Bien sûr, elle comprenait le risque : n'importe quoi d'anormal pouvait attirer l'attention sur le bateau et les mettre tous en danger. Mais cet homme l'exaspérait par le mépris qu'il leur témoignait. Elle confia Bérangère à Aimée et lui fit face.

— Je suis une amie personnelle du Signor Gliacci, déclara-t-elle. Mon mari est son partenaire commercial. Voilà pourquoi on vous a envoyé ici. Si vous ne faites pas tout votre possible pour le sauver et l'emmener à Gênes, je rapporterai la chose au Signor Gliacci.

Elle voyait à ses yeux qu'il pesait les différents risques qu'il courait. Pendant un instant, en voyant passer dans son regard dur une expression de ruse, elle faillit s'effondrer, convaincue qu'il allait se moquer d'elle et lui assurer que Gliacci n'en avait cure – cela ne l'aurait pas surprise, elle ne faisait pas confiance à Gliacci –

mais il hésita et, petit à petit, elle comprit qu'elle allait gagner, que la terreur que son maître lui inspirait serait la plus forte.

Elle avait chaud, elle transpirait. Elle lui tendit son petit fanion de soie.

Il baissa la tête, marmonna un juron, envoya un petit jet de salive entre ses dents, et s'en empara.

— Très bien, dit-il. Et maintenant, vous entrez dans les balles.

— Frères, commença Charles Montjoye. Frères…

Il s'arrêta et enfouit sa tête dans ses mains. Le silence se fit. Le débat se terminait et, à mesure que Vovelle après Vovelle annonçaient qu'ils avaient vu la lumière, la foule s'était mise à s'agiter. Des groupes s'étaient formés qui parlaient et gesticulaient furieusement, et des jeunes s'étaient frayés un passage pour se rendre, avec des cris rauques, derrière la barrière, jusqu'au premier rang. Daniel avait craint des troubles. Il avait besoin que ces conversions se passent en douceur pour pouvoir partir ensuite. Maintenant, à son grand soulagement, quand Charles sortit la tête de ses mains et les regarda, il souleva un véritable mouvement de curiosité.

— *Ceux que le Seigneur aime, il les châtie,* dit Charles, annonçant son thème comme un pasteur au début de son sermon. Pendant des années, dans mon orgueil, je ne me suis pas soucié des choses célestes. Oh, oui, j'allais parmi les croyants, me joignant aux signes extérieurs du culte et de la prière, mais intérieurement je ne me souciais pas d'éternité.

Il s'arrêta et un profond silence suivit.

— J'étais un hypocrite.

« Ça marche », se dit Daniel en scrutant les visages dans la foule. Près de la barrière, il restait encore quelques jeunes visiblement excités et, derrière eux, quelques regards sceptiques chez de plus vieux, mais dans l'ensemble les huguenots étaient sensibles au langage biblique de Charles et à l'accent de ferveur avec lequel il décrivait le changement de son cœur et ses nuits sans sommeil, à la recherche de Dieu.

Daniel n'en croyait évidemment pas un mot, mais il admirait la maîtrise de Charles. Bien sûr, son cousin avait toujours été plus saint que les saints, toujours au premier rang à observer le sabbat et à faire ses dévotions au temple. Un hypocrite de grand talent…

S'il avait su qu'il venait en aide à Daniel en apaisant la foule…

Celui-ci entendit un frou-frou de crêpe derrière lui et un doigt osseux lui toucha légèrement l'épaule. Il se tourna à demi. Appuyée sur sa canne, son visage à quelques pouces du sien, ses yeux éclairés d'une étrange lumière, Joséphine murmura triomphalement :

— Ce sera à vous après. Comment vous sentez-vous ?

Elle avait l'haleine aussi violente que de l'éther. Daniel se détourna, le cœur soulevé.

— Je voulais que vous sachiez que si Bellocq vous a amené ici, c'est à nous que vous le devez, insista Joséphine dans son murmure sifflant. Vous n'auriez pas dû vous mêler de nos affaires ! Vous auriez dû rester dans le caniveau qui est le vôtre !

Daniel se pencha pour ne plus entendre ses insanités, mais les idées se bousculaient dans sa tête. *Si Bellocq vous a amené ici, c'est à nous que vous le devez.* Alors c'était les Vovelle qui avaient organisé tout ça avec Bellocq, la main dans la main. Ils avaient ourdi ce plan alors qu'il était avec Judith en Italie, si sûr de lui, le marchand international prospère ! À présent, Joséphine allait bien rire de le voir à plat ventre !

Peu importait. D'ici là, les hommes de Gliacci aurait sûrement escamoté Judith, sa mère et les enfants. La liberté viendrait bientôt. Et qui rirait le dernier ?

Charles termina, comme Daniel savait qu'il le ferait, sur la façon dont il avait enfin trouvé la vérité, celle de la religion officielle. Un brouhaha de questions étonnées l'accompagna lorsqu'il retourna s'asseoir à côté de Daniel. Il ne le regarda pas mais inclina la tête, comme en prière.

Le président appela Daniel Montjoye.

Charles leva la tête, se pencha vers Daniel comme pour prononcer quelques mots d'encouragement fraternel, et murmura :

— Les lèvres de Judith sont douces…

Stupéfait, Daniel, qui se levait, se tourna vers Charles, mais celui-ci avait déjà repris sa posture de prière.

— Daniel Montjoye ! répéta le président.

Daniel avança, hébété. Il jeta de nouveau un coup d'œil en arrière. Charles avait-il vraiment dit ça ? *Les lèvres de Judith sont douces* ? Qu'est-ce qu'il entendait par là ? Était-ce une simple raillerie ou y avait-il là… ?

Les Vovelle l'observaient avec des sourires satisfaits à peine voilés. Du second rang, Joséphine le fixait avec tout son venin concentré de malveillance. Et Charles, qui le guettait entre ses doigts, paraissait secoué de rire.

Les lèvres de Judith sont douces !

Judith. Précisément, c'était à elle qu'il devait penser, à sa mère et à ses enfants. Il ne pouvait que s'en tenir au plan qu'ils avaient élaboré, quelles que soient l'amertume et l'humiliation qu'il en retirerait.

Il était debout devant son lutrin. Impressionnée par le discours intelligent de Charles, la foule balançait. Les visages étaient anxieusement tendus vers Daniel et le silence se faisait lentement. Il lui parut que ce devait être en de pareils moments que se jouait le destin des batailles, quand le doute s'installait au cœur de l'un des adversaires et que le plus léger coup contre lui pouvait alors le faire battre en retraite.

Et, en face de lui, se trouvaient des visages familiers, douloureux et déconcertés, qui le regardaient cependant avec espoir. Son premier discours les avait déçus mais, semblaient-ils dire, cela ne pouvait certainement pas se reproduire. Isaac baissait la tête tandis qu'Élie levait la sienne dans une attitude d'orgueil désespéré. Ces deux hommes ont été des pères pour moi quand le mien m'a fait défaut, pensa Daniel, misérable, en croisant le regard d'Élie.

À cet instant précis, il décida de ne pas faire ce qui avait été prévu.

Il s'écarta du lutrin et s'adressa directement à la foule.

— Ce débat est une tromperie et une honte pour tous ses participants, qu'ils soient d'obédience catholique ou de l'Église réformée ! déclara-t-il d'une voix retentissante. Depuis le début, chacun, sur cette tribune, en connaît le résultat ! L'évêque de Marseille, dit-il en montrant du doigt sa maison, attend dans ses plus beaux atours que commence la cérémonie d'abjuration !

La foule s'agita et l'on entendit des cris de colère à l'énoncé d'une pareille machination.

— La famille Vovelle n'a pas été amenée ici aujourd'hui par la force ! poursuivit-il. Demandez au dernier intervenant combien on l'a payé pour son émouvante contribution ! Pour chaque larme, pour chaque soupir, un sac d'or ! Charles Montjoye, dit-il en tendant le bras vers lui, traître et menteur !

Daniel attendit que s'apaisent les rugissements sortis de centaines de gorges pour poursuivre :

— J'ai été emprisonné. Ma famille a été maltraitée et menacée. Encore maintenant, tandis que je vous parle, j'agis sous la contrainte, on m'a arraché la promesse d'abjurer et de me convertir.

En voyant briller les yeux d'Élie, il sentit une grande force l'envahir.

— Mais je ne le ferai pas ! cria-t-il, et ce cri venait du tréfonds de lui-même. *Je ne le ferai pas !*

Les rugissements, à présent, étaient incontrôlables. La foule paraissait onduler dans un accès de ferveur. Sur les gradins, tout le monde était debout, agitait les bras, et le groupe des jeunes, à la barrière, de plus en plus nombreux, injuriait en hurlant les Vovelle. Ceux-ci essayaient de se lever, l'air honteux, furieux, hésitant. Joséphine secouait sa canne et trébuchait de rage dans sa hâte d'atteindre Daniel. Charles, qui avait quitté son masque, était blême de fureur rentrée. À côté d'eux, les religieux tournaient en rond, essayant pour la plupart de quitter la tribune. Daniel rencontra le regard de Nattier, remarqua son sourire amer, mais il ne pensa pas s'être trompé en lisant dans ses yeux, à l'instant où on l'emportait, un respect accordé de mauvaise grâce.

Puis Daniel aperçut Bellocq, à moitié caché derrière le dais du président, qui l'observait froidement tout en donnant rapidement des ordres.

Daniel revint sur terre. Il avait suivi son sentiment plutôt que sa raison. Il n'avait pas tenu parole à Judith, à sa mère et aux enfants, qui l'attendraient en vain. On allait l'arrêter.

Comme les hommes de Bellocq se dirigeaient vers lui d'un pas décidé, il se tourna vers la foule. Plus bas, les jeunes enjambaient la barrière et s'apprêtaient à prendre d'assaut la tribune.

Dans une émeute, il pouvait disparaître.

Il s'accroupit au bord de l'estrade et sauta parmi eux.

— Ils vont m'arrêter ! dit-il en haletant, étouffé par les bras de tous ces gens qui le félicitaient. Amenez-moi au milieu de la foule ! Vite !

Aussitôt, ils formèrent un cercle autour de lui et lui ouvrirent un passage par-dessus la barrière. Daniel jeta un coup d'œil en arrière. Les hommes de Bellocq étaient pris dans la mêlée indescriptible qui occupait l'espace devant la tribune.

— Plus avant dans la foule ! hurla-t-il à ses aides.

Tout en marchant, on lui tapait dans le dos et des voix rauques louaient le Seigneur pour ce qu'il avait fait. C'était une protection, songeait-il, rompu et hors d'haleine, mais Bellocq allait bientôt faire cerner la place. Comment échapper ?

Il s'adressa à un garçon aux larges épaules que les autres jeunes gens avaient l'air de respecter.

— Comment vous appelez-vous ? lui demanda-t-il à l'oreille.

— Paul, répondit le jeune homme avec un sourire.

— Paul, vous connaissez Marseille ?

— J'y suis né !

Daniel poussa un soupir de reconnaissance.

— Il faut que je gagne la vieille ville d'urgence et sans être vu. Est-ce que la foule pourrait avancer, avec moi au milieu ?

Paul fronça les sourcils, puis sourit de nouveau et se mit à donner des ordres autour de lui. Daniel entendit les premiers mots d'un psaume guerrier voler de bouche en bouche, puis quelque part, non loin d'eux, une basse puissante intervint, bientôt rejointe par une dizaine, par une trentaine, par une centaine de voix. En moins d'une minute, la place entière chantait.

Des rangs se formèrent autour de Daniel et, à mesure qu'on se passait le mot, la foule se mit à se mouvoir lentement, au rythme du psaume qui enflait. Leurs voix réunies résonnaient comme le tonnerre sur les façades des maisons et leur revenaient en écho. Saisi d'une soudaine allégresse, Daniel entonna un couplet au maximum de sa voix. Bellocq avait souhaité voir la foule des huguenots propager dans le sud un message de défaite, mais il allait voir maintenant de quoi était capable une foule huguenote.

— Daniel ! *Daniel* !

Daniel reconnut la voix de sa mère et son allégresse retomba.

— Qu'est-ce qui s'est passé, Mère ? lui cria-t-il, angoissé, tandis que les jeunes gens qui l'entouraient lui frayait un chemin.

— Rien ! répondit-elle, haletante, en le prenant dans ses bras et en le serrant contre elle. Oh, mon fils, mon fils ! Comment vas-tu t'échapper ?

— Avec la foule. Ne t'inquiète pas, continue à marcher ! Que s'est-il passé ? Où sont-ils ?

— J'ai attendu une heure et ils ne sont pas revenus, alors ils doivent être sur le bateau.

— Mais pourquoi n'es-tu pas partie avec eux ?

— Je n'ai jamais eu l'intention de partir, Daniel, je suis trop vieille pour les voyages en mer et les pays étrangers. Je vais retourner à Nîmes. Ne te fais pas de souci pour moi, ils ne peuvent pas faire grand-chose à une vieille peau comme la mienne. Crois-moi.

Un nouveau psaume s'élevait maintenant, triomphant, jubilatoire. Daniel comprenait qu'elle puisse se sentir en sécurité au milieu d'une pareille vague de fond. Il n'était pas question de discuter avec elle, elle était beaucoup trop volontaire, et de toute façon ce n'était pas le moment.

— Judith a fait le fanion ? demanda-t-il.

— Oui, un carré de soie rouge. C'est bien ce que tu lui avais dit ?

— Oui. Je savais qu'il y en avait des échantillons dans la malle... Oh, voilà Élie ! Et Isaac !

Les deux vieux, descendus de leur estrade, se frayaient un chemin vers Daniel et Émersende. Ils échangèrent quelques mots. Élie serra très fort Daniel dans ses bras et lui dit qu'il avait mené le combat de Dieu, et Isaac, radieux, cita un passage des Évangiles qui parut à Daniel beaucoup trop élogieux.

— Ne vous occupez pas de moi, dit Daniel, gêné. Rentrez et racontez à tout le monde ce qui s'est passé aujourd'hui. Retournez la situation contre Bellocq et les Vovelle !

Le jeune Paul revint, rouge et transpirant : la tête du cortège avait déjà quitté la place. Il cria :

— Nous avons besoin de savoir par où aller maintenant !

— Au cœur de la vieille ville ! répondit Daniel. Et puis là, Paul, il faudra que je disparaisse !

— Je vais voir ce que je peux faire, promit Paul, affairé et déjà reparti.

— Nous risquons d'attirer l'attention sur toi, Daniel, remarqua Élie. Tu es plus en sécurité avec ces jeunes gens.

Daniel les embrassa tous les deux une dernière fois. Émersende le retint longtemps. Il avait une si grosse boule dans la gorge qu'il n'arrivait pas à parler.

— Mon fils, murmura-t-elle en le lâchant.

Le cercle se resserra autour de Daniel et ils se mirent à avancer plus vite. Ils quittèrent la place, passèrent devant la maison de Charles et remplirent bientôt les rues étroites de la vieille ville.

Paul, qui lui faisait de grands gestes, revint vers lui avec un petit homme d'âge mûr en remorque.

— M. Canisse a un commerce de chandelles deux rues plus loin, expliqua-t-il. Vous pourrez y entrer quand nous passerons devant. C'est ce qu'il vous faut ?

Daniel réfléchit. La foule était si dense qu'on ne le verrait pas, et les gens de Bellocq continueraient à suivre le cortège.

— Peut-on sortir par-derrière, dans votre boutique ? demanda-t-il à Canisse.

— Oui, dans une ruelle.

— Très bien. Allons-y, déclara Daniel. Merci, Paul !

Cela se passa très vite. Au moment où le cortège remplissait complètement la rue, Canisse enleva le cadenas des volets du magasin, ouvrit la porte, et Daniel s'y précipita, plié en deux. Canisse referma la porte et, dehors, on remit le cadenas sur les volets.

— Par ici ! chuchota Canisse.

Il le conduisit dans l'obscurité jusqu'au fond du magasin, lui fit traverser un atelier où des rangées de chandelles étaient suspendues, et ils sortirent dans une petite arrière-cour. Le bruit que faisait le cortège des huguenots diminuait peu à peu. Canisse partit en éclaireur et revint lui dire que la voie était libre.

— Cette allée vous conduira à quelques marches de la prochaine rue, lui expliqua-t-il.

— Merci !

— Que le Seigneur soit avec vous ! lui dit Canisse en lui serrant la main. Cela m'a fait du bien de vous entendre !

Daniel se faufila dans l'allée poussiéreuse et descendit les marches que Canisse lui avait annoncées. Puis, marchant vite, il prit la direction du port.

Avec les heures chaudes de la journée, les rues de Marseille étaient pratiquement vides.

Ces dix derniers jours, rien n'avait pu laisser croire à Daniel que Bellocq avait eu vent de son plan d'évasion. Il devait penser que Daniel essaierait de quitter Marseille avec la foule des huguenots et devait avoir ordonné à ses hommes de suivre le cortège. En toute logique, il devait également avoir fait fermer les portes de la ville. Daniel espérait que, pris par surprise, il n'avait pas envisagé d'autres mesures pour le moment.

Et voilà maintenant le port, en bas de la côte.

Daniel accéléra le pas. Il arriva à un carrefour. Encore cinquante pas.

Un rayon de soleil sur de l'acier et une foule d'uniformes bleus remplit le bout de la rue. La troupe ! Daniel recula vivement dans une encoignure de porte et regarda. Plus rusé qu'il ne le pensait, Bellocq avait peut-être gardé une compagnie sur le pied de guerre à l'Arsenal. Les soldats poursuivirent leur chemin le long du quai, abandonnant deux de leurs hommes en faction, au bout de la rue. Immédiatement, ces sentinelles refoulèrent quelques femmes qui voulaient sortir sur le quai. De toute évidence, ils avaient ordre de ne laisser personne quitter la vieille ville. Bellocq l'avait sans doute fait boucler.

À cette idée, le cœur de Daniel fit un bond. Il n'y avait pas une seconde à perdre.

Il retourna jusqu'au carrefour et prit une rue parallèle au quai, hors de vue des soldats. Avant qu'il ne soit trop tard, il devait devancer la troupe qui se déployait le long des docks. Il se mit à courir.

Du premier carrefour comme du second, plus bas, il vit des soldats. Transpirant abondamment, il se débarrassa de sa veste et la jeta sur son bras. Les passants le regardaient courir, mais cela n'avait plus aucune importance. Une seule chose comptait : mettre le pied sur le quai.

La rue qu'il suivait se mit à tourner et à grimper vers la cathédrale. Il n'était plus loin du Fort Saint-Jean et de l'embouchure du port. Mais il fallait se rendre à l'évidence : dans chaque rue, dans chaque allée, des soldats étaient postés. Il ne pouvait pas atteindre le quai. Sans le savoir, Bellocq l'avait pris de vitesse.

Il revint en arrière, haletant, regardant en bas à chaque carrefour. Non, il n'avait pas oublié une seule rue. Daniel ne pouvait pas s'empêcher de regarder au-delà, les bateaux ancrés au milieu du port ; et soudain il aperçut une tache rouge sur le mât avant d'une galère marchande. Il s'arrêta net. Un fanion rouge pendait mollement dans l'air chaud.

Il restait les yeux fixés sur la galère, comme s'il pouvait la transpercer du regard. Sa femme et ses enfants étaient cachés à bord. Traversant le danger avec les enfants, Judith avait réalisé leur plan. Il s'imagina avec elle, lui disant : « C'est fini, nous sommes sortis, nous sommes libres ! » et riant avec les enfants de leur aventure. Cette idée était une torture.

Il devait se faufiler subrepticement et surprendre les sentinelles ! Il devait passer de force à travers elles !

Oui, mais après ? Avec tous ces soldats sur le port, les hommes de Gliacci ne se précipiteraient pas vers lui. Alors quoi ? Voler un bateau ? Sauter droit dans l'eau ?

C'était sans espoir.

Pire que sans espoir, comprit-il tout à coup.

Pour l'instant, Bellocq paraissait concentrer ses efforts sur la ville. Mais si les événements lui donnaient à penser qu'un bateau pouvait faire partie de leur plan d'évasion, il ne lui faudrait que quelques minutes pour faire lever la chaîne qui fermerait l'embouchure du port. Et alors, non seulement Daniel, mais Judith et les enfants seraient faits prisonniers et confrontés à la terrible accusation d'avoir voulu sortir illégalement du royaume.

La vérité lui apparut telle qu'elle était : Judith et les enfants avaient une chance de s'enfuir. Lui n'en avait pas.

Plus il serait loin d'eux, plus grande serait leur chance.

Il essuya les larmes qui lui étaient venues aux yeux. Malheureux, le cœur serré, il fit demi-tour et remonta la rue d'un pas lourd.

Un peu plus tard, alors qu'il se demandait s'il devait ou non rejoindre la foule des huguenots, un groupe d'auxiliaires de Jacques Fortain l'aperçut. Ils l'attrapèrent, mais il se débattit comme un lion et s'enfuit de nouveau, loin du port.

Il n'était pas loin de l'une des portes de la ville quand il fut finalement cerné, roué de coups et traîné, inconscient, devant Bellocq.

Des paniers d'osier sur leur tête empêchaient qu'ils étouffent dans leurs balles de tissu. C'était bien la seule chose confortable, pensait Judith. D'ici peu, ils seraient devenus fous de chaleur et de soif.

Ils étaient à bord de la galère. Judith se rappelait le sentiment nauséeux de danser sur l'eau, sans défense, dans l'obscurité, avec Bérangère dans les bras, puis l'impression terrifiante de virevolter dans les airs, suspendus au bout d'un treuil avant d'être descendus dans la cale.

Des heures avaient passé depuis, et ils étaient toujours enfermés dans les balles. Le « marchand » leur avait fait comprendre que c'était une précaution en cas de perquisition et les avait menacés du pire s'ils faisaient le moindre bruit. Tendue, Judith restait à écouter marcher dans le lointain, s'imaginant à chaque regain d'activité que Daniel était arrivé et balançant de l'espoir au désespoir comme le pendule d'une horloge.

Puis un bruit réellement significatif s'était fait entendre : des braillements, un coup de sifflet strident et des pas précipités. Judith avait serré sa petite fille contre elle et s'était enfoncée dans sa balle, terrifiée à l'idée que tout était fini, qu'une perquisition était en train.

Elle comprit bien vite que c'était le début des manœuvres destinées à faire sortir la galère du port. Les voix s'intensifièrent, l'une en particulier, profonde et sonore ; un sifflet résonna avec régularité et toute la charpente parut s'animer tandis que le bateau se mettait lourdement en mouvement. Une secousse vint signaler que les rames fendaient les eaux, suivie par le roulement des grands collets lorsque les pelles se levaient dans des éclaboussements et des gargouillements d'eau, dans le bruit sourd et le cri à l'unisson des esclaves retombant sur leur banc. Judith avait voyagé en galère en Italie et ces bruits lui étaient assez familiers. Mais elle ne les avait jamais entendus de si près, de si profond dans les entrailles du bateau, et elle en déduisit qu'elle devait être dans une cale, directement sous les bancs des rameurs.

Et Daniel ? Ils ne l'avaient évidemment pas caché dans une balle pour la bonne raison qu'elles étaient toutes dans la cale. S'il était à bord, il était ailleurs. Ce n'était pas le genre du « marchand » de lui apporter cette nouvelle pour la réconforter. Jusqu'à quand resterait-elle dans l'incertitude ?

Il fallut un temps fou pour sortir du port. Enfin, au rythme régulier des rames et au léger roulis du bateau, Judith se rendit compte qu'ils se trouvaient dans le chenal entre la côte et les îles. Puis la galère changea d'allure, le roulis devint plus prononcé et elle comprit qu'ils étaient en mer.

Elle embrassa le front brûlant de Bérangère.

— Nous sommes libres, ma petite chérie ! murmura-t-elle. Nous avons quitté Marseille !

Ils n'avaient plus de perquisition à craindre. Quand allait-on les sortir de là ? Quand sauraient-ils enfin ?

Judith ne pouvait plus supporter cette attente. Elle commença à s'attaquer aux couches de tissu qu'elle avait sur la tête.

— Hé !

Une voix masculine. Elle s'arrêta, pleine d'un soudain et irrépressible espoir, retenant son souffle de peur de ne pas entendre la suite. Mais il s'agissait d'une conversation dans ce rude parler génois qu'elle avait commencé à haïr.

Elle se laissa retomber en arrière. On délia les cordes, on écarta la toile goudronnée, on souleva les tissus qu'elle avait sur la tête et la lumière leur parvint. Les deux hommes qui se penchaient sur elles étaient des marins.

Elle sortit de la balle et aida Bérangère à le faire. Elle prit silencieusement dans ses bras Richard et Aimée qui arrivaient en titubant de leurs balles ouvertes, les traits marqués par l'angoisse, et elle regarda autour d'elle avec inquiétude :

— Mon mari…, demanda-t-elle d'une voix rauque aux marins.

Le « marchand » arriva alors, agile et pieds nus, du fond de la cale.

— Mon mari ? répéta-t-elle.

Au-dessus d'eux, les esclaves rameurs retombaient lourdement sur leur banc dans un roulement de chaînes.

— Il n'est pas venu, répondit le marchand.

Judith sentit le sang se retirer de son visage, toutes ses forces l'abandonner. Elle devait être pâle comme une morte, se dit-elle, comme pétrifiée.

Elle rassembla ses enfants autour d'elle, autant pour chercher leur soutien que pour répondre à leur besoin de réconfort, les yeux fixés au loin, dans les ténèbres.

IX

Dans la brume de chaleur de ce mois d'août, le carrosse du comte Peyresourde traversait la plaine. Susanna était à peine consciente de l'inconfort du voyage.

Quelques lieues seulement la séparaient encore de Paris.

Elle avait quitté Jon Harley et la compagnie du Bow Street sans préavis et ne savait pas ce qu'elle trouverait à son retour. L'absence ternissait les plus brillantes étoiles, et le public volage s'enticherait vite de nouvelles idoles. Mais elle viendrait à bout de cette traversée du désert le moment venu.

Pour l'instant, la seule chose qui importait était de courir au secours de Judith et de Daniel.

Peyresourde avait reçu de France des rapports confirmant que Judith Grainger était en vie et mariée à Daniel Montjoye, marchand de soieries à Nîmes. Le couple avait trois enfants. Mais ils vivaient sous la menace à cause de leur appartenance à la religion prétendue réformée. Daniel Montjoye avait été arrêté à Marseille trois semaines auparavant et accusé d'avoir tenté de quitter la France illégalement – infraction très grave.

Peyresourde avait offert son aide. Bien loin d'être un simple attaché d'ambassade comme elle le croyait, Susanna s'était aperçue que c'était un homme beaucoup plus important. Il flottait autour de lui, dans l'ombre, une aura de pouvoir secret. Cela rendait sa présence troublante, de même que son but, clair comme le jour, de faire d'elle sa maîtresse. Mais cela le rendait justement indispensable.

Rappelé à Paris, il devait en rapporter immédiatement à son ami, l'ancien ambassadeur en Angleterre, Colbert de Croissy, maintenant ministre des Affaires étrangères. Il devait aussi aller à Versailles, voir le roi en personne. Un homme avec de telles relations pouvait de toute évidence exercer une influence dans un cas comme celui de Daniel. Il pouvait aussi obtenir des renseignements sur la situation de Judith et lui apporter de l'aide si le besoin s'en faisait sentir, ce qui semblait probable. Il pouvait encore réunir les deux sœurs – ou plutôt les deux amies, puisque Susanna s'en tenait toujours à ce pieux mensonge.

Peyresourde avait joint à son offre d'aide une invitation à Paris. Bien qu'elle ne se fît aucune illusion sur ses intentions, craignant pour Judith et Daniel, Susanna n'avait pas osé refuser.

— Nous entrons dans les faubourgs du nord, lui dit-il lorsque la voiture quitta la route de campagne, pleine d'ornières. Notre voyage va bientôt prendre fin. Êtes-vous vraiment sûre de vouloir vous arrêter dans une auberge ? ajouta-t-il après avoir hésité.

Il possédait un luxueux appartement qu'il avait proposé de mettre à sa disposition pendant son séjour. Il était d'une courtoisie indéfectible, se dit-elle, mais il était habitué à obtenir ce qu'il voulait, et connu pour prendre et rejeter de ravissantes jeunes maîtresses. Toute la stratégie de Susanna consisterait à faire bénéficier Daniel et Judith de sa protection tout en le tenant en respect.

— Merci pour le soin que vous prenez de moi, monsieur le comte, répondit-elle, mais je suis certaine que l'auberge me conviendra parfaitement.

Il n'insista pas. Dès que la voiture l'eut déposée devant son auberge, il se rendit à ses affaires. Fatiguée par le voyage, Susanna fit sa toilette, se changea et essaya d'obtenir quelque chose à manger. Elle s'aperçut vite que l'endroit était sale et le service plus que rudimentaire, mais elle ne pensait qu'à Judith, à Daniel et aux enfants qu'elle ne connaissait pas. Elle s'installa avec le sentiment que, maintenant qu'elle était à Paris, elle n'allait pas tarder à avoir de leurs nouvelles.

Mais le Sud était loin et les nouvelles voyageaient lentement. Peyresourde lui assura qu'il avait demandé, à Nîmes et à Marseille, un supplément d'informations. Entre-temps, ses affaires lui prenaient la plupart de son temps. Pendant les jours qui suivirent, Susanna fit mollement le tour des attractions : Notre-Dame, le Louvre et les jardins des Tuileries, le Pont-Neuf, ses bonimenteurs et ses théâtres de rue. Mais même ceux-ci n'arrivaient pas à fixer son attention. Pour la première fois de sa vie, également, elle se trouvait dans une ville étrangère, éprouvant la fatigue et le sentiment d'étrangeté que procurent des usages et une langue qui ne vous sont pas familiers. Elle se sentait déprimée et se demandait si elle avait bien fait de venir ici. N'aurait-il pas mieux valu aller directement dans le Sud, essayer de retrouver Judith ?

En vérité, elle ne savait pas au juste où était Judith – les rapports de Peyresourde ne le précisaient pas – et, de toute façon, elle n'aurait pas pu aider Daniel sans lui. Seul le comte pouvait user de son influence.

Il la voyait de temps à autre, dans la soirée. Il l'invitait à souper dans son splendide hôtel, près de Saint-Germain-des-Prés, où elle était reçue comme une princesse. Sa femme et sa famille – il n'en avait pas fait mystère – vivaient dans son château près de Bordeaux, sa demeure parisienne étant un simple pied-à-terre.

Il l'emmenait aussi au théâtre, une passion qu'ils partageaient. Le français hésitant de Susanna l'empêchait de bien comprendre le texte, mais elle trouva le jeu ridiculement outré et le lui dit.

À sa surprise (il lui avait souvent parlé des merveilles de la scène parisienne), Peyresourde en tomba d'accord avec elle.

— Je crois que j'ai été gâté par le Bow Street et par vous, reconnut-il. Maintenant, ce que Paris peut offrir de mieux n'est plus de mon goût.

Ceci n'était pas vaine flatterie, elle l'avait compris. Son amour du théâtre, de même que l'estime qu'il lui portait étaient sincères. Elle en était heureuse. C'était quelque chose de plus solide sur quoi fonder ses espoirs que sur sa séduction ou sur le désir qu'il avait d'elle.

Mais les jours traînaient en longueur sans que rien ne se passe. Peyresourde était souvent appelé, par ses devoirs auprès du roi Louis, à faire des voyages qui lui prenaient beaucoup de temps parce que celui-ci avait maintenant complètement abandonné le vieux Louvre pour son nouveau palais de Versailles. Susanna n'y était pas conviée ; il semblait que le fanatisme religieux grandissant du roi interdisait à un courtisan comme Peyresourde de se montrer avec une actrice en qui chacun verrait sa maîtresse.

Le roi Louis n'étendait pourtant pas à lui-même ses règles de vertu, comme l'apprit Susanna. Il y avait à l'auberge une accorte petite servante qui avait la patience de lui répéter les choses jusqu'à ce qu'elle les ait comprises, et elles avaient tous les jours de longues conversations. Manette lui faisait découvrir le côté peu reluisant de la vie à la cour. Le roi avait des maîtresses, c'était une chose ; mais Mme de Montespan, la maîtresse délaissée, était impliquée dans un terrible scandale. Des prêtres, lui chuchota Manette, les yeux écarquillés, avaient célébré des messes noires et accompli des sacrifices rituels de bébés sur les corps nus de femmes qu'ils avaient ensuite sodomisées. Et afin d'ensorceler le roi pour qu'il lui retourne son affection, on soupçonnait la maîtresse du roi Louis d'avoir participé à ces hideuses pratiques.

Peyresourde fut extrêmement irrité quand Susanna lui en parla.

— Vous ne devez pas écouter cette Manette ! la tança-t-il. Bien sûr, vous n'êtes pas au fait des mœurs françaises, ma chère, mais sachez qu'ici les servantes sont de fieffées menteuses !

Le lendemain, une fille nouvelle apparut à l'auberge pour s'occuper de Susanna. Apparemment, Manette était partie travailler ailleurs. Pour la première fois, Susanna eut l'impression d'un danger. Elle se sentit brusquement terriblement seule et se prit à douter de ce qu'elle faisait.

Puis, un jour, Peyresourde apporta des nouvelles. Il arriva à l'auberge à midi – ce qui ne lui était pas habituel – en agitant une lettre.

— Le rapport que j'ai demandé à Marseille, expliqua-t-il. Je ne l'ai pas encore ouvert. Je suis venu tout droit vous l'amener.

Ils s'assirent et, pendant qu'il décachetait la lettre, commandèrent quelque chose à manger.

— Eh bien, dit-il après l'avoir parcourue, Daniel Montjoye, le huguenot, a refusé d'abjurer au cours d'une réunion publique et, aidé par la foule, a tenté de se sauver. Il...

— Continuez, monsieur le comte.

Peyresourde fit un sourire désolé.

— Je crains que les nouvelles ne soient mauvaises, reprit-il en l'observant avec attention. Daniel Montjoye a été jugé et condamné aux galères.

Susanna fit tout son possible pour rester calme.

— Pour combien de temps ? parvint-elle à demander.

— Une condamnation aux galères est une condamnation aux galères. Personne ne fait le compte des années.

— À l'exception du prisonnier, peut-être ?

— Si, une fois passés les premiers mois, il est encore à même de compter...

Ce cynisme fit horreur à Susanna, et elle frémit d'indignation contre ce roi qui protégeait des maîtresses diaboliques et punissait si sévèrement des hommes qui n'avaient fait aucun mal. Elle avait envie de pleurer sur le sort de Daniel et était remplie d'angoisse pour Judith et ses enfants. Mais il fallait qu'elle joue sa partie comme jamais elle n'avait eu l'occasion de le faire. Si elle laissait Peyresourde comprendre à quel point elle tenait à Judith et à Daniel, il se servirait de cela pour briser sa résistance. Elle ne lui avait jamais avoué que Judith était sa sœur. Il soupçonnait peut-être Daniel d'être un ancien amant à elle. Pour leur salut comme pour le sien, elle devait être très prudente.

Peyresourde continuait à lire en silence. Soudain, il leva la tête et la regarda fixement.

— Vous connaissez un cousin de Daniel du nom de Charles ?

C'en était trop. L'espace d'une seconde, elle laissa tomber son masque.

— Je vois que vous le connaissez, en effet. Eh bien, Charles Montjoye a abjuré au cours de cette même réunion. Il semble qu'il ait été bien payé pour ça. Il semble qu'il ait aussi une grande responsabilité dans la disgrâce de Daniel.

Susanna, pétrifiée, espérait que les émotions qui la déchiraient n'affleuraient pas à la surface. Que Charles soit en vie, ce n'était pas une surprise pour elle. Depuis le jour où Laetitia avait vendu la mèche, elle en avait entrevu la possibilité. Mais ce qui la remplissait de fureur c'était de voir qu'il était toujours aussi malfaisant. Les yeux fixés sur la nappe, elle avait la chair de poule. Elle le voyait encore cette nuit-là, gémissant sur lui-même, elle sentait encore ses coups... Assez !

Elle respira lentement et laissa ses traits se détendre.

— Je ne comprends pas, dit-elle d'un ton aussi indifférent que possible. De quel genre de responsabilité s'agit-il ?

— Il avait posé comme condition à son abjuration l'obligation pour son cousin de se convertir également.

— Et vous dites qu'il a été bien payé ?

— Oui. Par des privilèges. Des offices.

— Alors, les gens, on les achète et on les vend ? ne put-elle s'empêcher de dire. Un huguenot est richement récompensé pendant que l'autre est envoyé aux galères ?

Peyresourde serra les lèvres et son regard devint dur. Pour la première fois, il vint à l'esprit de Susanna qu'en tant que catholique et représentant de l'État, il pouvait éprouver de l'animosité envers les huguenots, animosité soigneusement dissimulée jusque-là.

Pour que passe cet instant difficile, elle reprit aussitôt en plaisantant, avec un petit rire léger :

— C'est bien là mon malheureux sens anglais de la justice ! Je me demande quand même si Charles Montjoye ne pourrait pas perdre quelques-uns de ces *privilèges* si peu glorieusement gagnés ?

Peyresourde l'observait d'une regard toujours dur, mais tempéré par une lueur d'amusement qui ne fit que s'amplifier jusqu'à se transformer en sourire, puis en un long rire étouffé.

— Oui, ce serait assez drôle ! répondit-il. Je vais voir si je peux arranger ça.

Elle poussa un soupir de soulagement. Apparemment, son jeu l'avait convaincu.

— Que dit cette lettre à propos de mon amie Judith ? demanda-t-elle prudemment.

Peyresourde la lui tendit.

— Rien du tout, comme vous voyez. Cependant un autre rapport suivra, sans aucun doute, et j'ai fait demander des renseignements à Nîmes également.

Il resta silencieux pendant qu'elle lisait, sans comprendre grand-chose, ce bref rapport. Rien encore à propos de Judith et des enfants. Évidemment, Peyresourde pouvait lui cacher des informations. Mais avait-elle le choix ? Elle était bien obligée de lui faire confiance en tout.

Il était toujours silencieux. Elle savait ce qu'il voulait. Il voulait qu'elle lui demande d'intervenir en faveur de Daniel. Il s'arrangeait toujours pour qu'elle se trouve en situation de lui demander quelque chose. Mais il vaudrait beaucoup mieux pour elle que ce soit lui qui se propose. Comment faire pour l'y amener ?

— Vous savez, je me demande si mon amie n'est pas rentrée en Angleterre…, dit-elle, laissant sa phrase en suspens.

Il était beaucoup trop fin diplomate pour lui laisser voir qu'il avait compris qu'elle le menaçait de rentrer elle-même en Angleterre.

— J'en doute… une femme seule avec trois enfants, dont un en bas âge ! Et abandonnant son mari aux galères…

Susanna le reconnut. Il ne lui avait toujours pas fait d'offre. En fin de compte, il fallait qu'elle lui donne l'impression qu'il pouvait un jour sortir vainqueur de leur joute. Elle le regarda d'un air candide.

— Je ne peux pas vous promettre grand-chose pour le mari de votre amie, déclara-t-il enfin, cherchant à lire dans ses yeux. La Justice est aux mains de Le Tellier, lequel est l'ennemi des colbertistes – et moi, je fais partie de l'entourage de Colbert, comme vous le savez.

Il ne proposait toujours rien. Susanna se sentait prise au piège. Daniel était dans une situation terrible. Allait-elle devoir céder à Peyresourde ? En était-elle capable ? Il était considérablement plus âgé qu'elle, peu attrayant physiquement, méprisant à vous glacer le sang et dangereux, était-elle de plus en plus encline à penser. Elle n'était pas sûre de pouvoir faire semblant. Mais était-ce important pour lui ? Ne lui suffirait-il pas de la posséder ? Cela devait-il être le prix de la liberté de Daniel ?

Quelle absurdité ! Elle avait la cervelle ramollie. La meilleure façon d'obtenir quelque chose de Peyresourde était de *ne pas* lui donner ce qu'il voulait. Si elle cédait, quels moyens de persuasion lui resterait-il ? Et où seraient les garanties qu'il lui viendrait en aide ?

Elle devait le tenir en haleine. « Raconte-lui des sornettes », lui aurait dit Jane. Susanna avait compris depuis longtemps que c'était avant tout sa jeunesse qui plaisait à Peyresourde. Elle lui adressa un sourire de gamine.

— Je suis sûre que vous pouvez trouver mieux que le ministère de la Justice.

— Difficile. Le roi n'est pas l'ami des huguenots.

Elle lui offrit un regard plein d'innocentes promesses, et une lumière s'alluma dans ses yeux. Sornettes. Sornettes.

— Cependant vous essaierez, n'est-ce pas, par égard pour moi ?

Il eut un sourire légèrement vain et conquérant, comme s'il pensait qu'il allait enfin remporter la victoire.

— J'essaierai, répondit-il.

X

— Il est dit ici que vos enfants sont des sujets français.

— Écoutez, répliqua Judith, à bout de nerfs, ce passeport a été établi pour me permettre de faire le voyage de Gênes à Londres. Il m'autorise bien à entrer ici avec mes enfants, non ?

— C'est ce que nous essayons de définir, voyez-vous, reprit l'employé, un jeune homme blond à qui il manquait une dent de devant. Puisque vous êtes anglaise, vous devez avoir de la famille ici. S'ils peuvent répondre de vous…

Judith hésita. Non qu'elle ait eu l'intention d'éviter les Grainger – bien au contraire, elle aurait certainement besoin d'eux –, mais laisser les autorités les importuner dès le premier jour ne ferait pas bon effet.

— Je n'ai pas vu ma famille depuis des années, expliqua-t-elle. Je préférerais entrer en contact avec eux personnellement.

— Bon, mais vous ne pouvez pas débarquer tant que tout cela n'aura pas été éclairci, dit le jeune homme en soupirant.

Judith devait reconnaître qu'il ne paraissait pas mal disposé envers elle. Peut-être simplement parce qu'il la trouvait séduisante ? L'idée ne fit qu'ajouter à son embarras.

Il resta un instant silencieux puis reprit :

— Écoutez, vous m'avez dit que le père des enfants avait été fait prisonnier en France en tant que huguenot, c'est bien ça ?

— Oui, répondit-elle sèchement, réprimant le choc douloureux qu'elle éprouvait toujours en pensant à Daniel.

— Et vous et vos enfants, vous êtes des huguenots ?

— Oui, bien sûr.

Le jeune homme blond baissa la voix :

— Je suis un dissident moi-même, lui confia-t-il comme pour établir un lien secret entre eux ou, du moins, pour expliquer son désir de l'aider. Pourquoi ne réclameriez-vous pas l'asile en tant que réfugiés ? Vous ne pouvez pas prouver que vous êtes sujet anglais. Mais je pourrais vous laisser entrer en tant que réfugiés huguenots.

Judith secoua la tête. C'était peut-être renoncer à ses droits de citoyenne anglaise et elle ignorait ce qui l'attendait dans ce cas.

— Non, écoutez, mon frère s'appelle Henry Grainger, c'est un marchand de soieries, dit-elle, comprenant qu'il faudrait quand même qu'elle en appelle à sa famille. Je crois qu'il a une boutique sur l'Exchange, ajouta-t-elle en essayant de se rappeler ce que Henry lui avait raconté lors de sa pénible visite à Nîmes.

Le jeune homme s'en alla, et Judith et les enfants restèrent à attendre dans leur petite cabine. Bérangère était de mauvaise humeur et exigeante, Aimée et Richard plutôt querelleurs, mais elle ne pouvait pas leur en vouloir. Le capitaine du bateau fit une apparition, visiblement très irrité à l'idée de se voir obligé de reprendre ses passagers pour son voyage de retour. Il s'en alla en tempêtant, pas du tout convaincu par les propos rassurants de Judith, et pourtant elle y était absolument déterminée : elle sauterait dans la mer plutôt que de retourner à Gênes.

Son séjour là-bas avait été cauchemardesque. Il avait d'abord fallu attendre longtemps les nouvelles ; puis était venu le récit du débat public, de la quasi émeute, de l'arrestation de Daniel, de son jugement et de sa condamnation aux galères. Elle avait couru chez Gliacci, demander de l'aide. Il pouvait certainement faire quelque chose pour Daniel, il le devait.

Elle n'allait pas tarder à apprendre ce que signifie être tenue hors des murs de la somptueuse propriété de Gliacci. Quand, enfin, il vint la voir à l'auberge où elle séjournait avec ses enfants, il lui expliqua qu'il se considérait comme quitte de sa dette envers Daniel et que, de toute façon, arracher un galérien à la flotte du roi de France était une tâche au-dessus des forces des meilleurs de ses hommes.

— Votre mari aurait mieux fait de ne pas se conduire en héros, remarqua-t-il avec un sourire perdu dans la graisse.

Écorchée vive par le chagrin, sa condescendance atteignit Judith comme du vitriol. Elle s'emporta :

— Les Vovelle ont combiné notre perte à cause du message que nous vous avons apporté ! Vous avez obtenu votre concession et c'est nous qui payons pour elle !

— Bien au contraire, c'est moi qui dois payer, et cher ! répliqua Gliacci, mécontent. Cela entache ma réputation ! J'ai accepté de me porter garant de vos soieries. Maintenant elles ne seront pas livrées, et c'est moi qui devrai payer !

— Non ! C'est nous qui paierons ! Tirez sur notre compte !

C'est alors qu'il apparut que le dépôt Montjoye s'amenuisait rapidement. Pour régler les dépenses quotidiennes de Judith, bien sûr ; mais aussi pour payer les soies italiennes que Daniel avait commandées ; restées sur les bras de Gliacci, celui-ci ne pouvait les revendre qu'à perte. Il y avait aussi des frais bancaires auxquels elle ne comprenait rien. Elle avait mis fin à ses relations avec Gliacci en lui demandant froidement de fermer ce compte et de lui donner ce qui restait. Puis elle était allée voir le résident anglais à Gênes et avait obtenu le passeport temporaire qui venait de susciter cette discussion entre elle et le jeune homme blond, et elle s'était embarquée sur le premier bateau en partance pour l'Angleterre.

Le jeune homme blond revint dans l'après-midi.

— Nous avons trouvé un Henry Grainger, marchand de soieries, qui avait une boutique sur l'Exchange, laquelle se trouve maintenant sur Cheapside, dit-il. C'est bien lui ?

— Si cet Henry Grainger est un marchand de soieries, c'est mon frère, répondit Judith.

— Ce n'est pas ce qu'il dit. Il prétend qu'il ne sait pas qui vous êtes et ne veut pas répondre de vous.

Judith avala sa salive, blessée aux larmes mais refusant de le montrer.

— Je ne comprends pas…, murmura-t-elle.

Cependant elle ne pouvait pas oublier la dernière conversation qu'elle avait eue avec Henry, une dizaine d'années auparavant. Elle avait choisi alors de rester en France avec Daniel et, en conséquence, Henry l'avait prévenue que les Grainger n'auraient plus rien à faire avec elle. Il n'empêche, ceci était inutilement cruel et la mettait dans une situation désespérée.

— Écoutez, il y a un bateau qui arrive de Dieppe avec des réfugiés à bord, et quelqu'un de l'Église française va venir les prendre en charge, lui chuchota le jeune homme d'un ton persuasif. Allez vous joindre à eux. Vous serez sortie d'ici dans moins d'une heure !

Et c'est ainsi que Judith, Aimée, Richard et Bérangère se retrouvèrent peu après à pied dans les rues de Londres avec une dizaine de huguenots arrivés de Normandie, sous la conduite d'un Ancien de l'Église française de Threadneedle Street. Celui-ci les emmena à Spitalfields, à l'est de la City, où on ne leur offrait qu'un hébergement provisoire ; ils devaient s'efforcer de se loger par eux-mêmes aussi vite que possible.

Judith songeait avec angoisse à la malheureuse somme d'argent qu'elle avait cachée dans ses bagages. Cependant, elle reprit courage après avoir aperçu, par les portes ouvertes des ruelles mal entretenues de Spitalfields, des métiers à tisser à l'œuvre. Elle pourrait toujours trouver à travailler dans la soie.

Deux jeunes qui paressaient dans un coin crachèrent dans la direction des réfugiés, et l'un d'eux brailla, frappant du pied en cadence :

Les tisserands peuvent tous maudire leur destin
Car les Français travaillent pour moins que rien !

Gêné, l'Ancien détourna la tête et les Normands, qui n'avaient pas compris un mot, se regardèrent d'un air interrogateur. Judith se garda bien de traduire.

Ils passèrent la nuit dans un grenier, au-dessus de la réserve d'un tisserand. Judith ne dormit pas beaucoup, poursuivie par le distique des jeunes gens. Après tout, travailler dans la soie ne serait peut-être pas si simple.

Et elle avait encore bien d'autres problèmes à résoudre. Elle avait quitté Gênes fermement résolue à lutter pour obtenir l'élargissement de Daniel ou, tout au moins, un adoucissement de sa terrible condamnation. Elle ne pouvait pas rentrer en France et elle ne pouvait rien faire à Gênes, mais Londres offrait des possibilités – les seules qui lui restaient, en fait. Ici, en tant que citoyenne anglaise, elle pouvait adresser une pétition aux autorités, et même au roi Charles en personne, dans l'espoir de les voir intervenir en faveur de Daniel. Elle pouvait faire la paix avec la famille Grainger, qui avait d'influentes ramifications, et les amener à entrer dans la lutte. Et elle pouvait aussi espérer de l'aide de la part de la communauté huguenote de Londres.

Mais maintenant, alors qu'elle se tournait et se retournait sur son lit de fortune, il lui parut qu'elle avait pris un mauvais départ. Officiellement, elle n'était pas une citoyenne anglaise mais une réfugiée, française par mariage. Elle avait été brutalement reniée par sa famille. Et les huguenots, à en croire l'Ancien, étaient submergés par le flot grandissant des réfugiés ; elle et ses problèmes n'étaient qu'une goutte dans l'océan de misères engendrées par la tyrannie du roi de France.

L'esprit combatif lui revint avec la lumière matinale. Son groupe devait être examiné par le consistoire de Threadneedle Street. Londres était méconnaissable depuis l'Incendie : les rues avaient été élargies et redressées et les maisons construites maintenant de brique ou de belle pierre, comme la nouvelle église française où Judith et ses compagnons d'infortune arrivèrent après dix minutes de marche. Le consistoire était représenté par un pasteur et par l'Ancien qu'elle avait vu la veille.

Elle décida de prendre le taureau par les cornes dès la première question.

— Je ne demande pas la charité, déclara-t-elle. Ce dont j'ai besoin, c'est de l'aide pour mon mari qui est aux galères.

Cela produisit un choc. Les deux hommes se levèrent et un brouhaha s'éleva parmi la poignée d'assistants surexcités – Judith ne savait pas qui ils étaient – qui se trouvaient dans la salle

Elle leur raconta l'histoire de sa fuite de Marseille et de la condamnation de Daniel.

— J'ai l'intention d'adresser une pétition aux autorités d'ici, puisque je suis née anglaise, afin qu'elles fassent pression sur les autorités françaises pour obtenir l'élargissement de mon mari, poursuivit-elle. Et ce que je voudrais demander à l'Église française, c'est son soutien.

Le pasteur et l'Ancien se rassirent, perplexes.

— Vous vous dites anglaise, intervint l'Ancien avec un sourire contraint. Voulez-vous dire que vous êtes née ici, dans une lignée huguenote ?

— Non, expliqua Judith. Je suis née à Londres, mais de parents anglais. J'ai rencontré mon mari ici. Nous nous sommes mariés à Nîmes. Et voici nos enfants, qui sont nés en France.

L'Ancien et le pasteur conversèrent entre eux à voix basse, puis chuchotèrent des instructions à un homme qui quitta la pièce. Tout le monde attendit.

L'homme revint avec une forte femme qui s'essuyait les mains sur son tablier. Elle regarda Judith et les enfants avec curiosité.

— Voici madame Denjean, qui est chargée de l'entretien de l'église, déclara le pasteur. Elle est arrivée de Nîmes il y a douze ans. Vous vous souvenez d'elle ?

Judith secoua la tête. Le visage de cette femme ne lui rappelait rien.

L'Ancien jeta un coup d'œil interrogateur à la femme de ménage qui se pencha vers lui et, une main autour de la bouche, se mit à chuchoter.

Judith ressentit une soudaine inquiétude. Douze ans auparavant...

Le pasteur la foudroya du regard.

— Elle dit que vous êtes arrivée à Nîmes enceinte et non mariée !

— Ce n'est pas exact, répondit Judith, décidée à tenir bon. Nous nous sommes fiancés pendant la Grande Peste, alors qu'il était impossible de trouver un pasteur pour nous marier. Ce que nous avons fait en arrivant à Nîmes.

— Vous avez un certificat du consistoire de Nîmes ?

— Je vous ai expliqué comment nous nous sommes sauvés ! ne put s'empêcher de répondre Judith d'un ton vif. Vous croyez que nous avons eu le temps d'aller réclamer un certificat au consistoire ?

Elle quitta Threadneedle Street, fulminante, sans avoir obtenu plus que la promesse de voir le cas de Daniel examiné à la prochaine réunion du consistoire.

Comme les rues étaient encombrées de voitures et de carrioles, Judith se baissa pour prendre Bérangère dans ses bras. En se relevant, elle saisit le regard d'Aimée posé sur elle, dramatique. « Qu'est-ce que tu as encore ? » allait-elle demander lorsqu'elle prit conscience de ce que cette attaque aurait eu d'injuste.

Aimée avait entendu tout ce qui s'était dit.

— Allons, lui dit-elle en essayant de la prendre affectueusement par les épaules. Quelle importance peuvent bien avoir les racontars d'une vieille femme de ménage ?

Aimée se libéra d'un coup sec et partit en avant.

Judith sentait que les idées commençaient à se brouiller dans sa tête. Que faire ? De quel côté aller ? Toutes ses tentatives tournaient mal. Des malentendus, des complications s'y glissaient. En faisant appel à l'Église française, elle ne songeait qu'à obtenir de l'aide pour Daniel et, en fin de compte, elle se retrouvait au banc des accusés, avec Aimée qui, ayant entendu l'accusation, remuait tout cela dans sa tête.

C'était aussi la faute d'Henry, se dit-elle, furieuse. S'il n'avait pas menti la veille, elle se serait trouvée en meilleure position pour affronter le consistoire. Maintenant, non seulement on ne voulait pas voir en elle une citoyenne anglaise, mais de surcroît elle était partie du mauvais pied avec les huguenots.

Cela valait-il la peine de rechercher Henry, de se battre avec lui ? Quel bien cela ferait-il à Daniel et à sa cause ?

Non, il fallait qu'elle retrouve son calme et qu'elle se prépare à une bataille qui pouvait être longue. Elle ne pouvait pas se permettre d'éveiller l'hostilité, elle aurait besoin de toute l'aide possible.

Elle se mit à chercher une papeterie. Elle allait investir un peu d'argent dans du papier et de l'encre. Elle allait écrire à Émersende à Nîmes pour lui donner des nouvelles et essayer d'en obtenir en retour. Elle allait écrire également ici, aux autorités.

Elle allait rentrer « à la maison » et parler au tisserand d'un éventuel travail. Elle irait chercher un logement, même si elle ne pouvait en louer qu'un très simple. Elle allait chercher le moyen de démontrer qu'elle était anglaise pour en finir avec ce problème. Et elle allait regagner le terrain perdu avec le consistoire.

La meilleure façon de manœuvrer, avec Henry, était certainement de le contourner. Les Grainger étaient de loyaux protestants et ne se rendaient sans doute pas compte de la gravité des persécutions en France. Il fallait qu'elle les voie et qu'elle les gagne à sa cause.

L'oncle Philip était celui qu'elle connaissait le mieux. S'il était encore en vie, elle trouverait son adresse et il serait le premier sur sa liste.

Philip Grainger, un homme maigre et pingre d'une soixantaine d'années, n'avait même pas offert un siège à Henry.

— Tu es vraiment un minable petit menteur, Henry, lui dit-il, amer et les lèvres serrées. Pendant toutes ces années, tu savais qu'elle était vivante ! Tu as même eu l'audace d'aller lui rendre visite en France !

C'était bien ce que Henry craignait depuis qu'il avait reçu l'invitation à dîner de l'oncle Philip (la première depuis des années). De toute évidence, Judith avait réussi à mettre le pied à Londres en dépit de son refus de se porter garant pour elle, et maintenant elle avait vu l'oncle Philip et vendu la mèche.

— J'imagine que tu t'es cru bien malin en me jetant de la poudre aux yeux ! poursuivit l'oncle Philip. Eh bien, tu n'es pas si malin que ça, mon ami : tu vas devoir lui donner sa part ! tu vas la rembourser, et avec le sourire !

Henry tira un fauteuil et s'assit.

— Vous en êtes aussi, remarqua-t-il d'un air renfrogné. Vous en avez pris un quart.

— Rien ne le prouve ! riposta l'oncle Philip. Tu n'as pas encore un autre petit secret de côté, non ? demanda-t-il, l'œil méfiant.

— Non, non, répondit Henry précipitamment, en priant pour que Della Bellaire ait disparu de Londres pour de bon.

Si jamais Judith et Susanna se rencontraient… Il préférait ne pas y penser.

— Ce que je veux dire, reprit-il, c'est que vous étiez l'exécuteur testamentaire de Père. C'est *vous* qui avez enregistré la mort de Judith. Les ennuis sont pour vous, pas pour moi.

Cela parut donner à réfléchir à l'oncle Philip. Il s'adossa et observa Henry avec circonspection.

— Je pense que nous avons intérêt à faire cause commune, dans cette histoire, déclara-t-il enfin. Cela me paraît plus raisonnable.

— N'est-ce pas ? ricana Henry.

Il ne lui avait pas fallu longtemps pour reprendre le dessus.

— C'est pourquoi j'ai invité sir Percy à dîner, déclara doucement Philip en se levant.

— Sir Percy ? Qu'est-ce qu'il a à voir là-dedans ? demanda Henry, qui avait cessé de ricaner.

L'oncle Philip le regarda avec surprise.

— Eh bien, mais c'est l'homme le plus influent d'entre nous,

Henry. En un moment comme celui-ci, il peut nous être d'une aide inappréciable. J'aurais cru que tu l'aurais compris sans que j'aie besoin de te l'expliquer. Ah, je crois que j'entends la porte. Allons l'accueillir.

Henry se leva de mauvaise grâce, se sentant déjoué. Percy Grainger, qui avait reçu le titre de chevalier et occupait un poste important dans l'administration coloniale, était un personnage de trop de poids pour être manipulé par Henry. En faisant appel à lui, l'oncle Philip lui avait retiré des mains le problème de Judith.

— Eh bien, Henry, mon garçon ! s'exclama sir Percy en lui tapant sur l'épaule. La femme et les enfants, ça va ? Les affaires aussi ? Parfait !

Il était aussi grand qu'Henry mais plus lourd, avec un teint fleuri et des yeux comme des huîtres fraîchement ouvertes.

— Ravi de vous voir, sir Percy ! répondit Henry d'une voix tonitruante, pour ne pas être en reste.

L'oncle Philip les conduisit dans la salle à manger et leur découpa un gigot de mouton et de l'aloyau rôti.

— Et maintenant, déclara sir Percy en mâchant, allons droit au but. La fille de ce malheureux Richard est revenue après toutes ces années. D'après les renseignements que j'ai pu obtenir, poursuivit-il en avalant et en faisant descendre sa viande avec du bordeaux, si elle vous poursuit, vous serez obligés de payer. Quant à… euh… l'enregistrement illicite de sa mort, il y a tout lieu de penser que c'est un délit pénal. Tout cela ferait un beau scandale et nuirait à la réputation des Grainger. Nous avons bien là un véritable problème. Mais comme, continua-t-il en reprenant du bœuf, tu me dis, Philip, qu'elle ne paraît pas se douter qu'elle peut poursuivre, il suffira de la laisser dans l'ignorance. Je ne vois pas qui, en dehors de nous, pourrait lui dire la vérité.

Henry jeta un regard indigné à l'oncle Philip qui lui avait laissé croire que Judith réclamait sa part, alors qu'apparemment ce n'était pas le cas. Ce vieux renard !

— Et puis il y a la question de son statut, reprit sir Percy. Je peux vous confirmer qu'elle est enregistrée en tant que réfugiée protestante française. Vous dites qu'elle a demandé de l'aide pour obtenir d'être reconnue citoyenne anglaise ?

— Oui.

Sir Percy soupira et épongea sa sauce avec du pain.

— C'est une question délicate. Nous n'avons pas intérêt à voir résolu son problème de citoyenneté car notre première ligne de défense, devant un tribunal, serait de soutenir qu'elle est un imposteur. Pour l'instant, voyez-vous, elle n'a aucun moyen de prouver qui elle est.

— Ah ! s'écria Henry, incapable de se retenir, alors j'ai bien fait de refuser de me porter garant pour elle !

— Oui, mais en même temps nous ne devons pas déclencher son hostilité, sinon elle pourrait se mettre en tête d'aller consulter un avocat ou Dieu sait qui. Ne vous mettez pas en travers de son chemin, Henry. Ce serait mettre un chiffon rouge devant un taureau.

— Très bien.

Le fait est qu'Henry n'éprouvait pas la moindre envie de se retrouver en face d'elle.

— Il semble qu'elle ait confiance en vous, Philip, alors proposez-lui de l'aider à obtenir sa citoyenneté. Je m'arrangerai pour que son dossier ne se trouve jamais en haut de la pile. Entre-temps, trouvez-lui un logement décent et assurez-vous qu'elle et ses enfants ne meurent pas de faim. Nous ne pouvons pas nous offrir le luxe de la voir se promener en ville comme une mendiante en affirmant qu'elle est une Grainger.

— Et qui va payer ? demanda l'oncle Philip avec précaution.

— Vous deux ! C'est vous qui auriez à payer si elle vous traînait devant les tribunaux !

— Elle prétend qu'elle peut travailler pour subvenir à ses besoins, remarqua l'oncle Philip avec une note d'espoir. Elle dit qu'elle dessinait des modèles de soieries en France et qu'elle peut vendre son travail aux meilleurs artisans huguenots de Soho.

Judith et l'oncle Philip avaient eu un véritable tête-à-tête, songea Henry avec un léger sentiment de dépit. Évidemment, il savait que Judith était capable de dessiner des modèles pour tissus, Charles Montjoye le lui avait dit dans une lettre.

Celui-là, il allait se faire rudement sonner les cloches pour avoir omis de le prévenir que Judith avait disparu de France !

— Bon, si vous pouvez l'aider à trouver du travail, pourquoi pas ? répliqua sir Percy. À condition qu'il soit respectable, bien entendu. Ce qui m'amène à la question de son mari aux galères.

— Son mari est aux galères ? répéta bêtement Henry.

— Je n'ai pas eu le temps de t'en parler, Henry, répondit rapidement l'oncle Philip. Elle m'a raconté que son mari avait été condamné aux galères en tant que dissident religieux. Elle m'a demandé l'aide de la famille pour obtenir sa libération.

« Sa libération ? Pourquoi donc ? » pensa Henry revenu de sa surprise – ramer pendant un temps le calmerait, ce petit crâneur.

— Que le nom de la famille soit associé à celui d'un galérien ne me paraît pas bon, décréta sir Percy. D'un autre côté, on peut le faire passer pour un martyr de la cause protestante. Et s'il était libéré, il pourrait nous débarrasser de la fille. Alors, je vais en dire un mot, discrètement bien sûr. Je connais Henry Savile, notre ambassadeur à Paris. Il peut peut-être faire quelque chose.

— Qu'est-ce que je dois dire à Judith ? demanda l'oncle Philip.

— La même chose que pour ses problèmes de citoyenneté. Ménage-la. Ce qu'il faut surtout c'est ne pas bouger et gagner du temps. Ces tracasseries religieuses en France pourraient s'apaiser et elle pourrait retourner là-bas, qui sait ?

Bien qu'il eût mal à la tête, Henry se versa encore un peu de bordeaux. L'idée d'aider Daniel, ou de payer des sommes exorbitantes pour le logement de Judith, en attendant que l'agitation religieuse s'apaise, ne lui disait rien qui vaille. Plus tôt Judith partirait, mieux cela vaudrait.

Il pensa de nouveau à Charles Montjoye. Selon leur accord, Charles était censé tenir Judith à bonne distance.

Il décida de lui écrire le jour même.

XI

Judith était penchée, concentrée et plume en main, sur le papier épinglé sur sa table, devant elle. Elle avait divisé sa feuille en carrés et était occupée maintenant à transférer, dans ses moindres détails, le dessin, retranscrit de mémoire, d'un de ses modèles créés à Nîmes.

Ce dessin à l'encre devait être clairement et soigneusement tracé à l'échelle. C'était un travail infernal, dont en plus elle n'avait pas l'habitude car, à Nîmes, Pierre Coubert lui tissait des échantillons à partir de simples esquisses. À Londres, les tisseurs auxquels elle avait parlé lui avaient tous demandé des échantillons ou, à défaut, des dessins. Elle espérait en avoir bientôt un petit portefeuille à leur montrer. Qui pourrait également lui servir à obtenir des commandes de particuliers.

Elle allait avoir besoin d'introductions. Philip Grainger lui avait promis d'essayer de lui en procurer. Il s'était montré en tout d'une obligeance surprenante. C'était un vieux bonhomme bourru mais, en restant dans les limites de la raison, elle avait constaté qu'elle pouvait l'amener à faire des choses pour elle. Il payait, pour elle et ses enfants, la pension et le logement : deux chambres meublées dans une maison propre et respectable, près de Gray's Inn, un grand pas pour elle qui la rapprochait des quartiers où elle pouvait espérer trouver des clients. Il appuyait sa demande de citoyenneté et essayait également, disait-il, via l'ambassadeur d'Angleterre en France, de faire pression en vue d'adoucir la condamnation de Daniel.

Mais tout cela prenait tellement de temps ! Quand elle pensait aux souffrances qu'endurait Daniel, à l'injustice, à la barbarie de sa punition, elle n'arrivait pas à comprendre pourquoi ils ne se précipitaient pas tous à son secours. Elle avait commencé sa campagne de lettres en sa faveur, mais personne ne paraissait pressé de lui répondre, pas même le roi Charles auquel elle avait adressé une humble requête en bonne et due forme. Elle avait également fait de son mieux, après ses débuts catastrophiques, pour se rallier les huguenots, mais n'en avait obtenu que de bonnes paroles.

Elle était plongée dans son dessin depuis une demi-heure. La lumière commençait à baisser, mais elle devait mettre à profit ces instants bénis de tranquillité. Bérangère jouait en bas avec la petite-fille de la logeuse, et Aimée et Richard étaient à leurs études. Le consistoire de Threadneedle Street se méfiait encore d'elle, mais elle avait trouvé de la sympathie auprès d'individus isolés, dont Alan Dufresne, le fils d'un Ancien, qui avait été à Oxford et faisait maintenant des études de droit à Lincoln's Inn. Celui-ci lui avait aimablement proposé d'entretenir le français des aînés grâce à des leçons hebdomadaires, et de scolariser Richard sur d'autres sujets également. De son côté, Judith les faisait travailler, lire et écrire, en anglais. Quoi qu'il arrive, elle était déterminée à compenser par tous les moyens en son pouvoir les épreuves qu'ils avaient subies.

La lumière était trop faible maintenant. Elle alluma une bougie et tira les rideaux. Dehors tombait un crépuscule d'octobre, froid et brumeux. Frissonnante, Judith serra son châle autour d'elle et remua le feu. Elle avait oublié les automnes anglais et les petits feux de charbon.

On frappa à la porte. La logeuse sans doute, avec Bérangère. Judith alla ouvrir avec un sourire.

C'était la logeuse, mais sans Bérangère.

— Il y a un gentleman qui vous demande, dit-elle.

Un homme en lourde cape sortit de l'ombre. Pâle, il avait le regard fixé sur Judith. Celle-ci vacilla en le reconnaissant.

C'était Charles Montjoye.

Charles pensait à cet instant depuis des semaines. J'ai changé, avait-il projeté de déclarer ; je suis un homme nouveau, je suis venu me jeter à vos pieds. Mais, craignant d'être chassé, il resta planté là sans un mot.

— Vous feriez aussi bien d'entrer, lui dit Judith à contrecœur, en anglais, en ouvrant plus grand la porte tandis que la propriétaire se retirait.

La pièce était petite et propre, pauvrement éclairée par une bougie et à peine réchauffée par un feu qui couvait. Charles remarqua immédiatement le dessin sur la table. Elle devait travailler, elle n'avait donc pas d'argent. Henry la laissait évidemment sans ressources. Dans sa lettre, qui était arrivée à Marseille un mois plus tôt, il lui ordonnait simplement d'ôter Judith de son chemin, ou sinon…

Charles craignait toujours les révélations qu'Henry pouvait faire sur lui. Cependant, après avoir lu sa lettre, il n'avait eu qu'une idée : il savait enfin où était Judith, il pouvait aller la trouver. Et voilà qu'elle était là, habillée simplement, avec un tablier sur sa jupe – tout à fait la Judith d'il y avait quinze ans, dans la maison de Southwark. Son cœur manqua un battement. Ils étaient de nouveau à Londres, ensemble. De retour au commencement.

Il enleva sa cape et, ne trouvant nulle part où l'accrocher, la posa sur le dos d'une chaise.

— Je suis venu vous aider, lui dit-il en français, vous procurer une vie meilleure. J'ai une grosse somme d'argent en fidéicommis ici, à Londres, assez pour nous permettre de vivre jusqu'à notre dernier jour, ici ou ailleurs, où vous voudrez !

Elle le regarda, comme frappée d'horreur.

— Je n'en crois pas mes oreilles ! riposta-t-elle.

Elle allait se lancer dans une tirade contre lui, mais changea d'avis et secoua la tête.

— Non, parlez-moi plutôt de Daniel. Si vous avez de ses nouvelles, Charles, je vous en supplie, dites-le-moi.

— Il est aux travaux forcés à l'Arsenal, répondit-il de mauvaise grâce.

Son regard s'éclaira.

— Il n'est pas aux galères ?

— Quand j'ai quitté Marseille, il ne faisait pas encore partie de l'équipage d'une galère.

— Alors vous l'avez vu ?

Charles secoua la tête.

— Je l'ai seulement entendu dire.

— J'essaye de le faire libérer, ou de faire adoucir sa condamnation. Voulez-vous m'aider ?

Il écarquilla les yeux. Comment pouvait-elle imaginer qu'il lèverait le petit doigt pour Daniel ? À cause de lui, la réunion de conversion avait tourné au fiasco et il avait livré les Vovelle, et Charles le premier, au mépris et à la haine de tous les huguenots du Sud de la France. Charles avait vu comment les sbires de Bellocq le battaient, dans les caves qu'ils utilisaient à cet effet. Il l'avait vu condamné, marqué au fer rouge et enchaîné comme bagnard. Chacune de ces secondes avait été, pour lui, pure et voluptueuse vengeance. Que Daniel croupisse donc !

— Je vous offre toute l'aide qui est en mon pouvoir, déclarat-il. Une existence à l'abri du besoin pour vous et vos enfants. J'ai fait tout ce chemin pour… pour m'offrir à vous, pour vous offrir ma vie, acheva-t-il d'une voix brisée.

— Après ce que vous nous avez fait ? Vous nous avez ruinés, Charles ! Vous nous avez pris notre maison et tous nos biens !

— Non, l'État était sur le point de tout confisquer, Judith ! Votre maison aurait été démolie et tout ce qu'elle contenait brûlé en exemple.

Elle fronça les sourcils.

— Voulez-vous me faire croire que si vous avez pris notre maison, c'était pour la sauver ?

— Exactement ! Toutes vos affaires et tous vos meubles ont été entreposés en excellente condition. Je peux vous les faire expédier de France si vous voulez, y compris la boîte avec votre argent qui était dissimulée dans le mur. Je n'y ai pas touché. Je l'ai gardée pour vous.

— Les boucles d'oreilles aussi ?

— Les boucles d'oreilles ?

Il préférait ne pas parler de cela. Après tant d'années, cela avait été un choc de trouver les perles de Susanna dans la boîte.

— Oui. Et l'argent. Tout. Tout est pour vous. Je ne pense plus qu'à vous maintenant, vous ne le comprenez donc pas ?

Il s'était rapproché d'elle, et la vue de ses boucles noires et de son grain de peau rappelèrent à Charles cet instant où, dans sa cellule, sa bouche s'était posée sur la sienne et ses mains sur sa poitrine, ses cuisses, son ventre…

— Vous êtes complètement absorbé par vous-même, voilà la

vérité, lui répondit-elle posément en l'évaluant du regard. Et maintenant, s'il vous plaît, partez, ajouta-t-elle en allant tirer le loquet de la porte.

Blême, il s'empara de sa cape comme un automate. Mais l'humiliation lui arracha soudain un éclair de colère. Il n'avait pas fait fi de son orgueil, n'avait pas tout risqué pour elle, n'était pas venu jusque-là pour se faire chasser au bout de deux minutes de conversation !

— Je ne mérite pas d'être traité de cette façon, déclara-t-il.

Elle leva la tête, méprisante :

— Si Daniel était ici, vous recevriez ce que vous méritez !

Charles sentait le sang quitter sa tête. Il savait qu'il n'était plus maître de ce qu'il disait, mais il le dit quand même :

— Si Daniel était ici je lui dirais quel joli petit con vous avez !

Judith rougit jusqu'à la racine des cheveux et referma brutalement la porte de peur qu'on ne les entende.

— Vos propos sont parfaitement méprisables, riposta-t-elle en s'efforçant désespérément de ne pas élever la voix. Vous avez profité de ma faiblesse. Vous m'avez forcée !

— Un autre vous aurait baisée, répliqua-t-il sans le moindre regret. Pas moi. Je vous ai laissé le temps. Maintenant, je veux ce qui m'appartient !

Son estomac se serra. Elle avait espéré se débarrasser de lui pour éviter que ses enfants ne soient témoins d'une scène, et par-dessus tout sans ameuter toute la maisonnée – ce logement était beaucoup trop précieux pour elle. Mais Charles était imprévisible et terrifiant. Elle brûlait de lui dire qu'il était un menteur et un escroc, mais elle lui avait menti, elle aussi, et elle était effrayée à l'idée qu'il l'avait crue, au moins en partie. Elle recula.

— Judith, je ne veux pas me battre avec vous, reprit-il, plus doucement, en allant de nouveau vers elle.

Mais la fixité de son regard démentait la gentillesse du ton.

— Je n'ai pas l'intention de faire valoir votre promesse d'être à moi. Une seule chose m'importe : disiez-vous la vérité quand vous m'avez affirmé que vous aviez pensé à moi pendant toutes ces années ? Et quand vous m'avez dit que vous m'avez aimé au début ? acheva-t-il d'une voix tremblante.

Si seulement elle ne lui avait pas menti ! Mais que pouvait-elle faire d'autre en ces circonstances ? Maintenant, il fallait que cessent ces mensonges.

— Écoutez, Charles... J'étais jeune, je vous trouvais beau, vous m'avez plu. Cela n'a pas duré longtemps. C'est tout.

Le regard mauvais, il l'attrapa par les épaules et la secoua.

— Cela n'a pas duré parce que Daniel vous a ensorcelée et séduite, n'est-ce pas ? Avouez, avouez !

— Ensorcelée ? C'est ridicule ! s'écria-t-elle, à bout de patience. Non. Plus je vous voyais tous les deux, plus je me rendais compte que vous étiez vaniteux, exigeant, égoïste et superficiel, et que Daniel était tout le contraire ! Voilà ! Vous êtes satisfait maintenant ?

Le regard dur comme la pierre, il agrippa douloureusement ses épaules. Elle tâtonna sur la table, derrière elle, à la recherche du petit couteau dont elle se servait pour tailler ses plumes. Elle ne se laisserait pas brutaliser encore une fois.

Il l'écrasa contre la table et poussa son bassin contre son ventre.

— Je vais t'avoir une fois, grogna-t-il. Au moins une fois !

Elle trouva son petit couteau et le lui mit sous les yeux.

— Quel que soit le mal que vous pourrez me faire, Charles, je vous jure que je vous en ferai autant, chuchota-t-elle. Lâchez-moi et reculez.

Elle vit son visage se défaire lentement. La bouche tremblante, ses yeux se remplirent de larmes de pitié pour lui-même, il laissa retomber ses bras et recula. Puis, brusquement, il fit demi-tour, attrapa sa cape, ouvrit la porte, sortit dans l'escalier puis quitta la maison en claquant la porte.

Vacillante, elle s'appuya à la table, le couteau toujours serré dans sa main. Jamais elle n'avait autant aimé Daniel qu'en cet instant, jamais il ne lui avait autant manqué. Jamais son désespoir de l'avoir perdu n'avait été plus vif.

En levant les yeux, sur le seuil de la porte, elle aperçut Aimée et Richard qui la regardaient avec effroi. Ils avaient dû voir Charles qui partait.

Elle se redressa, se força à sourire, posa son couteau et s'essuya les yeux avec son tablier.

— Allez chercher Bérangère, voulez-vous, les enfants ? Je vais préparer la table pour le souper.

Charles errait dans le brouillard, par les rues sombres de Londres, obligé de regarder en face l'amère vérité.

Elle ne l'avait jamais aimé.

Il s'était montré crédule. Il avait cherché des excuses à Judith : Daniel avait usé de sorcellerie pour la séduire, la garder sous son emprise et l'empêcher d'exprimer ses véritables sentiments... Mais la vérité, c'était qu'elle avait toujours aimé et désiré Daniel, pas lui, Charles.

Elle ne serait jamais à lui. Jamais.

Cela représentait un tournant dans son existence, mais il ne savait pas trop lequel.

Il marchait au milieu de passants attardés qui se dépêchaient de rentrer chez eux. Il pensait savoir où il se trouvait. Fish Street Hill avait été élargie et reconstruite, mais elle menait toujours au London Bridge, dont les portes n'avaient pas encore été fermées, et les gens comme les voitures allaient et venaient. Charles s'engagea sur le pont. Celui-ci n'avait pas souffert pendant l'Incendie et n'avait donc pas changé. Il passa par des tunnels éclairés par des torches et, à chaque fois qu'il en sortait, il entendait le grondement de l'eau, sous lui. Cela lui rappela ce jour de mai, quinze ans auparavant, où ils avaient cahoté en voiture dans ces mêmes tunnels, Judith, Susanna, Daniel et lui. Le monde, depuis lors, avait rétréci. Le toit des tunnels plus bas et les murs plus rapprochés donnaient à Charles la sensation d'étouffer.

Il posa le pied sur le rivage de Southwark et ses pas le portèrent jusqu'à l'entrée du chemin Saint-George. L'endroit était plus tranquille et il entendait battre les pans de sa cape tandis qu'il avançait dans le brouillard et l'obscurité.

La maison était toujours là, il apercevait déjà ses pignons. Il lui sembla voir de nouvelles constructions plus loin, mais ici, rien n'avait changé. Cet endroit, il l'avait volontairement oublié, chassé de son esprit lorsque ses cauchemars le tenaient éveillé, et pourtant il était resté ici pendant toutes ces années, mystérieusement le même.

Maintenant, l'œil fixé à travers le brouillard sur sa façade aux volets clos et son jardin entouré de murs, il ne pensait ni aux terreurs de la peste ni à l'horreur concernant Susanna, mais à cette excursion du mois de mai, au soleil qui brillait et aux cerises, à eux quatre, totalement ignorants de l'avenir. Il lui semblait les voir, Judith et son teint de pêche, Daniel et ses plaisanteries, Susanna et ses boucles blondes, et lui-même, jeune et capable encore de prendre une direction différente de celle qu'il avait suivie.

Il éprouvait la plus étrange des sensations. Il avait envie de courir se jeter dans leurs bras, envie d'être aimé et consolé et, mieux encore, il avait curieusement envie de les serrer lui-même dans ses bras, de les aimer et de les réconforter aussi. Charles osait à peine respirer. Était-ce cela la vérité qui...

Ridicule. Sentimentalité ridicule. Ils ne l'avaient jamais aimé, n'avaient jamais voulu de lui et il n'avait aucune raison de les aimer. Il était un paria. Il avait tué Susanna. Il avait écrasé Daniel. Il avait aimé une Judith qui n'existait pas réellement, et cela aussi c'était fini.

Il n'aimerait plus jamais personne.

Il se détourna vivement et marcha jusqu'au bout du chemin. Arrivé au fleuve, il trouva la porte du pont fermée pour la nuit. Il resta à regarder par-dessus le parapet l'eau qui tourbillonnait, à écouter le bruit de tonnerre qu'elle faisait en passant entre les piliers.

La vérité c'était... La vérité, c'était la solitude. Et la haine.

Quand il se réveilla à l'auberge, le lendemain matin, Henry Grainger le secouait par l'épaule.

— Réveillez-vous, fainéant ! lui dit-il avec un mauvais sourire. Il est dix heures !

Il était grassouillet, avec des poches sous les yeux et une épaisse moustache tombante.

— Je suis couché tard, expliqua Charles dans son anglais trébuchant.

— Sorti en ville, hein ? demanda Henry en le regardant d'un air pensif.

— Ici et là.

Charles se leva, passa une robe de chambre et appela le service. Il commanda du café à la fille qui se présenta, et Henry des gâteaux et de la bière.

— Alors, vous êtes retourné sur votre terrain favori, c'est ça ? demanda Henry.

— Terrain favori ? Qu'est-ce que c'est ?

— Oh, vous le savez bien. Le lieu du crime, répondit-il en détournant négligemment les yeux.

Qu'est-ce que cela signifiait ? Avait-il suivi Charles, la nuit précédente ? Non, c'était la vieille menace, le chantage à propos de Susanna. Charles préféra changer de sujet.

— Comment vont les affaires ? demanda-t-il.

Henry serra les lèvres.

— Franchement, ça pourrait aller mieux. Il y a trop de concurrence de la part de vos camarades huguenots, à Spitalfields. Pour dire la vérité, les soies françaises sont devenues inabordables.

— Ah !

Cela, au moins, c'était clair. Henry voulait obtenir des facilités sur la prochaine livraison.

La fille apporta leur commande. Charles sirota son café tandis qu'Henry avalait les gâteaux.

— Alors, qu'avez-vous l'intention de faire avec Judith ? demanda-t-il, la bouche pleine.

— Je ne peux rien faire.

— Comment le savez-vous ? Vous n'avez pas essayé.

— Si. Je l'ai vue hier.

Henry s'interrompit en plein milieu d'une lampée de bière et lui lança d'un air mauvais :

— Je ne suis pas sûr que vous m'ayez bien compris, monsieur. Selon notre accord, vous deviez la tenir écartée de mon chemin !

— J'ai fait ce que j'ai pu pendant quinze ans.

Henry posa sa chope.

— Et moi, pendant quinze ans, j'ai pensé à cette pauvre Susanna avec toutes ces ecchymoses autour de son cou. Juste au-dessus de sa robe verte de tiretaine.

Le café de Charles tourna au vinaigre dans son estomac. De pareils détails ne pouvaient venir que d'un témoin – ce fouinard de Ferris, par exemple. Henry était mieux informé qu'il ne le soupçonnait.

À la lumière du jour, Charles avait oublié ses noires résolutions de la nuit. Il ne mettrait pas plus fin à sa vie qu'il n'en commencerait une nouvelle. Il retournerait à Marseille, au confort et à la sécurité que lui procuraient sa fortune et les Vovelle.

Les horribles détails de son passé pouvaient lui être fatals. Mais il n'allait pas céder.

— C'est bien triste de voir Judith vivre si simplement, dit-il, cherchant les mots justes. Elle n'a pas d'argent. Si quelqu'un lui disait quelque chose...

— Si quelqu'un lui disait *quoi* ?

— Qu'elle a été trompée... Je pense que c'est le mot, trompée ? Elle pourrait devenir riche.

Henry finit sa bière et resta silencieux, fulminant. Charles se remit à respirer.

— Ainsi, elle doit rester où elle est, déclara Henry, comme s'il prenait une décision.

Charles haussa les épaules.

— Je n'en sais rien. Je ne peux rien faire.

Ils n'approfondirent pas plus le sujet. Charles fit une fleur à Henry en lui accordant des conditions extrêmement favorables pour les livraisons futures de soieries, avec paiement à crédit comme d'habitude. Henry s'en alla, laissant à Charles sa note de gâteaux et de bière.

De sa fenêtre, Charles le regarda monter dans sa voiture recouverte de cuir. Il serait sans doute sage, à l'avenir, de s'assurer une plus grande emprise sur lui, songea-t-il.

Il s'habilla, réfléchissant. Il ne resterait pas longtemps à Londres, juste assez pour avoir l'air d'avoir fait un voyage d'affaires. Mais, avant de partir, il se chercherait un bon avocat et il confierait de l'argent à quelqu'un pour le payer.

Et le premier travail de cet avocat serait de découvrir ce que Henry avait à cacher à propos de la succession du vieux Grainger.

XII

Octobre tirait à sa fin, Paris était triste et sombre. La joute entre Susanna et Peyresourde se prolongeait sans que Susanna parût obtenir ce qu'elle voulait.

En septembre, il lui avait annoncé que toutes ses tentatives pour faire annuler la condamnation de Daniel avaient échoué et qu'il ne restait plus qu'à essayer d'obtenir sa grâce du roi. Mais il semblait que ce ne fût jamais le bon moment ni le bon endroit pour le faire, et les jours passaient sans rien apporter de neuf. Par on ne sait quel miracle, Judith était introuvable. Elle et ses enfants n'étaient plus à Marseille, à moins qu'ils n'y soient retournés tout récemment ; ils n'étaient pas non plus à Nîmes, mais Peyresourde se ferait une joie de prévenir Susanna dès que..

Il était clair qu'il pouvait prolonger ces manœuvres dilatoires aussi longtemps qu'il lui plairait. Il était non moins clair qu'il était las de la résistance de Susanna. Ses répliques spirituelles le faisaient de moins en moins rire et il avait souvent le regard dur. Le comte Peyresourde avait eu sa dose de sornettes.

Il fallait qu'elle prenne rapidement une décision, mais elle la remettait de jour en jour et devenait de plus en plus nerveuse.

Arriva alors une lettre de Jane.

Le fait même était déjà surprenant. Avec l'aide de Susanna, Jane avait appris à lire, mais écrire était encore pour elle une tâche ardue qu'elle s'efforçait d'éviter. En l'occurrence, étant donné l'écriture, cette lettre était de toute évidence l'œuvre d'un écrivain public.

Et quelle lettre ! Debout près de la fenêtre de sa chambre, à l'auberge, Susanna la lisait avec un étonnement grandissant. Jane avait accouché d'une fille prénommée Kate, et tout le monde se portait bien. C'était là pour le moins des nouvelles. Mais le reste était un bavardage décousu à propos de théâtre, du bon vieux temps et des gens qu'elles avaient connus, une page entière de ces riens. Qu'est-ce qui, diable, avait pu pousser Jane à se donner tout ce mal et à se lancer dans des frais pour faire coucher tous ces bavardages sur le papier et les envoyer à Paris ?

Stupéfaite, elle atteignit le dernier paragraphe : *Eh bien, comme Trickett avait l'habitude de le dire, vous êtes en retard pour l'église, madame, et la cuisinière a brûlé le rôti ! Tu te rappelles comme nous riions, à cette époque ? Quel bon temps nous avons eu !*

Le cœur de Susanna s'arrêta de battre. Dans *La Coquette de campagne*, une des premières comédies qu'elle avait jouées avec Jane, elle avait le rôle titre de la coquette et Jane était Trickett, sa spirituelle soubrette. Pour tromper le père tyrannique de sa maîtresse, Trickett avait établi un code qu'elles utilisaient toutes les deux et dont ceci était un exemple. Des années plus tard, Jane et Susanna s'amusaient encore à se servir du langage de Trickett comme d'un code privé.

Mais cette fois, c'était sérieux. Jane ne lui aurait jamais envoyé pareil message pour plaisanter.

Dans le langage de Trickett, *vous êtes en retard pour l'église, la cuisinière a brûlé le rôti* signifiait : URGENT – RENTRE – DANGER.

Peyresourde et son cocher faillirent se rompre le cou en rentrant à fond de train de Versailles à Paris avec le décret. La veille, l'actrice dont la beauté juvénile l'obsédait avait accepté de visiter les appartements qu'il avait l'intention de lui offrir. Il avait vaincu sa résistance. Il lui avait fait comprendre qu'elle n'obtiendrait rien pour rien. Cet instant était celui de sa victoire.

— La grâce du roi, ma chère, dit-il en lui tendant un rouleau avec un sourire dès qu'il se fut arrêté à son auberge et qu'elle eut grimpé dans sa voiture. Elle a été promulguée ce matin, ajouta-t-il en lui montrant au bas du document le cachet et le sceau annexe où figurait la date du jour.

Ils quittèrent la ville et atteignirent une maison tranquille, dans un jardin entouré de murs.

— C'est charmant, mon cher comte, dit Della Bellaire sans faire mine de descendre. Mais ce n'est pas un appartement, n'est-ce pas ?

Il haussa les épaules.

— C'est une petite maison.

Il avait espéré qu'elle lui plairait. L'idée de l'avoir cloîtrée ici l'excitait.

— Elle n'est pas en ville. Je ne pourrai pas aller et venir à ma fantaisie.

— Vous aurez un cocher et deux chevaux à votre disposition.

Elle se mit à rire, les yeux brillants.

— Je suis une vraie citadine, moi ! J'aime sortir dans la rue et voir ce qui se passe. Je me sentirais en prison, ici. Je vous en prie, n'en soyez pas fâché, dit-elle en posant la main sur la sienne.

Il s'autorisa à mollir. Après tout, c'était une actrice, pas une duchesse. Il donna une adresse au cocher et ils reprirent la route.

— Dites-moi, demanda-t-elle, avez-vous appris quelque chose de nouveau à propos de mon amie, la femme de Daniel Montjoye ?

Elle l'observait. Elle venait de lui prouver qu'elle pouvait refuser ce qu'il lui offrait, même à ce stade. Ce qu'elle voulait maintenant, c'était la vérité. Pour Peyresourde, la vérité – le fait que Judith Grainger-Montjoye avait probablement quitté le pays – était dangereuse. Della Bellaire pouvait vouloir s'en aller si elle l'apprenait.

— Je crains bien que non, soupira-t-il. À mon avis, les huguenots les tiennent cachés quelque part, dans la campagne, elle et ses enfants.

Une expression de découragement envahit le lumineux visage de Susanna.

— Monsieur le comte, dit-elle en le regardant, l'air soucieux, je ne vous ai pas dit toute la vérité. Judith Montjoye n'est pas une amie à moi. C'est ma sœur. Maintenant, me direz-vous ce qu'il en est réellement ?

Della Bellaire était vraiment étonnante : un extraordinaire mélange de talent, de grâce, de sophistication et de candeur enfantine. Il en fut ému.

— Je vous jure que je ne sais pas où elle est, répondit-il avec sincérité. Mais maintenant que je la sais si proche de quelqu'un qui m'est aussi cher que vous, je vais faire tout ce qui est en mon pouvoir pour la retrouver, parole d'honneur.

La voiture s'arrêta brusquement, rompant le charme, lequel fut définitivement anéanti par les incidents qui suivirent. Il avait prêté l'appartement, qui se trouvait non loin de son hôtel dans le faubourg Saint-Germain, à un camarade diplomate pour quelques semaines et, à son grand dépit, ils trouvèrent l'entrée pratiquement bloquée par les malles et les caisses laissées là par son ami.

— Je vais les faire enlever immédiatement, promit-il, embarrassé, en appelant le concierge.

Della Bellaire paraissait amusée.

— On voit bien que ce ne sont pas des bagages de femme ! lui assura-t-elle en lui caressant la main.

Quoi qu'il en soit, d'autres problèmes surgirent pendant le quart d'heure suivant, tandis qu'ils visitaient cet appartement confortable et bien aménagé. Le comte avait fait préparer pour elle la maison hors de la ville mais n'avait donné ici aucune instruction ; en conséquence, l'appartement n'avait pas été nettoyé et la literie n'avait pas été changée. Il se trouva également que Della Bellaire aurait aimé voir les rideaux du lit remplacés par d'autres plus gais, des tentures différentes dans son salon, les meubles occuper d'autres places… Peyresourde tomba d'accord sur tout, bien sûr, noblesse oblige.

— Tout cela sera fait dès demain, lui assura-t-il.

Elle leva sur lui un regard plein de modestie. Elle avait vraiment tout, en cet instant, d'une jeune fille pure de corps et d'esprit. Il éprouva une soudaine bouffée de désir pour elle, d'autant plus vive qu'il était sûr maintenant qu'elle allait bientôt lui appartenir.

— Alors nous pourrons nous retrouver demain dans la soirée, proposa-t-elle tranquillement.

— Sauf que je dois de nouveau me rendre à la Cour, dit-il en pestant intérieurement. Un nouvel opéra de Lully, et un bal ensuite. Il faut absolument que j'y assiste.

— Oh ! fit-elle, son visage exprimant la plus grande déception.

— Mais nous nous verrons après-demain, reprit-il vivement.

Elle était tout contre lui, les yeux pleins de promesses.

— Ici ?

Il la prit par le menton, attira son visage vers lui et déposa un baiser sur ses lèvres. Elle était à lui, à présent.

— Ici, répondit-il.

Le soir même, Susanna prit la poste vers le nord et la quitta le lendemain matin, dans la première agglomération de quelque importance où elle marchanda des chevaux et un guide, et poursuivit ainsi son chemin beaucoup plus vite qu'en diligence. Tard dans la soirée, alors que l'opéra de Lully devait être terminé et que le bal avait dû commencer à Versailles, elle s'arrêta pour se reposer, étreinte par la peur.

Elle avait peur que Peyresourde ne revienne de Versailles plus tôt que prévu et envoie des cavaliers la chercher. Elle avait peur que les gens autour d'elle, guides et aubergistes, trouvent sa fuite suspecte et ne la retiennent dans l'espoir d'une récompense. Elle avait peur de ne pas en avoir fait assez pour Judith et Daniel. Elle avait peur de ce danger à propos duquel Jane lui avait écrit et vers lequel elle courait sans avoir la moindre idée de ce que cela pouvait être.

Ces derniers jours, elle avait exécuté le numéro le plus brillant de sa carrière. Elle avait joué la soumission, sachant très bien que, comme d'habitude, le comte Peyresourde serait retenu à la Cour la plupart du temps. Elle s'était montrée si convaincante qu'elle avait presque fini par croire qu'elle allait vraiment emménager dans l'appartement du faubourg Saint-Germain et devenir sa maîtresse.

En tout cas Peyresourde, lui, l'avait crue et elle lui avait enfin soutiré quelques concessions. La grâce du roi lui paraissait authentique mais, évidemment, elle n'avait pas vu de ses propres yeux Daniel libéré. En avouant à Peyresourde que Judith était sa sœur elle avait, en désespoir de cause, fait une dernière tentative pour l'amener à lui dire tout ce qu'il savait, mais il ne semblait pas qu'elle ait réussi. Il ne servait à rien de se demander maintenant si elle avait eu tort ou raison. Elle avait fait le maximum. Elle espérait seulement que les huguenots tiendraient Judith cachée, ou qu'ils la feraient sortir clandestinement, par une de leurs filières, vers la Suisse par exemple. De Londres, Susanna entendait lancer son enquête dans de nouvelles directions. D'une façon ou d'une autre, elle trouverait une voie.

Avant l'aube, elle forçait son guide à reprendre la route. Il fallait qu'elle soit déjà loin de Paris lorsque Peyresourde apprendrait qu'elle s'était enfuie et qu'il organiserait les poursuites. Elle galopa vers le nord toute la journée, sans s'arrêter. Le lendemain matin, convaincue que Peyresourde avait lancé des gens à sa poursuite, elle s'obligea à reprendre la route. À Abbeville, elle changea de guide. Elle passait difficilement inaperçue et, trop visiblement fugitive, elle craignait d'être dénoncée.

Elle descendit de cheval à Calais, endolorie des pieds à la tête. Ici, si les vents et la marée lui étaient contraires, si aucun bateau n'était en partance pour Douvres, elle pouvait être cueillie comme un animal pris au piège.

Bien que le ciel se couvrît rapidement, la traversée était encore possible ; mais le seul bateau ancré au port était un petit bâtiment de commerce hollandais qui devait partir dans la soirée et remonter la côte.

Susanna n'eut pas trop de tous les bijoux que Peyresourde lui avait donnés pour persuader le capitaine hollandais de lui faire traverser la Manche. Elle se fit transporter à bord, dans l'espoir que la nationalité hollandaise du bateau lui offrirait une protection, et elle attendit tout l'après-midi sur le pont, l'œil fixé sur la rive, dans la peur de voir arriver des cavaliers porteurs d'un mandat d'arrêt contre elle.

Le capitaine arriva enfin, ivre, et il se mit à beugler des ordres à l'équipage. Susanna se sentit à peine soulagée quand le bateau prit la mer. Et tandis que le petit vaisseau se frayait son chemin à travers le détroit, malade, elle ne put fermer l'œil de la nuit. Et il était inutile de se féliciter de s'être échappée de France parce que maintenant, en Angleterre, elle allait au-devant de dangers inconnus. De Charybde en Scylla, se dit-elle le lendemain, après avoir accosté à Douvres et montré ses papiers, qui étaient en règle. Elle avait raté la diligence pour Londres, il lui fallait attendre. Elle alla dormir dans une auberge.

La route en diligence jusqu'à Londres, raide et endolorie comme elle l'était, fut une torture. Elle s'efforça de réfléchir. Une chose était certaine : le danger dont lui parlait Jane n'était pas à prendre à la légère. Mais c'était absolument déroutant. Quel genre de danger ? Pour qui ? Venant de qui ?

Puisqu'elle l'ignorait, mieux valait se garer de tous les côtés. Elle n'irait ni chez elle, ni chez Jane, ni au Bow Street. Elle prit une chambre à l'auberge où la diligence s'arrêta, le Tabard, sur le Borough. Elle écrivit un petit mot en langage Trickett et alla jusqu'à la porte de London Bridge, où elle paya un petit garçon pour qu'il apporte le message à Jane.

Le lendemain matin de bonne heure, Susanna se rendit dans la City, à l'endroit qu'elle avait fixé à Jane pour leur rendez-vous. Un quart d'heure après l'heure indiquée, Jane n'était toujours pas là. Elle n'avait peut-être pas pu venir, ou peut-être n'avait-elle pas reçu le message ? Le fait même d'envoyer un message était peut-être dangereux ? Mais alors, que faire maintenant ? Comment en juger puisqu'elle ne savait pas ce qui se passait ?

Une vendeuse d'herbes potagères passa en criant sa marchandise. Elle se tourna vers Susanna, le regard plein d'espoir, mais celle-ci secoua la tête. Un instant plus tard, la vendeuse se trouvait en face d'elle et lui tendait un bouquet d'herbes. « De la sauge et du thym, madame, de la sauge et du thym », répéta-t-elle posément.

Sortant lentement de ses pensées, Susanna prit conscience de ce que disait la petite vendeuse et chercha une pièce de monnaie.

— Vous êtes sûre qu'il s'agit de sauge et de thym ? demanda-t-elle en lui donnant un penny et en la regardant dans les yeux.

— Sûr, madame, voyez vous-même, répondit la vendeuse en lui fourrant le bouquet dans la main et en continuant son chemin.

Susanna contempla ses herbes. De la sauge et du thym. Dans le langage Trickett, la sauge et le thym étaient le code pour jardin d'agrément. Mais lequel ? Il y en avait plusieurs à Londres. Oui, mais une scène importante de *La Coquette de campagne* se passait au Spring Garden, à Charing Cross. Susanna héla une voiture et se fit conduire là-bas.

Il était trop tôt, le Spring Garden n'était pas encore ouvert. Après avoir payé le cocher, Susanna marcha de long en large devant les portes, assaillie de doutes. La vendeuse n'était probablement qu'une petite marchande des rues. Elle n'aurait pas dû venir là…

Une autre voiture s'arrêta. Personne n'en sortit, mais le cocher, le regard fixé sur Susanna, pointa son fouet en arrière pour indiquer sa voiture. La porte s'entrouvrit de quelques pouces. Le cœur battant, Susanna s'approcha. Une voix chuchota :

— Montez !

Susanna tira la porte. À sa surprise, Jane n'était pas là. Le seul occupant de la voiture était un homme grand et musclé que Susanna ne connaissait pas. Elle hésita, un pied sur la marche.

— Vite, mademoiselle Grainger, vite ! souffla l'homme en lui attrapant la main.

Peu de gens connaissaient son vrai nom, à part Jane. Susanna se laissa hisser dans la voiture, qui démarra à l'instant.

— Ne levez pas les rideaux ! lui ordonna l'homme.

— Qui êtes-vous ? demanda-t-elle fiévreusement. De quoi s'agit-il ? Où est Jane ? Pourquoi n'est-elle pas ici ?

— Peu importe qui je suis. Quant aux autres questions, je préfère ne pas y répondre.

Se tenant à la courroie qui se trouvait au-dessus de son inconfortable siège, Susanna hésitait sur ce qu'elle devait faire. Était-elle tombée dans un piège ? La voiture poursuivait son chemin en grinçant, tournant à droite et à gauche.

— Où allons-nous ? demanda Susanna.

Sa frayeur devait transparaître dans sa voix car il lui répondit plus aimablement :

— Pas loin. Chez des amis.

Les bruits de la rue s'éteignirent et la voiture avança plus lentement, sur terrain mou car les sabots des chevaux avaient cessé de claquer.

— Nous quittons la ville, dit Susanna.

— Je vous ai dit : pas loin.

Ce fut tout ce qu'elle réussit à en tirer jusqu'à ce que la voiture s'arrête, après avoir fait un cercle complet.

— Prenez le sentier qui grimpe sur la colline, lui dit-il. Au revoir, mademoiselle Grainger.

Susanna descendit de voiture. Celle-ci repartit en direction du grand andain de toits et de fumée qu'était Londres. Elle se trouvait au nord de la ville, au bord d'une région vallonnée, Hampstead Heath sans doute. Quant à Jane, elle n'était visible nulle part. Tout cela était bien étrange. Elle releva ses jupes, s'engagea dans le chemin que l'homme lui avait indiqué, traversa un taillis et regarda autour d'elle avec inquiétude.

— Susie !

Elle s'arrêta, pétrifiée. Elle connaissait cette voix. Elle se retourna lentement, incrédule. Il était derrière elle, enveloppé dans un grand manteau couvert de la poussière des chemins, mal rasé, fatigué et rongé par l'inquiétude, mais c'était bien lui, elle ne pouvait pas s'y tromper.

Sous le coup de la douleur et de l'amour, aveuglée par les larmes, elle faillit tomber, mais il la reçut dans ses bras.

— Susie, murmura-t-il en la serrant contre lui.

Le visage tordu par la souffrance et inondé de pleurs, elle le repoussa.

— Pourquoi, Andrew ? Pourquoi m'as-tu fait tant de mal ?

— J'ai été arrêté cette nuit-là ! s'écria-t-il. Je suis resté en prison depuis !

Elle le regarda bouche bée à travers ses larmes, étourdie par la ronde de malentendus et de questions sans réponse qui tourbillonnait dans sa tête.

— Il faut que je sache ce qui s'est passé, balbutia-t-elle. Explique-toi, je t'en supplie, explique-toi !

Il inspecta les alentours avec précaution puis l'entraîna dans les buissons, au plus profond du taillis.

— Nous serons plus en sécurité ici, chuchota-t-il. Écoute, j'avais l'intention de venir chez toi, mais d'abord je devais faire acte de présence chez le marquis de Pencraig. C'était un piège, Susie ! Les hommes de Pencraig m'attendaient ! J'ai été emmené à Exeter et accusé du vol de quelques babioles, que le marquis m'avait données en réalité ; mais c'était ma parole contre celle d'un noble, et j'ai passé deux ans dans les geôles de cette ville.

— Mais pourquoi n'en ai-je rien su ? s'exclama Susanna, angoissée. Je suis allée partout pour essayer de savoir où tu étais ! Personne n'avait l'air de le savoir !

— On a fait ça à Exeter, près du domaine de Pencraig, pour m'éloigner de Londres ! J'ai essayé de te faire parvenir un message, mais mes amis étaient dispersés et ne pouvaient pas m'aider, et toi, tu étais sous tellement bonne garde que rien ne pouvait la traverser.

— Qu'est-ce que tu veux dire ? Je n'étais sous aucune garde !

Il la prit par les épaules et la regarda bien en face.

— Il y en avait une, Susie. Tu étais bouclée au Bow Street, lui expliqua-t-il gentiment.

Susanna écarquilla les yeux. Andrew était visiblement sincère.

— Tu veux dire… *Jon* ? balbutia-t-elle.

— Oui. Ça t'étonne vraiment ?

Des doutes l'assaillirent. Avait-elle pu être assez crédule pour faire confiance à quelqu'un qui la surveillait toute la journée et la tenait enfermée dans un enclos ?

Mais qu'avait-elle fait d'autre ?

N'avait-elle pas toujours su que Jon dirigeait sa vie ? Sa jalousie, qu'elle craignait, ne l'avait-elle pas chassée de son esprit, comme elle s'était caché la vérité derrière les rôles d'Othello et de Desdémone ? N'avait-elle pas préféré oublier aussitôt l'épouvantable expression qu'elle avait surprise sur son visage lorsqu'il ne se savait pas observé ?

— Mais si je me suis enfermée dans le théâtre, c'était pour essayer de ne plus penser à toi ! s'écria-t-elle en enfouissant sa tête dans l'épaule d'Andrew.

— Peu lui importait pourquoi, du moment que tu lui revenais.

Susanna secoua la tête.

— Je ne lui suis pas revenue !

— Quoi qu'il en soit, tu étais sous son empire et il pouvait espérer, un jour ou l'autre, te ramener dans son lit. Ce n'est pas vrai ?

Elle hocha la tête, abasourdie. Jon le lui avait même dit !

— Ce que j'ai pu être stupide ! s'écria-t-elle, au désespoir. Je n'y ai pas pensé une seconde ! Mais est-ce vraiment Jon qui t'a fait arrêter ? Est-ce qu'il avait comploté ça depuis le début ?

— J'en suis presque sûr. J'ai appris depuis qu'il connaissait très bien Pencraig. Et maintenant, Pencraig a formulé de nouvelles accusations contre moi.

Sous le coup de la frayeur, elle écarquilla les yeux.

— Mais… pourquoi ?

— J'arrivais au bout de ma peine. Et comme tu avais disparu, Harley a cru que tu étais partie me rejoindre. Cette fois c'est sérieux, Susie ! On a lancé les chasseurs de prime sur moi, à Londres. S'ils m'attrapent, je ne recouvrerai sans doute plus la liberté.

— Je vais aller voir Jon ! dit-elle d'un ton farouche. Je vais mettre un frein à tout ça !

— Ne fais surtout pas ça ! Il ne te laisserait plus partir !

— C'est impossible !

— Demande à Jane. Elle sait dans quel état d'esprit il est ! C'est pourquoi elle t'a écrit en langage codé.

Susanna reprit son sang-froid. Elle avait momentanément oublié Jane et le danger dont elle lui parlait. Or elle avait une confiance absolue en son jugement.

— Alors, elle t'a aidé ? demanda-t-elle.

— Oui, bien qu'elle et Kit doivent se montrer prudents. Harley les soupçonne. Tu ne dois pas les approcher, mais moi je peux leur faire parvenir un message. J'ai encore des amis à Londres.

— J'aurais aimé la voir !

— Kit et elle ont décidé…

Andrew s'interrompit brusquement et posa un doigt sur ses lèvres. Il écarta les branches des buissons et regarda par-dessus les pentes herbeuses.

— Tu n'as pas entendu un bruit de sabots ? demanda-t-il à voix basse.

— Non.

Il écouta, inquiet. Il lui apparut soudain comme il était sans doute depuis quelque temps, un fugitif.

— Allons plus haut, sur la lande, je me sentirai mieux, chuchota Andrew.

Ils retournèrent sans bruit jusqu'au sentier et grimpèrent rapidement.

— Vous n'avez pas été suivis en venant ici, n'est-ce pas ? demanda-t-il.

— Il n'y avait personne en vue quand la voiture est partie ! répondit Susanna, essoufflée.

— Je me fais peut-être des idées…

Le sentier bifurqua. Susanna était encore endolorie des pieds à la tête après sa fuite de Paris.

— Arrêtons-nous une minute ! supplia-t-elle, hors d'haleine.

Elle jeta un coup d'œil en arrière et son cœur s'arrêta de battre.

— Regarde ! s'exclama-t-elle.

Deux silhouettes sombres sortaient du taillis où elle s'était trouvée avec Andrew quelques instants auparavant.

— Et là, en bas ! dit Andrew en lui montrant trois autres silhouettes qui grimpaient la colline directement à leur aplomb.

— Par ici ! souffla-t-il en la prenant par le bras, avec un regard vers le haut de la côte qui menait au sommet de la lande. Viens vite, Susie, *cours* !

XIII

— Je dois peut-être venir demain après-midi pour finir ce travail avec Richard ? proposa Alan Dufresne en souriant.

— Non, vraiment, il ne faut pas vous donner tant de mal. La semaine prochaine, ce sera parfait, répliqua Judith fermement.

Alan était utile et agréable, mais il venait trop souvent. Trop de gens avaient tendance à la traiter en veuve sous prétexte que son mari était aux galères, alors qu'elle faisait tout ce qui était en son pouvoir pour obtenir sa libération. Aussi charmant fût-il, elle tenait à ce qu'Alan comprenne qu'elle se considérait comme une femme mariée.

— Bien sûr ! répondit-il, juste un petit peu déconfit

Il allait partir quand on frappa à la porte. Son père apparut.

— Je n'entre pas, dit l'Ancien Dufresne, un homme intransigeant aux traits anguleux qui était cependant plus amical avec Judith que la plupart des autres à Threadneedle Street. Je suis simplement venu vous dire qu'un messager des autorités portuaires est arrivé à l'église avec une convocation pour vous. Désolé d'être le porteur d'aussi désagréables nouvelles.

Avec un frisson d'inquiétude, Judith brisa le sceau de la convocation et la parcourut.

— Cela vient du bureau qui m'a laissée entrer à Londres. Il faut que j'y aille.

M. Dufresne la regarda avec attention.

— Vous prévoyez des ennuis ?

— Que faire s'ils ne veulent plus me considérer comme une réfugiée huguenote ?

— Cela voudra sûrement dire qu'ils vous reconnaissent comme anglaise !

— Je ne sais pas…

Judith avait été en butte à tellement de valses-hésitations bureaucratiques ces derniers mois qu'elle n'y comprenait plus rien. Elle plia sa convocation et prit son manteau.

— J'aime autant y aller tout de suite.

— Je vais rester avec les enfants, si vous voulez, proposa Alan.

— Ma foi, oui, peut-être, merci…

— Ne vous inquiétez pas, madame Montjoye, lui dit M. Dufresne en la quittant au coin de la rue. Nous sommes constamment en rapport avec le bureau où vous vous rendez. Si vous avez besoin d'aide, faites-moi demander.

Elle traversa la City, un peu réconfortée par les paroles de l'Ancien. L'immeuble administratif de brique où elle avait été enregistrée en qualité de réfugiée se trouvait près de la Douane, dans la partie la plus animée du port. Elle attendit devant un comptoir avec beaucoup d'autres gens. Dès qu'un employé faisait son apparition, tout le monde essayait de lui parler à la fois. Ils avaient tous des papiers à montrer. Et rien ne paraissait s'accomplir.

L'après-midi tirait à sa fin. Elle était furieuse et impuissante, se faisait du souci pour ses enfants et se demandait combien de temps tout ceci prendrait. La plupart des gens qui attendaient avec elle étaient des réfugiés protestants de France. Chacun avait une histoire à raconter, un problème à résoudre.

— Nous avons été rejetés sur les plages d'Angleterre, déclara poétiquement l'un d'eux.

« Il a raison, songea Judith. Nous sommes du bois flotté. » En réaction à cette idée déprimante, elle retourna devant le comptoir et regarda avec détermination derrière, par les portes ouvertes.

— Oh ! Bonjour ! s'exclama-t-elle soudain, surprise de voir passer, une liasse de papiers à la main, le jeune dissident blond qui l'avait aidée lors de son arrivée à Londres.

Il leva les yeux et sourit.

— Bonjour !

Judith agita sa convocation.

— J'ai reçu ça ! Vous croyez que vous pourriez savoir de quoi il s'agit ?

— Je vais faire de mon mieux, lui promit-il en ajoutant sa convocation à ses papiers.

Cette fois l'attente fut, si possible, encore plus longue. Mais le
jeune homme finit par arriver et la conduisit dans un bureau où un
haut fonctionnaire en perruque et veste de brocart lisait ses papiers, les sourcils froncés. Le bienfaiteur de Judith s'éclipsa de
nouveau avec un sourire et elle resta là, debout, son inquiétude ne
faisant que grandir.

— Vous êtes Judith Montjoye, née Grainger, réfugiée protestante française à qui l'on a accordé un asile temporaire dans ce
royaume ? commença-t-il, en la regardant du coin de l'œil.

— Oui...

— C'est vous ou ce n'est pas vous ?

Judith aurait voulu préciser qu'elle était, en fait, anglaise, mais
ce n'était peut-être pas la chose à dire. Si seulement elle avait su
pourquoi elle se trouvait là ! Bien à contrecœur, elle confirma :

— C'est moi.

— C'est vous, répéta-t-il en remuant ses papiers d'un air important. Je vous demande d'assister la Couronne dans l'affaire ci-
dessous mentionnée, qui ne va pas sans difficultés.

Judith aurait bien voulu lui dire qu'elle avait traversé tout Londres en laissant ses enfants à la maison et qu'il ferait bien d'aller
droit au but, mais elle ne devait pas oublier que, pour l'instant,
elle n'était qu'une réfugiée à qui on pouvait supprimer d'un trait
de plume l'autorisation de séjourner en Angleterre. Elle s'obligea
à tenir sa langue.

— Dans l'affaire ci-dessous mentionnée, reprit le fonctionnaire, la Couronne doit statuer sur la demande d'un dénommé Daniel
Montjoye, sujet français, qui se prétend l'époux de Judith Montjoye, née Grainger. D'après vos propres déclarations, ce serait
vous.

Judith ouvrit de grands yeux, pas certaine de bien comprendre.
Ce qu'il disait, cela pouvait-il signifier... ? La gorge serrée, elle
murmura :

— Daniel Montjoye est mon mari. De quelle demande
s'agit-il ?

— Une demande d'asile, évidemment ! riposta le fonctionnaire en la regardant comme si elle était folle. Nous avons ici un

Français qui prétend être votre mari, et vous avez été requise pour assister la Couronne !

L'espace d'un instant, tout devint noir devant les yeux de Judith. Ainsi elle avait attendu, morte d'inquiétude, pendant des heures, écouté le baragouin de cet individu, et pendant tout ce temps Daniel était ici, et ils n'avaient pas estimé nécessaire de le lui dire !

Elle avait envie de crier. Elle s'agrippa au bureau, se pencha vers le fonctionnaire, surpris, et articula :

— Où est-il ?

Elle ne remarqua ni les portes, ni les gens, ni les couloirs, elle ne vit qu'un homme habillé de vêtements grossiers, dans une pièce pareille à une cellule, qui se tourna vers elle, son visage barbu fendu dans une sourire de joie pure ; un homme dont la charpente râblée avait fondu, dont les traits brûlés par le soleil saillaient comme des lames de rasoir et dont les cheveux noirs avaient été tondus. Courut-elle à lui ou lui à elle ? Toujours est-il qu'ils se retrouvèrent serrés dans les bras l'un de l'autre, riant, pleurant, tandis que Judith répétait sans arrêt : « C'est bien toi ? », parce qu'il lui semblait impossible qu'il soit vraiment là, si subitement, si tôt.

— Comment te sens-tu ? lui demanda-t-elle en s'écartant et en essuyant les larmes qui coulaient sur leurs joues.

— Très bien. Comment vont les enfants ?

— Très bien. Ils sont à la maison. Oh, ils vont être tellement heureux de te voir !

Toute à la joie dont elle était pleine, elle ne prêta aucune attention aux formalités qu'ils eurent à accomplir ni au temps qu'il leur fallut pour le faire, et ils s'en allèrent, lui avec son sac en toile sur l'épaule, parlant à Judith du bateau sur lequel il avait travaillé pour payer sa traversée depuis l'Espagne, elle lui montrant en passant la nouvelle cathédrale Saint-Paul, à moitié construite, tous les deux évitant tout sujet qui aurait pu crever la bulle d'indicible bonheur dans laquelle ils flottaient.

Ils atteignirent Gray's Inn. La logeuse regarda Daniel comme s'il arrivait du fin fond d'un pays sauvage, et il y eut un instant de gêne lorsque celui-ci fit la connaissance d'Alan Dufresne – qui, discrètement, prit congé aussitôt. Mais tout cela se trouva noyé sous les flots d'émotion des retrouvailles avec les enfants. Bien qu'elle ait très souvent demandé de ses nouvelles, Bérangère parut intimidée par lui et par sa barbe, et il fut obligé de la rassurer. L'apparente virilité de Richard vola en éclats et il se mit à pleurer. Quant à Aimée, curieusement, elle se jeta dans les bras de Daniel et sanglota sans retenue.

Il leur avait rapporté des cadeaux : un bracelet de perles peintes pour Aimée, un cheval en bois sculpté pour Richard et un oiseau rouge et jaune, piqué de vraies plumes, pour Bérangère. Judith savait qu'il n'avait pas d'argent et pourtant il avait trouvé le moyen d'ajouter ces présents aux quelques rares effets qu'il avait dans son sac ; tout ce chemin difficile, il l'avait fait en pensant à ses enfants.

Lorsqu'il lui offrit, à elle, une broche en émail turquoise avec, en filigrane, un magnifique motif d'arabesque – maure, comme il le lui expliqua –, elle eut du mal à retenir les larmes de tendresse et de bonheur qui l'empêchaient de parler.

La soirée passa comme un rêve. Ils soupèrent ensemble, autour de la table, comme une vraie famille. Daniel devait maintenant faire face au feu des questions dont on l'assaillait, et il leur racontait par le menu tout ce qui s'était passé.

— C'est venu comme ça, sans crier gare, dit-il. Un beau jour on m'a annoncé que j'étais libéré des galères et banni.

— Qu'est-ce que ça veut dire, banni ? demanda Bérangère.

— Expulsé de France, répondit Daniel. Alors ils m'ont mis sur un bateau et j'ai quitté Marseille.

— C'était le bateau avec lequel tu es arrivé, Père ? demanda Richard.

— Non. J'ai dû en changer plusieurs fois. Cela m'a pris tout le mois de novembre et presque tout décembre pour arriver ici.

— Comment savais-tu que nous étions à Londres ? demanda Judith.

— Mon premier bateau m'a débarqué à Gênes. J'ai vu Gliacci, précisa Daniel et, les lèvres serrées, il s'affaira avec le contenu de son assiette.

— Nous aussi on est partis sur un bateau, déclara Bérangère.

Suivit l'histoire de leur fuite vers l'Angleterre, Richard et Aimée se faisant les principaux rapporteurs de leur odyssée.

Enfin, après quelques échanges de lits dans l'unique chambre à coucher, les enfants s'endormirent. Judith mourait d'impatience de se retrouver seule avec Daniel. Cela devait se lire sur son visage parce qu'il se saisit d'elle sans un mot. Ils n'avaient nulle part où s'étendre confortablement et ils finirent par s'agenouiller sur un tapis usé, devant le feu. Judith releva se jupes au-dessus de la taille. Ce fut rapide et violent et Judith n'eut qu'un bref spasme de plaisir, mais cela représentait beaucoup plus pour elle que les nuits entières d'amour détendu qu'elle avait pu imaginer ou qu'elle avait connues parfois dans le passé. Daniel était revenu du royaume des morts, réduit à l'essentiel, les muscles comme des nœuds. Elle s'accrocha à lui et le retint en elle aussi longtemps qu'elle put.

Ils ranimèrent le feu et s'assirent tout à côté. Elle ne voulait pas lui demander s'il avait beaucoup souffert aux galères, mais il y avait tant de choses qu'elle aurait voulu savoir... Il lui avoua qu'il avait été stupéfait par sa libération. Par une espèce d'ordonnance royale, sa peine avait été commuée en bannissement à vie. Aussi surpris que lui, les fonctionnaires de Marseille lui avaient simplement dit qu'il était un sacré veinard.

— Je ne sais pas si quoi que ce soit de ce que j'ai fait a porté ses fruits, remarqua Judith modestement, et pourtant, elle aurait été si heureuse de penser que la libération de Daniel devait quelque chose à ses efforts. J'ai écrit au roi et j'ai été reçue à Whitehall par un courtisan qui a tout noté. J'ai vu également le secrétaire de l'évêque de Londres, et l'archevêque de Canterbury m'a écrit pour me dire qu'il transmettait le dossier à Henry Savile, l'ambassadeur d'Angleterre à Paris. En principe, les Grainger devaient contacter Savile de leur côté, à travers une de leurs connaissances.

— Tu as fait tout ça pour moi ? s'exclama Daniel, impressionné par la boîte pleine de lettres qu'elle lui montra. La seule idée qui m'était venue, c'était qu'ils voulaient peut-être se débarrasser de moi, du héros que j'étais devenu pour les huguenots. Mais quand je vois ça..., dit-il en l'embrassant, l'œil brillant de fierté. C'est vrai que j'ai eu de la chance ! J'ai été libéré sans avoir été à la mer. J'étais enchaîné à terre avec d'autres, à réparer les routes, ce genre de choses.

— Oui, je sais, déclara Judith qui regretta aussitôt de ne pas avoir réfléchi avant de parler.

— Comment ça ? demanda Daniel. Tu as reçu des lettres ?

— Non. J'ai écrit à ta mère, à Élie et à Isaac, mais je n'ai jamais reçu de réponse. Tu as eu de leurs nouvelles ?

— Par ouï-dire. Ils allaient bien la dernière fois que j'ai entendu parler d'eux. Cela ne m'étonne pas que tu n'aies pas reçu de réponse. La poste est surveillée et les lettres des huguenots sont ouvertes. Alors, comment as-tu pu, toi, avoir des informations sur moi ? demanda-t-il en souriant, visiblement intrigué.

Il n'y avait pas d'échappatoire possible.

— Par Charles.

Daniel ouvrit de grands yeux.

— Charles ? Mais… comment ?

— Il était ici.

— Et qu'est-ce qu'il faisait ici ? répliqua Daniel à voix basse, mais vibrante d'une répulsion insondable.

Que faire, sinon lui dire la vérité ?

— Il m'a raconté qu'il allait renoncer à tout pour… pour commencer une nouvelle vie avec moi… Oh, Daniel, écoute-moi, je t'en prie ! s'écria-t-elle en voyant la fureur éclater dans ses yeux. Je pense qu'il a perdu la tête… il semble qu'il ait toujours cru posséder une espèce de droit sur moi…

Daniel l'observait avec la plus grande attention.

— Et alors ?

— Comment peux-tu être si injuste ? s'écria-t-elle, piquée au vif. Alors, alors je lui ai dit que je ne l'aimais pas et que je ne l'avais jamais aimé ! Alors il est devenu furieux ! Alors j'ai pris un couteau et il a pris peur ! Ça te suffit ?

— Il est encore à Londres ?

— Je n'en sais rien. Il n'est venu ici qu'une fois. En octobre. Je ne l'ai pas vu et je n'ai pas entendu parler de lui depuis.

— Si je le trouve, je le tue, déclara Daniel posément, les yeux fixés sur le feu.

Judith le regardait avec inquiétude. Elle pouvait comprendre sa colère, mais ce qui l'étonnait, c'était son degré de violence. Il valait mieux, dans ce cas, qu'elle ne lui raconte pas comment elle avait essayé de séduire Charles dans sa cellule, à Marseille. Elle avait vraiment eu l'intention de lui en parler, mais elle n'en avait pas eu le temps et maintenant il était trop tard.

Toujours tendu, Daniel regarda autour de lui.

— Il va nous falloir autre chose. C'est trop petit, ici.

— Mais comment ? demanda Judith prudemment. Pour l'instant, c'est ma famille qui paye le gîte et le couvert ici. L'oncle Philip nous a beaucoup aidés, dans l'ensemble.

— Je ne veux pas vivre aux crochets des Grainger. Je vais commencer à travailler dès demain.

— Que penses-tu faire ?

— Mais… le négoce de la soie, évidemment ! répliqua-t-il, sincèrement stupéfait par sa question. Je vais d'abord chercher à m'employer chez un marchand. Et dès que je le pourrai, j'essaierai de me faire reconnaître comme maître étranger. Je sais que c'est possible.

— Le commerce de la soie va mal, Daniel. Il arrive tellement de réfugiés qualifiés qu'ils font tomber les prix et sont la cause d'incidents avec les ouvriers anglais. Les apprentis anglais et français se battent dans les rues. J'ai dû me battre aussi pour vendre ceux-là, ajouta-t-elle en allant chercher son carton à dessins.

Daniel l'ouvrit et le feuilleta.

— Ça, c'est un motif que tu avais créé à Nîmes… et ça aussi… Qui les a dessinés pour toi ?

— Je les ai faits moi-même, répondit Judith avec une satisfaction tranquille, heureuse de l'entendre siffler d'admiration. J'ai réussi à en vendre deux, et encore !

— Si nous importons des marchandises du continent pour les revendre, nous obtiendrons l'aide des huguenots de Nîmes et de Lyon. Et les huguenots d'ici devraient nous aider aussi. À propos, qui est ce type, cet Alan ?

— Il donne des leçons à Aimée et à Richard, ce qui est très gentil de sa part parce que je n'ai pas les moyens d'envoyer Richard à l'école, expliqua Judith. Son père est un des Anciens de Threadneedle Street et un des rares à s'être montré serviable.

Daniel fronça les sourcils.

— Pourquoi « un des rares » ?

— D'abord parce que je suis anglaise, répondit-elle en soupirant. J'ai de la famille ici et il y a des réfugiés beaucoup plus à plaindre. Oh, et puis il y a un femme de Nîmes, à Threadneedle Street, qui leur a transmis tous les vieux racontars, tu sais lesquels…

Daniel se rembrunit.

— Bon, dès que possible j'irai au consistoire mettre un certain nombre de choses au point.

« Il a changé, pensa Judith : il est plus dur, plus renfermé, et même amer. Cela tient sans doute aux épreuves qu'il a traversées. Il s'adoucira probablement avec le temps. »

Ce jugement se confirma peu après quand, s'étant glissés dans le lit à côté des enfants endormis, ils firent l'amour tendrement sous les couvertures. Mais le sommeil de Judith fut troublé par un rêve : une excroissance sortait du dos de Daniel, souvenir confus de quelque chose de rugueux et d'enflé qu'elle avait senti sous sa main durant leur étreinte. Ce fut seulement à la lumière du petit matin, lorsqu'il s'habilla, qu'elle aperçut les trois lettres GAL imprimées au fer rouge sur son épaule, la marque des galériens.

XIV

— Pour qui vous prenez-vous, Montjoye, pour vous promener ainsi pendant des mois dans des pays protestants ! cria Bellocq. Si vous quittez à nouveau Marseille sans permission, vous serez traité comme si vous étiez encore un hérétique ! C'est assez clair ?

— Très clair, mais ce n'est pas la question ! riposta Charles, tremblant d'indignation. Nous n'avons pas reçu les récompenses que vous nous aviez promises, et Daniel est libre ! Nous nous sentons floués !

Après un long voyage de retour via les Pays-Bas, il était arrivé à Marseille le jour même pour apprendre la libération de Daniel et la perte, pour les Vovelle et pour lui-même, des situations et des privilèges qu'ils avaient obtenus en raison de leur conversion.

— Peu importe ce que vous sentez ou non, rétorqua Bellocq d'une voix grinçante. Mais si cela peut vous consoler, sachez que je n'en suis pas responsable. Ce n'est pas moi qui vous ai privé de vos récompenses ! Et ce n'est pas moi non plus qui ai libéré Daniel Montjoye.

— Qui alors ? Il serait temps que vous vous expliquiez, Bellocq !

Bellocq haussa les épaules.

— Je n'en sais rien. J'étais à Lyon quand le décret est arrivé. Le commandant des galères n'a fait que l'exécuter et mettre votre cousin sur un bateau pour l'Italie. Bizarrement, un cavalier est arrivé de Paris avec un contrordre, mais il était trop tard. Peut-être s'agissait-il d'une erreur de l'administration.

— Qui était à l'origine de ce décret ? demanda Charles.

Bellocq haussa les sourcils.

— Versailles ! Sa Majesté ! répondit-il, encore stupéfait. Quant aux récompenses qu'on vous avait promises, j'aimerais bien savoir ce qui s'est passé. D'une façon ou d'une autre, quelqu'un a dû intervenir. Il semblerait que votre cousin Daniel a des amis haut placés, ajouta-t-il en secouant la tête.

— Qui pourrait vouloir faire quelque chose pour lui ? rétorqua Charles, méprisant.

— Eh bien, le bruit court qu'il serait un informateur. Il a pu être libéré sous condition de travailler pour nos services d'espionnage dans les pays protestants.

Charles observa Bellocq avec attention, mais rien n'indiquait qu'il plaisantait. Le roi Louis avait des espions parmi les huguenots de France, pourquoi pas à l'étranger ? Mais que Daniel en fasse partie, voilà qui n'était guère vraisemblable.

— Cela m'a tout l'air d'un prétexte, répliqua-t-il amèrement. Cela ne vous gêne pas que Daniel s'en sorte indemne ?

Bellocq s'adossa lentement à son fauteuil.

— Il m'a ridiculisé à ce débat, répondit-il avec un tremblement inhabituel dans la voix. Croyez-moi, j'aimerais beaucoup le voir revenir ici. D'autant plus qu'il est banni sous peine de mort.

— S'il remet les pieds en France, il encourt la peine de mort ?

— Exactement. Et on brûle encore les hérétiques.

Charles resta silencieux un moment.

— Bellocq, reprit-il, j'ai Sébastien et Pierre Vovelle sur le dos et je veux m'en débarrasser. Je veux les récompenses promises ! Si Daniel peut jouer les espions, je peux le faire aussi. Je peux vous en raconter, sur les huguenots. J'ai encore beaucoup de contacts avec eux.

Bellocq le regarda avec curiosité.

— Eh bien, vous connaissez Jacques Fortain et ses hommes. Vous les avez vus à l'œuvre quand votre cousin a été arrêté. Pourquoi ne vous associeriez-vous pas avec eux ? Si vous leur êtes utile, il y aura des récompenses, soyez tranquille.

— Il me faudra plus que des miettes, Bellocq.

— Ce sera donnant-donnant.

— Et si je vous amenais Daniel Montjoye ?

Bellocq ouvrit de grands yeux. L'attitude nouvelle, sans ambiguïté, de Charles l'intriguait.

— Si vous m'amenez votre cousin de telle sorte que je puisse le faire exécuter sur la place même où s'est tenu le débat, déclara-t-il posément, je vous donnerai tout ce qu'il est en mon pouvoir de donner. Mais le pouvez-vous ? C'est toute la question.

Daniel était certainement allé à Gênes reprendre son argent à Gliacci, se dit Charles. À l'heure actuelle, il devait se trouver à Londres avec Judith et leurs enfants. Un nouveau flot de bile lui remonta dans la gorge en songeant à leur bonheur. Mais Charles avait laissé de l'argent à Londres et engagé un avocat de tout premier plan, à l'esprit aiguisé. Il n'était peut-être pas impossible de faire expulser Daniel d'Angleterre.

— Laissez-moi le temps, répondit-il à Bellocq. J'aviserai.

Une heure plus tard, après une conversation fructueuse avec Bellocq, il descendit au sous-sol, là où Fortain et ses hommes se réunissaient généralement. Ils n'avaient pas grand-chose en train, simplement un artisan huguenot soupçonné d'aider les réseaux de fuite. Ils l'avaient attaché à un anneau dans le mur et lui hurlaient des menaces. Autant que Charles pouvait en juger par sa connaissance des huguenots, l'homme donnait des réponses inexactes à toutes leurs questions. Il prit Fortain à part.

— Il ment, murmura-t-il. C'est sa famille que j'ai vue là-bas ?

Dans une autre pièce, il avait aperçu une femme rongée d'inquiétude, qui attendait en compagnie de deux garçons et d'une fillette.

— Oui.

— Faites venir la fille.

Fortain frotta son nez cassé.

— Nous avons ordre d'y aller doucement, de ne pas toucher aux femmes.

Charles le toisa de la tête aux pieds.

— C'est Bellocq qui m'envoie. Faites ce que je vous dis.

L'adjudant de Bellocq hésita, puis sortit en haussant les épaules. On entendit une voix de femme qui protestait à grands cris. Fortain revint avec la fille. Elle avait environ quatorze ans et avait l'air terrifié. Dès qu'elle vit son père, elle se mit à pleurer. Lui la regarda comme s'il allait devenir fou. Charles commença à se sentir très excité.

— Mettez-la sur la table, dit-il.

Indécis, les hommes regardèrent Fortain, qui hocha la tête.

— Couchez-la, ordonna Charles, qui avait pris les choses en main. Relevez ses jupes. Écartez ses jambes. Faites-nous voir son con.

Charles adorait utiliser ce langage, et les regards complices et concupiscents des autres hommes l'encourageaient et lui faisaient chaud au cœur. Ici, il pouvait dire ce qu'il voulait, faire ce qu'il voulait. Il s'avança jusqu'au bout de la table. La fille battait l'air de ses jambes maigres. Charles aperçut un petit triangle noir au sommet de ses cuisses. Il se sentit durcir. Il mit la main au rabat de sa culotte.

— Ne lui faites pas de mal, supplia le père de la fillette. Écoutez…

Et il se mit à dévider des noms et des lieux qui tous, cette fois, parurent corrects à Charles. Il fit un signe de tête à Fortain.

Les hommes lâchèrent la fillette. Elle s'assit et se couvrit rapidement les jambes, les yeux fixés sur Charles. Il savait qu'elle le reconnaîtrait. Il n'en avait cure.

Il avait changé et était ravi du changement. Il avait bien compris que le jour où Judith l'avait rejeté avait marqué un tournant dans sa vie. Il avait l'impression de s'être débarrassé de tout un fardeau de bêtises inutiles. Quelque temps auparavant, tante Joséphine l'avait réprimandé et traité d'idiot si bien qu'il lui avait ordonné de faire ses bagages et de quitter la maison. Il s'était débarrassé d'elle tout simplement, comme ça. Il n'avait pas besoin d'être materné. Il n'avait pas besoin des Vovelle. Ni de mensonges dorés et d'illusions à propos de cette chère Judith.

Jusqu'à présent, il s'était gâché la vie dans un conflit entre ce qu'il était et ce qu'il pensait qu'il devrait être. Désormais, il allait être tout bonnement lui-même.

Tandis qu'on traînait dehors le huguenot, vaincu et sanglotant, il regarda autour de lui. Cet endroit, avec son chaud parfum de frayeur, lui était comme une secrète et accueillante tanière. Ici, il se sentait fort, il se sentait vivre. Il savait quelles étaient les bonnes décisions à prendre sans avoir besoin d'y réfléchir. Ici, il était un chef né.

Il se représenta Daniel, ici, avant son exécution, avec Judith, pour qu'il ait à souffrir aussi de sa souffrance à elle. Et avec leurs enfants également, pourquoi pas ? Leur fille était assez grande.

« Tous, toute la famille, songeait-il. Ici, un jour. En mon pouvoir. »

XV

Le vent d'hiver cinglait lorsque, rentrant du travail, Daniel atteignit le chemin où ils habitaient maintenant, dans les faubourgs de l'est. Le quartier était un enchevêtrement de masures où vivaient nombre de réfugiés, et celle que les Montjoye avait louée n'était guère plus grande que l'ancien logement.

Janvier avait fait place à février, et les choses ne faisaient qu'empirer.

Judith avait raison, le commerce de la soie était loin d'être facile. C'était chacun pour soi. Daniel – travailleur, doué, expérimenté, parlant et le français et l'anglais – s'était heurté à un mur.

Absolument personne, parmi les huguenots de Londres, ne lui avait offert un emploi ou une main secourable, et il avait fini par accepter de tenir le magasin d'un marchand de tissus de soie anglais. Judith avait les mêmes problèmes. Les huguenotes plus fortunées, qui auraient pu vouloir des dessins faits spécialement pour elles, l'évinçaient. Les fabricants les meilleurs, ceux qui auraient pu acheter ses dessins pour leur propre compte, ne manifestaient pas le moindre intérêt.

Daniel marchait dans l'obscurité du chemin, percée de temps à autre par la lumière jaune d'une fenêtre. Ils étaient de nouveau pauvres et inconnus, comme aux premiers jours à Nîmes, sans même un Isaac Clavel pour les tirer du pétrin.

Quand il atteignit l'allée qui menait chez eux, il entendit brusquement un grouillement de pas derrière lui et une explosion de rires de garçons.

— Regardez-le filer ! cria quelqu'un d'un ton moqueur. Foireux ! Péteux !

Une petite silhouette passa en trombe devant Daniel et s'accroupit en position défensive à l'entrée de l'allée.

— Salopards ! Pourris ! Enculés !

Daniel s'arrêta et ouvrit de grands yeux : c'était Richard qui hurlait des insultes en français.

— Fils de traître ! cria quelqu'un.

Daniel se retourna et marcha sur le groupe des garçons.

— Vous pouvez me dire ce que tout cela signifie ? demanda-t-il.

Les garçons tournèrent casaque et se mirent à courir tout en riant aux éclats.

Daniel allait retourner à Richard quand il aperçut sa fille aînée qui venait vers lui dans l'obscurité, de l'endroit d'où les garçons s'étaient enfuis.

— Aimée, tu as vu ça ? Tu sais ce qui s'est passé ?

— Ce n'est rien, Père. Richard a essayé de lutter contre une douzaine d'entre eux, c'est tout, répondit-elle sèchement, en descendant vivement l'allée dans laquelle Richard avait déjà disparu.

Daniel suivit, interdit. Dans la cuisine, il trouva Bérangère qui regardait d'un air affolé Judith, agenouillée devant Richard avec une bassine d'eau et un linge.

— Regarde dans quel état il est, Daniel, lui dit-elle d'une voix anxieuse.

Daniel saisit le chandelier et examina le visage de Richard. Il était couvert de coupures et de bleus. Il s'était vraiment battu. Pourtant les cris et les coups ne faisaient pas partie de son caractère.

— Richard, regarde-moi s'il te plaît.

Richard leva les yeux à contrecœur, les mains tremblantes.

— Est-ce que c'est parce que ces garçons t'ont appelé « fils de traître » ?

Richard détourna la tête, refusant de répondre.

— C'est ça ? demanda Daniel à Aimée. Tu l'as entendu aussi ?

De mauvaise grâce, Aimée hocha la tête.

— Il y avait des garçons du voisinage, des Français, expliqua Daniel en voyant l'air abasourdi de Judith. Je les ai entendus crier « fils de traître ».

Un silence suivit. Daniel reposa la bougie.

— Qui étaient-ils, Aimée ? demanda-t-il. Je vais aller parler à leurs parents.

— Cela ne servira à rien ! s'exclama Aimée. Tout le monde le dit !

— Qu'est-ce que tu entends par « tout le monde le dit » ?

Les lèvres tremblantes, Aimée refoula ses larmes.

— Que tu es devenu un traître pour être libéré des galères ! déclara-t-elle d'une voix étranglée, puis elle éclata en sanglots et s'enfuit en courant dans sa chambre.

Daniel la suivit des yeux un moment, sans comprendre.

— Richard, demanda doucement Judith en déposant un baiser sur sa joue enflée, qui dit ça à propos de papa ?

— Tous les enfants français, répondit-il, haletant. Même l'amoureux d'Aimée. Il ne veut plus lui parler maintenant.

— L'amoureux d'Aimée ? répéta Daniel, hébété.

Judith lui adressa un petit sourire et haussa vaguement les épaules.

— D'où les enfants ont-ils tiré cette histoire ? demanda-t-il à Richard. Ils l'ont inventée ?

— Je n'en sais rien, répondit-il en hoquetant. Au temple, les enfants le disent aussi.

— Au temple ?

« Il ne s'agit plus de quelques petits garçons cruels du voisinage, songea Daniel. C'est un bruit qui court à Threadneedle Street, fréquentée par des centaines de réfugiés français. »

— Je vais aller au consistoire mettre un terme à tout ça ! s'écriat-il, furieux. Et de ce pas !

Un quart d'heure de marche furibonde l'amena à Threadneedle Street. Dans la salle du consistoire, il trouva deux Anciens en train d'interroger un groupe de nouveaux arrivants, trempés et frigorifiés, serrant contre eux leur baluchon et les quelques objets précieux qu'ils possédaient.

Quand Daniel entra dans le cercle de lumière des bougies, toutes les têtes se tournèrent vers lui.

— Oui, monsieur Montjoye ? demanda Dufresne, l'Ancien aux traits anguleux que Judith disait serviable mais que Daniel n'aimait pas, ou plutôt dont il n'aimait pas le fils.

Daniel s'était préparé à faire un vacarme de tous les diables, mais le spectacle de ces réfugiés qui avaient risqué leur vie pour quitter la France l'en dissuada. Ils avaient besoin d'une soupe chaude et d'un bon feu, pas d'une scène de colère.

— Je vous en prie, continuez, répondit-il du plus aimablement qu'il put. Mon affaire à moi peut attendre.

Les deux Anciens échangèrent des regards gênés.

— Nous allons devoir vous demander d'attendre dehors, dit l'autre Ancien, un dénommé Bontemps, huguenot natif de Londres, d'un ton glacial.

Ravalant son étonnement et sa colère, Daniel se retira sur un petit signe de tête. Il attendit dans le couloir, furibond. Bontemps avait caché les notes qu'il était en train de prendre de façon à ce qu'il ne puisse pas les lire. Ils ne lui faisaient pas confiance. Il ne s'agissait pas seulement des enfants du voisinage ou de leurs familles, ou des fidèles de l'église : même le consistoire avait été contaminé par la rumeur.

Quand le problème des nouveaux arrivants fut enfin réglé, il retourna dans la salle.

— Pourquoi fallait-il que j'attende dehors ? demanda-t-il.

Dufresne évita son regard, mais Bontemps répliqua froidement :

— Le consistoire a l'habitude de traiter toutes les affaires de façon confidentielle.

— Quand nous nous sommes rencontrés, monsieur Bontemps, quand je vous ai expliqué comment j'avais rejoint l'Angleterre, cette pièce était pleine à craquer. Vous n'avez demandé à personne de sortir.

Irrité, l'Ancien serra les lèvres et ne répondit pas.

— Je suis venu me plaindre d'une rumeur dont ma famille a eu à souffrir, poursuivit Daniel. J'espérais en votre justice. Je suis surpris et attristé de voir que le consistoire semble avoir été prévenu contre moi par cette même rumeur !

— Prenez garde, monsieur Montjoye ! riposta Bontemps en se redressant de toute sa hauteur. Des remarques de ce genre pourraient amener votre exclusion de notre communauté !

— Mon exclusion ? répéta Daniel, piqué au vif. Vos enfants ont-ils été enfermés dans un couvent et votre femme jetée en prison, monsieur Bontemps ? Et vous, avez-vous jamais été emprisonné ? Avez-vous été arrêté, traîné dans les rues, battu, enchaîné, marqué au fer rouge et forcé de casser des pierres ? Cela vous est-il arrivé ?

Il se rendit compte tout à coup qu'il se penchait, agressif, sur l'Ancien et qu'il était capable de le frapper. Mieux valait partir. Il fit demi-tour et se dirigea avec raideur vers la porte

— Oh, ajouta-t-il en se retournant vers Bontemps, qui avait encore la bouche ouverte de stupeur, je veux de toute façon que le consistoire fasse un enquête ! Je veux que cessent ces infâmes calomnies ! Vous m'entendez ? Je veux qu'elles cessent !

Et il claqua la porte derrière lui.

Il n'était pas encore très loin quand la porte se rouvrit. Dufresne se glissa dehors, une bougie à la main, et courut après lui :

— Monsieur Montjoye, je vous en prie, puis-je vous dire un mot ?

Daniel s'arrêta.

— Quoi donc ?

— Il y a quelque chose que vous devez savoir. Par ici, je vous en prie, nous y serons mieux.

Étonné, Daniel se laissa conduire dans une pièce voisine. Dufresne posa le chandelier sur une table et s'assit, invitant du geste Daniel à faire de même, mais celui-ci resta debout.

— Je suis désolé que ce secret ait été divulgué et ait bouleversé votre famille, déclara Dufresne.

— Quel secret ? Tous les huguenots de Londres en ont eu connaissance avant moi et vous parlez de secret ?

Dufresne soupira et le regarda avec attention pendant un moment.

— Je sais par quelles épreuves vous êtes passés, vous, votre femme et vos enfants aussi. J'ai beaucoup d'estime pour votre femme.

— Merci, monsieur, répliqua Daniel, amer. Je remarque que cette estime ne s'étend pas jusqu'à moi. Me serais-je mis en travers du chemin de votre fils en revenant de parmi les morts ?

Dufresne bondit sur ses pieds.

— Comment osez-vous insinuer une chose pareille ? La conduite de mon fils a toujours été parfaitement honorable !

— La mienne aussi, bien que personne ne semble le croire !

— Alors écoutez ce que j'ai à vous dire, parce que je ne vous le dirai pas deux fois. Il ne s'agit pas simplement d'une rumeur, comme vous l'appelez. Il y a quelques semaines, nous avons reçu un rapport de notre correspondant à Paris, en qui nous avons une entière confiance, nous prévenant que vous aviez été libéré sur ordre du comte Peyresourde et que vous travaillez pour lui en tant qu'informateur.

Daniel ouvrit de grands yeux.

— Le comte qui ?

Dufresne l'observait.

— Les huguenots de Londres ont d'amères raisons de connaître son nom, répondit-il. Le comte Peyresourde a passé deux ans ici, pendant lesquels il a infiltré chez nous tellement d'espions et de traîtres qu'aujourd'hui encore nous n'arrivons pas à séparer le bon grain de l'ivraie. Le roi Louis entend nous réduire au silence de façon à ce que le monde entier ignore ce qui se passe sur son territoire. Pourquoi pensez-vous que nous examinons avec tant de soin les nouveaux arrivants de France ? Nous ne pouvons pas nous permettre d'être indulgents en ces matières.

— Monsieur Dufresne, déclara Daniel solennellement, la raison pour laquelle j'ai été libéré est un mystère pour moi. Je ne suis pas un informateur, je n'avais jamais entendu parler du comte Peyresourde avant cette minute.

Mais au fur et à mesure qu'il parlait, il perdait tout espoir. C'était exactement ce qu'aurait dit un véritable informateur pour se couvrir.

Dufresne parut deviner ce qu'il pensait car il reprit, moins durement :

— Monsieur Montjoye, même si je disais que je vous crois, cela ne changerait rien. Quoi que vous fassiez, vous êtes sur la liste des suspects. En conséquence, pas un huguenot de cette ville ne peut vous faire confiance. Et comme je désire sincèrement le bien-être de votre femme et de vos enfants, je vous conseille de les emmener loin d'ici, parce qu'il ne peut rien vous arriver de bon à Londres, absolument rien.

— Les emmener où ? demanda Daniel, au désespoir, alors que les propos très fermes de l'Ancien atteignaient leur but. Il n'y a pas un seul endroit sur le continent qui soit à l'abri de la tyrannie du roi Louis !

— C'est vrai, d'autant plus que, depuis la défaite des Hollandais, même les Pays-Bas sont devenus dangereux pour nous, reconnut Dufresne. Mais les huguenots émigrent plus loin avec succès. En Amérique, par exemple.

Daniel secoua la tête.

— Ma femme est londonienne et moi je connais bien cette ville. C'est ici que nous nous sommes rencontrés. Nous ne voulons pas partir à l'autre bout du monde !

Dufresne s'éclaircit la gorge.

— Je comprends, mais il vaut mieux que vous le sachiez... le consistoire a appris, par un canal officiel, que la famille de votre femme s'efforce de la faire enregistrer comme réfugiée française de façon définitive.

Daniel fronça les sourcils.

— De façon définitive ?

— Définitive. Bonsoir, monsieur Montjoye.

— Bonsoir.

Daniel sortit dans le froid, sans bien savoir où il dirigeait ses pas. Il comprenait maintenant pourquoi ils avaient rencontré, lui et Judith, une telle résistance dans le commerce de la soie. Aussi stupéfiant que cela puisse lui paraître, sa réputation était atteinte à jamais. Les huguenots de Londres ne lui feraient jamais confiance. Quant aux Anglais... la famille de Judith prenait des mesures, en sous-main, mais efficaces, afin de la renier.

Quel prétentieux imbécile il avait été de se croire un grand marchand international ! Il n'était rien ni personne. Et ces mois d'enfer passés dans sa chaîne de forçats n'avaient pas suffi à payer sa dette. Il restait encore beaucoup à payer.

Dans l'ombre, une fille lui offrit ce qu'il voulait pour six pence. À en juger par sa voix, elle devait être à peine plus âgée qu'Aimée. Cette idée l'horrifia. Ils avaient affronté la pauvreté d'une cœur léger, lui et Judith, lorsqu'ils étaient jeunes. Ils n'en avaient pas souffert en ces jours ensoleillés, avec leurs soies grèges empilées dans leur charrette. Mais maintenant, en ce mois de février, à Londres, avec la perspective d'une bataille sans espoir et la responsabilité d'enfants à élever, la menace de se trouver à jamais réduits à la sinistre existence d'exclus de la société était proprement terrifiante.

S'il était forcé de travailler comme ouvrier, comment Judith pouvait-elle espérer vendre ses dessins à une riche clientèle ? Et quel genre d'homme s'offrirait à épouser Aimée puisque, ce soir, Daniel avait pris conscience que cet événement risquait de se produire bien avant le lointain avenir qu'il imaginait ? Quelle espèce d'éducation et de profession Richard serait-il en droit d'espérer ? Quelle enfance serait celle de Bérangère ?

En passant devant la porte ouverte d'une taverne, il aperçut des hommes qui fumaient, assis près du feu. Il pouvait se réchauffer là-dedans ; il avait quelques pièces de monnaie dans sa poche pour un verre de vin qui lui remonterait le moral...

Il se raidit et se détourna avec une exclamation de fureur contre lui-même.

Il devait rentrer et discuter de tout cela avec Judith. Confrontés aux difficultés qu'ils avaient connues ces dernières semaines, ils avaient déjà envisagé de commencer une nouvelle vie ailleurs. Ils étaient encore assez jeunes, ils avaient encore du courage, et s'il fallait prendre une décision, c'était le moment où jamais.

Mais toutes leurs discussions s'étaient heurtées au problème de leur destination. Aucun endroit en Europe ne paraissait plus sûr que Londres. Plus loin, avait suggéré Dufresne...

L'Amérique ?

Le Refuge
Juin 1721

Zack

Couchée dans la pénombre de sa chambre, Judith essayait de sourire. L'Amérique ? Plus facile à dire qu'à faire…

Une fois la décision prise, elle avait été rapidement mise à exécution et, les Grainger leur ayant offert une cabine pour la traversée, le voyage n'avait pas été trop pénible ; mais s'installer dans un environnement inconnu, avec très peu d'argent, c'était là qu'avait surgi le vrai problème.

Que de fois, les premiers temps, Judith n'avait-elle pas pensé avec amertume à tout ce dont Charles les avait dépouillés : les soies italiennes, la maison de Nîmes, leurs meubles et leurs marchandises, la boîte en fer pleine de leurs économies… Combien différente aurait été leur situation s'ils les avaient eu encore, s'ils n'avaient eu même que la moitié de leur valeur !

Et encore aujourd'hui… Ce manque d'argent au départ ne les avait-il pas poursuivis jusqu'ici ?

Soudain, elle entendit, venant du dehors, des cris et des rires d'enfants. Elle n'avait aucune idée de l'heure, mais presque toute la matinée avait dû s'écouler depuis qu'elle était étendue ici et les invités allaient arriver…

Zack ! N'avait-elle pas entendu quelqu'un dire *Zack* ?

Envoyant toute prudence au diable, elle sortit du lit et, en quelques pas, fut à la fenêtre. Le cœur battant, elle tira le rideau. En bas, devant la maison, entouré par les enfants, elle aperçut un homme de grande taille, en veste et culotte de daim, aux cheveux noirs attachés en arrière, un fusil de chasse sur l'épaule. Elle frappa à la vitre pour attirer son attention. Il leva les yeux et un large sourire illumina son visage. Elle n'eut pas besoin de l'appeler, il quitta aussitôt les enfants et entra dans la maison.

Elle n'arrivait pas à y croire. Elle s'était habituée à l'idée qu'il ne viendrait pas.

— Je suis si heureuse, Zack ! lui dit-elle, haletante, en tombant dans ses bras. Alors tu as reçu mon message ?

— Il y a quelques jours seulement, par un marchand qui commerce avec les Saponi. J'ai juste eu le temps d'arriver.

— Laisse-moi te regarder, dit Judith en examinant son visage hâlé. Tu es une véritable force de la nature ! s'exclama-t-elle, ravie, en le voyant plus beau et plus insouciant que jamais.

Il ferma la porte et se pencha vers elle, les sourcils froncés.

— En bas, ils m'ont dit qu'il faut éviter de t'essouffler, de t'étourdir... Ça ne va pas ? demanda-t-il en la regardant avec attention.

— Eh bien, je ferais peut-être mieux de m'asseoir...

« Il vient juste de remarquer l'air épouvantable que j'ai », se dit Judith, résistant à la tentation de se regarder dans le miroir en passant, tandis qu'il la conduisait à son fauteuil.

— Ce n'est rien Zack. Je me sens mieux, surtout maintenant, en te voyant ! Tu sais que cela va bientôt faire trois ans que tu n'es pas venu ici ?

Zack lui adressa son éternel sourire de petit garçon. Il était loin d'être encore un petit garçon, mais l'effet n'en était pas moins irrésistible. Il tira à lui un des élégants fauteuils qu'elle s'était fait envoyer d'Angleterre mais, après y avoir jeté un coup d'œil, il y renonça et s'assit par terre, jambes croisées.

— J'espère pouvoir venir ici plus souvent maintenant, dit-il.

— Malgré l'envie de voyager qui te démange ? répliqua Judith en riant. Je suppose que tu reviens encore d'une de tes expéditions !

Elle savait que le gouvernement faisait parfois appel à lui pour guider des missions à l'intérieur, par des pistes d'Indiens que peu de gens connaissaient aussi bien que lui.

Zack secoua la tête.

— Non, m'man, je n'amènerai plus d'Anglais chez les Chickasaw pour leur permettre de combattre d'autres Indiens ou des Français, répondit-il avec un sérieux inhabituel chez lui. Pour que

434

ces gentlemen en perruque puissent se vanter à Londres de leur stratégie indienne victorieuse. Non, j'étais à cet endroit dont je vous ai parlé.

— Tout le temps ?

— Tout le temps.

Il s'agissait d'une ville Cherokee loin à l'intérieur des terres, sur les collines.

— J'espère que tu n'as pas été mêlé à la bataille ! s'écria-t-elle, soudain inquiète.

— Non. Heureusement, notre ville est restée neutre. De toute façon, c'est fini maintenant, ajouta-t-il en secouant amèrement la tête. Il ne reste plus un Tuscarora entre ici et les collines !

Ce qui expliquait, se dit Judith en passant, que Joël Brearsley ait fini par trouver de la terre vierge à planter : les Indiens avaient quitté les plaines alluviales. Les Anglais, aidés de leurs alliés Creek et Cherokee, avaient vaincu les Tuscarora, lesquels avaient émigré vers le nord.

La révolte des Tuscarora avait eu pour origine des vols d'enfants. Les premiers Indiens auxquels Zack avait eu affaire avaient été les apprentis du Refuge, et là tout s'était toujours très bien passé. Mais il arrivait trop souvent que de jeunes Indiens, envoyés en apprentissage chez des Blancs, aient été vendus comme esclaves plus au sud. Les Indiens avaient cessé alors d'envoyer leurs enfants étudier chez les blancs si bien que les marchands d'esclaves s'étaient mis à opérer des descentes pour capturer leurs proies. Et comme, pendant ce temps-là, les disputes se multipliaient à propos de terres volées et de promesses non tenues de la part du ministère des colonies, les Indiens avaient fini par perdre patience et commencé à mordre.

— Nous nous sommes conduits de façon honteuse, déclara Judith du fond du cœur. Je viens juste de me rendre compte, ajouta-t-elle en le regardant et en souriant, que quand je dis « nous », je pense « les colons », mais lorsque c'est toi qui le dis, tu penses « les Indiens »…

Il hocha la tête.

— Si je suis ici, c'est parce que j'ai reçu ton message à propos de la nouba d'aujourd'hui, mais je serais venu de toute façon te voir bientôt pour te parler de ce que je vais faire. Je vais m'installer, m'man. En fait… c'est déjà fait, ajouta-t-il après un petit silence. Il y a deux ans, j'ai épousé une Indienne Cherokee. Nous avons déjà un enfant, et nous en attendons un deuxième !

— Zack !

Depuis quelques minutes, Judith subodorait quelque chose de ce genre, mais rien d'une pareille importance. Elle en eut le souffle coupé. Elle aurait voulu se précipiter sur lui et l'embrasser, mais elle se sentait un peu faible et ne bougea pas.

— Tu n'es pas fâchée ?

Elle ouvrit de grands yeux.

— Mais je suis aux anges ! Tu sais, si Richard m'avait dit qu'il voulait épouser une Indienne, je me serais demandée ce que cela donnerait, mais toi, tu as vécu si longtemps avec eux que cela paraît absolument naturel ! Allez, parle-moi d'elle. Comment s'appelle-t-elle ?

— Quelque chose comme « Jolie Fille ».

Judith éclata de rire.

— Je te fais confiance !

Il se mit à rire aussi, les yeux brillants.

— Nous avons un petit garçon de quinze mois maintenant. Tellement dodu et content de vivre que tout le monde l'appelle « Épi de Maïs ».

— Épi de Maïs Montjoye ! s'écria Judith, enchantée. Et il y en a un autre en route ?

— Oui… Pendant que je suis ici, poursuivit-il en s'agitant, mal à l'aise, je voudrais vous demander quelque chose, à vous tous… Penses-tu qu'il pourrait y avoir de la place pour moi, pour un dépôt de marchandises ?

— Évidemment ! Il y aura toujours de la place pour toi ! Tu penses à quoi ? À faire du commerce ? lui demanda-t-elle en l'observant avec attention.

— Oui. Il vient de plus en plus de marchands de Virginie, qui arrivent chez nous, les trois quarts du temps avec des colifichets et du rhum, déclara-t-il, révolté. Ce qui ne nous amène que des ennuis. Ce sont de choses utiles dont nous avons besoin : des marmites en fer et des couteaux, des tissus de laine, des outils, des fusils de chasse, de la poudre et des munitions. Ils me font confiance là-haut. Si je me lance dans le négoce, tout le monde s'adressera à moi. Et je ne leur vendrai pas de rhum. Tu vois ce que je veux dire ?

— Bien sûr. Cela me paraît une très bonne idée.

« D'autant plus, songeait égoïstement Judith – mais avec délice – que Zack serait amené à venir au Refuge au moins une fois par an. »

— Vraiment ? Je me demandais, reprit-il, encore mal à l'aise, si vous ne pourriez pas m'aider un peu, me faire une avance pour la première livraison. Cela peut coûter beaucoup d'argent. Je veux dire, plus que je ne peux en rassembler.

— Combien ? s'enquit Judith, le plus calmement qu'elle put.

— Soixante-dix livres et plus.

Il avait dit ça comme s'il s'était agi d'un montant énorme. C'était une somme respectable, mais les seuls frais de construction de la demeure d'Amy s'étaient élevés à au moins huit fois autant.

— Ne t'inquiète pas pour ça, je m'arrangerai, déclara-t-elle aussitôt.

— Merci ! s'écria-t-il en sautant sur ses pieds. Pendant que je suis ici, je vais préparer mes commandes.

— Cela prendra combien de temps ? demanda-t-elle.

— Deux semaines, je dirais. Bon, maintenant je vais descendre et aller voir les autres.

— Farland et Bérangère sont là, Amy aussi, et Richard doit être quelque part par là. Mais, ajouta Judith après un petit silence, ne leur parle pas de ce que nous venons de dire.

Le sourire de Zack s'évanouit.

— Il y a un problème ?

— Non, non, pas du tout. Simplement, garde ça pour toi pour l'instant, c'est tout.

— Très bien.

Il l'étudia calmement un moment, puis retrouva son sourire, l'embrassa et sortit.

Elle resta à réfléchir. Soixante-dix livres, cela représentait presque tout ce que, d'après Bérangère, les Williams allaient leur donner grâce à l'argent qui leur était tombé du ciel.

« Nous voilà revenus au point de départ, se dit-elle. Ou Philadelphie ou la plantation Brearsley. Ou Richard, Bérangère et Farland, ou Amy et ses enfants. »

Il n'était pas question de laisser tomber Zack. Il était tout à fait capable de mener ses projets à bien. De plus, son activité commerciale serait utile au peuple au sein duquel il avait choisi de vivre, et lui permettrait d'installer et de mettre sa famille à l'abri du besoin.

Bien qu'elle ne vît pas encore comment sortir de ce dilemme, elle n'allait quand même pas se laisser submerger par lui. Zack avait fait irruption et, rien que de l'avoir vu, d'avoir ri avec lui, d'avoir entendu parler de sa femme et de son fils, Judith se sentait aussi excitée qu'au jour de la naissance de son premier petit-fils. Toutes ces nouvelles l'avaient remplie de joie.

Elle eut envie de rire en pensant à la propre enfance de Zack, aux peurs bleues qu'il faisait à tout le monde avec toutes les histoires épouvantables dans lesquelles il se jetait. C'était un enfant américain, né à New York, élevé au Refuge. Après la naissance prématurée de Bérangère, Judith avait fait une fausse couche et, pour ne pas nuire à sa santé, ils s'étaient mis d'accord, elle et Daniel, pour éviter d'avoir d'autres enfants. Ils ne connaissaient pour cela qu'une méthode : faire montre de prudence, et Daniel s'y était consciencieusement appliqué pendant trois ou quatre ans. Mais pendant un temps, à New York, il avait montré moins de retenue et Zack en avait été l'heureux résultat.

New York. Elle en gardait un souvenir précis. En arrivant dans la baie, après leur exténuant voyage, ils étaient allés tous les quatre s'appuyer au bastingage pour voir apparaître petit à petit, émergeant de l'eau, le sud de l'île de Manhattan, ses maisons de brique à pignons hollandais, le fort et la batterie de canons, et les moulins à vent qui tournaient au-dessus.

New York, propre et belle, balayée par la brise, chargée d'espoir.

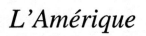

L'Amérique

1681-1687

I

Le ciel de Manhattan était blanchâtre et l'air chaud vous enveloppait comme une couverture. On était en septembre, les bateaux étaient au port et Daniel était sur la rive, en train de superviser le déchargement de caisses de thé, d'épices, de vaisselle et d'ustensiles de cuisine, de toutes sortes de marchandises que son employeur, un marchand anglais du nom de James Tunstall, se faisait livrer pour l'hiver.

Il devait tout compter et vérifier soigneusement, mais il devait aussi appliquer toute son énergie à manipuler les objets les plus délicats. Tunstall l'avait prévenu qu'il ne tolérerait pas la moindre casse, et Daniel aurait bien du mal à trouver un autre emploi au cours des mois d'hiver à venir. Il avait donc laissé le groupe des dockers transporter la marchandise la moins fragile, et avait traîné lui-même, sur une charrette, plusieurs cageots de faïence jusqu'à l'entrepôt. Quand il eut fini, il s'épongea le front et s'arrêta à la Hope Tavern pour étancher sa soif. Il avala sa bière d'une seule traite et se dirigea vers la porte.

— Montjoye ?

Daniel se retourna de mauvaise grâce. Un homme maigre, à la barbe pleine de pellicules, était assis à la table du coin, entouré d'hommes en vêtements de travail. Ceux-ci buvaient, mais pas lui.

— Demain soir, murmura l'homme maigre à Daniel qui s'était approché, réunion en faveur d'un parlement.

— J'essaierai d'y être, Wicklow.

Celui-ci le regarda fixement de ses yeux marron.

— On ne vous a pas beaucoup vu ces derniers temps. Et vous n'amenez plus jamais votre femme avec vous.

Daniel haussa les épaules.

— Il faut lutter contre la tyrannie et le papisme, reprit Wicklow.

Daniel sentit des picotements lui échauffer le dos. Il n'aimait pas les agitateurs du genre de Wicklow. Cela dit, il fallait bien choisir son camp.

— J'ai dit que j'essaierais d'y être, répéta-t-il.

Là-dessus, il sortit, mais son irritation persistait tandis qu'il hâtait le pas sur le quai. Comme s'il n'avait pas l'expérience de la tyrannie ! Mais chat échaudé craint l'eau froide : il fallait rester vigilant. La tolérance religieuse en vigueur à New York méritait d'être défendue. Le lieutenant Brockholls, gouverneur par intérim, était un catholique, sous les ordres du propriétaire de la colonie, Jacques, duc d'York, lui aussi d'obédience romaine avec une tendance à l'autorité absolue. Daniel ne voulait pas être pris au dépourvu une seconde fois. Il soutenait donc une cause en laquelle il croyait, dans des réunions conduites par des gens en qui il croyait peu. Quelques semaines auparavant, une de ces réunions avait tourné à l'émeute, et c'était la raison pour laquelle Judith ne voulait plus y participer. Mais Daniel ne voulait pas se dérober. Quoi qu'elle dise, ils n'avaient pas tellement à y perdre.

— Quelqu'un vous demande, monsieur Montjoye ! lui cria un docker en le voyant arriver. Là-bas, sur la jetée, le grand type aux cheveux blonds !

Daniel fronça les sourcils.

— Je ne crois pas le connaître. Est-ce qu'il a dit ce qu'il voulait ?

— Non.

Intrigué, Daniel se dirigea vers le groupe d'hommes en conversation sur la jetée.

— Excusez-moi, messieurs, dit-il en arrivant. Je suis Daniel Montjoye. Vous me cherchez, monsieur ?

L'inconnu se retourna. C'était un marin, sans aucun doute, avec des culottes de toile épaisse et une chemise décolorée par le sel, des avant-bras musclés et un hâle profond. Ses cheveux fins et filasse étaient attachés sur la nuque. On aurait dit que la marée était passée dans ses yeux, d'un bleu pâle lumineux, en y laissant des petits cailloux propres et brillant au soleil. Daniel ne le connaissait ni d'Ève ni d'Adam. À moins que...

— Eh bien, Daniel Montjoye ! déclara l'inconnu avec un sourire, en reculant pour mieux le regarder. Vous êtes un peu dégarni du sommet, mais je vous aurais reconnu n'importe où ! Garrett Woodward, dit-il en lui tendant la main. Le *Reward*. De Holhaven à La Rochelle. Vous vous rappelez ?

— Si je me rappelle ! s'exclama Daniel en serrant la main qu'il lui offrait, tandis que les yeux bleus et les cheveux blonds s'ajustaient avec le souvenir du mousse de leur voyage clandestin vers la France, des années auparavant. Garrett Woodward ! Que diable faites-vous ici ?

— Je dois débarquer du sucre pour Tunstall, et on me dit de m'adresser à Daniel Montjoye ! J'ai cru tomber à la renverse !

Garrett pris congé de ses compagnons et fit route avec Daniel le long de la jetée.

— La voilà ! dit-il fièrement en lui montrant du doigt une coquette goélette à l'ancre, sur la surface cuivrée du mouillage de l'East River. Elle s'appelle *Queen Bee*, et elle est tout à moi !

— Vous ne vous êtes pas mal débrouillé !

— Oh, cela fait dix ans que j'y travaille !

— Qu'est-ce qui vous a amené ici ?

— Ma foi, répondit Garrett en souriant, je commençais à trouver le *Reward* insipide, et mon père et mon frère n'avaient pas vraiment besoin de moi, alors je suis parti comme marin pour voir le monde. Je suis allé aux Indes, dans les Moluques, puis sur un vaisseau négrier de Guinée. Ça ne m'a pas plu, alors je l'ai abandonné ici et, par bonheur, je suis tombé sur un vieux qui faisait du cabotage – Boston, New York, la Virginie… enfin, toute la côte, vous voyez, jusqu'à la Jamaïque quelquefois pour le sucre et le rhum. Ma foi, une chose en amenant une autre, le vieux Gideon m'a pris comme associé, et puis il s'est retiré en mai dernier et j'ai racheté sa part du bateau.

— Félicitations ! lui dit Daniel, qui trouvait sa bonne humeur et son optimisme contagieux. Alors, ce sucre, Garrett, quand voulez-vous le décharger ?

— Demain matin, ça vous irait ?

— Ce sera parfait, parce que j'ai assez de pain sur la planche pour cet après-midi. Et si vous veniez souper ce soir ? Judith sera heureuse de vous voir. Oh, avec votre femme et votre famille bien entendu. C'est-à-dire si…

— Non, répliqua Garrett en riant, il n'y a pas de Mme Woodward pour me tenir en laisse, pas encore en tout cas !

Quand Daniel eut fini ses affaires, ils se dirigèrent vers le nord, par des rues d'une propreté toute hollandaise, passant devant les perrons où des familles étaient assises à bavarder, comme c'était la coutume les soirs d'été, puis débouchèrent, au-delà du mur et de la douve qui traversaient Manhattan d'est en ouest, à Wall Street, dans des quartiers plus pauvres et surpeuplés.

— Nous y voilà, déclara Daniel en arrivant devant une maison en bois avec une cour bordée d'une clôture. Nous en avons loué une partie. Pour l'instant, évidemment... Judith ! cria-t-il en ouvrant la porte.

— Par ici !

Elle était avec Bérangère dans la cuisine où elle préparait le souper. Ils économisaient chaque sou et n'avaient pas de domestiques. Fatiguée et énervée, elle se retourna quand ils entrèrent.

— Oh, excusez-moi ! Bonsoir, monsieur.

Daniel éclata de rire.

— Tu ne reconnais pas ton... Quel est votre degré de cousinage, Garrett ?

— Garrett ? Garrett Woodward ? demanda Judith, ébahie.

— Lui-même.

— Ça alors !

Elle se précipita sur lui et disparut presque dans son étreinte d'ours, puis elle le tint un moment à bout de bras pour l'examiner.

— Comme vous avez changé ! Vous n'avez plus rien du...

Sa voix s'éteignit et elle retourna à ses fourneaux pour cacher la couleur de ses joues.

— Eh bien, asseyez-vous tous les deux, dit-elle d'un ton affairé. Non, Daniel, va d'abord chercher le jambon, s'il te plaît. Mais que faites-vous donc ici, Garrett ? Comment vous êtes-vous rencontrés ? Allez, racontez-moi tout !

Pendant qu'ils commençaient à manger, Garrett répéta ce qu'il avait déjà raconté à Daniel, avec des détails supplémentaires. Puis, tout en avalant son pain et son jambon, il demanda :

— Daniel m'a dit que vous étiez à New York depuis quatre mois à peu près. Qu'est-ce qui vous a amenés ici ?

C'était une histoire que Daniel n'avait aucun plaisir à raconter.

Il laissa Judith en faire le récit. Quand elle eut fini, à la lumière de ce qu'il venait d'entendre, Garrett regarda lentement autour de lui, comme si tout s'éclairait d'un jour nouveau. Il parut plusieurs fois sur le point de parler, mais il dit seulement :

— Alors la soie, c'est à ça que vous vous attaquez ?

— Oui, bien sûr, répondit Daniel tandis que Judith confirmait : Ça a toujours été le cas.

— Ça me paraît bien. Vous savez qu'il y a des gens, ici et là, le long de la côté, qui élèvent des vers à soie ? Il y a une prime pour ça.

— J'ai entendu parler de cette prime, déclara Daniel. Mais je ne suis pas sûr que produire de la soie grège soit une bonne idée.

Garrett haussa les sourcils.

— Un tas de gens disent que c'est ce qui va faire la fortune de l'Amérique !

Ce qui donna envie de sourire à Daniel, mais il se retint par égard pour Garrett.

— Je ne sais pas... Cela exige de l'habileté et de l'expérience, vous savez. Quoi qu'il en soit, nous sommes spécialisés dans le commerce des tissus déjà fabriqués. Dès que nous obtiendrons nos permis de séjour, nous nous y mettrons.

— Cela prendra combien de temps ? demanda Garrett avec enthousiasme.

— Nous n'en savons rien, répondit Judith en hésitant. Il y a des retards. Il y a une Église réformée française ici, mais les huguenots ne nous accordent pas leur soutien à cause des bruits qui courent sur Daniel, ceux dont je vous ai parlé. Ils nous ont suivis de Londres jusqu'ici.

— En fait, nous avons quitté la congrégation française à cause de ça, ajouta Daniel qui essayait de s'exprimer avec calme et objectivité mais qui ne pouvait empêcher sa voix de trembler.

Les malentendus et les rebuffades avaient eu raison d'eux. Ni lui ni Judith ne faisaient plus partie de la liste des membres de l'Église réformée de France. Blessé, Daniel en éprouvait de l'amertume. Il voulut changer de sujet.

— Judith, tu devrais montrer tes dessins à Garrett, lui suggéra-t-il.

On débarrassa la table et on y étala les dessins. Garrett les regarda sans bouger et sans y toucher, comme s'il craignait que Judith ne les ait faits sur des coquilles d'œuf. Il laissait échapper de temps à autre un long sifflement.

— Je n'y connais rien, bien sûr, dit-il, mais je les trouve très beaux. Comment pensez-vous les faire réaliser ?

— Il y a des tisserands à Londres qui en sont capables, mais il vaudrait mieux les faire faire en France...

Judith jeta un coup d'œil à Daniel, ne sachant trop quoi dire.

— J'attends un signe de ma famille de France, expliqua Daniel à Garrett. Nous sommes sans aucune nouvelle de Nîmes. Nos lettres passent par la Suisse, par un canal secret, et notre arrivée ici est venue encore tout compliquer. Mais nous attendons quelque chose pour bientôt. Nous pourrons alors entrer en contact avec de meilleurs tisserands et acheter des marchandises de meilleure qualité que celles de Londres qui sont vendues ici.

Garrett sortit une petite pipe en terre et la bourra.

— Écoutez, si ce que je vais vous proposer ne vous plaît pas, dites-le-moi franchement. Mais je crois que certains de mes riches clients de la côte achèteraient volontiers des soies de ce genre. Je pourrais vous aider. Pourquoi ne pas réunir nos forces ?

Le moral de Daniel remonta. Quelqu'un, enfin, lui apportait son aide et sa coopération. Depuis qu'il avait rencontré Garrett cet après-midi, les choses paraissaient prendre une meilleure tournure. Il échangea un regard avec Judith qui, visiblement, était favorable à la proposition de Garrett.

— Ma foi, c'est une bonne idée, reconnut-il. Mais je dois vous prévenir, nous n'avons pas beaucoup d'argent à investir pour le moment...

— Moi non plus ! rétorqua Garrett en allumant sa pipe avec la bougie. Le *Queen Bee* me coûte à peu près tout ce que j'ai, et le reste s'en va dans la cargaison. Ce qu'il nous faudrait, c'est un autre partenaire. Un marchand ici, à New York, qui pourrait nous couvrir de son crédit.

— J'ai passé l'été à chercher des partenaires, riposta Daniel, mais les marchands hollandais sont spécialisés dans les peaux et les Anglais dans tout sauf la soie. Quant aux huguenots, ils ne veulent pas avoir affaire à moi.

— Je ne peux rien vous promettre, mais laissez-moi essayer. Je suis connu ici et ça aide. Je dois partir pour Boston mais je serai de retour dans quinze jours. Nous verrons ça à ce moment-là, qu'en pensez-vous ?

Près de Broadway, dans une élégante rue hollandaise, Daniel et Garrett s'arrêtèrent, un soir d'octobre, devant ce qui était à la fois une maison et un magasin. Un jeune homme mince et barbu leur ouvrit la porte.

— Je suis Asher Molina, leur dit-il en les faisant entrer. Mon père, M. Joseph Molina, vous attend. Par ici, je vous prie.

Daniel était nerveux. Garrett lui avait expliqué que Joseph Molina était un marchand spécialisé, entre autres, dans les articles de luxe. Il avait effectué des livraisons pour lui, dans le passé. Molina avait non seulement de gros moyens mais il possédait également la moitié d'un brick qui faisait la navette New York-Londres au printemps et à l'automne. Ce qui faisait de lui un partenaire idéal.

Asher Molina leur ouvrit la porte d'un bureau au fond du magasin.

— Père ? Monsieur Woodward et monsieur Montjoye.

Un homme grand et voûté se leva péniblement de sa table pour les saluer. Daniel remarqua immédiatement le regard poli mais aigu et attentif de Joseph Molina. À part ça, à la lumière des bougies, il ne distingua guère qu'une toque de velours noir, une barbe grise, un simple col empesé sur un vêtement démodé composé d'un pourpoint et de culottes. Cette tenue lui rappela avec acuité un voyage à Amsterdam qu'il avait fait avec son père vingt ans auparavant. Il ne fut donc pas surpris d'entendre le marchand parler anglais avec un fort accent hollandais, et il lui répondit par quelques mots de salutation dans cette langue.

— Oh, vous parlez hollandais ? demanda Molina avec un sourire étonné.

— Très peu, dut reconnaître Daniel, mais la glace était rompue.

Comme il l'avait déjà fait avec d'autres marchands, il lui exposa son projet, en prenant bien soin de lui fournir tous les détails techniques sur les soieries qu'il comptait importer et sur le calendrier des importations. Il montra les dessins de Judith, assortis d'un commentaire sur l'intérêt qu'ils avaient suscité en Europe. Joseph et Asher Molina l'écoutait attentivement, hochant la tête de temps en temps en signe de compréhension, visiblement au courant des subtilités du commerce de la soie de haute qualité. Daniel avait l'impression que les choses s'annonçaient bien.

— Écoutez, déclara Joseph Molina quand Daniel eut fini, il est vrai que de tels articles auraient leur place ici, dans notre commerce. Je suis arrivé d'Amsterdam il y a vingt ans. Parmi mes clients, j'ai de riches Hollandais et des propriétaires de l'Hudson Valley. Je peux leur vendre ces belles soieries dont vous nous parlez.

— C'est ce que m'avait laissé entendre monsieur Woodward.

— Je suis en dette envers lui, par conséquent, pas de problème pour la soie. Mais, reprit Molina après un instant de silence pendant lequel il resta pensif, les yeux fixés sur Daniel, il y a un autre problème : qui êtes-vous, monsieur Montjoye ?

Daniel fut pris de court. Où Joseph Molina voulait-il en venir ? Devait-il répondre qu'il était français ? Marié à une Anglaise ? Huguenot ? Bien que…

Soudain, ses hésitations mêmes lui firent comprendre ce qu'il y avait sans doute derrière la question de Molina.

— Je suis quelqu'un qui a voyagé, vécu à différents endroits et qui a, disons, de nombreuses attaches. Si bien que ce que j'ai à offrir est unique.

Joseph Molina fit un geste d'apaisement.

— Bien, bien. C'est bien. Mais pour moi, ce qui est difficile à envisager c'est… l'association, oui, c'est le mot, dit-il après avoir échangé quelques mots en chuchotant avec son fils. Je vous prie de m'excuser. Nous sommes juifs. Nous faisons des affaires avec d'autres – avec monsieur Woodward, par exemple, et de très bonnes affaires, dit-il en souriant avec un petit signe de tête en direction de Garrett. Mais si je dois m'associer, je dois le faire avec quelqu'un de mon peuple. Excusez-moi, c'est ainsi que vont les choses.

— Je comprends, répondit Daniel, faisant tout son possible pour cacher sa déception.

— Faut-il vraiment que ce soit une association ? Est-ce que nous ne pouvons pas tout simplement faire des affaires ensemble ? Nous vous achèterions des soieries de temps à autre, au fur et à mesure de nos besoins ?

Daniel jeta un coup d'œil dubitatif à Garrett. Ils savaient bien tous les deux qu'ils ne pouvaient pas monter une affaire solide par leurs seuls moyens.

— J'ai bien peur qu'il ne nous faille un associé, répliqua Daniel.

— Il y a des marchands français, ici, qui font le commerce de la soie, fit remarquer Molina. Vous n'avez pas essayé de ce côté-là ?

— Si…

« Il faut appartenir à quelque chose, se dit Daniel avec amertume. Ils sont tous partie intégrante d'une communauté. Les Anglais appartiennent aux Anglais, les Français aux Français, les papistes aux papistes, les protestants aux protestants, les juifs aux juifs, les riches aux riches, les pauvres aux pauvres… Si vous ne faites pas partie de quelque chose, vous n'êtes personne. »

Il n'était pas très sûr d'être quelqu'un. Sa vie menaçait de devenir tellement chaotique qu'il en avait le vertige.

— Monsieur Montjoye ne peut pas faire affaire avec les huguenots d'ici à cause d'une rumeur infondée qui court à son sujet, entendit-il Garrett expliquer, en ami fidèle. Vous êtes au courant de la tyrannie exercée par le roi de France, monsieur Molina ?

Légèrement surpris, Joseph et Asher Molina acquiescèrent.

— Mon ami s'est conduit en héros ! poursuivit Garrett sans se soucier des efforts de Daniel pour l'arrêter. Il a été emprisonné et sa famille menacée, mais il a refusé de se convertir. C'est la raison pour laquelle il a été condamné aux galères. Il a été libéré et banni, mais de méchants esprits soupçonneux en ont déduit qu'il était un traître.

— Ainsi vous ne pouvez pas commercer avec votre propre peuple ? demanda Joseph Molina avec une intonation légèrement désolée.

— Non, répondit Daniel.

« Garrett n'aurait jamais dû leur dire ça », songeait-il.

Le marchand juif poussa un profond soupir.

— Je regrette, monsieur Montjoye, mais… oui ?

Asher Molina l'avait tiré par la manche et ils avaient engagé maintenant un rapide aparté en hollandais. Quand ils eurent fini de chuchoter, le vieux jeta sur Daniel un regard assuré et compréhensif qui contrastait avec ses hésitations premières.

— À d'autres époques, d'autres rois ont été des tyrans, décla-

451

ra-t-il. Mon arrière-arrière-arrière grand-père, Obadia Molina, a été contraint de quitter le Portugal lorsqu'il était jeune homme. Tous les juifs d'Espagne et du Portugal, à ce moment-là, ont été obligés soit de se convertir, soit de s'en aller. Certains se sont convertis pour de bon, d'autres ont fait semblant. Beaucoup ont choisi l'exil, le cœur gros. Certains sont revenus sous de faux noms. L'Inquisition traquait les juifs cachés. Ce n'étaient que… troubles et dangers. Il courait des histoires de renégats. Personne ne faisait confiance à son voisin.

« Comme les huguenots ne me font pas confiance », compléta Daniel, prenant conscience avec gratitude que c'était là ce que Joseph avait voulu dire.

— Je ne savais rien de tout ça, déclara-t-il. Merci de me l'avoir raconté. C'est votre fils qui vous l'a rappelé ? demanda-t-il en jetant un coup d'œil à Asher Molina qui, visiblement, était à l'origine de ce soudain changement dans l'attitude de son père.

— Non, j'y ai pensé aussitôt quand monsieur Woodward m'a parlé de vous, répliqua Joseph Molina en riant très fort. Non, Asher m'a dit que nous serions de fichus idiots de refuser une affaire comme la vôtre, déclara-t-il en regardant les dessins de Judith qu'Asher était en train d'examiner un instant auparavant. Il a peut-être raison. Alors faisons une petite association. Ah ! mais une seule expédition pour commencer, pour voir. Vous êtes d'accord ? Oui ? Alors fixons-en vite le montant et les détails, sinon la marchandise n'arrivera pas pour le printemps…

II

Henry, l'oncle Philip et sir Percy Grainger étaient réunis dans le bureau de l'oncle Philip face à un homme de petite taille d'environ cinquante ans, au visage marqué de rides profondes et aux manières strictement professionnelles ; droit sur sa chaise, le vêtement terne, la parole sèche et précise, Thomas Vintner les rendait tous les trois nerveux. C'était l'un des hommes de loi les mieux payés et les plus redoutés de Londres.

— Venons-en à notre affaire, monsieur Vintner ! intervint sir Percy en se donnant des airs de grande importance. Pourquoi nous avez-vous convoqués ?

— Pour différentes raisons qui ne nous regardent pas ici, répondit Vintner, et avec l'appui de certains organismes officiels du royaume de France, mon client désire le retour en Europe de M. Daniel Montjoye et de sa famille.

La surprise réduisit tout le monde au silence, puis sir Percy demanda :

— Pour commencer, qui est votre client, monsieur Vintner ?

— Il n'est peut-être pas nécessaire, à ce stade de …

— Inutile de jouer à cache-cache ! intervint Henry qui avait compris immédiatement. Il s'agit de Charles Montjoye !

Thomas Vintner n'essaya pas de nier.

Sir Percy foudroya Henry du regard.

— Et qui diable est Charles Montjoye ?

— Le cousin, ou le demi-cousin de Daniel Montjoye. Un marchand et banquier de Marseille.

— Un parent à vous par alliance, poursuivit doucement Vintner. Il pense que vous pouvez user de votre influence pour faire revenir Daniel Montjoye et sa famille d'Amérique.

Sir Percy ricana et l'oncle Philip secoua la tête. Henry, lui, restait sur ses gardes. À New York, Judith était suffisamment loin pour ne pas lui faire du tort – cela avait coûté assez cher de l'expédier là-bas – mais où Charles Montjoye voulait-il en venir ?

— Je vous propose d'envisager l'offre de mon client, poursuivit Thomas Vintner. Il s'engage à couvrir tous les frais. Arrivée ici, il prendra la famille en charge sans autres ennuis ou dépenses de votre part.

— Piètre récompense, commenta l'oncle Philip, sarcastique.

— Si vous refusez de coopérer, continua tranquillement Vintner, mon client se réserve le droit d'informer votre parente, Judith Grainger, de ses droits à l'héritage de son père Richard. Il pourra lui fournir les moyens financiers qui lui permettront de traduire en justice MM. Philip et Henry Grainger pour appropriation illégale de cet héritage. Il pourra également mettre à la disposition des autorités compétentes les preuves en sa possession de l'enregistrement frauduleux de la mort de Judith Grainger.

— Maintenant vous allez un peu loin, monsieur Vintner ! protesta sir Percy, mais ses lourdes mâchoires avaient déjà pris la couleur du plomb. Je vous conseille la prudence !

— Je suis on ne peut plus prudent, sir Percival, répondit froidement Vintner. Je détiens la preuve de chaque détail de l'affaire. Y compris une visite rendue par M. Henry Grainger à sa sœur en France, des années après l'enregistrement de sa mort.

« Oh, Seigneur ! » songea Henry, en évitant les regards meurtriers que l'oncle Philip et sir Percy lui envoyaient. Évidemment, c'était la première fois qu'ils entendaient parler de cette visite, qui lui avait paru une si brillante idée, à l'époque. Maintenant, c'était la preuve absolue qu'il avait toujours su que Judith avait survécu. Henry avait l'impression d'avoir reçu un coup sur la tête. En engageant Vintner pour dénicher tous les faits se rapportant à l'héritage de son père, Charles Montjoye avait pris le dessus.

Henry pouvait évidemment riposter en faisant usage de ce qu'il savait sur Charles et Susanna.

Mais les choses n'étaient pas si simples. À la grande stupeur du théâtre londonien, Susanna – Della Bellaire – avait complètement disparu, ce qui rendait la situation totalement imprévisible. Si Henry faisait un usage public de son nom, il craignait qu'elle ne réapparaisse soudain et ne joigne ses forces à celles de Judith. Il semblait que Thomas Vintner ne sache rien à son sujet, pas plus que l'oncle Philip ou sir Percy. Susanna était son secret à lui et il ne voulait pas défier le destin.

Et puis il ne fallait pas oublier son commerce. Si Charles Mont-joye lui retirait ses beaux tissus et ses facilités de crédit, Henry sauterait en un rien de temps. Charles n'en savait rien, évidemment, mais Henry avait peur de l'indisposer.

L'un dans l'autre, il n'y avait pas le choix : il fallait se plier aux exigences de Charles. Autrement dit, en convaincre sir Percy et l'oncle Philip.

— Si nous acceptions, Vintner, dit-il en essayant d'adopter un ton désinvolte, que se passerait-il une fois qu'ils seraient revenus d'Amérique ?

Vintner sourit.

— Je crois vous avoir dit que mon client avait des appuis officiels en France. Je peux vous assurer que Daniel Montjoye et sa famille seraient pris en charge rapidement et en douceur, sans aucune intervention de votre part.

— Dans ce cas, pourquoi les Français ne réclament-ils pas tout bonnement une extradition officielle ? grommela sir Percy.

— C'est une procédure qui n'est pas à rejeter, sir Percival. Mais elle n'est pas dans votre intérêt. L'action serait naturellement rendue publique et, en conséquence, la famille Grainger deviendrait la cible des commentaires. La solution que vous offre mon client a le mérite de la simplicité et de la discrétion, et je suis persuadé que c'est celle que vous adopterez après réflexion. Je ne vois plus rien à ajouter. Vous savez où me trouver. Au revoir, messieurs.

Dès que la voiture de Vintner se fut éloignée et que les trois Grainger se retrouvèrent ensemble, sir Percy éclata :

— Je n'arrive pas à y croire ! fulmina-t-il. Je n'arrive pas à concevoir comment vous vous êtes arrangés tous les deux pour amener la famille Grainger toute entière au bord de la perdition !

— N'exagérons rien, Percy, protesta mollement l'oncle Philip.

— J'exagère ? Notre famille – respectable et avec une position à tenir – se trouve maintenant sous le coup d'un chantage de la part d'un *Français* !

Henry le laissa se calmer et s'affaisser dans son fauteuil, puis il répliqua, désarmant :

— Pourquoi y aurait-il un scandale ? Nous n'avons qu'à faire ce que Charles Montjoye demande.

— C'est bien beau, objecta sir Percy, mais une fois que nous aurons mis le petit doigt dans l'engrenage, Dieu sait jusqu'où Charles Montjoye voudra nous entraîner. D'ailleurs, qu'est-ce qu'il lui veut, à son cousin ?

— Ils ne peuvent pas se voir tous les deux, répondit Henry. Ils n'ont jamais pu se supporter.

— Grands Dieux ! Nous ne voulons pas de sang dans les rues de Londres ! On ne sait jamais, avec ces Latins !

— Vintner nous a assurés qu'il n'y aurait pas de casse, riposta Henry, qui transpirait mais était bien décidé à ne pas perdre son sang-froid et à obtenir ce qu'il voulait. Avec l'influence qui est la vôtre dans les colonies, oncle Percy, vous pouvez certainement combiner sans trop de difficulté une situation propre à les faire rappeler ici.

— Évidemment ! Ils ne sont à New York que parce que nous les y avons envoyés, et ils n'ont pas de permis de séjour ! Mais cela ne me plaît pas ! Un scandale peut nous éclater à la figure. Ce sont des réfugiés huguenots, et Daniel Montjoye est même un martyr de la cause protestante !

— Non, pas du tout, déclara Henry avec un sourire.

— Comment ? s'écria sir Percy avec irritation, en se redressant dans son fauteuil. C'est vous-même qui me l'avez dit ! J'ai plaidé en sa faveur auprès d'Henry Savile !

— Oui, mais depuis le bruit a couru qu'il était un renégat, répliqua Henry. L'Église française de Londres ne veut rien avoir à faire avec lui.

— Ah ah ! fit sir Percy, fixant Henry avec autant d'intérêt que son œil, pareil à une huître, pouvait en trahir.

— Donc, je ne pense pas que nous risquions grand-chose, reprit Henry du même ton rassurant.

Il était en train de l'emporter, mais il ne fallait pas faire de faux pas...

456

— Je ne peux pas m'empêcher de penser que tous nos problèmes ont commencé quand ma sœur a quitté la France, continuat-il. Tout allait pour le mieux quand elle était là-bas. Oserai-je dire : qu'elle y retourne, et bon vent ?

Un silence suivit pendant lequel sir Percy et l'oncle Philip méditèrent ce point de vue.

— Ma foi…, murmura l'oncle Philip.

— Dans ces conditions…, déclara sir Percy en soupirant. C'est bon, Henry, vous pouvez transmettre notre accord à Vintner.

— Combien de temps cela prendra-t-il ? demanda Henry, plein de son succès.

— Je vais aller tout de suite mettre les choses en train. Tout devrait être terminé d'ici quelques mois.

III

Judith, dans la cuisine, faisait sauter Zack, huit mois, sur ses genoux, tout en enseignant l'alphabet à Bérangère. La petite fille, qui allait bientôt avoir sept ans, s'appliquait à former soigneusement ses lettres, mais Zack, qui essayait de lui arracher sa plume, les faisait rire toutes les deux.

L'humeur de Judith était aussi brillante que le temps au-dehors. Presque deux ans avaient passé depuis leur arrivée à New York et les choses prenaient tournure. L'association avec Garrett et les Molina se renforçait de jour en jour : deux chargements avaient déjà été vendus avec profit et le troisième, qui devait arriver d'ici quelques semaines, était attendu avec impatience parce qu'y étaient incluses des soieries en provenance de Nîmes.

La patience de Daniel avait porté ses fruits et un chemin secret pour la correspondance avait été ouvert, passant par la Suisse. Ils avaient enfin reçu des lettres de Nîmes, leur apportant des nouvelles mitigées : Émersende et Élie allaient bien mais Isaac Clavel était mort après une brève maladie (c'était en souvenir de ce vieil ami que le bébé de Judith avait été nommé Isaac, nom qui était déjà devenu Zack). La situation des protestants français avait encore empiré et le nombre de huguenots qui prenaient la fuite ne faisait qu'augmenter. Cependant, Élie et Émersende, ainsi que beaucoup d'autres huguenots de Nîmes, paraissaient décidés à tenir bon stoïquement.

Maintenant qu'on pouvait correspondre en toute sécurité, Daniel avait commandé des soieries. Il l'avait fait par courrier ordinaire, au nom de Joseph Molina, mais il avait écrit secrètement à Élie pour lui expliquer exactement ce qu'il désirait. De la même façon, les dessins de Judith seraient bientôt de nouveau sur les métiers à tisser de Pierre Coubert. Les années de détresse semblaient vouloir prendre fin.

Cependant, Daniel était souvent de mauvaise humeur et irritable. En pensant aux épreuves qu'il avait traversées, Judith arrondissait les angles. Avec le temps, il redeviendrait certainement lui-même – sinon exactement comme avant, du moins plus équilibré. Pour retrouver confiance en soi, il avait besoin de se plonger dans une activité fructueuse. En conséquence, le nouveau chargement attendu, l'association commerciale qui se poursuivait et la perspective d'une vie meilleure dans cette jolie petite ville hollandaise, au bord de l'Atlantique, l'avaient mise dans un état d'esprit beaucoup plus optimiste.

C'est alors – tandis qu'elle riait en compagnie de Zack et de Bérangère – que Daniel entra en disant :

— Nous sommes expulsés de New York. Nous devons rentrer en Angleterre !

— Quoi… ?

Daniel avait reçu une convocation du bureau du gouverneur ce matin-là et ils s'étaient demandé si, en fin de compte, leur permis de séjour n'était pas enfin prêt.

— J'ai vu Brockholls en personne, reprit Daniel en se laissant tomber lourdement sur sa chaise. Le séjour nous a été refusé et nous devons partir avant la fin du mois.

Judith le regarda en silence. Il était pâle et avait le front luisant de transpiration. Elle prit Zack dans ses bras et se leva. Bérangère observait son père avec un petit froncement de sourcils angoissé. Judith la prit par la main.

— Allons mettre Zack au lit, dit-elle en emmenant les deux enfants dans la chambre. Tu vas balancer le berceau, n'est-ce pas, Berry ? Et ne t'inquiète pas. Tout ira bien.

De retour dans la cuisine, la porte fermée, elle s'assit en face de Daniel, la bouche sèche.

— Qu'est-ce qui s'est passé ? demanda-t-elle simplement.

— Nous sommes des réfugiés, mais les huguenots ne veulent pas répondre de nous ! déclara-t-il amèrement. Nous sommes les traînards qu'on abandonne aux loups ! Tu sais que Dongan, celui qui va venir remplacer Brockholls au poste de gouverneur, est un ancien officier de l'armée du roi Louis ?

Daniel le lui avait déjà dit, et elle partageait son inquiétude à propos des nominations aux postes de responsabilité faites par le duc d'York dans cette colonie. Mais Daniel ayant plus souffert qu'elle du conflit qui secouait son pays natal, elle pensait qu'il avait tendance à exagérer le risque.

— Qu'est-ce que t'a dit exactement Brockholls ? Quelle raison t'a-t-il donnée ?

— Je serais, soi-disant, un élément perturbateur. Enclin à la subversion.

— Toi ? Mais… c'est ridicule ! s'écria Judith, hors d'elle.

Un silence suivit. Judith se rendit compte que Daniel hésitait. Il avait du mal à garder les yeux fixés sur elle.

— Il y a eu ces réunions, tu sais, remarqua-t-il.

— Mais cela fait longtemps de ça !

Il secoua la tête, l'air hébété.

— C'était il y a dix-huit mois ! reprit-elle en se levant et en allant remuer le feu pour calmer son agitation. Tu n'as pas dit à Brockholls que nous avions cessé de nous y rendre dès que nous avions compris que nous n'aimions pas les gens qui organisaient ces réunions ?

— Judith…

Elle se retourna.

— Je n'ai pas cessé de m'y rendre.

Elle le fixa, les yeux écarquillés, incrédule. Mais si, tu as cessé, avait-elle envie de lui dire quand lui revint en mémoire toutes ces soirées où il avait travaillé tard, si tard quelquefois qu'il avait dû coucher en ville.

— Oh, non ! fit-elle à voix basse, puis elle se mordit la lèvre et se remit à remuer violemment le feu, en refoulant ses larmes.

Il lui avait menti, il l'avait trompée, elle avait été idiote de lui faire confiance. Pourtant, n'était-ce pas ce qu'elle était censée faire ? Ne devait-elle pas lui faire confiance ? Lui avait-il jamais donné matière à soupçons ?

— Il fallait que je fasse quelque chose ! murmura-t-il. Ils sont vainqueurs sur toute la ligne. Ce n'est pas seulement une question de religion. Des gens ont lutté, autrefois, pour obtenir des droits que les partisans de l'absolutisme sont en train de leur enlever, comme l'Édit de Nantes ou la Charte des libertés des Anglais. On ne peut pas se croiser les bras et les laisser faire !

Les libertés des Anglais, c'était des notions plutôt vagues qu'on agitait dans ces réunions. Que pouvaient-elles bien signifier pour elle, Judith ? Qu'elle devrait pouvoir être libre de vivre à New York, alors que le parti opposé l'obligeait à partir ? Daniel avait peut-être raison, après tout, on ne pouvait pas rester les bras croisés à ne rien faire. Mais il aurait pu au moins se tenir tranquille jusqu'à ce qu'ils aient obtenu leur permis de séjour.

— Et tu dis qu'il faut que nous retournions à Londres maintenant ? demanda-t-elle d'une voix tendue.

— Il y a un bateau dans quinze jours. Nous n'aurons pas à payer la traversée.

Judith regarda autour d'elle les meubles, les objets qu'ils avaient réussi à acheter, petit à petit. Vendre tout ça, faire notre baluchon et partir, songea-t-elle.

— Mais nous sommes chez nous maintenant, ici ! protesta-t-elle. Laisse-moi aller trouver Brockholls, Daniel !

— Non, je veux d'abord voir ce que je peux faire, riposta-t-il en se levant. Je vais parler à Garrett. À Joseph Molina aussi, à Tunstall et à quelques autres encore. Nous trouverons peut-être un moyen de sortir de là.

Il tint parole et passa les jours suivants en démarches auprès d'amis et protecteurs potentiels en hauts lieux. Mais une semaine à peine avant le départ du bateau, l'ordre d'expulsion était toujours en vigueur. Garrett arriva un soir avec des nouvelles, lesquelles étaient loin d'être bonnes. Il avait des clients dans tout New York pour la contrebande de l'alcool et du tabac et, parmi eux, un employé du bureau du gouverneur du nom de William Willis qu'il avait interrogé.

— Si j'en crois ce que j'ai entendu dire dans le bureau de Brockholls, lui avait-il rapporté, l'arrêté d'expulsion est venu de Londres. Autrement dit, Brockholls ne reviendra pas là-dessus. Il n'a pas l'autorité pour le faire.

Judith et Daniel se regardèrent, stupéfaits.

— De qui, à Londres ? demanda Daniel.

— Des supérieurs de Brockholls, lesquels dépendent du duc d'York.

— Les catholiques ! déclara Daniel avec amertume. J'en étais sûr !

— Oui, mais il y a quelque chose que vous ne savez pas, poursuivit Garrett avec une expression de renard. D'après Willis, il n'y a rien contre vous, qu'un pur et simple arrêté d'expulsion.

— Et alors ?

— Eh bien vous devez quitter New York, mais vous pouvez aller où vous voulez !

— Ce n'est pas ce que Brockholls m'a dit, Garrett ! Il m'a annoncé que nos places étaient déjà réservées sur le bateau pour Londres !

— A-t-il prétendu qu'il existait un ordre officiel vous obligeant à les utiliser ?

— Pas en ces termes, mais…

— Eh bien, Willis soutient que cet ordre n'existe pas. Vous n'avez pas à prendre ce bateau ! Vous pouvez rester en Amérique !

— Pour que la même histoire recommence ? demanda Daniel avec un certain emportement.

— Non. Vous pouvez aller quelque part où on ne vous ennuiera pas. Où il ne pourra rien vous arriver.

Judith comprit, à son large sourire, que Garrett était venu avec une idée derrière la tête.

— Allez, Garrett Woodward ! dit-elle. Étalez vos cartes !

— Bon, écoutez. Il y a un endroit, sur la côte, où je m'arrête pour mon commerce, répondit-il. Là, on ne vous demande ni qui vous êtes ni pourquoi vous êtes là. Vous pouvez observer n'importe quelle religion, il y a des anabaptistes et toutes sortes d'autres confessions.

— Comment s'appelle cet endroit ? demanda Daniel. C'est grand ?

Garrett eut l'air gêné par la question.

— Ce n'est pas une ville, Daniel. C'est une région côtière autour de la baie d'Albemarle où on ne peut aborder qu'avec un navire à faible tirant d'eau, comme le *Queen Bee*. Il n'y a pas de villages, les gens vivent sur leur terre dans leur plantation, la plupart du temps près des fleuves parce que c'est en bateau qu'on se déplace le plus facilement.

— Et qu'est-ce qu'ils font sur leur terre ? demanda Judith, intéressée.

— Ils défrichent le terrain pouce par pouce. Certains y font un peu de culture, surtout celle du tabac, pour la vente. Mais vous n'avez besoin pour vivre que d'un fusil et d'une canne à pêche.

Judith était un peu déçue. Cela paraissait vraiment le bout du monde.

— L'hiver dernier, un homme avec lequel je faisais du commerce est mort et sa veuve veut vendre et s'en aller. C'est de la bonne terre, en dehors des marécages, dont une partie a déjà été défrichée. Et il y a une maison. Vous pouvez l'avoir en propriété libre pour un prix très raisonnable.

Judith jeta un coup d'œil à Daniel. Il ne paraissait pas convaincu.

— Nous n'avons pas d'argent à investir dans de la terre, déclara-t-il.

Il avait prononcé le mot « terre » comme s'il s'agissait d'une chose vaguement dégoûtante.

— Nous pourrions nous débrouiller pour l'argent, répliqua Garrett. Mais ce qui vous intéressera, c'est qu'ici et là, sur ces terres de la côte, il y a des gens qui produisent de la soie, ou qui essayent de le faire.

On aurait pu entendre une mouche voler. Judith observait Garrett, et un sourire naissait lentement sur ses lèvres.

Daniel rompit le charme. Il se leva brusquement et se mit à débarrasser les chopes dans lesquelles lui et Garrett avaient bu.

— Daniel ! protesta Judith, choquée par sa grossièreté.

— Écoute, Judith ! s'écria Daniel en prenant appui sur la table pour la regarder. Je ne sais pas tenir un fusil, je ne sais pas à quoi ressemble une canne à pêche, je ne sais pas comment défricher ou cultiver la terre, et je ne sais pas produire de la soie ! Je suis un marchand, pas un paysan !

Judith baissa les yeux, ne sachant comment expliquer sa déception. Elle s'aperçut que Garrett l'observait, inquiet ; et lorsque leurs yeux se rencontrèrent, elle décela dans les siens un soupçon de son ancienne expression enfantine de regret. Son cœur fit un bond. « Il veut que je reste ! » songea-t-elle frénétiquement.

« Il veut que *nous* restions, corrigea-t-elle fermement. Daniel et lui sont des amis. » Elle se leva et alla poser sa main sur le bras de Daniel.

— Très bien, mais pourquoi ne pas écouter Garrett jusqu'au bout ? lui demanda-t-elle doucement.

— Tout ce que je voulais dire c'est que c'est un endroit où vous pourriez vivre en paix, reprit Garrett. Nous pourrions continuer à commercer comme auparavant, Daniel. Je m'arrête généralement deux fois par an dans la baie d'Albemarle. Si vous y étiez, je pourrais le faire plus souvent. Vous pourriez commander des soieries en Europe. Joseph Molina serait toujours disposé à les vendre, il me l'a dit.

— Oui, mais *moi* je ne pourrais pas le faire, répliqua Daniel. Ici, je peux devenir un marchand de plein droit – je veux dire, j'aurais pu devenir, rectifia-t-il en détournant les yeux. Très bien, je sais, tout ceci est ma faute ! déclara-t-il violemment en sortant dans la cour.

Judith ne remit le sujet sur le tapis que beaucoup plus tard, alors que Garrett était parti depuis longtemps et Aimée endormie. Daniel était assis près du chandelier, les yeux tristement fixés sur un livre dont il ne tournait pas les pages.

— Daniel ? dit doucement Judith.

Il la regarda.

— Où penses-tu, *toi*, que nous devrions aller ?

— Ce n'est pas que nous devrions, c'est que nous sommes absolument obligés d'y aller. En Europe.

— Mais nous avons quitté l'Europe parce que nous ne pouvions rien faire là-bas.

— Le prince Guillaume est en train de restaurer la puissance militaire des Provinces Unies. Elles ne sont plus aussi faibles qu'elles l'étaient il y a quelques années.

Judith le regarda, horrifiée.

— Tu veux dire que nous devrions aller à Amsterdam ? Non, Daniel ! Nous avons décidé une fois pour toutes de ne jamais le faire !

Daniel lui opposa un visage fermé qui montrait bien qu'elle n'avait aucune chance d'aboutir.

— Nous parlons de ce que nous *devons* faire, Judith, non de ce que nous aimerions faire.

Judith resta silencieuse un moment, très déçue. Puis elle demanda :

— Pourquoi es-tu si hostile à la proposition de Garrett ?

— Je te l'ai dit, répondit-il, le nez de nouveau dans son livre. Nous ne sommes pas des paysans.

— Pour l'amour du Ciel, Daniel, nous sommes encore jeunes ! Nous pouvons apprendre ! La soie grège obtient de bons prix sur le marché de Londres. Je ne vois pas pourquoi nous n'essayerions pas !

Daniel la regarda d'un air désapprobateur.

— Nous ne saurions même pas par où commencer.

— Bien sûr que si ! On distribue gratuitement des jeunes plants de mûriers blancs, en Virginie. Tu as bien entendu, Garrett a dit qu'il pouvait s'arranger pour en avoir quelques-uns.

— D'accord, mais le plus difficile c'est d'élever les vers à soie, d'obtenir des cocons de bonne qualité et de dévider la soie. Nous ne savons rien faire de tout ça !

— Tu as oublié toutes ces années que nous avons passées à vendre de la soie grège ? Ces tournées que nous avons faites dans la campagne d'un producteur à l'autre ?

— Je ne faisais que charger la soie et payer. Comment on la faisait, ce n'était pas mon affaire.

— Eh bien j'en ai fait la mienne, chaque fois que je le pouvais ! s'écria Judith. Je sais comment dévider ! Rappelle-toi ces petits fours de brique qu'ils utilisent, avec une bassine en terre sertie sur le dessus afin que l'eau reste toujours chaude – cela ne doit pas être bien compliqué à construire. Après ça, tout ce qu'il faut c'est une branche de bruyère et un trou pour y passer les fils et les en-tortiller – ils le font dans du buis ou de l'os –, et on installe ça dans un cadre de bois, avec un autre cadre à quelques pas de là pour les dévidoirs… Tout le matériel nécessaire serait à portée de main, Daniel, ce serait très facile !

Elle construisait en esprit son atelier, en partie avec ses souvenirs, en partie comme elle en faisait le projet, et elle était certaine qu'il n'y avait rien là qu'elle ne pût maîtriser.

Cette fois, il sourit et hocha la tête, incapable de s'élever contre pareille conviction.

— Tu as oublié l'élevage des vers à soie, fit-il observer. Ce n'est pas si simple

— Non, mais je n'ai pas cessé de harceler les femmes qui s'en occupaient pour qu'elles m'expliquent tout. Et je connais leurs secrets !

C'était étonnant de voir comment tout ce qu'elle s'était efforcée d'apprendre sur la soie, aux premiers jours de leur séjour à Nîmes, était resté gravé dans sa mémoire.

— Tu sais ce qu'elles font au printemps pour donner un bon départ aux vers à soie ? poursuivit-elle avec enthousiasme.

— Elles mettent les graines dans un petit sac qu'elles suspendent entre leurs tétons pour les réchauffer, répondit Daniel, moqueur. C'est ce que tu veux faire, Judith ? Tu veux devenir une paysanne ?

— Où serait le mal ? demanda-t-elle en riant malgré elle.

— Nulle part, mais tu n'en es pas une.

— Ça ne signifie pas que je ne suis pas capable de faire la même chose qu'elles !

Daniel soupira et ferma son livre.

— Ce n'est qu'un rêve, Judith !

Elle le contempla, non pas déconcertée par ce qui les séparait, mais blessée quand même, et perplexe. Il était à un tel point homme des villes et des ports ! Là où on se réunit entre gens de même classe et de même profession pour faire des affaires. La mère de Daniel venait de la campagne, mais c'était son père qui avait eu le plus d'influence sur lui.

Son père, qui était allé de port en port…

Un nuage passa sur l'enthousiasme de Judith. Des années à errer et à faire face, dans des logis provisoires, se profilaient devant elle. Mais n'était-elle pas, elle aussi, une citadine ? D'où venait qu'elle se sente aussitôt attirée par l'idée de posséder de la terre, alors que lui s'en méfiait et la rejetait ? Éprouvait-elle le besoin de s'installer, de prendre racine, de construire un véritable foyer pour remplacer celui de Nîmes dont on les avait si cruellement privés, ou, en remontant plus loin en arrière, Shoe Yard, ravagé par la peste et détruit par le feu, qui l'avait laissée avec un tel vide au cœur…

Daniel n'affectait plus le détachement à présent.

— Je suis désolé, Judith ! Je suis coupable ! Mais maintenant, nous n'avons vraiment pas le choix !

Le lendemain matin, Daniel était parti au travail quand on frappa à la porte. Judith ne reconnut pas tout de suite l'homme qui se tenait sur le seuil – c'était compréhensible, elle ne l'avait jamais vu qu'une fois –, puis elle s'écria :

— Monsieur Molina ! Je vous en prie, entrez !

— J'ai peut-être choisi un mauvais moment ? demanda-t-il en entrant malgré tout. Excusez-moi si je vous ai surprise !

— Mais pas du tout ! répondit Judith en le conduisant dans le petit salon qu'ils avaient réussi à meubler seulement cet hiver. Puis-je vous offrir quelque chose ? Nous avons du thé !

Le thé était une nouvelle boisson à la mode, et Daniel en avait obtenu un peu grâce à son travail avec Tunstall.

— Non merci, rien du tout ! dit le vieillard en s'installant et en faisant grincer le fauteuil que lui avançait Judith, puis il la regarda avec curiosité, la tête penchée de côté comme un oiseau. Ce que vous faites est admirable, madame Montjoye ! déclara-t-il avec son fort accent hollandais. Votre travail, vos dessins je veux dire.

— Merci, répondit Judith en s'asseyant, flattée et intriguée.

Il eut un rire de gorge.

— Au début, je n'ai pas cru qu'une femme pouvait faire du travail sérieux, mais je dois reconnaître que j'avais tort. Vos dessins plaisent à nos clients. J'espère que nous pourrons continuer à travailler ensemble, ajouta-t-il après un petit silence et un soupir.

— Par-dessus l'Atlantique ?

— Non, je pense à la suggestion de M. Woodward. Vous ne seriez qu'à une semaine de navigation…

Judith laissa retomber l'espoir qui l'avait soudain saisie.

— Je crains fort que nous ne soyons obligés de retourner en Europe, déclara-t-elle, stoïque.

— Oh, alors c'est décidé ? Quel dommage…, rétorqua Joseph Molina sans bouger, l'air de méditer. Votre mari aussi est un homme bien… Je le vois à l'œuvre depuis un certain temps, nous travaillons ensemble… Je regrette que tout cela prenne fin.

Il avait une intonation sincèrement désolée qui toucha Judith. Et il évitait avec tact de parler de l'erreur qu'avait commise Daniel en assistant à ces réunions politiques.

— Il… il espère continuer à travailler avec vous de Londres ou d'Amsterdam, lança-t-elle.

— Londres ou Amsterdam ? Ah…

Il avait dit ça d'une drôle de façon, comme s'il n'y croyait pas. Judith avait l'impression qu'il avait encore autre chose à dire. Elle attendit.

— Permettez-moi de vous raconter une histoire, commença-t-il presque timidement. Il y a environ deux siècles, mon peuple a été contraint de quitter l'Espagne et le Portugal s'il refusait de se convertir.

— Oui. Daniel m'en a parlé, remarqua Judith avec sympathie.

— C'était à l'époque de mon arrière-arrière-arrière grand-père, madame Montjoye. Mais, me croirez-vous ? Ici, à New York, certains jours de fête, nous nous réunissons nous, les juifs, pour réciter des poésies en espagnol et chanter des chansons... en souvenir du vieux pays. Comment appeler ça ?

— Le mal du pays ? proposa Judith. La nostalgie ?

— Oui, merci, la nostalgie. Le souhait de retourner en Espagne. Vous savez que je suis un vieil idiot, que je pleure quand j'entends ces chansons ? C'est peut-être juif de vivre tellement dans le souvenir. Mais, ajouta-t-il d'un ton plein de sous-entendus, après un petit silence, cela arrive peut-être aux autres aussi.

Judith l'écoutait attentivement, comprenant bien qu'il parlait de Daniel.

— Pareille nostalgie peut être dangereuse, poursuivit Joseph Molina en levant un doigt menaçant. Certains juifs, ceux qui trouvaient l'exil trop... trop pesant, voyez-vous, trop injuste, trop lourd à porter...

— Je crois que je comprends, acquiesça Judith.

— ... ceux-là sont rentrés en Espagne, ont été pourchassés par l'Inquisition et brûlés.

Judith regarda Joseph Molina. Il était absolument sérieux.

— Aussi, quand je pleure comme un bébé en entendant ces chansons, continua-t-il en gloussant pour détendre l'atmosphère, je me dis : Joseph Molina, *tu es beaucoup mieux ici*. Mes enfants ont grandi ici, les affaires sont bonnes, notre religion est autorisée, nous avons ouvert notre synagogue l'année dernière, vous savez. Alors, retourner là-bas, très peu pour moi.

Un silence suivit, puis Molina commença à se redresser, montrant par là qu'il s'apprêtait à partir. Ce qu'il fit en ajoutant :

— Prenez bien soin de votre mari. Et de vous-même.

Tout le reste de la journée, Judith eut l'esprit en ébullition. Joseph Molina lui avait révélé un aspect des choses auquel elle n'avait pas pensé. Londres était sans espoir, Amsterdam était risqué, et Daniel refusait de l'admettre. Irait-il jusqu'à vouloir la convaincre un jour que la France était un endroit sûr où ils devaient retourner ?

Dès qu'elle le put ce soir-là, elle parla à Daniel de la visite de Joseph Molina – du moins de sa proposition de poursuivre leur association.

— Je sais, répondit-il simplement. Lui et Garrett se sont ligués pour nous faire accepter cette ferme, ou Dieu sait ce que c'est.

— Daniel, c'est un endroit où vivre tranquillement et en sécurité, comme le dit Garrett. Grâce à lui et à M. Molina, nous pourrions continuer à faire le commerce de la soie. Tu veux vraiment retourner en Europe ? lui demanda-t-elle en l'observant attentivement.

Il la regarda, surpris et agacé à la fois, puis il soupira et fronça les sourcils, plus perplexe qu'autre chose :

— Et où pourrais-je aller, sinon là, pour faire ce que je sais faire ?

— Est-ce que nous ne pourrions pas apprendre à faire des choses différentes ensemble ?

Il baissa les yeux sans répondre. Judith ne savait pas si l'idée de sa patrie s'était mise ou non à le titiller, mais elle avait l'impression qu'elle était en train d'ébranler sa résolution d'embarquer d'ici quelques jours. Et soudain, elle comprit que c'était maintenant ou jamais. Elle devait profiter de cet instant pour prendre elle-même une décision, pour eux deux.

Elle respira à fond.

— Daniel, nous restons. Nous n'avons pas fait tout ce chemin au-delà de l'Atlantique pour nous laisser refouler par la première tempête venue.

Comme il lui jetait un bref coup d'œil, elle constata avec joie qu'elle avait fait vibrer une corde. Elle lui prit la main.

— Construisons un endroit bien à nous, sur notre propre terre, lui dit-elle. Quelle importance que cela soit inhabituel pour des gens comme nous ? Nous sommes-nous jamais conduits de façon *habituelle* ?

Avec un éclat de rire, il la regarda dans les yeux.

— Non, répondit-il. Tu es sûre que c'est ce que nous devons faire ?

— Absolument.

469

Elle se sentit beaucoup moins sûre d'elle-même quelques semaines plus tard, à la vue de leur cabane en rondins de deux pièces, aux murs calfeutrés de terre et au toit de bardeaux. Près de la maison, quelques arpents de terrain avaient été grossièrement débroussaillés, mais tout autour, verte, haute et luxuriante, c'était la forêt. Les voisins les plus proches étaient à des lieues de là.

En contemplant le paysage, Judith se laissa gagner un moment par la frayeur. Puis elle se mit au travail, nettoya la cabane, supervisa l'installation de leurs meubles arrivés de New York et dont certains paraissaient si déplacés qu'elle prit le parti d'en rire. Daniel se montra dévoué, Garrett fut d'un grand secours, de même que Richard. Quant à Amy – qui venait juste de décider d'angliciser son nom –, la plupart du temps elle avait l'air catastrophé, mais Judith n'en tenait pas compte.

Garrett partit un jour avec Daniel pour lui apprendre à chasser et ils revinrent tous les deux avec des canards sauvages et des pigeons ramiers. Assis autour de la table à festoyer, ils commencèrent à admettre que ceci pouvait bien, après tout, devenir un véritable foyer.

— Nous devons lui donner un nom, suggéra Judith, qui avait été surprise d'apprendre, par la veuve Marlow qui s'en allait, que l'endroit était connu seulement comme « chez Marlow ».

— Malgré la façon dont les huguenots nous ont traités, donnons-lui quand même un nom huguenot, proposa Daniel. Appelons-le « Le Refuge ».

Judith fit le vœu qu'il soit effectivement pour eux un refuge. Mais quand Garrett et le *Queen Bee* s'en allèrent et que les six Montjoye se retrouvèrent seuls au milieu de la forêt, elle fut saisie d'angoisse.

Ça devait marcher. Elle s'en faisait le serment.

IV

On frappa trois petits coups. C'était Jane. Susanna se précipita pour déverrouiller la porte de la chambre qu'elle occupait à l'auberge du Saracen's Head, à Islington, et où elle attendait, cachée, depuis des heures.

— Alors ? demanda-t-elle, anxieuse.

— C'est vrai ! fit Jane, haletante. Il est mort !

Susanna tomba assise. Cette confirmation venait comme un second choc. La nouvelle de l'assassinat présumé de Jon Harley – il était censé avoir été découvert, dépouillé et battu à mort, dans une rue près de Knight's Bridge – avait pris des mois pour atteindre les lointaines provinces où elle et Andrew, accompagnés de Jane, de Kit et de leurs enfants, étaient en tournée avec une compagnie théâtrale. En prenant mille précautions, pour le cas où la nouvelle aurait été fausse, elle était rentrée à Londres avec Jane pour en savoir plus.

— Et ce n'était pas du brigandage ! reprit Jane, encore hors d'haleine.

— Non ? Alors, quoi ?

Le bruit avait couru que Harley avait été attaqué par des voleurs.

— Laisse-moi te raconter toute l'histoire ! dit Jane en s'asseyant à côté de Susanna sur le lit. Je sais tout ça par le vieux Jack Cox que j'ai réussi à voir. Tu te souviens de lui ?

— Évidemment ! Il est toujours au Bow Street ?

Jack Cox était un menuisier qui avait travaillé pendant des années au théâtre de Bow Street, et qui était très ami avec Kit.

— Oui ! Il m'a raconté que Harley était devenu de plus en plus

471

odieux, jamais satisfait, menant tout le monde à la baguette, licenciant les gens pour un oui ou un non ! Plus personne ne pouvait le supporter. Et Betty Darby était un véritable problème.

— Quel genre de problème ? demanda Susanna.

Un an auparavant, le bruit avait couru jusqu'à eux, dans le Nord de l'Angleterre où ils se trouvaient, qu'Élisabeth Darby, une jeune et jolie actrice, avait pris la place de Della Bellaire au Bow Street. Susanna s'était prise évidemment à espérer que Betty Darby prendrait sa place sur tous les plans et que Jon Harley, fasciné par sa nouvelle marionnette, l'oublierait, elle.

— Dans la troupe, personne ne savait s'il l'emmenait chez lui le soir ou non. Jack dit qu'il n'en aurait pas été surpris. Mais le problème, c'était qu'elle ne t'arrivait pas à la cheville sur scène ! Ils ont été obligés de renoncer à *Othello* et à *La Tempête*. Harley devenait de plus en plus brusque avec elle, l'insultait pendant les répétitions et criait jusqu'à la faire pleurer.

Susanna ouvrit de grands yeux. Jon ne l'avait jamais traitée de cette façon. Malgré tout, elle pouvait aisément l'imaginer. Elle ne se rappelait pas avoir passé un seul instant en sa compagnie, que ce soit sur scène, au lit, à table, ou même quand ils plaisantaient, sans qu'il n'ait été sur ses gardes, et tendu. Que fallait-il pour qu'un tel homme franchisse la ligne et devienne ouvertement agressif ? Sans doute pas grand-chose.

— Et puis un soir, après la représentation, il l'a frappée devant tout le monde ! chuchota Jane. Il y avait là un jeune Honorable je ne sais quoi qui avait le béguin pour Betty ; il a sorti son épée, alors Harley l'a giflé en le traitant de nigaud, et il a fallu les séparer. Le jeune noble voulait le provoquer en duel, mais ses amis ne l'ont pas laissé s'abaisser à ça avec un roturier et Jack dit…, poursuivit Jane en baissant encore plus la voix, Jack dit qu'il a payé une bande de voyous pour lui donner une leçon, mais que la leçon est allée trop loin…

Susanna frissonna, en proie à des sentiments contradictoires. Elle n'éprouvait aucune sympathie pour Jon Harley et pourtant… Il méritait mieux que cela, non ? Il avait profité d'elle, il s'était montré d'un égoïsme sordide, et même menaçant, mais il avait été très important dans sa vie. Elle avait beaucoup appris de lui. Il avait fait d'elle une actrice complète. Il lui avait enseigné à ne pas avoir peur de l'amour physique. L'imaginer dépouillé par des

472

voyous à gage et abandonné sans vie au bord de la route la remplissait de pitié et d'horreur.

— Si tu penses à lui comme il était au Drapeau, moi aussi, chuchota Jane. Mais il faut voir le bon côté des choses, Susanna ! Nous avons du travail à faire !

— Tu as raison, dit Susanna.

Elle se secoua. Jon Harley éliminé, il y avait des chances raisonnables pour que soient levées les accusations qui pesaient sur Andrew. Une heure après, elle était habillée et en route pour les quartiers riches de Londres. En se faisant connaître sous le nom de Della Bellaire, elle obtint plusieurs rendez-vous pour le lendemain matin.

Bien qu'elle craignît toujours un faux pas, elle se remit sans difficulté dans la peau de Della Bellaire. Depuis quatre ans, depuis qu'elle et Andrew avaient trouvé des amis et des chevaux à Hampstead Heath et échappé ainsi aux chasseurs de prime, ils avaient vécu sur les routes, loin de Londres, avec des acteurs ambulants, sous des noms d'emprunt. Craignant d'être reconnue, elle avait changé sa voix et son maquillage, et joué des rôles de soubrettes et de vieilles dames dont elle n'avait pas l'habitude. Elle avait appris le mime, à être lancée par des acrobates sans se faire mal et, comme tout un chacun doit le faire dans une petite troupe ambulante, elle avait mis la main aux costumes et aux accessoires. On était loin de la Della Bellaire qui évoluait dans la haute société.

Cependant, avec l'aide de Jane qui jouait le rôle de sa servante, elle mena sa barque, le lendemain matin, avec un parfait aplomb. Elle eut d'abord une entrevue avec lord Beauchamp, un vieil admirateur en qui elle avait confiance, et le convainquit d'intercéder en faveur d'Andrew auprès du marquis de Pencraig. Comme Andrew le supposait, Pencraig n'avait aucun grief personnel contre lui ; il avait porté ces accusations à la demande de Jon Harley et ne voyait plus de raison de les maintenir à présent. À la fin de la matinée, avec l'appui renouvelé de lord Beauchamp, les magistrats avaient enregistré le retrait de la plainte de Pencraig ; Susanna et Jane avaient quitté le tribunal en triomphe et traversaient maintenant la ville en fiacre.

— À présent, je vais faire ce que j'ai juré de faire ! s'écria Susanna. Nous y sommes !

Elle frappa pour avertir le cocher et, avec Jane, elle descendit devant l'église française de Threadneedle Street.

Tant qu'elle avait vécu sur les routes avec Andrew, elle n'avait pas pu faire grand-chose pour retrouver Judith et n'avait pas cessé d'en souffrir. Elle avait écrit à Nîmes et à Marseille sans recevoir de réponse. C'était décevant mais guère surprenant puisque, grâce au comte Peyresourde, elle savait que les huguenots étaient surveillés. Il lui était simplement arrivé une lettre de Suisse précisant que personne ne portant les noms qu'elle indiquait n'avait été signalé comme réfugié dans ce pays.

Elle avait pensé à Threadneedle Street mais, tant que Londres représentait un danger pour elle, elle n'avait pas osé écrire. Elle s'était promis de le faire dès qu'elle en aurait la possibilité.

Elle entra par la grande porte et trouva un placeur qui les conduisit, elle et Jane, tout en lui posant des questions en français, jusqu'à une pièce lambrissée de chêne. Un certain nombre de gens regardaient, debout, trois ou quatre autres personnes rassemblées autour d'un homme en noir, portant le col ecclésiastique et le rabat, assis au bout d'une longue table. Le pasteur, sans doute, se dit Susanna. Elle attendit que ceux qui la précédaient en aient terminé, puis le placeur alla murmurer quelques mots à l'oreille de l'ecclésiastique.

— Vous essayez de retrouver quelqu'un ? demanda celui-ci en levant les yeux.

— Oui, ma sœur et son mari.

Plus de quatre ans avaient passé depuis son séjour à Paris et elle parlait le français avec difficulté. Mais il lui parut cependant (à juste titre) que c'était la chose à faire ici, si bien qu'elle s'obstina.

— Elle est anglaise. Lui est huguenot

— Quand les avez-vous vus pour la dernière fois ?

— Je... les ai perdus en 1680. Daniel était aux galères. Je crois il a été libéré. Ma sœur...

Le pasteur leva la main.

— Vous avez dit Daniel ?

— Oui. Daniel Montjoye, de Nîmes. Le nom de sa femme, c'est Judith Grainger.

Il échangea des regards avec les autres Français présents, puis retourna à Susanna avec un sourire contraint.

— Je crains de ne pas pouvoir vous venir en aide, dit-il.

Susanna masqua sa déconvenue.

— Pas aujourd'hui peut-être. Mais pourriez-vous demander à des gens s'ils savent quelque chose ? Le dernier endroit où était ma sœur, c'est à Marseille. Pourriez-vous…

— Je suis désolé, déclara le pasteur, l'interrompant. Il y a tellement de réfugiés. Nous ne pouvons pas mener des enquêtes pour le compte de chacun. Pardonnez-nous… Ensuite ? demanda-t-il au placeur en regardant par-dessus la tête de Susanna.

— Je n'en reviens pas ! s'exclama Susanna dans la rue, quelques minutes plus tard. Il n'a même pas voulu m'écouter !

— Qu'est-ce qu'il a dit ? demanda Jane. Je n'ai pas compris un mot.

— Oh, il m'a juste posé des questions et puis, quand je lui ai donné les noms de Judith et de Daniel, il a refusé d'aller plus loin.

— En tout cas, cela a jeté un froid dans la pièce, je l'ai senti !

— Je n'y comprends rien ! dit Susanna, au bord des larmes. Mais je ne m'arrêterai pas là ! J'essaierai par un autre chemin ! Je ne renoncerai pas !

— Tu veux encore faire quelque chose tout de suite ?

Susanna secoua la tête.

— Je ne sais pas. Il faut que je réfléchisse… Pourquoi ? Oh, tu as raison, il est temps de partir !

Jane sourit.

— Si nous nous dépêchons, nous pouvons encore attraper la diligence de midi. Viens, allons leur apporter les nouvelles !

Les tréteaux étaient dressés dans une cour d'auberge à Bedford, et la compagnie était à l'œuvre, les uns perfectionnant les décors, les autres répétant des acrobaties. Quand la diligence de Londres entra à grand fracas, toutes les têtes se levèrent, celle de Kit, qui commençait à perdre ses cheveux drus et châtains et, sur les tréteaux, celle d'Andrew, les yeux fixés sur la portière de la diligence pour voir qui allait en sortir. Il était plus maigre et moins sûr de lui que lorsque Susanna avait fait sa connaissance, ses yeux et sa bouche accusaient des signes de tension, mais il possédait toujours cette séduction qui avait le pouvoir de la remuer profondément.

Elle agita la main et il sauta en bas des tréteaux. Elle et Jane avaient à peine posé le pied sur le pavé qu'une foule les entourait.

— Elle a réussi ! annonça Jane à la cantonade.

— *Nous* avons réussi ! rectifia Susanna. Toutes les charges ont été levées, déclara-t-elle à Andrew avec un sourire de triomphe. Nous pouvons aller à Londres quand nous voudrons !

De soulagement, il ferma les yeux et la prit dans ses bras, tandis qu'autour d'eux montait un cri de joie.

— Merci, Susie ! murmura-t-il. Maintenant, nous allons vivre une autre vie, je te le promets !

— J'espère qu'elle sera aussi heureuse que celle-là l'a été, répondit-elle en l'embrassant. Où est Ainsworth ?

— En haut, avec les autres enfants, répondit-il pendant qu'on l'entraînait et le portait en triomphe dans l'auberge où l'on commanda des boissons. Phoebe s'en occupe.

Susanna grimpa vivement jusqu'à une chambre à coucher biscornue, où se trouvaient trois grands lits et un feu qui fumait. Assis sur un tapis, un groupe d'enfants, dont Jenny, la fille la plus jeune de Jane, jouaient aux cartes, sous la surveillance d'une gamine de quatorze ans qui raccommodait un costume déchiré près de la fenêtre. Mais les yeux de Susanna furent attirés, comme par un aimant, par un bébé aux cheveux noirs qui se traînait par terre, à quatre pattes, dans la poussière.

— Non mais regarde-toi ! s'écria Susanna en riant.

Elle courut à lui, le souleva et le tint à bout de bras. Il la regarda un moment avec une souveraine indifférence, comme s'il ne la connaissait pas puis, comme elle le secouait plaisamment, il se mit à glousser. Il avait les cheveux fournis et noirs de son père et il savait aussi comment vous séduire avec son sourire et ses fossettes.

— Maman ! bredouilla-t-il.

Elle le serra contre elle, le cœur battant, et le couvrit de baisers. Ce bébé représentait tant de choses pour elle, après toutes ces années de terreur et de stérilité...

Elle était mariée à l'homme qu'elle aimait et elle avait un enfant. Un curé de campagne les avait mariés sous le nom d'emprunt de Thomas ; quand leur bébé était né, cela faisait quinze mois, il avait été baptisé Ainsworth Thomas (Ainsworth, le vrai nom de famille d'Andrew, faisait un prénom bizarre mais sympathique). Susanna et Andrew avaient décidé qu'ils garderaient leur nom d'emprunt quoi qu'il arrive. Susanna serait maintenant Susanna Thomas et le prénom de son fils resterait Ainsworth.

— Susanna, Phoebe, venez ! dit Jane en entrant et en embrassant ses enfants, Kit, Kate et Jenny. On fait la fête, en bas !

Une fois descendue, Susanna prit place à table à côté d'Andrew, avec Ainsworth sur ses genoux, et l'on servit un souper meilleur que d'habitude. Andrew faisait rire Ainsworth avec des grimaces et regardait Susanna, les yeux brillants. Autour d'eux, on parlait fort, on parlait de Londres.

— Nous allons pouvoir y aller avant la fin de l'hiver, tu te rends compte ? remarqua Andrew.

— Bien sûr !

Pour les acteurs ambulants, Londres était comme une corne d'abondance, un endroit où il y avait foule en hiver et où on pouvait gagner sa vie beaucoup plus facilement qu'en province. Ils n'avaient pas fait beaucoup d'argent cette année sur les routes, mais Susanna ne pouvait pas s'en plaindre : Andrew avait observé strictement sa promesse de vivre honnêtement, sans détrousser les jeunes nobles comme par le passé.

Andrew lui prit la main.

— Et maintenant nous allons pouvoir faire ce que nous voulons ! Nous pouvons commencer dès demain à travailler les nouveautés que nous donnerons à Londres.

C'était vrai. Basés à Londres et avec des rentrées d'argent supérieures, ils allaient enfin être complètement libres de développer la troupe et de mettre en œuvre les idées dont ils avaient si souvent parlé – les idées d'Andrew, en vérité, mais que Susanna partageait à présent – sur ce que devait être du bon théâtre pour les gens ordinaires.

Elle se rappelait leurs vieilles discussions à propos du public. Elle savait maintenant que les choses étaient plus compliquées qu'elle le croyait alors. Il n'existait pas seulement le public riche des théâtres royaux de Londres (celui qui indignait Andrew) et la foule querelleuse et impitoyable du Drapeau (celle qui la terrorisait). En fait, il y avait toutes sortes de publics entre les deux. Dans les petites villes, une troupe ambulante était accueillie avec une excitation fiévreuse et presque tout le monde venait assister au spectacle. Il était souvent plus facile de capter l'attention des foules sur un marché ou dans la grande salle d'un hôtel de ville que celle de la noblesse condescendante et malpolie du Bow Street. Si bien qu'en fin de compte Susanna avait dû reconnaître qu'Andrew avait raison : les foules ordinaires vous donnaient plus de satisfactions. Et lui aussi avait reconnu qu'elle avait raison : son ancienne manière de vivre était une duperie.

— Il faut que je t'avoue quelque chose, lui dit-il pendant qu'elle nourrissait Ainsworth à la cuillère. Parce que nous étions obligés de nous cacher, j'ai sur le cœur de t'avoir privée de ta sœur Judith. Maintenant, nous allons pouvoir nous mettre à sa recherche.

Elle lui raconta sa visite étonnante et décevante à Threadneedle Street.

— Mais j'ai bien l'intention de continuer, conclut-elle.

— Il le faut ! approuva-t-il gravement, en lui prenant la main. Je sais que j'ai été pour toi un obstacle.

Elle secoua la tête en riant.

— Mais si, quoi que tu en dises, répliqua-t-il avec une expression réellement angoissée, comme s'il en avait vraiment souffert, et elle s'arrêta de rire. Mais je vais me rattraper, poursuivit-il. Je te le promets, Susie : ensemble, nous allons trouver Judith !

V

Un navire de commerce arrivé à Marseille apporta à Charles Montjoye une lettre de Londres. La missive était solidement scellée et l'adresse était de la main de Henry Grainger. « Ce n'est pas trop tôt », songea Charles en allant s'asseoir dans son bureau pour la lire.

Il avait été roulé par les Grainger, et il était furieux. Ils s'étaient apparemment pliés à ses conditions, comme le lui avait appris Thomas Vintner, son avocat, et devaient ramener Daniel et Judith à Londres. Charles avait annoncé la bonne nouvelle à Bellocq, qui avait mis en branle les services diplomatiques pour que la famille soit arrêtée dès son arrivée et transférée en France. Les services britanniques devaient détourner pudiquement les yeux puisque, la nationalité anglaise de Judith n'ayant toujours pas été reconnue, seuls des sujets français se trouvaient concernés.

Puis les Grainger étaient revenus sur leur consentement et avaient subrepticement caché Daniel et sa famille quelque part. Thomas Vintner avait pu savoir qu'on les avait expulsés de New York et envoyés en Angleterre, mais on ne trouvait pas trace de leur traversée. Ils s'étaient proprement volatilisés. C'était très malin de la part des Grainger : Charles ne savait pas où se trouvait Judith et ses menaces perdaient ainsi toute substance. Il ne pouvait pas informer Judith de ses droits ni se servir d'elle pour prouver que sa mort avait été enregistrée frauduleusement.

Quant à Bellocq, il avait été extrêmement ennuyé d'avoir à annuler les arrangements compliqués qu'il avait pris. Il avait mis en route une procédure d'extradition, ce qui signifiait que la France demandait maintenant officiellement à l'Angleterre de lui remettre Daniel Montjoye, mais il était de notoriété publique que la justice anglaise répugnait à obéir aux ordres d'instances étrangères, et il semblait que la demande se soit perdue quelque part en chemin (Charles soupçonnait les Grainger d'être pour quelque chose dans cette disparition). Bouillant d'impatience, Charles avait fini par sommer Henry de lui amener Daniel et Judith comme promis ou sinon il en subirait les conséquences : la fin de tout commerce de la soie entre eux.

Comme d'habitude, Henry était en retard dans ses paiements, aussi Charles s'attendait-il à ce que sa menace provoque une réaction. Et voilà, elle était venue. Il rompit les sceaux et ouvrit la grosse enveloppe : deux pages, rien de moins !

Il les parcourut, sourcils froncés, le cœur battant désagréablement. Cela ne ressemblait pas à ce qu'il attendait... Il se mit à lire depuis le début :

Montjoye

Je pense qu'il est temps pour vous d'apprendre que notre petite Susie a survécu à vos tentatives de meurtre et à vos efforts pour vous débarrasser du corps. J'étais dans la maison de chemin Saint-George le 11 août dans l'après-midi – peu de temps après votre fuite vers la côte je suppose – quand elle est revenue...

Charles se redressa d'un bond, sous le choc, puis s'effondra dans son fauteuil, repoussant la lettre d'Henry d'une main tremblante. Ce n'était pas possible ! Susanna n'avait pas survécu ! Ce n'était que des mensonges ! Mais ne pouvant résister, il reprit la lettre et poursuivit sa lecture.

Le 9 août, tard dans l'après-midi, vous êtes allé dans la bibliothèque qui lui servait de chambre à coucher. Vous l'avez battue, jetée sur le lit et violée. Lorsqu'elle a voulu résister, vous l'avez étranglée et elle a perdu conscience. Elle s'est réveillée dans une rue de Southwark, où vous l'aviez abandonnée à la charrette des morts, blessée, roulée dans un drap. Mais elle s'est sauvée.

— Non, non ! dit Charles à voix basse en sautant sur ses pieds et en se mettant à marcher comme un fou, de long en large, le cœur battant comme un tambour.

Henry avait fait allusion un jour à une robe verte, détail qui avait pu être noté par le médecin ou par des hommes du guet, mais ce qui était écrit là ne pouvait venir que de Susanna elle-même !

Et Charles avait déjà parcouru les lignes suivantes, lu des mots qui le torturaient :

Comment pensez-vous que j'ai pu apprendre toute cette histoire, Montjoye ? Par Susanna, bien sûr, qui est encore vivante aujourd'hui...

Aussi endurci que fût devenu Charles, il était atteint jusqu'au tréfonds, et terrifié. Susanna était *vivante* – pas la petite fille qu'il avait réussi à chasser de sa mémoire, mais une femme adulte qui avait conservé dans son esprit, par-delà les années, tous les détails de la chose la plus honteuse, la plus affreuse qu'il ait jamais faite !

Si, comme vous le suggérez dans votre dernière lettre, poursuivait Henry, *vous deviez mettre un terme à nos relations commerciales, je pourrais me sentir autorisé à raconter à ma sœur que vous n'êtes pas mort de la peste, comme elle le croit. Je ne peux pas répondre de sa réaction. Je ne trouverais que juste, bien sûr, de l'informer de votre situation et de votre demeure actuelles et de lui apporter toute l'assistance dont elle pourrait avoir besoin pour que vos turpitudes soient rendues publiques.*

Charles fut saisi d'un sentiment de révolte. Pourquoi se soucierait-il de l'opinion publique ? Dans sa propre ville, parmi les huguenots, son nom était devenu synonyme de traîtrise. Il était connu pour être un auteur de sévices, et même de torture envers des prisonniers sans défense.

Et sa fâcheuse réputation faisait sa force. La France était devenue un pays violent, il était du côté des vainqueurs. Le roi Louis se dépêchait de mettre fin au problème des protestants. Les machinations de Bellocq faisaient partie du passé ; la pure et simple brutalité ferait le reste. Charles, avec Fortain et ses hommes, y contribuait, et il aimait la fiévreuse excitation que cela lui procurait.

Mais ce rappel de son pitoyable passé l'amoindrissait, au contraire. Susanna était une vivante et terrifiante adulte qui connaissait *tout* : ses larmes et sa faiblesse, son ridicule amour pour Judith et la façon dont il l'avait espionnée...

Il ne l'avait pas réduite au silence, il n'avait pas effacé toute trace de cette hideuse nuit de Londres, pendant la peste.

Une idée le frappa soudain, qui le laissa bras et jambes coupés.

Ils étaient tous les trois ensemble.

Il les voyait très bien, Susanna, Judith et Daniel ensemble… Tous les trois réunis, chuchotant… Susanna leur relatant de nouveau un détail fascinant de sa honteuse conduite… Le trou dans la porte du grenier par lequel il les espionnait… Ils se moquaient de lui, riaient de lui derrière son dos ! Complotaient aussi, certainement, inévitablement ! Méditaient une vengeance…

Charles s'assit, les jambes molles. Il fallait qu'il se reprenne en main. Qu'avait dit Henry exactement ? Que Susanna le croyait mort de la peste ? Si elle se trouvait avec Judith et Daniel, elle aurait su qu'il n'en était rien. Non, Henry devait les tenir à distance, pour des raisons liées, de toute évidence, à son appropriation de l'héritage.

Mais un jour ou l'autre ils se rencontreraient, et Charles ne pouvait pas se faire à l'idée de les voir unis contre lui. Il fallait qu'il les trouve avant. L'ancien groupe des quatre était de nouveau en vie, mais il ne serait pas la victime des trois autres. Il ménagerait Henry, lui fournirait des soieries, mais en secret il redoublerait d'efforts pour trouver les autres.

Pour trouver Susanna. Pour trouver Judith. Pour trouver Daniel.

Il ne connaîtrait pas le repos tant qu'il ne les aurait pas tous traqués et détruits.

VI

Quatre ans après leur arrivée dans la baie d'Albemarle, Judith commença à craindre que les choses ne prennent jamais bonne tournure au Refuge.

Il y avait de nombreux motifs de satisfaction. La maison se trouvait sur une terre bien drainée et fertile, loin des marécages où les moustiques pullulaient. Les récoltes vivrières poussaient d'abondance, les porcs et les poulets étaient faciles à élever, quant au gibier et au poisson, ils étaient disponibles pratiquement à la demande. On avait fait, avec succès, beaucoup de travaux. On avait ajouté des pièces à la cabane primitive, ainsi qu'une véranda tout le long de la façade et d'autres petits bâtiments un peu à l'écart. On avait déterré des souches, labouré des terres et planté des mûriers.

Ils ne manquaient ni d'outils, ni de vêtements, ni de meubles. Avec le *Queen Bee,* Garrett venait aussi souvent qu'il le pouvait leur apporter, en même temps que les marchandises que Judith et Daniel avaient commandées à New York, sa bonne humeur et ses encouragements. Ces marchandises étaient très chères mais ils pouvaient les payer grâce au commerce des soieries qu'ils poursuivaient, en association avec Garrett et les Molina. La qualité de leurs tissus de France, certains selon les cartons de Judith, était telle que leurs associés, enthousiastes, en réclamaient toujours davantage.

Judith avait beaucoup pris sur elle. Elle pensait devoir prouver qu'elle avait eu raison de les amener tous à Albemarle. Par conséquent elle avait, dès le premier jour, tourné le dos à son ancienne vie de citadine, où il suffisait de sortir pour se procurer des bougies, une tranche de viande, du savon, des vêtements ou un repas tout préparé. Comme n'importe quelle ménagère, elle savait vaguement comment cuisiner dehors sur un feu, comment laver des vêtements dans la rivière ou comment conserver de la nourriture en la salant, en la faisant macérer dans du vinaigre ou en la fumant. Elle avait dû parfaire toutes ces notions et en découvrir de nouvelles. Elle n'avait encore jamais fabriqué de savon, mais elle avait appris à le faire. Elle avait maîtrisé la technique de fabrication du pain de maïs indien. Elle s'était sentie très mal à l'aise à l'idée de tuer et de découper un cochon, mais elle avait été aidée par des voisins et maintenant elle s'y était faite.

Leurs voisins n'avaient pas tous autant de chance que les Montjoye. Le Refuge se trouvait en Caroline, une colonie vaguement régie depuis Londres par des propriétaires absents. La province d'Albemarle, comme on l'appelait pompeusement, était une espèce de territoire ouvert où les colons qui n'avaient pas réussi en Virginie ou dans d'autres colonies, apprentis en fuite, ou individus encore moins recommandables, venaient tenter leur chance. Un bon nombre d'entre eux restaient enlisés là, survivant à peine sur des terres qu'ils ne pouvaient guère revendiquer. Et puis il y avait quelques propriétaires d'importance, des planteurs de tabac pour la plupart ; et, çà et là, quelques familles moyennes comme les Montjoye.

Parmi celles-ci, les Brearsley. Leurs terres étaient à quelques heures en amont du fleuve Chowan, sur la même rive que les Montjoye, mais ils ne leur avaient ni rendu visite ni offert de les aider quand ils étaient arrivés. Ils étaient là depuis un an quand le vieux Brearsley (il devait avoir la cinquantaine, mais il y avait en lui quelque chose de vieux) était venu les voir, accompagné de ses fils Joël – un homme marié d'environ trente ans – et Robert, un jeune homme taciturne (manière polie de dire revêche).

Il fut bientôt clair, lorsqu'ils invitèrent les Montjoye à venir voir leurs plantations de mûriers, qu'ils avaient des idées derrière la tête : ils avaient appris que leurs voisins étaient des huguenots, spécialistes renommés de la soie, et par conséquent utiles à connaître.

Judith se sentait mal à l'aise avec eux. Pour dire vrai, ils lui déplaisaient profondément. Toutefois, ils n'étaient pas la cause du sentiment d'échec qu'elle éprouvait. Ils n'étaient guère qu'une charge supplémentaire.

Charge était bien le mot, se dit-elle en y repensant. Environ un an avait passé ensuite quand, un beau matin, Aimée – Amy, devrait-elle dire – avait fondu en larmes alors qu'elles se trouvaient seules toutes les deux, à rapiécer des vêtements usés.

— Aimée, mon amour, que se passe-t-il ? avait demandé Judith qui avait laissé tomber son ouvrage et s'était précipitée vers elle.

La jeune fille avait levé brusquement la tête et, pour la première fois peut-être depuis des années, avait regardé longuement Judith droit dans les yeux, avec un mélange de prière et de bravade qui lui avait déchiré le cœur.

— Qu'est-ce que tu crois que c'est ? avait-elle bafouillé avant d'éclater de nouveau en sanglots.

Robert Brearsley était le père de l'enfant à naître d'Amy. Déçue et fâchée, Judith s'était demandée bêtement, pendant un moment, comment cela avait pu arriver. Mais, évidemment, Robert connaissait bien les bois où l'on pouvait trouver des centaines de nids d'amour pendant la chaleur de l'été ; de poétiques berceaux de verdure parfumée. Il n'y avait rien de surprenant dans tout ça.

Les reproches n'étaient pas de mise non plus. Le regard de défi qu'avait eu Amy signifiait clairement : *Tu ne peux pas me blâmer, tu en as fait autant.*

Je ne l'ai pas fait avec *Robert Brearsley*, avait-elle eu envie de lui rétorquer, mais elle n'en avait pas le droit, cela aurait été injuste. Malheureusement, Amy l'avait probablement comprise et il était trop tard.

Le mariage avait eu lieu peu de temps après, et Amy était partie vivre chez les Brearsley. Judith était restée avec le sentiment de n'avoir jamais su répondre aux appels au secours de sa fille. L'enfant d'Amy était né, un garçon prénommé Tom, et Judith s'était retrouvée grand-mère à quarante ans, avec un petit à elle encore dans ses jupes. Et les Brearsley avaient pris l'avantage : plus question maintenant de leur refuser de l'aide pour leur soie.

Par bonheur, ils n'étaient pas leurs seuls voisins. Richard vagabondait dans les bois quand, un jour, il avait rencontré un jeune homme couvert de taches de rousseur, qui s'avéra avoir exactement le même âge que lui et qui était occupé à étudier sérieusement

485

une plante tout en consultant les livres qu'il avait dans son sac à dos.

— Si c'était un *Panax quinquefolium,* j'en serais vraiment content, déclara-t-il avec l'accent traînant des anciens colons de la côte. Qu'en pensez-vous, monsieur ?

Après avoir passé une demi-heure à arracher des plantes et à les confronter aux images dans les livres, Richard et Farland Williams étaient devenus de solides amis. La famille de Farland vivait sur la James River en Virginie, mais elle possédait, non loin du Refuge, une petite terre qui leur avait été octroyée dans les années cinquante, avant que la frontière controversée entre la Virginie et la Caroline ait été fixée. À partir de la cabane rudimentaire qui s'y trouvait, Farland ratissait les bois alentours à la recherche de plantes médicinales, une passion qu'il réussit à communiquer à Richard.

Tout le monde aimait Farland et attendait avec impatience son arrivée. En fait, la dernière fois qu'il était venu, il avait pratiquement passé tout son temps au Refuge même, lancé avec Richard dans des expériences malodorantes, faisant bouillir des feuilles et des écorces pour obtenir des préparations médicinales. Judith ne s'en mêlait pas, mais ne pouvait se retenir d'écouter avec intérêt Farland parler de toutes les plantes nouvelles et utiles qu'on avait trouvées dans les Amériques et qui, à son avis, étaient loin d'être les dernières. Les Indiens les connaissaient bien et Farland avait convaincu les Montjoye d'embaucher des apprentis indiens. Deux jeunes garçons d'un village Tuscarora – pour lesquels les parents, désireux de les voir recevoir une éducation européenne, avaient signé un contrat d'apprentissage – avaient vécu un an au Refuge, professeurs autant qu'élèves car ils enseignaient aux Montjoye comment sarcler correctement le maïs et pêcher le meilleur poisson. Ils étaient les héros de Zack (il s'était habitué à la vie dans les bois à une vitesse étonnante), et ils accompagnaient Richard et Farland dans leurs expéditions botaniques.

Les apprentis, bien sûr, étaient là aussi pour apprendre sur la soie, et, ce printemps-là, les projets de Judith connurent une avancée décisive : ils pensaient avoir assez de feuilles de mûrier pour commencer à en fabriquer. Au cours de l'hiver, Garrett leur avait apporté des graines – des œufs de ver à soie de la taille d'une tête d'épingle – que Judith avait mises dans un pot en terre, à l'abri des trop grands froids ou des trop grosses chaleurs. Quand, en avril, les buissons de mûrier verdirent, elle éparpilla une poignée de ces graines sur un lit de feuilles, près du feu. Comme elle veillait sur elles comme sur lait qui bout, Daniel finit par la traiter de poule couveuse. Ce fut elle pourtant qui eut le dernier mot car, après avoir été réchauffées pendant deux semaines, les têtes d'épingle devinrent des petits vers translucides.

Elle les transporta aussitôt, sur un plateau de jonc, dans une remise où on leur apporta matin et soir des feuilles fraîches. Ils devinrent de disgracieuses chenilles, à la peau blanche et parcheminée. Elles étaient éternellement affamées et on pouvait les entendre mâchonner leurs feuilles. Bérangère passait des heures à les observer, fascinée. Au bout d'un mois, elles étaient de la longueur d'un doigt. Quelques jours auparavant, Judith et Bérangère avaient planté dans les plateaux les branches séchées d'une plante semblable au genêt, de façon à former des haies épaisses dans lesquelles les vers à soie, quand vint le moment, se mirent à grimper et à tisser autour d'eux des cocons, suspendus comme des petites lanternes chinoises jaunes dans les arbres.

Judith avait réfléchi des centaines de fois à ce moment et savait ce qu'elle avait à faire. On décrocha les cocons de leurs branches et on les laissa une semaine à figer. Il restait alors une semaine avant que n'émerge du cocon le papillon adulte qui le percerait et le mettrait hors d'usage. Il fallait donc les dérouler avant.

Au jour dit, elle fut debout avant l'aube pour allumer le petit four en brique séchée au soleil, qu'ils avaient construit sur le modèle de ceux qu'ils avaient vus en France dans les magnaneries. Tout le monde vint assister au spectacle, en particulier les Brearsley – Amy avec son bébé dans les bras, évidemment, et aussi la mère Brearsley, une petite bonne femme maigre aux yeux vifs et soupçonneux et à la bouche pincée.

Très inquiète, Judith jeta quelques poignées de cocons dans une bassine, sur le four. L'eau chaude ramollit la matière gommeuse qui collait ensemble les fils de chaque cocon et, se servant de deux tamis qu'elle avait fabriqués avec de l'osier, Judith les débarrassa de leur couche extérieure, faite de débris et de fils cassés. Jusquelà, tout allait bien.

À présent, l'instant délicat était venu.

Tandis que les cocons dansaient sur l'eau comme des pommes à Halloween, Judith les tapota avec une branche sèche de genêt. Rien ne se passa. La mère Brearsley lui décocha un regard oblique. Elle persista, essayant d'avoir l'air de savoir ce qu'elle faisait – et fut enfin récompensée : des fils de soie s'accrochèrent aux rameaux, et quand elle souleva la branche, les cocons commencèrent à se dévider. Elle expliqua à son public que, le fil d'un seul cocon étant beaucoup trop fin pour être tissé, elle allait en faire un en réunissant vingt brins, chiffre le plus communément adopté. Elle serra donc vingt brins ensemble et les sépara de la branche, qu'elle posa de côté. Elle enfila ensuite le brin ainsi formé dans un trou percé dans une hampe de buis lisse, fixée au-dessus de la bassine. Daniel attrapa le brin et, tandis que Judith veillait à ce que les cocons restent dans l'eau et se dévident comme il fallait, il le tira et alla l'accrocher à une grande roue en bois qu'il se mit à tourner lentement. En traversant l'espace qui les séparait, la matière gommeuse refroidissait et durcissait, collant ensemble les brins, et le fil de soie grège s'enroulait autour du dévidoir en bois.

— Il y en a assez pour aller aussi loin ? marmonna la mère Brearsley à l'adresse de son mari.

— Il y a presque une demi-lieue de soie dans un cocon, répondit Judith calmement.

Elle exultait.

Ce fut un succès complet. À la fin de la matinée, il y avait suffisamment d'écheveaux exposés dans la remise pour pouvoir les montrer à Garrett et aux Molina à titre d'échantillons. Pour gagner vraiment de l'argent, il faudrait évidemment en produire beaucoup plus. Bérangère, qui avait onze ans maintenant, apprendrait le métier bien sûr – elle était déjà sur la voie. On pourrait peut-être l'apprendre aussi à des petites Indiennes. Judith voyait déjà des arpents de plantations de mûriers, des hommes coupant les feuilles et les apportant par charrettes entières, des bâtiments supplémentaires, une demi-douzaine de fours avec une fille devant chacun…

Daniel la ramena sur terre le soir-même, en rentrant. Il la félicita pour sa démonstration, mais avait-elle remarqué la qualité du fil ?

— Les brins sont trop lâches, dit-il. Nous n'avons pas les rouages qui conviennent.

L'enthousiasme de Judith retomba. Elle acheva de se déshabiller sans un mot. Elle savait bien que le fil devait passer par plusieurs trous et être croisé sur lui-même pour que les brins soient plus serrés.

— Nous pouvons fabriquer l'appareillage nécessaire, répondit-elle froidement en se couchant. Nous avons le temps jusqu'à l'année prochaine.

— C'est ce que tu veux faire ?

— Oui.

— Et tu veux que nous plantions plus de mûriers ?

— Oui.

— Très bien. Alors, c'est ce que nous allons faire.

Là-dessus, il lui tourna le dos et s'endormit.

Elle resta éveillée, le cœur battant, déçue comme elle ne l'était jamais qu'avec Daniel, ces dernières années. Ils étaient mari et femme dans tous les sens du terme, mais la passion n'y était plus. C'était peut-être inévitable avec le temps, et il fallait peut-être l'accepter. Ce que Judith aurait sans doute fait, n'était le reste. Le vrai problème, c'était qu'il ne se sentait pas engagé par ce qu'ils faisaient. C'était elle qui avait décidé de venir ici, et il l'avait suivie sans se plaindre, mais il ne partageait pas son enthousiasme pour la production de soie grège.

Elle devait reconnaître que ce n'était pas absolument sans raison. Le climat était bon mais, disait-il, dangereusement imprévisible. Avec l'automne arrivaient de terribles tempêtes et tout le monde, Garrett y compris, les avait prévenus que les ouragans n'étaient pas à exclure. Daniel disait aussi que rien ne leur garantissait que, dans les années à venir, les prix de la soie grège se maintiendraient.

Judith trouvait qu'il exagérait les risques. Ce qui l'inquiétait beaucoup plus, c'était la façon qu'il avait parfois d'être complètement absent. Leur correspondance avec Nîmes ne leur avait apporté que de mauvaises nouvelles et elle n'oubliait pas les mises en garde de Joseph Molina.

Le soir de son triomphe, elle fut donc brutalement renvoyée à sa principale interrogation : et si les choses ne s'arrangeaient pas ? Et si la dure vérité était qu'ils appartenaient à l'Europe et que tout ceci n'était que de la simple obstination à vouloir faire d'un rêve une réalité ?

Au cœur de ses inquiétudes se trouvait l'homme endormi à côté d'elle.

Daniel.

Cet été-là, Daniel, Richard et les apprentis indiens construisirent un débarcadère sur le Chowan. C'était un travail sale et difficile qui ne fit pas la joie de Daniel.

Il avait beau se dire que construire des routes enchaîné avec les galériens avait été pire, cela ne lui servait à rien. Cela ne sert jamais à rien. La brutalité et la dégradation de la vie de bagnard ainsi que les longues journées de travaux forcés lui revenaient de plus en plus douloureusement en mémoire, comme si le temps émoussait ses défenses. Il en éprouvait de la rage et de l'amertume. Ces souvenirs lui rappelaient combien, durant ces journées de travail éreintant, il avait rêvé de prendre sa revanche et de réussir sa vie de marchand, et toutes les bonnes résolutions qu'il avait prises lors de sa libération.

Et voilà où il en était, à enfoncer des pieux dans la boue. En y pensant, il était pris de honte. Il n'était pas en droit d'être amer. Il avait gâché ses chances à New York et il n'avait maintenant qu'à en assumer les conséquences.

— Un bateau ! cria Honta, un des petits Indiens, le doigt pointé au loin, sur la rivière.

— C'est Garrett ! s'écria joyeusement Richard.

Les visites de Garrett étaient attendues par tous mais étaient toujours une surprise ; il était impossible de prévoir quand le *Queen Bee* viendrait jeter l'ancre dans la baie. Cette fois Daniel, intrigué, remarqua qu'il transportait des passagers. Le bateau se rapprocha. Les passagers étaient deux : un jeune couple, et la jeune femme souriait à Daniel.

Il fronça les sourcils, perplexe, puis son cœur fit un bond :

— Sarah ! cria-t-il en sautant en arrière dans la boue pour attraper l'amarre et tirer le bateau vers la rive.

— Daniel !

La confusion régna un moment comme Sarah essayait de quitter le bateau trop tôt, enfin elle débarqua et serra Daniel dans ses bras.

— Sarah ! Tu es magnifique ! s'exclama-t-il.

Elle avait toujours été jolie et rayonnante, mais maintenant c'était vraiment une très belle femme. Dans sa dernière lettre, sa mère lui avait écrit que Sarah avait quitté la Suisse pour la Hollande et qu'elle s'était mariée.

— Qu'est-ce que tu fais ici ? demanda-t-il.

— Pour l'instant, je suis venue te voir ! répliqua-t-elle avec un grand sourire. Je te présente Piet, mon mari. Piet, voici Daniel, et lui c'est sûrement Richard !

— Piet Klosters, dit le jeune homme en grimpant avec difficulté sur le rivage et en leur serrant la main. J'ai tellement entendu parler de vous !

Il était de petite taille, blond et musclé, avec un sourire ouvert.

— Ils ont rattrapé leur lettre ! expliqua Garrett en tendant une pochette à Daniel.

Leur correspondance commerciale était adressée chez Joseph Molina, et les lettres d'Émersende, à travers leurs chemins secrets, arrivaient aussi chez lui. Sarah s'était servie également de cette adresse : elle avait écrit pour dire qu'elle et Piet allaient émigrer en Amérique, mais sa lettre était encore en attente quand ils étaient arrivés à New York.

— Elle vous en a fait une surprise, hein ! dit Garrett en riant. Je vais en avant prévenir Judith.

Les heures qui suivirent furent très agitées. Tandis qu'ils faisaient visiter le Refuge à Sarah et à Piet, ceux-ci leur dévoilèrent leurs projets : ils allaient rejoindre, au sud du cap Fear, une colonie de huguenots qui était en train de fonder un village vinicole. Piet, tonnelier de son métier, fabriquerait les barils pour le vin. Daniel et Judith leur expliquèrent ce qu'eux ils étaient en train de faire et leur montrèrent fièrement leur soie grège. Garrett en fit tout un plat et déclara que c'était la plus belle qu'il ait jamais vue. En fait, Daniel lui-même était impressionné par la récolte de Judith mais il ne le lui avait jamais dit directement parce que, pour les raisons qu'il avait maintes et maintes fois répétées, il ne pensait pas que la soie grège pouvait assurer leur avenir.

Au cours du repas qui suivit, la conversation fut encore très animée. Daniel et Judith n'avaient pas vu Sarah depuis près de dix ans et elle avait tant à raconter ! Sa fuite dans les montagnes, les années passées à Genève puis, comme le nombre des réfugiés augmentait, son départ pour la Hollande où elle avait rencontré Piet. De leur côté, Daniel et Judith lui firent le récit de leur propre fuite et de l'emprisonnement de Daniel.

— Tu ne sais toujours pas pourquoi tu as été libéré ? demanda Sarah.

Daniel secoua la tête.

— Non. Pourquoi ?

— Oh, pour rien. Parce que c'est horrible la façon dont tu as été accusé. Heureusement que l'affaire va être éclaircie maintenant.

— Pourquoi dis-tu ça ?

Piet et Sarah ouvrirent de grands yeux, très surpris tous les deux.

— Mais à cause de l'arrêté d'extradition !

— Quel arrêté d'extradition ?

— La France a demandé ton extradition d'Angleterre ! Quand l'avons-nous appris, Piet ? L'année dernière ?

Daniel et Judith échangèrent un regard ahuri.

— Nous n'en avons pas entendu parler ici, déclara Judith. Qu'est-ce que cela signifie ? Qu'est-ce qui va se passer ?

— Nous n'en savons rien, répondit Sarah. Cela nous a beaucoup inquiétés d'abord, mais le bruit a couru en France que l'arrêté avait peu de chances d'être exécuté. On dit que les magistrats anglais n'aiment pas s'incliner devant le roi Louis.

Daniel traduisit l'histoire pour Garrett et lui demanda s'il avait entendu dire quelque chose à propos de cette extradition. Garrett fronça les sourcils :

— Il n'a pas été question de ça à New York. Cela dit, vous avez été enregistrés comme étant retournés en Europe. Vous voyez, c'est une bonne chose après tout !

— Oui, sans doute.

Peu après leur départ de New York, alors que Brockholls quittait ses fonctions de gouverneur, et que le gouverneur Dongan allait le remplacer, à l'incitation de Garrett, William Willis, l'employé aux écritures, avait ajouté dans le registre, après la mention de l'arrêté d'expulsion, l'annotation suivante : *Retournés en Angleterre.* Dans le désordre créé par le changement de gouverneur, l'annotation était passé inaperçue et, par bonheur, s'y trouvait toujours.

— Et ici, il n'y a pas de problème, ajouta Garrett, optimiste.

— Non...

La province d'Albemarle avait une administration corrompue, dirigée par Seth Sothell, soi-disant l'adjoint du gouverneur (le gouverneur de la Caroline se trouvait très loin au sud, à Charles Town). Tant que les pots-de-vin affluaient, Seth Sothell ne posait pas de questions.

Sarah et Piet écoutèrent tout ça en français, puis Sarah déclara :

— Quoi qu'il en soit, cette demande d'extradition te lave de tout soupçon vis-à-vis de l'Église française en exil. À New York, ils le savent.

Daniel remarqua que sa sœur rougissait et détournait le regard. Il aurait bien voulu savoir pourquoi. Cela ne fit qu'ajouter à son désarroi. Son nom avait été blanchi, mais à quoi cela lui servait-il maintenant ? Quand il avait eu besoin de l'aide des huguenots, ceux-ci l'avaient repoussé. Et il essayait de se faire à l'idée qu'on avait lancé l'ordre de le ramener dans son pays, où il était sous le coup d'une condamnation à mort. Il n'oubliait pas que le duc d'York était devenu Jacques II, roi d'Angleterre, catholique aussi absolutiste que son cousin Louis. Pour l'instant, le Refuge paraissait un lieu sûr, mais en serait-il toujours de même ? Il s'aperçut que Judith le regardait avec inquiétude. Il lui sourit, lui signifiant par là qu'elle ne devait pas se faire de souci. Mais ce n'était pas très convaincant.

— Est-ce qu'il y a un temple français ici ? demanda Piet.

— Non, répondit Daniel. Il n'y a pas de temple du tout.

Visiblement, Piet n'en croyait pas ses oreilles.

— Mais alors, comment faites-vous vos dévotions ?

— Les gens font leurs prières chez eux, lui expliqua Judith. C'est ce que nous faisons, le dimanche matin.

— De toute façon, nous ne sommes pas membres de l'Église réformée de France, déclara fermement Daniel pour que les choses soient bien claires.

Un silence embarrassé suivit.

— Si nous allions prendre un peu l'air ? suggéra Judith.

Ils sortirent. Daniel marchait à côté de Sarah. Bien sûr, elle était très belle comme il en avait été frappé lorsqu'elle avait débarqué, mais maintenant il remarquait en elle une certaine plénitude…

— Tu n'attendrais pas, par hasard, un heureux événement ? demanda-t-il soudain.

— Comment as-tu deviné ? répondit-elle en riant.

— Oh, l'expérience ! expliqua Daniel en riant aussi. Alors je vais être oncle ! Et Matthieu aussi…, ajouta-t-il en songeant à son frère qui, d'après ce que disait sa mère dans sa dernière lettre, avait été ordonné pasteur. Tu as des nouvelles de lui ?

— Il se prépare à rentrer en France, avec d'autres ministres.

— Clandestinement ?

— Évidemment. C'est dangereux, mais il faut reconstruire l'Église. Il faut baptiser les enfants, enterrer les morts, célébrer la Cène. Les réunions se tiennent en plein air maintenant qu'il ne reste plus un seul temple debout.

Daniel soupira. Le monde entier savait comment le roi Louis avait obligé ses sujets à se soumettre à la religion officielle. Il avait envoyé des régiments de dragons bivouaquer dans les familles de huguenots, avec l'ordre d'y apporter le trouble. Daniel avait du mal à l'imaginer : des soldats sales, grossiers et querelleurs chez vous, vous dépouillant de toutes vos provisions, fracassant vos meubles, pissant dans les coins, vous brutalisant, vous et vos enfants, molestant les jeunes filles et les femmes, proférant des menaces de mort… Rien d'étonnant à ce que toutes les Églises protestantes françaises aient cédé, l'une après l'autre. Ensuite le roi Louis avait révoqué l'Édit de Nantes, prévu pour durer toujours par son grand-père, et fait démolir les temples. Il n'y avait plus à présent, disait-il, qu'une seule religion dans son royaume. De l'avis de Daniel, elle ne méritait pas le nom de religion.

— Qu'est-ce qui est arrivé exactement à Nîmes ? demanda-t-il à Sarah. Mère écrit qu'il n'y a pas eu de violences, mais elle a toujours tendance à être optimiste.

— C'est vrai, il n'y a eu ni bagarres ni soldats chez l'habitant. Mais ils ont été huit mille à encercler la ville. Le consistoire a dû offrir l'abjuration de toute la congrégation pour éviter le massacre. Tout le monde a dû se rendre à la cathédrale et s'agenouiller devant l'évêque.

Le soir tombait. Daniel se représentait l'angoisse de sa mère et ce que cette défaite avait dû coûter à un homme comme Élie à la fin de sa vie. Il en fut déchiré de compassion et de fureur impuissante.

— Tu as dû entendre parler de la conduite de Charles Montjoye, déclara Sarah, changeant de sujet. C'est lui le traître, Daniel, pas toi !

— Oui, c'est ce qu'on m'a dit.

S'il y avait une raison de rentrer en France, ce serait bien pour se venger de Charles. Mais Daniel ne voulait pas penser à ça pour l'instant.

— Pourquoi as-tu rougi tout à l'heure, Sarah ? demanda-t-il brusquement.

Elle sursauta, hésita, puis lui avoua qu'elle avait parlé avec un Ancien de l'Église française de New York pour essayer de blanchir son nom.

— Bien qu'il ait reconnu que tu n'étais pas un traître…, expliqua-t-elle d'une voix tremblante, il a prétendu que tu avais eu une conduite indisciplinée à New York, que tu te saoulais et que tu fréquentais des femmes de mauvaise vie.

— De tous les pharisaïsmes… !

C'était comme un coup de poignard pour Daniel, d'autant plus douloureux qu'il y avait un fond de vérité dans cette accusation et qu'il en éprouvait un sentiment de culpabilité. Mais la coupe était pleine de ces gens qui se permettaient de juger sans chercher à comprendre.

— Eh bien, je suis content de ne plus faire partie de l'Église française ! remarqua-t-il avec amertume.

— Ne dis pas des choses comme ça ! s'écria Sarah.

— C'est pourtant ce que je ressens. Écoute, Sarah. Ma conduite indisciplinée, ce sont les réunions dont je t'ai parlé, qui m'ont valu mon expulsion de New York et que je regrette. Le reste vient tout simplement de ce qu'on m'a aperçu quelquefois avec Garrett dans les tavernes des quais.

— Je vois, dit-elle, un peu radoucie. M. Woodward a l'air gentil, mais il boit, non ?

Daniel éclata de rire. Il se sentait lui-même vaguement étourdi, et pourtant il ne se rappelait pas avoir bu outre mesure pendant le repas. Mais c'était le genre de choses qui lui arrivait quand Garrett était dans les parages.

— Et il fait de drôles de trafics avec les gens, chuchota Sarah.

— Tu veux dire que c'est un contrebandier ? répondit Daniel en chuchotant à son tour. Lui et tous ses pères avant lui ! Mais ici, si tu voulais obéir à toutes les règles, tu ne pourrais pratiquement faire aucun commerce. Toi et Piet, vous vous en apercevrez. Garrett est utile. Il nous a énormément aidés. Et je l'aime beaucoup, Sarah. C'est le meilleur ami que j'aie jamais eu.

Plus tard, ils prirent tous place dans la véranda. Pour fêter leur visite et la récolte de la soie, Garrett ne laissa pas tarir le cognac. Daniel perdit le fil de la conversation. Sa tête cognait et ses pensées étaient confuses.

Matthieu ne s'est jamais compromis, se disait-il. C'est un héros pur et simple, comme ses confrères pasteurs. Daniel les enviait. Qui ne désirerait se voir en scintillante armure, luttant pour la bonne cause ?

Mais rien n'était simple pour Daniel. Les huguenots, c'était sa famille, bien sûr, mais même si le roi Louis avait tort, il ne s'ensuivait pas que les huguenots avaient toujours raison. En fait, ils l'étouffaient.

Et il avait honte de sa conduite stupide. Il avait gâché la vie de Judith et des enfants. Et maintenant cette histoire d'extradition… Il commençait à avoir réellement très mal à la tête.

Il se leva.

— Je crois que je vais aller me coucher, déclara-t-il.

Il réussit à atteindre sa chambre et s'effondra sur le lit.

Avant de s'endormir, le regard de Garrett sur Judith, à la lumière de la bougie, lui revint en mémoire. Et celui que Judith lui avait retourné.

De quel droit se permettait-il de penser… Que savait-il ? Rien. Emporté par des rêves compliqués, il s'endormit.

Pendant la maladie de Daniel, Judith se retrouva de plus en plus souvent seule avec Garrett.

Daniel était atteint d'un délire fiévreux qu'il avait attrapé, de l'avis de Garrett, en travaillant dans la chaleur au bord de la rivière. Farland Williams, qui arriva pour une de ses chasses aux plantes trois jours après le début de sa maladie, reconnut que les berges étaient malsaines ; il fabriqua des décoctions qui firent légèrement tomber la fièvre, mais Daniel était loin d'être guéri.

Garrett avait des clients à voir tout autour de la baie, mais il ne voulait pas partir tant que Daniel était malade. De même que Judith, il passait des heures à le veiller et à lui rafraîchir le front. Et il fallait aussi s'occuper de la marche quotidienne du Refuge et ils se trouvaient très souvent ensemble dehors, tous les deux.

Ils se sentaient à l'aise l'un avec l'autre, comme frère et sœur, pensait Judith dont le propre frère était une telle crapule qu'elle était bien contente de le remplacer.

Elle ne laissait pas ternir ce joli tableau par le souvenir de choses qu'elle avait mal comprises ; quand elle avait cru que Garrett prenait un intérêt particulier à ne pas la laisser quitter l'Amérique, par exemple, ou quand ses yeux étaient restés posés sur elle plus longtemps qu'ils n'auraient dû et qu'elle avait été gênée de sentir son cœur battre et son visage rougir. Par bonheur, ce genre de choses avait cessé depuis deux ans, les regards de Garrett n'étaient plus que du passé, peut-être d'ailleurs à mettre au compte de la timidité. Et maintenant la route était libre pour penser à lui comme à un ami et à un frère.

Elle fut d'autant plus surprise par ce qui arriva, le huitième jour de la maladie de Daniel.

Ce matin-là, bien que personne ne pût dire s'il avait encore ou non de la fièvre, il avait l'air d'aller mieux. Une fois que Judith se fut assurée qu'il reposait calmement, elle le laissa avec Sarah et se rendit à la remise où Garrett, avec deux de ses hommes d'équipage, creusaient les fondations d'une extension du bâtiment. Il avait promis que le gros œuvre serait terminé quand Daniel serait de nouveau sur pied.

Elle entra dans la remise où elle fut occupée un moment par les plateaux sur lesquels vivaient les vers à soie. Ces plateaux – maintenant vides – devant rester scrupuleusement propres, serait-ce trop de travail que d'en fabriquer de neufs chaque année ? se demandait-elle. Renonçant provisoirement à résoudre la question, elle se mit en devoir de les transporter de l'autre côté de la remise, hors d'atteinte des travaux.

— Oh ! Vous en portez trop ! s'écria Garrett qui arriva derrière elle au moment où elle traversait la remise avec une telle pile de plateaux qu'ils lui bouchaient la vue.

Il glissa ses bras sous les siens et sous les plateaux. Maintenant Judith avait Garrett derrière elle, les plateaux devant, et elle ne voyait toujours rien.

— Il va falloir y aller à tâtons ! dit-il en riant.

Judith se mit à rire aussi. Elle sentait sa chaleur dans son dos. Ses fesses frottaient sur ses cuisses tandis qu'ils avançaient.

— Ici, ça ira ! déclara-t-elle.

Il se pencha pour poser son fardeau par terre. Elle était toujours coincée entre lui et les plateaux. Elle n'avait pas envie qu'il s'en aille. Elle se sentait lourde d'une espèce d'attente.

Il lui encercla la taille. Dans un élan de désir, elle imagina ses grandes mains glissant fermement jusqu'à son sexe. Paralysée de honte, le sang lui monta aux tempes. Cependant, quand il la prit par les épaules pour la tourner face à lui, la déception qu'elle éprouva ne dura qu'un instant car, avant même qu'elle s'en soit rendu compte, leurs bouches se rencontraient, affamées, et une sensation bien connue de désir lancinant la traversa tout entière tandis qu'il la serrait contre lui.

Est-ce qu'elle avait perdu la tête ?

Elle interrompit leur baiser, le souffle court. Dans son regard, généralement clair et tranquille, il y avait maintenant des profondeurs qu'elle n'avait jamais vues. Sa bouche chercha de nouveau la sienne.

— Non, Garrett, je vous en prie, non !

C'était un cri de panique qui s'était échappé de sa gorge.

Il recula et la regarda, blessé, puis baissa la tête en signe de soumission. Après quoi il fit demi-tour et sortit sans un mot. Un instant plus tard, alors qu'elle n'avait toujours pas bougé, paralysée, elle entendit le bruit sourd d'une pioche creusant la terre, de l'autre côté du mur.

Elle partit en courant dans les bois, l'esprit au comble de la confusion. Elle s'arrêta dans une paisible clairière et, hors d'haleine, s'appuya contre un arbre. Que diable s'était-il passé ? Elle avait embrassé Garrett, elle l'avait pris dans ses bras ! Elle avait eu chaud entre les jambes, à cause de lui, non ?

Elle serra le poing et se frappa, là. Ses vêtements adoucirent le coup qui ne fit que lui apporter du plaisir. Elle appuya très fort sur son sexe et, après une dizaine de petits mouvements rapides, elle se mordit la lèvre et faillit crier. Comment était-ce possible ? Elle vit soudain Garrett, son corps musclé, son teint tanné par le grand air, ses yeux bleus lumineux, elle sentit ses mains fermes et douces, sa peau sur elle, et à cette idée un orgasme la traversa et elle tomba par terre, secouée, le poing encore serré entre les cuisses. Elle se sentait perdue, dépravée, désespérée, pleine d'amour. Comment avait-elle pu être aveugle à ce point ? *Frère et sœur, vraiment !*

Et tandis qu'elle était là, allongée, tremblante, elle comprit qu'il l'avait toujours aimée, évidemment, et que ses regards ne signifiaient rien d'autre. Et aussi qu'elle était déjà depuis un certain temps sur la même voie, sans vouloir le reconnaître ni se l'avouer.

C'était épouvantable. Elle aimait un homme qui n'était pas son mari. Elle avait des désirs adultérins. Pour elle, l'adultère était une chose impossible, impensable. C'était mal, c'était un péché, cela ne faisait pas partie de son univers. Une soudaine terreur l'envahit en songeant qu'elle ajoutait l'inceste à l'adultère. Non, c'était faux, Garrett et elle n'avaient qu'une lointaine parenté. Mais n'avait-elle pas eu plaisir à penser à lui comme à un frère ? Elle avait été stupide, malhonnête, elle avait eu tort !

Et Daniel ? gémit-elle, désespérée. Il était tout pour elle, et alors qu'il était couché, inconscient, elle était dans la remise en train d'embrasser son meilleur ami. Laisse couler tes larmes*, il le faut !*

Et que penser de Garrett ? Avait-il attendu de voir Daniel écarté du chemin pour essayer de la séduire ? Non, ce n'était pas juste. Il n'était ni plus ni moins coupable qu'elle. Un mouvement irrésistible les avait poussés l'un vers l'autre.

Il l'aimait et la désirait. Elle l'aimait et le désirait. C'était aussi simple, aussi évident, aussi effrayant que ça. Maintenant encore, couchée là, elle le désirait. Elle était mauvaise, éhontée. Elle l'avait été de la même façon à Southwark, mais était-ce comparable ? Les circonstances étaient différentes, et il s'agissait de *Daniel*, l'homme avec lequel elle voulait vivre, et vivre toute sa vie.

Ressentait-elle la même chose pour Garrett ?

La violence du désir qu'elle éprouvait lui faisait peur. Les cuisses serrées sur son poing, la dure vérité lui arracha des larmes : s'il entrait maintenant dans la clairière, elle se donnerait à lui sur l'instant, là, sur le sol.

Mais Garrett n'apparut pas.

Il vaqua à ses affaires et on ne le revit pas au Refuge de plusieurs jours. Judith se traînait lamentablement en espérant que personne ne lirait en elle, mais persuadée que tout le monde pouvait le faire. Un matin, il revint, et lui et ses hommes terminèrent les tranchées pour l'extension de la remise. À midi, ils mangèrent à la maison. Daniel était encore faible mais il était lucide à présent. Garrett alla lui parler un moment et revint, heureux et soulagé.

— Il sera bientôt de nouveau sur pied, dit-il. Quant à nous, nous nous mettrons en route demain. La chaloupe viendra chercher Sarah et Piet le matin, si cela leur convient.

Il n'allait quand même pas faire ça ! se dit Judith, indignée. Il n'allait pas partir sans un mot, comme si rien ne s'était passé ! Il n'était pas lâche à ce point !

— Nous devrions aller jeter un coup d'œil à la remise, Judith, lui proposa-t-il avec un regard éloquent. Voir ce que vous pensez des travaux…

Son indignation tomba et elle le suivit avec empressement. Elle savait bien qu'il valait mieux qu'il s'en aille et pourtant elle voulait qu'il reste.

Du moins encore une heure, celle-là…

— Je vais aller faire un tour dans les Caraïbes voir si je peux trouver des clients par là, dit-il, les yeux sur la tranchée qu'ils étaient en train d'inspecter, comme s'ils y portaient le moindre intérêt. Il y a longtemps que j'y pense et maintenant j'en ai l'occasion. Je ne m'arrêterai pas au retour, ajouta-t-il en la regardant.

Elle restait là, glacée. Elle avait besoin de sa chaleur. Elle tendit la main, lui toucha le bras.

— Garrett…

Il se raidit.

— Vous ne me connaissez pas, Judith, dit-il vivement. Vous ne savez rien de moi ! Je suis un ivrogne, un bon à rien ! Je suis connu dans toutes les tavernes, dans toutes les maisons de tolérance de la côte, dans chaque port il y a une fille qui attend Garrett

Woodward ! Un homme à femmes, voilà ce que je suis ! Quand j'en vois une qui me plaît, comme une bête, il faut que je pose mes sales pattes dessus…

Il parlait d'une voix basse et monotone, regardant Judith les yeux grands ouverts.

— Vos mains ne sont pas sales, Garrett, répliqua-t-elle, les yeux brillants de larmes. Pas pour moi.

Mais elle avait déjà compris qu'elle ne l'empêcherait pas de partir, que cette dramatique confession de ses vices était destinée à lui signifier qu'elle ne devait pas regretter qu'il s'en aille. Et elle savait bien qu'il n'était pas question d'envisager une sorte d'intermède passionné. Elle serait brisée si elle essayait de se partager entre Garrett et Daniel. C'était l'un ou l'autre.

— Daniel sera bientôt guéri, déclara-t-il comme si leurs pensées avaient suivi le même chemin. La fièvre est tombée. Les nouvelles de son pays lui avaient mis la tête à l'envers. Je pensais que le commerce que nous pourrions faire d'ici lui suffirait, reprit-il, le regard de nouveau fixé sur Judith, mais ce n'est pas le cas. La soie grège ne lui suffit pas non plus. Il faut qu'il ait l'esprit occupé par quelque chose de plus compliqué, je ne sais pas quoi… Finalement, ce n'était pas un bon conseil que je vous ai donné de venir ici… Quant au reste…, ajouta-t-il en détournant le regard.

Sa voix se brisa et il ne finit pas sa phrase.

— Le reste, ce n'est rien ! répliqua Judith à voix basse, en y mettant toute la conviction dont elle était capable. Et ne vous en faites pas pour nous ici. On… on s'en sortira.

Il la regarda avec reconnaissance, les yeux pleins de larmes. Comme pour retrouver son sang-froid, il fit demi-tour et partit en direction de la maison.

— Garrett, serez-vous toujours notre ami ? ne put-elle s'empêcher de lui crier pour rompre le malaise.

Il tourna la tête.

— Nous avons besoin de vous. Ne nous laissez pas tomber.

Il parut un moment en proie à une violente lutte intérieure – n'aurait-il trouvé le courage de partir qu'en se promettant à lui-même de ne plus jamais la revoir ? se demanda-t-elle, effrayée – puis il la regarda dans les yeux, hocha la tête et reprit son chemin.

1690-1691

I

Le mal de mer de Susanna cessa quand le deux-mâts entra dans des eaux plus calmes et s'amarra au large de l'île de Manhattan. Elle regarda avec avidité les pignons hollandais et les girouettes des maisons du front de mer, comme s'ils recelaient un secret. C'était à New York qu'on perdait la trace de Judith.

Après son retour à Londres, il lui avait fallu un an pour trouver le fil qui pourrait la conduire à sa sœur. Après s'être obstinément adressée à tous les membres de la congrégation des huguenots, l'un après l'autre, elle avait fini par rencontrer un jeune homme du nom d'Alan Dufresne, qui avait bien connu Judith et Daniel et avait été le précepteur de leurs enfants durant l'hiver de 1680 à 1681.

À travers le récit d'Alan Dufresne, Susanna avait compris qu'elle était responsable de deux choses, l'une réjouissante et l'autre désespérante. La première, c'était que grâce à son sordide marchandage avec le comte Peyresourde, Daniel avait été libéré et avait rejoint Judith ; la seconde, c'était que les conditions dans lesquelles cette libération s'était effectuée avaient fait peser des soupçons sur Daniel. Elle était retournée au consistoire de Threadneedle Street, avec Alan Dufresne, pour mettre les choses au clair, et là, elle avait appris la récente extradition requise contre Daniel qui, tout en blanchissant son nom, le mettait en danger. Le consistoire, qui acceptait maintenant de coopérer, n'avait pas pu lui dire où se trouvaient Daniel et Judith sinon que, comme Alan Dufresne le lui avait déjà expliqué, ils avaient quitté Londres pour New York en 1681.

Elle avait écrit aux autorités de New York. Sa lettre lui était revenue avec l'annotation, griffonnée en bas : *RETOURNÉS EN AN-GLETERRE EN 1683.*

Susanna s'était donc lancée dans une nouvelle recherche en Angleterre. Au début de 1688, après plus d'une année d'enquête, d'annonces passées dans les gazettes et d'affiches posées, elle avait abouti à une impasse. En désespoir de cause, elle avait mis la main sur Henry un jour, à Cheapside, alors qu'il sortait de son magasin. Comme elle s'y attendait, il avait répondu qu'il ignorait tout de Judith et de Daniel. Depuis, il l'évitait soigneusement.

Puis elle avait appris quelque chose de nouveau. En tant que Della Bellaire, Susanna avait discrètement demandé à quelques-uns de ses anciens admirateurs de l'aider dans son enquête. L'un d'entre eux l'avait informée que, sur les listes des huguenots réfugiés autorisés par les autorités portuaires à entrer en Angleterre, ne figurait aucun Montjoye en 1683.

Susanna avait acquis la certitude que Judith et Daniel n'étaient pas revenus d'Amérique. C'était devenu une obsession. Elle finissait par avoir peur de lasser tout le monde, d'autant qu'avec le succès, la troupe avait déjà suffisamment de travail comme ça.

Tout au contraire, Andrew avait prouvé qu'il était décidé à tenir la promesse qu'il lui avait faite de l'aider à retrouver Judith.

— On va tous aller en Amérique ! proposa-t-il. Toute la compagnie ! Il paraît que les colons sont avides de spectacle et nous devrions pouvoir attirer des foules. Et à l'occasion de nos tournées, nous pourrions chercher ta sœur !

Une idée pareille ne serait jamais venue à Susanna, et elle en serait éternellement reconnaissante à Andrew. Mais ce projet, qui paraissait parfait, avait été difficile à réaliser. Il avait fallu presque deux ans pour que la troupe soit prête à voguer sur l'Atlantique. Et maintenant qu'ils étaient là, la vie d'acteur ambulant dans les colonies américaines était beaucoup moins rose qu'ils ne se l'étaient représentée en Angleterre.

En fait, songeait Susanna avec un pincement au cœur de remords, la tournée avait commencé par un véritable désastre. La Nouvelle-Angleterre puritaine considérait littéralement les acteurs et les actrices comme des envoyés du diable. Ni à Boston ni à Plymouth on ne les avait laissés monter leurs planches. À Providence, ils n'avaient été guère mieux reçus, et il ne leur avait pas semblé utile d'aller à New Haven. La compagnie n'avait pas encore gagné un penny pour compenser le coût élevé du voyage jusqu'en Amérique.

Après ces déplaisantes expériences, ils avaient très peur de New York. On leur avait dit que, à la suite de la Glorieuse Révolution par laquelle le roi Jacques, ex-duc d'York et propriétaire de New York, avait été détrôné et remplacé en Angleterre par Guillaume d'Orange et sa femme Mary, la population de la colonie s'était rangée sous la bannière de Dieu et avait rejeté le gouvernement papiste. Restait à savoir ce que cela impliquait pour des comédiens ambulants.

Andrew et Susanna, qui devaient aller reconnaître le terrain, furent les premiers à débarquer. Ils n'eurent pas longtemps à attendre. Quatre hommes vinrent au-devant d'eux. Le premier, un barbu aux cheveux raides et ternes, se planta fermement entre eux et la ville, et les trois autres s'alignèrent derrière lui.

— Nous ne tolérerons ni mômeries ni spectacles pervers ici, déclara-t-il.

Susanna fut saisie d'angoisse tandis qu'Andrew demandait :

— Ne nous permettrez-vous pas de monter nos tréteaux en dehors de la ville ?

Le barbu lui lança avec mépris :

— Vous retournerez sur votre bateau et vous repartirez !

— Le bateau retourne à Providence et nous ne voulons pas aller là-bas ! protesta Andrew. Pouvons-nous au moins rester à New York jusqu'à ce que nous trouvions un bateau qui mette le cap vers le sud ?

L'homme secoua la tête.

— On veut pas de vous ici ! Faites-vous transporter sur l'autre rive, dans le New Jersey, dit-il, c'est ce que avez de mieux à faire. Y en a encore combien comme vous là-bas ?

— Quinze, répondit Andrew. Avec toutes nos provisions et nos bagages. Il faudra du temps pour tout débarquer.

— Commencez à vous chercher un bateau dès maintenant, c'est le conseil que je vous donne. Soyez partis ce soir !

Tous les espoirs de Susanna s'en allaient à vau-l'eau. « Juste quelques heures… », se dit-elle.

— Nous avons des enfants avec nous, monsieur, supplia-t-elle.

Ne pourrions-nous pas passer la nuit dans une auberge et partir demain ?

— Ici, femme, c'est la cité de Dieu ! s'écria le barbu qui pointa un doigt menaçant sur Andrew. N'irez pas plus loin que le quai, vous, la femme et les quinze autres ! Nous reviendrons !

Et, plein d'importance, il partit, suivi de ses acolytes, du même pas qu'il était venu.

— Des fanatiques ! marmonna Andrew. Nous n'avons pas le choix, Susie, il faut faire comme ils disent.

Susanna avait la gorge si serrée qu'elle ne pouvait pas parler. Il y avait des années qu'elle pensait à New York, et à présent qu'elle y avait enfin posé le pied, c'était pour s'en faire chasser. Il y avait sûrement des gens ici qui se rappelaient Judith et Daniel. Elle fut saisie soudain d'une véritable terreur à l'idée que si elle partait maintenant, elle ne connaîtrait jamais la vérité. Les quatre hommes disparaissaient au loin, sur le quai. Elle se décida brusquement.

— Andrew, chuchota-t-elle, pendant que tu cherches un bateau, je vais aller en ville !

Il secoua vivement la tête.

— C'est beaucoup trop dangereux !

— Juste le temps que tout le monde et toutes nos affaires aient débarqué ! supplia-t-elle.

— Si tu poses des questions à un officiel quelconque, tu te heurteras à quelqu'un comme celui-là et tu auras des ennuis, Susie ! Nous en aurons tous !

— Non, je serai prudente. Je n'interrogerai que des gens ordinaires. Je ne peux pas m'en aller sans avoir essayé. Je ne peux pas !

Andrew lui lança un regard qu'elle ne lui avait encore jamais vu.

— Tu ferais bien de revenir en vitesse !

— C'est promis !

En s'abritant derrière un chariot qui passait, elle traversa résolument le quai et pénétra, de l'autre côté, dans une rue. Elle devait faire au mieux avec le peu de temps dont elle disposait. Pour commencer, elle s'adresserait aux huguenots, c'était probablement la démarche la moins dangereuse. Elle arrêta une femme et lui demanda si elle connaissait des protestants français. La femme lui répondit en hollandais. Tout en poursuivant son chemin, Susanna en essaya d'autres. Finalement, quelqu'un lui fit remarquer qu'el-

le était devant la boutique d'un Français. Elle se retourna et lut :
André Marquet, orfèvre.

La devanture était poussiéreuse et mal entretenue. Il n'y avait rien en vitrine. En dépit de tout, Susanna frappa, deux fois, en regardant à travers les carreaux. Sa patience fut récompensée. Un homme d'âge mûr déverrouilla la porte.

— Entrez, je vous en prie, dit-il avec un léger accent. Je suis désolé mais, par ces temps troublés, je ne peux pas tenir la boutique comme il le faudrait.

« Il croit que je veux acheter quelque chose », comprit Susanna en entrant. Il était déjà derrière son comptoir, lui adressant un sourire professionnel.

— Excusez-moi, je ne suis pas venue pour acheter mais pour demander de l'aide, expliqua-t-elle. Vous devez être un protestant français, je suppose ?

Le sourire de M. Marquet se figea.

— Oui, mais je suis officiellement résident ici depuis de longues années.

— Non, je vous en prie, comprenez-moi bien, mes questions ne vous concernent pas, lui assura vivement Susanna. J'essaye de retrouver ma sœur, une Anglaise mariée à un huguenot. Ils ont vécu ici il y a quelques années. Ils y sont peut-être encore, ou peut-être que quelqu'un pourrait me dire où ils sont partis...

M. Marquet se radoucit un peu.

— Et quel serait le nom de ces « huguenots » ? demanda-t-il en imitant sa prononciation anglaise du mot.

— Daniel Montjoye. Et ma sœur s'appelle Judith.

L'orfèvre ouvrit de grands yeux.

— Oui, je m'en souviens vaguement, bien qu'ils aient quitté New York depuis des années, répondit-il. Mais ce M. Montjoye n'était pas... très recommandable..., ajouta-t-il en soupirant.

— Oh, c'était une erreur ! s'exclama Susanna. On a cru que c'était un traître, mais c'était faux ! J'ai avec moi une lettre du consistoire de Londres qui le prouve.

— Très bien. Alors apportez-la au consistoire ici ! Je ne suis pas qualifié...

— Le consistoire prendrait trop de temps ! gémit Susanna, presque pour elle-même.

— Je vous demande pardon ? Trop de temps ?

— Monsieur Marquet, dit-elle, suppliante, je suis venue de Londres pour essayer de trouver ma sœur et maintenant, à cause de ces temps troublés dont vous parlez, je dois partir immédiatement. Voulez-vous m'aider ? Ne voyez-vous personne qui aurait pu connaître Daniel et ma sœur pendant qu'ils étaient ici ?

— Ma foi… si je me souviens bien …, commença l'orfèvre en toussotant, mal à l'aise, Daniel Montjoye a été expulsé de New York parce qu'il complotait avec… certains des agitateurs qui ont maintenant pris le pouvoir, termina-t-il en jetant un coup d'œil furtif vers la rue et en baissant la voix.

Susanna le regarda, stupéfaite. Il paraissait tout à fait sérieux. Elle se représenta le barbu aux cheveux ternes du quai. Qu'est-ce que Daniel pouvait bien avoir à faire avec des gens de ce genre ?

— Qui sont-ils ? demanda-t-elle.

M. Marquet jeta de nouveau un coup d'œil du côté de la rue.

— Leur chef s'appelle Leisler, chuchota-t-il. C'est un calviniste extrémiste dont même nous, les calvinistes français, devons nous méfier. Certains d'entre nous sont en prison pour rien, pour un mot déplacé… Vous savez, ce qu'on dit de lui c'est qu'il ne fait pas des ennemis de Dieu les siens, mais des siens ceux de Dieu.

Susanna secoua la tête, incrédule.

— Et vous dites que mon beau-frère était un ami de ce Leisler ?

— Oh, un ami, je n'irais pas jusque-là ! Mais, je vous en prie, n'essayez pas de demander à ces gens-là des nouvelles de votre famille, ce serait dangereux, très dangereux !

— Je n'en ai pas l'intention. Mais pouvez-vous me suggérer quelqu'un que je pourrais voir ?

— Je me rappelle que Montjoye a travaillé pour un marchand, M. Tunstall, un Anglais. Mais ce M. Tunstall est mort il y a trois ou quatre ans et sa veuve est rentrée en Angleterre.

— Oh, M. Tunstall était un marchand de soieries, je suppose ?

— Non, de produits alimentaires, épices et tout ça. Je suis désolé, je ne peux pas vous aider.

Il fit un pas vers la porte et Susanna, étourdie par ces allées et venues entre espoir et déception, le suivit.

— Oh ! fit-il soudain en s'arrêtant, la main sur le loquet. Je me rappelle maintenant. La soie. Montjoye voulait faire le commerce de la soie, n'est-ce pas ? À l'époque, les huguenots refusaient de travailler avec lui, mais il me semble…

Il se frotta le front, réfléchissant.

— Oui ?

« Allez, allez, dépêche-toi, pensait-elle, je n'ai pas toute la journée devant moi ! »

— Il faisait des affaires avec un marchand. Un juif. Molina, oui, je crois que c'est bien ça. Molina. Vous pourriez vous adresser à lui. Au coin de Broadway et de Beaver Street.

— Où est-ce, s'il vous plaît ? demanda Susanna.

M. Marquet lui indiqua la direction. Elle le remercia et se mit à courir dans la rue jusqu'à ce qu'elle ait atteint Broadway, la grande rue qu'il lui avait indiquée et où elle s'engagea, toujours courant. Cela devait être là maintenant, à droite…

— *Susanna ! Susanna !*

Elle se retourna. Andrew courait après elle en lui faisant des signes désespérés.

— Il faut que tu reviennes ! lui dit-il, hors d'haleine, en la rattrapant. Ils ont réapparu, ils nous ont comptés, ils ont remarqué que tu n'étais plus là et ils ont parlé de nous mettre tous sous les verrous ! Si tu n'es pas de retour très vite, nous allons avoir les pires ennuis !

— Andrew, écoute, juste au coin de la rue il y a quelqu'un qui a travaillé avec Daniel !

— Ce n'est pas de la plaisanterie ! répliqua Andrew gravement. Qu'est-ce qui va arriver à nos costumes et à nos décors si nous allons en prison ? Ils vont être cassés, volés, nous ne les reverrons jamais plus ! Et pense aux enfants !

« Qu'est-ce que je peux faire ? » se demanda Susanna affolée. Andrew avait raison. Mais ce Molina, qui n'était qu'à quelques pas, détenait peut-être la clef de tout le mystère.

— Juste une minute, implora-t-elle en tournant le coin de la rue. Regarde, c'est ici !

Molina était inscrit au fronton d'une boutique. Mais il y avait des planches clouées sur la vitrine et sur la porte. Susanna y courut et frappa.

— Personne n'est passé par cette porte depuis longtemps,

Susie ! dit Andrew en montrant la poussière accumulée sur le seuil. Allez, viens maintenant !

— Ils sont peut-être cachés là-dedans ! s'écria Susanna en tapant sur la porte de toutes ses forces. Tout le monde a tellement peur de ce Leisler et de ses hommes !

— Pour l'amour de Dieu, tais-toi et retourne sur le quai ! répliqua Andrew en l'attrapant par les épaules et en l'écartant de la porte.

— Inutile de faire tant de bruit, dit quelqu'un. Si ce sont les Molina que vous voulez, ils sont partis.

Susanna s'arracha des mains d'Andrew et, levant la tête, aperçut une femme à la fenêtre d'en face.

— Oui, je cherche M. Molina ! répondit-elle, haletante. Savez-vous où je pourrais le trouver ?

Mais la femme refermait déjà ses volets.

— Ils n'ont pas cru bon de me dire, *à moi*, où ils allaient ! criat-elle avant de disparaître.

Susanna s'affaissa. Elle chercha la main d'Andrew.

— Viens, dit-il en l'entraînant. Nous reviendrons plus tard, quand les choses iront mieux. Je te le promets, Susie.

Il était sincère, elle n'en doutait pas, mais elle ne croyait pas beaucoup à cette éventualité. Elle se laissa ramener précipitamment jusqu'au quai où elle rejoignit la compagnie, d'humeur sombre.

Une fois de plus, on perdait leur trace à New York.

II

Bien que faisant partie officiellement des Nouveaux Catholiques, Émersende Montjoye n'assistait pas régulièrement à la sainte messe ; aux réprimandes, elle répondait que les soldats ne pouvaient que changer les apparences, que seul Dieu lisait dans les cœurs. À la suite d'une perquisition où l'on avait trouvé chez elle une Bible interdite, elle avait été internée dans un couvent pour y être rééduquée.

Elle était au milieu de la pièce, encadrée par deux nonnes. Des mèches de cheveux blancs sortaient du fichu qu'elle avait sur la tête.

— Nous savons que vous recevez des lettres de l'étranger, déclara Charles. Tous vos enfants sont des renégats qui ont quitté le pays. Ils vous écrivent. Vous leur écrivez. Nous le savons.

Émersende le regarda droit dans les yeux. Elle avait le visage fatigué et creusé de rides, mais son caractère fort et indomptable s'exprimait dans ses larges pommettes et dans sa mâchoire saillante. Elle ne répondit pas.

On pouvait peut-être faire parler cette vieille sorcière en la torturant physiquement, certainement pas en la questionnant, se dit Charles.

— Vous allez me dire où se trouve votre fils Daniel ! hurla-t-il, perdant son sang-froid. Il y a des prisons toutes prêtes pour les femmes comme vous ! Fini la bonne vie dans un couvent ! De la pierre froide ! Du pain et de l'eau ! Des rats et des poux !

Les yeux de la vieille femme se voilèrent et ses traits se contractèrent. Charles en frissonna de plaisir. Mais avant qu'il ne puisse vraiment lire la terreur dans son regard, elle ferma les yeux et pencha la tête.

— Elle prie ! dit Charles à l'adresse des religieuses.

L'aînée des sœurs secoua Émersende par le bras.

— Arrêtez ça ! Vous savez que cela vous est interdit !

Charles sourit :

— Je vais le lui faire comprendre ! proposa-t-il en levant le poing.

La plus jeune nonne s'interposa entre lui et Émersende en secouant la tête. Elle avait l'air prise de panique.

« Elle est vraiment très jeune, songea Charles, qui baissa le poing, toujours souriant. Jeune et jolie. »

— Nous devons user de sévérité mais non de brutalité, monsieur, déclara fermement l'aînée des religieuses. Vous devriez mettre un terme à votre visite avant qu'elle ne perturbe encore plus notre maison.

Charles lui lança un regard noir et jeta un œil venimeux sur Émersende qu'on emmenait. Le couvent la protégeait, en fait. Il avait eu fort à faire pour obtenir la permission de l'interroger, et il n'en était rien sorti. En jurant à voix basse, il sortit de la pièce.

Bellocq prétendait que les conversions en masse obtenues sous la menace militaire étaient vaines, et ce que Charles venait de vivre avec Émersende semblait bien lui donner raison. Mais Bellocq était un homme aigri : on l'avait envoyé dans le Nord occuper un banal poste administratif où sa brillante carrière s'était embourbée. Il n'avait eu que ce qu'il méritait, et Charles s'en était secrètement réjoui, mais il avait perdu un allié dans sa recherche de Daniel et Judith. Il ne pouvait plus obtenir un coup de main quand il en avait besoin, comme cela aurait pu être utile avec Émersende.

Charles quitta le couvent, monta dans sa voiture et roula à travers les rues de Nîmes, rideaux baissés. Si on l'avait aperçu, il y avait beaucoup à parier qu'il aurait été réduit en pièces par la foule. Maintenant, tout le monde était « catholique » comme lui, évidemment. Sauf que ceux qui avaient été contraints de se convertir savaient qui se trouvait dans le même cas, et ils se tenaient les coudes, tandis que les traîtres comme Charles étaient solitaires.

Tous ses efforts pour rompre le silence des huguenots de Nîmes – il était impensable que des nouvelles de Daniel n'aient pas filtré jusqu'à eux, jusqu'à Émersende en particulier – avaient rencontré une résistance obstinée. Ne restait plus que l'Angleterre et les Grainger.

Il avait mis Thomas Vintner à l'œuvre mais, en cinq ans, aucun signe de Daniel, de Judith ou de Susanna ne lui était parvenu. On avait surveillé Henry Grainger, mais il n'y avait eu apparemment aucun contact entre lui et les trois autres. Pouvait-il vraiment, comme il s'en vantait, produire Susanna au pied levé pour dénoncer ses crimes ?

Charles se remettait lentement du choc d'avoir appris que Susanna avait survécu. Dans ses moments de plus grande faiblesse, il la voyait sous la forme d'une espèce d'ange vengeur, parcourant le monde à sa recherche. Mais, quand le côté rationnel l'emportait, il remettait les choses à leur juste place. Puisqu'elle avait survécu, il n'était donc pas un meurtrier. Et la terreur que les menaces de Henry lui avaient d'abord inspirée avait peu à peu décliné. En fin de compte, il se pourrait bien qu'elles ne soient que fanfaronnades.

La question était d'importance parce que l'enquête de Vintner avait révélé qu'Henry frôlait le précipice. Il avait toujours vécu au-dessus de ses moyens et était à présent lourdement endetté (en particulier envers Charles). Son mariage était scandaleusement sur le point d'éclater. Henry était le maillon faible de la chaîne des Grainger. Charles pouvait le broyer et apprendre enfin la vérité sur Daniel et Judith. Henry n'avait pour bouclier que Susanna...

Au diable cette histoire, songeait Charles lorsque sa voiture quitta Nîmes. Il n'arriverait à rien avec les huguenots. Mais pour rien au monde il n'abandonnerait sa recherche. Il allait devoir prendre le risque du côté de Susanna.

Il avait tranché. Il ruinerait Henry.

III

— C'est insensé de poursuivre ! hurla Peter Benchley qui tapait du poing sur les planches, le visage congestionné. Non, pour une fois, laisse-moi finir, Andrew ! J'en ai assez, et tous les autres aussi !

— Nous t'écoutons, Peter, fit remarquer Kit. Mais le capitaine et l'équipage n'ont pas besoin de t'entendre aussi.

— Très bien, répliqua Peter dans un murmure de fureur théâtral. Ce voyage est un désastre ! Nous sommes malades, nous sommes fatigués, nous perdons de l'argent…

— Non, nous équilibrons, objecta Andrew.

— Nous faisions plus d'argent en un samedi après-midi dans une bourgade anglaise que nous n'en avons fait depuis notre arrivée en Amérique, tu le sais bien, Andrew ! riposta Mary Shore amèrement.

Elle répétait ça pour la centième fois. Mary Shore était une fille dont Peter Benchley était tombé amoureux et qu'il avait introduite dans la compagnie deux ans auparavant. Susanna prit soudain conscience qu'elle ne l'avait jamais vraiment aimée. Cette tournée américaine amenait au jour des choses de ce genre.

— Écoute, dit Andrew, nous en avons déjà parlé des milliers de fois. Nous allons vers le sud…

— Non, nous fuyons vers le sud ! assena Peter.

Furieux, Andrew se tourna vers lui, mais le bateau se mit à rouler et le groupe éclata, chacun se raccrochant à ce qu'il pouvait, puis revenant à quatre pattes vers le cercle qu'ils formaient un moment auparavant, anxieux d'assister à la bagarre. La compagnie était en bas, sous les ponts, dans l'espace réduit qu'on lui avait alloué. La plupart d'entre eux avaient pris part à la discussion, d'autres, qui ne se sentaient pas bien, étaient appuyés au bastingage, comme Susanna qui cependant surmontait peu à peu son malaise. Elle était aussi profondément inquiète. S'il y avait eu d'autres débats de ce genre, il n'y en avait jamais eu d'aussi menaçants pour l'avenir de la troupe.

— Partir vers le sud sur ce bateau, ce n'est pas un choix, reprit Peter Benchley dès qu'il eut réussi à se redresser, c'est une fuite en avant !

— C'est ridicule ! lui objecta Andrew. Nous savons bien que les bons endroits sont au sud.

— Les bons endroits ! releva Mary Shore en ricanant. À t'entendre, le bon endroit se trouvait *partout* quand tu préparais ce voyage !

— Il devait y avoir des villes où nous pourrions loger et jouer devant des foules entières, Andrew, remarqua d'un ton égal Tom Tippett, le doyen de la compagnie.

— Mais *il y a* des villes, Tom ! riposta Andrew, blessé. Si tout va bien, nous serons à Charles Town demain soir. Et dans les Caraïbes, il y aura Bridge Town, et Port Royal, et King's Town…

— Et tous ces voyages que nous faisons, poursuivit Tom, navigant de tous les côtés, dans l'humidité… Désolé, Andrew, mais je n'en peux plus !

Le navire fit une nouvelle embardée, arrachant à chacun une grimace dans l'effort qu'ils faisaient pour ne pas perdre l'équilibre. Susanna voyait bien qu'Andrew luttait pour la survie de cette troupe en laquelle il avait tant cru. C'était déjà très mauvais signe de voir Peter prendre parti contre lui : c'était un vieil ami et un personnage – à la fois acrobate et acteur – indispensable à la compagnie. Si quelqu'un d'aussi respecté que Tom entrait dans le concert des plaintes, alors les choses allaient vraiment mal. Tom avait été malade, et bien d'autres aussi. Ils avaient passé tout l'été, comme il avait dit, à naviguer en tous sens, du New Jersey au Delaware et au Chesapeake. Ici et là, un riche colon leur demandait de monter leurs tréteaux devant sa maison et invitait ses voisins à les voir. En moyenne, la compagnie avait monté un spectacle à peu près tous les quinze jours, il était donc bien vrai que leurs affaires étaient dans un triste état et ils s'étaient enfuis en désespoir

517

de cause. On leur avait dit que Charles Town, en Caroline, était un port animé où ils seraient bien accueillis et ils avaient décidé, l'automne arrivant, d'y aller directement. Andrew avait prévu de passer l'hiver dans les Caraïbes, puis de revenir au nord l'année suivante en espérant que les conditions seraient meilleures. Susanna souhaitait de toute son âme que ce plan réussisse pour pouvoir retourner à New York chercher Molina, le marchand juif. Elle ravala sa nausée et se força à parler.

— Si nous attendions demain pour discuter de tout ça ? suggéra-t-elle. Les choses s'éclaireront peut-être d'un jour nouveau, à Charles Town.

Mary Shore sourit avec condescendance.

— Évidemment, tu voudrais bien qu'on se calme, Susie. Si nous sommes là, c'est pour toi !

— Je ne te laisserai pas dire ça ! hurla Andrew en avançant tant bien que mal vers elle

— Essaye un peu de l'arrêter ! s'écria Peter Benchley en lui faisant face.

— Si nous sommes dans ce merdier, c'est parce que Susanna veut aller à la recherche de sa sœur, persista Mary Shore. Pourquoi devrions-nous tous…

— Ferme-la ! cria quelqu'un, et Jane Greene surgit comme un chat en colère, griffes sorties, prête à bondir sur Mary. Un mot de plus contre Susanna et je te tords le cou !

Un silence suivit, rompu seulement par les craquements de la membrure et la toux plaintive d'un des enfants de Jane.

— Nous avons tous décidé de venir ici, poursuivit-elle. Tu aurais pu rester à Londres, Mary, et toi aussi Peter ! Mais vous ne l'avez pas fait ! Vous avez préféré venir avec nous, alors maintenant, *fermez-la* !

La tension tomba. Mary se contenta de bouder. Peter et Andrew s'écartèrent. Susanna adressa un coup d'œil reconnaissant à Jane qui lui répondit par un regard ferme. Susanna venait d'apprendre qu'une amitié, comme celle qui la liait à Peter Benchley, pouvait exploser en vociférations et faire place à une incontrôlable colère. Mais avec Jane, l'amitié était indestructible, comme si elle avait existé dès avant leur naissance.

— Quoi qu'il en soit, reprit Peter d'un ton plus calme, Mary et moi nous avons décidé de prendre le premier bateau pour l'Angleterre. Les autres feraient bien de suivre notre exemple.

Là-dessus, lui et Mary quittèrent le groupe et montèrent sur le pont.

— Andrew, je n'en peux plus. C'est ma faute, tout ça ! chuchota Susanna à l'oreille d'Andrew cette nuit-là, tandis qu'ils étaient balancés, enlacés, dans leur hamac. Pourquoi ne pas faire comme ils disent et mettre un terme à cette tournée à Charles Town ?

— Tu ne veux plus retourner à New York ?

— Si, mais nous ne pouvons pas continuer comme ça.

— Deux jours de repos et un bon spectacle à Charles Town, et tout ira bien de nouveau. D'ailleurs, la plupart d'entre nous tiennent bon, Susie. Et presque tous les enfants. Regarde Ainsworth !

Susanna rit doucement, fière et heureuse. Ainsworth était étonnant. À sept ans et demi, c'était déjà un acrobate accompli qui courait sur le bateau comme s'il lui appartenait. Le voyage en Amérique ne lui avait fait aucun mal.

— Très bien, dit-elle. Mais ce n'est pas tout. Si Peter et Mary s'en vont, il n'y a plus de spectacle !

— Nous verrons ça quand nous y serons.

« Andrew a réponse à tout », se dit Susanna, espérant que ce n'était pas simplement parce qu'il ne voulait pas reconnaître qu'il s'était trompé.

— Écoute, mon amour, Mary a raison quand elle dit que nous sommes ici parce que je cherche Judith. C'est vrai, j'en rêvais, mais pas à ce prix. Je ne me rendais pas compte...

— C'est moi qui ai amené tout le monde ici, chuchota furieusement Andrew. C'était mon idée ! Je l'ai voulu pour toi, Susie, mais c'est à mon initiative que cela s'est fait, pas à la tienne !

— Pourquoi ?

— Je te le devais. Tu es revenue en courant de France pour moi.

— Ne sois pas idiot. J'aurais accouru de n'importe où pour toi !

— Je parle sérieusement. Je t'ai empêchée de rencontrer ta sœur.

— Non, murmura Susanna. C'est ma famille qui a fait ça, mon frère surtout. Toi, tu ne me dois rien.

— Je...

Elle le fit taire avec des baisers. Il n'y avait qu'une seule manière de faire l'amour dans un hamac, entourés de témoins endormis, c'était de le faire doucement, presque sans bouger. Le résultat serait le même, de toute façon elle serait satisfaite. Andrew avait toujours eu le don de lui faire cet effet.

Cela faisait dix ans qu'elle était revenue de France pour lui. Dix ans de véritable vie, et au cours de ces années elle était devenue pleinement femme, une femme sensuelle, une mère, une personne heureuse. Et ce qu'Andrew lui avait promis s'était réalisé également. Ils travaillaient ensemble, partenaires sur les planches. Ils ne jouaient pas pour des petits seigneurs, mais ils gagnaient leur vie honnêtement. Leur public riait, les regardait, les écoutait, et parfois même pleurait. Susanna aimait son métier, elle aimait Andrew et elle aimait son enfant. Tandis qu'elle sombrait avec Andrew dans le sommeil, elle songea que leurs soucis actuels n'étaient rien de plus qu'une passe difficile à franchir. Andrew avait raison. Demain, à Charles Town, tout irait bien.

Le lendemain, l'aube parut ne jamais vouloir pointer. Bien avant qu'une vague lumière jaune ne filtre jusqu'aux ponts inférieurs, le bateau s'était mis à tanguer et le vent à gronder. Une soudaine embardée balança violemment les hamacs, envoyant les objets personnels valser dans tous les coins et, dans le noir, des voix s'élevèrent pour demander ce qui se passait.

— Un grain, répondit quelqu'un, endormi.

Quand les acteurs purent distinguer quelque chose à travers l'obscurité, le bateau gîtait d'une façon alarmante. L'écoutille était fermée, mais Andrew tambourina et hurla jusqu'à ce qu'on leur ouvre.

— Restez en bas, cria un marin.

Il avait compté sans l'agilité des acrobates. Andrew était sur le pont en un éclair, Peter Benchley aussi, avant que les marins aient réussi à refermer l'écoutille.

La matinée était plus avancée que ne l'avait pensé Andrew. Aussi haut qu'ait été le soleil, le seul signe de sa présence était une pâle traînée soufre au nord, en bordure du ciel. Vers le sud, les couleurs allaient du gris perle au violet foncé le plus profond, en passant par le pourpre. À l'ouest, à peine visible, se profilait une côte. Le bateau avait beaucoup de mal à maintenir une route parallèle, penché qu'il était sous le vent, le nez aux trois-quarts plongé dans les eaux déchaînées, le pont inondé à chaque fois que s'inclinait la proue.

— Je ne veux pas vous voir ici ! hurla de l'arrière le capitaine. Ne restez pas dans les pieds de mes hommes !

Andrew s'agrippa à l'hiloire d'écoutille et recula précipitamment, comme un crabe, jusqu'à ce qu'il ait mis le pied sur l'escalier du gaillard d'arrière.

— Je suis hors de leur chemin, cria-t-il, levant la tête. Où sommes-nous ?

Il avait devant le nez les bottes du capitaine et son pantalon goudronné. Celui-ci regarda dans sa direction, par-dessus la rambarde.

— Quelque part du côté de Bull Bay !

— C'est à combien de Charles Town ?

— Seul Dieu Tout-Puissant le sait !

— Que voulez-vous dire ?

— La tempête peut rester au large ! Dans ce cas, il faudra se servir des vents d'est pour rallier Charles Town Bay !

— Et sinon ?

Une rafale de vent emporta les mots de la bouche d'Andrew.

— *Sinon ?*

Mais le capitaine lui avait déjà tourné le dos, sans doute pour donner un ordre à l'homme de barre.

Peter Benchley arriva à quatre pattes jusqu'à Andrew et lui hurla à l'oreille :

— Cette fois tu nous as vraiment foutus dans la merde !

— Pour l'amour du ciel, je ne suis pas maître des éléments ! hurla Andrew en retour, en montrant lesdits éléments avec des gesticulations d'impuissance.

Peter le regarda dans les yeux.

— Quand tout cela sera fini, tu nous devras des comptes ! Qu'est-ce que t'a dit ce capitaine ?

Andrew lui fit face.

— Que tu devrais descendre !

— Nom de Dieu, Andrew ! Qu'est-ce qu'il a *dit* ?

Andrew s'aperçut que Peter était blême de peur. Dans quel état étaient les autres, en bas ? Il prit une brusque décision.

521

— Il a dit que la tempête va se calmer et que nous serons bientôt à Charles Town. Descends prévenir les autres, Peter. Tranquillise-les.

La lumière parut se faire dans le cerveau noir de fureur de Peter, parce qu'il fit demi-tour et retourna en rampant jusqu'à l'écoutille ; il souleva le panneau à grand-peine et passa par-dessous.

— Fermez-moi ça ! beugla le capitaine à ses hommes, les mains en entonnoir. Si le vent entre, les panneaux vont voler par-dessus bord ! Vous voyez pourquoi je ne veux pas de vous ici ? hurla-t-il à Andrew.

Andrew ne releva pas.

— Qu'est-ce qui va se passer si la tempête ne se calme pas ? cria-t-il.

Un grain bouscula les vagues et coucha si bien le bateau qu'à tribord le bastingage parut s'engloutir. Le capitaine hurla des ordres. La bourrasque s'apaisa et le bateau se redressa brusquement.

Le danger passé, le capitaine se tourna vers Andrew.

— Vous voyez ce qui arrive quand on ne fait même qu'en parler ? cria-t-il, hors de lui. Tenez votre langue, l'ami, tenez votre langue !

Andrew essaya de percer l'obscurité. La bourrasque et les avertissements du capitaine donnaient l'impression que la tempête était un être vivant et capricieux, qu'il fallait ménager. Bien qu'il ne crût pas en la magie, Andrew frissonna. Logiquement, si la tempête ne restait pas au large, elle viendrait vers la terre. Au lieu, comme l'avait dit le capitaine, de pouvoir profiter des vents d'est pour atteindre Charles Town, il y aurait des vents contraires qui feraient sortir le bateau de son chemin.

— Que pouvons-nous faire ? cria-t-il.

— Tenir notre route ou chercher un abri ! répondit le capitaine en pointant le doigt sur la côte que l'on apercevait vaguement devant. Il y a une petite baie, là-bas, où nous pourrions étaler la tempête ! Si elle empirait, vous pourriez débarquer.

Andrew fit des efforts pour apercevoir l'endroit que lui indiquait le capitaine. Il ne vit rien, ni hauteurs, ni arbres, aucun point de repère.

— Qu'est-ce qu'il y a dans cette baie ? demanda-t-il. Une colonie ? Des maisons ?

— Rien. Des sauvages, peut-être. Oh, ils ne vous feront pas de mal. Ils vous donneront à manger !

Andrew se représenta toute la compagnie, échouée sur une côte étrangère, nourrie par des Indiens dans la tempête. Ce qui lui rappela la pièce de Shakespeare, grâce à laquelle il avait fait la connaissance de Susanna – ce qui l'agaça fort. Ce n'était vraiment pas le moment d'y penser. Il avait expliqué à la troupe qu'ils allaient à Charles Town, où tout irait bien. Il ne pouvait plus reculer.

— Nous n'irons pas là ! hurla-t-il. Nous maintiendrons le cap sur Charles Town !

— C'est moi le maître à bord de ce bateau, pas vous !

Saisi de fureur, Andrew grimpa les marches en deux enjambées et agrippa la rambarde à côté du capitaine, les yeux fixés sur son visage tanné, non rasé.

— Nous vous avons payé plus que de raison pour que vous nous déposiez à Charles Town, et pas sur je ne sais quelle côte perdue, chez les sauvages ! hurla-t-il. *À Charles Town !*

Sous le bord ruisselant de son chapeau goudronné, le capitaine lui jeta un regard noir, puis baissa les yeux et haussa les épaules. Et, dans les hurlements incessants du vent, le bateau poursuivit sa route vers Charles Town.

Accroché à la rambarde, Andrew se sentit soudain vidé de sa colère et de son énergie. Ils avaient été mal nourris à bord et il avait réservé le meilleur aux enfants et aux malades. Il n'avait rien mangé d'autre qu'un biscuit depuis la veille au matin. À Charles Town, ils auraient de la viande. Ils auraient du poisson, des homards, du bon pain, de la bière, du vin… Son estomac gargouilla. Il éclata de rire.

— Ne vous moquez pas d'elle ! lui cria le capitaine à l'oreille. *Ne vous moquez pas…*

Les haubans hurlèrent et un craquement, pareil à un coup de tonnerre, noya ses paroles. Le bateau se cabra, sa tête s'inclina vers l'obscurité de la tempête, et un second craquement, plus violent que le premier, se fit entendre.

— Couchez-vous ! hurla le capitaine.

Andrew s'aplatit sur le bois mouillé alors que, balancés par le vent, un mélange confus de cordes et d'espars dégringolait sur le pont où les hommes d'équipage s'égaillaient en quête d'un abri.

Un coup violent retentit au moment où un plus grand morceau de mât heurtait le pont. Debout, la face contorsionnée, le capitaine lui envoya des coups de pied.

— Sortez-vous d'ici, espèce d'imbécile, et laissez-moi commander mon bateau ! hurla-t-il. Vous croyez que j'ai besoin de gens comme vous à des moments pareils ?

Il criait déjà des ordres à son équipage lorsque Andrew, étourdi, descendit les marches et reprit son ancienne position derrière eux. Il constata qu'en haut, dans la mâture, la rafale avait brisé le mât de hune à l'avant, sur lequel une petite voile avait été installée. Le bateau n'avait plus de voiles. Andrew n'était pas marin mais il était capable de comprendre que, sans voiles, ils ne pouvaient plus atteindre Charles Town.

Dans le brouillard d'embruns, il distinguait à peine le capitaine. Inutile maintenant d'essayer de discuter de ce qu'il fallait faire. Il regarda devant lui, comme en rêve, attentif à une accumulation d'événements qu'il n'était pas en son pouvoir de freiner. Il vit les hommes d'équipage se débattre parmi les gréements tombés. Il vit la mer noircir et la lumière faiblir. Il vit la proue du navire se tourner vers la terre et le bateau tanguer dans le vent qui arrivait de l'arrière, puis se mettre à voguer librement. Il vit la grêle blanchir le pont, lequel prit un aspect fantomatique jusqu'au moment où il fut entièrement lavé par la pluie torrentielle qui succéda à la grêle. Il vit une île à tribord, un promontoire peu élevé à bâbord, l'île qui courait de côté, le promontoire trop bas, trop près...

Dans un grincement, un choc le projeta en avant. Il se raccrocha à l'écoutille, l'eau passant par-dessus sa tête. Les autres étaient en bas. Il fallait qu'il les sorte de là. Il tira de toutes ses forces sur le panneau de l'écoutille. Avait-il été endommagé quand le mât s'était rompu ?

— J'arrive, mon bonhomme !

Un vieux marin apparut, des mèches de cheveux blancs trempées collées sur ses joues. À eux deux, ils ouvrirent l'écoutille et le panneau passa par-dessus bord.

Andrew descendit dans l'obscurité. Il entendit des clameurs.

— L'écoutille est ouverte, cria-t-il. Venez ! Sortez !

Dieu sait combien de temps il fallut pour que toute la troupe ait grimpé par ce chemin, les plus forts tenant les enfants pour que ceux-ci ne soient pas emportés par les eaux. Andrew ne remonta lui-même que lorsqu'il se fut assuré qu'il ne restait plus personne en bas. Les femmes et les enfants étaient déjà dans la chaloupe qu'on avait mise à la mer du côté du navire abrité du vent, dans des eaux légèrement plus calmes. Susanna, Ainsworth sur ses genoux, l'entourait de ses bras protecteurs. Andrew aperçut le visage pâle de son fils levé vers lui. Dans un élan d'amour et de frayeur, il essaya de lui adresser un sourire encourageant.

— Tout ira bien, Ainsworth, lui cria-t-il. Ne t'inquiète pas !

Ainsworth agita la main. Les rameurs commencèrent à tirer et la chaloupe s'écarta. Andrew regarda Susanna dans les yeux. Pouvait-elle le voir suffisamment pour comprendre combien il l'aimait ? Il vit la chaloupe entrer dans la baie. On apercevait parfois la côte, une rive basse sur un fond d'arbres agités par le vent.

Susanna. De tout ceci, il était responsable, mais il l'avait fait pour elle. Susanna, celle qui l'avait changé, celle qui lui avait fait prendre conscience de ce qu'il valait alors qu'il se laissait aller à la dérive, comptant sur son esprit, son charme et son talent sans vraiment croire en lui-même. Susanna, pour laquelle il avait défié Jon Harley, au prix de deux ans de prison et d'une amère séparation ; Susanna qui souffrait si cruellement de la perte de sa sœur. Et lui, à cause de Jon Harley et de sa vengeance, il avait prolongé cette souffrance, il avait été un obstacle pour elle...

À l'époque, il n'avait pas le choix, il ne pouvait pas agir autrement, se dit Andrew. Combien de temps encore auraient-ils été obligés – Susanna surtout – de continuer à vivre sous terre, comme des taupes ?

Aussi longtemps que Jon Harley aurait vécu, sans aucun doute.

Andrew avait donc ourdi son plan, pris des accords secrets avec un aristocrate de ses amis : l'incident au théâtre, les bandits à gages...

Ce qu'il avait fait lui pesait sur la conscience, mais Harley n'avait-il pas utilisé aussi des amis haut placés pour lui rendre la vie avec Susanna impossible ? Il ne regrettait rien. Si c'était à refaire, il le referait.

À travers un trou dans le rideau de pluie, il aperçut la chaloupe qui échouait et les femmes et les enfants qui débarquaient tant bien que mal. Son moral remonta. Le voyage n'était pas terminé. Susanna aurait encore le temps de trouver sa sœur et de panser ses blessures.

Soudain, il se retourna, saisi d'une inquiétude pratique. Kit se tenait fermement à son côté.

— Nos affaires, Kit ! cria-t-il. Il y a des costumes et des choses que nous ne pouvons pas abandonner !

— Mais comment remonter les malles de la cale ?

— Allons chercher de l'aide !

Il se mit à ramper sur le pont incliné vers le groupe des acteurs qui regardaient la chaloupe revenir de la rive.

— Vous devez monter dans la chaloupe, hurla le capitaine en voyant apparaître Andrew.

— Nous devons récupérer les malles de la cale.

— *Vous êtes fou* ou quoi ? Vous allez descendre dans le bateau !

Andrew s'obstina. Si ces malles étaient perdues, on ne pourrait même pas sauver un semblant de tournée.

— Vous devez nous débarquer avec notre chargement ! hurla-t-il. C'est dans le contrat !

— C'est vous qui êtes responsable de tout ça ! cria le capitaine, les yeux hors de la tête. Vous nous avez obligés à garder la route pour Charles Town jusqu'à ce qu'il soit trop tard ! Et votre folie impie a amené la tempête à se tourner contre nous et à nous faire échouer ! *C'est vous le coupable !*

C'était bien vrai que c'était lui, Andrew, qui avait entraîné tout le monde dans ce naufrage. Mais il repoussa la main du capitaine et se précipita vers l'écoutille.

— Andrew ! La chaloupe attend ! beugla Kit en lui tendant la main.

Le vent hurla, le bateau se souleva, les eaux grondant contre sa coque sans défense. Andrew vit le ciel tournoyer, puis vaciller et s'arrêter.

— Kit ! hurla-t-il quand une vague balaya le pont et passa sur son ami, qui glissa vers le bord et disparut de sa vue. Kit !

— À la chaloupe, l'ami, à la chaloupe ! braille le capitaine.

Andrew lâcha le hiloire d'écoutille et commença à se laisser descendre. Soulevé par une vague, le bateau fit un saut de mouton et retomba en déchirant l'eau, avec un choc qui avait tout du Jugement Dernier. Andrew partit en roulant. Il essaya désespérément d'atteindre le bord, passa une jambe par-dessus le bastingage. La chaloupe n'était qu'à quelques brasses de là, presque pleine…

1695-1699

I

Parmi les nouveaux bâtiments du Refuge se trouvait une construction de bardeaux ouverte, que les Montjoye appelaient l'atelier de teinture. Par un bel après-midi de printemps, Richard, un jeune homme de vingt-six ans maintenant, ganté et protégé par un épais tablier de cuir, remuait doucement avec un bâton le contenu d'une cuve.

— Que pensez-vous de ça, Père ? demanda-t-il en soulevant un écheveau de soie jaune au-dessus du liquide sombre et malodorant qui se trouvait dans la cuve. C'est un peu pâle, à mon avis.

— À mon avis aussi, répondit Daniel en examinant l'échantillon. Ta mère va venir y jeter un coup d'œil dans un instant.

Richard sourit.

— Elle sait toujours pendant combien de temps il faut les laisser. C'est étrange.

— Étrange ? répliqua Daniel en riant. Il y a un dur travail là derrière ! Rappelle-toi que cela va bientôt faire huit ans qu'elle a commencé ça !

— Comment pourrais-je oublier ces expéditions que nous faisions dans les bois avec Farland et les Indiens pour lui rapporter des plantes ? Le résultat était catastrophique la plupart du temps, mais on obtenait aussi quelques belles couleurs !

— Je ne me souviens pas de tous ces détails, Richard. Je me remettais à peine de mon accès de fièvre. (Il se rendait bien compte qu'il avait été absent, qu'il avait l'esprit assez confus à l'époque.) Pourtant je la vois encore montrant ses plus beaux échantillons aux Molina !

Les Molina étaient arrivés au Refuge, eux-mêmes réfugiés

juifs fuyant l'intolérance fanatique de Leisler et de ses amis, qui avaient pris le pouvoir à New York en 1689. C'était pendant leur séjour, au cours de conversations entre Joseph, Asher, Richard, Judith et Daniel, que de nouvelles idées avaient jailli.

Ils avaient passé beaucoup de temps, comme tous les colons, à déplorer les lois qui limitaient le commerce et l'industrie des colonies. Celles-ci étaient censées ne vendre leurs matières premières qu'à la mère patrie, de même qu'elles ne devaient acheter qu'à elle les objets manufacturés dont elles avaient besoin. Il fallait en vendre des matières premières pour avoir les moyens de payer les prix très élevés des marchandises anglaises !

S'endetter était une façon de s'en sortir. L'autre était de tourner la loi. On faisait des échanges en contrebande avec des bateaux étrangers, par exemple, et des manufactures coloniales fournissaient les marchandises nécessaires à meilleur prix que celles de l'Angleterre.

Garrett était passé maître dans la manière de triompher du monopole colonial. Et quand il était réapparu au Refuge cet été-là, après un long voyage d'affaires aux Antilles, les conversations avaient pris un tour décisif. Daniel avait toujours pensé que le prix de la soie grège était trop bas pour qu'on puisse fonder sur elle un avenir. Bon, eh bien dans ce cas – tout le monde parut arriver simultanément à la même conclusion –, les Montjoye transformeraient leur soie grège en un produit fini, ou semi-fini, dont ils pourraient tirer plus grand profit.

— Oui, approuva Richard, riant lui aussi, Mère a pris toutes les plus belles couleurs et elle a dit : « Voilà, c'est ça que nous allons faire. »

— Ils ont été renversés quand ils ont appris que les teintures venaient de la forêt, ajouta Daniel. Tu te rappelles le vieux Joseph ? Il enroulait les échantillons sur ses doigts en disant : « Pas de problème pour trouver preneur ! Pas de problème pour trouver preneur ! », avec son accent hollandais !

— Oui, et il avait drôlement raison !

Toute les soies teintes produites par le Refuge étaient aussitôt vendues. Les plus belles partaient – par une route compliquée que Joseph et Daniel avaient organisée – pour la France, où elles étaient travaillées selon les dessins de Judith et revenaient ensuite à New York pour y être vendues. Les tisserands de Spitalfields, à Londres, achetaient le reste.

L'atelier de teinture travaillait une bonne partie de l'année. Les Montjoye y traitaient non seulement la soie grège des Brearsley mais aussi celle d'autres producteurs que Garrett achetait ici et là, en Virginie et en Caroline, et ils parlaient maintenant, puisque l'entreprise était si profitable, de teindre d'autres textiles, comme le lin ou la laine.

Durant ces dernières années, affairées et florissantes, Daniel avait fini par trouver sa place dans le Nouveau Monde. Il ne faisait pas de commerce, au sens où il avait toujours rêvé de le faire, mais cette affaire de famille était un défi pour lui et pour eux tous. Et à sa grande surprise, se disait-il en regardant Richard au travail sur sa cuve, les jeunes, en insufflant du sang neuf et de l'imagination dans l'entreprise, l'avaient sorti, lui, de sa morosité et l'avaient impliqué, presque en dépit de lui-même, dans l'aventure.

— Je reviens, dit-il à Richard en quittant le hangar.

Le chemin conduisant à la maison et aux autres bâtiments passait par une des premières plantations de mûriers. Bien qu'ils aient été loin d'avoir fini de grandir, les arbres étaient déjà plus hauts que Daniel. Ailleurs, au Refuge, des plantations postérieures occupaient toutes les terres défrichées avec des buissons de diverses tailles, selon leur âge. Il atteignit la remise qu'ils appelaient la filature.

— Richard et moi, nous trouvons la nouvelle préparation un peu pâle, dit-il en entrant. Elle a sans doute besoin de ton coup de main magique.

Elle leva les yeux et sourit.

— Je finis juste ça.

Elle surveillait un grand fuseau qui se remplissait d'un fil pâle. Avant d'être lavée et teinte, la soie grège avait besoin d'être moulinée, c'est-à-dire qu'il fallait tordre plusieurs fils ensemble pour en faire un. De la force et de la direction de cette torsion dépendaient la texture et la flexibilité du fil achevé, et ce qu'on pourrait en faire. Les rouages nécessaires étaient plus compliqués que ceux qui servaient à dérouler les cocons, mais Daniel s'était arrangé pour en obtenir les plans de France et les avait adaptés à la situation. Un voisin, qui avait une forge, avait fabriqué les parties en fer selon ses indications, et ils avaient construit le reste en bois.

Plus loin, dans l'ombre, derrière Bérangère qui surveillait les boucles où le fil risquait de s'emmêler, Daniel aperçut Farland Williams qui tournait la roue à main.

— Bonjour Farland !

— Bonjour, monsieur, répondit Farland, avec cette politesse propre aux gens de Virginie, qui n'impliquait aucune servilité, loin de là.

— Voilà, c'est fait ! dit Judith en sortant la bobine de son axe et en la mettant de côté. Allons dans l'atelier.

Daniel et Judith traversèrent la plantation de mûriers, suivis de Farland et de Bérangère qui voulaient voir aussi la nouvelle couleur que Judith espérait produire. Mais les deux jeunes riaient et lambinaient, occupés l'un de l'autre.

— Tu crois, murmura Daniel à Judith, que Farland et Bérangère...

Elle rit doucement.

— Tu viens seulement de le remarquer ?

Il y réfléchit. Farland était un excellent garçon, intelligent et qui avait bon caractère. Il contribuait de façon importante à la vie du Refuge : sans sa connaissance des plantes et les extraits que lui et Richard en faisaient, les teintures de Judith n'auraient jamais vu le jour. De toute évidence, il avait les moyens de se marier. Bérangère ne pouvait pas trouver meilleur époux – ni Farland meilleure épouse que la jolie Bérangère aux yeux noirs, qui rappelait à Daniel sa sœur Sarah, avant que celle-ci ne se soit sauvée à Genève.

— Bérangère est bien jeune encore, fit-il observer à Judith. Elle n'a même pas vingt ans.

— Amy s'est mariée au même âge. Et, si tu veux bien te reporter un peu en arrière, j'étais encore plus jeune.

— Oui, mais...

— Mais nous étions différents ?

Ils éclatèrent de rire et pénétrèrent dans l'atelier, main dans la main. Daniel prit conscience que cela se produisait de plus en plus souvent ces derniers temps. Il avait changé. Il avait le cœur plus léger. À cause des bonnes nouvelles venues du monde extérieur ? Il était vrai que le roi Jacques avait été déposé et que Guillaume d'Orange, le souverain hollandais, et la reine Mary, avaient été appelés à régner à sa place. La menace d'absolutisme catholique en Angleterre et dans les colonies avait disparu et l'ombre jetée sur l'Europe par le roi Louis s'était un peu dissipée.

Mais les nouvelles de France étaient toujours aussi désespérantes. On persécutait les huguenots, les obligeant à rendre hommage à la seule et unique religion de l'État. À Nîmes, Élie était mort dans l'affliction et la mère de Daniel avait été plusieurs fois enfermée dans un couvent sous prétexte qu'elle était rebelle. Bien que ces séjours aient été brefs et qu'elle fût de nouveau chez elle, cela faisait bouillir le sang de Daniel. Pour ce qui touchait à la France, il pensait ne jamais pouvoir retrouver la paix. Il avait été contraint à l'exil, et pourtant il existait une demande d'extradition à son encontre, à cause de laquelle il se tenait caché, alors que son frère Matthieu et d'autres ministres du culte rentraient en France clandestinement et supportaient le poids de l'oppression. Cela lui donnait l'impression d'être un lâche.

Il en avait parlé à Judith. Elle lui avait répondu que d'autres réfugiés, que peut-être tous les autres réfugiés éprouvaient les même sentiments. Il avait fait tout ce qu'il pouvait, il n'avait rien à se reprocher. Cela l'avait un peu soulagé, mais pas complètement.

Non, ce qui avait vraiment changé en lui, pensa-t-il, c'est qu'il avait renoncé à son refus obstiné de vivre sur une plantation. Il s'était laissé attirer par une nouveau genre de vie, et il ne le regrettait pas. L'attitude était différente ici, dans le comté d'Albemarle. Les gens considéraient qu'ils avaient droit à leurs propres croyances et à leur propre existence. L'endroit était très supérieur à ce qu'il avait imaginé.

« Et si tu pouvais rentrer en France demain et redevenir marchand de soie ? » se demanda-t-il.

Non.

« Et si tu pouvais rentrer et te venger de Charles ? »

Il hésita, jeta les yeux sur Farland et Bérangère qui riaient, sur Richard et Judith qui discutaient sérieusement par-dessus la cuve et, chassant toutes ces questions de son esprit, marcha vers eux.

Cet été-là, Farland et Bérangère se marièrent en habits tissés dans la soie du Refuge. Farland portait un beau costume gris perle et Bérangère une robe mouchetée blanche et bleu pâle, d'après un dessin de Judith. Avec sa carnation mate, elle était ravissante.

L'office fut célébré par un ecclésiastique anglican de Roanoke et la plupart des voisins y assistèrent, y compris les Brearsley, de même que les parents de Farland, descendus de Virginie. À la fête en plein air qui suivit, les tables étaient couvertes de palourdes, de langoustes, de feuilletés au pigeon, de canards et dindes rôtis et de deux cuissots de chevreuil ; le vin, qui coulait à flots, avait été offert par Piet et Sarah (qui n'avait pas pu faire le voyage car elle était près d'accoucher de son troisième enfant), et avait été apporté par Garrett, sur son *Queen Bee.* Garrett avait d'ailleurs fourni, pour sa part, du cognac de première qualité provenant, d'une manière ou d'une autre, de la cale d'un navire marchand français en route pour Saint-Domingue.

À un moment donné de ce bruyant repas, Richard, qui supportait mal de boire, claironna :

— Je pensais que ce serait votre mariage qu'on célébrerait d'abord, Garrett ! C'est pour quand ?

Judith retint son souffle.

— Et toi, tu es assez vieux, Richard ! déclara le petit Zack de treize ans. Qu'est-ce que tu attends ?

— Farland n'a pas de sœur ! répondit Richard en plaisantant.

— Alors cherche-toi quelqu'un d'autre, je te le conseille, grand frère.

Zack était incroyablement effronté et sûr de lui pour son âge. Il aurait pu agacer, n'étaient son bon naturel et son sens de l'humour. Quoi qu'il en soit, il déconcertait Richard, qui n'arrivait pas à prendre, comme lui, les choses à la légère. Ils n'ont pas eu à vivre les mêmes expériences, se disait parfois Judith pour expliquer leur différence.

— Je n'ai pas de temps pour ça, riposta vivement Richard, qui ajouta, d'un ton plein de sous-entendus : Ce n'est pas comme toi !

Un court silence suivit. Zack rougit. Quelqu'un gloussa. « À treize ans ? Est-ce possible ? » se demanda Judith. Bien sûr que ça l'était. Elle se promit d'avoir une petite conversation avec lui bientôt.

— Quoi qu'il en soit, déclara Garrett, venant à son secours (lui et Zack étaient de grands copains et, à chaque fois que le *Queen Bee* quittait la baie, il fallait empêcher le garçon de monter clandestinement à bord), je ne crois pas qu'il y aura jamais une

Mme Woodward. Le mariage ne convient pas à la vie de marin. Non, pour moi, c'est une fille dans chaque port !

Tout le monde rit et l'incident fut clos. Judith jeta un coup d'œil à Garrett, souhaitant qu'il ait vraiment une fille dans chaque port.

La première fois qu'il était revenu, cela n'avait pas été facile. Deux ans n'avaient pas tout effacé comme par magie. Quoi qu'il en soit, leur décision n'avait jamais été remise en cause, Judith était restée l'épouse de Daniel, et Garrett, comme elle le lui avait demandé, un ami, celui de Daniel aussi bien que le sien.

Elle se rendait compte maintenant des ravages qu'aurait causés leur passion. Toute sa vie était en jeu au Refuge. Tout ce qu'elle avait jamais fait prenait corps à présent dans cette entreprise, ici, sur les rives du Nouveau Monde. C'était ce qui donnait un sens à sa vie.

Il lui arrivait de se détester pour s'être laissée stupidement emportée par une passion infantile, écœurante, qui aurait pu tout gâcher. Puis, en voyant combien clairs étaient les yeux de Garrett, combien sincère son amitié, combien saine sa peau tannée par le soleil, elle comprenait que ses sentiments n'avaient été ni laids ni enfantins. Il fallait choisir, c'était tout.

Elle ne regrettait pas de vivre avec Daniel. Elle n'avait jamais cessé de l'aimer et, à présent qu'il était plus heureux, ils étaient de nouveau heureux ensemble. Garrett lui avait laissé entendre que Daniel avait besoin de quelque chose de plus que de regarder pousser des mûriers et, avec l'énergie du désespoir, Judith avait essayé de lui procurer ce quelque chose de plus. Nul doute qu'elle y ait été poussée par le sentiment de culpabilité qu'elle avait éprouvé après l'incident avec Garrett. Mais elle avait eu aussi d'autres moteurs. Garrett avait été l'étincelle, mais la flamme était faite de son amour pour Daniel et de sa fascination pour la soie et les couleurs.

« Maintenant, songeait-elle, en posant un regard plein d'affection sur sa fille préférée, assise, radieuse, à côté de Farland, le succès était apparemment à la porte. Plaise à Dieu que cela continue de cette façon. »

Après le repas, comme les hommes s'installaient pour fumer et bavarder, Judith décida de faire visiter à Sophie Williams, la mère de Farland, la nouvelle maison dont ils avaient commencé la construction. Elle appréciait la compagnie de Sophie. Farland avait hérité d'elle ses cheveux auburn et ses taches de rousseur, ainsi qu'un peu de son charme. Et Sophie, qui avait vécu toute sa vie dans des maisons de la côte, sur des plantations, serait sûrement de bon conseil.

Le chantier se trouvait sur une légère élévation, à quelques centaines de pas derrière l'ancienne cabane, séparé d'elle par des bois. Judith et Sophie avaient à peine mis le pied dans le bois que la mère Brearsley les rattrapait, suivie d'Amy, sa petite fille de dix-huit mois, Marjory, dans les bras.

— Vous allez voir la maison ? demanda la mère Brearsley, avec un coup d'œil oblique en direction de Sophie Williams.

— Oui, répondit Sophie. Justement, nous nous disions que nous aurions dû y aller en groupe au lieu de partir seules, comme ça, alors nous sommes bien contentes que vous ayez décidé de nous rejoindre.

Judith regarda Sophie, impressionnée. Elle n'aurait jamais su se montrer aussi diplomate. Elle aurait été incapable de cacher son déplaisir.

Les relations entre les Montjoye et les Brearsley n'avaient jamais été faciles. Le Vieux et la mère Brearsley (leurs prénoms étaient Jotham et Alice, mais Judith ne les avait jamais entendu utiliser) combinaient un certain nombre de fâcheux traits de caractère : ils étaient intrigants mais manquaient d'imagination, exigeants et pourtant soupçonneux et prompts à se vexer.

Depuis qu'ils avaient agrippé les Montjoye au sujet de la soie, ils ne les avaient plus lâchés. Ils disposaient d'énormes plantations de mûriers, mais ils n'avaient jamais maîtrisé les techniques d'élevage des vers à soie et de dévidage des cocons. Leurs résultats étaient médiocres. Ce qui ne les empêchait pas de vouloir vendre leur soie à travers le Refuge. Et quand les Montjoye avaient construit l'atelier de teinture et la filature, ils avaient tenu pour acquis qu'ils pourraient en profiter.

Si seulement les femmes Brearsley – Amy, ses trois belles-sœurs et la mère – avaient été un peu plus douées, ou tout au moins plus désireuses d'apprendre, Judith leur aurait appris à devenir des moulineuses ou des teinturières. Mais vu la situation, il n'était pas question de leur laisser utiliser n'importe comment des ateliers que Daniel, Richard et elle avaient eu tant de mal à mettre sur pied. De sorte que, moyennant un pourcentage sur le prix de vente, c'étaient les Montjoye qui se chargeaient du moulinage et de la teinture de la soie des Brearsley. L'arrangement était encore très avantageux pour les Brearsley qui, autrement, n'auraient eu à vendre que de la soie de mauvaise qualité, mais ils en étaient aussi mécontents que si on les avait privés d'un droit.

Les quatre femmes arrivèrent sur le chantier. Les fondations de la maison avaient été conçues et construites en briques, délivrées par le *Queen Bee* un an auparavant. Mais les briques étant très chères, le reste de la maison serait fait de bois : bardage en planches et toit de bardeaux. Elle ne serait pas très grande mais leur semblait immense en comparaison de leur cabane.

— Quand pensez-vous que ce sera fini ? demanda Sophie après avoir fait, comme Judith l'espérait, quelques suggestions utiles – d'autant plus pertinentes que les Williams voulaient aussi faire construire une maison à côté, sur leurs terres, en cadeau de mariage pour Farland et Bérangère.

— Je ne pense pas que nous puissions y emménager avant l'année prochaine, répondit Judith.

— Nous allons faire construire bientôt, nous aussi, remarqua la mère Brearsley, tandis qu'elles retournaient à la fête.

— Mais... vous avez déjà une maison ! répliqua Judith, surprise.

Les Brearsley vivaient dans une petite maison en bois avec Janet et Alice, leurs filles.

— Non, pour Joël, expliqua la mère Brearsley. Il va s'installer vers l'amont, au bout de la plantation.

— Ah, je comprends.

Joël et sa femme Édith vivaient dans une cabane, comme Amy et Robert.

— Comme ça il y aura une case vide pour les esclaves, poursuivit Mme Brearsley d'un air satisfait, et ils pourront élever des petits.

Judith se tut. Les Brearsley étaient très fiers d'avoir acheté un couple de Nègres à un marchand venu dans la baie. Ce marchand avait déclaré que, nourri suffisamment mais à peu de frais, ce couple leur livrerait jusqu'à une douzaine d'enfants qui seraient, bien entendu, la propriété des Brearsley. C'était un bon investissement : ils travaillaient pour vous, vivaient de haricots et de maïs et engendraient en même temps.

Judith avait vu dans quel état ces deux pauvres créatures, qui n'avaient même pas l'air de se connaître, avaient quitté le bateau. Elle ne voulait rien avoir à faire avec ça. Si les Brearsley s'imaginaient que des gens maltraités de cette façon allaient travailler avec toute la patience et le savoir-faire qu'exige l'élevage de la soie, ils se trompaient. C'était une illusion au même titre que son idée de former des Indiens, laquelle avait tourné court dès qu'il avait été question de vols d'enfants et de terres, et que les relations entre colons et Tuscarora s'étaient envenimées.

— Je serai la dernière à avoir une maison ! remarqua Amy avec humeur.

Les aînées réfléchirent en silence à cette déclaration. Il y avait dans les paroles d'Amy une pique pour chacune d'elles : Judith et Daniel étaient en train de se construire une maison ; la mère Brearsley venait de dire que Joël et Édith allaient avoir la leur ; et les Williams en faisaient construire une pour Farland et Bérangère. Et personne ne faisait rien pour Amy.

Avec tact, Sophie Williams entraîna Mme Brearsley en avant, écoutant avec intérêt son point de vue sur les mérites respectifs des bardeaux de bouleau et de cyprès, laissant Judith avec Amy.

— Tu n'aurais pas dû dire ça, Amy, lui reprocha Judith.

— Mais c'est la vérité ! Bérangère est plus jeune que moi, et moi on ne m'a pas offert de maison pour mon mariage !

« À moi non plus », eut envie de répondre Judith, mais là n'était pas la question.

— Elle n'est pas bien grande, répliqua-t-elle, évitant avec sagesse l'affrontement. Et ce sont les parents de Farland qui la font construire.

— Comme si je pouvais en attendre une des parents de Robert ! riposta Amy en jetant un regard mauvais sur les arbres.

— Pourquoi ne demandes-tu pas à Robert de se remuer un peu et de leur en parler ?

— Oh, tout est pour Joël parce qu'il est l'aîné ! Et ici, tout est pour Bérangère parce qu'elle est la plus jeune ! Il y a de quoi vous rendre malade !

Là-dessus Amy s'éloigna à grands pas.

Judith en avait déjà suffisamment sur les bras avec ses invités pour ne pas s'étendre là-dessus. La fête se prolongea toute la soirée, jusqu'au petit matin. Le lendemain, la plupart des invités partis, il fallut tout remettre en ordre. À midi, Judith, Daniel, Richard, Zack et Garrett s'installèrent pour manger les restes.

Ils sursautèrent : on frappait à la porte. Un homme trapu, en gilet et culotte beige, apparut.

— La Douane de Leurs Majestés, à Roanoke, annonça-t-il. Le propriétaire de l'entrepôt qui se trouve à côté du débarcadère est prié de l'ouvrir.

— La Douane ? répéta Daniel, surpris, avec un coup d'œil à Garrett. Qu'est-ce que vous voulez à mon entrepôt ? Je n'ai pas d'expédition en vue!

— Vous n'avez pas besoin d'en avoir. Nous avons le droit d'inspecter. Si vous ne nous donnez pas les clefs, nous forcerons la porte.

Tous les convives bondirent, se mirent à courir après le douanier et le dépassèrent dans le chemin qui traversait la plantation de mûriers et menait à l'entrepôt. Il était déjà trop tard : la porte pendait hors de ses gonds… des hommes allaient et venaient…

— Mais qu'est-ce que vous faites ? hurla Daniel qui se précipita, Judith sur ses talons.

Celle-ci suffoqua. Tout était sens dessus dessous. On piétinait des écheveaux de toutes les couleurs, arrachés à leurs paniers de jonc. Judith repoussa un douanier et se mit à les ramasser frénétiquement.

— Ma parole ! Des soies filées et teintes ! s'écria une voix qui lui était étrangement familière. Vous organisez une manufacture coloniale illicite !

La voix était celle d'un homme aux chairs flasques, aux nobles atours usés, qui se tenait au fond de l'entrepôt, un bouquet d'écheveaux multicolores à la main. Il avait une grosse moustache blonde, des yeux bleus enfoncés et des joues d'un rouge malsain. Il adressa un sourire melliflu à Judith qui se relevait lentement.

— *Henry* ! dit-elle à voix basse, incrédule. Que diable fais-tu ici ?

— Je suis contrôleur des Douanes à Roanoke. Je ne suis ici que depuis quelques jours, mais j'étais impatient de te voir.

Judith sentit le cœur lui manquer. L'état dans lequel il avait mis ses soies suffisait à montrer que sa venue signifiait le désastre.

— Si vous n'êtes pas ici depuis longtemps, vous n'êtes sans doute pas encore au courant de la situation locale, intervint Garrett d'un ton calme. Autour de la baie d'Albemarle, les gens n'apprécient pas beaucoup les ingérences de la Douane.

C'est vrai, pensa Judith. Les habitants du comté d'Albemarle étaient ombrageux et indépendants. Avant l'arrivée des Montjoye, une rébellion avait éclaté au cours de laquelle le contrôleur des Douanes de Roanoke avait été fait prisonnier ; et six ans auparavant, en conséquence de la Glorieuse Révolution, tout le monde s'était soulevé pour chasser Seth Sothell, le représentant corrompu du gouverneur.

Henry ne parut pas impressionné. Il toisa Garrett de haut en bas, d'un air mauvais.

— Je suppose que vous êtes le propriétaire du bateau qui se trouve à l'embouchure du fleuve, dit-il. Nous y avons jeté un coup d'œil en passant. Vous avez du très bon cognac dont vous allez devoir expliquer la provenance. Quoi qu'il en soit, je vous ai laissé à bord un douanier de port.

— Un douanier de port ? répéta Garrett d'une voix étranglée.

Un douanier de port avait le devoir de l'empêcher d'embarquer ou de débarquer de la marchandise sans inspection et sans avoir versé des droits de douane. Pour quelqu'un comme Garrett, c'était comme avoir embarqué le diable.

— Et ce que vous avez fait là, c'était indispensable ? demanda Daniel, maîtrisant sa fureur, en montrant du doigt l'état dans lequel il avait mis les lieux.

Henry ne daigna pas répondre et se dirigea vers Judith.

— C'est dommage pour vos ravissants écheveaux, dit-il d'un air sarcastique, mais vous n'avez absolument pas le droit de fabriquer ce genre de choses. En ma qualité de contrôleur des Douanes, je peux faire saisir tout ça et vous obliger à fermer. À moins, chuchota-t-il en prenant Judith par le bras et en l'entraînant à part, que nous ne parvenions à un accord...

— Henry, qu'est-ce que tu es venu faire ici ? demanda Judith, en fureur.

— Pourquoi un honnête garçon ne ferait-il pas carrière dans le service des Douanes ?

— Tu étais marchand de soie à Londres !

Henry prit l'air évasif.

— Il y a des hauts et des bas dans les affaires, ma chère.

— Tu as fait faillite ?

— Quels vilains mots tu emploies ! Je me suis trouvé dans une situation temporairement difficile… La famille m'en a sorti pour éviter le scandale, mais m'a demandé d'être assez aimable pour quitter le pays.

— Cela ne m'explique pas pourquoi tu es *ici* !

Il eut un sourire malin.

— L'oncle Percy a le bras long au service des Douanes…

Stupéfaite, Judith ouvrit de grands yeux. La vérité venait de lui apparaître soudain tout entière.

— Alors tu t'es fait envoyer ici pour vivre à nos crochets !

— Où ai-je de la famille ailleurs, dans ce vaste monde ?

Judith en resta sans voix. Elle n'était pas vraiment surprise qu'il ait choisi de se rabattre sur elle. Il était d'un caractère beaucoup trop faible pour faire face à des circonstances difficiles et s'en sortir tout seul. Cependant, en voyant autour d'elle tous ces écheveaux perdus et en pensant à la menace qui pesait sur les activités du Refuge, elle était démangée d'un désir furieux d'attraper son frère et de le secouer jusqu'à ce que mort s'ensuive.

— Alors, est-ce que je dresse un procès-verbal contre toi, petite sœur ? murmura-t-il, ou nous mettrons-nous d'accord sur les conditions ?

II

C'était les tout jeunes qui allaient en procession à travers les rues de Charles Town et le long des quais – les marins et les passagers fraîchement débarqués étaient des clients potentiels de premier ordre – pour attirer les spectateurs. Il s'agissait de Ainsworth, de Kit le jeune et de sa femme Lucy, de ses sœurs Kate et Jenny et de son frère Jim. Jim n'avait que six ans, mais il acceptait de jouer le rôle de ballon de football humain, entre Ainsworth et Kit, pour leur numéro d'acrobatie. Kate et Jenny, jolies filles de dix-huit et seize ans, faisaient des jongleries et Lucy, qui avait une voix forte, chantait une invitation humoristique à la représentation.

Quand ils avaient rassemblé une foule suffisante, ils la ramenaient vers la taverne. Les acteurs travaillaient main dans la main avec son propriétaire. Il y avait une scène dehors, pour les jours de beau temps, et on pouvait en monter une plus petite dedans, sur tréteaux, s'il pleuvait. Les spectateurs n'acquittaient pas de droit d'entrée mais, assis à table, sur des bancs, on attendait d'eux qu'ils prennent une consommation et qu'ils laissent également quelque chose pour les acteurs en partant.

L'argent coulait assez facilement si on savait comment s'adapter à chaque public. Les gens n'étaient jamais les mêmes. Quand il faisait chaud, qu'ils avaient le regard vitreux et inattentif, il valait mieux leur jouer des grosses farces ou des pantomimes. Quand ils étaient bruyants et avinés, il était essentiel de les faire rire et chanter. Quand par hasard un public était prêt à écouter, il fallait juger de son humeur : comédie ou drame ?

Mais il y avait toujours de la musique. Les jeunes jouaient tous d'un instrument, même le petit Jim qui battait le tambour. Lucy chantait, Susanna chantait, le public chantait souvent. Les scènes tirées de comédies londoniennes, vivement interprétées par Susanna et Jane, avaient généralement beaucoup de succès. Avec un peu de chance, Susanna pouvait introduire quelques tirades de ses pièces favorites de Shakespeare. Le spectacle se terminait alors par plus de musique encore tandis qu'on faisait passer le chapeau à la ronde.

Telle était la routine établie par ce qui restait de leur troupe d'acteurs ambulants depuis qu'ils avaient échoué à Charles Town, près de huit ans auparavant. Susanna ne se rappelait pas la mort d'Andrew ni les jours qui avaient suivi. Il y avait un grand blanc dans sa vie.

Jane lui avait raconté qu'ils avaient été transportés à Charles Town deux jours après la tempête, avec deux malles de costumes et les objets que la mer avait rejetés. Andrew et un marin, qui avaient été noyés, avaient été enterrés sous les arbres, près du rivage. En tombant, un espar avait frappé Andrew à la tête et l'avait envoyé par-dessus bord. Kit, à moitié noyé lui-même, avait vu repêcher le corps d'Andrew et il se réveillait encore la nuit en criant à son ami de faire attention à l'espar.

Les acteurs avaient cessé leurs âpres disputes, mais la plupart d'entre eux étaient rentrés en Angleterre par le premier bateau. Susanna n'avait pas voulu quitter l'endroit où reposait Andrew. Jane et Kit étaient restés, attendant le moment où Susanna sortirait de son deuil. Il n'était pas question de mettre un océan entre elle et Susanna, avait dit Jane.

Les semaines étaient devenues des mois. Peu à peu, Charles Town leur était apparu comme la ville américaine dont ils avaient rêvé : le temps y était beau, la baie magnifique, avec des bateaux, et la ville était prospère et commerçante. Les acteurs et les actrices n'étaient pas considérés comme des démons, les gens ne répugnaient ni au spectacle ni à s'amuser, et les aînés de Kit et de Jane avaient découvert qu'ils n'aimaient rien mieux que jouer la comédie.

Et les mois étaient devenus des années.

Susanna avait survécu, mais la vie avait perdu son sens. Sans Jane, elle n'en aurait pas eu la force. Sans Ainsworth, elle n'aurait eu aucune raison de lutter. Elle avait concentré sur lui toute son attention, tout son cœur meurtri.

Il avait quinze ans maintenant, il était beau, brun avec une grâce enfantine, presque exactement comme son père devait l'être à son âge. Comme son père, il était de rapport facile et agréable et attirait la sympathie. Sans y prendre garde (mais Susanna, elle, l'avait remarqué), il était devenu un véritable Américain, plein d'énergie, pragmatique, prêtant la main à tout. Au sein de la compagnie, il faisait des acrobaties, des numéros de prestidigitation, il était bon musicien et on pouvait compter sur lui pour jouer les rôles de jeunes, dans les drames comme dans les comédies. De plus, il s'était fait des amis dans tout Charles Town, en particulier sur les quais. Le naufrage n'avait pas entamé sa passion des bateaux et il adorait écouter les histoires que racontaient les marins dans les tavernes du front de mer.

Ou gratter la guitare, ce qu'il était en train de faire un soir d'été où Susanna l'observait après la représentation, quand les spectateurs avaient l'habitude d'offrir à boire aux acteurs. Ainsworth avait été abordé par un garçon de son âge qui, pour sûr, venait de débarquer parce qu'il se trouvait dans un groupe de marins qu'on n'avait pas vu ces derniers jours. Le garçon voulait qu'Ainsworth lui apprenne à jouer un morceau qui avait fait partie du spectacle. Ils étaient assis sur des tabourets, un peu à l'écart des autres, et le garçon suivait avec attention les doigts d'Ainsworth qui se déplaçaient sur les cordes.

Un des marins, assis à table, se leva et s'approcha de Susanna.

— Puis-je avoir le plaisir de vous offrir un rafraîchissement ? demanda-t-il en enlevant son chapeau et en esquissant une plaisante révérence.

Son sourire était agréable, Susanna le lui retourna.

— Oui, je pense que vous le pouvez, répondit-elle. La soirée est chaude.

— Oui, c'est bien vrai.

C'était un capitaine de vaisseau, bien sûr, cela se voyait à son autorité naturelle et sans prétention, et à la façon dont les autres marins se regroupèrent en bout de table pour le laisser seul avec Susanna. Les capitaines, elle le savait maintenant, n'étaient pas tous ces hommes austères et intransigeants qu'elle avait tant craints durant leur malheureuse tournée. Il y en avait de tout à fait charmants. Il était de ceux-là.

— Ne vous ai-je pas déjà vu ? lui demanda-t-elle une fois qu'ils furent installés et qu'on leur eut servi du vin épicé.

Il sourit.

— L'année dernière. Et l'année d'avant. Je deviens un habitué.

Ils rirent. Il devait avoir à peu près le même âge qu'elle, se dit Susanna, vers la fin de la quarantaine. Il avait la peau d'une belle couleur noisette et des cheveux si clairs qu'ils étaient presque blancs, très fins sur le sommet du crâne mais ramenés en arrière en une natte. Ses yeux étaient d'un bleu étonnant, pâle, clair, comme si leur couleur avait été délavée par le soleil et l'eau salée.

Ils parlèrent du spectacle. Il lui posa des questions sur les pièces dont ils avaient joué des extraits et elle lui compléta toutes les histoires. Ils parlèrent musique aussi et ils écoutèrent ensemble Ainsworth jouer avec l'autre garçon. Ceux-ci s'en tiraient très bien et ils s'attirèrent même des applaudissements.

Susanna se demanda ce que lui rappelait le sourire du garçon... Comme elle avait reconnu le capitaine, elle avait dû voir ce matelot avec lui, voilà tout.

— Quand je suis à Charles Town, j'aime bien aller manger chez Jack Malone, dit le capitaine. Vous le connaissez ?

— Oh oui !

Jack Malone était arrivé des Antilles, où il avait appris à faire griller la viande sur ce qu'il appelait un barbecue, et il la servait avec des sauces épicées. Sa cuisine était une des attractions du front de mer.

— Accepteriez-vous de souper avec moi là-bas ?

C'était un homme sans artifice – ce qui ne signifiait pas qu'il fût bête – et Susanna avait connu suffisamment d'hommes raffinés et stupides au Bow Street pour le restant de ses jours. Elle prit soudain conscience qu'elle avait été sur le point de sourire et d'accepter son invitation. Elle se reprit, en plein désarroi.

— Je... je ne suis pas sûre...

Elle se sentait idiote. Elle n'avait pas fait vœu de rester toute sa vie une veuve éplorée. Cependant, il était tacitement entendu pour elle qu'aucun homme ne pourrait jamais remplacer Andrew (et c'était, très sincèrement, ce qu'elle ressentait). Cependant, cet homme-là méritait une explication.

— Je suis désolée, mais... j'ai perdu mon mari il y a quelques années. Ici, sur la côte. Dans la tempête.

— Un naufrage ? demanda-t-il, changeant d'expression.

— Oui.

Il ne faisait plus de charme, il était visiblement rempli de compassion.

— Je suis désolé, dit-il. Pardonnez mon intrusion...

— Non, non ! Ce n'est rien, répondit-elle vivement. Parlons d'autre chose, ajouta-t-elle en souriant.

Ils finirent leurs consommations tout en bavardant. Le capitaine fit ses adieux à Susanna et promit de venir voir le spectacle à son prochain passage à Charles Town. Il se leva, ainsi que ses hommes d'équipage. Il appela le matelot.

— Viens, Zack !

Susanna regarda le garçon serrer la main d'Ainsworth. Ils étaient tous les deux beaux, bruns et musclés, bâtis un peu de la même façon. Ce sourire était étonnant... Elle n'arrivait pas à se débarrasser de l'impression de voir quelqu'un qu'elle connaissait. Elle le suivit des yeux tandis qu'il s'éloignait en bavardant avec le capitaine.

— Eh bien, je n'aurais jamais cru voir ce jour-là arriver ! s'écria Jane. Presque une heure en tête à tête avec un bel homme !

Susanna se retourna et la regarda droit dans ses yeux brillants.

— Occupe-toi de tes propres affaires, Greenie, dit-elle d'un ton faussement méchant.

— Quel joli couple vous formiez, insista Jane. Tous les deux blonds aux yeux bleus !

Susanna sentit qu'elle rougissait.

— Bon, il est parti maintenant ! répliqua-t-elle vivement. Ainsworth, dis-moi, ce matelot, il était déjà venu, non ?

— Non, répondit Ainsworth en approchant, une guitare dans chaque main. Il m'a dit que c'était la première fois.

— Bizarre. J'avais cru le reconnaître. Zack, c'est bien comme ça qu'il s'appelle ?

— Oui. Zack Mountjoy.

Susanna fronça les sourcils.

— Mountjoy ?

Ainsworth sourit.

— Non, enfin, c'est Mountjoy en anglais. En vérité, c'est un nom français que je ne sais pas prononcer.

Susanna fut parcourue d'un frisson.

— Ainsworth, le nom… le nom français… est-ce que c'était *Montjoye* ?

— Comment le sais-tu ? demanda Ainsworth en ouvrant de grands yeux.

Susanna frissonna tout entière et sa tête se vida de son sang. Sa vision s'obscurcit. Elle tomba assise et agrippa machinalement la main de Jane qui la lui serra.

Jane aussi avait compris.

Susanna était pétrifiée. Pendant toutes ces années, elle n'avait pas osé y penser. Combien de gens n'avait-elle pas fait souffrir avec son entêtement ? Que n'avait-elle pas attiré sur elle et sur eux avec sa chasse folle à travers le monde, à la recherche de sa sœur ? Depuis qu'ils étaient à Charles Town, elle considérait qu'elle n'avait pas le droit de réclamer encore de l'aide à ses amis. Elle s'était forcée à oublier. Et maintenant…

Pas étonnant qu'elle ait eu cette impression de déjà vu. Zack, c'était Daniel jeune homme.

— Il a le sourire de son père…, murmura-t-elle.

— Mère ? Qu'avez-vous ? demanda Ainsworth qui laissa tomber ses guitares et se pencha sur elle.

— Ainsworth, je t'en supplie ! dit-elle en suffoquant, les yeux brûlants de larmes. *Cours après eux* ! Cours après eux et *ramène-les* !

III

L'ouragan de septembre 1698 ne toucha pas directement le Refuge. Il passa un peu plus au nord et se précipita sur des marécages déserts, entre la Virginie et le comté d'Albemarle. Mais quand le toit de leur nouvelle maison s'envola, les Montjoye ne firent pas vraiment la différence.

Ils allèrent se réfugier dans leur vieille cabane, avec ses murs de rondins fichés dans la terre et son toit maintenu par des poutres. Judith resta là toute la nuit, assise en compagnie de Daniel et de Richard, à écouter les assauts du vent et de la pluie, les murs vibrants de bruits mystérieux, de choses inconnues brisées, écrasées, les gargouillis de l'eau, et à trembler de peur pour Farland, Bérangère et leur bébé, pour Amy et ses enfants, pour Garrett et Zack en mer.

Quand l'aube fut venue et le que le vent fut assez calmé pour que Daniel et Richard risquent un œil au-dehors, ils s'aperçurent qu'ils se trouvaient sur un promontoire émergeant d'un océan d'eaux de crue. Ils attendirent encore un jour et une nuit que les eaux se soient suffisamment retirées pour qu'ils puissent sortir. Les bâtiments avaient terriblement souffert. Les toits des remises avaient été arrachés et, dans la nouvelle maison, les murs de planches s'étaient affaissés. Les meubles et les objets avaient été définitivement endommagés. Daniel et Judith contemplaient l'étendue du désastre, pétrifiés. Daniel prit Judith par les épaules et, lentement, la serra contre lui.

Richard revint, blanc comme un linge, d'une exploration vers le Chowan.

— La filature est en ruine, déclara-t-il. L'atelier de teinture est

549

encore à moitié sous l'eau. Je ne sais pas dans quel état sont les mûriers.

Les eaux se retirèrent et la réponse leur fut donnée : il ne restait de la plantation dans les terres du bas que des buissons déracinés et de la vase. Les plantations plus anciennes n'étaient plus que troncs et branches cassés. Et, dans l'entrepôt, quelques paniers d'écheveaux pleins de boue émergeaient du limon qui couvrait le sol.

En attendant, Judith avait été soulagée d'apprendre, même si leur maison avait souffert, que Farland, Bérangère et leur petite fille Heather étaient sains et saufs. Puis le Vieux et la mère Brearsley firent leur apparition au Refuge avec Joël, leur fils aîné, et Amy. Toute une délégation.

— Il ne reste plus rien, dit le vieux Brearsley pour résumer la situation.

Judith fut prise d'angoisse.

— Personne n'a été blessé… n'est-ce pas ?

— Non, non ! répondit Mme Brearsley d'un ton sec. Ça suffit déjà comme ça ! Les maisons se sont toutes effondrées, celle de Joël aussi !

— Et la tienne, Amy ? demanda Daniel.

— La mienne ? Vous voulez dire la cabane ? Oh, celle-là elle est encore debout.

— Nous parlons des nouvelles maisons ! intervint la mère Brearsley. Proprement soufflées !

— Nous allons être obligés de tout reconstruire à partir de zéro ! déclara Joël.

Judith prévoyait déjà les conflits à naître chez les Brearsley à ce propos, et l'expression de sa fille la confirma dans ses craintes. Amy, la première sur la liste pour une nouvelle maison, venait à présent de reculer à la troisième place.

— Le hangar à soie n'existe plus, déclara sombrement Joël. Ni les mûriers.

— Il semble qu'ils soient détruits aux deux tiers chez nous, expliqua Richard. Le reste est gravement endommagé.

— Eh bien, nous, il ne nous en reste pas une brindille, renchérit Joël qui ajouta d'un ton de défi : La soie, c'est fini ! Nous allons planter du tabac à la place !

— Toute façon, le tabac ça vaut mieux, dit son père. Y a des gens, y font de l'argent avec ça.

« On pourrait croire qu'ils n'ont jamais gagné un sou avec la soie grâce à nous », pensa Judith, indignée.

— Si vous aviez planté du tabac, votre récolte aurait été anéantie par l'ouragan de la même façon, leur fit-elle remarquer.

— Juste *une* récolte, riposta la mère Brearsley dont les yeux lançaient des éclairs. Pas des années de travail à faire pousser ces maudits mûriers !

Il n'y avait rien à répondre à ça. C'était une des faiblesses de l'élevage du ver à soie que Daniel avait assez souvent soulignée.

— J'ai toujours dit que c'était un risque possible. Une tempête côtière.

— Z'avez dit ça ? releva le vieux Brearsley en haussant un sourcil. Pas que je m'en souvienne.

— Si je ne l'ai pas dit cent fois ! protesta Daniel. Amy, tu ne l'as pas entendu ?

Amy réfléchit.

— Comme ça ne m'intéressait pas vraiment, je n'en suis pas sûre, déclara-t-elle enfin.

Daniel parut piqué au vif. Judith s'empressa de lui apporter son soutien.

— Écoutez, vous avez planté des mûriers bien avant nous, fit-elle froidement remarquer aux Brearsley. Nous ne vous y avons pas forcés.

— Pour tout le bien que ça nous a fait ! répliqua la mère Brearsley avec une parfaite mauvaise foi. Venez. Rentrons.

Comme ils s'en allaient, Judith attrapa Amy par le bras.

— Tu n'aurais pas dû laisser tomber ton père de cette façon, lui reprocha-t-elle à voix basse.

Amy se dégagea.

— Vos magnifiques idées ! déclara-t-elle brutalement. Il faut reconnaître que personne n'en a jamais tiré profit. Y compris vous-mêmes.

Judith sentit son sang se glacer.

— Que diable veux-tu dire ?

— Suivez mon conseil, répondit Amy en la regardant droit dans les yeux d'un air moqueur. Achetez des esclaves et plantez du tabac. C'est ce que tout le monde va bientôt faire ici. Et oubliez votre chère soie !

La réplique de Judith fusa sans qu'elle y ait réfléchi une seconde :

— Ton Robert t'a mise enceinte juste pour que ses parents puissent apprendre les secrets de *notre chère soie*, tu ferais bien de ne pas l'oublier !

Amy lui décocha un coup d'œil terrible, mélange de défi, de douleur et d'une espèce de haine, puis tourna les talons et s'en alla rejoindre les autres Brearsley.

Judith rentra dans la cabane, soulagée et se reprochant d'avoir dit ça. Elle en était convaincue, mais ce n'était peut-être même pas vrai… Daniel et Richard lui jetèrent un regard interrogateur et elle prit conscience qu'elle devait être très pâle. Elle aurait donné n'importe quoi pour une boisson chaude et un lit de plumes. Elle s'assit.

— Qu'allons-nous faire, maintenant ? leur demanda-t-elle.

— Rude question, répondit Daniel prudemment. Il va déjà y avoir de quoi s'occuper pour remettre tout en état !

— Mais nous n'allons pas renoncer à la soie ?

Un silence suivit.

— Écoute, il s'agit de savoir combien nous pouvons en produire à présent, voilà le vrai problème, reprit Daniel. Il faudra nous estimer heureux si, au printemps prochain, nous obtenons le quart des feuilles que nous avons eues cette fois-ci. Et nous n'aurons pas la soie des Brearsley. Ce qui nous ramènera à moins d'un huitième de ce que nous avons mouliné et teint cette année.

— Nous pourrons au moins en produire assez pour tisser mes modèles ? se demanda Judith avec désespoir. Nous avons des commandes à honorer !

— Peut-être, répondit Daniel. C'est difficile à dire. Nous verrons.

— Je ne voudrais pas être un oiseau de mauvais augure, intervint Richard, mais il faut penser aussi à ce cher oncle Henry. Tant qu'il pourra nous agiter ses lois sur la tête, il faudra bien le payer !

Désolée, Judith hocha la tête. Depuis trois ans déjà, le Refuge nourrissait son frère en pots-de-vin. Le pire était qu'on avait édicté de nouvelles lois à Westminster dont la dernière, prolongeant l'Acte de Navigation, lui accordait encore plus de pouvoirs. En réaction contre la façon dont les colons américains organisaient leur propre fabrication et leurs circuits commerciaux, le gouvernement anglais avait promulgué de longues listes, détaillant tous les produits et activités interdits. Henry laissait encore passer la soie des Montjoye, mais seulement moyennant un fort pourcentage.

— Nous savons ce qui nous reste à faire, poursuivit Richard. Produire des choses qui ne figurent pas sur les listes de l'Acte de Navigation.

C'était le plan élaboré par Richard et Farland pour contrecarrer Henry. S'ils fabriquaient et vendaient des choses qui ne figuraient pas dans l'Acte, s'étaient-ils dit, Henry n'aurait plus prise sur eux.

— Franchement, fils, que donnent vos teintures ? demanda Daniel. Peut-on vraiment compter sur elles ?

Richard haussa les épaules.

— L'ouragan a détruit nos dernières expériences, répondit-il. Cela prendra un peu plus de temps. Avec certaines plantes ça va tout seul, avec d'autres c'est plus difficile.

Avec Farland, ils essayaient de produire une série de couleurs qu'ils pourraient vendre sous forme de poudre sèche, facile à utiliser dans le pot à teinture familial. Destiné à la teinture des tissus de laine et de lin de fabrication domestique, celui-ci faisait partie de l'équipement de tout colon américain. L'indigo, communément vendu sous sa forme sèche, n'était pas interdit par l'Acte de Navigation.

— Il y a encore une autre voie possible, poursuivit Richard. Les extraits médicinaux.

— Les extraits médicinaux ? répéta Judith, les sourcils froncés.

— Nous nous efforçons de réduire en poudre les plantes médicinales de façon à pouvoir en enfermer une dose dans un bout de papier. Farland en a donné à son père pour qu'il en fasse l'essai sur ses patients.

— Ma foi, si elles sont aussi efficaces que la décoction que Farland m'a donnée pour faire baisser ma fièvre, remarqua Daniel, ce sera une bénédiction pour la race humaine. Mais vous avez bien gardé le secret tous les deux !

— Nous n'étions pas certains d'y arriver. Et ce n'est pas encore au point, ajouta-t-il en hâte. Mais c'est en bonne voie.

— Je crois qu'il y a des plantes médicinales mentionnées dans l'Acte, prévint Daniel.

— Mais il n'y a pas d'interdit concernant la production d'extraits à usage domestique. Et Farland connaît des plantes dont le gouvernement anglais n'a jamais entendu parler !

Judith réfléchit. Aucun doute, Richard et Farland étaient intelligents et entreprenants. Ils réussiraient, on pouvait leur faire confiance. Et elle aurait été aux anges de pouvoir dire à Henry qu'il n'obtiendrait plus un sou.

— Mais qu'allons-nous faire, nous, pendant que toi et Farland vous occupez de ça ? ne put-elle s'empêcher de demander.

— Vous asseoir et profiter de la vie, répondit Richard en souriant.

— Non !

Elle avait eu cinquante ans cette année. Daniel et elle étaient en forme et capables de travailler dur. Il n'était pas temps pour eux d'arrêter.

— Nous devons continuer à produire au moins un peu de soie, déclara-t-elle, ajoutant avec un soupir : quitte à payer Henry.

Ils en restèrent là, sans avoir vraiment pris une décision, et consacrèrent la semaine suivante à la tâche fatigante, décourageante, qui consistait à essayer de sauver leurs meubles, leurs effets personnels, leurs outils et leur équipement. Ils s'aperçurent que les dommages causés à la maison par le vent et la pluie n'étaient rien en comparaison de ceux qui avaient été causés par l'inondation. Tout ce qui avait trempé dans les eaux de crue avait été recouvert d'une fine couche de limon qui avait durci en séchant et était pratiquement impossible à enlever. Judith était au désespoir de voir dans quel état se trouvait l'appareillage de la filature. Elle était décidée à essayer de récupérer tous les morceaux qu'elle pouvait pour la remettre en marche l'année suivante, mais c'était un travail sale et difficile que d'aller à quatre pattes les repêcher dans tous les coins, dans la boue. Son tablier et ses jupes étaient devenus d'une couleur indescriptible.

C'était à quoi elle était occupée quand elle vit Garrett accourir vers elle.

— Judith ! cria-t-il d'une voix anxieuse.

Le dos douloureux, elle se releva et courut vers lui. Ils tombèrent dans les bras l'un de l'autre, parlant tous les deux à la fois.

— J'étais si inquiète pour vous ! disait Judith. Zack ! Où est Zack ?

— Il est au bateau, il arrive ! Mais vous ? Comment allez-vous ? Et Daniel ? Et Richard ? Et les autres ?

— Tout le monde va bien, Garrett. Nous n'avons eu que des dégâts matériels.

— Dieu soit loué, tout le monde a survécu !

Il s'arrêta et la regarda d'un air étrange.

— Où est Daniel ?

— Avec Richard, à la maison. Qu'est-ce qu'il y a, Garrett ? Il est arrivé quelque chose ? Ce n'est pas Zack, non ?

— Non, non, Zack va bien !

Garrett recula, se retourna, regarda au loin, puis se tourna de nouveau vers elle, troublé.

— Je n'ai pas fermé l'œil cette nuit pour préparer ce que j'allais vous dire, et maintenant, je n'y arrive pas.

Judith le contempla, effrayée.

— Pour l'amour de Dieu, de quoi s'agit-il ? Allez-y, Garrett Woodward !

Garrett la prit fermement par les épaules et la regarda gravement.

— Votre sœur Susanna, Judith.

— Ma sœur Susanna ? De quoi diable parlez-vous ?

— Quand vous êtes venue à Holhaven après la peste, vous avez dit qu'elle était morte.

— Oui. Elle a été trouvé morte dans la rue.

— Non. Elle n'était pas morte.

Le cœur de Judith s'arrêta un instant de battre.

— Mais Henry a dit...

— Henry a menti, répondit Garrett en secouant la tête.

— Oh, mon Dieu, non !

Judith se raidit. Ce que Garrett suggérait était infiniment douloureux. Elle se rappelait avoir voulu croire à la survie de Susanna, mais quand il était venu à Nîmes, le rapport d'Henry avait mis fin à son dernier petit espoir.

— Comment pouvez-vous dire ça, *vous*, Garrett ? demanda-t-elle. Excusez-moi, je ne vois pas...

— Je l'ai rencontrée, Judith. Susanna est ici, avec Zack. Il vous l'amène.

Judith sentit ses jambes devenir comme du coton.

— Susanna ? C'est impossible, Garrett, ça ne peut pas être vrai ! Qu'est-ce que vous me racontez ? *Qu'est-ce que vous me racontez ?*

— Je vous raconte que votre sœur est en vie et qu'elle est ici, répéta doucement Garrett. Regardez, la voilà !

Par on ne sait quel miracle, Judith resta debout sur ses jambes, les yeux écarquillés. Une main sur le bras de Zack, l'autre soulevant ses jupes, une femme en bleu marchait sur la boue séchée, au milieu des buissons déracinés. Elle portait un chapeau de paille plat avec des rubans attachés sous le menton. Le chapeau et les rubans retenaient une masse de cheveux blonds qui paraissaient prêts à s'échapper.

Judith n'en croyait pas ses yeux. Elle était penchée, bras ballants, vers la silhouette qui arrivait, comme attirée par un aimant.

La femme chancela et échangea quelques mots à voix basse avec Zack, mais sans quitter Judith des yeux. Elle avait la quarantaine et des traits un peu fatigués, ce n'était pas la petite jeune fille sémillante que Judith avait connue, et pourtant c'était bien la même, de toute évidence la même. Judith voyait ses yeux à présent, bleu comme le ciel...

Judith avança. Elle prit conscience que ses bras se levaient et s'ouvraient d'eux-mêmes et qu'elle ne pouvait plus maîtriser l'expression de stupeur et de douleur qui lui déformait les traits. Avant d'être complètement aveuglée par les larmes, elle vit le visage de la femme se tordre, ses bras se lever et s'ouvrir vers elle, comme une image d'elle-même dans un miroir.

Elle se mit à courir.

Susanna se sentit défaillir de soulagement.

L'ouragan lui avait fait craindre de n'avoir retrouvé sa sœur que pour se la voir enlever, comme Andrew, par les éléments. Puis Zack, inquiet lui aussi, s'était exclamé :

— La voilà ! Elle parle avec Garrett !

Et Susanna s'était retrouvée face à face avec une femme aux tempes grises et aux traits tirés, aux vêtements sales, une tache de boue sur la joue, qui la regardait comme si elle était un fantôme. Son visage exprimait la stupeur, l'incrédulité, la douleur – pour Susanna aussi toutes ces années perdues étaient une souffrance –

mais aussi un fol et soudain espoir ; elle y vit la preuve que l'amour que lui portait sa sœur n'était jamais mort et elle se mit à courir, en larmes, se prenant les pieds dans ses jupons, jusqu'à tenir enfin Judith dans ses bras.

Elle avait le corps solide de Judith contre elle et ses épais cheveux noirs sur sa joue, dans l'odeur mêlée du limon qui les entourait et de la sueur du travail. Susanna s'était représenté ce moment de bien des façons, mais elle n'aurait jamais imaginé cette scène de désastre, ce champ de boue séchée et craquelée, et sa sœur gravement affligée et, pour ce qu'elle en savait, dans le plus grand dénuement. Judith était tout entière secouée de sanglots. Son corset rentrait malencontreusement dans les côtes de Susanna qui ne l'en serrait que plus fort, comme si cette gêne ne faisait que répondre chez elle à quelque besoin.

— Comment est-ce possible ? *Comment est-ce possible ?* répétait sans cesse Judith.

C'était à Susanna de lui éclairer le chemin.

— Cela doit être comme un coup de tonnerre pour toi, réussit-elle à dire, mais moi je pense à ce moment depuis des années !

Elle se dégagea, essuya, sur les joues poussiéreuses de Judith, les larmes qui y dessinaient des rigoles et se mit à tout lui expliquer, en commençant par sa rencontre avec Garrett et Zack.

Judith se frotta les yeux et jeta sur Susanna un nouveau regard.

— Tu es comédienne ? demanda-t-elle, comme si elle pénétrait dans un tout autre monde.

— Oui, j'ai été comédienne toute ma vie. Depuis que…

La gorge de Susanna se serra, elle ne put continuer.

Le regard de Judith se fit lointain et Susanna comprit qu'elle revenait bien des années en arrière.

— C'est Henry qui a fait tout ça, n'est-ce pas ? dit-elle au bout d'un moment.

— Oui. Pour s'approprier l'héritage de père.

Le visage de Judith se convulsa.

— Il est venu me voir en France, Susanna, il m'a juré que tu étais morte *et je l'ai cru* !

Susanna lui prit la main et la serra.

— Ce n'était pas ta faute, Judith : il m'a menti à moi aussi et j'ai bien été obligée d'accepter ce qu'il me disait !

Des voix mâles se firent entendre, des pas précipités : Zack revenait, amenant Daniel. Susanna fut surprise en le voyant. Il était petit et grisonnant, mais elle l'avait imaginé gros et lourd comme son père, alors qu'il était mince, avec des traits aiguisés, comme si la vie avait taillé dans le superflu. Il s'arrêta, hors d'haleine, et les regarda, Judith et elle, avec incrédulité.

— Susanna ? dit-il d'une voix rauque.

— Daniel !

Elle courut à lui et ils tombèrent dans les bras l'un de l'autre. Elle couvrait de baisers ses joues non rasées. Il la tint un moment à bout de bras, la regarda avec stupeur et, la serrant de nouveau contre lui, s'écria :

— C'est bien toi ! Je n'y comprends rien, Susanna, murmura-t-il, en ravalant ses larmes. Je ne sais pas comment c'est arrivé, mais je suis heureux, si heureux !

Je suis si heureuse aussi, aurait-elle voulu répondre, je t'aime, je t'ai toujours aimé comme un frère – mais elle ne pouvait pas parler.

— Comment est-ce possible, Susanna ? demanda-t-il au bout d'un moment en s'essuyant les yeux sur sa manche. Nous avons rencontré des gens qui ont témoigné t'avoir vue morte de la peste dans la rue !

Susanna les prit tous les deux à l'écart. Maintenant, elle devait leur dire la vérité, qu'elle avait racontée dans les grandes lignes à Garrett et pas du tout à Zack.

— Non, je n'ai jamais eu la peste, déclara-t-elle après avoir respiré profondément mais en balbutiant quand même. C'était Charles.

— *Charles* ? murmura Judith.

— Il vous espionnait dans le grenier. Par un trou dans la porte. Il vous regardait faire l'amour. Il était jaloux de toi, Daniel. Je crois qu'il devenait fou en allant vous observer de cette façon.

Judith et Daniel se regardèrent, horrifiés.

— Il est descendu dans ma chambre...

Susanna s'arrêta, la gorge serrée, incapable de continuer.

— Oh, non ! fit Judith à voix basse.

Elle avait deviné. Elle saisit la main de Susanna. Celle-ci leva la tête. Il était important de prononcer les mots, surtout devant les deux personnes auxquelles elle avait toujours voulu le raconter.

— Il m'a violée, dit-elle.

La voix menaçait de lui manquer, mais elle se força à continuer.

— Il m'a battue. Il m'a étranglée. J'ai perdu conscience. Je me suis réveillée dans la rue, à Southwark. Puis la charrette des morts est passée. J'ai dû me sauver, sinon ils m'auraient envoyée à l'hôpital des pesteux.

— L'hôpital des pesteux ? répéta Judith à voix basse.

— Oui. Ils auraient pensé que j'avais la peste, mais c'était les ecchymoses que Charles m'avait faites. J'avais le visage et le cou noir et bleu.

Sous le choc, Judith répéta, égarée :

— Des ecchymoses ?

— Oui. Pourquoi ?

— Les témoins que nous avions vus… Ils ont parlé de la peste, mais ce n'étaient que des *ecchymoses* ?

Effondrée, elle se raccrocha à Daniel, le secoua, sanglota :

— Tu te rends compte, Daniel ? *Tu te rends compte* ?

Il la serra contre lui, la caressa, tandis que Susanna les regardait, mal à l'aise, ne comprenant pas ce que tout cela signifiait.

— C'était des voleurs, expliqua Daniel quand Judith eut fini de pleurer. Ils nous ont dit que tu avais la peste. Ils avaient volé tes boucles d'oreilles.

— Les boucles d'oreilles de Mère, murmura Judith.

— Oui, je les portais, confirma Susanna, surprise. Quand je me suis réveillée, je ne les avais plus et mes oreilles saignaient, comme si on les avait arrachées. J'ai toujours pensé que c'était Charles qui avait fait ça, mais je ne comprenais pas pourquoi !

— Ces voleurs nous ont convaincus que tout espoir était perdu pour toi, reprit Daniel. Mais comment t'es-tu retrouvée dans la rue ? C'était Charles ?

— Oui. Il a dû m'y emporter pour se débarrasser de moi. Il devait penser qu'il m'avait tuée. Il s'en est fallu de peu.

— Il était resté dehors toute la nuit, tu te rappelles ? dit Judith à Daniel.

— Nom de Dieu ! jura Daniel, pris de fureur. Il nous a dit qu'il avait passé tout ce temps à te chercher !

Ils restèrent un moment tous les trois comme pétrifiés, plongés chacun dans ses pensées. Puis ils échangèrent des regards qui en disaient long sur leur soudaine compréhension de la fourberie de Charles et sur le désir brûlant qu'ils avaient de le mettre à nu et de le démasquer.

— Enfin, marmonna Daniel à regret, il est à Marseille où nous ne pouvons pas l'atteindre. Ça vaut mieux pour lui !

Judith hocha la tête puis eut un sursaut :

— Bon, rentrons à la maison. Enfin, dans la vieille cabane, expliqua-t-elle à Susanna. Notre maison, il va falloir la reconstruire.

Ils se mirent en route, légèrement hébétés. Ils avaient tant à se raconter, pensait Susanna. En particulier, il allait falloir revenir sur le douloureux épisode avec le comte Peyresourde et sur les bruits qui avaient entaché la réputation de Daniel. En fin de compte, elle en avait beaucoup plus qu'eux dans son sac car Garrett avait déjà pu remplir pour elle presque tous les blancs. Elle avait appris par lui comment Daniel et Judith avaient été expulsés de New York et pourquoi le bureau du gouverneur les déclarait rentrés en Angleterre, et aussi que les Molina se trouvaient au Refuge au moment même où elle frappait désespérément à leur porte, sur Beaver Street.

Ils parlèrent de toutes ces choses ce jour-là, tandis que Susanna faisait également la connaissance de Richard, de Bérangère et de Farland, et d'Amy qu'on était allé chercher. On lui montra aussi ce qui restait des bâtiments et des plantations, et elle commença à comprendre ce que Judith et Daniel avaient réussi à faire au Refuge. Les soies qu'elle vit – écheveaux teints ou tissus que Judith avait dessinés –, bien que sales et endommagées, lui parurent merveilleuses : des taches de couleur dans toute la grisaille que l'ouragan avait laissée dans son sillage.

L'arrivée de Susanna n'avait pas provoqué une soudaine euphorie chez Judith et Daniel ; ils étaient le plus souvent lointains, perdus dans leurs pensées. Il leur faudrait du temps, songeait Susanna, pour digérer tout ça. Et elle reconnaissait aussi chez eux les symptômes d'un mal dont elle-même avait souffert : le long et profond abattement qui avait suivi le choc de la tempête.

— C'est tellement étrange, dit plusieurs fois Judith. Je te regarde et c'est vraiment toi, je veux dire, je *vois* bien que c'est toi, et pourtant, je n'arrive pas à y croire !

« D'habitude, nous ne regardons pas les autres de cette façon », pensait Susanna. C'était presque magique.

Et la colère montait aussi, chez eux. Ils connaissaient maintenant avec certitude les deux ennemis qui avaient empoisonné leurs vies. Un océan les séparait de Charles et ils étaient obligés d'admettre qu'ils ne le reverraient peut-être jamais. Pour ce qui était d'Henry, qui vivait du Refuge comme une sangsue, c'était une autre affaire.

— Malheureusement, il est officiellement contrôleur des Douanes de Sa Majesté, fit remarquer Daniel, et nous ne pouvons pas grand-chose à ça.

Susanna savait à présent que Daniel se trouvait dans une situation délicate. Il craignait toujours l'extradition et espérait être bientôt naturalisé Anglais, comme d'autres huguenots de Caroline du Nord et du Sud. En attendant, il devait se tenir tranquille.

— Fini la rébellion pour moi ! dit-il avec un rire désabusé.

— Pour vous, peut-être, répliqua Garrett d'un air sombre. Mais il ne manque pas de gens, dans le comté d'Albemarle, qui en ont assez du contrôleur Grainger.

Il y eut une seconde de silence. Susanna se représenta un merveilleux tableau : Henry enfin passé en jugement.

De toute évidence, Judith faisait le même rêve.

— Je n'ai pas peur d'Henry. Et toi ? demanda-t-elle à Susanna avec l'ombre d'un sourire.

Susanna secoua la tête. Elle regarda Garrett, puis Daniel, et de nouveau Judith. Elle aperçut dans les yeux de celle-ci quelque chose de leur ancien éclat d'acier. De joie, elle se mit à rire.

— Après tout, ce n'est que notre imbécile de frère ! déclara-t-elle en prenant la main de Judith et en la serrant très fort. Quoi qu'il fasse, *nous serons les plus fortes* !

L'ouragan avait été une catastrophe pour Henry.

La maison du contrôleur des Douanes, dans l'île de Roanoke, était solidement bâtie, mais elle avait subi des dommages considérables et les travaux de réparation lui rendaient provisoirement la vie très inconfortable. Bien pis, les colons avaient eu le toupet de prétendre qu'ils ne pourraient pas lui verser leurs pots-de-vin cette année, sous prétexte que leurs plantations avaient été ravagées.

Henry n'avait pas l'intention d'y renoncer. Il avait répondu à cela par des descentes inopinées dans des entrepôts, ici et là, en signe d'avertissement pour tout le monde. Même si ce qu'il y trouvait avait été dévasté par le vent ou l'eau, il le classait parmi les marchandises vendables (qui représentait l'autorité, eux ou lui ?) et réclamait sa part.

Il était en train de mener une de ces expéditions punitives lorsqu'il dut faire face à une révolte. Il allait justement déclarer vendables les feuilles de tabac détrempées qui se trouvaient dans la remise sans toit de Jack Wells, lorsqu'un de ses hommes entra et alla chuchoter à l'oreille de l'employé aux écritures qui notait les résultats de l'inventaire.

— Il se passe quelque chose, monsieur, murmura à son tour celui-ci à l'oreille de Henry. La remise est cernée.

Henry leva les yeux. Wells, le planteur de tabac, était à la porte, avec ce qui paraissait bien être un début de sourire sur le visage. Henry marcha droit dehors, repoussant Wells de côté.

— Vous êtes prié de reculer, monsieur Grainger.

L'homme qui avait parlé tenait un pistolet pointé sur Henry.

— Ne faites pas l'imbécile, Timmins ! répliqua Henry qui l'avait évidemment reconnu, comme d'ailleurs la douzaine d'autres qui lui faisaient face.

Tous des colons qu'il avait épinglés ces dernières semaines.

— Le seul qui aura l'air d'un imbécile c'est vous, si vous ne faites pas ce qu'on vous dit, riposta un autre, du nom de McBain.

Il tenait un fusil de chasse avec désinvolture sur le bras.

Henry se tourna vers ses hommes. Ils étaient aussi nombreux que les colons et aux moins quatre d'entre eux étaient armés de pistolets.

— En avant !

Au moment même où il le disait, il se rendit compte qu'il n'obtiendrait rien. Henry était tout sauf un chef militaire. Ses hommes restèrent en arrière. Certains d'entre eux haussèrent les épaules.

— Ce genre de choses est déjà arrivé, monsieur, murmura à Henry l'employé aux écritures. En général, et sauf votre respect, il vaut mieux éviter le combat.

Légèrement tremblant, Henry soupira et rentra dans la remise comme on le lui avait ordonné, tandis que ses hommes restaient à l'extérieur. Bien sûr, on l'avait prévenu en venant ici que cette région frontière était agitée, et le comté d'Albemarle avait une réputation particulièrement mauvaise. Mais maintenant, la population avait augmenté et l'endroit était en train d'acquérir peu à peu un certaine respectabilité. La frontière se déplaçait vers le sud et à l'intérieur des terres. En principe du moins, les temps changeaient.

— Très bien, qu'est-ce que tout cela signifie ? demanda-t-il avec toute l'autorité dont il pouvait faire preuve, tandis que cinq ou six rebelles entraient en file dans la remise et restaient plantés en face de lui.

— Cela signifie que nous ne vous paierons plus, prononça une voix.

Comme celui qui avait parlé restait hors de vue, Henry reprit un peu d'audace. Après tout, ils n'étaient peut-être pas aussi sûrs d'eux qu'il lui avait semblé de prime abord.

— Je ne saisis pas bien, dit-il. Dois-je comprendre que vous refusez de payer les droits de douane à Sa Majesté ?

— Non, répondit un autre. De vous payer des pots-de-vin.

Henry fit mine de ne pas entendre.

— Je ne sais pas ce qui est advenu dans le passé déréglé de cette colonie, reprit-il en se carrant face à eux, et peu m'importe. Aujourd'hui, les lois sont plus strictes et mieux observées. Je vous suggère de ne pas l'oublier.

Devant lui, personne ne recula, mais ils ne trouvaient visiblement rien à répondre. Henry sentit qu'il reprenait la situation en main.

— À présent, si vous voulez bien poser vos armes et vous disperser dans le calme, je suis prêt à oublier l'incident, déclara-t-il.

— Une minute, cependant, intervint une voix et un individu grand et blond franchit la porte.

Ennuyé, Henry reconnut Woodward, le capitaine du *Queen Bee*. Il n'avait pas de fusil mais il marcha droit sur Henry et le considéra froidement.

— Qu'avez-vous décidé à propos du tabac de M. Wells ? demanda-t-il en lui agitant devant le nez un bouquet de feuilles couvertes de moisissures.

Henry fronça les sourcils. Il aurait été sage de céder, histoire de se tirer de ce mauvais pas, mais il craignait de créer un précédent. Tous les autres planteurs de tabac demanderaient à être traités de la même manière et ses revenus en seraient considérablement réduits l'année suivante.

—Je ne peux prendre aucune décision sous la contrainte,

répondit-il avec un signe de tête en direction des armes à feu que tenaient les colons. Je vais emmener un échantillon des feuilles de M. Wells à Roanoke et je rendrai mon verdict d'ici une semaine.

— Dans ce cas, prenez cet échantillon-là, dit Woodward en poussant le bouquet moisi dans les mains de Henry.

— Écoutez bien, murmura Henry furieusement, mais de façon à ne pas être entendu par les autres. En tant que propriétaire d'un bateau, si j'étais vous, Woodward, je serais très prudent ! La Douane peut vous briser ! Ne l'oubliez pas !

Woodward rejeta la tête en arrière et éclata de rire.

— Ainsi vous menaceriez un membre de votre propre famille ?

— Que diable voulez-vous dire ? demanda Henry, plutôt effrayé maintenant par cet homme fort dont il ne pouvait prévoir les réactions.

— Eh bien, vous rappelez-vous Elspeth Feltham ? répondit Woodward. Je suis parent par alliance avec elle. Les Woodward de Holhaven. Nous avons amené Judith et Daniel en France après la peste. Que pensez-vous de ça, Henry ?

Henry ouvrit de grands yeux. Cela ne lui plaisait pas du tout d'apprendre que cet homme était plus étroitement qu'il n'aurait cru lié à sa famille et à son passé. Et, curieusement, le fait que les autres rebelles étaient partis, le laissant seul avec Woodward, ne faisait qu'augmenter son sentiment d'insécurité.

— Maintenant je comprends pourquoi vous êtes si bien avec ma sœur, marmonna-t-il.

Woodward recommença à rire, détendu :

— Vos sœurs, voulez-vous dire.

— Comment ?... Qu'avez-vous dit ? balbutia Henry, mais Woodward lui tournait déjà le dos et sortait de la remise.

Henry était sûr d'avoir entendu *vos sœurs*, au pluriel. Mais pourquoi en était-il troublé ? Il devait essayer de s'en aller avec dignité. Pourquoi avait-il la sensation que quelque chose n'était pas normal ?

Il ne sut pas ce qui le fit se retourner... un bruit peut-être, ou juste l'impression qu'il y avait là quelqu'un ... Il aperçut deux silhouettes qui se dirigeaient vers lui, à demi cachées par les feuilles de tabac qui pendaient, toutes abîmées. Il écarquilla les yeux horrifié, fasciné, comme s'il devinait ce qu'il allait voir, la véritable raison pour laquelle il était retenu prisonnier dans cette remise.

Deux femmes. L'une brune, l'autre blonde.

Le cœur lui manqua. Il prit appui sur une table de travail voisine. Il se sentait oppressé. Ses poumons ne se remplissaient pas. Il ouvrait la bouche, il suffoquait.

— Henry, tu es arrivé au bout de la route, déclara Judith, et Susanna ajouta : Tout au bout, Henry. Tout au bout.

Leurs voix lui parvenaient comme à travers du coton. Ses tempes battaient, ses oreilles bourdonnaient. Il entendit un bruit lointain de déchirure et s'aperçut qu'il venait d'arracher sa manchette de dentelle contre le coin de la table.

— C'est ce que tu as si soigneusement essayé d'éviter, n'est-ce pas ? demanda Susanna. De voir tes sœurs ensemble ?

Tête baissée, Henry reprit sa respiration. Comment cette réunion avait pu se réaliser, il n'en savait rien. Tout ce qui comptait maintenant, c'était d'y survivre.

— Toutes ces années de mensonges ! dit Judith. Tu aurais pu avoir l'argent, Henry ! Chacune de nous avait choisi d'aller son propre chemin dans la vie, sachant bien qu'elle avait peu de chance de recevoir un héritage. Mais les souffrances que tu causais en nous tenant séparées, y as-tu jamais pensé ?

« Allez au diable, songea Henry, allez au diable toutes les deux ! » Il ressentait encore une douleur dans la poitrine, mais sa respiration était redevenue régulière. Il se demanda s'il trouverait assez de force en lui pour tuer ses sœurs. Il se demanda ce qui lui arriverait s'il le faisait.

— Maintenant, écoute, Henry, reprit Judith. Tu vas retourner à Roanoke et écrire une lettre de démission. Tu pourras réclamer ton transfert si tu veux, mais à certaines conditions.

— New York te sera interdit, ainsi que la Caroline du Nord et du Sud, poursuivit Susanna. Cela te laisse encore un grand choix.

Henry se redressa lentement. La tête lui tournait. Il lui fallait le temps de se remettre.

— Je ne crois pas qu'il a compris, Judy, remarqua Susanna.

— Je crois que je lis le meurtre dans ses yeux, approuva Judith. Il n'a pas l'air impressionné.

Elle se rapprocha de lui et le toisa. Ce que Susanna fit également.

Henry fut pris de frayeur. Leurs visages reflétaient la calme ré-

solution de femmes fortes qui savaient exactement ce qu'elles voulaient.

— Nous sommes vivants tous les trois, dit Susanna. Judith et
moi, nous pouvons encore te poursuivre pour obtenir notre part
d'héritage. Si nous le faisons, tu finiras tes jours en prison pour
dettes. C'est ce que tu veux ?

Henry retomba sur sa table, vaincu.

— Tu vois que nous t'offrons une très honnête porte de sortie,
constata Judith.

Il lui jeta un regard noir. C'était elle qui faisait la loi, Susanna
à l'appui, comme autrefois quand elles étaient jeunes.

— Tu es un tyran, Judith, marmonna-t-il.

Elles le toisèrent, comme s'il s'agissait d'une immondice.

— Débrouille-toi pour qu'on ne te voie plus jamais, lui dit Susanna.

— *Jamais*, répéta Judith et, main dans la main, elles sortirent
ensemble de la remise.

IV

L'année suivante, la dernière du siècle, Charles reçut une lettre d'Amérique.

Elle venait du Maryland et était signée par Henry Grainger.

Je suis disposé à accéder à votre demande d'information pour savoir où se trouvent Daniel Montjoye, sa femme Judith et sa sœur Susanna. À cette fin, je vous serais obligé de me faire un prêt temporaire de deux cents livres, payable à mon représentant, Rendell Crowthers Esq., Baltimore, Maryland.

Charles éclata de rire. Sa stratégie, destinée à ruiner Henry, avait enfin abouti. « Prêt temporaire », vraiment ! Henry n'avait plus de liquidités et demandait l'aumône. Il aurait bien de la chance de les recevoir, ces deux cents livres ! Charles répondit aussitôt en envoyant une lettre de crédit sur Thomas Vintner de cinquante livres.

Plus tard, relisant la lettre d'Henry, il se mit à réfléchir. Henry était en Amérique, sans doute là où la famille Grainger s'était débarrassée de lui. Logiquement, Judith et Daniel devaient être également en Amérique, probablement pas à New York mais dans le Maryland ou dans une autre colonie. Dommage qu'ils n'aient pas été plus près de la France. Et autre chose l'intriguait dans cette lettre : impliquait-elle ou non que Susanna se trouvait *avec* Judith et Daniel ?

Il y pensait encore ce soir-là, au souper. Dernièrement, il avait fait des changements dans ses dispositions domestiques. Une demi-douzaine de gardes du corps, pris parmi les hommes du vieux Jacques Fortain, demeuraient en permanence chez lui et il ne sortait jamais sans eux. Par leur insoumission les protestants, qui organisaient un culte clandestin et des réunions, la nuit, dans les collines, donnaient beaucoup de travail à un informateur comme Charles, et il était convaincu que les huguenots complotaient sa mort.

Les gardes du corps mangeaient et buvaient à table, avec lui. La maisonnée avait également changé d'une autre façon. Cinq ans auparavant, la première femme de Charles, Lise, d'une patience à toute épreuve, était morte de la bile noire et les enfants, auxquels Charles n'avait jamais manifesté le moindre intérêt, étaient partis vivre dans sa famille, les Laporte. Bon débarras. Il s'était remarié avec une jeunesse et sa nouvelle femme, Claire, était assise maintenant à table en face de lui. Ils avaient eu un fils un an auparavant, Romain, mais par bonheur ce petit pisseur était en nourrice, loin d'ici.

Charles mangea peu, méditant sa lettre. Claire était trop avisée pour lui poser des questions. Les gardes du corps bavardaient entre eux. Charles avait envie de les faire taire, mais il tenait à rester bien avec eux. Il quitta la table sans un mot et se rendit dans son bureau.

Il imaginait Daniel, Judith et Susanna réunis.

Il y avait déjà pensé. Il en avait peur parce qu'alors ils rapprocheraient tout ce qu'ils savaient de lui, et il n'y aurait plus d'échappatoire possible. Ils sauraient ce qu'il était. Il se sentait seul, pitoyable, une victime, alors qu'eux semblaient forts, comme toujours.

Il se raisonna. D'abord, il n'était même pas sûr qu'ils soient vraiment réunis, tous les trois. Il travailla encore une heure à ses comptes et partit se coucher.

Là, il eut un de ses cauchemars à propos de Susanna, le premier depuis longtemps. C'était une femme magnifique, aux muscles puissants, qui le poursuivait où qu'il aille. Dans les rues de Marseille, devant la foule, elle pointait sur lui un doigt accusateur et, quand les yeux de tout le monde se tournaient vers lui, il s'apercevait qu'il était sorti sans aucun vêtement sur lui.

Il se réveilla en sueur, se retourna et releva la chemise de sa jeune femme. Il lui écarta les jambes, grimpa sur elle, lui cloua les épaules sur le lit et la pénétra d'un seul coup brutal.

— Tu es sèche, espèce de garce ! s'écria-t-il, et il la gifla.

Elle se mit à pleurer, et il se sentit mieux. Elle était toujours sèche mais il n'en avait cure, il poussa plus fort, lui arrachant un cri
de douleur, donna quatre ou cinq coups de reins, puis serra les
mains autour de sa gorge. En l'entendant râler, il fut saisi d'une
extraordinaire excitation et sa semence jaillit en un flot incontrôlable.

Il se retira et s'écarta, écoutant ses sanglots étouffés par le drap
qu'elle s'enfonçait dans la bouche pour éviter la punition qu'elle
s'attirerait inévitablement si elle pleurait trop fort.

« Et voilà pour Susanna », pensa-t-il.

Claire avait des boucles blondes et des yeux bleus. Il l'avait remarqué à l'église, durant la messe. Elle avait environ seize ans et
lui rappelait Susanna. Étant donné sa confortable fortune, il
n'avait pas été trop difficile de se faire accepter par ses parents.
Dans l'esprit de Charles, il l'avait achetée, comme une esclave. À
chaque fois que Susanna venait le tourmenter en pensée, il s'en
prenait à Claire, et il en tirait toujours un plaisir profond.

À présent, il respirait de nouveau librement. Et alors, quelle
importance s'ils étaient ensemble, tous les trois ? Il y avait des
prisons en France, des chambres de torture, des bourreaux. Il y en
avait même de plus en plus au fur et à mesure que la lutte contre
les huguenots s'intensifiait. Et comme il en connaissait les tenants
et les aboutissants, il pouvait presque s'en servir comme de
moyens personnels.

Que Daniel, Judith et Susanna s'assemblent donc. Qu'ils pensent ce qu'ils voudront, qu'ils disent ce qu'ils voudront. Et surtout, qu'ils prennent garde.

Il allait les attirer en France, les prendre au piège et les tuer.

Le Refuge
Juin 1721

Richard

Assise dans un fauteuil de sa chambre à coucher, Judith entendit frapper à la porte.

— Entrez ! cria-t-elle.

Richard pénétra dans la pièce.

— Il faut que je te parle !

Elle eut un choc en le voyant. Il était blanc comme un linge et avait l'air d'avoir pris de l'âge. Peut-être ne l'avait-elle pas regardé avec suffisamment d'attention depuis quelque temps, mais ses tempes étaient beaucoup plus grisonnantes. Et les yeux qu'il braquait sur elle étaient chargés d'une angoisse inconnue jusqu'alors.

Il était parti tout seul, tourmenté, se dit-elle, se rappelant ce que Bérangère lui avait dit, qu'on ne le trouvait nulle part.

— Viens, assieds-toi, lui dit-elle posément.

— Non, je préfère rester debout, répondit-il en refermant la porte d'un coup sec. Mère, je suis allé de nouveau trouver Amy.

« La chose à ne pas faire », songea Judith, tout en se gardant bien de le dire.

— Elle m'a expliqué qu'elle allait empêcher les enfants de venir te voir. Elle s'est moquée de moi et elle a prétendu qu'elle était sûre de t'avoir avec ça !

Judith hocha la tête.

— C'est plus ou moins ce qu'elle m'a fait comprendre à moi aussi…

Un rictus lui déforma le coin de la bouche.

— Je pense qu'elle a raison. J'en suis même sûr. Elle va l'emporter ! Je ne le tolérerai pas !

Judith hésita. Ça l'agaçait qu'il n'ait pas eu assez de bon sens

573

pour éviter d'entrer de nouveau en lice, mais au vu de sa souffrance, elle s'attendrit. Elle le revoyait à tous les stades de son existence comme il était ici, sérieux, raide comme un piquet, dominant sa colère et ses larmes, attendant qu'elle lui ouvre les bras et le console. Mais il n'était plus un petit garçon. Elle ne bougea pas.

— Richard, commença-t-elle doucement, je ne pense pas qu'il faut envisager ça comme une bataille, même si Amy, elle, ne peut s'en empêcher. J'ignore, pour l'instant, ce que nous allons faire pour l'argent. Comme tu sais, des hôtes vont arriver dont il va falloir s'occuper. Ne pourrions-nous pas laisser nos problèmes de côté pour aujourd'hui et en discuter tous ensemble demain ?

À la rigidité de ses traits, elle comprit qu'il resterait inaccessible aux bonnes paroles.

— Je suis venu te dire deux choses, Mère, chuchota-t-il, comme s'il était impressionné lui-même par ce qui allait venir : la première, c'est que… j'ai travaillé dur toutes ces années. J'ai tout donné au Refuge. Y seriez-vous arrivés sans moi ? demanda-t-il en la regardant dans les yeux, la prenant à témoin.

— Non, bien sûr que non, Richard…

— Eh bien, je veux que tu saches que je n'ai pas toujours été heureux. Penses-tu que je n'aurais pas aimé, moi aussi, faire comme Zack, voyager et aller à la chasse aux filles ? Mais j'avais vu les épreuves que vous aviez traversées en France et je voulais que la famille se remette sur pied. Je ne me suis pas amusé, j'ai travaillé ! Je ne me suis pas précipité dans les premiers bras accueillants venus, je me suis marié tard ! J'ai plus de cinquante ans aujourd'hui, je me suis montré beaucoup trop effacé toute ma vie, et maintenant je le paye !

Stupéfaite, Judith ouvrait de grands yeux, le cœur déchiré pour lui.

— Deuxièmement, reprit Richard, forçant la voix, je veux que tu saches que je peux me battre aussi dur qu'Amy. Si le projet de Philadelphie bat de l'aile, je ne resterai pas au Refuge. Je te le jure, Mère, déclara-t-il en pointant le doigt sur elle, tu auras Amy, mais moi, tu ne me reverras plus jamais !

Il ouvrit la porte. À moitié sorti, il se retourna :

— Il n'y a qu'une chose pour laquelle je suis d'accord avec Amy : c'est cette correspondance venant de France !

Et il claqua violemment la porte derrière lui.

Judith la fixait, hébétée. Ils avaient toujours traité Richard franchement, en associé plus qu'en esclave. Non... ni elle ni Daniel n'avait jamais pris conscience qu'il accomplissait un devoir, qu'il n'en était pas heureux... Ils tenaient pour acquise sa collaboration...

Évidemment, il avait raison de protester. Il n'était que juste, et logique, que tout ce qu'ils possédaient, elle et Daniel, aille dans cette nouvelle affaire de Philadelphie. Elle ne l'avait jamais envisagé autrement, et Daniel non plus, certainement. Mais il était question maintenant des enfants d'Amy, des enfants de ses enfants...

Amy était si sûre de sa victoire qu'elle la claironnait déjà, qu'elle l'envoyait à la figure de Richard... Cela donnait à Judith l'envie de ruer, de refuser de céder.

Et de créer deux ou trois générations de débiteurs, de squatters dans un coin perdu ?

Paralysée, elle ne voyait pas de solution. Elle se voyait dans la glace, une vieille femme aux cheveux gris, au regard de folle. Elle se gifla très fort pour essayer de revenir à la raison.

Les lettres de Charles... Ni Amy ni Richard n'avaient vraiment compris. Judith se leva, alla jusqu'à son secrétaire et sortit un petit paquet d'un tiroir. Elle défit le ruban et étala les lettres sur la tablette.

Elles étaient arrivées de Marseille après la guerre appelée guerre de la Reine Anne où, à la satisfaction de Daniel, Louis XIV s'était finalement vu humilier. Dans sa première lettre, Charles expliquait que l'état de guerre l'avait empêché d'écrire plus tôt.

Judith en prit une au hasard. *Ma conscience me pèse lourdement*, lut-elle. *Les passions de la jeunesse m'ont coûté cher.* Elle la rejeta. *Avec les années, j'ai compris que j'avais été aveuglé par la haine qu'on m'avait inculquée dans mon enfance*, disait une autre. *Quand je vois devant moi, dans la pleine lumière du remords, toute l'horreur de mes fautes...*

C'était excessif, difficile à croire. Ni elle ni Daniel, en complet accord, n'avait répondu à aucune de ces lettres, mais Charles n'avait pas renoncé pour autant. Il était devenu plus convaincant. *J'ai cessé depuis longtemps d'être l'hypocrite que j'ai été,* écrivait-il. *J'ai appris à vivre avec moi-même, tel que je suis...*

Dans toutes ses lettres il parlait de son espoir de revoir Daniel, Judith et Susanna avant la fin de sa vie. Il serait venu en Amérique, mais son état de santé ne le lui permettait pas. *J'ai une jambe terriblement enflée,* écrivait-il, puis : *Je suis maintenant confiné dans la maison.* Il les priait de venir à Marseille. Le passé était le passé. Le règne du roi Louis était terminé et le décret bannissant Daniel sous peine de mort était depuis longtemps nul et non avenu.

La dernière lettre, datée de mai 1720, était arrivée au cours de l'automne dernier. *Mes jours s'étalent comme une terre en friche. Venez m'aider en m'apportant votre pardon. J'ai des choses ici qui vous appartiennent. Je connais, jusqu'au dernier liard, la somme que, devant Dieu, je confesse vous avoir très vilainement confisquée, et je tiens cette somme à votre disposition ici, chez moi.*

Évidemment, Daniel, Judith et Susanna avaient décidé de ne pas aller à Marseille. Si Charles voulait leur rendre l'argent qu'il leur devait, il pouvait parfaitement le leur faire parvenir par un canal bancaire. Mais il paraissait ne vouloir les rembourser que s'ils venaient à lui tous les trois, ce qui était suspect.

À moins qu'il ne se repente sincèrement ? Judith ne savait toujours pas où elle en était avec Charles. Parce qu'elle en avait honte, elle avait tenu caché ce qui s'était passé entre eux, et cela l'empêchait d'y voir clair. Elle avait été la première à refuser de répondre à ses lettres. Ne remuons pas l'eau qui dort.

À présent, elle devait envisager les choses sous un autre angle. En France, ils avaient amassé un capital qu'on leur avait volé et qui leur avait toujours fait défaut depuis. S'ils étaient en possession de ce que Charles leur avait pris, l'atelier de Philadelphie ne serait plus un problème, Amy et les Brearsley ne seraient plus un problème, ils n'auraient plus de soucis d'argent.

Judith regarda par la fenêtre. Les invités – amis et voisins – commençaient d'arriver. Farland était là avec ses parents. Comme Daniel et Judith, ceux-ci avaient plus de soixante-dix ans, mais ils voyageaient encore et étaient ravis d'avoir pu rendre visite à leur fils préféré.

À leur vue, Judith sentit sa résolution s'affermir. Sa faiblesse de ce matin était passée, elle se sentait forte de nouveau. Et elle savait ce qu'elle avait à faire. Daniel était allé à Roanoke signer des papiers importants et allait bientôt rentrer avec leurs hôtes d'honneur, le gouverneur Cunningham et sa femme. La fête devait se passer sans accroc, se jura Judith. Ensuite, quand ce serait fini, elle convaincrait Daniel qu'il était temps de faire des projets et d'agir.

L'invitation de Charles était peut-être sincère. Elle était peut-être à demi-sincère. Elle cachait peut-être le dessein de leur faire du mal.

Mais un homme averti en vaut deux. Si Charles espérait leur tendre un piège, il allait avoir une belle surprise.

Marseille

Garrett avait pris un associé, un jeune homme compétent du nom de Jake Barlow et, au cours des dernières années, il l'avait laissé prendre la première place. En plus du *Queen Bee* remis à neuf, ils possédaient tous les deux un brick transatlantique, un des premiers bateaux à être équipé d'une merveilleuse nouveauté : la roue du gouvernail.

Le *Wheel*, sous le commandement de Jake, devait prendre la mer à la mi-juin avec un chargement de tabac de Virginie pour l'Angleterre. Susanna, qui n'avait pas l'intention de manquer la confrontation avec Charles, monta à bord avec Judith et Daniel, et avec Garrett qui avait catégoriquement refusé de les laisser partir sans lui dans ce qu'ils ne pouvaient s'empêcher de considérer comme leur dernière grande aventure.

La traversée de l'océan se fit sans incident, beaucoup plus facilement que Judith ne l'avait craint. Il était vrai que, cette fois, ils avaient ce que l'on faisait de mieux en matière de cabines, de nourriture et de compagnie, ce qui changeait beaucoup les choses. Ils firent escale à Bristol, pour décharger la marchandise ; après quoi, le *Wheel* cingla vers le sud. Dans la chaleur de juillet, il entra dans les eaux du delta du Rhône et le plan de Daniel fut mis aussitôt en œuvre.

Judith n'avait eu aucun mal à le persuader d'aller à Marseille. Cependant, il n'était pas question de se fier à la parole de Charles prétendant que la peine de mort prononcée contre Daniel avait été révoquée. Il ne fallait donc pas risquer que sa présence soit éventée. De toute façon, comme il en avait convaincu les autres, s'ils entraient à Marseille par la voie officielle, avec un séjour en quarantaine aux Infirmeries, l'effet de surprise provoqué par leur arrivée serait perdu.

Le plan de Daniel consistait à se glisser en ville secrètement et à tomber sur Charles sans qu'il s'y attende.

Par expérience, ils savaient, lui et Judith, que les règlements sanitaires n'étaient pas strictement observés. Du temps où il était à l'Arsenal, il en avait appris beaucoup sur les faces cachées de la vie du port de Marseille. Des petits bateaux entraient et sortaient sans cesse, sans grand obstacle.

— Il faut avoir l'air d'être du pays et faire comme si on savait ce qu'on fait, avait-il expliqué.

Sous le couvert de la nuit, le *Wheel* se rapprocha, entre les îles et le port, et on mit la chaloupe à la mer, avec Garrett à la barre, Judith et Susanna devant lui, deux solides gaillards aux avirons et Daniel en proue. Juste avant l'aube, le bateau se trouvait dans le chenal, à l'entrée du port, attendant l'occasion d'y pénétrer sans se faire remarquer. D'après Daniel, c'était le moment idéal : la garde de nuit était fatiguée et la lumière mauvaise, tandis que la navigation reprenait déjà. Ils pouvaient profiter d'un bateau sortant ou entrant pour cacher leur mouvement.

— Il ne se passe pas grand-chose, chuchota Garrett après une longue attente.

— Non, reconnut Daniel. C'est bizarre. Allons voir plus près.

Ils ramèrent sans bruit dans le chenal. Tout était calme. Ou on ne les avait pas vus ou la garde ne s'intéressait pas à eux, car personne ne les héla. Ils avancèrent parmi les vaisseaux, au milieu du port, en se tenant à l'écart des galères très surveillées du mouillage de l'Arsenal.

Ils attendirent de nouveau. Judith avait la tête pleine de souvenirs de tout ce qui l'entourait et qu'elle ne pouvait pas encore voir : le fort où elle avait été retenue prisonnière, l'Arsenal où Daniel avait souffert, et aussi de ses dernières heures sur ces eaux, dans la cale de la galère italienne. Elle tendit la main à Daniel, qui la prit et la serra très fort, comme s'il partageait ses pensées.

— De plus en plus étrange, murmura-t-il tandis que le ciel pâlissait. Il y a si peu de travail qui se fait – on voit peu de dockers et pas du tout de galériens !

Cependant, il fit signe aux rameurs et la chaloupe avança vers un escalier de pierre au bord du quai. Il mit pied à terre et offrit sa main à Judith et à Susanna pour les aider à quitter le bateau. Avec un mot d'encouragement, Garrett dirigea aussitôt la chaloupe vers le milieu du port, où lui et ses hommes attendraient le retour des trois autres.

En grimpant les marches, Judith distingua, sur le quai, un homme vêtu, malgré la chaleur de l'été, d'un chapeau, d'un manteau et de bottes. Après avoir hésité, Daniel le héla. Ce que voyant, l'homme s'en alla brusquement. Judith remarqua qu'il tenait un bouquet d'herbes sous son nez.

Elle entendit soudain la lente sonnerie d'une cloche d'église. Elle se retourna, de même que Daniel et Susanna, pour examiner les rues qui grimpaient dans la vieille ville.

Elles étaient encombrées d'ordures. Et tout à coup ils aperçurent des forçats en casaque rouge chargeant une charrette.

Mais était-ce bien des ordures qu'ils chargeaient ? Et qu'était-ce donc que cette mélopée funèbre ?

— Ce sont des corps qui sont sur cette charrette, murmura Susanna.

Ils échangèrent tous les trois des regards inquiets.

— Nous savons ce que c'est, chuchota Judith.

La jambe de Charles ne s'était jamais vraiment remise de la chute qu'il avait faite dans l'obscurité, dix ans auparavant, dans l'escalier de sa cave.

Il ne s'agissait pas d'un accident, mais bien d'une tentative de meurtre, quoi qu'en ait dit Claire, sa femme. Elle et son fils Romain avaient été derrière tout ça. Charles les avait fait battre comme plâtre tous les deux et avait envoyé Romain au loin. Mais le résultat, c'était que Charles était devenu un infirme qui vivait au rez-de-chaussée de sa maison.

Il dormait peu et se levait de bonne heure. Il était en général à son bureau dès l'aube jusqu'au petit déjeuner, à neuf heures, à travailler sur ses livres de compte ; l'argent ne pousse pas sur les arbres. Il détestait être dérangé durant cette séance. Il fut donc très agacé, comme il traversait son bureau en boitillant, d'entendre frapper à la porte d'entrée – un coup fort, et répété.

Appuyé sur sa canne, il alla en grommelant regarder par la fenêtre, derrière ses rideaux tirés.

Sa vue avait baissé depuis quelques années, mais c'était pire maintenant. Il se frotta les yeux.

Il y avait trois silhouettes à la porte. Des vieux. Deux femmes et un homme. Des mendiants ? Non, trop droits. L'une des femmes avait des cheveux blancs, en désordre sous sa capuche. Elle se retourna et il pensa voir que ses yeux étaient...

Bleus.

Son cœur s'arrêta de battre. Ils étaient ici. La peur au ventre, il s'accrocha aux rideaux et faillit tomber.

Ils étaient venus enfin ! Il en avait presque perdu l'espoir. La peur le quitta, l'excitation prit sa place. Ils étaient là, ils avaient donné dans son piège ! Il allait sonner ses hommes. Non, Claire. Claire ouvrirait la porte, ils ne soupçonneraient rien et entreraient.

Il alla fiévreusement ouvrir sa porte et, d'une voix rauque, hurla :

— Femme ! Va à la porte ! Amène-les dans mon bureau !

Il s'assit avec difficulté, jurant contre sa douleur à la hanche. Il entendit des pas dans le couloir. Qu'est-ce qui les avait convaincus de venir, ses demandes de pardon ou ses offres d'argent ? Il le saurait bientôt.

La porte s'ouvrit et ils entrèrent : Judith, le regard sombre posé sur lui, Susanna, mince et encore jeune malgré ses cheveux blancs et Daniel, grisonnant et perdant ses cheveux, les traits fins et accusés. Charles en fut ému, en dépit de lui-même. Ces trois-là avaient vécu dans son esprit pendant quarante à cinquante ans, et il n'arrivait pas à en détacher ses yeux.

— Je savais que vous finiriez par venir, murmura-t-il enfin, incapable de former le sourire flagorneur dont il aurait voulu accompagner ses paroles. Aurions-nous pu ne jamais nous revoir ?

Il n'y eut pas de réponse. Ils restèrent plantés gravement face à lui, une expression de mépris, pour ne pas dire de dégoût, grandissant sur le visage.

Charles sentait qu'il ne devait pas faire très bonne figure. Il rognait sur les dépenses en ce qui concernait l'apparence. Il changeait même rarement de linge – il fallait payer les blanchisseuses. Seul le barbier était admis une fois par semaine pour le raser et le coiffer. Il n'avait pas de servante pour faire le ménage de son bureau et tout autour de lui était poussiéreux et à l'abandon.

Leur regard le troubla. Il se sentait l'objet de leur mépris. Son cœur se mit à battre au ralenti et il leva la tête, un peu abasourdi. En eux, dans leurs yeux, dans leurs traits, se lisait la force, le mouvement, l'énergie, la vie.

Ces gens-là avaient vécu, avaient pris des risques, avaient construit, avaient aimé. Ils avaient eu leur existence. Pas lui. À côté d'eux, il n'était qu'une coquille vide.

— Je n'ai créé que du néant, murmura-t-il, les larmes aux yeux. Ma vie n'a été qu'un beau gâchis…

Il avait tant rêvé à ce moment, et à présent qu'il était venu, il était incapable de mentir. Tout en parlant, il avait regardé Judith et avait cru voir ses pupilles se contracter, cru y lire de la compassion, mais elle ne bougea pas ni ne dit mot. Daniel ne changea pas d'attitude. Les yeux de Susanna flamboyaient.

— Tu ne pourras jamais compenser le mal que tu as fait à chacun de nous, déclara Daniel. Mais tu as offert de nous rembourser ce que tu nous dois. Nous sommes ici pour accepter cette offre.

Charles ressentit ce rejet comme une gifle, et son humeur, d'humble qu'elle était, se fit furieuse. C'était pour l'argent qu'ils étaient ici, pour le plus bas des motifs, et ils l'avaient laissé se rendre ridicule, gémir comme un chien battu !

Ils allaient voir qui allait gémir le dernier.

— Bien sûr, j'ai l'intention de vous rembourser, répondit-il aussi calmement qu'il put étant donné l'agitation dont il était saisi. J'ai toujours votre boîte, celle de Nîmes, dit-il avec un regard pour le trousseau de clefs qui pendait au mur. La clef de mon coffre est ici.

Son coffre était en bas, dans la cave. Avec une réserve à côté qui ferait une excellente prison.

D'une façon ou d'une autre, songea-t-il, il avait un jour menacé ou essayé de tuer chacune des personnes qui se trouvaient en face de lui.

Il était temps de finir le travail.

En tirant le cordon qui se trouvait derrière lui, sur le mur, il communiquait, à l'arrière de la maison, avec les quatre hommes – des anciens du groupe de voyous de Fortain – qui y passaient leurs journées à jouer aux cartes. Ils seraient bien assez pour venir à bout d'un vieil homme et de deux vieilles femmes.

Sa respiration était de moins en moins libre et sa chemise lui collait dans le dos.

— Le coffre est en bas, dit-il. Je dois appeler pour qu'on m'aide à descendre.

Il se retourna, tira le cordon de sonnette et entendit un tintement au loin.

Aucun bruit de pas précipités en réponse. Agacé, il sonna de nouveau.

La porte s'ouvrit devant sa femme, Claire, une personne blonde aux yeux bleus, d'une quarantaine d'années, vêtue comme une domestique de toile grossière usagée.

— Qu'est-ce que tu veux, vieil imbécile ? demanda-t-elle, le regard dur.

Charles roula des yeux et se jeta en avant pour la punir de son insolence, mais sa jambe douloureuse le retint.

— Tes petites brutes sont parties, ricana Claire. Elles ont fui la peste durant la nuit !

Le cœur de Charles fit un bond dangereux et il suffoqua.

— La peste… ? balbutia-t-il.

— Il y a la peste à Marseille, lui dit Judith. Nous l'avons remarquée partout en venant du port.

— Les échevins l'ont tenu cachée pour ne pas nuire au commerce, ajouta Claire. Maintenant, c'est trop tard.

— Exactement comme à Londres, remarqua Susanna, les yeux fixés sur lui. Il y a des charrettes et des morts couchés dans les rues. Vous vous rappelez ?

Il regarda autour de lui. Il était sans protection, seul et infirme, devant quatre personnes qui avaient toutes des raisons de le haïr. Il en avait des sueurs froides. Il fit appel à ses dernières réserves de bile et de rancœur. Il regarda Daniel avec mépris en songeant à son cri de douleur sous le fer rouge. Il regarda Judith avec ironie en songeant à sa nudité dans le grenier et à sa langue dans sa bouche. De Claire, son regard se posa sur Susanna, se réjouissant d'un secret qu'il était seul à connaître, à savoir qu'il s'était servi de l'une pour renouveler l'expérience de la violence qu'il avait exercée sur l'autre.

D'un geste saccadé, il desserra son tour de cou et éclata d'un grand rire.

Susanna recula d'horreur et porta la main à sa gorge.

— *Votre cou, Charles*, murmura-t-elle.

Son rire s'éteignit. Il passa la main sur son cou.

Il toucha une grosseur chaude, douloureuse. Il s'en écarta vivement.

Et la douleur dans sa jambe ? Il trouva aussi une grosseur à l'aine. Et cette sueur qui lui collait ses vêtements à la peau ? Et les battements trop rapides de son cœur, et cette sensation de légèreté dans la tête ?

« Je ne serai pas le seul à mourir de la peste », se jura-t-il, rassemblant ses forces pour sauter et les contaminer tous.

— Vite, les clefs ! s'écria Daniel en se dépêchant d'aller décrocher le trousseau du mur.

— Non ! fit Charles qui, s'agrippant au bureau, se remit debout et essaya de l'en empêcher.

Dans un éclair, Claire marcha sur lui et le fit reculer. Sa chaise se renversa et il s'affala en poussant un cri perçant tant sa cuisse lui faisait mal.

— Allez-y, partez, je le tiens, l'entendit-il dire. Ça m'est bien égal de mourir si je peux le voir mourir d'abord !

Il essaya de s'asseoir mais il était trop faible. Impuissant, il les entendit quitter la pièce.

Avant de fermer les yeux il vit que la femme, celle qui avait été son esclave conjugale, avait les yeux baissés sur lui et, impassible, attendait.

Ils descendirent à la cave et se trouvèrent face à une porte de fer. Daniel essaya les clefs les unes après les autres, jusqu'à ce qu'il ait découvert la bonne. Sur les étagères de la petite pièce dans laquelle ils entrèrent étaient méthodiquement rangés des boîtes et de long sacs cylindriques de monnaie.

— Les réserves d'Harpagon, marmonna Daniel. Mais nous ne prendrons que ce qui nous appartient.

— Ici ! fit Judith.

Elle pointait le doigt sur la boîte en fer qu'ils avaient cachée dans le mur de leur maison, à Nîmes, plus de quarante ans auparavant.

Daniel tourna la clef dans la serrure et souleva le couvercle. La boîte était pleine de pièces d'or et d'argent.

— Charles n'y a pas touché ! chuchota-t-il.

— Tu as raison. Regarde ! s'exclama Judith.

Le coin d'une petite bourse en cuir perçait au milieu des pièces. Elle la sortit, la secoua et fit tomber des boucles d'oreilles en perle dans la main de Susanna.

— Il m'avait dit qu'elles étaient toujours là, je m'en souviens, déclara-t-elle. Mais il y a si longtemps de ça...

— Garrett nous attend, intervint Daniel en fermant la boîte. Il faut partir !

Ils remontèrent. En passant dans le couloir, ils ne purent s'empêcher de jeter un coup d'œil par la porte ouverte du bureau. Charles était couché par terre, son cou noirci bien visible. Allez-y, allez-y, leur fit signe sa femme en agitant la main avec impatience.

Ils quittèrent la maison et se dirigèrent vers le port.

Des scènes de panique avaient lieu un peu partout. Comme à Londres, les gens essayaient de s'enfuir avec des charrettes chargées de biens de toute sorte, bloquant les routes. Mais Judith n'avait pas peur. Daniel et Susanna non plus, lui sembla-t-il. Ils avançaient tous les trois avec une espèce de certitude intérieure.

Ils ne savaient pas plus qu'avant comment se transmet la peste, qui l'attrapait et pourquoi, mais ils n'étaient pas venus à Marseille pour mourir.

En arrivant sur les quais, ils aperçurent Garrett qui se précipitait vers eux en hurlant :

— Vite ! Ils vont fermer le port !

Ils se mirent à courir, dévalèrent les marches et montèrent dans le bateau. Garrett poussa au large et enjoignit à ses hommes de ramer comme si leur vie en dépendait.

— Je parie qu'il y a une chaîne pour barrer le chenal ? cria-t-il à Daniel.

— Oui !

D'autres bateaux prenaient la même direction. Une galère marchande, qui manœuvrait en dépit du bon sens, bloquait la route.

— S'ils hissent cette chaîne avant que nous n'arrivions, nous sommes bons ! déclara Garrett.

« Enfermés dans une ville hantée par la peste, songea Judith. J'ai peut-être eu tort de penser que nous n'étions pas venus là pour mourir. Et la boîte ne reviendra pas au Refuge. Tout ceci aura été vain. »

— Que pouvons-nous faire ? cria-t-elle, au désespoir.

Garrett lui sourit et répondit :

— Accrochez-vous !

Il poussa la barre juste au moment où ils arrivaient à la hauteur de la galère. Ses deux marins plongèrent de nouveau leurs avirons et le bateau dépassa l'obstacle et entra dans le goulet du port.

Les énormes maillons pleins de vase de la chaîne montaient, ruisselant d'eau, de chaque côté du chenal.

— Droit au milieu ! cria Daniel.

Terrifiée, Judith regarda de côté, par-dessus le bateau, et vit la chaîne sortir de l'eau directement sous eux.

Elle entendit le choc et le bateau, touché, ballotta.

Alors, Garrett plongea sa grande main dans l'eau, agrippa un chaînon, tira fort, lançant le bateau en avant par-dessus la chaîne, et ils filèrent vers la liberté sans une seconde de trop.

La boîte en fer

Daniel venait juste de revenir, fatigué, de Roanoke où il avait été chercher le gouverneur de la Caroline du Nord et sa femme, invités aux festivités célébrant les quarante ans des Mountjoy en Amérique. En arrivant, on lui annonça que Judith était malade. Il se précipita dans sa chambre, y entra sur la pointe des pieds, s'attendant à la trouver au lit. À sa surprise, elle était assise devant son secrétaire, l'œil dans le vague.

— On m'a dit que tu étais malade ! dit-il, inquiet, en s'approchant d'elle et en lui embrassant les cheveux. Ça va mieux ?

— Oui, je me sens beaucoup mieux, répondit-elle en se tournant vers lui avec un sourire, mais le regard vide. Les Cunningham sont ici ?

— Oui. On les a conduits à leur chambre. Regarde ça ! dit-il en lui tendant un dossier en cuir qu'il venait de rapporter de Roanoke.

— Ta naturalisation, enfin ! s'écria-t-elle joyeusement en parcourant le parchemin enrubanné et scellé qu'il contenait. Je suis si contente, Daniel !

La nationalité anglaise de Judith lui avait depuis longtemps été reconnue, mais il avait fallu des années pour obtenir la naturalisation de Daniel. Maintenant, ni eux ni leurs enfants n'étaient plus menacés d'expulsion ou d'extradition. Daniel remit fièrement dans son dossier ce parchemin qui lui procurait un sentiment de sécurité.

Puis il remarqua les lettres de Charles étalées sur le secrétaire.

— Pourquoi les as-tu sorties ? demanda-t-il, légèrement irrité.

Judith les remit ensemble avec un peu d'hésitation. Tête baissée, les épaules inhabituellement voûtées, elle avait l'air abattue. Daniel s'assit à côté d'elle, son irritation envolée.

— Il s'est passé quelque chose en mon absence ? demanda-t-il.

— Amy est venue faire un scandale ce matin de bonne heure, répondit Judith. Ils sont chassés de chez eux. Joël Brearsley vend ses terres et leur maison est située sur un terrain en indivision.

— Quels idiots !

Daniel écouta avec attention le récit que lui fit Judith des exigences d'Amy.

— Elle ne l'emportera pas ! explosa-t-il quand Judith eut fini. Nous avons travaillé trop dur toutes ces années, et Farland et Richard aussi !

Judith parut encore plus désespérée.

— Richard est venu il y a moins d'une demi-heure, dans un état ! Il m'a dit que si Philadelphie tombe à l'eau, nous ne le reverrons plus jamais !

Daniel commençait à comprendre quelle torture cela avait dû être pour Judith. Il la prit par les épaules pour la réconforter.

— Il est simplement en colère. Qui ne le serait pas à sa place ? Mais notre argent ira à Philadelphie, comme ça il n'y aura pas de problème avec Richard.

— Et Amy ?

— Elle a fait son lit, qu'elle s'y couche !

Angoissée, Judith se tourna vers lui.

— Ce n'est pas si simple ! Les enfants n'ont pas à souffrir des erreurs d'Amy ! Comment nous sentirons-nous lorsque tout ce côté de notre famille sera poursuivi pour dettes, et vivra parmi les squatters à l'ouest ?

Daniel réfléchit. Il était vrai que cela pouvait passer pour un échec de n'avoir pas été capable d'assurer la vie de chacun, sinon richement, du moins de leur fournir les outils avec lesquels travailler s'ils en avaient l'envie.

— Nous n'en avons pas assez pour tout le monde, déclara-t-il doucement.

— Exactement. Voilà pourquoi je relisais les lettres de Charles. Amy et Richard pensent tous les deux que nous pourrions lui tirer de l'argent. Et, comme une idiote, poursuivit-elle en éclatant d'un rire dur, j'étais là, en train de rêver que nous étions allés en France, toi, moi et Susanna, braver Charles dans son bureau !

J'imaginais qu'il y avait la peste à Marseille, comme à Londres, et que Charles en mourait !

— Qu'il mourait de la peste ? Tu prends tes désirs pour des réalités !

— Peut-être. En tout cas, nous trouvions notre boîte en fer de Nîmes dans sa réserve. Elle était pleine de notre argent, nous la rapportions ici et elle résolvait tous nos problèmes.

— En effet, je veux bien le croire, reconnut Daniel. Cet argent vaudrait beaucoup plus ici aujourd'hui qu'en France à l'époque.

Les colonies étaient démunies de bonne monnaie et la valeur des pièces d'or et d'argent dépassait de beaucoup celle qui y figurait.

— C'est bien dommage que cela n'ait été qu'un rêve, constata Judith avec un sourire doux-amer. Comme si des gens de notre âge pouvaient partir en croisade de l'autre côté de l'Atlantique !

— Tu as raison, reconnut Daniel qui se sentait encore tout endolori de ses quelques jours de navigation sur la baie d'Albemarle.

Après un silence, Judith reprit :

— C'est bizarre la façon dont j'ai imaginé Charles : sale, misérable, méprisable. Il essayait de nous prendre au piège, évidemment. Il avait tout de l'affreux petit escroc. J'ai eu tout à coup l'impression de comprendre pourquoi tu avais refusé de te convertir le jour de ce fameux meeting.

Daniel ouvrit de grands yeux. Il lui avait toujours dit qu'il ne s'était pas conduit en héros ce jour-là, que c'était Charles qui avait fait pencher la balance.

— Tu ne m'avais jamais reproché ce choix, remarqua-t-il.

— Non, mais je ne l'avais jamais tout à fait compris. Alors que maintenant, c'est différent.

Ému, il la serra contre lui.

Il la sentit se raidir.

— Daniel, je dois te dire quelque chose à propos de Charles. J'aurais dû le faire depuis des années, ajouta-t-elle précipitamment, les yeux baissés.

La peur s'empara de lui. Il ne voulait pas l'entendre, si c'était ce qu'il pensait...

— Judith...

— Non, écoute, il le faut ! Quand j'étais au Fort Saint-Jean, reprit-elle après avoir respiré très fort, il m'a fait croire qu'il pouvait m'aider. J'ai décidé de jouer son jeu. Je l'ai laissé m'embrasser. Alors… alors il m'a presque fait ce qu'il avait fait à Susanna, acheva-t-elle d'une voix brisée.

Daniel ouvrit de grands yeux.

— Il t'a violée ?

— Non. J'ai réussi à l'arrêter… Mais j'ai dû lui faire des promesses… Voilà pourquoi il m'a suivie à Londres.

Daniel fut saisi d'une colère meurtrière. Il se rappelait le murmure de Charles sur l'estrade: *Les lèvres de Judith sont douces*. Et le jour où il avait été marqué au fer rouge et enchaîné aux galériens, Charles était venu se moquer de lui et avait usé de mots si dégoûtants à propos de Judith qu'il se refusait à les répéter, même à lui-même.

Ensuite, enchaîné, à chaque instant de son travail accablant, il avait essayé de les effacer de son esprit, les mettant au compte de l'imagination ordurière de Charles. Cependant ils étaient restés au fond de son esprit pendant toutes ces années, plantés comme des aiguillons.

— Ne me le reproche pas, Daniel ! s'écria Judith. Je pensais sauver les enfants !

— Je ne te le reproche pas, répondit-il vivement. Je crois que tu as été très courageuse. Mais je regrette que tu ne m'en aies pas parlé.

— Je me suis sentie tellement ridicule quand j'ai compris de quelle façon il m'avait jouée ! Mais j'ai toujours eu l'intention de t'en parler et maintenant, enfin, je l'ai fait !

Elle avait les larmes aux yeux. Il se pencha vers elle et l'embrassa.

— Moi aussi j'ai quelque chose à te dire, déclara-t-il.

Judith était si soulagée d'avoir fait enfin l'aveu de son secret qu'elle entendit à peine ce que Daniel lui disait ; puis, les mots lui étant quand même parvenus, elle lui adressa un regard plein d'incompréhension.

— À New York, quand je ne savais plus où j'en étais, commença-t-il, gêné, je veux dire quand je pensais devoir soutenir ces agitateurs pour prouver que je luttais contre la tyrannie et que je buvais parfois plus que de raison, il est arrivé une ou deux fois que j'aille avec des femmes.

Elle en eut le souffle coupé. Des *femmes* ? Qu'est-ce que cela signifiait ? Ils ne connaissaient aucune femme à New York…

— Tu ne veux pas dire des putains ? balbutia-t-elle, les yeux écarquillés.

— Non, juste des femmes qui étaient… consentantes.

Elle était sidérée. Blessée. Des femmes qui étaient consentantes ? Oh, oui, il n'en manquait sûrement pas. Mais comment avait-il pu faire une chose pareille ? Elle ne bougeait pas, se sentant stupide parce que cela avait été pour elle une surprise totale et que sa lèvre s'était mise à trembler et qu'elle ne voulait pas de ça.

— Je t'en prie, Judith, c'était absolument sans importance, plaida Daniel. Je n'ai pas voulu te le cacher plus longtemps, c'est tout.

— C'est une chance que je ne l'ai pas su à l'époque ! remarqua-t-elle d'une voix rauque, encore sous le coup de la douleur que cette confession lui avait causée.

Elle s'efforça de l'excuser. Il n'était plus lui-même à New York. Il avait toujours été très discret sur tout ce qui concernait son arrestation et les galères, et elle pensait qu'il avait souffert plus qu'il ne voulait bien le dire ou même se souvenir. Pas étonnant, donc, qu'il ait été dans un étrange état d'esprit et qu'il soit allé boire dans les tavernes avec Garrett.

Garrett.

Elle se leva vivement pour cacher le trouble que ce nom lui avait causé. Elle cachait quelque chose de beaucoup plus grave que les incartades insignifiantes de Daniel.

Non, elle n'en dirait rien à Daniel. Garrett avait fait ce qu'elle lui avait demandé et il avait été leur ami, un bon et fidèle ami. Elle n'allait pas détruire cela maintenant. Que l'eau qui dormait dorme en paix.

Se sentant gentiment hypocrite, elle se laissa prendre dans les bras et consoler par Daniel. Elle était heureuse qu'il soit de retour. Il n'était parti qu'une semaine, mais il lui avait manqué.

— Qu'allons-nous faire à propos d'Amy et de Richard ? demanda-t-elle au bout d'un moment.

— Nous ferons ce que nous pourrons, lui chuchota-t-il à l'oreille. Nous verrons à trouver de l'argent quelque part. Nous essaierons d'arranger quelque chose avec Joël Brearsley. Je ne sais pas. Nous nous en sortirons, ne t'en fais pas.

— Tu ne penses pas que, tout compte fait, nous n'avons pas accompli ce que nous nous étions proposé de faire ?

Il la tint à bout de bras en riant.

— Nous n'avons pas réalisé notre maison de rêve !

Elle regarda autour d'elle se disant, avec un petit serrement au cœur, que leur problème d'argent pourrait bien signifier le sacrifice des jolis meubles qu'ils avaient acquis tout au long des années. Eh bien, si cela devait être, que cela soit.

— J'aime celle-ci beaucoup plus qu'une maison de rêve, répondit-elle. Ce que nous avons fait n'est pas ordinaire.

— Oui. Nous n'avons pas suivi les sentiers battus.

Elle sourit.

— Non, certainement pas.

Il l'attira à lui et son geste fut si pressant qu'elle se demanda s'il ne voulait pas…

Elle ne dirait pas non.

On frappa à la porte et ils s'écartèrent brusquement, comme des enfants pris en faute.

Bérangère risqua un œil.

— Le gouverneur et sa femme attendent et la plupart des invités sont là, chuchota-t-elle. Que dois-je leur dire ?

— Dis-leur que je me sens beaucoup mieux, ma chérie, déclara fermement Judith. Nous descendons tout de suite.

Susanna et Jane étaient arrivées au Refuge avec Garrett, à bord du *Queen Bee*. Elles étaient toutes les deux des citadines dans l'âme et s'étaient installées à New York plusieurs années auparavant, lorsque Garrett leur avait vanté les mérites d'un théâtre qui venait d'ouvrir à Broadway. Ainsworth et les enfants de Jane y jouaient et Susanna et Jane faisaient souvent profiter les jeunes acteurs de leur technique de la scène, bien qu'elles fussent officiellement à la retraite.

New York, évidemment, était aussi le port d'attache de Garrett, et le lien entre lui et Susanna s'était renforcé. Garrett lui avait avoué en secret que Judith avait été l'amour de sa jeunesse ; mais il pensait qu'un homme a le droit d'avoir aussi un amour d'âge mûr. Susanna n'en disconvenait pas.

Le spectacle qu'ils eurent en arrivant du débarcadère était des plus plaisants. Autour de tables fleuries, des gens élégamment habillés buvaient et bavardaient à l'ombre tandis que des enfants allaient et venaient, jouant parmi eux. Un cri s'éleva quand on reconnut Susanna et Garrett, et Judith et Daniel allèrent à leur rencontre, bras ouverts, pour les accueillir. Mis à part Susanna, Garrett, Ainsworth et Jane, le *Queen Bee* amenait avec lui le jeune Nat Molina que son père, Asher (le vieux Joseph était mort depuis longtemps), avait envoyé pour représenter la famille.

Et puis il y avait un étranger qui avait intrigué Susanna et lui avait donné la chair de poule tout au long du voyage. Susanna le montra à Judith et Daniel.

— Regardez-le, chuchota-t-elle en serrant la main de Judith. Dites-moi si vous pensez la même chose que moi.

Âgé d'une vingtaine d'années, grand, légèrement hautain et distant, l'étranger avait des cheveux bruns, des yeux noisette, et ses traits étaient une réplique approximative de ceux de Charles Montjoye à l'époque de la peste, à Londres.

— À mon avis, c'est le fils de Charles ! déclara Judith, les yeux écarquillés.

— C'est ce que je pense aussi, répondit Susanna. Il s'appelle Romain Montjoye.

— Qu'est-ce que vous savez de lui, Garrett ? demanda Daniel, les yeux fixés sur le jeune Français.

— La première fois que j'ai entendu parler de lui, c'est quand le bruit à couru sur les quais qu'il cherchait un bateau pour venir vous voir ici, au Refuge, expliqua Garrett. Il n'a pas dit pourquoi.

— Il ne parle pas anglais, mais il ne me répond pas non plus en français, ajouta Susanna. Il ne veut parler qu'à vous.

Daniel se tourna vers le corpulent personnage assis à côté de lui et qu'on avait présenté à Susanna comme étant le gouverneur Cunningham.

— Avec votre permission, monsieur, nous pourrions écouter maintenant ce que ce gentleman a à nous dire.

— Bien sûr, Mountjoy ! répondit Cunningham avec un petit signe de tête.

Comme Susanna le savait bien, une foule est toujours prompte à flairer ce qui se passe ; un cercle s'était formé presque sponta-nément, et le bourdonnement des conversations cessa lorsque Da-niel informa le nouvel arrivant qu'il avait trouvé les personnes qu'il cherchait.

Les yeux fixés sur Daniel, le jeune homme dit en français :

— Je m'appelle Romain Montjoye, de Marseille.

— Vous êtes le fils de Charles Montjoye ?

— Pour ma plus grande honte.

Un murmure parcourut la foule et on se bouscula à la recherche d'interprètes. Daniel traduisit au bénéfice de Cunningham et de sa femme, en même temps que pour Garrett, Jane et Ainsworth. Su-sanna aperçut Sarah, la sœur de Daniel, qui donnait des explica-tions – et, merveilleuse surprise, ce cher Zack était là qui l'écoutait aussi – tandis que Richard faisait de même pour sa fem-me Ellen et ses parents, les McCall de Philadelphie. Bérangère servait d'interprète aux Williams et même Amy, la nièce que Su-sanna connaissait à peine, répondait à contrecœur aux questions du groupe important des Brearsley.

— Les nouvelles ne vous sont sans doute pas encore parve-nues, commença Romain Montjoye, mais l'année dernière Mar-seille a été frappée par l'épidémie de peste la plus terrible de son histoire. Mon père en a été une des victimes.

Judith porta une main à sa bouche et étouffa un cri. Elle échan-gea un regard avec Daniel puis se tourna vers Susanna.

— Mon rêve ! chuchota-t-elle, sous le choc. J'ai *rêvé* ça, Susie, il y a à peine une heure !

Sans bien comprendre, Susanna serra très fort le bras tremblant de sa sœur, submergée par ses propres pensées.

Charles mort de la peste...

Elle se retrouva un instant dans les rues de Londres, se ré-veillant dans le drap dont il l'avait enveloppée pour qu'elle soit emportée par la charrette des morts. Elle ne pouvait pas se repré-senter la peste à Marseille, mais seulement ça : Charles était mort de la peste. La roue avait tourné. Elle n'éprouvait pas de joie, un simple soulagement.

— Je n'étais pas à Marseille car mon père m'avait envoyé au loin des années auparavant, poursuivit Romain Montjoye. Le res-te de la famille ayant disparu, je me suis retrouvé seul héritier de la fortune de mon père. J'ai liquidé son affaire et acheté une plantation dans les îles françaises du sucre. Mais avant de m'y rendre, j'ai souhaité faire cette visite… pour accomplir un acte de justice et de vengeance.

Il se tenait planté là, pâle, droit, tandis qu'autour de lui l'incompréhension, et même la suspicion se lisaient sur les visages.

— Mon père a fait du tort à beaucoup de gens dans sa vie, mais personne ne paraissait avoir plus d'importance pour lui que vous, déclara-t-il, s'adressant à Daniel et à Judith. Je l'ai entendu fulminer parce qu'il ne pouvait pas vous retrouver et vous tendre un piège. Je l'ai entendu se vanter des catastrophes qu'il vous avait causées et de tout ce qu'il vous avait volé.

Il se retourna et fit un signe par-dessus la foule. Un des hommes d'équipage de Garrett arriva, apportant avec lui un objet empaqueté dans de la toile.

— Ceci vous appartient, déclara Romain Montjoye en présentant l'objet à Daniel et à Judith avec une grimace amère. J'espère que cela vous sera utile, qu'il le verra, et que cela ajoutera aux tourments de l'enfer dans lequel il brûle !

Sans un mot, Daniel posa le paquet et écarta la toile, découvrant une boîte en fer de taille moyenne, de celles qui étaient destinées à conserver l'argent et les objets de valeur.

— C'est notre boîte en fer ! dit Judith à Daniel, comme si elle s'y attendait.

Daniel ouvrit la serrure et souleva le couvercle.

Tout le monde resta bouche bée à la vue des pièces d'or et d'argent qui remplissaient le coffret jusqu'au bord.

— Eh bien, eh bien ! fit le gouverneur Cunningham en prenant quelques pièces et en les examinant. Mes félicitations, Mountjoy ! Une jolie manne, ma foi !

— Susanna ! s'écria Judith, surexcitée, en plongeant la main dans les pièces. Elles sont là ! Il a tout laissé comme c'était !

Elle sortit un pochon et la vida dans la main de Susanna. Celle-ci eut un coup au cœur en reconnaissant les perles goutte d'eau qui avaient appartenu autrefois à sa mère. Judith lui avait raconté comment elle les avait gardées pendant des années, et comment Charles s'en était emparé avec le reste du contenu de la boîte.

— Mets-les, Susie ! la supplia Judith.

Au souvenir de la dernière nuit où elle les avait portées, Susanna éprouva une seconde de réticence, puis elle les accrocha.

— Elles te vont merveilleusement bien, comme toujours, déclara Judith en souriant.

Daniel était avec Judith, Ainsworth était aussi tout près, et la large silhouette contre laquelle s'appuyait Susanna était celle de Garrett. Celle-ci se retourna et tendit la main à Jane, veuve elle aussi maintenant, son indéfectible amie.

— Fais-les danser, Susanna ! suggéra Jane.

Susanna secoua la tête, balançant les gouttes d'eau.

— Qu'est-ce qu'on est chouette ! dit Jane avec l'ancienne voix de Greenie, les yeux brillants, tandis que tout le monde éclatait de rire.

La fête qui suivit resta longtemps mémorable dans le comté d'Albemarle. Elle se prolongea toute la soirée et on dansa encore très avant dans la nuit.

On dansa le quadrille et la gigue, et les enfants firent des rondes en poussant des cris de joie. On alluma un feu et, à minuit, les garçons et les jeunes gens sautèrent pieds nus par-dessus les braises pour attirer la chance.

Dehors, avec Daniel, Judith avait retrouvé son souffle. Les divisions de la famille Mountjoy étaient, sinon effacées, du moins oubliées. Les projets pour Philadelphie, ceux de Zack, pourraient se réaliser ; et Daniel et Judith achèteraient le terrain de Joël Brearsley et laisseraient Robert et Amy le cultiver jusqu'à ce qu'ils aient payé leur maison et que le terrain soit devenu le leur.

Sur leurs têtes, le ciel de la Caroline était violet, les étoiles brillaient doucement. La dépression qui avait accablée Judith depuis la dispute du matin l'avait enfin abandonnée. Ils étaient tous là, Daniel, Susanna, Garrett, Bérangère, Farland, Richard et même Amy unis dans le cercle de lumière orange et de chaleur dispensé par le feu.

Au loin, Judith aperçut Ainsworth et Zack avec les musiciens, s'efforçant d'apprendre à tirer un son d'un violon. Elle pouffa soudain.

— Qu'y a-t-il de si drôle ? murmura Daniel.

Elle se tourna vers lui avec un sourire heureux.

— Je ne t'ai pas encore parlé d'Épi de Maïs !

Achevé d'imprimer en janvier 1999
sur presse Cameron
*par **Bussière Camedan Imprimeries***
à Saint-Amand-Montrond (Cher)
pour les éditions FLAMMARION

— N° d'édit. : FF759501. — N° d'imp. : 990165/1. —
Dépôt légal : février 1999.

Imprimé en France